VOOR MIJN ZUSSEN

Judith Lennox

VOOR MIJN ZUSSEN

ZILVER POCKETS

Zilver Pockets® worden uitgegeven door Muntinga Pockets,
onderdeel van Uitgeverij Maarten Muntinga bv, Amsterdam

www.zilverpockets.nl

Een uitgave in samenwerking met
Uitgeverij Unieboek bv, Houten

www.unieboek.nl

Oorspronkelijke titel: *All My Sisters*
Oorspronkelijke uitgave: Macmillan
© 2005 Judith Lennox
© 2005 Nederlandse uitgave Uitgeverij Unieboek bv, Houten
Vertaling: Titia Ram
Omslagontwerp: Mariska Cock
Foto omslag: Mohamad Itani / Arcangel Images
Druk: Bercker, Kevelaer
Uitgave in Zilver Pockets september 2009
Tweede druk oktober 2009

ISBN 978 90 417 6240 5   NUR 312

Voor mijn schoonzussen, Frances en Sam

Proloog

In nachten dat ze niet kon slapen bracht ze zichzelf tot rust door lijstjes te maken. Lijstjes van de graafschappen in Groot-Brittannië, de industriesteden en de belangrijkste exportlanden van het Britse Rijk. Lijstjes van koningen en koninginnen van Engeland en het werk van William Shakespeare. Af en toe riep iets een herinnering op. *The Winter's Tale*, *Cymbeline*, *Storm*, mompelde ze tegen zichzelf in de vroege uurtjes van een hete januarinacht, en ze dacht aan een avond in het theater. Arthur zat naast haar in de duisternis en pakte haar hand. Zijn duim streelde over haar handpalm; ze herinnerde zich die kleine, volhardende aanraking en ze wist nog hoe het verlangen in haar was opgekomen terwijl ze zat te luisteren naar de stemmen op het podium. 'Niets van hem dat verbleekt, maar dat een zeestorm verdraagt.'

Maar hij was wel verbleekt. Er waren gaten, ze miste stukken. Hele dagen – hele weken zelfs – waarvan ze de gebeurtenissen was vergeten. Ze kon zich niet meer herinneren, dacht ze met pijn in haar hart, dat er dagen waren geweest die gewoon, niet opmerkelijk waren. Net zoals ze zich niet meer de precieze kleur van zijn ogen en de exacte vormen en hoeken van zijn gezicht voor de geest kon halen.

Haar lijsten werden een poging het verleden af te sluiten en te consolideren. Ze herinnerde zich picknicks in de bergen, vakanties aan de kust. Hier, op deze verlaten plek, herinnerde ze zich de indringende geur van de zee en het glibberige, rubberachtige van een sliert bruin zeewier. Ze herinnerde zich het gekreun en gekletter van de badkoets die het strand opkwam en wist nog hoe ze in het donkere, benauwde interieur haar adem had ingehouden in afwachting van de schok van het ijskoude water van de Noordzee. Zij en haar zussen hadden zwarte badpakken van kamgaren gedragen. De zware stof van de natte badpakken schuurde over je huid. Op een ander deel van het strand baadden de armere vrouwen in hun zomerjurken; Eva en zij hadden naar hen gekeken en gezien hoe hun vale rokken naar de oppervlakte dreven en rond hen opbolden, waardoor ze net vreemde, doorzichtige zeedieren leken. 'Net kwallen, Marianne,' had Eva geroepen terwijl ze haar hand boven haar samengeknepen ogen hield. 'Net enorme kwallen!'

Hadden ze die in Filey of in Scarborough gezien, die vrouwen, die volledig gekleed in de branding hadden gedobberd, hun vermoeide gezichten verrukt van genot? Het verontrustte haar nu dat ze het niet zeker wist. Als ze heel vroeg wakker werd, haar hoofd vol nachtmerries, was ze bang voor de toekomst en werd ze achtervolgd door het verleden. Tijdens de ergste nachten echode er een stem: vier uur 's nachts. Het duivelsuur.

Meer herinneringen om de duisternis te verdrijven. Ze herinnerde zich Sheffield, waar ze was geboren en getogen. Ze herinnerde zich de grote winkels en hotels in het centrum van de stad en de grijze rook die als een doodskleed boven het industrieterrein hing. Ze herinnerde zich het gebulder van de ovens, het onophoudelijke gekletter en gedreun van hamers en machines, het gedrang van mensen en de geur van rook en regen.

Tijdens bedompte, slapeloze nachten herinnerde ze zich de zitkamer op Summerleigh, met de vier lage leunstoelen, bekleed met roestkleurig fluweel, en de stoel van haar oudtante Hannah bij de haard. Op het dressoir stonden ingelijste foto's van moeder en vader in hun bruidskostuum en een foto van grootmoeder Maclise, imponerend als koningin Victoria, met haar knotje, halskwabben en staalharde blik. En een kiekje van de drie jongens: James droeg een blazer met een strohoed en Adrian en Philip hadden een matrozenpakje aan.

En een foto van de vier zusjes Maclise. Haar zussen en zij droegen hun witte mousselinen jurken. Op de foto waren de zijden sjerpen om hun taille donkerbruin. Maar Marianne wist nog dat de sjerpen gekleurd waren: die van Iris even helderblauw als haar ogen, die van Eva was appelgroen en die van Clemency botergeel. Die van Marianne zelf was bleekroze. Iris – de goudblonde, wit-met-roze Iris – leunde tegen een boomtak en keek lachend in de camera. Clemency droeg haar jurk alsof ze zich niet op haar gemak voelde in mousseline met zijde. Marianne herinnerde zich dat ze zelf had weggekeken en dat de fotograaf had gedacht dat ze niet in de lens durfde te kijken.

Maar dat had hij verkeerd gedacht. Het was niet dat ze niet durfde te kijken, maar juist dat ze het niet prettig vond om bekeken te worden. Ze had er een hekel aan een volle kamer binnen te lopen; ze bleef nooit even staan, zoals Iris dat deed, terwijl ze haar opwachting maakte, wachtend tot de mannen zich omdraaiden om naar haar te kijken; het lukte haar nooit haar voet even achteloos zo te bewegen dat er een paar centimeter van haar met kant afgezette petticoat te voorschijn kwam. Ze vond flirten verachtelijk, en ze was er ook niet toe in staat. Liefde, geloofde ze toen, moest een ontmoeting van harten en zielen zijn, bezegeld door een blik, in staat om afwezigheid, verandering en de dood te overleven. Liefde, dacht Marianne, overkwam je één keer in je leven.

De dingen die ze had gezien, de dingen die ze had gedaan. Dingen waarvan ze niet had gedacht dat ze ertoe in staat zou zijn. Was er nog iets over van het meisje dat ze ooit was geweest, het meisje dat zich had teruggetrokken als er een camera in de buurt was, het meisje dat op de vlucht was geslagen als ze voelde dat een man naar haar staarde? Was het mogelijk om te veranderen in een totaal ander persoon?

Vertel eens iets over je familie, had Arthur tegen haar gezegd toen ze elkaar voor het eerst hadden ontmoet. Over je drie broers en je drie zussen. Wat zou ze antwoorden als hij haar nu dezelfde vraag zou stellen? Dat ze hen niet meer kende, die mensen van wie ze ooit zielsveel had gehouden. En dat ze elkaar, als ze net zoveel waren veranderd als zijzelf, niet meer zouden herkennen.

Of dat ze hen zo vreselijk miste dat ze soms dacht dat het gemis met haar zweet door haar poriën naar buiten moest stromen. Haar zussen, al haar zussen, die ze nooit meer zal kunnen zien.

1

Marianne hoorde, terwijl ze dicht langs de muur haar eenzame ronde door de balzaal maakte, een van de chaperonnes de opmerking maken tegen mevrouw Catherwood, Charlottes moeder. De chaperonnes zaten bij elkaar in een kamer naast de balzaal, waarvan de deur openstond zodat ze een oogje op hun meisjes konden houden. De *tricoteuses* noemde Iris hen, op de haar kenmerkende mild sarcastische toon. Mevrouw Palmer zei: 'Die tweede dochter van Maclise is zo'n lange bonenstaak!' en de vriendelijke mevrouw Catherwood reageerde: 'Over een jaar of twee is Marianne een plaatje, als ze haar kinderlijke uiterlijk een beetje kwijt is.' Maar het was die eerste zin die Marianne bijbleef toen ze zich terugtrok in de schaduw van een zwaar fluwelen gordijn. Zo'n bonenstaak... Zo'n bonenstaak... De bekende twijfel drong zich weer aan haar op. Het was moeilijk niet gebukt te gaan lopen zoals sommigen van de langere meisjes deden om kleiner te lijken, moeilijk het lintje van haar balboekje niet rond de lege blaadjes te draaien.

Was ze maar thuis bij Eva en Clemency. Wat had die Eva toch een geluk dat ze verkouden was, en wat had die Clemmie toch een geluk dat ze nog niet oud genoeg was om dit gruwelijke bal te moeten ondergaan. Zat ze nu maar opgekruld op de vensterbank van de slaapkamer die ze met Iris deelde, met *Three Weeks* dat ze altijd verstopte onder de kousen in haar ladekast. Als ze daarin las, sloeg Marianne gretig de bladzijden om. Soms leek Paul Verdayne, als hij jacht maakte op zijn mysterieuze schoonheid in een Zwitsers hotel, levensechter dan haar huis en familie.

Ze verlangde naar mysterie en romantiek, naar nieuwe plaatsen en gezichten, naar iets – iemand – die haar hart sneller kon laten kloppen. Maar welk mysterie kon je in Sheffield vinden? dacht ze, terwijl ze smalend door de balzaal keek. Ellen Hutchinson was er, in een ronduit afschuwelijke roze satijnen jurk; ze danste met James. Een somber vooruitzicht als je eigen broer de knapste man op het bal was. En daar had je Iris, die onhandig door de zaal werd geloodst door Ronnie Catherwood. Marianne zuchtte. Ze kende ieder gezicht. Hoe kon ze ooit trouwen met een van die jongens, die ze allemaal al sinds haar kindertijd kende, van wie de gezichten pronkten met onregelmatige snorretjes of, nog erger, paarse puistjes? Ze hadden iets onafs, iets lachwekkends. De gedachte haar familie te verlaten om de rest van haar leven met een van deze onhandige, saaie jongemannen te slijten, was weerzinwekkend.

Maar ze moest toch trouwen, want wat moest ze anders? Ze nam aan dat haar leven ongeveer zo zou doorgaan zoals het nu ging. En omdat haar moeder ziekelijk was en omdat Iris er een handje van had om het huishouden te veronachtzamen, zou zij, Marianne, de verantwoordelijkheid voor het grootste deel ervan op zich nemen. Ze bedacht dat ze misschien zou eindigen als haar tante Hannah, als een oude vrijster. Ze zou net zulke enorme korsetten dragen en misschien zelfs een pruik. Marianne zag zichzelf in zwart bombazijn en met haren op haar kin en begon te giechelen.

Toen merkte ze dat er iemand naar haar keek. Later kon ze niet zeggen hoe ze dat had geweten. Je kon de blik van een man toch niet voelen, of wel?

Hij stond aan de andere kant van de zaal. Toen hun blikken elkaar kruisten, glimlachte hij naar haar en knikte. Ze werd zich een vaag gevoel van herkenning gewaar. Ze dacht dat ze hem ergens van moest kennen, ze had hem vast tijdens een oneindig feestje of saai concert gezien. Maar als ze elkaar eerder hadden ontmoet, zou ze dat zeker nog weten.

Zijn blik boorde zich in haar; ze voelde ineens de behoefte ervandoor te gaan. Tussen gezette dames met struisvogelveren in hun haar en mannen van middelbare leeftijd met snor die naar haar staarden toen ze voorbijkwam door, rende ze de zaal uit. Ze kwam in een lange, slecht verlichte gang, met aan beide zijden kamers. Ze hoorde het gekletter en gesis in de keukens. Dienstmeisjes haastten zich door de gang met dienbladen vol glazen; in de verte zag ze een lakei in een overhemd met een schort een lucifer aanstrijken om een sigaret mee aan te steken.

Marianne deed een deur open en zag een kleine kamer. Er stonden een paar stoelen met versleten, doorgezakte bekleding, een muziekstandaard en een piano, een nogal afgeleefd, recht model. Marianne knoopte haar handschoenen los en liet haar vingers over de toetsen glijden. Toen bladerde ze door de bladmuziek. Ze ging zitten en speelde in eerste instantie zacht, ze wilde niet worden ontdekt, maar toen verloor ze zichzelf in de muziek en gaf zichzelf eraan over.

De deur ging open; ze zag de man uit de balzaal. Ze haalde haar handen van de toetsen. Ze hingen bevend een paar centimeter boven het klavier.

'Pardon,' zei hij. 'Ik wilde je niet laten schrikken.'

Ze sloeg snel het muziekboek dicht. 'Ik moet terug.'

'Waarom rende je weg? Vind je pianospelen leuker dan dansen?'

'Maar ik was niet aan het dansen.'

'Wilde je dat wel?'

Ze schudde haar hoofd. 'Ik wil thuis zijn bij mijn zussen.'

Zijn dikke, golvende goudbruine haar was kortgeknipt en zijn blauwe ogen waren een paar tinten lichter dan die van haar. Zijn gelijkmatige trekken en sterke kaaklijn maakten een solide en krachtige indruk. Ze vermoedde dat hij een paar jaar ouder was dan zij en enkele centimeters langer. Naast hem zou ze zich niet hoeven bukken.

'Hoeveel zussen heb je?' vroeg hij.

'Drie.'

'Heb je ook broers?'

'Drie.'

'Zeven stuks! Ik ben enig kind. Ik heb me altijd moeilijk kunnen voorstellen hoe het moet zijn om uit een groot gezin te komen.'

'Mensen die enig kind zijn, zijn vaak jaloers op grote gezinnen.'

'Is dat zo? Ik heb altijd wel genoten van mijn eenzame status. In een groot gezin loop je het risico over het hoofd te worden gezien.' Hij staarde haar aan. 'Hoewel ik niet denk dat jou dat weleens overkomt.'

'Ik zou het helemaal niet erg vinden om over het hoofd te worden gezien. Ik kan er juist niet tegen als mensen naar me kijken; als ze me taxeren.' Ze werd stil, ineens angstig omdat ze zo vrijuit had gesproken.

'Misschien taxeren ze je niet. Misschien bewonderen ze je wel.'

Die tweede dochter van Maclise is zo'n bonenstaak. Marianne stond op van de pianokruk. 'Ik moet terug.'

'Waarom? Je wilt niet dansen. Je vindt het gezelschap saai. Waarom zou je teruggaan? Tenzij ik je natuurlijk nog meer verveel.'

Ze moest terug naar de balzaal omdat ze zich ongemakkelijk voelde door zijn aanwezigheid hier in die kleine, afgesloten kamer. Maar dat kon ze natuurlijk niet zeggen. In plaats daarvan ging ze weer zitten.

'Nou, dat is mooi, juffrouw...?'

'Maclise,' mompelde ze. 'Marianne Maclise.'

'Arthur Leighton.' Hij schudde haar de hand. 'Vertel eens wat over je familie. Over je drie broers en je drie zussen. De hoeveelste ben jij?'

'James is de oudste en daarna komt Iris. Iris is er vanavond ook. Je hebt haar vast wel gezien in de balzaal. Ze heeft goud-blond haar en blauwe ogen. Ze is heel mooi.'

'Draagt ze een witte jurk? Met diamanten oorbellen en een gar-denia in haar haar?'

'Dus je hebt haar gezien.' Ze voelde een steek van jaloezie: Iris was altijd favoriet.

Maar hij zei: 'Ik kijk graag naar mensen. Observeren is vaak leuker dan converseren.'

'O, vind je dat? Dat vind ik ook. Gesprekken zijn vaak zo... zo geforceerd. Zo onoprecht.' De woorden tuimelden met een zucht van herkenning naar buiten.

'Maar niet altijd,' zei hij vriendelijk. 'Ons gesprek is toch niet onoprecht? Dus James is de oudste en daarna komt Iris. En dan...?'

'En dan ik en daarna Eva. Eva is donker, net als ik. Hoewel ze helemaal niet op me lijkt. Ze is veel kleiner dan ik en ze is veel... veel zekerder, veel zelfverzekerder.' Marianne schikte de plooien van haar zijden rok. 'Ik zie altijd twee kanten aan alles.'

'Sommigen vinden dat een goede eigenschap... Een teken van volwassenheid.'

'Maar hoe moet je kiezen? Als je bijvoorbeeld iets belangrijks moet beslissen, hoe weet je dan wat je moet doen?'

'Soms moet je een gok wagen. Dat denk ik tenminste.'

Ze zei nogal verbitterd: 'De beslissingen die jij maakt, zullen wel veel belangrijker zijn dan die van mij. Ik doe er een eeuwig-heid over om te bedenken of ik mijn roze of mijn witte jurk zal aantrekken, en of ik tegen de kokkin moet zeggen dat ze room-pudding of Engelse pudding met jam moet maken.'

'O, absoluut pudding met jam,' zei hij serieus. 'Die is veel lek-kerder dan roompudding. En je kunt beter wit dan roze dragen. Laat roze maar over aan knappe blondines zoals je zus Iris. Hoe-wel ik je bijzonder graag in wat meer uitgesproken kleuren zou zien. Violet misschien, zoals je bloemen... Ze hebben precies de kleur van je ogen.'

Marianne was sprakeloos. Geen enkele man, noch haar vader, noch haar broers of de vrienden van haar broers hadden ooit op zo'n manier iets over haar kleding gezegd. Ze was bang dat dit een beetje ongepast was.

Hij ging verder: 'En daarna? Een zusje of een broertje?'

'Clemency,' zei ze. 'Mijn zusje Clemency komt daarna. En dan Aidan en Philip. Aidan is dertien en Philip is net elf geworden. Ik ken hen eigenlijk niet zo goed. Ze zijn gewoon de jongens, en ze zijn er altijd, achter aan de rij. Clemmie is de enige die tijd voor hen lijkt te hebben. De rest van ons laat hen gewoon hun gang gaan.'

'Het klinkt als een druk huishouden. Je bent vast nooit eenzaam.'

Ze bedacht dat ze terug moest naar de balzaal. Een ongetrouwd meisje hoorde nooit alleen te zijn met een man, dat was de regel. Toch bleef ze waar ze was, zittend op de pianokruk. Haar verborgen, rebellerende kant, die ze zo zelden liet zien, zei tegen haar haar argwaan in de wind te slaan en de conventie te negeren. Ze voelde op dit moment dat ze leefde; ze voelde bijna het bloed door haar aderen stromen. Ze wilde eindelijk eens een keer niet ergens anders of met iemand anders zijn.

Ze huiverde een beetje, alsof ze zulke ongepaste gedachten wilde verjagen en zei: 'Vertel eens iets over jouw familie, meneer Leighton.'

'Ik heb niet zoveel familie. Mijn moeder is overleden toen ik nog heel jong was en toen ik in de twintig was, ben ik mijn vader verloren. Ik heb een oom en een paar neven en nichten. Maar je hoeft geen medelijden met me te hebben. Ik heb heel veel vrienden.'

'Hier? In Sheffield?'

'Ik logeer deze week bij de familie Palmer. Ik vind het een leuke stad. Er is een aantal prachtige bezienswaardigheden.' Zijn mondhoeken krulden omhoog.

Als ze Iris was, zou ze nu gemaakt glimlachen en een of andere opmerking maken om hem zogenaamd te ontmoedigen, maar waarmee ze hem tegelijkertijd zou aansporen meer complimentjes te maken. Ze bedacht ineens dat hij misschien alleen maar met haar zat te flirten. Ze voelde zich moedeloos en was teleurgestelder dan ze voor mogelijk had gehouden na zo'n korte kennismaking.

Hij zei: 'Toen ik je in de balzaal zag, stond je te lachen. Je zag er eerst heel serieus uit en toen begon je ineens te lachen. Ik vroeg me af waarom je lachte.'

'Ik stelde me voor,' zei ze, 'dat ik een dikke oude vrijster was.'

Hij tuitte zijn lippen. 'Dat lijkt me in jouw geval geen waarschijnlijk lot.'

'Het lijkt me heel goed mogelijk.'

'Dat kun je niet menen.'

'Ik weet dat ik mensen in verlegenheid breng. Ze zeggen er natuurlijk niets over, maar ik weet dat het gebeurt. Ik zeg altijd precies het verkeerde.' Ze keek hem aan. 'Ons gesprek is vol verkeerde opmerkingen, meneer Leighton. We hebben het over dingen waarover we het helemaal niet horen te hebben. Dingen die heel ongepast zijn.'

'Waarover hadden we het dan moeten hebben?'

'O... het weer... en dat de balzaal van de familie Hutchinsons er geweldig uitziet.'

'Ik begrijp het...'

'En hoe mooi het orkest speelt...'

'De violist speelde vals. Zou het gepast zijn om daarover te beginnen?'

Ze glimlachte. 'Dat is waar. Hij speelde gruwelijk.'

Na een korte stilte zei hij: 'Zou het gepast zijn als ik zei dat je je net hebt vergist?'

'Vergist?'

'Toen je tegen me zei dat je zus Iris zo mooi is?'

Ze herhaalde verbijsterd: 'Maar iedereen vindt Iris mooi!'

'Iris is heel knap,' zei hij. 'Maar ze is niet mooi. Jij, juffrouw Maclise, bent mooi.'

Ze had de vreemde gewoonte om als ze zich gegeneerd voelde het beetje kleur dat ze had te verliezen in plaats van te blozen. Ze voelde dat haar huid bleek en koud werd.

Hij leunde achterover in zijn stoel en keek haar aan. 'Nou,' zei hij, 'ik vond dat je de waarheid moest weten.'

Na het bal haalde Marianne in haar slaapkamer het boeketje viooltjes van haar taille. Ze legde het zorgvuldig op de kaptafel. Toen knoopte ze haar jurk open, hing die in de kast en maakte de vele lagen van haar petticoat los: ze ruisten terwijl ze ze uittrok en vielen in een poel van zijde op de vloer. Ze haakte haar korset los en trok haar zijden kousen, kamizooltje en broekje uit. Vervolgens trok ze de spelden uit haar haar. Dat viel lang en donker over haar rug. Ze bestudeerde haar naakte lichaam in de spiegel. Meneer Leighton had tegen haar gezegd dat ze mooi was en ze had voor het eerst in haar leven geloofd dat dat zo was.

Ze herinnerde zich dat Arthur Leighton haar had gevraagd piano voor hem te spelen. Ze had een stuk van Rameau gespeeld. Nu, terwijl ze de melodie zacht neuriede, dacht ze eraan terug hoe ze halverwege het stuk de bladzijden van het muziekboek wilde omslaan en dat hij op dat moment hetzelfde had gedaan, waardoor hun handen elkaar hadden geraakt. En met die aanraking, op dat ene moment, had ze zich door de façades die mannen en vrouwen omringen bewogen en alles wat haar verwarde, alles wat ze minachtte – de kunstmatigheid van het uiterlijk, de onoprechtheid van flirten, en alle kille, krijgshaftige weloverwogenheid van rijkdom en klasse – was onbelangrijk geworden. Ze had naar hem verlangd, en ze had geweten, hoewel hij dat niet had gezegd, dat hij naar haar verlangde.

Ze trok haar nachtpon aan en pakte haar dagboek. 20 mei 1909, schreef ze op. Een magische avond. Vanavond is mijn leven begonnen.

Clemency stond boven aan de zoldertrap en tuurde de duisternis in. 'Philip?' riep ze. 'Philip, ben je boven?' Vormen doemden op in het licht van de olielamp die ze in haar hand had en onthulden zichzelf even later als een stoel met drie poten of een toren boeken waarvan de ruggen los aan de achterkaft hingen.

'Philip?' riep ze nogmaals. Philip had de gewoonte zich te verbergen op de dag voordat hij terug moest naar kostschool, maar de zolders waren een onwaarschijnlijke verstopplaats: de kans was klein dat hij zich daar zou verstoppen, aangezien hij bang in het donker was.

Toen ze weer op de gang van de eerste verdieping liep, zag ze iets bewegen achter een van de bedden in een lege kamer. Clemency knielde bij het bed. 'Philip?' zei ze zacht.

Geen antwoord. Maar ze hoorde zijn enigszins zware ademhaling. 'Philip?' zei ze nog een keer. 'Kom alsjeblieft te voorschijn. Niemand is boos op je, dat beloof ik.'

Ze hoorde wat gestommel en toen verscheen zijn hoofd onder het bed vandaan. Er zat stof in zijn haar en zijn kleren waren vies.

Ze ging op het bed zitten en nam hem op schoot. 'Lieve Phil,' zei ze terwijl ze hem knuffelde. 'Ik ben zo blij dat ik je heb gevonden. Ik zoek je al sinds het ontbijt.' Hij haalde een beetje piepend adem. 'Je moet uit de buurt van stof blijven. Je weet dat je daar ziek van wordt.'

Ze gingen naar beneden. Het was vakantie; Philips tas lag open in de slaapkamer die hij met Aidan deelde. Clemency dacht: zes weken, zes hele weken totdat ik hem weer zie. Waag het niet te gaan simpen, berispte ze zichzelf, en ze zei opgewekt: 'Je tekenkrijt, Philip. Je hebt je tekenkrijt niet ingepakt.'

Hij keek om zich heen. De krijtjes zaten in een oud koekblikje dat op een kast stond. Philips lichtblauwe ogen wendden zich in die richting, gingen eroverheen en gleden verder.

'Op de kast,' spoorde ze hem aan, en ze keek hoe hij zijn ogen samenkneep om een helder beeld te krijgen.

Clemency ging naar haar moeder. Lilian Maclise zat aan haar kaptafel. Zoals altijd was de kamer halfdonker en waren de gordijnen dicht om het zonlicht buiten te houden. Hoewel het een warme dag was, brandde er een vuur in de haard.

'Voelt u zich al wat beter, moeder?'

'Helaas niet, Clemency.' Lilian leunde met gesloten ogen achterover in de stoel. Haar blonde haar viel rond haar gezicht en omsloot haar fijne gelaatstrekken. Haar handen, die nu de flesjes en potjes op de kaptafel goed zetten, waren klein, bleek en slank.

Clemency voelde zich in de buurt van haar moeder altijd zwaar en onhandig. Ze zei: 'Ik maak me zorgen om Philip, moeder. Volgens mij ziet hij niet goed.'

'Onzin,' zei Lilian. 'Niemand in onze familie ziet slecht.'

Clemency drong aan. 'Volgens mij ziet hij echt slecht. Misschien heeft hij een bril nodig.'

'Een bril?' Lilian keek naar haar spiegelbeeld en trok krachtig aan haar zijden shawltje. 'Wat een merkwaardig idee. Als Philip slecht ziet – wat ik tegenspreek, Clemency – is een bril het slechtste wat we voor hem kunnen doen. Het is alom bekend dat een bril je ogen zwakker maakt.'

Er liep een straaltje zweet over Clemency's rug en ze ging een stukje van het vuur vandaan staan. 'Maar moeder, als hij helemaal niets ziet...'

'Wil je wat zachter praten, lieverd. Mijn hoofd.' Lilian sloot haar ogen.

Clemency zei geschrokken: 'Moeder?'

'Het spijt me, lieverd.' Lilian duwde haar vingertoppen tegen haar voorhoofd. 'Ik ben uitgeput. En die pijn...'

Clemency's maag draaide zich om. Moeders gezondheid was de afgelopen maand zoveel beter dat ze tijdens het eten bij het gezin had gezeten. Clemency was gaan hopen dat haar moeder eindelijk aan het herstellen was. Niet dat Clemency zich kon herinneren dat haar moeder ooit echt gezond was geweest: ze was kort na de geboorte van Philip bedlegerig geworden, toen Clemency zelf pas vijf was. Philip was nu elf en de gemoedstoestand van het gezin Maclise hing sterk samen met de staat van Lilians gezondheid.

Lilian fluisterde: 'O hemel. Dit is echt te vreselijk. Je hebt vast genoeg van me, lieverd. Je bent je hopeloze oude moeder vast helemaal zat.'

'Natuurlijk niet! Dat moet u nooit denken, moeder. Ik wil alleen graag dat u beter bent. Dat is het enige wat belangrijk is.'

Lilian glimlachte dapper. 'Misschien kun je Marianne vragen of ze me een glaasje port brengt. En als je wilt zorgen dat mijn brieven met de volgende post meegaan...'

Toen Clemency met de brieven de kamer uit liep, dacht ze met een plotselinge golf van vreugde: nog vijf dagen, nog maar vijf dagen tot school weer begint. In tegenstelling tot Philip vond zij het heerlijk om naar school te gaan. Ze holde met drie treden tegelijk van de trap af en haar vlecht stuiterde tegen haar rug.

Iris hield haar onderaan de trap staande. 'Waar ga jij heen?'

'Moeder wil een glas port en deze moeten op de post.'

Iris, de gemene meid, griste de brieven weg. 'Dat doe ik wel,' zei ze. Ze greep haar hoed van de hoedenplank en verliet het huis.

Iris' fiets had een lekke band, dus nam ze die van Clemency. Een voordeel van moeders aversie tegen telefoons, dacht Iris terwijl ze de oprit af fietste, was dat er heel wat brieven moesten worden geschreven en daardoor waren er heel wat uitjes naar de brievenbus.

Soms als ze op haar fiets ontsnapte, keek ze in de etalages of naar andere vrouwen om nieuwe ideeën op te doen om haar hoeden te versieren. Af en toe overtrad ze de regel dat een ongetrouwde vrouw nooit alleen mocht zijn met een man en ontmoette ze de broertjes Catherwood voor een wandeling in het park.

Sinds ze vier jaar geleden van school was gegaan, had Iris meer dan zes huwelijksaanzoeken gehad. Ze had er met geen één ingestemd. Een of twee van de kandidaten zouden een heel goede partij zijn geweest, het soort voordelige verbintenis die Iris uiteindelijk verwachtte te doen, maar toch had ze hen afgewezen. Ze had gewoon niet met hen willen trouwen. Het was niet dat er iets mis met hen was, maar ze hield niet van hen. De laatste tijd begon ze zich af te vragen of ze wel in staat was een echtgenoot te vinden. Ze was tweeëntwintig; de meeste vrouwen van haar leeftijd waren getrouwd of verloofd. Sommigen hadden kinderen. Ze begon te twijfelen of ze wel verliefd kon worden, de andere meisjes leken het constant te worden, maar Iris' hart was nog nooit geroerd. Soms betrapte ze zichzelf, als ze voor het slapen gaan voor de spiegel haar lange haar zat te borstelen, op de gedachte: misschien verlies ik mijn talent mannen aan te trekken. Dan moest ze naar haar spiegelbeeld kijken om zichzelf gerust te stellen, om te zien dat haar haar, haar grootste schoonheid, bijna tot haar taille kwam, als een gouden sluier. Maar toch bleef hij bij haar, die mot van onrust die af en toe bewoog, een klein, droog gefladder in haar hoofd.

De fiets maakte snelheid terwijl ze bergafwaarts ging. Huizen en bomen raasden voorbij; Iris' hoed waaide ondanks de spelden bijna van haar hoofd en haar rokken waaiden op, waardoor er een groot deel van haar enkels zichtbaar werd.

Toen bleef het voorwiel plotseling zonder waarschuwing in het asfalt steken en Iris verloor de macht over het stuur terwijl ze naar voren werd geworpen. Een moment later lag ze met haar gezicht op de weg. Ze jammerde: 'Mijn jurk!' Iemand raapte haar fiets op en zei bezorgd:

'Gaat het?'

Ze keek op en zag dat haar redder jong was en helemaal niet onaantrekkelijk. Hij droeg geen hoed en zijn blonde, warrige haar, dat de zon op sommige plekken strokleurig had gemaakt, krulde een beetje.

De sierstrook die Iris nog maar net de vorige dag op haar jurk had genaaid, was nu een roze lint dat als een slang over het asfalt lag. Deze keer zei ze razend: 'Mijn jurk. Hij is net nieuw.'

Hij bood haar zijn hand aan om haar overeind te helpen. 'Volgens mij is die jurk de oorzaak. Dat stukje...' hij wees naar de sierband, 'is in uw ketting gekomen. Hemel, u bent gewond.'

Iris' handschoenen waren gescheurd en haar handen bloedden op de plaats waar ze ze had uitgestoken om haar val te breken. 'Het valt wel mee.'

Hij zocht in zijn zak en haalde een zakdoek te voorschijn. 'Als ik mag helpen.'

Ze zat op een muurtje terwijl hij haar handschoenen uittrok en de steentjes uit de diepe schaafwonden in haar handen haalde. Hoewel hij het heel voorzichtig deed, moest ze op haar onderlip bijten om te voorkomen dat ze zou gaan schreeuwen. Terwijl hij om iedere hand een zakdoek bond, zei ze beleefd: 'U bent heel vriendelijk, meneer...'

'Ash,' zei hij. 'Gewoon Ash.'

'Ash?'

'Ashley Aurelian Wentworth. Maar dat is een hele mond vol. Ik geef de voorkeur aan Ash.'

Iris vertelde hoe ze heette. Toen keek ze om zich heen, en ze zei: 'Ik moest de brieven van mijn moeder posten.'

Hij vond ze in de goot, de enveloppen verfrommeld en vol modder. 'Misschien kun je ze beter mee terug naar huis nemen. Misschien wil je moeder ze in nieuwe enveloppen doen.'

'O hemel.' Iris zuchtte. 'Ik ben bang dat dat een hele toestand wordt.'

'Het was een ongelukje. Dat begrijpt je moeder vast wel.'

'Maar Clemency niet,' zei Iris treurig. 'Het was haar fiets.'

Ash raapte de fiets op. Het voorwiel was verbogen. 'Waar woon je?'

Dat vertelde ze en hij zei: 'Ik duw hem wel voor je naar huis.'

'Ik wil je tijd niet in beslag nemen. Je hebt het vast druk.'

'Het is geen moeite. En nee, ik heb het op het moment niet druk.'

'Helemaal niet? Waar ging je heen?'

'Nergens.' Hij maakte een stukje sierband uit de ketting los. 'Ik houd van ronddwalen, jij niet?' Hij lachte naar haar. 'Je weet nooit wie je tegenkomt.'

Ze liepen de heuvel op. Ze zei treurig: 'Dat deed ik ook. Een beetje ronddwalen. Hoewel dat natuurlijk niet mag.'

'Waarom in vredesnaam niet?' Ze zag dat zijn ogen warmbruin waren, veel mooier, bedacht Iris, dan het kille blauw van de familie Maclise. Ze besefte ook dat hij er niets van begreep. Dus legde ze het uit.

'Omdat ik natuurlijk een chaperonne bij me zou moeten hebben. Ik mag niet alleen naar buiten. Mijn moeder, tante, zusjes of een van de meiden moet met me mee. Maar dat is allemaal zo vervelend.' Ze haalde haar schouders op. 'En ik vind het leuk om regels te overtreden.' Ze keek hem steels aan en vroeg: 'Heb jij geen zussen?'

'Niet één, helaas.'

'En je bent niet getrouwd?' Het was maar het beste dat soort zaken meteen duidelijk te krijgen.

'Getrouwd? O, nee.'

'Kom je uit Sheffield?'

Hij schudde zijn hoofd. 'Cambridgeshire. Ik ben een paar jaar geleden afgestudeerd.'

'En sindsdien?'

'Ik denk dat ik gewoon wat heb rondgedwaald. En jij, juffrouw Maclise? Wat doe jij?'

'O, de gebruikelijke dingen,' zei ze vaag. 'Tennis, bridge, dansen...'

Hij keek haar aan alsof hij verwachtte dat ze nog iets zou zeggen. Ze peinsde zich suf, probeerde te bedenken waarmee ze haar tijd doorbracht en voegde een beetje zwakjes toe: 'En ik naai...'

'Houd je van lezen?'

'Soms. Mijn zusje Marianne zit altijd met haar neus in de boeken.'

Na een korte stilte zei hij: 'Tennis... dansen... wordt dat allemaal niet een beetje... saai?'

'Absoluut niet! Ik ben dol op tennissen... en gek op dansen.' Ze voelde zich in verlegenheid gebracht, gedwongen een manier van leven te verdedigen die ze nog nooit in twijfel had getrokken. 'Wat doe jij eigenlijk, Ash? Behalve ronddwalen, dan.'

'O, van alles. Na de universiteit ben ik naar Londen gegaan...'

'Londen. Wat een geluk.'

'Ik heb bij een *University Settlement* gewerkt. Dat is een vereniging die studenten en armen samenbrengt. En daarna heb ik zes maanden over het continent gereisd. En sindsdien heb ik verscheidene dingen gedaan... wat journalistiek, wat fotografie... En ik heb wat geklommen in de Schotse Hooglanden... O, en ik help mijn voogd met zijn boek.'

'Schrijft je voogd een boek? Wat voor boek? Een roman?'

Hij schudde zijn hoofd. 'Het is een compendium van alle wereldkennis. Geschiedenis, wetenschap, mythologie... Alles.'

'Hemel,' zei ze zwakjes.

'Hij gaat het natuurlijk nooit afmaken.' Ash grijnsde. 'Mensen blijven maar dingen uitvinden en dan moet die arme Emlyn weer een heel hoofdstuk opnieuw schrijven.'

'Dat moet heel deprimerend zijn.'

'Volgens mij vindt Emlyn dat niet. Hij zegt altijd dat het om de reis gaat, niet om de eindbestemming.' Hij keek haar terloops aan. 'Denk je van niet?'

'Daar heb ik nooit zo over nagedacht.' Ze dacht aan haar tot dusverre vruchteloze pogingen een echtgenoot te vinden: ze had genoten van het dansen, het flirten, de steelse kusjes, maar toch, als ze – de hemel verhoede – nooit zou huwen, wat had het dan allemaal voor zin? Ze zei: 'Reizen moeten toch een eindbestemming hebben, denk je niet? En dan graag een leuke.'

'Maar,' wees hij haar erop, 'als je je bestemming hebt bereikt, moet je weer opnieuw beginnen en iets anders bedenken om te doen.'

'Lieve hemel, als je het zo brengt, klinkt het allemaal vreselijk vermoeiend!' Maar ze keek hem steels aan, zag een spoortje van kattenkwaad in zijn ogen en riep gepikeerd: 'Je plaagt me!'

'Een heel klein beetje. Hoe is het met je handen?'

'Prima,' zei ze. 'Uitstekend.'

'Je bent heel moedig, juffrouw Maclise.'

Niemand had ooit tegen haar gezegd dat ze moedig was. Ze was bang dat het niet erg vleiend was.

Ze gingen de hoek van de straat om. 'Hier woon ik,' zei Iris.

Ash keek naar het smeedijzeren hek, waar *Summerleigh* op stond. Toen ze over de oprit liepen, ging de voordeur open en Eva tuurde naar buiten. 'Iris,' riep ze terwijl ze de trap af kwam lopen. 'Moeder zoekt al een eeuwigheid naar je.' Ze bleef met grote ogen staan. 'Je jurk. En je handen!'

Iris wendde zich tot Ash. 'Als ik jou was, zou ik maar gaan. Anders krijgen we een scène. Maar je bent reuze vriendelijk geweest en ik ben je heel dankbaar. En je moet me beloven dat je nog eens komt, zodat ik je aan mijn familie kan voorstellen.'

Eva was tante Hannah aan het schilderen. Ze zette de aardewerken vaas met de pauwenveren aan haar ene kant en zorgde dat de spaniël, Winnie, op het kleedje aan haar voeten ging liggen. Tante Hannah droeg een jurk van zwart glanzend materiaal. De vouwen en rimpels in haar hals hingen over de hoge kraag van haar jurk en het stijve bovenlijf omsloot haar lichaam als een harnas. Eva had zich al vaak afgevraagd of tante Hannah één glanzende zwarte jurk had of twintig dezelfde. Voor Eva werd tante Hannah omringd door vele mysteries: hoe oud ze was, wat ze deed gedurende de vele uren dat ze alleen in haar kamer zat, waarom ze altijd naar kamfer rook en of ze haar haar weleens losmaakte uit die strakke knot op haar hoofd, of het hoe dan ook los kon, of dat het, wat Eva vermoedde, al zoveel jaren in die knot zat dat het een solide klont was geworden.

Het portret was bijna klaar. Eva maakte een wit accent op de aardewerken vaas en een kleiner wit vlekje in Hannahs ogen. Toen deed ze een stap van de ezel weg en dacht: zo, zelfs als u honderd bent en morgen sterft, heb ik nu tenminste iets wat me aan u herinnert.

Nadat ze afgelopen zomer haar school had afgemaakt, was Eva eens in de twee weken schilderlessen blijven nemen bij juffrouw Garnett. Juffrouw Garnett woonde in Plumpton Street, boven een gisthandelaar. Juffrouw Garnett had uitgelegd dat ze de zolder had gekozen vanwege het licht. De zitkamer keek uit over de zwart beroete achterkant van de koetsenmakers. Op de vensterbank ving een glanzende schaal de koralen stralen van de namiddagzon. De zware geur van lijnzaadolie en verf werd vermengd met die van de gist. Eva was dol op het atelier van juffrouw Garnett. Op een dag, zei ze tegen zichzelf, zou ze ook een eigen plek hebben.

Eind mei nodigde juffrouw Garnett Eva uit om naar een bijeenkomst van de suffragettes te komen. De bijeenkomst vond plaats in de te volle, te hete zitkamer van een huis in Fulwood. De gastvrouw, een stevige dame in een felblauwe jurk van Zwitsers bont, tuurde naar Eva door haar lorgnon en zei met een gedragen stem: 'Wat een dotje. Maar ze heeft een eigenzinnige blik in haar ogen. Ben je eigenzinnig, juffrouw Maclise?'

Juffrouw Garnett redde Eva en stelde haar voor aan twee jongedames die in een hoek van de kamer stonden. Een van hen, juffrouw Jackson, droeg het paars, groen en witte lint van mevrouw Pankhursts *Women's Social and Political Union* aan haar loszittende blauwwit geruite katoenen jurk. De ander, juffrouw Bowen, had steil, glanzend zwart haar dat boven haar schouders recht was afgeknipt en dat ze onder in haar nek had samengebonden. Haar mond was een donkerrode streep. Ze droeg een groene linnen jurk met een hoekige halslijn en haar enkels waren ontbloot. Eva was vreselijk jaloers op juffrouw Garnett en haar vriendinnen. Een recente poging juffrouw Garnetts eenvoudige kleding te imiteren had als resultaat dat ze door haar moeder van de ontbijttafel was gestuurd en naar haar kamer was verbannen tot ze gepast was gekleed. Nu zat ze te smelten in een jasje, blouse en rok, met petticoat, kousen, kamizooltje en korset, haar zware bruine haar op haar hoofd gestapeld en haar lichaam ingepakt als een pakketje, verborgen onder lagen stof, gevangen, naar adem snakkend.

Juffrouw Bowen bestudeerde Eva. 'Heeft ze talent, Rowena?'

'Absoluut,' zei juffrouw Garnett en glimlachte naar Eva.

'Dat is nogal een compliment. Rowena geeft niet snel complimentjes, juffrouw Maclise. Je bent vast heel goed.'

Er rinkelde een belletje voor de opening van de bijeenkomst. Een vrouw met grijs haar stond op en begon met een lage, monotone stem de notulen van de vorige bijeenkomst voor te lezen. Juffrouw Bowen gaapte en hield Eva haar sigarettendoosje voor. Juffrouw Garnett fluisterde: 'Lydia, ik heb Eva niet meegenomen om haar te corrumperen,' en Lydia trok een pruillip.

'Waarom heb je haar dan meegenomen, Rowena? Om haar op te zwepen? Om haar revolutionaire geestdrift aan te wakkeren met de eloquentie van onze retorica?'

Juffrouw Jackson grinnikte. 'Ik heb Eva meegenomen om haar te informeren,' zei juffrouw Garnett op milde toon. 'Maar ze moet zelf beslissen.'

'Heb je niets geleerd op die school van je, Rowena?' Juffrouw Jackson nam een sigaret van Rowena aan. 'Hoe oud ben je, juffrouw Maclise? Achttien? Ik zou toch denken dat je ondertussen een mening had gevormd over vrouwenkiesrecht. Ik kan me geen belangrijkere zaak voorstellen.'

'Kom, kom, May.' Juffrouw Bowen stak een sigaret in een elegant onyx pijpje. Haar groene ogen fonkelden. 'Er zijn tientallen zaken die net zo belangrijk zijn. Zoals wat je moet aantrekken, hoe je je haar moet dragen en of je naar dat saaie feestje moet waarvoor je bent uitgenodigd.'

Juffrouw Jackson was donkerroze geworden. 'Nou, Lydia, als je luchthartig gaat doen...'

'Trek je niets van haar aan, May,' zei juffrouw Garnett vriendelijk. 'Lydia zit je gewoon te plagen.'

'Helemaal niet,' zei juffrouw Bowen. 'Ik sta achter mijn woorden. Het kost vaak net zoveel moeite je jurk te kiezen als in Hyde Park te demonstreren. Misschien nog wel meer.' Ze keek glimlachend naar Eva. 'Maar ik ben bang dat ik vreselijk lui ben.'

'Lydia, doe niet zo mal. Je werkt enorm hard.' Juffrouw Garnett legde Eva uit: 'Lydia heeft een galerie in Londen.'

'In Charlotte Street.'

Juffrouw Jackson gebaarde wild om zich heen met haar sigaret en knoeide as op het Aubussonkleed. 'Daar zitten we, onafhankelijke, verantwoordelijke vrouwen met een eigen carrière en woning en toch hebben we niets in te brengen als het aankomt op wie ons vertegenwoordigt in het parlement of bij het maken van wetten waaraan we ons moeten houden. Dat is toch schandalig, of niet?'

'Volstrekt belachelijk,' zei juffrouw Bowen. 'En ik zie het voorlopig nog niet veranderen. Vrouwen vechten al meer dan veertig jaar voor stemrecht. Als we braaf zijn en beleefde brieven schrijven aan de parlementariërs, zeggen ze tegen ons dat we niet geëngageerd genoeg zijn om stemrecht te krijgen. Dus hebben we gedemonstreerd en Hyde Park gevuld met vrouwen die stemrecht eisen, hebben we eieren naar politici gegooid en zijn we voor al onze moeite naar de gevangenis gestuurd. En wat is het antwoord van onze heren en meesters? Welnu, die schudden hun hoofden en zeggen tut-tut, we hebben bewezen dat we het altijd al bij het rechte eind hadden, ze zijn veel te mal en hysterisch om te mogen stemmen.' Ze wendde zich tot Eva. 'Ga je naar de kunstacademie, meisje? Als je zo getalenteerd bent als Rowena zegt, moet je de schilderkunst bestuderen. Vind je ook niet dat juffrouw Maclise naar de kunstacademie moet, Rowena?'

'Nou,' zei juffrouw Garnett langzaam, 'nu we het er toch over hebben... Ik wil met je praten, Eva. Als je je als kunstenares wilt ontwikkelen, moet je je horizon verbreden. Je kunt natuurlijk in Sheffield blijven studeren, of je kunt je inschrijven op een academie in Manchester. Maar ik wil dat je het Slade in Londen overweegt. Daar heb ik gestudeerd en ik weet dat je er veel zult leren. Sommige van de colleges zijn hier nogal ouderwets.'

'De kunstacademie...' Eva voelde een huivering van opwinding. 'Ja, waarom niet?'

Eva stelde zich voor dat ze aan de routine van thuis zou ontsnappen, een routine die, gedurende het jaar dat ze van school was, had gevoeld als een verstikkende deken. Ze stelde zichzelf in Londen voor, omringd door progressieve, moderne vrienden.

Juffrouw Garnett zei: 'Of denk je dat je vader erop tegen is?'

Eva's droom werd doorgeprikt en spatte sissend uiteen. Maar ze stak haar kin omhoog. 'Ik weet zeker dat vader wel zal inzien dat ik naar de kunstacademie moet. Ik ben ervan overtuigd dat ik hem dat kan doen inzien.'

'Bravo, juffrouw Maclise,' riep juffrouw Bowen. 'Je spreekt als een heuse soldaat.' Ze klapte in haar handen.

Een paar dagen later ging Eva naar haar vader. Hij zat in zijn werkkamer. Zijn bureau lag vol met paperassen, maar hij strekte zijn armen naar Eva uit. 'Geef me eens een knuffel, meisje.' Hij rook naar tabak en sandelhoutzeep, geuren die Eva altijd had geassocieerd met veiligheid en affectie. 'Hoe is het met mijn meisje?'

'Heel goed.'

'Fijn,' zei Joshua, en hij pakte zijn pen op.

Eva zei snel: 'Waar was u goed in toen u jong was, vader?'

Hij dacht even na. 'Rekenen. Ik ben altijd goed geweest in rekenen. En mechanica, natuurlijk. En ik was degene die wist wanneer we moesten investeren en wanneer we een lijn moesten loslaten die geen geld opbracht. Als ik daar geen gevoel voor had gehad, zou de zaak niet zijn gegroeid.'

Eva zei listig: 'En als uw vader nu had gezegd dat u iets anders had moeten doen... Als hij had gezegd dat u... dominee had moeten worden, of onderwijzer...'

Joshua snoefde. 'Ik zou een mooie onderwijzer zijn. Daar heb ik het geduld niet voor.'

'Maar als hij dat nu toch had gedaan?' hield ze aan. 'Denkt u dat u dan gelukkig zou zijn geweest?'

Hij keek haar doordringend aan. 'Dit heeft toch niets te maken met die schilderonzin, hè?'

Zijn terloopse afwijzing van waar ze het meest om gaf, maakte Eva boos. Ze riep: 'Schilderen is geen onzin!'

'O, het is een heel aangename hobby voor een meisje.' Hij sorteerde een stapel brieven; Eva voelde dat hij zijn hoofd maar half bij het gesprek had. 'Ik neem aan dat het heel beschaafd en vrouwelijk is om een mooie aquarel te kunnen maken.'

Eva zette haar gedachten op een rijtje en probeerde zich haar overtuigendste argumenten te herinneren, argumenten waarvan ze toen ze dit gesprek voorbereidde zeker had geweten dat ze haar vader zouden overtuigen.

'In de bijbel staat dat we onze talenten niet mogen verspillen. U hebt die van u toch ook niet verspild, vader?'

'Voor meisjes is dat anders,' zei hij. 'Ik zou niet willen dat je zou omgaan met sommigen van de mensen met wie ik me heb moeten inlaten, Eva, of dat je in de viezigheid en herrie zou moeten rondlopen waarin ik iedere dag moet werken. Mijn grootmoeder maakte benen messenheften. Ze had een zwaar leven. Ik ben er trots op dat jullie meisjes niet hoeven te leven zoals zij dat moest. Alles wat ik heb gedaan, heb ik gedaan om jullie een betere start in je leven te geven.'

'Schilderen is heel wat anders dan bij een messenmaker werken. Het is niet lawaaiig of vies.' Eva verborg haar handen in de vouwen van haar rok zodat haar vader niet zou zien dat haar vingers zwart waren van de houtskool. 'Je kunt zittend in een atelier schilderen. Of in een veld. Je kunt overal schilderen.'

'Als je overal kunt schilderen, waarom moet je dan naar Londen?'

Ze begon zich in de hoek gedreven te voelen en ze zei wanhopig: 'Hoe kan ik goed werk afleveren als niemand me heeft geleerd hoe ik dat moet maken?'

'Je hoeft helemaal niet te werken. En dat is de waarheid, Eva. Je hebt het geluk dat je mij hebt om die mooie jurken voor je te kopen.'

'Ik hoef geen mooie jurken,' mompelde ze.

'Dat zou je niet zeggen als je zelf je geld moest verdienen,' zei hij scherp. 'Je praat onzin, Eva. Je hebt niet gezien wat ik heb gezien... meisjes van jouw leeftijd die in vodden lopen. Kindjes die midden in de winter zonder schoenen lopen... En dat in deze stad. Je zou dankbaar moeten zijn voor wat we hebben.'

Ze wilde tegen hem zeggen: ik heb niet gezien wat jij hebt gezien omdat je me dat niet toestaat. Ik verlang ernaar de wereld te zien. In plaats daarvan haalde ze diep adem en zei: 'Denk alstublieft niet dat ik niet dankbaar ben voor alles wat u hebt gedaan, vader.'

'Je bent nog heel jong, Eva. Een meisje. Hoe kan ik je alleen naar Londen laten gaan? Hoe kan ik je loslaten in zo'n oord? Er kan daar alles met je gebeuren.'

Dat bezwaar had ze al verwacht en Eva had zich erop voorbereid. 'Juffrouw Garnett heeft me verteld dat er kosthuizen in Londen voor dames zijn. Voor dames van goede komaf.'

Ze zag dat hij op het punt stond zich te bedenken. Haar hart bonsde van opwinding. Toen zei hij langzaam: 'Maar het is... Londen. Ik haat het daar.' Toen klaarde zijn gezicht op en hij zei plotseling: 'Als we nu eens een compromis sluiten, Eva, jij en ik? Ik wil wel wat lessen betalen bij een chique docent hier. Iemand die beter is dan jouw juffrouw Garnett. In Sheffield... Of zelfs in Manchester.'

'Maar ik moet naar Londen!' jammerde ze. 'Ik moet naar het leven leren schilderen!'

'Er is in Sheffield genoeg leven.'

'Ik moet,' legde ze uit, 'het menselijk lichaam leren schilderen.'

Zodra ze het had gezegd, wenste ze vurig dat ze haar woorden kon terugnemen. Ze zag in zijn ogen dat hij was geschokt. 'Het menselijk lichaam?' herhaalde hij. 'Je zegt toch niet wat ik denk dat je zegt, hè, Eva?'

Ze stond ineens te hakkelen: 'Daar is niets mis mee, het is niet ongepast... Kunstenaars hebben altijd naar het leven geschilderd.'

'Dat zal wel wezen, maar mijn dochters niet!' Joshua had altijd een veranderlijk temperament gehad; hij zwenkte nu binnen een fractie van een seconde van verzoening naar razernij. 'Hoezo "niet ongepast"? Als dat niet ongepast is, wil ik weleens weten wat dat volgens jou wel is!'

'Maar ik moet naar de kunstacademie, vader,' jammerde ze. 'Dat moet! Andere vrouwen gaan ook... Respectabele vrouwen...'

'Nee, Eva,' zei hij fel. 'En nu is het genoeg. Ik krijg hoofdpijn van je. Ik wil er geen woord meer over horen. En nu wegwezen, ik heb belangrijk werk te doen.'

'Maar dit is belangrijk voor mij! Dit is het belangrijkste wat er is voor me!'

'Ja,' zei hij. 'Misschien iets te belangrijk.' Zijn donkerblauwe ogen, van precies dezelfde kleur als die van haar, werden kleiner terwijl hij haar geconcentreerd aankeek. 'Wat is dat?'

Hij staarde naar het lintje dat ze op haar revers had gespeld. 'Dat zijn de kleuren van de Women's Social and Political Union,' zei Eva trots. 'De vriendin van juffrouw Garnett, juffrouw Jackson...'

'Juffrouw Garnett dit en juffrouw Garnett dat,' schreeuwde

Joshua. 'Die juffrouw Garnett brengt je op slechte ideeën. Misschien moet ik maar eens een babbeltje met haar gaan maken en zeggen dat je geen lessen meer bij haar neemt!'

Ze snakte naar adem. 'Vader, u moet niet...'

'Wat moet ik niet? Hoe durf je me te bevelen? Je doet gewoon wat je wordt gezegd, jongedame! Je vergeet al die schilderonzin en doet je huiselijke taken!'

'Maar ik haat het om thuis te zijn!'

Hij was paars aangelopen. 'Hoe kun je zo koppig zijn? Hoe kun je zo... zo... onvrouwelijk zijn?'

De woorden kwamen zomaar uit haar mond tuimelen. 'En hoe kunt u zo bekrompen zijn... zo ouderwets... zo wreed...'

Toen Joshua opstond, sloeg hij zo hard met zijn vuist op het bureau dat zijn kopje van het schoteltje opsprong. Eva deed geschrokken een stap achteruit, draaide zich om en rende de kamer uit.

Na de ruzie met haar vader huilde Eva zo vreselijk dat ze er zweverig en misselijk van was. Hoewel ze wel naar haar schilderles ging, stuurde juffrouw Garnett, die haar rode ogen en bevende hand zag, haar vroeg naar huis. Op weg terug naar Summerleigh reed ze met haar fiets een parkje in. Het werd bewolkt en de zon was niet meer te zien; er vielen schaduwen op de tuinen en paden met kiezelstenen. Eva ging op een bankje zitten. Ze wist dat haar droom voorbij was voordat hij was begonnen. Haar vader zou nooit van gedachten veranderen; als er een manier was om hem over te halen haar naar de kunstacademie te laten gaan, wist zij niet welke. Ze had een driftbui gekregen en tegen hem gegild als een viswijf. En hoe kon ze toch zo dom zijn geweest te zeggen dat ze naar het leven moest leren schilderen? Er was niets wat hem meer tegen het idee in het harnas had kunnen jagen.

Alleen haar vader was in staat haar te laten huilen en een driftbui te laten krijgen, maar toch waren haar gevoelens jegens hem eenduidig en dat waren ze ook altijd geweest. Ze zou haar liefde voor hem misschien nooit uitspreken, maar toch was die er, als een gouden draad die door haar leven was geweven. Ze had altijd bewondering gehad voor zijn energie, zijn zelfvertrouwen, zijn kracht. Een deel van haar erkende dat ze ruziemaakten omdat ze op een bepaalde manier hetzelfde waren. Ze deelden dezelfde koppigheid, hadden dezelfde neiging zich ergens in vast te bijten. Ze waaiden niet met alle winden mee zoals Marianne, en gebruikten geen subtiliteit om te bereiken wat ze wilden, zoals Iris. Ze waren niet in staat te manipuleren... vaak niet in staat tot tact.

Maar ze hadden nog nooit zo'n ruzie gehad. Haar vader was nog nooit zo kwaad op haar geweest. Als ze dacht aan wat ze tegen hem had gezegd, voelde ze haar huid gloeien van schaamte. Hoe kunt u zo bekrompen zijn, zo ouderwets, zo wreed? Ze had de geschoktheid in haar vaders ogen gezien en nog erger: de pijn. Ze wist dat ze een grens had overschreden; ze verlangde er hevig naar het goed te maken.

Er luidde een kerkklok. Eva kreeg ineens een idee. Ze zou naar de fabriek fietsen en haar vader om vergiffenis vragen. In plaats van richting Summerleigh fietste ze naar het centrum van de stad. Ze reed langs de grote hotels en pakhuizen naar het industrieterrein van de stad. Fabrieksschoorstenen spuwden vlammen die oranje strepen door de onrustige lucht trokken. Ze hoorde het gesteun, het gekletter en de herrie van de stoommachines en hamers; ze proefde het roet in de regendruppels. De warenhuizen werden gereflecteerd in het troebele, verkleurde water van de rivier; schepen laadden kolen en stalen draagbalken uit en machineonderdelen in. Eva stelde zich die schepen voor op weg naar zee, over de oceanen, op weg naar verre uithoeken van het rijk. Omringd door het lawaai en de drukte had ze ook het gevoel dat ze tot leven kwam, dat ze wakker werd na een lange slaap, alsof ze geladen was met elektriciteit.

Op de zwart geworden bakstenen van een pakhuis zag ze door

de mist heen haar vaders naam opdoemen: J. Maclise, in meer dan één meter grote letters in witte verf. Eva bleef even in de deuropening staan en keek om zich heen. De gebouwen – pakhuis, metaalgieterijen, werkplaatsen en kantoren – vormden een onregelmatig vierkant rond een binnenplaats. Kolen en gebruikte smeltkroezen uit de ovens lagen in bergen op de met klinkers geplaveide binnenplaats. Arbeiders staarden naar Eva terwijl ze door de hekken liep, en een meisje in een bruin papieren schort giechelde tot haar buurvrouw, die haar in de ribben porde, iets tegen haar mompelde waarop ze stil werd.

In het kantoor keek meneer Foley op toen Eva binnenkwam. Meneer Foley was vaders assistent. Vader nodigde meneer Foley één keer per jaar, met Kerstmis, uit op Summerleigh. Iris deed meneer Foley graag na en beschimpte hem om zijn serieuze gezichtsuitdrukking en korte, zorgvuldig gekozen zinnen. Zo somber, zei Iris, zo saai. En hij is nog niet eens oud. Maar Eva vond dat hij een interessant, bijna aantrekkelijk gezicht had, met sterke jukbeenderen, een scherpe kaaklijn, en ogen en haar in dezelfde bruinzwarte kleur.

Zijn ogen werden groot van verbazing. 'Juffrouw Eva,' zei hij terwijl hij opstond. 'Zoekt u uw vader? Die is vandaag vroeg weggegaan, een minuut of tien geleden.'

Eva was diep teleurgesteld. Alle opwinding van haar fietstochtje was ineens verdwenen.

Meneer Foley vroeg: 'Kan ik iets voor je doen?'

Eva schudde haar hoofd. 'Nee, dank u, meneer Foley.' Ze had het alleen maar erger gemaakt door hiernaartoe te komen. Nu zou ze te laat thuiskomen en dan werd haar vader weer kwaad.

Toen ze zich omdraaide om te vertrekken, vroeg meneer Foley: 'Bent u hier alleen naartoe gekomen?' Eva knikte. 'Dan breng ik u even thuis.'

'Dat hoeft niet. Ik ben op de fiets.' Ze keek hem glimlachend aan. 'Doe geen moeite, meneer Foley.'

Toen Eva terugfietste door de stad, begon het harder te regenen. Op weg naar de buitenwijken werden de stenen villa's groter, de tuinen waren afgeschermd door smeedijzeren hekken en struiken met leerachtige bladeren. Eva had het gevoel dat haar toekomst net zo saai en voorspelbaar was als de straten om haar heen. Vader zou een einde maken aan haar lessen bij juffrouw Garnett. Ze zou het, verstikt door een gebrek aan stimulatie en zich bewust van haar eigen begrenzingen, al snel opgeven en met de eerste de beste man die ermee door kon, trouwen en de rest van haar leven opgesloten in Sheffield doorbrengen.

Er klonk een donderslag en de regen ging over in hagel. IJsballetjes kwamen in de goten en winkelportieken samen. Schoolmeisjes renden gillend door de drukte; loopjongens vloekten en gingen harder fietsen. De hagelstenen sloegen in Eva's gezicht en kletterden tegen de rand van haar hoed. Ze moest haar ogen samenknijpen om te kunnen zien waar ze reed.

Toen ze in een zee van zwarte jassen en paraplu's haar vader zich over Ecclesall Road zag haasten, sloeg haar hart een keer over. Met zijn lange, atletische gestalte stak Joshua Maclise met kop en schouders boven de meeste andere mannen uit. Eva riep hem, maar haar stem ging verloren in het gekletter van de hagelstenen en de herrie van het verkeer.

Een kar had zijn lading verloren; de straat lag vol met rapen en ze moest afstappen om zich een weg door de bende te banen. Toen ze opkeek, zag ze hem niet meer. Ze probeerde te rennen en gleed uit over de hagelstenen. Toen, terwijl de hagel minder werd, zag ze haar vader weer, die net een zijstraatje inliep.

Ze volgde hem en zag uiteindelijk zijn paraplu bij een huis staan. Eva herinnerde zich dat het het huis van mevrouw Carver was, wier echtgenoot een jaar eerder was overleden. Eva was bij het gezin op bezoek geweest om haar haar condoléances aan te bieden. Ze wist nog dat de twee zusjes Carver, die een paar jaar jonger waren dan Eva, nors en stil waren geweest, en dat hun knalrode haar ongemakkelijk bij hun zwarte jurken had afgestoken.

Nu staarde ze naar de gesloten deuren en gordijnen van het huis en het huis staarde stuurs naar haar terug. Er zaten zwarte vlekken op haar blouse en de zoom van haar jurk was ergens onderweg losgeraakt en hing schuin van haar jurk. Haar natte haar hing in een woeste, ongetemde massa op haar schouders. Haar vader had haar ervan beschuldigd dat ze onvrouwelijk was, en dat was ze ook, bedacht ze ongelukkig. Ze stapte weer op haar fiets en ging op weg naar huis. Het viel niemand op dat ze te laat was. En haar vader leek hun ruzie te zijn vergeten: toen hij een uur later thuiskwam, was zijn humeur omgeslagen. Hij haalde zijn hand door Eva's haar, ontlokte een glimlach bij Marianne en complimenteerde Iris met haar jurk. Hij had moeten overwerken, legde hij uit. Ze waren laat met een bestelling.

Eva deed haar mond open om iets te zeggen, bedacht zich, sloot hem weer en duwde de leugen weg. Ze zou hem vergeten, besloot ze; ze zou niet stilstaan bij de manier waarop die haar gemoedsrust verstoorde.

Toen Marianne vier weken eerder Arthur Leighton had ontmoet, had ze het gevoel gehad dat er iets magisch gebeurde, iets wat je maar één keer in je leven meemaakt. Maar ze had Leighton sindsdien niet meer gezien. Ze herinnerde zich dat hij tegen haar had gezegd dat hij bij de familie Palmer logeerde, en toen ze de ziekelijk bleke, schele Alice Palmer aansprak kwam ze erachter dat Leighton de dag na het bal was vertrokken. Hij had geen reden gegeven voor zijn plotselinge vertrek.

'Meneer Leighton heeft mama naar je familie gevraagd,' zei Alice. 'Mama heeft jullie zien dansen. Ze vroeg zich af of je een verovering had gedaan. Je zou heel hoog mikken als je verliefd bent op meneer Leighton, Marianne. Hij is een flinke vangst. Hij is familie van een graaf.' Alice beet op een nijnagel. 'Of was het nou een burggraaf?'

Mariannes rotsvaste overtuiging van kort na het bal dat er iets uitzonderlijks was gebeurd, verdween als sneeuw voor de zon. Misschien had Leighton (die familie was van een graaf, of misschien een burggraaf) mevrouw Palmer naar haar familie gevraagd en had mevrouw Palmer hem de waarheid verteld, namelijk dat Joshua Maclise fabrikant van scharen en messen was en dat Mariannes grootmoeder benen messenheften had gemaakt. Misschien had Leighton haar aangenaam gezelschap gevonden om de avond mee door te komen tijdens een saai provinciaal bal, maar had hij, nadat hij had ontdekt dat Marianne Maclise sociaal ver beneden hem stond, besloten haar niet nader te leren kennen.

Als ze nu in de spiegel keek, zag ze alleen maar onvolkomenheden: haar Romeinse neus, haar teint, haar ernst. Ze had heel even zicht gehad op iets geweldigs, dat haar meteen weer was afgenomen. Er was niets veranderd; het enige verschil was dat ze zichzelf nu nog meer haatte. Wat belachelijk, wat zielig dat ze zich zoveel voorstellingen had gemaakt na de gebeurtenissen van maar een paar uur. Een slimmere, ervarener vrouw, zei ze razend tegen zichzelf, zou hebben geweten dat hij alleen maar met haar flirtte.

En toen, op een avond toen Iris en Marianne waren uitgenodigd op een diner in een huis in Fulwood en Marianne met een totaal gebrek aan enthousiasme naar het voorafje op haar bord zat te staren, keek ze op en zag ze Arthur Leighton aan het einde van de lange tafel zitten. Haar hart bonkte in haar keel. Ze was bang dat ze zou flauwvallen terwijl alle dertig gasten en het bataljon bedienden het zouden zien. Struisvogelveren zwaaiden, diamanten glinsterden in het licht. Ze haalde diep adem, riep zichzelf tot de orde en keek nog eens langs de tafel. Het was Leighton. Toen hij zich haar kant op draaide, keek Marianne snel weg. Ze zou hen beiden niet nog meer in verlegenheid brengen door naar hem te gaan zitten staren als een verliefde schoolmeid.

Lakeien met witte handschoenen serveerden het eten. Er schitterden kaarsen en kristal. Zelfs de eenvoudigste dingen leken haar te moeilijk: haar glas beefde in haar hand en ze was bang dat ze het zou breken; ze liet haar servet vallen. De conversatie golfde om haar heen, als een droom, onecht. Ze zag het ongeduld in de ogen van haar tafelgenoten omdat ze niet reageerde en ze was kwaad op zichzelf. Je bent een domkop, Marianne Maclise, dacht ze, een onhandige, laffe domkop. Haar trots maakte dat ze rechtop ging zitten, een glimlach op haar gezicht dwong, en ze begon te praten. Vertelt u eens wat voor soort staal u gebruikt, meneer Hawthorne. Wat fascinerend. En uw hangsloten worden naar Amerika verscheept! Ik zou zo graag eens naar Amerika reizen... Terwijl ze sprak, werd ze zich gewaar van een kracht waarvan ze zich nauwelijks had gerealiseerd dat ze hem bezat. Ze sprankelde.

Het diner was voorbij en de dames lieten hun heren aan hun port en sigaar. Toen ze in de salon zat, verliet de vluchtige opgewektheid haar en ze voelde zich koud en beverig. Niemand scheen haar ongemak op te merken.

Toen keerden de mannen terug. Op het moment dat Marianne zag dat Arthur Leighton door de kamer naar haar toe kwam lopen, sloeg haar hart een keer over.

'Juffrouw Maclise. Ik hoopte al dat je er zou zijn.'

Ze mompelde: 'Ik dacht dat je Sheffield had verlaten, meneer Leighton.'

'Die avond dat we elkaar ontmoetten... Ik werd de volgende dag onverwacht terug naar de stad geroepen.' Hij maakte een snel, ongeduldig gebaar. 'Zaken, helaas.'

Mevrouw Catherwood zat aan de andere kant van de kamer op een sofa naar haar te gebaren. Marianne negeerde haar. 'Je gastvrouw moet de hoop hebben opgegeven, meneer Leighton,' zei ze met plotselinge scherpte in haar stem. 'De familie Palmer was zeer teleurgesteld dat je vertrok.'

'Alleen de familie Palmer?'

Mevrouw Catherwood stond op. Marianne voelde een steek van wanhoop: ze moest weg, ze hadden nog niets belangrijks tegen elkaar gezegd en misschien zou ze hem nooit meer zien.

Hij zei: 'Ik ben nog een paar dagen in Sheffield. Ik vraag me af of ik bij je op bezoek mag komen.' Toen ze niet reageerde, zei hij met meer nadruk: 'Mag dat?'

Ze realiseerde zich ineens hoeveel er van haar antwoord afhing. 'Ja, Leighton, je bent van harte welkom,' zei ze rustig.

Maar de volgende ochtend was haar zelfvertrouwen weer ver te zoeken. Er stellig van overtuigd dat hij niet zou komen, besteedde ze geen extra aandacht aan haar kleding of haar. Toen hij kwam, voelde ze zich in het nadeel in haar oude blauwe jurk, haar hoofd vol boodschappen voor de kruidenier en het recept van haar moeder dat nog moest worden opgehaald. Alice Palmers stem weerklonk in haar hoofd, sluw en kleinerend, haar waarde kil inschattend: Je zou heel hoog mikken als je verliefd bent op meneer Leighton, Marianne.

Op weg naar de zitkamer riep ze haar zussen: Iris, Eva en zelfs Clemency, die ziek thuis was van school met een zomergriepje. Ik heb jullie nodig, zei ze snibbig en ze stonden op en volgden haar.

Als ze samen met hem in één ruimte was, leek alles haar meer op te vallen. Het groen van de varen, het bladgoud op de borden. De zoete, verleidelijke geur van de kamperfoelie die door het open raam naar binnen zweefde.

De stemmen van haar zusters en meneer Leighton smolten samen in de hete, zware lucht. Het gesprek ging over het weer. Wat een prachtige junimaand... Bijna te warm...

Iris stootte Marianne aan. Ze dwong zichzelf te spreken. 'Met die hitte ga je naar het platteland verlangen. In de stad kan het zo... zo...' Ze kon niet op het woord komen: haar blik dwaalde van de ene zus naar de andere op zoek naar hulp.

'Drukkend?' zei Eva.

'Benauwd?' stelde Clemency voor.

'Afmattend,' zei meneer Leighton, waarop Marianne opgelucht zuchtte en zei: 'Ja, inderdaad. Afmattend. Vind je niet?'

'Ik heb drie jaar in India gewoond. Daarbij vergeleken is het hier heerlijk koel.'

'India!' riep Marianne, en ze zag ineens een ander, verwarrend beeld van Arthur Leighton voor zich, gekleed in het wit met een tropenhoed op terwijl hij bij een huis met veranda op een heuveltop stond. Misschien was hij wel getrouwd en weduwnaar. Misschien had hij wel over de hele wereld gereisd met in iedere havenplaats een maîtresse.

Maar toen hij naar haar keek, werd ze zich weer gewaar van dat gevoel, het gevoel dat ze bijna was vergeten, of waartoe ze zichzelf bijna had overgehaald het te vergeten. Binnen in haar leek iets te ontkiemen, iets leek tot bloei te komen. Ze duwde haar vingertoppen tegen haar handpalmen, verbijsterd door het gemak waarmee zij, de koele, serieuze Marianne Maclise, de controle over zichzelf leek te verliezen.

Het kwartier ging voorbij en hij vertrok. Marianne moest een vouw van het gordijn opzij schuiven om hem over de oprit te zien weglopen. Toen hij uit het zicht was verdwenen, leek de dag ineens grauw.

'Hij is verliefd op je,' zei Iris achter haar.

Marianne duwde haar handpalmen tegen haar gezicht en schudde haar hoofd.

'Echt waar.' Iris klonk eindelijk eens niet spottend. 'Hij is verliefd op je.'

2

In de kerk bestudeerde Eva de familie Carver. De dochters hadden een witte huid met sproeten en ze droegen hun roodachtige haar in lange vlechten. Het haar van mevrouw Carver was glanzend roodbruin, als een vossenvacht; het ontsnapte op een paar plaatsen onder de rand van haar hoed, alsof het een eigen leven leidde. Eva haalde een potloodstompje uit haar zak te voorschijn en begon achter in haar gebedenboek te tekenen. Ze was halverwege het gecompliceerde lintenpatroon op de hoed van mevrouw Carver toen de dienst was afgelopen.

De gemeente liep in twee- en drietallen de kerk uit. Eva bleef een beetje achter met haar potlood en gebedenboek in haar hand. De roodharige meisjes Carver duwden zich een weg langs haar heen. Verstopt in de schaduwrijke portiek keek Eva achterom. Er waren nog maar twee mensen in de kerk, mevrouw Carver en haar vader. Terwijl Eva haar potlood pakte om de hoed af te maken, strengelde haar vader zijn vingers door die van mevrouw Carver. Toen duwde hij haar hand tegen zijn lippen. Eva prikte met haar potlood een gat in het dunne papier. Ze zag alles in zwart-wit, in een meedogenloze helderheid. Mevrouw Carvers zwarte handschoenen, haar vaders bleke hand. Ze zag hoe haar vader zijn ogen sloot en mevrouw Carvers vingers kuste. Een of twee gemompelde woorden en toen afstand van elkaar. Eva rende de kerk uit.

Maar ze kon het beeld niet uit haar hoofd krijgen. De kerk, de kus. Het overviel haar als ze thuis aan het diner zat, of als ze met tante Hannah ging winkelen. Hoewel de winkels vlak bij Summerleigh waren, gingen aan dat uitstapje de voorbereidingen en planning van een poolexpeditie vooraf. Er was altijd een hoed die moest worden rechtgezet of een hondenriem die uit de berg shawltjes en gebedenboekjes in tante Hannahs kamer moest worden gevist. Eva had al haar kracht nodig om de zware rolstoel de heuvel op te duwen.

Hannahs aankopen waren altijd dezelfde: lavendelzeep en hoesttabletjes bij Gimpsons, kousen of zakdoeken bij de manufacturier, briefpapier en enveloppen bij de kantoorboekhandel. Uiteindelijk gaf tante Hannah Eva altijd twee penny om bij de bakker bitterkoekjes te kopen. Die aten ze dan in een nabijgelegen parkje op, waar kindermeisjes wandelwagens tussen de seringen en laurierbomen door manoeuvreerden.

Eva liet Winnie los en bood tante Hannah het laatste bitterkoekje aan.

'Nee lieverd, neem jij het maar.'

Ze schudde haar hoofd. 'Ik heb niet zo'n trek.'

'Dat zal wel door de hitte komen,' zei tante Hannah vriendelijk. Ze klopte Eva op haar hand. 'Je ziet een beetje pips. Wat egoïstisch van me dat ik je in dit weer naar buiten sleep.'

'Dat is het niet. Ik vind het leuk om met u te winkelen.'

'Wat is er dan, lieverd?' Kruimeltjes lagen op tante Hannahs zwarte boezem en kleefden aan de haren op haar kin. Ze probeerde ze vergeefs weg te vegen. 'Maak je je zorgen om je moeder?'

'Niet echt.'

'Misschien ben je nog teleurgesteld dat je van je vader niet naar de kunstacademie mag?'

'Ja,' zei Eva. Het was het gemakkelijkste antwoord.

'Je vader is een beste man, Eva. Ik heb zo'n geluk. Joshua zou geen vrijgeviger neef kunnen zijn.'

Eva wilde zeggen: goede mannen vertellen geen leugens. Goede mannen lezen je niet de ene dag de les over wat gepast is om dan de volgende dag de hand van die afschuwelijke vrouw te kussen.

'Joshua heeft moeite met verandering,' voegde Hannah toe. 'Hij heeft tijd nodig om aan een nieuw idee te wennen. Je moet geduldig zijn. Misschien verandert hij nog van gedachten.'

'Hij verandert nooit van gedachten!' zei Eva fel. 'Hij vindt de kunstacademie ongepast.' Haar lippen krulden.

'Probeer niet te wanhopen, Eva. Gods wegen zijn ondoorgrondelijk.' Hannah keek van onder de zwarte rand van haar hoed naar Eva. 'We moeten naar huis. Die hitte...'

Eva duwde de rolstoel het steile pad af. Ze liet de zware rolstoel vaart maken en rende erachter, de handvatten stevig vasthoudend. De linten van haar hoed wapperden achter haar aan en de plooien van Hannahs jurk bolden op als zwarte zeilen van een jacht. Winnie rende blaffend naast hen en er kwam een glimlach van genot op Hannah Maclises gerimpelde gezicht.

Eva vroeg zich af of ze, als ze hard genoeg zou rennen, alles waarover ze zich zorgen maakte, zou vergeten. Een paraplu bij een deur, een zinloze leugen. En haar vaders gesloten ogen – gesloten in extase, meende Eva – terwijl hij een zwart gehandschoende hand kuste.

Ash was een regelmatige bezoeker van Summerleigh geworden. Hij kwam op allerlei tijdstippen en bleef altijd langer dan de onuitgesproken maar vaste regel van een kwartier. Ze leken nooit in de zitkamer, zoals dat hoorde, maar dwaalden door de tuin of zaten als het slecht weer was in de andere, minder formele kamers. Binnen korte tijd noemden ze elkaar bij de voornaam – veel te langdradig, zei Ash praktisch, om steeds te moeten specificeren tegen welke juffrouw Maclise hij het had. Niemand riep deze overtredingen een halt toe. Moeder was nog ziek en vader kwam elke avond pas laat uit zijn werk, dus er was alle gelegenheid de regels te overtreden. Ash liet Iris zien hoe zijn fototoestel werkte, een zwaar ding van mahoniehout en koper. Een, twee, drie, vier, vijf: er kwam een flits en de zussen, in hun witte mousselinen jurken, zittend in de boomgaard, waren voor eeuwig vastgelegd.

Ash' beide ouders waren overleden. Hij had sinds zijn achtste zijn schoolvakanties doorgebracht bij zijn voogd in Grantchester, in de buurt van Cambridge. Hij logeerde momenteel bij een oude vriend van de universiteit in Sheffield en Iris registreerde ongeïnteresseerd dat hij wat liefdadigheidswerk deed. Het verraste Iris altijd enigszins dat ze genoot van Ash' gezelschap. Ze leken absoluut niet op elkaar. Ze hadden niet dezelfde interesses of dezelfde smaak. En hij kleedde zich afzichtelijk. Iris vermoedde dat hij 's ochtends eenvoudigweg aantrok wat hij het eerste tegenkwam. Hij kwam naar Summerleigh in een oud Norfolkjasje met een witte cricketbroek, of in een afschuwelijk onfris tweedgeval waarvan de ellebogen waren doorgesleten. Toen Iris, die uiterst zorgvuldig was wat betreft haar uiterlijk, hem op zijn fouten wees, knikte hij vaag.

Iris was zich sinds haar tienerjaren bewust van haar macht over mannen. Ze twijfelde er nooit aan dat als ze daarvoor zou kiezen, ze kon zorgen dat bijna iedere man verliefd op haar zou worden. Alleen de saaiste, kleingeestige mannen waren immuun voor haar aanzienlijke charmes en Ash was absoluut niet saai noch kleingeestig. Maar toch had de onrust die ze de laatste tijd voelde over haar aanhoudende gebrek aan een echtgenoot zich verdiept. Zolang ze zich kon herinneren, was ze eraan gewend het middelpunt van de belangstelling te zijn. Als een na oudste van het gezin, en de oudste – en knapste – van de meisjes, had ze veel ervaring met nodeloos vertoon door vrienden en familieleden. Maar hoewel ze genoot van Ash' aanwezigheid – en merkte, als ze eerlijk was tegen zichzelf, dat ze vond dat de dagen heel wat langer duurden als hij niet kwam – viel het haar op dat hij nooit blijk gaf van nodeloos vertoon als het haar betrof. Als iets al opviel, was het dat hij zelfs aardiger tegen haar zusjes was. Af en toe zei hij iets tegen Iris waardoor ze vermoedde dat hij haar uitlachte. Niet dat zij hem nooit plaagde met zijn verscheidene obsessies: politiek, armoede en die saaie University Settlement, en het was op een bepaalde manier wel verfrissend om met een man te praten die zijn woorden niet speciaal koos om haar te vleien. Maar ze maakte zich er wel zorgen om dat hij geen enkele openlijke poging deed haar voor zich te winnen. Hij gaf haar zelden complimentjes en had nog nooit geprobeerd haar te kussen.

Die zomer tennisten ze samen en maakten lange fietstochten. Soms dwaalden ze gewoon wat rond en ontdekten delen van de stad die Iris nog nooit had gezien. Ze hadden vaak ruzie. Hij had er een handje van haar te provoceren, een manier om stellingen in twijfel te trekken waaraan ze nog nooit had getwijfeld.

Op een dag liepen ze te wandelen toen het plotseling begon te regenen. 'Mijn hoed,' zei Iris chagrijnig. De strooien rand werd snel slap. 'Waarom verpest ik zo vaak mijn hoed als ik met jou heb afgesproken, Ash?'

Hij grijnsde. 'Mijn voogd, Emlyn, vindt hoeden niets. Hij denkt dat ze je hoofd oververhitten en dat ze slecht zijn voor je hersenen.'

Iris snoefde. 'Mijn moeder denkt dat harde geluiden, frisse lucht en het gezelschap van meer dan één persoon tegelijk slecht voor haar zijn. O,' riep ze geïrriteerd. 'Dat rotweer!'

Ze had geen jasje meegenomen en droeg alleen een mousselinen blouse en een katoenen rok. Ash zei: 'Hier. Zodat je niet verdrinkt,' en trok zijn jasje uit, dat hij om haar schouders sloeg. Hij vroeg: 'Is je moeder al lang ziek?'

'Al eeuwen,' zei Iris.

Hij keek haar vragend aan. Ze zei: 'Sorry als ik onaardig klink. Dat is niet de bedoeling. Maar het is vreselijk vermoeiend.' Ze vroeg zich af hoe ze iemand zonder familie iets kon uitleggen over het verschuiven van de macht tussen ouders, broers en zussen. 'Vroeger probeerde ik moeder altijd op te vrolijken,' legde ze uit. 'Dan ging ik naar haar kamer om met haar te praten, of om haar te vertellen wat ik die dag had gedaan. Maar ik zag aan haar dat het haar niet interesseerde en dat het geen verschil maakte, dus daar ben ik mee opgehouden. En nu is moeder hetzelfde als ze altijd is geweest, maar ik ben gelukkiger omdat ik niet in een verduisterde kamer mijn best zit te doen om een vrolijk gespreksonderwerp te bedenken voor iemand die nauwelijks antwoord geeft.'

Het begon harder te regenen en het water kletterde op het wegdek. Ash trok Iris onder de beschutting van een boom. Auto's en karren passeerden en hun wielen deden plassen water opspatten. Iris was zich bewust van de regen, die over haar rug droop, en van Ash, die naast haar stond en zijn hand zacht op haar schouder had gelegd. Ze keek naar hem op en zei: 'Je vindt me egoïstisch, hè, omdat ik niet meer tijd met mijn moeder doorbreng.'

'Dat zei ik niet.'

'Ik ben alleen praktisch. Mijn moeder is al elf jaar ziek. De doktoren zijn het niet eens over wat haar mankeert, de ene zegt dat ze een ontstoken ruggengraat heeft, een ander dat ze een zwak hart heeft en een derde is ervan overtuigd dat er iets mis is met haar bloed. Enzovoorts. Vanochtend kwam moeder naar beneden voor het ontbijt en kondigde aan dat we een zomerfeest geven. Het was net alsof ze nooit ziek is geweest. Maar zo blijft het niet, Ash. Dat is nooit zo. Niets wat ik heb gedaan, heeft haar beter gemaakt. En niets wat Marianne of Clemency doet, maakt haar beter, maar dat weten ze nog niet.'

'Misschien is het feit dat ze haar dochters bij zich heeft een hele troost voor je moeder, zelfs als jullie haar niet beter kunnen maken.'

'Misschien. Maar een van ons blijft gevangen, dat weet ik zeker. Een van ons zal niet trouwen, maar de rest van haar leven thuisblijven om voor moeder te zorgen. En ik ben vastbesloten ervoor te zorgen dat ik dat niet word.'

Hij keek haar doordringend aan. 'Ik besefte niet dat dat een mogelijkheid was.'

'Waarom zou je ook? Je bent een man. James, Aidan of Philip zal zijn leven niet hoeven opgeven om voor moeder te zorgen. Mannen doen altijd precies waar ze zin in hebben.'

Het was wat minder hard gaan regenen. Hij zei: 'Kom, we rennen.'

'Rennen? Ik kan niet rennen. Mijn schoenen...'

Maar hij greep haar hand en ze renden de straat op. Iris verloor haar hoed; maar aangezien die toch verpest was, raapte ze hem niet op. Toen ze op Summerleigh aankwamen, liet ze zich lachend en naar adem snakkend tegen hem aan vallen. Ze liepen het huis in, en ze zei: 'Weet je, Ash, ik word niet de oudevrijsterdochter die boodschappen voor moeder doet.' Haar ogen knepen zich samen. 'Alles liever dan dat. Alles.'

Tijdens zijn verblijf in Sheffield was Ash met twee gezinnen op goede voet geraakt: de familie Maclise en de familie Brown. Het contrast tussen de twee gezinnen had niet scherper kunnen zijn. De familie Brown woonde in een naargeestig huis met één kamer aan High Street Lane in het Park District van de stad, een gezin van zes mensen – moeder, vader, de tienjarig Lizzie en haar drie jongere broertjes – die allemaal in dezelfde ruimte aten en slapen.

De zomer die Ash in Whitechapel had gewerkt voor de University Settlement had hem veranderd. Hij, die nooit gebrek had gehad aan eten, had kinderen aan ondervoeding zien lijden; hij, die altijd warme kleren en een dak boven zijn hoofd had gehad, ontdekte dat er velen waren die beide misten. Hij was niet in staat te vergeten wat hij had gezien. De armoede, ellende en bovenal de oneerlijkheid van alles hadden hem razend gemaakt. Hij was uit Whitechapel vertrokken met de wetenschap dat hij iets moest doen.

Hoewel de meeste sloppenwijkbewoners veel te trots waren om hem in huis te laten – ze plakten bruin papier tegen de ramen zodat de voorbijgangers de armoede binnen niet konden zien – had de familie Brown hem uiteindelijk toestemming gegeven. Hij concludeerde dat ze zo wanhopig waren dat ze waren gedwongen zelfs hun trots op te geven. Hij had in de zomer foto's gemaakt om te laten zien hoe de familie Brown leefde; hij had het gezin heel goed leren kennen. Momenteel maakte hij zich zorgen om hun jongste kind, een baby van een paar maanden. Baby's hoorden toch te huilen? Baby's hoorden toch niet zo bleek te zijn en ze hoorden toch te reageren?

Hij ging vaak nadat hij bij de familie Brown op bezoek was geweest naar Iris vanuit de behoefte de wanhoop en het gebrek aan enthousiasme die als een donkere wolk boven de sloppenwijk hingen van zich af te schudden. Iris' vrolijkheid en opgewektheid deden hem bijna vergeten wat hij had gezien. Bijna. Het contrast tussen de beide gezinnen ging steeds meer aan hem knagen. Hij kon er niets aan doen dat hij af en toe dacht dat de rijkdom van het ene gezin op een bepaalde manier afhing van de armoede van het andere.

In juli ging hij met de familie Maclise en hun vrienden picknicken in het Peak District. De auto's en janpleziers verlieten de stad en klommen gestaag naar de heldere lucht in de heuvels. Enorme keien lagen langs de steile wanden en de heuvels glooiden scherp naar beneden. Aan de andere kant van de vallei doemden steile rotsmassa's op, die een grimmig silhouet vormden tegen de glinsterende hemel. Ze verspreidden zich in twee- en drietallen over het rotsachtige plateau. De middaghitte verwarmde de stenen.

Na de picknick dwaalde Ash af naar de groep gigantische stenen die als een enorme cairn op het hoogstgelegen stuk land lag. Toen hij voetstappen hoorde, draaide hij zich om en daar stond Iris, die haar best deed hem in te halen.

'Waar ga je naartoe?'

'Ergens,' zei hij. 'Waar dan ook.'

Hij begon de berg keien te beklimmen. Iris volgde hem. Hij gaf haar een hand om haar de stenen op te helpen klauteren. Vanaf de top van de cairn gezien waren de picknickgasten kleine, kleurrijke insecten, de parasolletjes van de dames leken distelpluis.

Iris ging naast hem op de hoogste rots zitten. 'Heb je het niet naar je zin, Ash?'

'Ik had het te heet.'

'Je hebt helemaal geen aardbeien gegeten.' Ze toverde een dichtgeknoopte zakdoek te voorschijn. Aardbeien lagen als robijnen in de vouwen van de stof; ze bood ze hem aan. Toen vroeg ze: 'Wat is er?'

Hij gooide een kiezelsteentje naar beneden en keek hoe dat van steen naar steen stuiterde. 'Zit jij er nooit mee dat je niet weet wat je nou precies moet met je leven?'

'Helemaal niet.' Ze at een aardbei. 'Ik weet precies wat ik ga doen. Ik ga met een heel rijke man trouwen en in een mooi huis met een heleboel bedienden wonen en dan zorg ik dat ik massa's nieuwe jurken en hoeden heb.'

Hij lag plat op zijn rug op de vlakke steen en keek naar haar. 'En denk je dat dat je gelukkig zal maken?'

'Natuurlijk. Perfect gelukkig.'

'Onzin,' zei hij. 'Je verveelt je binnen een week dood.'

Ze trok haar wenkbrauwen op. 'Doe niet zo gek. Waarom zou ik me vervelen?'

'Omdat het niet genoeg voor je zou zijn. Wat zou je de hele dag doen, Iris? Bloemschikken?'

'Waarom niet? En waarom moet ik hoe dan ook iets doen?'

Hij zei kalm: 'Omdat je ervan houdt regels te overtreden. Dat heb je zelf gezegd. Je zou niet tevreden zijn.'

Ze staarde hem boos aan. 'Je mag dan verschrikkelijk slim zijn, Ash, veel slimmer dan ik, maar je begrijpt het echt niet, hè? Meisjes zoals ik horen hun hersens niet te gebruiken of zich druk te maken om dingen. We horen er mooi uit te zien en een goede huwelijkskandidaat te vinden. Daar zijn we voor gemaakt.'

Soms maakte ze hem razend. Haar gebrek aan kennis van de buitenwereld; haar gebrek aan zelfkennis. Hij zei: 'En dat... accepteer je gewoon? Je accepteert gewoon een leven van... van nutteloosheid?'

Hij zag dat ze bloosde. 'Je zou ook kunnen zeggen dat ik mijn plicht doe. Dat ik een goede dochter ben.'

'Dus neem je er genoegen mee alleen een decoratieve functie te hebben... terwijl je in wezen een keiharde tante bent?'

'Een keiharde tante!' Iris was razend. 'Ash! Dat is niet waar... Wat vreselijk om dat tegen me te zeggen!'

'Kijk maar eens naar de manier waarop je net die rotsen op klautert. En die keer dat je van je fiets was gevallen...'

'Wat is daarmee?'

'Je hebt mij de steentjes uit je handen laten peuteren, maar je hebt niet één keer geschreeuwd. Niet één keer. En het moet vreselijk veel pijn hebben gedaan. Dat zag ik.'

Ze keek weg. Na een korte stilte zei ze: 'Dit alles... hoe ik eruitzie, hoe ik me gedraag... Zo hoor ik te zijn. Begrijp je dat dan niet, Ash, zo hoor ik te zijn.'

Hij zei ronduit: 'Maar dat is niet wie je bent.'

'Misschien. Maar het is nogal... nogal onbeschaafd van je om dat op te merken.'

Hij realiseerde zich dat hij haar had gekwetst, en hij schaamde zich. Hij raakte haar arm aan. 'Het spijt me, Iris. Laten we geen ruziemaken.'

Ze wendde zich tot hem. '"Een keiharde tante!"' herhaalde ze. 'Dat heeft nog geen man tegen me gezegd.'

'Dan heeft nog geen man je betere kwaliteiten zo gewaardeerd zoals ik dat doe.' Hij zag haar aarzelend glimlachen. Hij at een aardbei. 'En trouwens,' ging hij verder, 'de tijden veranderen. Er zijn vrouwelijke doktoren en vrouwen die rechten studeren aan de universiteit. En kijk eens naar de suffragettes...'

'Als je denkt dat ik zo'n idiote paars, wit en groene hoed ga dragen en met een spandoek door de straten ga paraderen, dan vergis je je!'

Ze staarden elkaar razend aan. 'Zie je nou wel? Nu hebben we weer ruzie!' riep ze. 'Waarom geniet je er zo van me boos te maken?'

Hij stond op en keek over de vallei. 'Draag de kleuren die je wilt, Iris, maar laten we niet ruziemaken.' Hij zuchtte. 'Ik ben al twee jaar afgestudeerd en ik heb me nog steeds nergens op toegelegd. Ik moet iets beslissen. Ik heb het gevoel dat ik alleen maar... watertrappel.'

'Wat is er mis met watertrappelen? Wat is er mis met plezier maken?'

'Ik wil iets betekenen voor de wereld, begrijp je? En dat kan niet als je constant van het ene naar het andere fladdert.'

Toen ze geen antwoord gaf, keek hij naar haar en zei: 'Ben je het er niet mee eens dat ik iets voor de wereld wil doen? Vind je me arrogant? Of naïef?'

'Ik denk altijd dat het onmogelijk is het leven van anderen te veranderen. Mensen kunnen alleen hun eigen leven veranderen. En vaak genoeg lukt dat niet eens.'

'Maar we kunnen het wel proberen.'

Ze stond op. 'Vertel me waaraan je denkt, Ash, dan kies ik wel voor je.'

'Medicijnen... Of journalistiek. Of misschien rechten.'

Ze begon de heuvel af te slenteren, naar de andere picknickgasten. 'O, dat is eenvoudig,' zei ze. 'Rechten natuurlijk.'

'Waarom?'

Ze liep een stukje onder hem; ze keek op. Ze glimlachte schalks. 'Omdat je dan kunt discussiëren zoveel je wilt, toch?'

Ze verdween achter een kei. Hij bleef boven haar staan wachten tot ze weer zou verschijnen en keek toen toe hoe ze, een glinstering van witte mousseline en goudblond haar, terugrende naar haar vrienden.

Marianne had uitgekeken naar de picknick, ze had verwacht dat ze zich, weg van thuis zonder de mogelijkheid dat Arthur Leighton op bezoek zou komen, rustiger zou voelen. In plaats daarvan voelde ze zich rusteloos en kregelig. Met de wetenschap dat ze hem niet zou zien, sprankelde er niets aan de dag.

Ze ging een stukje wandelen, weg van de groep. Om haar heen leek het landschap te glinsteren, blauwzwarte schaduwen verzamelden zich in de rotsholtes, het zonlicht schitterde op de rotsen, alsof er diamanten in de grove zandsteen zaten.

In de verte volgde een auto de bocht in de weg. Zilverachtige vlekken werden door het glas en metaal weerkaatst. Toen hij de brug naderde, ging de auto langzamer rijden tot hij stil stond. De chauffeur stapte uit. Marianne herkende Arthur Leighton en haar hart begon te bonken. Ze zag hem aarzelen en in haar richting kijken tot hij haar herkende en op haar af kwam lopen.

Hij zei: 'Ik moet je alleen spreken.'

'Meneer Leighton...'

'Ik twijfel er niet aan dat je zussen als hagedissen over de rotsen verspreid zijn, maar niettemin moet je me toestaan met je te praten.'

Hij leidde haar over een smal paadje naar de stroom, waar varens smaragdgroen in de donkere spleten tussen de stenen schitterden en het water kronkelde en opspatte.

'De eerste keer dat ik je zag, op het bal, was ik vervuld van je schoonheid. Ik kon mijn ogen niet van je afhouden. En toen, toen we praatten, had ik het gevoel dat we geestelijk ook op één lijn zaten.' Zijn stem klonk laag en dringend. 'Vertel me wat je denkt.'

'Dat weet ik niet,' fluisterde ze.

'Wat weet je niet?'

'Ik weet niet wat je van me wilt.'

'Dat is eenvoudig. Ik wil jou.'

Ze snakte naar adem. Hij drukte zijn lippen tegen de rug van haar hand. Ze sloot haar ogen en voelde dat haar benen een beetje beefden. Ze hoorde hem fluisteren: 'Arm kind, je verbrandt levend in die zon. Zo'n witte, witte huid.'

Toen hij de holte van haar elleboog kuste, huiverde ze. Hij trok haar naar zich toe en ze voelde de warmte en kracht van zijn lichaam door haar dunne zomerblouse en rok heen. Zijn mond raakte zacht haar hals. Toen hun lippen elkaar uiteindelijk raakten, had ze het gevoel dat ze verdronk, oploste, dat zij, Marianne Maclise, die altijd zo apart leek, zo los van alle anderen, begon te vervagen, samensmolt met hem. Het gekletter van het stroompje werd gebulder, de zon scheen meedogenloos, en zij stond in brand.

Iets maakte dat Marianne haar ogen opende en opkeek. Ze maakte weer deel uit van de wereld; ze hoorde het geluid van schoenen op rots en zag een groenwit gestreepte parasol tegen de blauwe hemel dansen.

Ze maakte zich van hem los. 'Daar is mevrouw Catherwood,' zei ze op dringende toon.

Mevrouw Catherwood, met een rood gezicht in de hitte, kwam op een drafje op hen af. 'Marianne, lieverd, we konden je nergens vinden. We gaan thee drinken.' Haar kraalogen registreerden meneer Leighton, verstarden even en keken toen kwaad. 'Kom je ook, meneer?'

'Dank u, maar nee.'

Hij zou weer gaan, dacht Marianne, hij zou haar weer alleen laten. Het was ondraaglijk. 'Alsjeblieft...' fluisterde ze.

'Je moet me excuseren, Marianne. Ik heb dit ritueel jaren geleden ondergaan, toen ik jonger was en ik geef er de voorkeur aan het nu niet te herhalen.' Hij greep haar handen. 'Maar, mijn lieveling, ik moet weten...'

Mevrouw Catherwood stond naar hen te kijken. Het was ondraaglijk, dacht Marianne, dat haar intiemste gevoelens zo publiekelijk werden getoond. Ze zei snel: 'Mijn moeder organiseert een zomerfeest. Dan kom je toch, Leighton?'

Marianne keek hoe hij terugliep naar zijn auto. Toen ze mevrouw Catherwood terug het pad op volgde, zag Marianne dat een van haar knoopjes los was. Ze maakte het met bevende vingers weer dicht. Ze herinnerde zich de warmte van zijn huid op die van haar, de druk van zijn tong aan de binnenkant van haar lip, de manier waarop zijn handen de contouren van haar lichaam hadden ontdekt. En ze had niet geprobeerd hem tegen te houden. Een uur geleden had ze het niet voor mogelijk gehouden dat ze er zo naar zou verlangen dat Arthur Leighton haar steeds weer zo zou aanraken.

Iris genoot niet zo van de picknick als ze had verwacht. Het eten was uitgedroogd door de hitte, de champagne was lauw en het gesprek vlak en doelloos, hier en daar doorboord met een sarcastische opmerking.

Alice Palmer nam Iris apart. 'Mevrouw Catherwood heeft Marianne alleen met Leighton aangetroffen,' fluisterde ze. 'Ze stonden te kussen!' Alice keek scheel; haar loensende oog moest moeite doen zich op Iris te concentreren. 'Wat zou dat een verrassing zijn, als Marianne eerder zou trouwen dan jij, Iris. Ik weet nog wel dat toen jij je debuut maakte, iedereen dacht dat je in je eerste seizoen zou worden weggekaapt. Ik zou het vreselijk vinden als Louisa eerder zou trouwen dan ik. Stel je voor dat je bruidsmeisje van je jongere zusje moet zijn! Dat lijkt me gruwelijk.' Ze tikte speels met haar waaier op Iris' arm. 'We dachten allemaal dat jij de eerste van de Maclisezusjes zou zijn die zou trouwen. Je kunt er beter niet te lang mee wachten, Iris.'

Terugdenkend aan hoe Leighton naar Marianne had gekeken, realiseerde Iris zich met een zwaar hart dat het heel goed mogelijk zou zijn dat een van haar zusjes eerder zou trouwen dan zij.

Ze had die mogelijkheid altijd buiten beschouwing gelaten: Marianne was te stil, te ernstig, Eva was te ongeïnteresseerd en Clemency te jong. En zij was per slot van rekening de oudste en de knapste. Het zou idioot zijn, en absoluut vernederend, als een van haar zusjes eerder zou trouwen dan zij. Dat kon niet, dat mocht niet gebeuren.

Na de thee leidde Charlotte Catherwood, de beste vriendin van Iris, haar weg van de mensen. 'Ik moet met je praten, Iris. Ik moet je iets vertellen.' Charlotte haalde diep adem. 'Ik heb besloten dat ik verpleegster word.'

Iris staarde haar aan. Als Charlotte had gezegd: ik heb besloten op ontdekkingsreis in Afrika te gaan, of: ik heb besloten non te worden, zou ze niet geschokter zijn geweest.

'Verpleegster?' herhaalde ze. 'Lottie, doe niet zo belachelijk!'

'Ik wil aan het einde van het jaar met mijn opleiding beginnen.'

'Lottie, dat kan niet.' Iris zag dat Charlotte het meende, en ze riep: 'Maar waarom in hemelsnaam?'

'Omdat ik denk dat ik nooit zal trouwen,' zei Charlotte rustig. 'Ik ben tweeëntwintig, Iris. Ik heb vier jaar geleden mijn debuut gemaakt. Toen ik achttien was, werd er niemand verliefd op me, dus waarom zou dat nu wel gebeuren? Vooral aangezien steeds jongere en knappere meisjes hun debuut maken.'

'Maar... verpleegster. Dat is zo vermoeiend... zo gruwelijk...'

'Als verpleegster kun je reizen. Als verpleegster kun je de wereld zien. Ik zal onafhankelijk zijn en eigen geld hebben. En dan hoef ik niet te blijven om te zien hoe alles altijd bij het oude blijft.' Charlotte keek om zich heen. 'Moeder is wakker geworden. Ik ga even kijken of ze hulp nodig heeft met de theespullen.' Voordat ze wegliep, zei ze: 'Jij moet ook eens overwegen verpleegster te worden, Iris.'

'Ik?'

'Waarom niet? We zouden samen ontzettend veel lol hebben.'

Toen Charlotte weg was, pakte Iris haar parasol en liep weg van het gezelschap. Ze voelde diep in zich de paniek opwellen. Om zichzelf gerust te stellen, ging ze haar lijstje van mannelijke kennissen na. Een van hen zou er toch wel mee door kunnen als echtgenoot? Het waren allemaal vriendelijke, aangename jongens, uit vermogende en gerespecteerde families. Gerald Catherwood vroeg haar om de paar maanden ten huwelijk en zelfs Ronnie had een keer een aanzoek gestameld. Maar het drong met een schok tot haar door dat het minstens zes maanden geleden was dat Gerald voor het laatst een aanzoek had gedaan. Misschien had hij de hoop opgegeven. Misschien hield hij niet meer van haar.

Nou, zei ze tegen zichzelf, en de broer van de meisjes Hutchinson, Oswald? Ze wuifde het idee meteen weg; Oswald was best aardig, maar hij was saai, saai, saai. Of Alfred Palmer. Belachelijk, dacht Iris, geschokt door de gedachte zichzelf in de kerk voor het altaar te zien met de brede, pompeuze Alfred Palmer.

Of Ash, dacht ze ineens. Hoe zou het zijn om met Ash getrouwd te zijn? Dat zou onmogelijk zijn. Ze zouden aan de lopende band ruziemaken. Maar het zou niet saai zijn, en het zou niet belachelijk zijn.

Ze bleef even staan en keek over haar schouder. Ze zag dat Ash van de cairn af kwam en terugliep naar de picknickgasten. Ze keek naar hem met samengeknepen ogen en zag hoe lang hij was en hoe gemakkelijk hij zich bewoog. Ash, dacht ze nogmaals. Waarom zou ze niet met Ash trouwen? Ze moest toch met iemand trouwen, en snel ook. Anders liep ze het risico te lang te wachten en te eindigen als oude vrijster.

Ze had altijd het talent gehad te zorgen dat iedere man die ze uitkoos verliefd op haar werd. Iris betrapte zich erop dat ze stond te glimlachen en ze keek ineens, voor het eerst, verwachtingsvol uit naar het zomerfeest van de familie Maclise.

Eva wachtte in het smalle steegje tegenover J. Maclise en Zonen; haar fiets stond tegen de muur. Aan één kant van de straat stond een jongen die manden en paardenzwepen verkocht; een mooie koets met gesloten gordijnen stond aan de andere kant.

Regendruppels sijpelden van Eva's regenjas en vormden glanzende poeltjes op het wegdek. Vaders werknemers begonnen door de ijzeren hekken naar buiten te komen. Eva keek uit naar een hoge hoed, een paraplu. Ze zou haar vader op de fiets volgen, besloot ze, en als hij naar het huis van mevrouw Carver liep, zou ze hem aanhouden voordat hij daar het pad opliep. Ze zou zeggen dat ze verkeerd was gereden op weg naar huis en dat ze was verdwaald. Ze had hem op straat zien lopen en hem opgelucht ingehaald bij het huis van mevrouw Carver.

Ze kon niet beslissen wat ze daarna zou zeggen. Ik wist niet dat mevrouw Carver zo'n goede vriendin van u was, vader. Of: arme mevrouw Carver, ze moet vreselijk eenzaam zijn, wat attent van u dat u haar gezelschap houdt. Alles voelde te opdringerig of te vaag. Ze zei tegen zichzelf dat de juiste woorden wel zouden komen. Uit de uitdrukking op haar vaders gezicht en de blik in zijn ogen zou ze wel kunnen afleiden of haar vermoedens ergens op waren gebaseerd.

Kort nadat de laatste arbeider van Maclise naar buiten was gekomen, kwam haar vader door het hek. In plaats van richting het centrum te lopen, liep hij naar de chique koets. Er was beweging, het paard werd onrustig en het gordijn viel open. Eva zag een glimp van de vrouw die in de koets zat te wachten en zag hoe haar vader naar voren leunde om haar te kussen toen hij het donkere interieur instapte. Eva zag glanzend gevlochten haar, rood-bruin als een vossenvacht, toen reikte een zwart gehandschoende hand omhoog en trok het gordijn dicht.

De koets reed de weg af en werd opgeslokt door de regen en de hoge, bakstenen gebouwen. Eva kon zich een paar minuten niet bewegen. Toen riep ze zichzelf streng tot de orde, om het beeld van haar vader die mevrouw Carver kuste in die chique koets van zich af te schudden.

Ze fietste verblind weg en reed zomaar een kant op. Ze bemerkte dat ze door de menigte op straat werd meegenomen richting de Shambles, de vleesmarkt, waar kleine, breedgebouwde mannen in leren schorten hun messen slepen en runderen die bestemd waren voor de slacht loeiden terwijl ze door de smalle straten werden gedreven. De geur van bloed en mest was weeïg en zwaar; Eva's maag draaide zich om. Ze reed ineens langs de spoorweg; ze hoorde het gegil van stoom en het gekletter van wagons en machines. De vallende regen sleepte een mengelmoes van afgestreken lucifers en stro door de goot mee en liet een donker laagje op het afbladderende witte stucwerk van de bakstenen gebouwen achter.

De straten en huizen om haar heen waren klein en armoedig; ze voelde dat haar hart sneller begon te kloppen nu ze zich realiseerde dat ze in de sloppenwijk terecht was gekomen, een plaats die haar verboden was. Ze stapte van haar fiets, die ze over de doolhof van steegjes en donkere binnenplaatsen duwde, en liep koppig verder. Ze wilde het zien; ze wilde het weten.

Ze was in een andere wereld terechtgekomen. Zelfs de winkels waren anders. Stukken vlees hingen aan haken in de etalage zonder ruit van de slager en vliegen zoemden in een zwarte wolk boven een karkas dat aan de overkapping hing. Op de stoep bij een pandjeshuis stond een lange rij mensen. Er lagen wat spullen in de etalage: een mannenjas met lappen op de ellebogen, een goedkope petticoat van calicot, geel geworden door ouderdom. Op een klein pleintje tussen andere panden zat een oude vrouw op een omgekeerde kist, versleten kleding voor haar op straat uitgestald om te verkopen.

Kleine kinderen speelden in de waterplassen; ze staarden naar Eva toen ze kwam langslopen. Vrouwen met diepliggende ogen zaten bij hun voordeur baby's te voeden. Luiers en lakentjes, grauw van viezigheid en tot op de draad versleten, hingen druipend aan waslijnen tussen de huizen. Eva liep als gehypnotiseerd verder. Het ontstelde haar dat zo veel mensen werden samengeperst op zo weinig ruimte, waar alles vies en donker was, waar alleen een beperkt palet van zwart-, grijs- en bruintinten te zien was en waar zelfs het blauw van de hemel verdrongen werd door een waas van rook en roet.

Midden in al die ellende hoorde ze muziek. Ze volgde het geluid en vond moeizaam haar weg door een smal steegje waar een troep honden om een afgekloven bot vocht en waar een versleten bank, waar het paardenhaar in plukken uitstak, naast een stenen trap stond. Het steegje liep naar een plein waar kinderen dansten op de muziek van een straatorgel. Meisjes in met lappen verstelde schorten sprongen en draaiden met een serieus en geconcentreerd gezicht pirouetten. Terwijl de orgeldraaier aan de hendel draaide en zijn aapje kunstjes deed, balde een klein meisje met staartjes haar vuistjes en hupte van de ene voet op de andere.

Eva had zichzelf ook graag verloren in de muziek, ze had willen walsen. Maar in plaats daarvan liep ze langzaam het plein af, haar gedachten constant bij haar vader. Ze had altijd bewondering gehad voor zijn energie, kracht en vitaliteit, net zoals ze altijd was afgeschrikt door haar moeders slechte gezondheid. Van nature teergevoelig bracht ze zo weinig mogelijk tijd door in haar moeders veel te warme, verduisterde kamer. Maar op dit moment scheen Eva Maclise, die misselijk werd van het aanzicht van bloed, haar net zo verachtelijk voor als Joshua Maclise, die zo terloops zijn vrouw bedroog. Ze toonde zelf de zichtbare tekenen van haar vaders rijkdom in de zachte witheid van haar handen, in de zijde en fijne wol die ze droeg. Ze voelde een zwaarte over zich heen komen, een bewustwording van haar eigen medeplichtigheid aan de aanleg van deze armoedige straatjes, en ze wist dat ze net zo min kon meedoen aan de dans als ze zichzelf in de vodden van de oude vrouw had kunnen kleden.

Het beeld van haar vader, vooroverbuigend om mevrouw Carver in die mooie koets te kussen, bleef haar bij. Met een plotselinge, drukkende helderheid besefte ze dat ze niemand mocht vertellen wat ze had gezien. Als haar moeder over mevrouw Carver zou horen, zou de schok haar te veel kunnen worden. Eva, die haar hart op haar tong droeg, zou moeten leren dingen te verhullen.

Ze keek om zich heen en het drong met toenemende paniek tot haar door dat ze was verdwaald. De hoge muren van de bakstenen gebouwen blokkeerden het laatste daglicht. Mannen zaten op de stoepjes van huizen, rokend, dobbelend of kaartend, met een tevreden blik in hun ogen. Hun blikken volgden haar toen ze hen passeerde. Iemand riep naar haar: 'Zin in een borrel, liefje?' en ze ging sneller lopen. Zijn stem volgde haar terwijl ze zich door een smal steegje haastte. 'Waarom heb je zo'n haast, liefje? Ik zei: schatje, waar ga je zo snel naartoe?'

Iemand rende haar voorbij; ze moest zich tegen een muur drukken om hem langs te laten. Een andere man kwam vloekend achter hem aan. De mannen begonnen te vechten waar het steegje breder werd en uitliep in een rommelig pleintje achter een rijtje winkels; ze gebruikten hun vuisten en ellebogen, ze trapten met hun spijkerschoenen. Eva liet haar fiets vallen en rende verblind de steeg uit. Haar hart bonkte in haar oren en haar longen leken te knappen.

Toen ze uit de steeg een bredere weg op rende, knalde ze tegen een warm en veerkrachtig lichaam aan en ze kwam plotseling, ademloos tot stilstand. Een stem zei: 'Juffrouw Eva.'

Ze keek op en zag meneer Foley. Hij hield haar bij haar schouders vast om haar op de been te houden. Haar vingers grepen de mouwen van zijn jas, alsof ze alleen door dat te doen veilig zou zijn. Ze moest zichzelf dwingen hem los te laten en een stap achteruit te doen.

'Gaat het wel?' Hij zag er bezorgd uit.

Ze zuchtte van opluchting. 'Ja. Ja, natuurlijk.' Ze zou nooit hebben geloofd dat ze blij zou zijn om de saaie, zure meneer

Foley tegen het lijf te lopen. 'Maar mijn fiets! Ik ben mijn fiets kwijt!'

'Waar is die dan?'

'Daar.' Ze tuurde angstig het steegje in.

'Ik ga hem wel halen. Wacht hier maar even.'

Hij verdween het schemerduister in. Ze zocht in haar zakken naar een zakdoek. Toen ze er geen vond, veegde ze haar natte gezicht met de mouw van haar jas af.

Na een paar minuten verscheen meneer Foley weer, met haar fiets aan de hand. Hij zei: 'Ik breng u wel even thuis,' en deze keer ging ze niet tegen hem in.

Ze voelde de vragen die hij niet stelde op zich drukken terwijl ze naar het centrum terugliepen. Haar geest voelde leeg, uitgewrongen, en ze kon geen excuses noch leugens bedenken. Na een tijdje begon hij haar over zijn zus te vertellen, een lerares, en over haar leerlingen. Het lukte haar een of twee keer te glimlachen.

Summerleigh was in zicht toen ze zei: 'Ik denk dat ik het laatste stuk beter alleen kan lopen, meneer Foley.'

'Natuurlijk,' zei hij en hij gaf haar haar fiets.

'En... alstublieft...' begon ze en aarzelde toen.

'We hebben elkaar vandaag niet gezien,' zei hij. 'Als je dat liever hebt.'

Boven aan de oprit keek ze over haar schouder, en ze zag dat hij had gewacht tot ze de veiligheid van haar huis had bereikt. Toen stak hij ter afscheid een hand op, draaide zich om en liep de heuvel af.

Op de avond van het zomerfeest van de familie Maclise, vlak voordat de eerste gasten zouden arriveren, kwam het gezin samen in de hal. Tante Hannah was zoals gebruikelijk in het zwart gekleed, een gitzwarte broche was haar enige concessie aan de festiviteiten van die avond. Lilian droeg een opgesmukte mauvekleurige jurk van zijden crêpe de Chine. De diamanten in haar oren en om haar hals accentueerden haar frêle schoonheid. Marianne, Iris en Clemency waren in het wit. Als de vrouwen bewogen, fluisterden de laagjes van hun petticoat, een froufrou van kantjes en lintjes, en hun lange slepen ruisten. Korsetten snoerden hun taille in en benadrukten hun borsten en heupen. De lucht was zwaar van de geur van viooltjes, anjers en lelies.

'Waar is Eva?' vroeg Marianne.

Er bewoog iets boven aan de trap. James keek op. 'Lieve god,' mompelde hij nauwelijks hoorbaar. Er ontsnapte een brul uit Joshua Maclises mond en Lilian keek omhoog naar waar Eva, in een loszittende, witte rok en met haar donkere haar los en boven haar schouders kortgeknipt, de trap af kwam.

Het diner duurde eindeloos; Marianne vond iedere gang mislukt. Haar blik gleed af en toe langs de tafel naar het hoofdeinde, waar Arthur Leighton naast moeder zat. Als hun blikken kruisten, had ze het gevoel dat ze niet meer kon bewegen, dat haar zin bleef steken terwijl de kamer verstilde, en dat de andere gasten vervaagden tot zij de enige twee mensen in de kamer waren. Ze vroeg zich af of hij van haar hield. Hield zij hem net zo bezig als hij haar? Een gevoel van gelukzaligheid welde in haar op, een mengeling van opwinding, verrukking en een plotselinge overtuiging dat ze vlak voor een geweldig avontuur stond.

Iris zag Ash een beetje afgezonderd van de andere gasten bij de openslaande deuren staan.

'Ash,' zei ze. 'Ga je niet dansen?'

Het was de bedoeling dat dit het gebruikelijke antwoord zou ontlokken: Alleen als jij met me danst, Iris, maar Ash schudde alleen zijn hoofd en zei: 'Nu even niet.'

'Het diner was niet geweldig, hè?'

'Acht gangen...'

'Nou. Een hele opgaaf om het allemaal naar binnen te werken.'

'Ik bedoelde dat ik niet inzie waarom iemand acht gangen nodig zou hebben.'

'Het is geen kwestie van nodig hebben.'

'Nee,' zei hij. 'Dat is wel duidelijk.'

'O, Ash, doe toch niet zo afkeurend!'

In tegenstelling tot wat ze half verwachtte, bood hij niet glimlachend zijn excuses aan. In plaats daarvan zei hij abrupt: 'Excuseer me, Iris. Ik heb wat frisse lucht nodig.'

Hij verdween door de openslaande deuren de tuin in. Iris voelde zich intens geërgerd. Dat hij haar zomaar alleen liet staan! Behalve een slechte bui voelde ze een plotselinge angst in zich opwellen. Ze staarde in het raam naar haar spiegelbeeld. Glansde haar haar minder? vroeg ze zich af. Begon haar teint doffer te worden?

Nou, dacht ze kwaad terwijl zich omdraaide naar de kamer, ze zou wel zorgen dat hij snel spijt zou krijgen dat hij haar alleen had gelaten. Ze wist wel hoe ze ervoor moest zorgen dat een man haar opmerkte.

Ze bestudeerde opvallend haar balboekje terwijl ze door de kamer liep naar een groepje jonge mannen dat bij de haard stond. 'O, hemel,' pruilde ze. 'Ik heb geen partner voor de volgende dans.'

'Dan moet je maar met mij dansen, Iris,' zei Oswald Hutchinson gretig. 'De rest heeft twee linkervoeten.'

'Nonsens,' protesteerde Ronnie Catherwood. 'Dans met mij. Ik zal je niet zoals Oswald vervelen met de kolenprijs.'

'Jij gaat haar met cricket vervelen,' zei Gerald Catherwood. 'Je weet dat je het over niets anders dan cricket kunt hebben, Ronnie. Dans met mij, Iris. Mijn conversatie is interessanter dan die van Ronnie en ik dans beter dan Oswald.'

In een opwelling van schalksheid onderbrak Iris hun geklets: 'Ik ga met Summerbee dansen.' Tom Summerbee was een vriend van de familie Catherwood.

Ronnie Catherwood kreunde. Gerald protesteerde: 'Je kunt onmogelijk met Summerbee dansen. Dat kan hij helemaal niet.'

Gerald had gelijk: dat kon hij helemaal niet. En hij verveelde haar ook niet met cricket of kolen; hij zei – met een rood en bezweet gezicht – helemaal niets. Ze waren halverwege de dans toen Iris vanuit haar ooghoek zag dat Ash weer binnen kwam. Ze boog zich verder naar Tom toe en glimlachte verleidelijk naar hem.

'Ik heb je al zolang niet gezien, Tom. Waar heb je in hemelsnaam gezeten?'

'Oxford.'

'Oxford. Betekent dat dat je vreselijk slim bent?'

'Niet e-echt.'

Iris zuchtte theatraal. 'Ik ben helemaal niet slim. Ik was vreselijk slecht op school.'

Hij hijgde: 'Dat k-kan ik me niet voorstellen. Als ik je zo zie, zou ik denken dat je overal vreselijk goed in bent, juffrouw M-Maclise.'

'Denk je dat, Tom?' Ze wachtte tot hij zou gaan zeggen dat hij zo dol was op de kleur van haar blauwe ogen, of dat hij zijn ziel zou verkopen voor een lok van haar haar. Toen hij niets zei (hoewel hij ondertussen wel even donkerrood was geworden als de gordijnen) zei ze verdrietig: 'Soms ben ik bang dat je me niet erg aardig vindt.'

'N-niet erg aardig vindt?'

'Je vraagt me bijna nooit ten dans.'

Hij struikelde en Iris moest snel bewegen om haar tenen te redden. 'Ik ben niet zo'n goede d-danser,' zei hij verontschuldigend.

Er viel nog een, veel langere, stilte. Iris begon zich te vervelen: ze vroeg zich af of het niet zonde van de moeite was: flirten met Tom Summerbee om Ash jaloers te maken.

Hij zei plotseling: 'En het zijn zulke idioten!'

'Oswald en de jongens Catherwood? Ja, daar zul je wel gelijk in hebben. Maar je kunt wel lol met hen hebben.'

'Je gaat toch niet met een van hen t-trouwen, hè?'
Ze zei geruststellend: 'Dat lijkt me niet.'

Die middag had Ash zijn camera meegenomen naar het huis van de familie Brown in High Street Lane. De ouders waren weg, en ze hadden de jongens onder de hoede van Lizzie achtergelaten. Na een tijdje was het hem opgevallen dat de baby, die in een kartonnen doos lag te slapen, wel erg stil lag. Hij raakte het gezichtje van de baby aan; het was koud. Het drong tot hem door dat de baby in zijn slaap moest zijn overleden en dat het niemand was opgevallen wanneer dat precies was gebeurd. Maar het kind was aldoor al zo stil geweest.

Hij had Lizzie naar buiten gestuurd om haar ouders te zoeken, en hij had de jongetjes mee naar buiten genomen zodat ze niet met het dode kind in een kamer hoefden te blijven. Toen de ouders terugkwamen, had hij hun al het geld dat hij bij zich had, gegeven voor de begrafenis. En toen was hij teruggegaan naar het huis van zijn vriend, waar hij een paar stevige glazen whisky had gedronken in een vruchteloze poging de gruwelen van die middag weg te vagen, waarna hij zich had omgekleed om naar het zomerfeest van de familie Maclise te gaan.

Twee gezinnen had hij leren kennen: de families Brown en Maclise. Nooit had het contrast tussen de twee groter geleken. Beelden van die middag spookten nog door zijn hoofd terwijl hij zichzelf dwong te eten en hij ondertussen toekeek hoe de matrones van Fulwood en Abbeydale pronkten met de rijkdom van hun echtgenoot en de huwbaarheid van hun dochters. Hij keek ook naar Iris, hij zag hoe ze van de armen van de ene naar die van de andere overging, oogverblindend mooi in het wit en zich nestelend in hun omhelzing. Zijn blik bleef hangen op haar rode, pruilende mond, de bleke glooiing van haar hals en schouders. Hij zag hoe ze tergend dichter bij haar partner ging dansen en hoe die, de arme idioot, naar haar keek met open mond en neergeslagen ogen.

Toen verliet hij misselijk de balzaal en liep door de tuindeuren naar buiten de tuin in, waar hij met uitgestrekte armen en zijn gezicht ten hemel gericht bleef staan en de regen op zich liet vallen.

De hitte hing zwaar in de plantenkas en varens wierpen kantachtige schaduwen op de terracottategels. De regen roffelde op het glazen dak.

Leighton begon: 'Je weet vast wel waarom ik je wil spreken, Marianne.'

Marianne dacht terug aan de picknick: het stroompje onder de brug en Arthur Leightons lippen die over haar huid streelden. Ze schrok van de hevigheid van haar verlangen naar hem.

Vriendelijk zei hij: 'Kom, Marianne. Ik wil je niet bang maken.'

'Na het bal bij de familie Hutchinson, toen ik je niet zag, dacht ik dat je misschien vond...'

'Wat vond ik precies, Marianne?'

'Dat ik niet goed genoeg voor je ben. Alice Palmer zei...'

'Wat? Wat zei juffrouw Palmer?'

'Dat je familie bent van een burggraaf. Of een graaf.'

'Is dat zo?' Hij keek geamuseerd. 'Nou, ik heb wel een oudoom die baronet is. We hebben geen contact, hij heeft lang voordat ik werd geboren ruzie gehad met zijn broer, mijn grootvader.' Zijn glimlach verdween van zijn gezicht. 'Dacht je dat ik op je neerkeek?'

Ze stak haar kin omhoog. 'Was dat dan niet zo?'

'Nee. Je vader is fabrikant, Marianne, en ik zit in de scheepvaart. Ik zie niet wat daar zo anders aan is. We zijn allebei mannen die onszelf grotendeels hebben opgewerkt. Maar er zijn dingen die je moet overwegen. Het leeftijdsverschil, bijvoorbeeld. Jij bent twintig en ik ben achtendertig.'

'Dat kan me niet schelen.'

'Echt niet? Ik ben blij dat te horen. Hoewel ik wel vind dat je erover moet nadenken. Als jij vijfenveertig en in de kracht van je leven bent, ben ik in de zestig, een oude man. En dan is er ook nog de vraag of het eerlijk zou zijn als ik je bij je familie zou weghalen. En als we zouden trouwen...'

Als we zouden trouwen... Het gekletter van de regen leek haar verrukking uit te drukken.

'Als we zouden trouwen, zou ik je moeten vragen Sheffield te verlaten. Ik zal eerlijk tegen je zijn: ik heb een hekel aan het platteland. Ik vind het heel wat om iemand die zo jong is, te vragen alles achter te laten. Je zou natuurlijk bij je familie op bezoek kunnen gaan en ze mogen bij ons komen wanneer je maar wilt. Maar je zou hen niet dagelijks kunnen zien, zoals je gewend bent'.

'Soms verlang ik ernaar alleen te zijn,' zei ze. 'Soms draait mijn hoofd dol van van al die nieuwtjes en ruzies.'

'Maar je zou niet alleen zijn. Je zou bij mij zijn.'

'Je bent een deel van mij.' Ze voelde zich heerlijk bevrijd nu ze die woorden eindelijk uitsprak. 'Als ik bij jou ben, vind ik mezelf leuker, Arthur.'

Hij deed de glazen deuren open om koelere lucht binnen te laten. 'Mijn liefste Marianne,' zei hij zacht. 'Die eerste keer dat we elkaar ontmoetten, voelde ik zo'n band tussen ons. En toen... Ik denk dat ik bang was. Bang dat de geschiedenis zich zou herhalen. Ik ben namelijk verloofd geweest, weet je, heel lang geleden, toen ik veel jonger was. Ik had alle ellende van een paar seizoenen in Londen ondergaan en toen ontmoette ik een meisje, en ik vroeg haar ten huwelijk. Ze heeft onze verloving twee weken voor het huwelijk verbroken. Ze had iemand anders ontmoet. Je hebt me een keer verteld dat je het moeilijk vindt te beslissen, dat je altijd twee kanten aan alles ziet. Ik wil je niet overhalen met me te trouwen als je twijfels hebt. Ik kan je alle voordelen geven die rijkdom met zich meebrengt en misschien kan ik je een voller, rijker leven bieden dan je nu leidt. Ik kan je een prachtig huis bieden, interessant gezelschap en we zouden ook kunnen reizen.

Maar dat is misschien niet wat je wilt. En als dat het geval is, heb ik liever dat je het nu tegen me zegt. Ik zal je besluit accepteren, weggaan en je nooit meer lastigvallen.'

'Reizen, gezelschap, huizen... Dat kan me allemaal niets schelen,' zei ze hartstochtelijk. 'Hield je van haar? Van dat meisje met wie je bijna bent getrouwd? Hield je van haar?'

'Ik dacht van wel.' Hij omsloot haar gezicht met zijn handen. 'Maar dat was niet zo. Ik hou van jou, Marianne. Ik heb nog nooit van iemand gehouden zoals ik van jou hou.'

Ze was zo gelukkig, dat ze zich dronken voelde. Toch deed ze een stap achteruit, ineens achterdochtig, bang voor de valkuilen van de liefde, de kans op pijn. 'Verlaat me nooit,' zei ze gepassioneerd. 'Je moet me beloven dat je me nooit, nooit verlaat.'

Hij haalde een klein, blauw leren doosje uit zijn zak. Toen hij het opende, zag ze de diamanten ring. 'Voor eeuwig en altijd,' zei hij terwijl hij de ring om haar vinger deed. 'Ik zal voor eeuwig en altijd van je houden, Marianne. Tot in de dood, als dat nodig is.' De regen sloeg op het dak en liep de goten in toen hij haar kuste.

Ze zou hoe dan ook zorgen dat Ash met haar zou dansen, besloot Iris. Het was niet eerlijk dat hij haar zo behandelde. Ze tikte op zijn schouder. 'Je kunt niet naar ons feest komen en ons dan allemaal negeren. Dat is onbeleefd.'

'Ik heb jullie helemaal niet genegeerd. Ik heb met je moeder, Marianne en tante Hannah gepraat. O, en James probeerde me geld te ontfutselen; daar kon ik hem helaas niet mee helpen. Waar is Eva, trouwens? Dat wil niemand me vertellen.'

'Ze is onwel. Dat is tenminste het officiële verhaal. Eerlijk gezegd is ze in onmin. Ze heeft haar haar afgeknipt. Ze ziet eruit als een geschoren schaap. Vader heeft haar naar haar kamer gestuurd.' Ze keek hem indringend aan. 'Bedoel je dat je alleen mij negeert?'

Hij knipperde met zijn ogen. 'Zo te zien ben je nogal bezet.'

'Ik ben nu helemaal niet bezet. Ik heb deze dans speciaal voor jou bewaard, Ash.'

'Ik heb niet echt zin om te dansen.'

Zijn haar was in de war en was nat van de regen: hij moet een hele tijd in de tuin zijn geweest, drong het tot haar door. En hij had een harde helderheid in zijn ogen die ze nog nooit had gezien en die haar had moeten waarschuwen. Maar ze lachte en zei: 'Een rothumeur is geen excuus. Ik beveel je met me te dansen, Ash.'

Ze dacht even dat hij zou weigeren, wat ondraaglijk zou zijn geweest, maar toen leidde hij haar naar de dansvloer. 'Ik begon al te twijfelen of je wel kon dansen.'

'Ik heb vele verborgen talenten.'

'Daaraan heb ik nooit getwijfeld.'

'Ik heb bijvoorbeeld uitgedokterd wat het doel van dit alles is. Het is niet bepaald zo dat iedereen het naar zijn zin heeft, toch?'

'Ik begrijp niet hoe je dat kunt zeggen. Het gaat allemaal geweldig.'

Hij keek op haar neer. Hij had een berekende uitdrukking in zijn ogen die haar niet erg beviel. Hij zei: 'De mannen doen zaken en de vrouwen sluiten verbonden. Dit gaat niet over plezier. Het gaat over geld. En macht.'

Hij was een uitstekende danser, maar zij, die gek was op dansen, genoot er niet zo van als ze had gedacht. Ze voelde zich ongemakkelijk door iets in zijn stem, door de glinstering in zijn ogen.

Hij zei: 'Jullie organiseren een achtgangendiner omdat dat mogelijk is. Jullie kunnen je het eten, de wijn en de bediening veroorloven. Het is gemakkelijk voor jullie. En dan is er nog de kleding die jullie dragen.'

'Mijn jurk? Vind je mijn jurk niet mooi, Ash?'

'Dat weet ik niet. Daar heb ik niet bij stilgestaan.' Zijn blik gleed over haar heen en hij bestudeerde haar van top tot teen. 'Eerlijk gezegd vond ik de kleding die je naar de picknick droeg leuker.'

'Ik kan op zo'n avond toch geen eenvoudig mousselinen rokje aantrekken!'

'Dus draag je diamanten en struisvogelveren omdat je dat kunt. Je ziet er misschien leuker uit in iets eenvoudigers, maar je kleding wordt niet uitgezocht om de schoonheid, maar om te laten zien wat je waard bent. En die bloemen op je jurk...' Zijn vingers gingen over de witte zijden roosjes die Iris langs haar halslijn had genaaid. 'Weet je hoeveel de vrouwen die die maken, krijgen betaald?'

Ze begon zich aan hem te ergeren. 'Ik heb geen flauw idee.'

'Ze werken veertien uur per dag. Ze verdienen één shilling en drie penny voor een gros... Dat zijn honderdvierenveertig bloemen...'

'Ik weet wat een gros is,' zei ze stijf. 'Ik beslis niet wat mensen verdienen. Ik geloof direct dat het allemaal heel zwaar is. Maar dat is niet mijn schuld.'

'Mensen zoals je vader beslissen dat,' zei hij met plotselinge verbittering.

'Dan kun je mij daarvan moeilijk de schuld geven. Ik heb geen penny eigen geld, Ash. We zijn geen erfgenames. Ik heb echt geen penny.'

Weer die schattende blik. 'Maar er zijn ook andere soorten macht, toch?' Ze zag dat zijn blik naar de haard dwaalde, waar de jongens Catherwood, Oswald Hutchinson en Tom Summerbee stonden. 'Je hebt bijvoorbeeld die puppy's daar. Kijk hen nu eens. Hun tong hangt uit hun mond in afwachting van een vriendelijk woord van jou.'

'Je bent vanavond niet erg aardig, Ash.'

'En jij bent vanavond niet erg vriendelijk.' Hij bleef zo plotseling stilstaan dat ze tegen hem aan botste. 'Als je niet om hen geeft, moet je dat tegen hen zeggen.'

'Dat is nonsens!' zei ze razend. 'Ze nemen het helemaal niet serieus. Ze weten dat het een spel is.'

'Voor Tom Summerbee is het geen spel.'

Ze bloosde. 'Hoe kun je dat zeggen?'

'Omdat hij me op de gang in een hoek dreef en erop aandrong dat ik een fles champagne met hem deelde. En toen hij dronken genoeg was, vertelde hij me hoe hij over je denkt.'

Hij had te veel gedronken, besefte ze. Ash had te veel gedronken. Daarom stonden zijn ogen overdreven helder en kon hij de woede in zijn stem nauwelijks verhullen. Hij verraste haar; ze had niet gedacht dat hij het soort man was dat niet met drank kon omgaan.

De muziek stopte en de dans was ten einde. 'Je vergist je,' zei ze kil voordat ze van hem wegliep. 'Je bent hier niet aan gewend. Je hebt te lang opgesloten gezeten in die stoffige oude scholen en colleges. Zoals ik al zei, het is gewoon een spel.'

Maar tot Iris' onnoemlijke ergernis botste Tom Summerbee tegen haar aan toen ze de balzaal uitliep en hij stond erop haar alleen te spreken. Ze liepen naar de plantenkas en daar, tussen de palmbomen en ficussen, knielde hij voor haar neer en vroeg haar ten huwelijk.

Ze mompelde de gebruikelijke formule over hoe vereerd ze zich voelde maar dat ze zijn aanzoek niet kon aannemen, in de veronderstelling dat het daarmee afgedaan zou zijn, dat ze terug zou gaan naar de balzaal, de laatste wals zou dansen en misschien, heel misschien, als ze zich niet zou kunnen inhouden, Gerald over Tom Summerbee vertellen. Ze was een uitstekende imitatrice en kon Gerald altijd aan het lachen krijgen.

Maar toen sprong Tom op en wierp zich op haar om haar te kussen. Hij was verrassend sterk en veel krachtiger dan ze uit zijn makke gedrag had afgeleid. Uiteindelijk moest ze hem een duw geven, waardoor hij zijn evenwicht verloor, tegen een plantenpot tuimelde en die omgooide, waardoor de aarde en bladeren over de vloer gingen.

Ze zei op haar vernederendste toon: 'Mijn hemel, meneer Summerbee, dat had ik niet van u verwacht.'

In plaats van zich te verontschuldigen en de rommel op te ruimen, ging hij op de tegels zitten en begon met zijn handen voor zijn gezicht te snikken. Toen jammerde hij: 'Maar ik hou van je, Iris.'

'Nee, dat doe je niet,' zei ze scherp. 'Doe niet zo idioot. Natuurlijk hou je niet van me.'

Hij keek met natte ogen naar haar op. 'Jawel. Ik wil met je trouwen. Ik dacht dat je hetzelfde voor mij voelde. Ik dacht dat je daarom met me wilde dansen.'

Er was een knoopje van haar handschoen geschoten en er zat aarde aan de zoom van haar jurk. 'Natuurlijk trouw ik niet met je,' zei ze ijzig. 'Hoe haal je het in je hoofd te denken dat ik dat zou willen?'

Hij kromp ineen, sprong toen op en rende de plantenkas uit, Iris alleen achterlatend om de treurvijg op te ruimen. Wat dom en irritant van Tom Summerbee om het allemaal zo verkeerd te begrijpen, om een beetje flirten te interpreteren als een liefdesverklaring. Het was een spel, zoals ze tegen Ash had gezegd en door haar zo vast te pakken, en door zo te huilen, had hij de regels overtreden.

Het regende de hele nacht; de volgende ochtend gleden dikke druppels traag van de goot en het dak. Zo vlak na het feest hing er een zwaarte over Summerleigh. Lilian lag weer in bed, Joshua had zich teruggetrokken in zijn werkkamer en de zussen zochten hun toevlucht op hun gebruikelijke plaatsen: een vensterbank, een zomerhuisje en de plantenkas, waar, zo had Marianne het gevoel, een energie tussen de bladeren en bloemen sprankelde die was aangewakkerd door de gebeurtenissen van de voorgaande avond.

Na het kerkbezoek vroeg tante Hannah of ze Joshua kon spreken. Hannah Maclise woonde sinds het overlijden van Joshua's vader, Hannahs broer, vijftien jaar eerder, in het huis van Joshua. Haar slaapkamer en zitkamertje waren op de begane grond omdat ze moeite had met trappen lopen. Haar kamers stonden volgepropt met de persoonlijke herinneringen aan meerdere generaties van de familie Maclise. Een aquarel die ooit van Joshua's vader was geweest, hing tussen een daguerreotype van zijn grootvader (lange bakkebaarden en een veroordelende, presbyteriaanse, kwade blik) en een schets die Eva van Winnie als puppy had gemaakt. Een pop die ooit van een allang overleden oudtante was geweest, zat tussen een koperen kandelaar en een pruilend porseleinen herderinnetje genesteld.

Hannah bood Joshua sherry aan uit een glaasje zo groot als een vingerhoed. Toen zei ze zonder verdere omhaal: 'Ik wil het met je over Eva hebben, Joshua.'

Joshua maakte een geluid dat uiting gaf aan verwarde woede. Hannah zei vastberaden: 'Lieverd, Eva is erg ongelukkig.'

'Ongelukkig? Dat mag ik hopen, na hoe ze zich gisterenavond heeft gedragen!'

'Eva's gedrag was inderdaad laakbaar. Maar we moeten naar de oorzaak kijken.'

'De oorzaak is wel duidelijk,' zei hij langzaam. 'Lilian is de oorzaak. Ze heeft de meisjes verwaarloosd... Ja, tante Hannah, ze heeft hen verwaarloosd. Ze heeft de afgelopen elf jaar grotendeels in bed of op het continent op zoek naar genezing doorgebracht. Meisjes hebben een moeder nodig en mijn meisjes hebben die niet gehad en daarom gaat het nu zo slecht met hen.'

'Het zijn geen slechte meisjes, Joshua,' zei Hannah vriendelijk.

'O, Marianne en Clemency zijn lief, dat is waar. Ze veroorzaken niet vaak problemen. Maar Eva en Iris...'

'Eva is gewoon koppig, Joshua. En Iris...'

'Iris is een flirt,' zei hij ronduit. 'Ik heb gisterenavond wel gezien hoe ze er een half dozijn aan het lijntje houdt. En ze heeft vier jaar geleden haar debuut gemaakt, ze kost me een fortuin aan jurken en dergelijke, en nog is het haar niet gelukt een echtgenoot te vinden! Als ze niet uitkijkt, blijft ze alleen achter. Of erger.'

'Iris is een pittig type,' zei Hannah tactisch.

'Pittig!' zei Joshua snoevend. 'Zo kun je het ook zeggen. En Eva... die is verwend. Ondankbaar.'

'Eva wil graag haar zin krijgen. Net als jij, Joshua.'

Joshua zuchtte. 'Ik wil haar niet ongelukkig maken. Ik maak me zorgen om haar; ze ziet zo pips. Ze heeft nauwelijks wat tegen me gezegd de afgelopen weken. Ik wist niet dat ze zo, zo... niet-vergevensgezind kon zijn.' Hij dronk in één teug zijn glaasje leeg en voegde toe: 'Ik heb altijd alleen maar het beste voor hen gewild.'

'Dat weet ik, lieverd.'

'U hebt gedaan wat u kon voor de meisjes, tante Hannah, en mevrouw Catherwood is zo vriendelijk geweest, maar ik ben bang dat ze losslaan. God mag weten wat er van hen terechtkomt.' Joshua haalde een hand door zijn dikke, grijze haar en keek stuurs voor zich uit. 'En dan James. Die knul heeft een gat in zijn hand... Hij heeft geen zelfbeheersing. Mannen houden van een borrel en een mooi meisje, maar James weet van geen ophouden. Hij moet de waarde van geld leren. De ellende is dat hij er niet voor heeft moeten vechten, zoals ik.'

Hannah klopte op zijn hand. 'Je moet hem wat tijd geven. Alle jongemannen kunnen zich wild gedragen... Dat deed jij ook, Joshua, als je daar zin in had.'

Zijn zoons moesten uiteindelijk de firma overnemen waarvoor Joshua zo hard had gewerkt en die hem zo veel tijd had gekost. Maclises gereedschappen – vijlen, zagen, zeisen en onderdelen voor landbouwwerktuigen – werden over de hele wereld verscheept. Het was belangrijk dat zijn zoons een goede neus voor zaken hadden en dat zijn dochters een goed huwelijk zouden afsluiten, en dan het liefst met mannen uit families in Sheffield, om relaties op te bouwen met andere fabrikanten. Soms was hij bang dat de wereld veranderde en hem achterliet. Zowel Amerika als Duitsland produceerde nu goed staal dat goedkoper was dan Brits materiaal.

Joshua's politieke overtuigingen van een mild paternalistisch conservatisme begonnen uit de mode te raken en werden bedreigd door revolutionaire impulsen van onruststokers en anarchisten. De opgang van de vakbonden knaagde aan hem: hij zag er het nut niet van in. Hij kende al zijn werknemers bij naam, stelde geen onredelijke eisen aan hen en hij had niet, zoals zo velen, naar aanleiding van de afgenomen vraag de lonen verlaagd. Maar hij was zich bewust van de groeiende onrust. Zelfs de vrouwen leken niet langer tevreden, maar waren tot hellevegen geworden die politieke bijeenkomsten verstoorden en zichzelf vastketenden aan hekken.

Hannah onderbrak zijn overpeinzingen. 'Ik wil iets voorstellen, Joshua. Ik wil graag de kosten op me nemen om Eva naar de kunstacademie te laten gaan. Nee... luister alsjeblieft naar me. Ik heb wat eigen geld en ik kan niets bedenken waaraan ik het anders wil uitgeven.'

'Het is niet het geld waarmee ik moeite heb. Het is al die onzin. Waarom kan ze niet gewoon trouwen en rustig leven, zoals een verstandig meisje?'

'Omdat ze dat niet kan, Joshua,' zei Hannah scherp. 'En als je Eva dwingt haar leven te leiden op een manier die tegen haar natuur ingaat, zul je haar te gronde richten.'

Er viel een stilte. Toen mompelde Joshua: 'Dat is niet wat ik wil. Dat weet u.'

'Dan moet je je trots inslikken en haar vertellen dat je je hebt vergist.'

Hij gromde: 'Waarom moet het allemaal zo moeizaam gaan? Een mans thuis hoort zijn heiligdom te zijn. Ik haal tegenwoordig opgelucht adem als ik op de fabriek kom.'

'Natuurlijk, Joshua,' zei Hannah. 'Je houdt van je werk.'

Haar toon had iets venijnigs dat hem deed zwijgen en nadenken. Hoewel hij klaagde over de lange dagen die zijn werk hem dwong te maken, wist hij dat hij hield van de scherpe geur van de cokes en de vlammen in de ovens, het gevoel van nijverheid en resultaat. Hij had aan het einde van iedere werkdag bewijs van zijn werk. Hij vond het heerlijk de stalen staven in de ovenruimte te zien afkoelen, en naar de dozen vol vijlen, zagen en machineonderdelen, allemaal apart ingepakt in bruin papier, in het pakhuis te kijken. Hij moest dingen maken en het resultaat van zijn noeste arbeid in zijn handen kunnen houden.

Was dat ook, vroeg Joshua zich af, wat Eva nodig had? Een meisje kon hem natuurlijk niet opvolgen bij J. Maclise en Zonen, maar gaf haar schilderwerk haar hetzelfde gevoel van vervulling en prestatie?

'Hmm,' zei hij, en hij verschoof ongemakkelijk op Hannahs gladde, kastanjebruine bank. Het was te heet, te klein en te vol in die kamer. En hij zou zijn ziel verkopen voor een flinke borrel. Zijn blik kruiste die van Hannah. 'Maar... Londen, Hannah!' protesteerde hij. 'En alleen! Er kan daar van alles met haar gebeuren!'

'Nonsens,' zei Hannah opgewekt. 'Eva is daar volkomen veilig. Ik wil nog iets voorstellen. Ze kan naar Sarah Wilde. Je kent Sarah nog wel, Joshua.'

Joshua herinnerde zich een bezoek langgeleden aan een vriendin van Hannah in Bloomsbury. Het huis had vol gestaan met gekooide vogels en stoelen die zo klein en krakkemikkig waren dat een man er niet op kon zitten.

'Sarah vindt het leuk als Eva bij haar komt wonen. Sarah heeft behoefte aan gezelschap en ze kan Eva in de gaten houden.' Hannah keek hem met een troebel blauw oog recht aan. 'Nou, Joshua. Stem je ermee in?'

Dat deed hij met tegenzin. Kort daarna, toen hij Eva toestemming had gegeven naar de kunstacademie in Londen te gaan, was hij teleurgesteld dat ze haar armen niet om hem heen sloeg en hem omhelsde, zoals hij had verwacht, maar in plaats daarvan haar dankbaarheid had beperkt tot een paar beleefde zinnen en een plichtmatig kusje op zijn wang.

Toen ze was vertrokken en hij alleen in zijn studeerkamer zat, schonk Joshua een glas whisky in en dronk het in één teug leeg. Toen zette hij het glas neer, legde zijn handen tegen zijn gezicht en kreunde hard. Hij wist dat hij er de laatste tijd zijn hoofd niet bij had, dat hij moeite moest doen zijn gedachten bij de dagelijkse zaken te houden. De reden dat hij zo was afgeleid, was er een die hij aan niemand kon toevertrouwen: Katharine Carver.

Mevrouw Carver was weduwe. Joshua had Stanley Carver, wijlen haar echtgenoot, jarenlang gekend. Stanley was de eigenaar van een fabriek in Attercliffe die spiraalboren en tandraderen maakte. Iets langer dan een jaar geleden was Stanley overleden aan een hartstilstand, waardoor Katharine met twee jonge dochters was achtergebleven en, zo vermoedde Joshua, zonder veel geld. Als familievriend had Joshua tactvol aangeboden te helpen, wat mevrouw Carver had afgewimpeld. In eerste instantie waren zijn bezoekjes aan het gezin Carver ingegeven door plichtsbesef, maar naarmate de tijd verstreek, was hij gedreven geraakt door iets anders dan plicht. Hoewel hij Katharine Carver altijd een aantrekkelijke vrouw had gevonden, had hij zich pas na het overlijden van Stanley aangetrokken gevoeld door dat volle, roodbruine haar, haar lengte en rechte houding. Ze straalde in alles vitaliteit uit... in tegenstelling tot Lilians bleke lusteloosheid.

Hij betrapte zichzelf erop dat hij zo eens in de twee weken naar mevrouw Carver ging. Katharine had hem noch aangemoedigd vaker te komen, noch ontmoedigd. Gedurende de dag zag hij Katharine Carver vaak voor zich. Hij had zich in jaren niet zo gevoeld, niet sinds hij Lilian het hof had gemaakt. Hij leek de zorgen en spijt van zijn volwassen leven van zich af te werpen. Het ging niemand wat aan behalve hemzelf, hield hij zich voor. Er stak geen kwaad in om een oogje te houden op de weduwe van een goede vriend. Want dat was alles wat ze waren: vrienden.

Tot drie maanden geleden, dan. Hij was op een avond op bezoek gekomen en had mevrouw Carver alleen in de keuken aangetroffen. Er stond drie centimeter water op de vloer. Ze legde uit dat er een waterleidingspijp was gesprongen. Ze had de meid om een loodgieter gestuurd; de kokkin was op de natte tegels uitge- gleden, had haar rug verrekt en lag boven in bed.

Tussen de soda en desinfecterende middelen kroop Joshua on- der de gootsteen en draaide de hoofdkraan dicht. Toen hij op- stond, zei ze: 'Joshua, je jas,' en ze probeerde het stof eraf te ve- gen. Toen nam hij haar ineens in zijn armen en kuste haar. Het was vreemd en heerlijk om na zo'n lange tijd een vrouw te kus- sen en in tegenstelling tot wat hij half had verwacht, duwde ze hem niet weg, maar beantwoordde ze zijn kussen, haar lippen zacht en hongerig.

Hij had daar, op dat moment, in de keuken, de liefde met haar bedreven. Het was totale gekte: met de kokkin boven en de meid en de loodgieter onderweg. Niet dat hij er lang over had gedaan... Hij had te veel jaren naar liefde gehongerd om veel finesse te to- nen. Nadat de loodgieter zijn werk had gedaan en de bedienden waren weggestuurd, waren ze naar boven gegaan. In het brede ei- ken houten bed dat Katharine voorheen met haar echtgenoot had gedeeld, hadden ze nogmaals de liefde bedreven. Deze keer had hij er de tijd voor genomen, en hij was er trots op geweest dat het haar ook genot gaf.

De gebeurtenissen van die middag hadden een ander mens van hem gemaakt. Hij had zich weer jong gevoeld, jong en sterk. Maar zijn extase was altijd vermengd met schuldgevoel. Hij hield nog steeds van Lilian, hij was nooit opgehouden van haar te hou- den. Hoewel ze nu achter in de veertig was en zeven kinderen had gebaard, was ze voor Joshua nog steeds het blonde, slanke meis- je op wie hij verliefd was geworden. Maar Lilian had zijn bed niet meer gedeeld sinds voor de geboorte van Philip en die was onder- tussen elf. Joshua wist niet meer wanneer het tot hem was door- gedrongen dat hij nooit meer de liefde zou bedrijven met zijn vrouw. Er was niet een bepaald moment geweest dat hij zich dat had gerealiseerd, maar het kwam als een geleidelijk en zielvernietigend bewustzijn van verlies. Meer dan wat dan ook, meer dan de grijze haren op zijn hoofd of het dikker worden van zijn middel, had het beëindigen van dat deel van zijn leven hem zich oud doen voelen. Met zijn drieënvijftig jaar schokte het hem te denken dat hij nog tien of twintig jaar zou kunnen leven zonder ooit nog een vrouw aan te raken.

Hij kon natuurlijk voor seks gaan betalen. Er waren achterafstraatjes in Sheffield waar het eenvoudig genoeg was om zo'n transactie aan te gaan. Soms, als hij 's avonds naar huis liep, overwoog hij oogcontact te maken met een van de protserige, beschilderde wezens die in de deuropeningen stonden. Maar dat had hij niet gedaan. De jonge meisjes deden hem aan zijn dochters denken en de oudere vrouwen hadden een vermoeide, doodse blik in hun ogen. Hij had genoeg verbeeldingskracht om zich de walging voor te stellen die hij ten aanzien van zichzelf zou voelen na zo'n samenzijn. En hij had niet alleen behoefte aan seks. Hij had behoefte aan zowel affectie als fysieke ontlading en in ieder geval wilde hij het idee hebben dat iemand hem had uitgezocht.

Dat Katharine hem had gekozen, voelde wonderbaarlijk. Als hij zijn ogen sloot, zag hij haar, zag hij de vouwen en kloofjes in haar bleke huid, zag hij haar zachte, ronde schouders en haar ronde buikje. Soms, als hij op straat liep of in een treinwagon zat, dacht hij dat hij haar parfum rook en dan draaide hij zich om om haar tussen de mensen te zoeken. Alleen in de ratelende duisternis van een koets gleed hij met zijn duim over zijn vingertoppen, alsof hij op die manier haar voluptueuze lichaam kon voelen.

Maar hij wist dat het slecht was wat hij deed, dat hij Lilian onrecht deed en dat hij door zijn huwelijksgelofte God onrecht deed. Hij besloot steeds opnieuw een einde aan de affaire te maken. Maar zijn overtuiging ebde altijd weer weg. Was het de nabijheid van Katharine die hem zijn goede voornemens deed vergeten? Of was het Lilians afstandelijkheid, Lilians ongenaakbaarheid die hem dagelijks herinnerde aan de eenzaamheid die hij in zijn eigen huis voelde?

Voordat hij nog een glas whisky voor zichzelf kon inschenken, werd er op de deur geklopt. De meid zei: 'Meneer Leighton wil u spreken, meneer,' en Joshua schudde zichzelf wakker, alsof hij de gedachten aan Katharine Carver op die manier kon verjagen. Toen vroeg hij haar Arthur Leighton binnen te laten.

Nadat haar vader het gezin had verteld dat hij Arthur Leighton toestemming had gegeven om met Marianne te trouwen, na een lange en opgewonden discussie over de trouwdatum, de bruidsmeisjes en de uitzet, en nadat ze had ingeschat dat niemand haar zou missen, glipte Iris het huis uit de tuin in.

Het was opgehouden met regenen, maar de grond was nog nat. Iris ging op de schommel zitten. Ze had hoofdpijn, ze had al de hele dag hoofdpijn, en ze voelde zich ellendig en bang. Marianne ging trouwen; Eva ging naar de kunstacademie. Terwijl ze daar zo op de schommel zat, vielen er regendruppels uit de bladeren van de bomen, die paarse vlekjes op haar roze jurk maakten, en ze erkende de wanhopige aard van haar situatie. Zij zou eindigen als de ongetrouwde dochter, thuis gevangen, de verpleegster van haar moeder.

Nooit, dacht ze fel. Ze zou trouwen, en snel ook. Ze was lang genoeg kieskeurig geweest.

Ze hoorde een hek opengaan en daarna voetstappen op het gras. Toen ze opkeek, zag ze Ash. Herinneringen aan de vorige avond waren nog als onderhuidse blauwe plekken achtergebleven, maar ze stak haar kin omhoog en riep naar hem: 'Kom je om je excuses aan te bieden?'

Hij liep naar haar toe. 'Ik kom afscheid nemen.'

'Afscheid nemen?'

'Ik heb besloten terug te gaan naar Cambridge.'

Ooit, toen ze kinderen waren, waren ze naar de kust van Scarborough geweest. Ze was te ver het water in gegaan en was door een golf omver gegooid. Zo voelde ze zich nu ook: ademloos, geschokt, alleen in de zee.

'Ik neem morgen de eerste trein,' zei hij. 'Ik kon niet weggaan zonder afscheid te nemen.'

'Maar je kunt niet weggaan!' schreeuwde ze.

'Dat moet.'

Hij had iets hards over zich wat ze van de avond ervoor herkende. Ze flapte eruit: 'Maar je kunt niet weg, Ash! Hoe moet dat dan met mij?'

'O, jij redt je wel, Iris. Jij bent het type dat het altijd wel redt.'

'Wat bedoel je?'

Hij haalde zijn schouders op. 'Niets.'

'Je vindt me egoïstisch, hè? Je denkt dat ik alleen maar om mezelf geef.' Ze stond van de schommel op waarbij haar zijden shawl van haar schoot gleed. In de tijd die het kostte om zich te bukken en hem op te pakken, drong het tot haar door wat ze moest doen. Deze keer moest ze de gelegenheid niet laten glippen. Dit was haar kans. Dit was misschien haar laatste kans.

'Nou, dat is niet waar. Ik geef wel om anderen. Ik geef bijvoorbeeld om jou, Ash.'

'Ik vind het aardig dat je dat zegt.'

'Ik meen het. Je vindt me harteloos. Nou, ik kan veranderen. Ik weet dat we het niet altijd eens zijn...'

'Misschien is dat wat ik zal missen.' Hij keek achter zich naar het huis. Zijn starende blik bleef hangen. 'De tijd die ik met jullie heb doorgebracht... Het was... anders. Anders dan alles wat ik ooit heb gedaan.'

'Op een leuke manier anders?'

'Meestal wel.'

'Ondanks het feit dat we steeds ruziemaken?'

'Ja, nou ja, we zijn niet hetzelfde, hè? Dat heb je zelf gezegd. Jij omzeilt liever de onaangenaamheden in het leven. Terwijl ik...'

Hij hield op met praten en haalde diep adem. 'Maar goed, zoals ik al zei, ga ik morgen weg.'

Vol vuur zei ze: 'Ik denk dat je je vergist. We hebben heel veel overeenkomsten. We lachen om dezelfde dingen. Dezelfde voorwendselen vervelen ons.' Ze zag in het schemerlicht voor het eerst de zwarte kringen onder zijn ogen. 'Je ziet er moe uit, Ash.'

'Ik heb slecht geslapen,' zei hij met een flauwe glimlach.

'Arme Ash,' zei ze zacht. En toen trok ze hem tegen zich aan en legde zijn hoofd tegen haar schouder. Hij leek zich tegen haar aan te ontspannen. Haar vingers gingen door zijn dikke, blonde haar. Ze zag het stukje huid tussen zijn kraagje en zijn haar. Ze kuste het en voelde hem verstillen. Hij keek op; zijn lippen streelden die van haar. Toen ging hij plotseling rechtop staan en deed een stap achteruit.

'Iris...'

Ze zei snel: 'Het is goed.'

'Natuurlijk niet.' Hij schudde wild zijn hoofd. 'Ik heb me gisteravond erg genoeg gedragen. Ik ben hier niet gekomen om me nog afschuwelijker te gedragen.'

'Ik bedoel...' Haar mond was droog, ze was ineens bang, maar ze was niet iemand om niet te doen wat er van haar werd verwacht, dus zei ze snel: 'Ik bedoel, als we waren verloofd, zou het goed zijn.'

'Verloofd?' Hij staarde haar uitdrukkingsloos aan.

'Is dat zo'n vreselijk vooruitzicht?'

'Iris, ik had niet gedacht...'

'Wat?' Ze staarde hem aan. 'Nooit? Kom op, Ash.'

'Nooit.' Zijn stem klonk beslist.

Ze werd koud vanbinnen. Ze fluisterde: 'Maar dat moet wel. Je bent zo vaak op bezoek geweest... Je bleef altijd zolang... En we hebben gisterenavond gedanst...'

'Jij vroeg mij ten dans.'

'Ja. Inderdaad.' Haar stem ebde weg. Iets in haar leek pijlsnel

aan een lange, donkere val te beginnen. Ze hoorde zichzelf ongelovig zeggen: 'Maar je moet om me hebben gegeven!'

'Dat doe ik ook... Ik geef om je.'

'Maar niet op die manier?'

Hij hief zijn handen. 'O, Iris, waarover zouden we praten, jij en
ik? Ik wil de wereld verbeteren! Ik wil boeken lezen, discussiëren
over belangrijke zaken, ik wil de wereld begrijpen!'

'En ik niet?' Haar stem klonk schril.

'Daar ben jij niet voor gemaakt, toch?' Hij schudde snel zijn
hoofd en zei toen vriendelijker: 'Er is niets mis mee om bewondering te willen. Je verdient het bewonderd te worden, Iris, je bent
een mooi meisje. En er zullen heel wat mannen heel gelukkig zijn
met een meisje dat alleen is geïnteresseerd in... nou ja, wat voor
kleur haar volgende jurk heeft.'

Ze fluisterde: 'Maar jij niet?'

Hij keek weg. 'Het spijt me.'

Haar hoofd bonkte als een trommel, maar ze trok zichzelf omhoog en fluisterde: 'Het hoeft je niet te spijten. Ik hoef geen
medelijden.'

Hij begon iets te zeggen, maar ze onderbrak hem. 'Ik wil graag
dat je gaat, Ash.'

'Iris...'

'Ga weg. Ga alsjeblieft weg.'

Ze keek niet hoe hij van haar wegliep, maar ze wendde zich af
met haar blik geconcentreerd op de donker wordende tuin, haar
nagels in haar handpalmen geduwd om te voorkomen dat ze van
vernedering ging huilen. Toen ze zeker wist dat hij weg was,
opende ze haar handen en keek ernaar. Er stonden rode halvemaantjes in en ze zag dat er, waar ze nog maar twee maanden eerder haar handen had opengehaald nadat ze van Clemency's fiets
was gevallen, nog steeds witte vlekjes op haar huid zaten, alsof
die niet goed had kunnen genezen.

Nu was haar paniek zo intens dat ze er even van buiten adem

was. Wat moest ze doen? Waar moest ze heen? Ash wilde haar niet; niemand wilde haar. Marianne en Eva gingen het huis uit en zij zou de enige volwassen dochter zijn die nog op Summerleigh woonde. Ze zou de rest van haar jeugd wegkwijnen terwijl ze het huishouden regelde en klusjes voor haar moeder deed.

En toen herinnerde ze zich wat Charlotte tegen haar had gezegd: jij moet ook eens overwegen verpleegster te worden, Iris.

Op een ochtend haalde Clemency haar moeders brieven om op de bus te doen toen Lilian zei: 'Alles wordt natuurlijk anders voor me nu drie van mijn dochters het huis uitgaan.'

Clemency zei timide: 'Maar u hebt mij nog, moeder.'

'Is dat zo, lieverd?' Lilian glimlachte naar Clemency. 'Je bent zo'n lief meisje, Clemmie. En je helpt me zo goed.'

Clemency werd roze. 'Ik?'

'Natuurlijk! Je bent zo... zo rustig.'

Clemency, die altijd het gevoel had gehad dat ze bij Lilian op de tweede plaats kwam na Marianne, was gevleid en voelde zich geraakt. Ze zei impulsief: 'Ik zou alles voor u doen, moeder!'

'Echt, lieverd? Ga jij dan niet bij me weg?'

'Nooit.'

'Ik zou het je helemaal niet kwalijk nemen als je dat wel deed.' Lilian zuchtte. 'Ik ben zo'n saai oud mens.'

Clemency protesteerde: 'U bent helemaal niet saai, moeder!'

'Ik vind het fijn dat je dat zegt, lieverd, maar een jong meisje wil niet in een ziekenkamer zitten opgesloten als ze buiten plezier zou kunnen maken.' Lilian zette de potjes en flesjes op haar kaptafel recht. 'En ik weet trouwens hoe leuk je het op school vindt.'

Clemency was in de war. 'Op school?'

Lilians kleine hand greep Clemency's pols. 'Ik vind het vreselijk om dit van je te vragen. Ik heb het eerder nog niet gedurfd. Maar wat moet ik hier de hele dag in mijn eentje, als mijn dochters er niet zijn om me gezelschap te houden?' De greep om

Clemency's pols werd strakker en getuigde van een verrassende kracht. 'Ik wil je nergens toe dwingen, lieverd. Ik zou het heel goed begrijpen als je niet van school wilt om je zieke oude moeder gezelschap te houden...'

'Van school af...' fluisterde Clemency.

Lilian ging verder alsof Clemency niets had gezegd: 'Ik red het vast wel. Het laatste wat ik wil, is iemand tot last zijn. En misschien kan Hannah...' Lilians wenkbrauwen knepen samen. 'Nee. Dat zou te veel zijn om van die arme Hannah te vragen, op haar leeftijd. O hemel, ik voel me zo beschaamd. Dat ik aan mijn dochter vraag voor mij van school te gaan. Soms denk ik...' Lilian hield op met praten; haar ogen werden donker.

Clemency was in paniek. 'Wat is er, moeder?'

'Soms denk ik,' zei Lilian zacht, 'dat het voor iedereen maar beter zou zijn als ik er niet meer was.'

Op dat moment haatte Clemency zichzelf dat ze zo geschrokken was toen ze besefte dat haar moeder wilde dat ze van school ging. Ze riep: 'Dat moet u niet zeggen, moeder!' Ze wierp zichzelf aan Lilians voeten en greep haar hand. In haar eigen, grote, sterke handen voelde die zo piepklein en fragiel, de hartslag fladderend in haar pols. 'Natuurlijk blijf ik thuis!' riep ze. 'Ik zal er alles aan doen om te zorgen dat u zich beter voelt, dat beloof ik! Ik zou het heerlijk vinden om bij u te blijven!'

Lilian streelde Clemency's gezicht. 'We krijgen het heerlijk samen, hè, lieverd? Heerlijk en speciaal.'

Toen Clemency die avond in de tuin zat, voelde ze zich nog steeds beschaamd om haar moment van twijfel. Nu al haar zussen weg waren, begreep ze heel goed dat haar moeder geen andere keuze had dan haar te vragen in te springen.

Het zou niet zo erg zijn, troostte ze zichzelf. Haar vriendinnen zouden op weg uit school bij haar op bezoek komen. En misschien kon ze op woensdagmiddag naar school lopen om naar de hockeywedstrijd te kijken.

Een stem riep haar naam; James kwam over het grasveld op haar af lopen. Hij zag er opgewonden uit. 'Zeg, Clemmie, heb je het nieuws gehoord? Een of andere kerel is met een vliegtuig over het Kanaal gevlogen. Een Fransman. Kun je het je voorstellen? Stel je eens voor dat je daarboven bent, helemaal alleen, met niemand die je lastig valt, op weg naar waar je maar heen wilt.'

Clemency lag achterover in het lange gras en keek naar de hemel. Ze dacht aan de vliegenier die over het Kanaal vloog. Ze had het Kanaal nog nooit gezien, ze was nog nooit naar Frankrijk geweest. Kun je het je voorstellen? Stel je eens voor dat je daarboven bent, helemaal alleen.

Helemaal alleen. Het drong met hernieuwde kracht tot haar door wat de gevolgen voor haar waren van de veranderingen die de afgelopen weken als een orkaan door het huishouden Maclise hadden geraasd. Aan het einde van het jaar zou Marianne zijn getrouwd, Eva zou in Londen studeren en Iris zou een opleiding volgen om verpleegster te worden. Buiten de vakanties om zouden Aidan en Philip naar kostschool zijn; als James overdag naar zijn werk was, zou zij, Clemency, alleen zijn. Ze voelde nu haar hart samenknijpen, ze had het gevoel dat de muren op haar af kwamen en haar omsloten. Ze voelde de aandrang op te staan en weg te rennen, te rennen en te blijven rennen, de tuin uit, de straat uit, de stad uit, te rennen tot ze zo ver weg was dat niemand haar kon terugroepen.

3

Liefde was Arthurs hand die de haren voor haar gezicht naar achteren veegde, want hij kon het niet verdragen haar ook maar een moment niet te zien. Verlangen ontwaakte 's nachts en wendde hen tot elkaar, in stilte, want er was geen behoefte aan woorden. De zijden lakens voelden glad tegen haar ledematen en haar huid was heet, brandde als hij haar aanraakte. Marianne voelde het bonken van Arthurs hart, de adem die hij uitblies.

Tijdens hun huwelijksreis, in hun kamer in het Gritti Paleis in Venetië, werd het laatste beetje winterse middagzon in de kamer gevangen in de gegraveerde spiegels en de kroonluchters van Muranoglas.

'Annie,' zei hij. 'Ik denk dat ik je Annie ga noemen. Dat is mijn naam voor jou. Niemand anders zal die gebruiken.'

Marianne – jammerend, boos, eisend, een klaaglijke nadruk op de een na laatste lettergreep – leek niet langer te bestaan. Ik ben nu mevrouw Leighton, hield ze zich voor, ik ben al drie hele weken mevrouw Leighton. Haar nieuwe naam was nog ongewoon, een heerlijk iets.

Na Venetië gingen ze naar Parijs, waar Arthur kleding van Paul Poiret voor haar kocht: lange, loszittende kokervormige jurken en smalle jassen met bont dat over de vloer zwiepte, een kimono met geborduurde mouwen en een avondjurk in nachtblauw en zilver, blauw met een beetje paars dat zo mooi bij haar ogen stond.

Bevrijd uit de gevangenschap van de korsetten met benen baleinen werd haar lichaam soepel en slank, haar lengte nodig om de vloeiende, lange lijnen te dragen. Toen Marianne zichzelf in de spiegel bestudeerde, zag ze minachtend, zoals ze dat al zolang deed, haar kleine borsten en jongensachtige heupen. Maar vrouwelijke rondingen zouden de Poiretjurk hebben verpest. En dan had ze dat hoekige gezicht, met de scherpe jukbeenderen en de lange, smalle Macliseneus... Maar toch leek het huwelijk op wonderbaarlijke wijze haar gelaatstrekken te hebben verzacht, de tekenen van ontevredenheid en angst te hebben gewist.

Arthur en zij praatten eindeloos lang met elkaar, tot diep in de nacht, alsof de tijd voorbij zou zijn voordat ze alles tegen elkaar hadden gezegd wat ze wilden zeggen. Sociale afspraken voelden als een onderbreking van hun gezamenlijke ontdekkingsreis. Sommige dingen wist ze natuurlijk al. Ze wist waar hij was geboren (Surrey), waar hij op school had gezeten en had gestudeerd (Winchester en Oxford), zijn familiegeschiedenis (de familie Leighton had aanvankelijk vermogen gemaakt in de suiker en daarna in de scheepvaart). Arthur was partner in een scheepvaartsyndicaat; op een middag nam hij Marianne mee naar de havens van Londen en liet haar een van zijn schepen zien, de *Louise*, die trots in de Theems lag.

Ze ontdekte dat hij veel van muziek, kunst en het theater hield en dat hij moderne schilderkunst verzamelde; de schilderijen hingen in zijn huis aan Norfolk Square: een Augustus John in de hal, een Sickert boven de haard in de werkkamer, en een Whistler, een donkere sfeerimpressie in vegen zwart, donkerblauw en grijs, in de zitkamer. Ze ontdekte dat hij een vriendelijk karakter had, dat hij nooit het huis verliet zonder geld voor bedelaars op zak. Hij was dol op dieren, vooral op honden en paarden. De enige keer dat ze hem zijn geduld zag verliezen, was toen hij een koetsier zijn ellendig magere, schurftige paard de zweep zag geven.

Hij vertelde haar over zijn reizen. Na zijn verbroken verloving was hij per schip naar het oosten vertrokken. Hij beschreef Marianne de maand die hij in Egypte had doorgebracht en *en route* naar India, het Suezkanaal en Bombay. Hij was twee jaar in het oosten gebleven en had rondgereisd in India en Ceylon. Na de dood van zijn vader was Arthur teruggekeerd naar Engeland, waar hij een groot deel van zijn erfenis in een scheepvaartsyndicaat had geïnvesteerd.

Ze reisden half februari terug naar Londen. Grijze, smeltende sneeuw verstopte de goten en er lag een gevaarlijke laag ijs op de stoepen. Er werd opgebeld en Arthurs vrienden kwamen langs en lieten hun kaartjes achter. Tijdens hun afwezigheid waren er uitnodigingen gekomen, die op een zilveren dienblaadje in de hal lagen, uitnodigingen voor diners, bals, recepties en uitvoeringen. Marianne voelde zich bedwelmd, alsof de wereld te plotseling op haar afkwam en haar eraan herinnerde dat het feit dat ze nu Arthur Leightons echtgenote was andere verplichtingen met zich meebracht dan hem gezelschap te houden en zijn bed te delen.

Hij had er een handje van te weten wat ze voelde voordat ze er iets over zei, omdat hij zich natuurlijk net zo voelde als zij. Hij ging met zijn duim langs een stapeltje kaartjes. 'Het is te vroeg, hè?' zei hij. 'Waar zullen we heen gaan? Niet naar nog een hotel... Ik wil je voor mezelf hebben.' Hij fronste zijn wenkbrauwen. 'We kunnen naar mijn huis in Surrey gaan. Dat is al jaren dicht... Ik ga er bijna nooit heen. Mijn lieve Annie, vind je het erg als je een beetje moet afzien?'

Natuurlijk vond ze dat niet erg. Ze reden die avond naar Surrey. Ze arriveerden om middernacht. Verkleumd ondanks haar bont, zag Marianne het huis voor het eerst in het maanlicht, met een laagje rijp erop, wit, vreemd en onaards, en de naam op het smeedijzeren hek: Leighton Hall.

De huishoudster verwelkomde hen. Marianne opende deuren en tuurde kamers in. Een groot deel van de meubels was bedekt met stoflakens. Bleke, gebeeldhouwde vormen doemden op in de duisternis, log en griezelig door hun onherkenbaarheid. Gaslampen sisten in hun gloeikousjes. Een gestuukte streng klimop volgde een hoog plafond, en hoge openslaande ramen keken uit over een tuin die er in het maanlicht mysterieus uitzag.

Huis en tuin werden onderhouden door de huishoudster en een klusjesman die in het dorp in de buurt woonden. 's Avonds waren Marianne en Arthur alleen. Het bleef vriezen, rijp maakte de grasvelden grijs en een kristallijn laagje ijs bedekte de kale, zwarte takken van de bomen. 's Ochtends, als Arthur uit rijden was, ging Marianne op onderzoek uit. De tot op de draad versleten tapijten, het afbladderende behang en zelfs de kou deden haar niets. In plaats daarvan stelde ze zich glimlachend kinderen voor die door de gangen renden, hun gelach weerkaatsend tegen de hoge plafonds.

Na een maand gingen ze terug naar Londen. Arthurs stadspand stond aan Norfolk Square, in Bayswater. Hij stond 's ochtends graag vroeg op om te gaan paardrijden langs Rotten Row; Marianne liep vaak naar Hyde Park om hem aan het einde van zijn rit te begroeten. Als ze hem in de menigte herkende, zag ze hoe geconcentreerd zijn gezicht stond als hij zijn paard over de drukke hoofdweg leidde, en ze merkte op dat hij de aantrekkelijkste man op straat was.

Het huis aan Norfolk Square was ruim, licht en elegant. Het had elektrisch licht, een modern gasfornuis en een telefoon. In eerste instantie werd Marianne zenuwachtig van de telefoon, die in de hal op de loer stond als een dreigende, zwarte pad die op ieder moment in gillende herrie kon uitbarsten. Maar ze zag al snel in hoe handig hij was: het was zo gemakkelijk om Harrods of Fortnums te bellen als er iets besteld moest worden.

Marianne vond de bedienden op Norfolk Square twee keer zo efficiënt als die van Summerleigh. Marianne hoefde geen stofdoek aan te raken en geen boterham te snijden. Nadat ze 's ochtends de menu's met de kokkin had doorgenomen, de boodschappen had besteld en de rekeningen had betaald, had ze niet veel meer te doen. Haar kleding verscheen gewassen en gestreken in haar kast, de ontbrekende knoopjes of het gescheurde kant hersteld alsof er magie aan te pas was gekomen.

Arthur stelde haar aan zijn vrienden voor. Ze waren ouder dan Marianne, hadden een ondefinieerbare chique stadsglans over zich en ze ontmoette hen in het theater en bij het ballet, of ze nodigden haar uit op recepties en diners. Hoewel ze hen in eerste instantie zag als één grote groep, niet van elkaar te onderscheiden, allemaal even sociaal bedreven, met hun zelfvertrouwen en aantrekkelijke uiterlijk, zag ze al snel dat ze in twee kampen waren opgedeeld. Arthurs theatervrienden doopte ze voor zichzelf de ene groep, en Arthurs zakenvrienden de andere.

Patricia Letherby, een van de theatervriendinnen, nam Marianne onder haar hoede. Mevrouw Letherby was openhartig, vrolijk, tactloos en ze had een warm hart. Toen ze ontdekte dat Marianne piano speelde, stond ze erop dat Marianne naar de *Music Society* kwam, die eens in de twee weken samenkwam in de zitkamer van mevrouw Letherby. Er waren ook literaire middagjes, waarop ze thee dronken en sandwiches aten die zo dun waren dat je er bijna doorheen kon kijken, terwijl een romanschrijver zijn nieuwste werk voorlas. Sommige van die voorleesmiddagen gingen over behoorlijk pikante onderwerpen die op Summerleigh nooit besproken zouden worden.

Meneer en mevrouw Meredith waren zakenvrienden. Edwin Meredith was lid van het scheepvaartsyndicaat. Laura Meredith was veel jonger dan haar echtgenoot. Een hele rij mannen, die haar allemaal evenzeer aanbaden, vergezelde haar naar het theater en naar bals. Mevrouw Meredith had grijze ogen, kastanjebruin haar en haar wenkbrauwen en wimpers waren dunne streepjes goud. Ze hield van roze en abrikoos, wat haar ongebruikelijke teint complementeerde en ze gedroeg zich als een eigenaresse tegenover haar begeleiders, wat zich uitte in de manier waarop ze haar wit gehandschoende hand op de arm van een man legde als- of hij haar bezit was, om ervoor te zorgen dat hij altijd in haar buurt bleef en hem terug te roepen met een plotselinge blik of beweging van haar waaier als hij dreigde te ver te dwalen. Patricia Letherby mompelde tegen Marianne: 'Uiteraard, het is een *mariage blanc*.' Marianne moet er verward hebben uitgezien, want Patricia legde uit: 'Laura en Edwin delen hun slaapkamer niet. Laura had Edwins geld nodig en Edwin haar sociale cachet. Maar hij is een zuurpruim, dus Laura zoekt haar vermaak elders. Kijk maar niet zo geschokt, schat, ik ben bang dat dat de manier is waarop we het volhouden.' Patricia zuchtte. 'Soms ben ik jaloers op Laura. Ze hoeft alleen maar naar hen te kijken.'

Marianne had het gevoel dat ze in een ver land was gaan wonen waar andere regels en gebruiken golden. Gedrag dat onder de rijke fabrikanten in Sheffield een schandaal zou hebben veroorzaakt, werd hier geaccepteerd. Marianne realiseerde zich dat Patricia Letherby het niet veroordeelde dat mevrouw Meredith er een minnaar op nahield. Het was misschien amusant, interessant en een tikje zedeloos, maar niet verkeerd, niet immoreel.

Dat voorjaar gaf Marianne een diner. Toen Arthur die avond thuiskwam, had hij zijn armen vol viooltjes, haar favoriete bloem. Ze droeg de nachtblauw met zilveren japon die hij in Parijs voor haar had gekocht. Toen hij wat viooltjes op het lijfje van haar jurk speldde, prikte hij met de speld in zijn duim. Marianne sloot haar ogen en kuste het druppeltje bloed dat zich als een donkerrode parel op zijn huid had gevormd.

Het diner verliep gladjes; gasten complimenteerden haar met haar tafel en haar verschijning. Maar toch bedacht ze – ineens, ergens tussen het hoofdgerecht en het dessert – dat ze er liever niet was geweest, tussen al die mensen die ze nauwelijks kende. Ze was liever alleen met Arthur in het huis in Surrey geweest, ze had liever met hem in bed gelegen. Als ze aan zijn aanraking dacht, voelde ze een steek van verlangen. Ze moest zichzelf een beetje wakker schudden, zichzelf dwingen haar gedachten bij het diner te houden. Haar gedachten verontrustten haar: ze leken ongepast, en ergens in haar achterhoofd kwam die oude angst dat ze vreemd, anders was weer terug. Ze kon niet weten of andere vrouwen hetzelfde verlangen voelden, of ze dezelfde opdringerige, misplaatste gedachten hadden.

Ze keek om zich heen naar de mensen aan tafel en betrapte zichzelf op de gedachte of al die beleefde conversatie en zorgvuldig aangeleerde manieren alleen een vernislaagje waren over iets aardser en veel rauwers. Ze vroeg zich af of de lagen zijde en fluweel lichamen verborgen die zich net zo voelden als zij, of die dezelfde verlangens hadden als zij. Haar gedachten leken op iets ontwrichtends te wijzen, iets wat ze niet onder controle had. Op zoek naar bevestiging keek ze op naar het uiteinde van de tafel, waar Arthur zat. Ze hadden oogcontact en onder de tafel strekte ze haar vingers naar hem uit, alsof ze hem op die manier kon bereiken, kon aanraken.

Het Mandevilleziekenhuis lag in East End in Londen. Het Mandeville was een stichting die acute patiënten, slachtoffers van ongelukken of plotselinge ziekte opnam. Veel van de patiënten betaalden een deel van de verzorging. Door de eeuwen heen waren er verscheidene vleugels, gefinancierd door liefdadigheid en giften, aan het ziekenhuis toegevoegd, zodat het oorspronkelijke gebouw van rode bakstenen, in de achttiende eeuw gebouwd, nu tentakels had die naar kleine portieken en steegjes van East End kronkelden.

Op de eerste dag dat Iris in het ziekenhuis kwam, had de aanblik van haar naam, zorgvuldig in cursief schrift op het bordje bij haar kamer in het verpleegstershuis, haar doordrongen van de onontkoombaarheid van wat ze had gedaan. De moed was haar in haar schoenen gezakt en ze werd overweldigd door een golf van ellende die zo intens voelde dat ze, eenmaal in haar kamer, naar het raam moest rennen waar ze deed alsof ze naar het uitzicht keek zodat haar vader, die haar naar Londen had gebracht, haar gezichtsuitdrukking niet zou zien. Het duurde even voordat ze in staat was om om zich heen te kijken en te zien dat de kamer, hoewel hij klein was, netjes en goed was ingericht, met een bed, kast, wastafel, bureau en stoel. En hij was in ieder geval van haar alleen. Ze hoefde hem tenminste niet met Marianne te delen.

Er waren in het verpleegstershuis een eetzaal, een zitkamer en een collegezaal. Het huis werd afgescheiden van het ziekenhuis door een tuin, waar de verpleegsters zaten als het mooi weer was. In het ziekenhuis klonken in het atrium en de wachtkamer voor poliklinische patiënten vele verschillende talen en dialecten, van het gekwetter van een knappe, kleine korsetmaakster tot het lage gegrom van een Poolse stuwadoor. Op de afdeling riep een stervende Schot om water en een grijze Italiaan, de eigenaar van een winkel die palingtaart verkocht, bracht een serenade aan Iris: hij bezong zijn liefde voor haar en werd pas stil als zuster Grant hem een standje gaf.

Iris had het gevoel dat ze naar een ander land was verhuisd, naar een andere wereld. Al haar oude verwachtingen en aannames waren weggevaagd. Haar voormalige leven, dat had bestaan uit ontspannen keuzes tussen een fietsritje of een spelletje tennis, leek nu onwerkelijk, alsof iemand anders het had geleid. Vanaf het moment dat ze zich 's ochtends om zes uur uit bed sleepte tot het moment dat ze zich er om tien uur 's avonds weer in liet vallen, had ze nauwelijks een minuut voor zichzelf. Ze was altijd druk en altijd moe.

Haar leven werd bepaald door de wijzers van de klok, door de eisen van de leidinggevende verpleegsters en zusters en natuurlijk door de hoofdverpleegster. Dat was juffrouw Caroline Stanley. Juffrouw Stanley droeg zwart zijden jurken met pofmouwen en een opstaand kraagje. In tegenstelling tot de verpleegsters, die geen sieraden mochten dragen, droeg juffrouw Stanley een grote broche met een camee onder haar hals en ringen aan haar vingers. De leerling-verpleegsters moesten één keer per maand thee drinken bij juffrouw Stanley. Iris onderging het kwartier beleefd babbelend en paste ervoor op dat ze niet onrustig zat te wiebelen of naar de klok keek, maar sommigen van de minder evenwichtige leerling-verpleegsters verlieten de kamer van juffrouw Stanley in tranen, met verhalen over geknoeide thee of vergelijkbare *faux pas*.

De eerste zes weken van de opleiding van twee jaar bestonden uit colleges over anatomie, hygiëne, fysiologie en praktijk. Het was niet zo moeilijk als Iris had gevreesd. In spelling en rekenen was ze een stuk beter dan sommige andere meisjes en ze was netjes in het oprollen van verband en het leggen van spalken. Toen, aan het einde van de zes weken, werd ze naar een mannenafdeling gestuurd om daar als leerling-verpleegster aan de slag te gaan. Alle overgebleven illusies over het werk werden haar in één klap ontnomen. Aan het einde van de ochtend had Iris ontdekt dat zuster Grant, die de leiding over de afdeling had, een tiran was en dat de verpleging net zo gruwelijk was als ze had gedacht.

Als oudste dochter van een welvarende fabrikant uit Sheffield was Iris erg beschermd opgegroeid. Mannenlichamen waren ooit een mysterie voor haar geweest; nu ze op een mannenafdeling werkte, bleef niets verborgen. Ze moest ieder deel van de mannenlichamen wassen en de intiemste taken uitvoeren. Veel van de mannen vonden het net zo gênant als zij, maar anderen plaagden haar. Op Summerleigh hadden de meiden al het onaangename of vieze huishoudelijke werk gedaan. Nu werd er van Iris verwacht dat ze steken leegde, vies verband verschoonde en bevuilde lakens afhaalde. Hoewel ze stiekem trots was geweest op haar gebrek aan vrouwelijke zwakheid, moest ze nu tegen misselijkheid vechten als ze een afzichtelijke wond of misvorming zag.

Maar wat een veel vervelendere openbaring was, was dat zij, Iris Maclise, incompetent was. Hoewel ze van zichzelf wist dat ze lui was, had ze zichzelf nog nooit als onbekwaam gezien.

Alles wat ze had gedaan, deed ze goed. Alleen had ze niet zoveel gedaan. Tennis, dansen en flirten... Daarin had ze allemaal uitgemunt. Ze had de saaie huishoudelijke taken aan Marianne overgelaten. En nu woonde Marianne in luxe terwijl zij vloeren dweilde en ijzeren bedden afsopte. Marianne droeg zijde en diamanten terwijl zij een blauwe jurk van calicot droeg met een wit schort, kapje en manchetten, en zelfs de kleinste pareloorbellen niet mocht dragen.

Ze had vaak het gevoel dat ze was opgepakt en omgedraaid als een caleidoscoop, dat al haar zelfgenoegzame aannames door elkaar waren geschud en op een andere manier weer in elkaar waren gezet. Eten koken, beddengoed wassen en een kamer schoonhouden – het was allemaal veel meer werk dan ze had gedacht. Wat ze ook deed, zuster Grant vond dat ze tekortschoot. 'Reinheid,' zei ze terwijl ze de andere leerling-verpleegsters op Iris' streperige raamkozijnen wees, 'staat naast godsvrucht, zuster. En vuil veroorzaakt infecties. Hebben ze je dat niet geleerd op je chique school?' Als Iris sopte, miste ze hoekjes en liet vlekken op ruiten achter. Ze wist niet hoe ze een bed moest opmaken; bij haar weigerden de hoekjes glad onder het matras te gaan. Zuster Grant, die klikklakkend over de afdeling liep, bekeek Iris' hoekjes met arendsogen en hield met minachting doordrenkte donderpreken.

Ze moest 's ochtends om zeven uur op de afdeling zijn om de nachtzuster te helpen met het wassen van de patiënten. Ze leek altijd tijd te kort te komen. Ze kwam om vijf voor zeven binnen, nog bezig haar kapje vast te spelden. Als een zuster vaker dan zes keer te laat kwam, werd haar vrije dag ingetrokken. Om acht uur woonde ze het gebed bij en ging dan terug naar de afdeling, waar ze schoonmaakte en stofte, glazen en kannen afwaste en de kasten afnam met chloorwater. Om kwart over negen hielp ze met het klaarmaken en serveren van brood en melk. Dan maakte ze de toiletten schoon en zocht de was uit voordat er een college of demonstratie voor de leerling-verpleegsters was; soms had ze tijd om snel ergens koffie te drinken met Eva of Charlotte. Dan was er de lunch en daarna, om halftwee, ging Iris terug naar de afdeling om nog meer schoon te maken voordat dokter Hennessy zijn ronde kwam doen. Dokter Hennessy was de besnorde, zwierige afdelingsarts. Terwijl dokter Hennesy en zijn assistenten de patiënten onderzochten, stonden de verpleegsters in een groepje achter zuster Grant, in hiërarchische volgorde, de stafverpleegsters vooraan en Iris, de laagste van de leerling-verpleegsters, achteraan.

Als de doktoren waren vertrokken, moesten de bewusteloze en koortsige patiënten worden gewassen en kookte het water in de ketels. Aan het einde van de middag kregen de patiënten thee en brood met boter, waarna Iris een halfuur de afdeling verliet om zelf te eten, waarna er een laatste spitsuur was om glazen en flessen af te wassen, de patiënten hun avondeten te geven en de bedden op te maken voordat om acht uur de nachtdienst begon. Om kwart voor negen gingen de dagzusters naar het gebed, dan was er avondeten en daarna gingen ze naar bed.

Het enige voordeel, dacht Iris vaak, was dat er door al die drukte weinig tijd was om na te denken. Er was tegenwoordig veel waarover ze niet wilde nadenken. Ze wilde bijvoorbeeld niet aan de bruiloft van Marianne denken, of zich de felle jaloezie herinneren die ze had gevoeld toen ze Marianne aan haar vaders arm in de kerk had zien lopen. Ze had sinds die vreselijke avond niets meer van Ash gehoord of gezien. Niemand van de familie Maclise had nog iets van hem gehoord. Met een beetje geluk, bad ze, zou geen van hen hem ooit nog zien. Maar iets van zijn afwijzing van haar leek zich in haar ziel te hebben gevreten en ze was sinds die avond niet meer in staat zichzelf als daarvoor te bezien. Het was niet alleen dat ze nu twijfelde aan de mate en kracht van haar schoonheid; ze merkte ook dat haar gevoel van eigenwaarde was aangetast.

Ze had vaak het gevoel dat ze per ongeluk in een verkeerd leven was gegleden. Hoewel ze zag dat een serie gebeurtenissen – Mariannes verloving, Charlottes beslissing verpleegster te worden, Ash' afwijzing – haar ertoe had aangezet zo'n dramatische stap te nemen, kon ze niet voorkomen dat ze dacht dat er een fundamenteel keuze-element had ontbroken en dat ze een fout had gemaakt, dat ze was gedreven door angst, impulsiviteit en trots, en dat iedere stap haar dieper verstrikte in een net dat ze zelf had geweven. Er waren natuurlijk momenten geweest dat ze van gedachten had kunnen veranderen en had kunnen toegeven dat ze zich had vergist. Tijdens het gesprek had juffrouw Stanley Iris doorgezaagd over haar roeping. Vader had ook geprobeerd haar over te halen ervan af te zien. Zijn laatste woorden, voordat hij Iris met haar koffer en hoedendozen in het verpleegstershuis had achtergelaten, hadden geïrriteerd geklonken: 'Ik weet niet wat je hiermee probeert te bewijzen, maar als je er genoeg van hebt, moet je naar huis komen, lieverd. Dit is niets voor jou.' Toen had hij erop gestaan haar geld te geven voor de trein terug naar Sheffield, voordat hij haar in die onbekende kamer had achtergelaten, zij met tranen in haar ogen en vechtend tegen het verlangen hem terug te roepen.

Haar vrienden en kennissen hadden blijk gegeven van een mengeling van geschoktheid en ongeloof toen ze had besloten verpleegster te worden. Iris had nauwelijks de moeite genomen er met hen over in discussie te gaan: haar eigen emoties waren per slot van rekening ook al een tijdje geschoktheid en ongeloof. Geschoktheid en ongeloof dat het Marianne was die het gunstige huwelijk had gesloten en niet zij. Geschoktheid en ongeloof, en een gruwelijke, blijvende vernedering dat Ash haar niet had gewild. Niet dat ze van Ash had gehouden, maar ze had hem aardig gevonden en ze had geloofd dat hij haar vriend was. Het was een nieuwe ervaring geweest de pijn van afwijzing te voelen en het had het helemaal niet gemakkelijker gemaakt te weten dat die pijn heel normaal was en dat ze die maar al te vaak anderen had aangedaan.

Ze had niet verwacht dat ze haar thuis zou missen, maar dat was wel het geval. Ze miste het gemakkelijke, pretentieloze comfort van Summerleigh, ze miste het gezelschap van haar familie en vrienden. En het meeste miste ze nog het gevoel ergens thuis te horen, het gevoel dat ze belangrijk was. Op de afdeling werd haar waarde afgemeten aan haar bekwaamheid een bed op te maken, iemands temperatuur op te nemen of verband te leggen. Ze wist dat ze niet bijzonder goed was in al die dingen, dat ze waarschijnlijk de minst competente leerling-verpleegster op de afdeling van zuster Grant was. Als Iris Maclise zou hebben besloten te vertrekken, zou men in het Mandevilleziekenhuis daarom in het geheel niet hebben getreurd. Misschien zou zuster Grant opgelucht zijn. Wat misschien één reden was die ervoor zorgde dat Iris, koppig als ze was, besloot te blijven.

Ze vertelde haar zussen niet hoe ongelukkig ze was. Marianne ervan te overtuigen dat ze tevreden was, was eenvoudig genoeg, aangezien die, net terug van haar huwelijksreis en gevoed door de liefde, aan niets anders dan aan Arthur kon denken. Iris schreef Clemency twee keer per week. Haar geweten knaagde als ze aan Clemency dacht: als zij zelf was thuisgebleven, had Clemency op school kunnen blijven. En dan zou Iris de gezelschapsdame van haar moeder zijn geweest. En zelfs verplegen was beter dan dat.

Ze besloot dat ze het een jaar zou uithouden. Minder zou vernederend zijn. Minder en de vrienden en familieleden die er net als haar vader vanuit waren gegaan dat ze de verpleging binnen een week zou opgeven, zouden kraaien van plezier. Over een jaar zou Charlotte, die belachelijk blij was geweest toen Iris haar had verteld dat ze ook naar het Mandeville zou gaan, andere vriendinnen hebben en haar niet missen. En over een jaar zou ze misschien iets anders hebben bedacht om te doen.

Alleen leek een jaar af en toe onmogelijk lang. Ash had ook

tegen haar gezegd dat ze de onaangename dingen in het leven liever ontweek. Toen ze in de wasgoot de steken stond schoon te spoelen, of lichamen waste die door jarenlange arbeid invalide waren geworden, glimlachte ze soms grimmig in zichzelf en dacht ze: als je me nu toch eens kon zien, Ash. Als je me nu toch eens kon zien.

Aidan en Philip kwamen voor de paasvakantie naar Summerleigh. Daarna arriveerden Eva, Marianne en Arthur, en Clemency leek een zucht van opluchting te slaken. Summerleigh was bijna zoals het vroeger was, met het hele gezin bij elkaar.

Maar Marianne en Arthur gingen de dag na Pasen weer terug naar Londen en namen Eva mee. En toen ging moeder weer naar bed en tante Hannah, die verkouden was, trok zich terug in haar kamer, waardoor alleen de drie jongens, Clemency en vader er nog waren.

Het vertrek van Eva en Marianne leek vader ellendig en boos te maken. Zoals altijd bepaalden vaders humeur en moeders ziekte de stemming in huis en er hing een gespannen sfeer op Summerleigh. Hoewel Clemency probeerde alles glad te strijken, was het alsof de balans van het gezin was verdwenen, alsof er zonder de oudste zussen geen harmonie mogelijk was.

De gebeurtenissen bereikten aan het einde van de week een kritiek punt. Moeder had een slechte nacht en Clemency moest dokter Hazeldene halen. De volgende ochtend, net toen moeder in slaap begon te vallen, struikelde Philip en viel van de trap. Hij droeg een tinnen blad met zijn soldaatjes en het kletterde op de tegels, waardoor moeder wakkerschrok en haar hart angstaanjagend snel begon te slaan. Iedereen was razend op Philip behalve Clemency, die vermoedde dat hij was gestruikeld omdat hij niet goed zag waar hij liep. Ze gaf moeder een glas port met een paar druppels opiumtinctuur en ging bij haar bed zitten tot ze sliep.

Tegen de tijd dat hij terugkwam uit zijn werk, was vaders humeur verslechterd. Tijdens het avondeten zag Clemency de waarschuwingstekens: het mistroostige hangen van zijn mond, de scherpte in zijn stem en zijn dwalende, ontevreden blik. Voor Clemency waren vaders buien zo zichtbaar als bij een kind, werden de sprongen van aanstekelijk geluk naar sombere wanhoop duidelijk aangegeven. Het verbaasde haar altijd dat James nooit leek op te merken wat zij zo duidelijk zag, dat James er een handje van had onderwerpen aan te snijden om vaders korte lontje te ontsteken. Hoewel vader eerlijk gezegd de neiging had James verkeerd te interpreteren, was hij altijd op zoek naar punten waarop hij hem kon bekritiseren.

Joshua keek over de eettafel. 'Als we met zo weinigen zijn, heeft het weinig zin de tafel te dekken,' gromde hij. 'En in de kerk... De familie Maclise nam altijd twee rijen in beslag, en dan moesten we nog dicht op elkaar zitten. Komende zondag krijgen we met moeite één rij vol.'

'Ik ben er zondag niet,' zei James. 'Ik ga naar Londen.'

Joshua fronste zijn wenkbrauwen. 'Londen?'

Clemency voelde dat ze zich schrap zette. Londen was in de ogen van haar vader overvol, lawaaiig en bewoond door criminelen, en het haalde het natuurlijk niet bij Sheffield.

'Ik begrijp niet waarom jullie allemaal zo nodig naar Londen moeten. Drie van mijn dochters hebben me al verlaten en nu ga jij me vertellen dat je ook vertrekt!'

'Het is maar voor een paar dagen, vader.'

'Is je huis niet goed genoeg voor je? Wat kan je in Londen in hemelsnaam doen dat hier niet kan?'

'Er zijn restaurants...'

'Restaurants!' snoefde Joshua. 'Waarom gaan mensen in een restaurant eten als ze thuis beter te eten krijgen?'

'En het theater... en de bioscoop...'

'Theater?' Joshua keek razend. 'Als je zusje niet aan tafel zat,

103

zouden we eens een babbeltje maken, jij en ik, over het soort mensen dat daarheen gaat. Alleen maar schurken en landlopers.'

James werd rood. Clemency zei snel: 'Wilt u nog aardappels, vader?'

Joshua zwaaide met zijn vinger naar zijn oudste zoon. 'Toen ik zo oud was als jij, James, werkte ik zes dagen per week van zeven uur 's ochtends tot zeven uur 's avonds. Ik had geen tijd voor al die uithuizige onzin.'

Hij hield op met praten en viel vol chagrijn op zijn maaltijd aan. Clemency begon weer te ademen. Toen zei Aidan onschuldig: 'Theaters en restaurants kosten toch heel veel geld, vader? Een van de jongens op school zei dat het vijf shilling per persoon kostte toen zijn familie hem op een uitje in Londen trakteerde.'

'Vijf shilling per persoon!' riep Joshua. 'Je moet je geld niet aan die praalzucht uitgeven, James!'

James keek chagrijnig en mompelde iets. Joshua's ogen knepen samen. 'Wat zei je daar?'

Clemency wierp James een dreigende blik toe. James mompelde: 'Niets, vader.'

Joshua smeet zijn servet over de tafel. 'Als je iets hebt te zeggen, doe je dat maar tegen iedereen!'

James gooide zijn hoofd met een ruk omhoog. 'Prima, vader. Ik zei dat u me niet veel geld geeft om te verspillen.'

'Inderdaad. En dat is voor je eigen bestwil! God weet in wat voor ellende je jezelf zou storten als je geld overhad. Maar het lukt je al heel prima te verspillen wat je hebt, of niet soms?'

'Het is mijn geld en ik mag ermee doen wat ik wil.'

Joshua sloeg met zijn vuist op tafel. 'Het is mijn geld! Als jullie mij niet hadden, zouden jullie allemaal in de goot verhongeren, allemaal! Iedere penny komt van mij!'

James stond op en zijn servet viel op de vloer. Hij liep de kamer uit en sloeg de deur achter zich dicht.

Clemency verstarde en wachtte op de onvermijdelijke explosie.

Joshua bulderde: 'En jij eet je bord leeg, jongeman! Iedere hap! Ik wil niet dat nog een van mijn zoons opgroeit tot een verwende kwal!' En toen wendde hij zich zonder waarschuwing tot Aidan en tierde: 'En kijk niet zo naar me! Je bent geen haar beter dan de anderen!' Aidan trok wit weg; Philip begon te huilen.

Na het eten, toen Philip, wit en snuffend, eindelijk zijn kool had opgegeten, verzamelde Clemency al haar moed en klopte op de deur van de werkkamer van haar vader.

'Ik vroeg me af of ik nog iets voor u kan doen, vader. Misschien een kop thee?'

Joshua zat aan zijn bureau te roken. 'Niets, meisje.'

Ze wilde de deur al dichtdoen, maar toen zei hij plotseling: 'Je bent een goede dochter, Clemency. Jij zult je zussen ook wel missen.'

'Ja, vader.'

Ze liep naar boven en klopte op de slaapkamerdeur van Aidan en Philip. Aidan lag op zijn buik op de vloer. Een rij muntjes, in keurige stapeltjes, lag voor hem.

Clemency vroeg: 'Wat doe je?'

'Ik tel mijn geld, verder niets.'

'Hemel, Aidan, jij hebt gespaard, zeg! Wat een boel geld!'

'Mensen verspillen geld,' zei hij, 'aan snoep en speelgoed en dat soort stomme dingen. Ik verspil nooit geld.'

Ze zei verdrietig: 'Ik heb geen idee waar mijn zakgeld blijft.'

'Je moet een kasboek bijhouden,' zei hij. 'Dat doe ik ook.' Hij stond op, haalde een schrift uit een lade en liet haar de kolommen zien. 'Kroontjespen,' las ze, 'twee shilling. Gummetje, zes penny.'

'Hemeltjelief,' zei ze. Ze keek hem uit haar ooghoeken aan en voegde eraan toe: 'Dat meende vader niet, hoor.'

'Nee?' Aidans ogen, bleker dan die van de andere gezinsleden, leken in de duisternis hard als graniet. Hij mompelde: 'Ik doe altijd zo mijn best het hem naar de zin te maken. Ik doe nooit iets om hem boos te maken, zoals James.'

Clemency vond James in het tuinhuisje. Toen hij haar zag, zwaaide hij kwaad met zijn sigaret door de lucht.

'Waarom reageert hij zich altijd op ons af?'

'Zo is vader gewoon.' Ze ging naast James zitten. Het was koud in het tuinhuisje en ze rilde, dus gaf hij haar zijn jasje. Het rook aangenaam naar James, naar tabak, zeep en fabrieksrook. Ze sloeg het om zich heen en voelde zich erdoor getroost. Ze zei: 'Het is allemaal anders nu, nu Marianne, Iris en Eva weg zijn. Ons gezin wordt steeds kleiner. En als iedereen weggaat? Wat als ik op een dag helemaal alleen achterblijf?'

James omhelsde haar. 'Dat gebeurt niet, gekkie. Op een dag krijg jij ook je eigen gezin, toch?'

Ze dacht aan de dag dat Philip was geboren, hoe wonderlijk het had gevoeld haar vingertop in zijn piepkleine handpalm te duwen. 'Ik wil wel graag kinderen,' zei ze langzaam, 'maar ik kan me niet voorstellen dat ik ooit zal trouwen.'

'Het is vrij ingewikkeld het een te krijgen zonder het ander.'

Ze bedacht hoe aardig James was, hoe sterk, vriendelijk betrouwbaar en opgewekt, en ze vroeg: 'Bij wie ga je in Londen op bezoek?'

'Gewoon bij wat vrienden,' zei hij vaag. 'En jij, Clem? Zie je nog vriendinnen van school?'

Clemency speelde met haar schoenveter. 'Niet vaak. En als ik hen zie, zijn ze nooit geïnteresseerd in wat ik heb te vertellen. Zij hebben zoveel gedaan en ik niets. Volgens mij ben ik behoorlijk saai gezelschap.'

'Nonsens. Je bent geweldig, Clemmie. We zouden het zonder jou nooit redden.'

'James.'

'Echt waar,' zei hij.

Eva was gek op Londen. Ze was gek op de drukte en de wirwar van talen, culturen en rangen en standen. Ze stelde zich het kloppende hart van de stad voor, sterk en krachtig, de hartslag weerklinkend in kerken, fabrieken en paleizen. Ze wilde alles zien. Ze liep via het Embankment langs de Theems naar de havens en zag de vrachtschepen en ferry's in het olijfgroene water aanleggen. De donkere, overvolle pubs en pakhuizen die langs de rivier stonden, bewaarden hun geheimen, de ramen met gordijnen van spinnenwebben en stof. Ze ging naar de National Gallery, de warenhuizen en de parken in West End; 's avonds keek ze hoe mannen en vrouwen op Leicester Square naar het theater gingen en dan zag ze de glans van de satijnen capes van de dames en hun tiara's, die wel leken te ontvlammen in het licht van de lantaarnpalen.

Hoewel de stad haar betoverde, was het moeilijk zelfs tegenover zichzelf toe te geven dat ze, hoewel ze nu midden in haar tweede lesperiode op Slade was, nog steeds moeite moest doen om er voet aan de grond te krijgen. Terwijl ze de beste privé-leerlinge van juffrouw Garnett was, werd ze nu omringd door studenten die net zo getalenteerd waren als zij. Sommigen waren zelfs getalenteerder: vergeleken met de werkstukken van enkele anderen was haar werk levenloos en onhandig. Ze kreeg steeds meer het gevoel dat een steunpilaar van haar leven onder haar uit was getrapt. Eva was goed in kunst, dat was altijd al zo geweest. In een talentloos gezin was ze trots op haar eigen talent geweest. Maar nu werd haar werk meedogenloos afgekraakt, werden de fouten getoond in een onsympathiek licht, geen zwakte was te onbeduidend om niet bekritiseerd te worden.

Het college naar het leven schilderen schokte haar ook. Ze had het al die maanden geleden zo gemakkelijk gezegd: ik moet naar het leven leren schilderen! En toch vond ze haar eerste college vreselijk verwarrend. Ze had nog nooit een volwassen man naakt gezien. De vrouwen die ze kende, verhulden hun lichaam onder rokken en petticoats en verwijderden nooit een laagje stof voordat een ander veilig op zijn plaats was. De enige naakten die Eva had gezien, waren die op schilderijen. De vrouwen die voor het Slade poseerden, toonden niet erg veel gelijkenis met de bleke, perfecte naakten die ze in classicistische kunst had gezien. Het waren arbeidsters van middelbare leeftijd en de jurken die ze uittrokken voordat ze op het podium gingen zitten, waren versteld, zaten vol lappen en waren net als de vrouwen zelf flets van ouderdom. Vlees hing ongebreideld rond borsten en buik, huid hing aan bovenarmen en haar sprong uit holtes. Was dit hoe het vrouwenlichaam eruitzag, of hoe het uiteindelijk werd? vroeg Eva zich af. Ze vond het vreemd verontrustend die vrouwen te tekenen, alsof ze hen door hen op papier te zetten op de een of andere manier kleineerde.

Ze woonde bij mevrouw Sarah Wilde, die ooit, heel lang geleden, bij tante Hannah op school had gezeten. Terwijl tante Hannah enorm en breed was, was Sarah klein en fragiel, haar polsen waren zo dun als die van een kind en haar ruggengraat was krom van ouderdom. Mevrouw Wilde had een papegaai die Perdita heette en de neiging had weg te vliegen. Aangezien mevrouw Wilde nu te zwak was om zelf achter Perdita aan te gaan, was het een van de taken van Eva om de snerende vogel uit de stoffige laurier of van het hek waar ze haar toevlucht had genomen, te halen. Eva nam aan dat mevrouw Wilde nogal een excentrieke chaperonne was omdat ze zelf geen dochters had. Ze accepteerde zonder vragen Eva's uitleg over bezoek aan vriendinnen of avondcolleges. De wetenschap dat ze gebruikmaakte van de onschuld van mevrouw Wilde, bezorgde Eva soms schuldgevoelens.

Ze ging naar bijeenkomsten van de *Women's Social and Political Union*, de *National Union of Women's Suffrage Societies*, de *Women's Freedom League* en de *Women's Labour League* en omdat ze maar niet kon beslissen van welke vereniging ze lid moest worden, werd ze lid van allemaal. Ze deed mee aan demonstraties en stond op straathoeken, ingepakt in jas, hoed en handschoenen voorbijgangers te smeken haar petitie te tekenen of een exemplaar van *Votes for Women* te kopen. Ze juichte bij speeches van andere vrouwen die voor het vrouwenstemrecht streden, en ze schreef brieven aan parlementsleden.

Voordat Eva uit Sheffield was vertrokken, had juffrouw Garnett haar het adres van Lydia Bowen gegeven. Eva ontmoette in het appartement van Lydia kunstenaars, acteurs, schrijvers en vreemde snuiters die Lydia nooit kon weerstaan: een helderziende, een Russische prinses die zei dat ze een vertrouwelinge van de tsarina was geweest en een vrouw die lopend ('Lopend, schat!') naar Nice was geweest; ze had in hooibergen geslapen en zichzelf onderhouden door in cafés en bars te zingen in ruil voor een maaltijd.

Op een avond nodigde Lydia Eva uit voor een privé-tentoonstelling in haar galerie aan Charlotte Street. Toen Eva arriveerde, waren de kamers al vol mensen; onopvallend bestudeerde ze de gasten. De vrouwen zagen er *soignee* en mooi uit in hun lange, smal gesneden jurken en alle mannen waren in smoking. Eva droeg een groen met rood geblokte jurk die ze zelf had gemaakt. Het regende en haar kousen zaten vol modderspatten. Haar haar, dat heel netjes had gezeten toen ze bij mevrouw Wilde uit Bloomsbury was vertrokken, hing nu door het natte weer in wilde krullen.

De tentoonstelling was een mengeling van landschappen en portretten. Eva bestudeerde een schilderij van een kind met een puppy toen ze iemand hoorde zeggen:

'Vind je ook niet dat de afkeer van de kunstenaar van zowel honden als kinderen duidelijk naar voren komt in de manier waarop hij zijn onderwerp heeft benaderd?'

Ze keek op. De man die bij haar schouder stond, droeg een zwarte overjas over een blauw arbeidersoverhemd. Een smaragdgroene shawl was een paar keer rond zijn hals gewikkeld.

Eva bestudeerde het schilderij nogmaals. 'Het gezicht van het meisje is nogal geel.'

'Het lijkt wel of ze geelzucht heeft. En die hond lijkt wel honds-dol. Mag ik je mijn favoriete schilderij laten zien?'

Hij leidde haar naar een groot doek in de verste hoek van de zaal. Naast het schilderij stond: 'Velden van Avery' door Gabriel Bellamy.

Hij vroeg: 'Vind je het mooi?'

Het landschap bestond uit strepen oker, groen, geel en wit. 'Ja,' zei ze langzaam. 'Het is zo... ongestoord.'

'Ongestoord... dat is een interessante beschrijving. Ken je Wilt-shire?'

'Helemaal niet, jammer genoeg.'

'Het is een van mijn favoriete plaatsen. Je voelt er de geschie-denis. En ik vind het prachtig hoe je er de kalk door het gras heen ziet, als beenderen.' Hij wendde zich van het doek af. 'En jij? Waar kom jij vandaan?'

'Sheffield,' zei ze.

'De satanische fabrieken?'

'Staal.'

'Hoe lang woon je al in Londen?'

'Zes maanden. Ik zit op de *Slade School of Arts*,' voegde ze trots toe.

Hij bestudeerde haar. 'Ik dacht dat je een zigeunerin was. Je teint... en de manier waarop je beweegt.'

Ze voelde dat ze bloosde. Ze hoorde hem vragen: 'Waar ken je Lydia van?'

'Mijn schilderdocente in Sheffield, juffrouw Garnett, heeft me aan juffrouw Bowen voorgesteld. Juffrouw Garnett en zij zijn vriendinnen.'

'En kameraden?' vroeg hij en zijn vingertop streelde licht over het paars-groen-witte lintje dat Eva op haar revers droeg. Ze bloosde weer: door zijn nabijheid, nam ze aan. Hij was enorm lang, wel dertig centimeter langer dan zij en hij had brede schou-ders. Hij leek boven haar uit te torenen en sloot haar bijna in; ze voelde zich als een kleine maan die in de baan van een grote planeet werd getrokken.

Ze legde uit: 'Juffrouw Bowen en ik gaan naar bijeenkomsten van de WSPU. Ik vind het schokkend dat we aan het begin van de twintigste eeuw staan en dat vrouwen nog steeds niet mogen stemmen. Ik vind het walgelijk dat er wetten kunnen worden gemaakt die ons lot bepalen en dat we daarover niets te zeggen hebben... Ik denk...'

'Natuurlijk,' zei hij. 'Dat is ronduit belachelijk.'

Nadat de wind haar aldus uit de zeilen genomen was, volgde ze hem de tentoonstellingsruimte door terwijl hij kort schilderij na schilderij bekeek.

'Vind je?'

'Uiteraard. Vrouwen zijn veel verstandiger dan mannen. Mannen vallen ten prooi aan hun eigen verlangens. Vrouwen hebben zichzelf beter in de hand, dus ik twijfel er niet aan dat ze ook het land beter zouden leiden.'

Hij was even opgehouden met zijn overwegingen en staarde naar een portret. De vrouw op het portret had donker haar, volle lippen en een sensuele uitstraling. Haar jurk, nauwsluitend rond haar bovenlichaam, was van donkerrode, glanzende stof. 'Mannen willen natuurlijk niet,' zei hij langzaam, 'dat vrouwen stemrecht krijgen omdat ze bang zijn voor de consequenties. Ze zeggen dat vrouwen als ze zich met politiek gaan bemoeien hun unieke charme zullen verliezen, maar waar ze echt bang voor zijn, is dat vrouwen zich niet langer onderdanig zullen gedragen en dat vrouwen hun een norm zullen opleggen die ze onacceptabel hoog vinden.' Hij grijnsde als een piraat naar Eva. 'Met andere woorden: mannen zijn bang dat ze zich aan dezelfde norm zullen moeten gaan houden die zij aan vrouwen stellen.' Hij keek over zijn schouder. 'Daar is Lydia. Lieve Lydia, kom je me een standje geven?'

Lydia kuste hem op zijn wang. 'Je moet je onder de mensen begeven, schat.'

'Lydia, alsjeblieft. Je verwacht te veel van me.'

'Doe niet zo belachelijk.' Lydia pakte hem bij zijn arm. 'Als je ons wilt excuseren, Eva.'

Ze stond in de lobby haar jas aan te trekken en wilde net weggaan toen Lydia weer verscheen. Ze zei: 'Ik heb Gabriel aan meneer en mevrouw Stockbury voorgesteld. Als hij aardig tegen hen doet, verkoopt hij misschien wel een paar schilderijen.'

'Schilderijen?' Eva begreep het niet. Ze herinnerde zich het naambordje dat naast het schilderij had gehangen. 'Gabriel...' herhaalde ze langzaam. 'Was dat Gabriel Bellamy?'

'Natuurlijk.' Lydia fronste haar wenkbrauwen. 'Wist je dat niet?' Eva schudde haar hoofd. Ze geneerde zich dood.

'De landschappen zijn van hem. Hij schildert niet zoveel landschappen, hij maakt meestal portretten, maar ze zijn wel mooi, vind je niet? Dus heb ik ze op de kop getikt.' Lydia stak een sigaret op. 'Gabriel is echt heel veelbelovend. Ik weet niet of mijn galerietje nog lang goed genoeg voor hem zal zijn.' Ze blies een dun sliertje blauwe rook uit terwijl ze Eva bestudeerde. 'Het leek me beter je maar even te komen redden. Wat vind je van hem?'

'Hij leek me heel aardig.'

'Natuurlijk is hij aardig. Het is een schat. En hij is vreselijk interessant en aantrekkelijk. En hij heeft een hele rij maîtresses en het gerucht gaat dat hij er ook een stel bastaardkinderen op na houdt. Ik ben bang dat hij zich vreselijk misdraagt.' Lydia klopte Eva op haar schouder. 'Gabriel is echt een schat. Maar hij is niet te vertrouwen, Eva. Hij is absoluut niet te vertrouwen.'

Een paar dagen later zag Eva Gabriel toen ze op een middag uit college kwam. Hij stond onder een lantaarnpaal en droeg dezelfde zwarte jas met groene shawl; de shawl wapperde in de wind. Toen ze terugdacht aan hun gesprek, wilde ze heel hard wegrennen. Maar ze fietste met rollen papier tegen haar borst gedrukt en die vielen, in haar haast weg te komen, op de grond. Toen ze bukte om ze op te rapen, zag ze dat hij op haar af kwam lopen.

'Wat een gelukkig toeval,' zei hij terwijl hij een van haar schetsen uit een plas opraapte. 'Ik had met wat vrienden afgesproken. Wat leuk je weer te zien.' Hij straalde. 'Ik weet helemaal niet hoe je heet.'

'Ik hoorde van Lydia hoe jij heet, meneer Bellamy,' zei Eva venijnig.

'Je bent toch niet boos op me?'

'Je had me wel kunnen zeggen wie je bent!'

'Maar dan...' – hij glimlachte schalks – 'was het lang niet zo leuk geweest. Dan had je je verplicht gevoeld oppervlakkige complimentjes over mijn schilderijen te maken. Of misschien zou je wel hebben geweigerd met me te praten. Dat doen sommige mensen. Vanwege mijn reputatie.'

Tot haar grote ontsteltenis stond hij haar schets uit te rollen. 'Wil je dat niet doen?' vroeg ze.

Maar hij stond er al naar te kijken. 'De Antieke Oudheid,' zei hij zuchtend. 'Al die uren die we hebben doorgebracht met het tekenen van al die ellendige beelden en bas-reliëfs.' Hij gaf haar de schets terug. 'Mag ik je andere zien?'

'Nee.'

'Waarom niet?'

'Omdat ze niet bepaald goed zijn.' Ze duwde de papieren in haar fietsmandje.

'Waar ga je heen?'

Dat vertelde ze en hij zei: 'Dan loop ik met je mee. Ik ga naar Russell Square. Geef je fiets maar.'

Hij nam de fiets van haar aan en begon die over de stoep te duwen. Ze opende in protest haar mond, maar hij liep snel en was al meters voor haar.

'Ik vind echt dat je jezelf moet voorstellen,' zei hij toen ze weer naast hem liep. 'Het is heel ongemanierd om dat niet te doen.'

Ze wilde net een razend antwoord geven toen ze de lach in zijn ogen zag. Ze zei stijfjes: 'Ik heet Eva Maclise.'

'Eva Maclise,' herhaalde hij. 'Eva Maclise uit... Wat was het ook weer? Ik weet het nog wel. Sheffield.' Hij schudde haar de hand. 'Aangenaam kennis te maken, juffrouw Maclise.'

Zijn hand was groot, bruin en warm en die van haar verdween er helemaal in. 'En wat brengt je naar Londen, Eva Maclise? Ik neem aan dat je in Sheffield ook kunt schilderen.'

'Maar Londen is zo spannend!'

'Vind je?'

'Natuurlijk! Ik vind het hier geweldig. Jij niet?'

'Soms vind ik het geweldig en soms haat ik het. Ik ben een paar maanden geleden teruggekomen en nu wil ik niets liever dan weg. Dus ik zal wel weer teruggaan naar mijn optrekje op het platteland, en als ik daar dan ben, voel ik me geweldig en dan zweer ik dat ik er altijd blijf. Maar dan begin ik me naarmate de weken verstrijken rusteloos te voelen en na een tijdje – zes weken of een paar maanden – verlang ik weer naar Londen. En dan begint het allemaal weer van voren af aan.' Hij glimlachte weemoedig. 'Ik denk vaak dat die twee plaatsen aanspraak maken op twee kanten van mijn karakter, de goede en de slechte kant. Op het platteland verbouw ik mijn eigen groente en verzorg ik mijn dieren, terwijl ik in de stad...' Hij hield op met praten en keek haar aan. 'Wat is er?'

'Verbouw je echt je eigen groente?' Ze kon zich de beruchte Gabriel Bellamy moeilijk spittend en wiedend voorstellen.

'Nou en of. Ik had vorig jaar een geweldige erwtenoogst. Ik had lathyrus tussen de doperwten staan zodat de tuin zowel leuk om naar te kijken als functioneel was. Heb jij nooit groenten verbouwd, juffrouw Maclise?'

Ze schudde haar hoofd. 'Maar ik naai. Ik maak al mijn kleding zelf.'

'Je hebt oog voor kleur.' Zijn blik gleed van top tot teen over haar heen en ze moest wegkijken, ineens ontmoedigd.

'Sadie, mijn vrouw, naait al haar eigen kleding. En die van de kinderen ook. En ze spint en weeft met de wol van onze schapen.'

114

Sadie, mijn vrouw. Eva moest haar beeld van Gabriel Bellamy nogmaals bijstellen, van losbol naar huisvader.

'Sadie en ik wilden dat onze kinderen op het platteland opgroeiden. Ik geloof er niet in om kinderen op te prikken, ze te dwingen stil te zitten en alleen iets toestaan te zeggen als ze worden aangesproken, dat soort onzin. Kinderen moeten vrij kunnen rondrennen.'

'Hoeveel kinderen heb je, meneer Bellamy?'

'Vier, en nummer vijf is onderweg.' Vier, dacht ze en paste haar beeld van hem weer aan. Hij vervolgde: 'Orlando is acht, Lysander is zes en Ptolemy vijf. En mijn kleine Hero is net drie geworden.'

'Allemaal jongens?'

'Hero is een meisje. Die naam komt natuurlijk uit *Much Ado About Nothing*. We hopen dat we nog een meisje krijgen. Dat maakt het wat evenwichtiger.' Zijn hand ging door de lucht. 'Als ik denk aan wat sommige mensen hun kinderen aandoen, maakt me dat razend. Ze beweren dat ze van de stumpers houden, maar ondertussen martelen ze hen. Toen ik klein was, werd ik iedere avond om exact zeven uur naar bed gestuurd. Ik lag uren wakker. Als ik door iets aan slapeloosheid ben gaan lijden, is dat het wel. Dus die van mij gaan naar bed als ze dat willen en ze staan op als ze dat willen.'

'Maar... school? Hoe zit het dan met school?'

Hij snoof. 'Ik ben absoluut niet van plan om ze daarheen te sturen om ze te laten slaan en pesten. Ik ben, toen ik op school zat, ik weet niet hoe vaak geslagen. We tolereren geweld veel te gemakkelijk in dit land. We stimuleren onze kinderen om eraan te wennen. Dat wil ik niet voor mijn viertal. Sadie onderwijst de kinderen nu en een stel vrienden helpt. Ik zie er het nut niet van in hun tafels en lijstjes van koningen en koninginnen bij te brengen... Wat een onzin. Het is veel nuttiger te weten hoe je een koe moet melken of met een boot moet zeilen.' Hij keek haar aan. 'Of vind je dat ik onzin praat, Eva Maclise?'

'Helemaal niet. Hoewel sommige mensen van school houden en anderen het haten. Mijn broertje Philip huilt de hele avond voordat hij weer naar kostschool moet. Maar mijn zusje Clemency vond het heerlijk op school.' Ze legde uit: 'Ik heb een hele horde broers en zussen. Soms dacht ik dat het mijn moeder niet zou zijn opgevallen als een van ons was zoekgeraakt. Vooral ik, in het midden.'

'O, dat lijkt me niet. Dat lijkt me absoluut niet.' Hij bestudeerde haar weer, met diezelfde blik die haar deed huiveren. 'Jij hebt iets. Dat viel me meteen op toen ik je zag. Je ziet eruit als een meisje dat weet wat ze wil. Scholen – en al die attributen van de bourgeois bureaucratie – zijn er om de geestdrift uit mensen als wij te persen. Ze zijn er om ons in het gelid te krijgen, ons de mond te snoeren en om ons alle huichelarij en hypocrisie te laten slikken.' Hij hield ineens op met praten, draaide zich naar haar om en zei gepassioneerd: 'Mensen spreken hun afkeuring over mij uit, maar het enige wat ik doe, is wat zij zouden willen doen... En wat sommigen daadwerkelijk doen, als de waarheid aan het licht zou komen. In hun boekje is alles toegestaan zolang je de schijn maar ophoudt. God-mag-weten-wat voor zonden er tevoorschijn komen onder een conventioneel, vroom uiterlijk en niemand die het wat kan schelen. Als je zegt wat je denkt en eerlijk bent over je tekortkomingen, word je afgeschilderd als de duivel. Dat haat ik.'

Eva dacht aan haar vader die in die chique koets stapte en vooroverboog om mevrouw Carver te kussen; aan haar vader thuis, de rechtschapen huisvader, de respectabele fabrikant, de steunpilaar van de zakengemeenschap in Sheffield. Ze beet op haar onderlip en hoorde Gabriel Bellamy vriendelijk zeggen: 'Het spijt me, ik wilde je niet bang maken. Sadie zegt altijd dat ik te luidruchtig ben. Ze zegt dat de kinderen bang voor me zijn.'

'Ik ben niet bang. En ik denk dat je gelijk hebt. Ik heb ook een hekel aan die hypocrisie.'

Het was zes uur; kantoorbeambten haastten zich naar huis met hun paraplu's ingeklapt en hun gesteven kraagjes slap hangend aan het einde van de werkdag. Gabriel sloeg met zijn handpalm op het stuur van de fiets. 'Ik deed altijd wat me werd gezegd, net als iedereen, net als die arme werkbijen die hun leven zittend achter een bureau slijten. Maar toen dacht ik op een dag: waarom zou ik mijn leven niet leiden zoals ik dat wil? De pot op met de mening van anderen. Je leeft per slot van rekening maar één keer, toch?' Hij keek haar terloops aan. 'Zo, nu heb ik je echt geschokt. Komt dat door mijn taalgebruik of door het feit dat ik niet in een leven na de dood geloof?'

'Geen van beide.'

'Je zou eens naar Greenstones moeten komen, mijn huis in Wiltshire. Zo, nu ben je weer geschokt, hè? Ik nodig je uit mijn gezin te ontmoeten, en dat terwijl we elkaar pas een halfuur kennen.'

117

4

Op 6 mei 1910 stierf koning Edward VII. De theaters en de beurs gingen dicht; op de dag van de uitvaart verzamelde een massa zich voor zonsopgang op de stoepen, wachtend op een glimp van de kist op weg naar de begrafenis op Windsor. In het Mandeville-ziekenhuis dwaalden Iris' gedachten even af naar de dood van de koning (al die jaren wachten en dan maar negen jaar regeren!) en gingen toen weer terug naar haar dagelijkse beslommeringen.

Op Summerleigh las Clemency Lilian de krant voor. '"President Taft heeft koningin Alexandra een condoléancetelegram gestuurd. Het Huis van Afge... Afge..."' Clemency struikelde over het woord en Lilian vulde geïrriteerd aan: 'Afgevaardigden. Het Huis van Afgevaardigden natuurlijk, Clemency.'

Er kwam een brief van Gabriel Bellamy om Eva uit te nodigen naar Wiltshire te komen. Terwijl mevrouw Wilde haar vertelde hoe geschokt ze was over de dood van de koning, dacht Eva opgewonden: hij weet het nog. Ik dacht dat hij het zou vergeten, dat hij gewoon beleefd deed, maar hij weet het nog.

Net geïntroduceerd in de sociale kringen van Londen hoorde Marianne gefluister en gemompelde bezorgdheid. 'De hoogste sociale klassen volgen het moreel van de koning,' legde een van Arthurs vrienden haar uit, 'en Edward was de belichaming van goedaardigheid en goed leven. George is een heel ander verhaal; de tijden gaan veranderen.'

Iris had blaren op haar voeten van de kilometers die ze iedere dag over de afdeling liep; haar handen waren dik en rood van soda en ontsmettingsmiddel. 's Nachts had ze altijd papillotten gedragen om haar haren te krullen, waarop ze altijd zo trots was geweest, maar dat deed ze nu niet meer. Het enige waar ze 's ochtends fut voor had, was het haar netjes onder het kapje te steken. Ze was zo moe dat ze nauwelijks nog helder kon nadenken. Zonder de patiënten, haar bondgenoten, zou ze nog vaker in problemen zijn dan ze al was. Als zuster Grant niet keek, wenkten de mannen Iris om haar te helpen herinneren dat het tijd was de ketels op te zetten voor hun bouillon, of wezen ze haar op een blad met vuil verband dat ze op een vensterbank had laten staan. Ze leek nooit genoeg tijd te hebben om al het werk te doen dat moest worden verzet. Als rennen niet verboden was, zou ze van de ene naar de volgende taak zijn gehold. De bijtende woorden van zuster Grant maakten soms dat ze tranen achter haar oogleden voelde branden; alleen door haar trots, die ellendige trots die er om te beginnen voor had gezorgd dat ze deze afschuwelijke baan had aangenomen, was ze in staat haar rug recht te houden.

Als ze Charlotte niet had gehad, die 's ochtends op haar kamerdeur bonkte om haar wakker te maken, zou ze iedere dag te laat op de afdeling verschijnen. Ze wist niet hoe vaak ze al had besloten op te houden met verplegen, en dat zou ze ook hebben gedaan – ze zou naar de hoofdzuster zijn gegaan en haar ontslag hebben ingediend, of ze zou gewoon zuster Grants afdeling zijn afgelopen en nooit meer zijn teruggekomen – als ze er alleen maar de tijd of wilskracht voor had gevonden. Ze smachtte naar haar vrije dagen. Ze ging een keer naar West End en gaf een heel maandloon uit aan een prachtige hoed. Soms ging ze bij Marianne op bezoek in haar koele, lichte huis in Londen. De afgelopen maanden was haar jaloezie naar Marianne zelfs minder geworden. En het was ook leuk een dag door te brengen op een plek waar het niet naar het ziekenhuis stonk.

Maar naarmate de tijd verstreek, werd het verplegen bijna ongemerkt gemakkelijker. Zodra ze bekwamer werd, was ze ook minder moe; ze nam aan dat dat kwam omdat ze nu niet meer alles twee keer hoefde te doen. Doordat ze minder moe was, leerde ze nieuwe vaardigheden gemakkelijker aan. Taken waarmee ze eerst had geworsteld, deed ze nu zonder nadenken. Als ze er nu aan terugdacht, geneerde ze zich voor haar onhandige eerste pogingen een bed op te maken of een eenvoudige maaltijd te koken.

In het Mandeville waren quarantaine-afdelingen voor roodvonk, difterie, pokken en geslachtsziekten, en speciale afdelingen waar beenmergontsteking en kraamvrouwenkoorts werden behandeld. Er waren kinderafdelingen, een psychiatrische afdeling en een oogafdeling. Op de afdeling van zuster Grant lagen mannen met een breed spectrum aan klachten. Ernstige ontstekingen, infecties van de luchtwegen en acute maagklachten kwamen het meest voor. Arbeiders in de kracht van hun leven stierven binnen een paar dagen aan longontsteking; jonge mannen die net volwassen waren, kwijnden weg door hartklepaandoeningen, een gevolg van acute jeugdreuma.

Op zaterdagavond en officiële feestdagen was er een toestroom van gewonden als gevolg van straatgevechten. Iris verpleegde mannen van wie in een steegje in Whitechapel de strot half was doorgesneden en mannen die bleek en doodstil lagen, hun verbrijzelde schedels in verband gewikkeld, slachtoffers van kroeggevechten. En dan waren er de fabrieksongevallen, de arbeiders die in het ziekenhuis werden opgenomen met gebroken ledematen als gevolg van vallende steunbalken, of gebroken ruggengraten nadat een ladder was weggegleden of een touw was losgeraakt.

Alfred Turners benen waren verbrijzeld bij een havenongeluk. Hij was twintig, had een bos bruine krullen, een open uitstraling en een dopneus.

'Hé, Blondje!'

'Ja, meneer Turner?'

'Alfie, Blondje. Noem me maar Alfie.' Hij grijnsde naar haar. 'Ik moet wat drinken. Bier zou lekker zijn. Of een glaasje rum.'

'Ik zal wat water voor u halen.' Ze pakte een glas en een rietje.

Hij dronk gretig een paar slokken, liet zich toen in de kussens vallen en grijnsde naar Iris. 'Wat doe je op je vrije avond, Blondje?'

'Sokken stoppen en brieven schrijven, denk ik.'

'Heb je geen liefje?' Hij riep naar de andere mannen: 'Blondje hier heeft geen liefje!'

Er klonk een koor uit de omringende bedden: 'Aaah...'

'Jullie zouden het wel weten, hè, jongens...'

'Ik wil je liefje wel zijn, schatje...'

In de zitkamer van de leerling-verpleegsters zaten die avond minder meisjes dan gewoonlijk. Elsie Steele lag in de verpleegstersziekenkamer met een keelontsteking. Charlotte werkte op dezelfde afdeling als Elsie. 'Elsie is echt heel ziek,' vertelde Charlotte. 'Zuster Matthews zei dat ze hoge koorts heeft.'

Toen Iris de volgende dag op de afdeling kwam, leek Alfies belangstelling voor haar toegenomen. Zijn stem volgde haar tijdens haar werk met verzoeken om drinken of een sigaret.

'Meneer Turner,' snauwde ze op een middag, 'u bent vervelend!'

'Mijn kussens moeten opgeschud. Het lijkt wel of iemand er stenen in heeft gedaan.'

'Dit is de laatste keer...' – Iris trok aan zijn kussen – 'en dan moet u me mijn werk laten doen.'

'Ik wilde alleen maar...'

'Wat?'

'Je gezicht zien.'

'Meneer Turner...'

'Niet snauwen, Blondje. Je hebt een mooi gezicht. Ik snap niet wat je hier doet. Je had in het theater kunnen staan. Je bent net zo mooi als de meisjes in het Gaiety Theater.'

Iris gaf het kussen een por. 'Het enige probleem is dat ik absoluut niet kan zingen.'

'Ach jawel, ik wed van wel. Zing eens een liedje, schat.'

'Als ik dat zou doen, zou u acuut een terugval krijgen.' Ze duwde glimlachend het kussen onder zijn hoofd.

'En ik durf te wedden dat je ook kunt dansen. Ik kan heel goed dansen. Als ik hier weg mag, neem ik je mee naar het Palais.'

In een ander leven had ze witte zijde gedragen en gewalst in een balzaal. Nu leek dat andere leven onwerkelijk.

Die avond zat Iris in Charlottes kamer de koekjes te eten die Charlottes moeder had gestuurd. Elsie Steele was nog steeds erg ziek, vertelde Charlotte; de koorts nam niet zo snel af als de artsen hadden gehoopt.

De volgende middag maakte dokter Hennesy een snee in de wond op Alfie Turners been. Iris stond in de keuken de ketels op te zetten en hoorde hem schreeuwen.

Maar toen er thee werd geschonken, was hij weer genoeg hersteld om haar te plagen.

'Vertel eens hoe je heet, Blondje.'

'U weet hoe ik heet. Zuster Maclise.'

'Ik bedoel je voornaam.' Hij grijnsde. 'De jongens en ik hebben een weddenschap afgesloten. Of je een Florrie of een Ethel bent. Vertel het maar, Blondje. Volgens mij heet je Gertie. Of misschien Marie.'

Ze moest wel glimlachen. 'Geen van alle.'

'Hoe kunnen we nou gaan dansen als ik niet weet hoe je heet?' Zijn stem volgde haar terwijl ze de kar over de afdeling duwde. 'Liz dan, of Sall...'

Elsie Steeles toestand verslechterde die dag. De artsen waren bang dat de infectie zich naar haar longen had uitgebreid; de hoofdzuster had Elsies ouders laten halen. Die avond in de zusterskamer waren ze stiller, het lachen was ingetogen. De volgende ochtend werd er in de kapel gebeden om Elsies herstel. Iris merkte dat ze ongeloof voelde. Er stierven iedere dag patiënten, geveld door een ongeluk of ziekte. Maar toch niet de slanke, parmantige, nonchalante Elsie, tweeëntwintig jaar, één meter vijftig lang, met haar vlassige haar en Midlands accent.

Toen Iris die ochtend naar de afdeling ging, hing er een gordijn om Alfies bed. Hij had koorts gekregen, zei de hoofdzuster. Hij was wakker en lag rusteloos en met grote ogen in bed toen ze het karretje achter het gordijn reed. 'Ik hoop dat je het niet bent vergeten,' zei hij schor.

'Wat?'

'Ons avondje uit natuurlijk. Jij en ik, Roos. Dansen.'

'Roos?'

'De nachtzuster vertelde dat je een bloemennaam hebt.' Zijn blik ging nerveus naar het karretje. 'Wat is dat?'

'Een kompres. De warmte trekt het gif uit je wond en stopt de zwelling.'

Hij fluisterde: 'Ik ben al die artsen zat die maar in me snijden alsof ik een stuk vlees ben.' Toen ze de dekens omsloeg, kromp hij ineen. 'En na het dansen gaan we uit eten,' zei hij. Zijn stem klonk gespannen van de pijn. 'Dan koop ik vis met patat voor je.'

Iris zag dat de niet verbonden delen van zijn been zwart van de kneuzingen waren. 'Het kabeltouw op de kraan brak,' mompelde hij. 'Die hele berg tarwe is over me heen gevallen. Je zou niet denken dat een beetje tarwe zo'n ellende kan aanrichten, hè?'

Op haar vrije dag ging Iris winkelen. Om vijf uur, bepakt en bezakt met tassen en pakjes, ontmoette ze James, die een weekendje in de stad was en in het Lyons Corner House in Coventry Street verbleef.

Hij kuste haar. 'Ik trakteer,' zei hij terwijl de serveerster hen naar een tafeltje bracht. 'Ik heb gewonnen met de paarden.'

James bestelde het eten en vertelde Iris al het familienieuws. Ze merkte dat haar aandacht afdwaalde terwijl hij sprak. Daar was het weer, dat rare gevoel los te staan van wat ooit haar leven was geweest, de bals, picknicks en de dagelijkse gang van zaken thuis.

Na een tijdje zei hij: 'Nou zeg, kop op. Je ziet er een beetje pips uit.'

'Het gaat wel,' zei ze. 'Ik ben gewoon moe. Maar goed, dat ben ik altijd.' Ze vertelde James over Elsie en vervolgde: 'Charlotte vertelde me dat Elsie op de afdeling niet zorgvuldig te werk ging. Dat ze niet goed schoonmaakte en niet altijd haar handen waste nadat ze een wond had verschoond.' Zuster Grants stem weerklonk in Iris' hoofd: 'Reinheid is de enige verdediging die we hebben tegen infecties.' Ze zei langzaam: 'Elsie gaat misschien dood. Dat is wel een hoge prijs om te betalen voor onzorgvuldigheid, vind je niet?'

'Is ze een goede vriendin van je?'

'Niet echt.'

'Wel jammer. Arme meid.'

Iris voelde zich ineens kwaad. 'Zie je nou, en ik wilde het helemaal niet over dat vreselijke ziekenhuis hebben! Ik was van plan eens een hele dag door te brengen zonder eraan te denken.' Ze staarde naar haar toast met gesmolten kaas. 'Waarom dacht ik in hemelsnaam dat ik het zou uithouden als verpleegster...'

'Soms ben ik jaloers op je,' zei hij.

'Die niet zo idioot, James. Als je eens wist...'

'Dat je hiernaartoe bent gekomen, betekent dat je uit huis kon, toch? Misschien was jij wel de gelukkigste. Jij bent nu vrij.'

Iris voelde de drang te gaan lachen. Ze dacht aan haar pijnlijke handen en voeten vol blaren en aan hoe afschuwelijk ze het iedere ochtend vond om op te staan. Het was volslagen idioot te zeggen dat ze vrij was terwijl ieder moment van haar dag werd opgeslokt door een of andere taak.

'Hoe is het met iedereen thuis?' vroeg ze. 'Hoe is het met moeder? Slecht?'

'Met moeder is het zoals altijd.'

'En vader? Heb je ruzie gehad met vader?'

'Niet vaker dan anders.' Hij haalde zijn schouders op. 'Ik wil hem niet kwaad maken. Het gebeurt gewoon.'

'Als je nou eens probeert geen dingen te doen die hem ergeren... Je weet hoe hij met geld is...'

'Hij is zo'n krent...'

'Ik bedoel gokken, James!' riep ze razend. 'Als vader dat wist!'

Zijn ogen lichtte op. 'Maar ik heb gewonnen!'

'En hoe vaak heb je verloren?'

'Een paar keer,' gaf hij toe. Toen zei hij langzaam: 'Het is zo leuk, Iris. Het is spannend. Daarom doe ik het. Alle andere dingen zijn zo gewoontjes. Soms ben ik bang dat alles altijd hetzelfde blijft. Dat ik over vijftig jaar nog in Sheffield woon en bij Maclise werk.'

'Zou dat zo erg zijn?'

'Ik wil iets roemrijks doen. Iets heldhaftigs.' Zijn ogen glansden. 'Iets wat mensen zich herinneren. Ik wil weleens een trektocht maken over de Zuidpool. Of over de Atlantische Oceaan vliegen. Maar ik ben zelfs Engeland nog nooit uit geweest!'

'Ik heb nooit begrepen waarom mannen zich zo druk maken om roem,' zei Iris smalend. 'Of heldhaftigheid. Volgens mij is dat allemaal heel onaangenaam. Net als verplegen.'

James glimlachte. 'Ik kan natuurlijk trouwen. Dan zou ik tenminste uit het ouderlijk huis kunnen ontsnappen, toch? Maar dat is nog iets waar vader en ik het maar niet over eens lijken te worden. Hij wil dat ik in zee ga met het eerste het beste gratenpakhuis met geld en een respectabele familie. Maar ik wil een zacht en lief meisje,' zei hij smachtend. 'Met een teint als een perzik en een mooi figuurtje.'

'James,' zei ze.

De volgende dag werd Alfie Turner aan zijn been geopereerd. Het dode bot werd eruit gehaald en de wond werd met verbandgaas ingepakt. Toen Iris bij Alfie ging kijken, was hij bleek en zwak.

'Ik voel me alsof ze met hamers op me in hebben staan beuken.' Hij keek uit het raam, waar grijze wolken langs een rusteloze hemel schoten. 'Het zou nog weleens een weekje of twee kunnen gaan duren voordat ik met je kan gaan dansen, Roos.'

Toen Iris die avond naar de zusterskamer ging, was er goed nieuws over Elsie Steele. Charlotte vertelde dat het beter ging met Elsie. Charlotte had een paar minuten bij haar gemogen. Ze hadden vanwege de koorts Elsies haar afgeknipt. 'Ze lijkt wel een jongetje, een grappig, mager jongetje,' zei Charlotte. Toen zei ze: 'Elsie zei dat ze naar huis gaat zodra ze dat aankan. Ze heeft besloten dat ze toch geen verpleegster wil worden. Dus dan zijn we met één minder.'

Het eerste wat Iris de volgende ochtend zag toen ze de afdeling op liep, was dat het scherm rond Alfies bed weg was. Een moment later realiseerde ze zich dat het bed leeg was en dat het beddengoed was afgehaald.

De nachtzuster stond gebukt naast het kastje. 'Vannacht overleden, de arme stakker,' mompelde ze terwijl ze Alfies spullen in bruin papier pakte. 'Het is wel het beste zo... Ik kan er niet tegen als ze zo wegkwijnen. Ga het bed maar voor de volgende patiënt opmaken, zuster.'

Hij kan niet dood zijn, wilde Iris protesteren. Ik heb gisterenavond nog met hem gepraat. Maar in plaats daarvan liep ze naar de linnenkamer, waar ze uitdrukkingsloos naar de stapels linnengoed stond te staren. Wat belachelijk, dacht ze, om je ineens zo overstuur te voelen. Er gingen iedere dag mannen op de afdeling dood, sterke, jonge mannen zoals Alfie. Daar zou ze zo langzamerhand toch aan gewend moeten zijn.

Maar de lakens en slopen vervaagden en ze moest haar vinger-

126

toppen tegen haar voorhoofd drukken om de tranen tegen te houden. Toen haalde ze diep adem en liep met haar armen vol beddengoed terug naar de afdeling.

Op een station aan de lijn vanuit Salisbury stond een ponywa-
gentje te wachten om Eva naar het huis van de familie Bellamy
te brengen. 'Gabriel is weg,' zei de jonge man die het wagentje
mende terwijl hij Eva's tas van haar aannam en haar op de bok
naast zich hielp. 'En Sadie is natuurlijk, je weet wel, *enceinte*, en
God mag weten waar Nerissa is en Max en Bobbin zullen nog wel
in bed liggen, die ellendelingen. Dus je moet het met mij doen.'
Hij stak zijn hand naar haar uit. 'Ik ben Val Crozier. Sommige
mensen nemen aan dat Val een afkorting van Valentine is, maar ik
zal eerlijk zijn omdat je een lief gezicht hebt. Mijn ouders hebben
me Percival genoemd; mogen ze rotten in de hel.'

'Eva Maclise,' zei ze, en ze schudde hem de hand.

Hij maakte een klakkend geluid tegen de pony en ze reden van
het station weg. 'Maclise? Je bent toch niets Schots?'

'Nee. Mijn overgrootvader...'

'Mooi. Treurige plek, Schotland. Nog treuriger dan Wiltshire.'

Ze reden over smalle weggetjes met hoge bermen, waar kamperfoelie in de heggen groeide en de meidoorns bol stonden van
roze met crèmekleurige bloesem. Eva zei: 'Ik vind het hier prachtig.'

'Ik ben nu drie maanden bij Gabriel en Sadie en geloof me
maar: het is hier treurig. Ik haat het platteland.' Hij niesde. 'En ik
ben constant verkouden.'

Ze vroeg: 'Waar ken je meneer Bellamy van?'

'Ik heb hem in een pub ontmoet. In Paddington.'

'Ben je kunstenaar?'

'God, nee. Eerlijk gezegd doe ik al een tijdje niets. Ik heb examen gedaan om in India in civiele dienst te gaan, maar daar ben
ik erbarmelijk voor gezakt. Toen heb ik Gabriel leren kennen en

127

die nodigde me uit. Ik help mee, ik haal water en geef de beesten eten, dat soort dingen.'

'Beesten?'

'Gabriels gruwelijke varkens.' Een boer met paard en wagen kwam hen tegemoet rijden over het laantje; Val stuurde de pony-wagen naar de opening bij een veldje om hem te laten passeren. 'Ik haat die varkens bijna net zo erg als de kinderen. Ik moet die kleine beesten Grieks leren,' legde hij chagrijnig uit. 'De kinderen, niet de varkens. Gabriel denkt dat je kinderen alles kunt leren als je er maar jong genoeg mee begint. Dat ze het dan op de een of andere manier in zich opnemen.'

'En is dat zo?'

'Helemaal niet. Volgens mij ben ik niet in de wieg gelegd om les te geven. Weer een beroep dat niet geschikt is voor Val Crozier.' Hij gebaarde naar de heuvels. 'Daar is Greenstones.'

Eva zag in de verte een groep gebouwen. Er hing een sfeer van grootsheid en geïsoleerdheid in de omgeving van rollende heuvels, stroompjes en bossen.

Ze gingen de weg af en namen een pad met zijpaden over velden die goud gekleurd waren van de boterbloemen. Terwijl ze dichter bij de boerderij kwamen, zag Eva dat die was gebouwd uit een mengeling aan steen, stukken vuursteen en bakstenen en dat er een aantal bijgebouwen omheen stond.

Val stuurde de pony de binnenplaats op. Een jongetje met warrig zwart haar dat, zo leek het Eva, was gekleed in kleurrijke vodden, kwam uit een schuur rennen. 'Raad eens wat ik heb,' zei hij tegen Eva.

'Ik heb geen idee.'

'Kijk.' Het kind stak zijn gesloten handen naar haar op.

'Dat zou ik niet doen als ik jou was,' adviseerde Val. 'Wegwezen, Lysander. Waar is Sadie trouwens?'

Lysander opende zijn handen en liet een grote, zwarte kever zien. 'Wat een mooie kever,' zei Eva beleefd.

De jongen keek slinks naar Val. 'Ik noem hem Percival. Percival de kever.'

Val pakte Eva's tas en liep naar het huis. 'Ellendige wezens,' mompelde hij zacht.

In Greenstones stond iedere plank vol troep en was ieder oppervlak bedekt. Een collectie vuurstenen, waarvan sommige half tot bijlbladen waren gemaakt, lag op een rooster. Kinderspeelgoed, houten blokken en miniatuurmachines lagen op de kleden alsof de wind ze erop had geblazen. De kamers waren onregelmatig gevormd en hadden lage plafonds, het meubilair zag er versleten maar comfortabel uit en er hingen overal schilderijen – schetsen in rood met wit krijt, potloodtekeningen, prenten en boven de haard een groot olieverfschilderij van een vrouw, haar kalme, treffende, mooie gezicht omsloten door een wolk donker haar.

Val leidde Eva naar een keuken waar het naar koffie en vers gebakken brood rook. Een ander jongetje met zwart haar zat op de afdruipplaat van het aanrecht een broodje te eten en een kat dronk melk uit een schoteltje op de vloer. Op het fornuis stond een grote aardewerken pot te pruttelen. De gootsteen stond vol ongewassen bakblikken en pannen.

Eva herkende de vrouw die aan de grote vurenhouten tafel stond als de vrouw van het schilderij. Ze stond deeg te kneden. Haar schort bolde over haar zwangere buik. Een meisje – Hero, nam Eva aan – hing aan een van haar benen. Hero, met zwart haar en donkere ogen zoals haar broers, droeg een jurkje dat gemaakt was van iets wat op een rood-groen gestreepte zak leek.

'Hallo Sadie,' zei Val.

De vrouw keek op. 'Val, godzijdank. Is Orlando bij jou?'

'Sorry, nee.'

Sadie zag er bezorgd uit. 'Ik dacht dat hij bij jou moest zijn. Ik heb hem de hele ochtend nog niet gezien.'

'Misschien is hij met Gabriel mee.'

'Wil je hem gaan zoeken? Je weet hoe hij is.'

'Natuurlijk. Dit is Eva, trouwens.' Val liep een gang in.

Sadie veegde een hand met bloem aan haar schort af en stak die uit naar Eva. 'Leuk je te leren kennen, Eva. Het spijt me dat het hier nogal...' De woorden ebden weg terwijl ze om zich heen keek in de keuken.

'Dank u wel voor de uitnodiging, mevrouw Bellamy.'

'Noem me alsjeblieft Sadie. Gabriels vrienden... Maar je bent vast moe en je zult wel honger hebben na je reis. Koffie?'

'Graag.'

'Ga zitten, als je een plekje kunt vinden.'

Sadie schonk koffie uit een geëmailleerde kan in een mok en gaf die aan Eva. 'Ik kan nooit koffiedrinken als ik in verwachting ben,' zei ze treurig. 'Vreselijk, hoe kinderen zoveel van het plezier in het leven van je afnemen. Hoewel ik wel honger heb. Het lijkt wel of ik altijd honger heb.' Ze sneed een paar sneden brood. 'Hier, ga je gang, Eva. En er is nog honing van Gabriel...' Ze pakte een pot van een plank. Het viel Eva op dat als Sadie liep, Hero aan haar been bleef hangen, waardoor ze dubbel werd belast door haar dochtertje en haar ongeboren kind.

Eva smeerde honing op het brood. 'Heeft meneer Bellamy bijen?'

'Ik vrees van wel. Vorig jaar zijn ze uitgezwermd. Ze kwamen via de schoorsteen het huis in. Ze waren helemaal zwart van het roet en zoemden door de kinderkamers als dolgedraaide stukjes kolen. Neem nog een boterham.'

'Wat een heerlijk brood,' zei Eva.

'Wat aardig dat je dat zegt. Maar nu moet ik echt verder.' Sadie stond op.

Ze had, schatte Eva, nog geen vijf minuten gezeten. Er was een verschil tussen de Sadie op het schilderij en de Sadie die deeg kneedde. Deze Sadie was bleker en ze had een vermoeide, gespannen blik in haar ogen.

Eva vroeg: 'Kan ik helpen? Ik ben niet zo'n goede kokkin, maar ik kan de afwas wel doen.'

'Wil je dat? Nerissa zei dat ze het zou doen, maar die is even gaan liggen; ze heeft hoofdpijn. En al onze andere gasten zijn mannen,' voegde Sadie nogal geïrriteerd toe, 'en die schijnen te denken dat afwassen te min voor hen is, hè?'

Eva zette wat borden op het afdruiprek. Het jongetje op het aanrecht stak zijn tong naar haar uit. 'Ptolemy,' zei Sadie scherp.

'Mama.' Ptolemy stak zijn armen naar zijn moeder uit.

'Mama kan je niet optillen. Je bent te zwaar.'

'Maar mama...'

'Eet je boterham op, Tolly. Op het fornuis staat heet water, Eva. Je kunt het best meteen een nieuwe ketel opzetten, anders kom je tekort. En als het koude water op is, moet een van de mannen nieuw uit de put gaan halen. En vertel eens wat terwijl je staat af te wassen, als je wilt. Kom je uit Londen? Vertel me eens over Londen. Ik mis het vreselijk. Je moet me vertellen wat er in de winkels ligt... alles. Vooral de kleding... wat dragen de vrouwen tegenwoordig?'

Eva vertelde Sadie over de stoffen bij Selfridges en over Mariannes uitzet. Toen beschreef ze het toneelstuk dat ze in het Haymarket en het ballet dat ze in het Empire had gezien.

Sadie zag er weemoedig uit. 'Ik ben dol op ballet. Toen ik klein was, wilde ik ballerina worden.' Ze deed de ovendeur open. 'Hero, alsjeblieft! Hang niet zo aan me.' Ze wrikte het meisje van haar knie. Hero begon te huilen. Sadie negeerde haar, bukte moeizaam en duwde het brood in de oven. 'En vertel me nu eens over jezelf, Eva. Wat doe je?'

'Ik studeer aan de Slade School of Arts.'

'Daar heb ik ook gestudeerd,' zei Sadie. Ze kwam overeind en wreef met een hand over haar rug terwijl haar grote, donkere, amandelvormige ogen van de bergen afwas naar het huilende kind gleden. 'Jaren geleden,' zei ze zacht, 'in een ander leven, heb ik ook aan Slade gestudeerd.'

Eva ontmoette de anderen pas bij het avondeten. Na de afwas liet Sadie Eva haar kamer zien. Ze pakte uit, ging in bad en trok een andere jurk aan. Om zes uur ging ze naar beneden. Het geluid van stemmen leidde haar terug naar de keuken, waar de tafel was gedekt. Er zat een jonge vrouw aan tafel. Ze droeg een donkerrode, nauwsluitende jurk, haar glanzende, donkere haar was om haar oren gewonden en omsloot haar lange, ovale gezicht. Een heel aantrekkelijke jongeman – lichtbruine krullen, tweedjasje met lappen op de ellebogen – hing decoratief tegen het aanrecht. In een hoek van de kamer hadden Lysander en Ptolemy ruzie tijdens een kaartspelletje.

Sadie stond bij het fornuis in de stoofpot te roeren. Ze stelde Eva voor aan de andere gasten. De jongeman in het tweedjasje heette Max Potter en de vrouw in de rode jurk was Nerissa Jellicoe. Max schonk Eva een glas rode wijn in. Nerissa zei: 'Gabriel maakte vroeger wijn van erwtenbast en brandnetels, maar daar is hij godzijdank mee gestopt. Hij koopt zijn wijn nu in Frankrijk. Die is veel lekkerder.' Ze had een volle, temerige stem.

Er kwamen meer mensen de keuken binnen. Val droeg Hero op zijn schouders, en er was een kleine man met een rond gezicht, die Max aan Eva voorstelde als Bobbin. Toen kwam een slungelige jongen van een jaar of negen, tien, die met zijn zwarte haar en amandelvormige ogen absoluut nog een kind van Sadie moest zijn, binnen.

'Orlando,' zei Sadie, 'jij moet even naar boven om je te wassen. En waar is Gabriel?' Ze keek angstig. 'De groente wordt koud.'

'Je ziet eruit alsof je in een hooiberg hebt liggen rollen,' zei Max tegen Orlando. Er stak stro uit zijn haar en hij had moddervegen op zijn gezicht.

'Ik heb geprobeerd ratten te doden.' Orlando zwaaide met een katapult.

'Heb je er gevangen?' vroeg Lysander.

'Nee, maar ik heb een kikker in mijn visnet gevangen. Hij kan

132

vreselijk goed springen. Hij zit in een doos in de slaapkamer.'

Sadie herhaalde: 'Je moet je handen even wassen, Orlando.'

Op dat moment zwaaide de achterdeur open. Gabriel Bellamy stond op het erf met een open geweer over zijn arm en zes konijnen over zijn schouder.

'Ik heb een cadeautje meegebracht, Sadie.' Hij beende de keuken in en gooide de konijnen op het afdruiprek.

'Gabriel, niet bij de taart...'

'Ik heb een heerlijke dag gehad.' Hij sloeg zijn arm om Sadie heen, trok zich naar haar toe en gaf haar een kus.

'Het eten is klaar. En je moet die konijnen in de bijkeuken leggen.'

'Wil je niet over mijn dag horen?'

'De groente...'

'Opgestaan voor dag en dauw, de dauw nog op de velden.'

'Gabriel.' Sadies stem beefde een beetje. Toen zei ze op heel beheerste toon: 'Je moet de konijnen in de bijkeuken leggen en aan tafel komen. En Orlando, jij gaat nu je handen wassen.'

Gabriel greep de konijnen en Orlando schoof de kamer uit. Nerissa vroeg: 'Kan ik iets doen, lieve Sadie?'

'Als je die borden even voor me wilt pakken. Ik kan er niet...' Haar handpalm rustte op haar bolle buik.

'Ik pak ze wel,' zei Val, en hij reikte omhoog naar de plank.

'En dan zorg ik wel even voor die lieve Hero,' zei Nerissa. Ze tilde het tegenstribbelende kind op haar schoot.

Sadie schepte op. Gabriel, die terugkwam uit de bijkeuken, zag Eva, brulde van plezier, gooide zijn arm om haar nek en kuste haar op haar wang.

'Laat die arme meid even met rust, Gabriel,' teemde Nerissa. 'Je maakt haar haar in de war.'

Eva legde uit: 'Mijn haar zit altijd in de war. Zulk haar is het nu eenmaal.'

'Je moet het honderd keer per dag borstelen,' zei Nerissa. 'Dat doe ik ook.' Ze klopte op haar gladde krullen. Hero stak haar vinger in Nerissa's wijnglas en begon eraan te zuigen. 'Niet doen, lieverd,' zei Nerissa scherp. 'Stoute meid.'

Hero's gezicht vertrok; ze begon te huilen. Gabriel pakte zijn dochter op en gooide haar omhoog; de tranen verdwenen en ze kirde van plezier.

Het viel Eva tijdens de maaltijd op dat er heel wat heen en weer werd gelopen van de eettafel. Als de leden van de familie Bellamy iets wilden hebben en er niet bij konden, stonden ze gewoon op, liepen om de tafel en pakten het. Sadies zachte smeekbeden: vraag maar of iets kan worden doorgegeven, niet praten met je mond vol, werden genegeerd. Halverwege de eerste gang verliet Gabriel de tafel om de bloemen die hij die ochtend had geplukt te gaan zoeken, toen verdween Bobbin, die terugkwam met een enorm boek om de verlepte exemplaren te kunnen identificeren. Toen rende Orlando weg om de kikker te halen, die uit zijn doos ontsnapte en over de vloer sprong terwijl het hele gezin Bellamy en alle gasten het uitgilden. Toen de kikker zijn vrijheid hervond door via de achterdeur naar buiten te springen, barstte Hero, overstuur door het plotselinge verlies, in tranen uit en moest worden getroost, tot ze bij Sadie op schoot in slaap viel. Val droeg Hero naar bed. En tussen al die voorvallen in planden Gabriel en Max een zeiltochtje naar Bilbao en Nerissa vertelde hun over haar plan een woonwagen te kopen en het land door te gaan reizen. 'Ik denk dat ik dan een groene jurk aantrek, en zo'n schattig strohoedje opzet, met koordjes onder mijn kin, als een schaapherderin.'

Sadie was de appeltaart aan het serveren toen Gabriel zijn blik op Eva richtte en zei: 'Nou zeg, Eva Maclise! Heb je het naar je zin? Heeft iemand je mijn boerderij al laten zien? Nee? Dan doe ik dat morgen zelf.' Sadie gaf hem een stuk taart. 'Ik zal je aan de varkens voorstellen. Het zijn geweldige varkens, hè, Val? Hou je van varkens, Eva? Prachtige dieren. En ik overweeg het stroompje in te dammen zodat we een vijver kunnen maken. Dan kunnen we karpers houden.' Hij glimlachte naar Eva. 'Jij kunt me helpen de vijver te graven als je dat leuk vindt, Eva. Blijf hier een paar weken – een maand – zolang je wilt.'

'Gabriel, Eva moet terug naar Londen. Naar de kunstacademie.'

'Natuurlijk.' Gabriels gezicht betrok ineens. 'Jammer. Ik houd zo van gezelschap.'

'Je hebt volop gezelschap, Gabriel.'

'Maar hoe meer zielen, hoe meer vreugd.'

'Slagroom of custard?' Sadie gaf Gabriel twee kannen.

Gabriels gezicht klaarde weer op. 'Wat vind je van ons, Eva? Ik hoop dat we niet te luidruchtig voor je zijn. Sommigen van onze gasten zijn na een paar uur met de familie Bellamy gillend naar het station teruggerend.'

'Gabriel, er was maar één...'

'En ze was gek.'

'Behoorlijk, behoorlijk getikt.'

'Eva is van veel steviger materiaal gemaakt, toch, Eva?' Gabriel schonk een grote hoeveelheid slagroom en custard over zijn appeltaart. 'Jij komt toch uit een groot gezin? Een hele horde, zei je.'

'Ik heb zes broers en zussen.'

'Kijk eens,' zei Nerissa met een glimlachje, 'dat is iets om naar te streven, Sadie. Nog maar twee te gaan na deze baby.'

Sadie mompelde zacht: 'Lieve god, dat hoop ik niet. Ik denk dat ik mezelf iets zou aandoen.'

'Sadie,' zei Gabriel.

Sadie stond bij het aanrecht met het lege taartblik in haar handen. 'Ik ben gewoon zo vreselijk moe.' Haar gezicht was bleek, papierachtig wit. 'En we hebben geen schone lepels meer.'

'O, ga toch zitten, Sadie.' Gabriel leidde zijn vrouw naar een stoel. 'Je maakt altijd zo'n drama van alles. Dan gebruiken we toch theelepeltjes?' Hij pakte er zes uit een lade. 'Weet je wat, jij hoeft morgen niets te doen. Je moet rusten... je mag de hele dag in bed blijven. Ik maak wel eten. Ik braad de konijnen boven een vuur in het veld en dan eten we als zigeuners onder de sterren.' Gabriel ging naast Sadie zitten en ze keek hem glimlachend aan.

De volgende ochtend liet Gabriel Eva de boerderij, de groentetuin, de hooiweide, de bijenkorven en de varkensstallen zien. 'Ik heb de varkens pas vorig jaar gekocht,' legde Gabriel uit, 'dus die zijn een beetje een experiment. Ze eten alle aardappelschillen en we zouden er in de herfst heerlijke bacon van moeten hebben. En ik overweeg een paar koeien aan te schaffen.'

Ze liepen over de binnenplaats. 'Kost dat niet allemaal vreselijk veel tijd?' vroeg Eva. 'Tijd die je zou kunnen doorbrengen met schilderen?'

'Ik ontsnap naar Londen als ik wat tijd voor mezelf nodig heb. Ik heb een atelier in Paddington. En trouwens...'

Hij hield op met praten; ze keek naar hem op. Hij trok een grimas. 'Ik ben momenteel even niet zo productief, zou je kunnen zeggen. Ik heb sinds de landschappen nauwelijks nog iets gedaan.' Hij keek haar terloops aan. 'Niet iets wat jou al is overkomen, durf ik wel te zeggen.'

'Niet echt.'

'Hoe oud ben je, Eva?'

'Negentien,' zei ze.

'Negentien.' Ze liepen naar de kuil in het gras waar Gabriel de vijver wilde maken. Hij zei: 'Toen ik negentien was, had ik geen tijd om alles te schilderen wat ik wilde. Ik dacht dat het altijd zo zou zijn. Nu ik dertig ben... Nou, ik kom erachter dat het anders werkt.'

Hij raapte een gevallen tak op en begon om zich heen te slaan in het hoge gras en de brandnetels. Toen ze aan de rand van de kuil kwamen, bleef hij staan. 'Weet je, dat gevoel dat je hebt als je aan een schilderij begint, Eva? Als je zeker weet dat het het beste wordt wat je ooit hebt gemaakt. Het is een soort... mentale jeuk. Een gevoel van opwinding dat in je borrelt en waarop je moet reageren. Zo was het toen ik het hier kocht: ik heb die winter wel zes landschappen geschilderd. En toen ik Sadie ontmoette... die portretten van Sadie zijn het beste wat ik ooit heb gemaakt. En die van Nerissa ook. De *Meisje in een rode jurk*-schilderijen. Ik heb iets nodig... of iemand... om me te inspireren.' Hij tikte tegen zijn voorhoofd. 'En dan komt het hier allemaal uit.' Hij glimlachte. 'Ik zal je laten zien waarom ik het huis heb gekocht. Ik zal je laten zien waarom ik er zo gek op ben.'

Ze liepen weg van de boerderij richting de heuvels. Leeuweriken vlogen aan beide kanten van hen uit de weiden op en gierden zingend de blauwe hemel in. Onder hen glinsterden de dakpannen van de boerderij in het zonlicht.

Boven op de heuvel stak de bult van een lange grafheuvel uit het gras, met een kroon van knoestige meidoorns erop. 'Jammer genoeg liggen er geen beenderen van oude koningen of een schat in,' zei Gabriel. Hij ging op de grafheuvel staan. 'Maar toch heb ik hier altijd het gevoel dat ik op verboden terrein kom. Gek, hè? Alsof dit het domein van iemand anders is. Kijk. Wat vind je ervan?'

Het landschap strekte zich om haar heen uit; heuvel, bos en weide, doorkruist door zilveren stroompjes. Een briesje blies Eva's haar rond haar gezicht en maakte dat de bladeren van de meidoorns zwiepten.

'Het is prachtig,' zei ze. 'Zo prachtig.'

Hij rende naar de zijkant van de grafheuvel en ging op de weide eronder staan, fronsend naar haar opkijkend. Ze vroeg zich af of ze iets verkeerd had gezegd. Het is prachtig, zo prachtig. In hemelsnaam, Eva, dacht ze, boos op zichzelf, kun je een groter cliché bedenken?

Maar hij zei: 'Kom, het is vast lunchtijd,' en stak een hand naar haar uit om haar van de heuvel af te helpen.

Die middag viel Hero in slaap in een leunstoel, de mannen verdwenen om het vuur aan te steken en Eva en Sadie dronken thee in de kamer waar de vuurstenen en het speelgoed lagen.

Sadie zei: 'Dit hoort mijn zitkamer te zijn, maar het lijkt wel of er altijd een of andere invasie is.' Ze schoof een puzzel en een schilderdoos van de kinderen opzij zodat Eva het dienblad kon neerzetten. 'Maar het is wel heerlijk om met een vriendin thee te kunnen drinken.'

Een vriendin, dacht Eva met een rilling van genot. Misschien zouden de leden van het gezin Bellamy haar vrienden wel worden. Misschien zouden er meer van deze weekenden volgen, andere vrijdagen waarop haar klasgenoten van Slade haar zouden vragen wat zij ging doen en dat ze dan zou zeggen: ik ga het weekend naar de familie Bellamy... je weet wel, Gabriel Bellamy, de kunstenaar, en zijn vrouw. Misschien zou ze wel deel gaan uitmaken van de kring van interessante, onconventionele vrienden van de familie Bellamy; misschien zou ze op een dag het fascinerende Greenstones net zo goed kennen als het saaie, oude Summerleigh.

Sadie liet zich in een stoel zakken. 'Vertel me eens over jezelf, Eva. Je studeert toch aan Slade? Heb je het er naar je zin? Werkt professor Tonks er nog? En die verfomfaaide vrouwen die poseerden... Waar halen ze die toch vandaan? Gabriel heeft me een keer verteld dat ze uit een bordeel kwamen, maar volgens mij wilde hij me shockeren.'

Eva vertelde over de studentes die in tranen uit professor Tonks' collegezaal waren gevlucht en over de lange middagen die ze had doorgebracht met het schilderen van Griekse beelden en Etruskische bas-reliëfs.

'O, je herinnert me eraan hoezeer ik vrouwelijk gezelschap mis, Eva,' zei Sadie zuchtend. 'Er zijn altijd zoveel mannen op Greenstones. Op een dag zal Hero wel gezelschap worden, maar die is momenteel nog te jong voor een interessant gesprek.'

'Nerissa is er,' stelde Eva voor.

'Nerissa's enige gespreksonderwerp is zijzelf, wat zo zijn beperkingen heeft. Ik sta soms tegen mezelf te praten. Als ik nou maar een keukenmeid zou hebben met wie ik het over... nou ja, over vrouwendingen zou kunnen hebben. Maar een goede hulp wil natuurlijk niet helemaal hiernaartoe komen. Dus moeten we het doen met halvegaren en sukkels. Door de week komt er een meisje uit het dorp, maar dat is nauwelijks in staat een goede zin te vormen... Ze zegt alleen: ja, mevrouw en: nee, mevrouw en staart me stom aan als ik probeer het met haar over iets anders te hebben dan soda of stijfsel. Ik heb al ik weet niet hoeveel meisjes gehad. Sommigen vertrekken omdat ze bang zijn voor Gabriel... die kan, denk ik, inderdaad wel wat luidruchtig zijn en hij kijkt af en toe wel een beetje als een piraat uit zijn ogen. En anderen vertrekken omdat Nerissa hen choqueert.' Sadie gaf Eva een kop thee en voegde als uitleg toe: 'Nerissa gelooft in contact met de natuur. Ze heeft niet altijd veel kleding aan. Een van die meisjes is gillend weggerend toen ze Gabriel in de boomgaard aantrof terwijl hij Nerissa stond te schilderen.'

Eva giechelde. 'Ik weet het,' zei Sadie glimlachend. 'Op een bepaalde manier was het heel grappig. En sommige van Gabriels andere vrienden zijn ook nogal, nou ja, onconventioneel.' Sadie roerde in haar thee. 'En dan zijn de kinderen er natuurlijk nog.'

'Het zijn heerlijke kinderen.'

'Ja?' Sadie keek onzeker. 'Dat zal wel. Of dat zouden ze zijn als ze hun haar eens zouden borstelen of hun gezicht eens zouden wassen. Als ik een betere moeder was, zou ik zorgen dat ze dat deden.' Ze probeerde te glimlachen. 'Het spijt me, ik gedraag me weer vreselijk. Trek je maar niets van mij aan, ik meen het niet. Het komt hierdoor.' Ze klopte op haar dikke buik. 'Tegen het einde mijn zwangerschap word ik altijd een beetje gedeprimeerd.'

'Het is vast heel vermoeiend.'

'Niet zo vermoeiend als na de geboorte, neem dat maar van mij aan. Als je je vijfde krijgt, weet je wat je te wachten staat. Eerst is er natuurlijk de bevalling, dat hele drama... en dan na de geboorte de slapeloze nachten. Ik voel me nu al ellendig als ik bedenk dat ik minstens de komende zes maanden uitgeput zal zijn. Dat ik van geluk mag spreken als ik de komende maanden ook maar een moment voor mezelf zal hebben.' Ze fronste haar wenkbrauwen en beet op haar onderlip. 'Vergeef me, Eva. Als ik niet uitkijk, wil je nooit trouwen of kinderen krijgen.'

Er klonk gejammer uit de andere kamer. 'Hero,' mompelde Sadie. Ze stond op. Toen ze bij de deur was, draaide ze zich om en zei rustiger: 'Je moet niet denken dat ik het hier niet naar mijn zin heb. Dat heb ik wel. Soms vind ik het heerlijk. En Gabriel vindt het hier heerlijk, Gabriel is hier gelukkig en dat is alles wat ik belangrijk vind.'

Ze maakten in de weide achter het huis een vuur. Toen de avond viel, stonden ze er in een kring omheen en keken toe hoe het vuur de dode bladeren en droge takken verslond. Hun gezichten leken zwart en goud in het gereflecteerde licht, als aztekenmaskers. Een briesje bewoog de vlammen en maakte dat ze hoger dansten; oranje vonkjes dwarrelden als poeder door de lavendelkleurige hemel. Op de heuvel die Eva en Gabriel die ochtend hadden beklommen, stak de grafheuvel tegen de voorbijwaaiende wolken af als een donkere, inktachtige vlek.

Toen de vlammen gedoofd waren, legde Gabriel de konijnen die hij de dag ervoor had geschoten op de gloeiende kolen. Eva dacht aan de strak georganiseerde picknicks uit haar jeugd, de bezadigde uitjes naar de heuvels in hun janplezier of auto, met bedienden, sluitmanden en vouwstoelen. Hier zaten ze op het gras en warmden zich aan het vuur; hier aten ze in plaats van komkommersandwiches konijn, worteltjes en jonge kool uit de groentetuin.

Max schonk wijn in; na het eten pakte Bobbin een gitaar en begon te spelen. Nerissa danste rond het vuur, in haar rode jurk op de muziek wiegend. Ze had een wit papieren waaier in haar hand, waarmee ze patronen in de lucht maakte.

Max fluisterde in Eva's oor: 'Ze is zo'n trut, maar ik begrijp wel wat Gabriel in haar ziet.'

Nerissa's bewegingen waren vloeiend en hypnotiserend. Eva zei: 'Nerissa poseert toch voor Gabriel?'

Hij keek haar even aan. 'Ja, inderdaad. Ze poseert voor hem.' Hij versmolt weer met de duisternis.

De dans eindigde en er werd geapplaudisseerd. Eva hoorde iets achter zich; ze keek achterom en zag Ptolemy.

'Wat is er, Tolly?'

'Ik wil een waaier.' Zijn gezicht was bevlekt door tranen; hij stak een verfrommeld stuk papier naar haar uit. 'Ik wil net zo'n waaier als Nissa.'

Eva nam het papier van hem aan en vouwde er een waaier van. Ptolemy gleed op haar schoot met de waaier in zijn mollige handje geklemd. Eva besefte dat hij het middelste kind was, net als zij. Niet de oudste, niet de jongste, helemaal niet belangrijk. Ze sloeg haar armen om hem heen en hij leunde met zijn warme lijfje tegen haar aan.

Bobbin was aan het zingen. Het was nu donker en alleen zijn stem klonk in de duisternis, zingend over liefde en verlies:

'Nu ga ik naar een ver land

Waar ik niemand ken en waar niemand mij kent.'

Eva dacht: zelfs als ik hier nooit meer kom, zelfs als ik de familie Bellamy nooit meer zie, zal ik altijd onthouden wat een perfect weekend dit was. Ik zal de avond, het vuur, het lied, de warmte en het gewicht van het kind op mijn schoot nooit vergeten.

Een gestalte doemde op in de duisternis: Gabriel. Hij ging naast haar zitten. Ondanks zijn enorme gestalte waren zijn bewegingen vloeiend en gracieus. Hij zei: 'Die goede Bobbin verzamelt liedjes. Hij heeft het gezicht van een ontvanger van belastingen en de ziel van een dichter. Wat is dat toch met muziek? Hoe komt het dat zo'n eenvoudig lied, zoiets gewoons, je zo kan raken?' Hij raakte Eva's arm aan. 'Zelfs kerkmuziek... vooral kerkmuziek... hoe kan ik atheïst zijn en dat hele God-gedoe walgelijk vinden terwijl sommige kerkmuziek, kerstliederen bijvoorbeeld, me tot tranen kan roeren?'

'Ben je een atheïst?'

'In mijn hoofd.' Hij bonkte met zijn vuist tegen zijn borst. 'Misschien niet in mijn hart. En jij?'

'Ik weet het niet. Mijn hele familie gaat naar de kerk. Er zou een vreselijke scène ontstaan als iemand van ons zou weigeren te gaan. Maar we doen niet allemaal wat de Kerk ons opdraagt.' Ze wist dat ze verbitterd klonk. 'We declameren gewoon de woorden.'

Hij keek haar aan. 'Er zit altijd een groot verschil tussen wat je wilt doen en wat je daadwerkelijk doet.'

'Maar bij jou niet!' riep ze, glimlachend naar hem opkijkend. 'Deze geweldige plek... het lukt jou wel om je principes na te leven, toch? Als het Sadie en jou lukt, waarom kunnen anderen het dan niet?'

'Lieve Eva,' zei hij zacht. 'Wil je alsjeblieft altijd zo blijven als je nu bent?' Zijn toon veranderde. 'Die knul van mij moet naar bed, anders is hij morgen chagrijnig.' Hij lepelde Tolly van haar schoot en beende weg.

Ergens na middernacht begonnen ze zich gapend in het huis terug te trekken. Eva trok in haar kamer haar jas uit en haalde een borstel door haar haar. Toen zat ze een tijdje bij het raam naar buiten te kijken.

Er werd op de deur geklopt. Ze deed open. Gabriel stond op de gang. 'Ik kon niet slapen,' mompelde hij.

Hij had verteld dat hij aan slapeloosheid leed. Ze voelde zich gevleid dat hij, nog wakker, naar haar kwam om hulp.

'Zullen we een stukje gaan wandelen?' stelde ze voor.

Hij keek een beetje verbaasd. 'Als je dat wilt.'

Ze gingen naar buiten. In de weide markeerde een donkerrode gloed de overblijfselen van het vuur. Het was een heldere nacht, de hemel schitterde van de sterren. Eva rilde.

'Arm kind, je hebt het koud.' Hij sloeg zijn armen om haar heen, op een manier waarvan ze eerst dacht dat die vriendschappelijk was en waarvan ze toen, geschrokken, besefte dat dat niet het geval was. Hij drukte haar tegen zich aan en begroef zijn handen in haar haar.

'Meneer Bellamy...'

'O, in hemelsnaam, Gabriel.'

Hij duwde haar gezicht omhoog en kuste haar op haar voorhoofd. Toen op haar lippen. Belachelijk genoeg herinnerde Eva zich in haar geschoktheid alleen het enige advies dat ze zich kon herinneren dat Lilian haar dochters ooit met betrekking tot mannen had gegeven: als een man zich aan je opdringt, moet je zo hard je kunt met je laars op zijn voet trappen.

Wat er bij Gabriel op neer zou komen dat een mier op een olifantspoot zou trappen. In plaats daarvan legde ze haar handpalmen tegen zijn borstkas, duwde hem zo hard ze kon van zich af en zei helder en kil: 'Meneer Bellamy, waar is je zelfbeheersing?'

Zijn handen vielen naast zijn zij. 'Eva...'

'Ik weet niet wat je denkt. Ik ga terug naar mijn kamer.'

Hij zei verwilderd: 'Maar je moet hebben geweten...'

Ze keek hem aan. 'Wat moet ik hebben geweten?'

'Wat ik voor je voel.'

Ze snauwde razend: 'Als ik had gedacht... als ik een moment had gedacht dat je dat van plan was, zou ik hier nooit naartoe zijn gekomen!' Toen rende ze terug naar het huis.

In de slaapkamer deed ze de deur op slot en ze zette een stoel onder de deurklink. Toen gooide ze haar bezittingen in haar tas en bleef, helemaal aangekleed en met bonkend hart op het bed naar de deur staren.

Maar hij kwam niet meer naar haar kamer. Om vijf uur 's ochtends stond ze op en sloop het huis uit, een briefje voor Sadie in de keuken achterlatend, waarin ze uitlegde dat ze zich ineens had herinnerd dat ze vroeg college had. Toen liep ze de velden door, de route volgend die Val nog maar twee dagen daarvoor had genomen.

In de trein, op weg terug naar Londen, werd ze bijna overweldigd door haar verwarde gevoelens. Diepe gekwetstheid, desillusie en geschoktheid leken de voornaamste. Maar als ze haar ogen sloot, haar hoofd tegen het raam leunend terwijl ze insliep, herinnerde ze zich zijn kus: de kracht en warmte van zijn armen om haar heen en zijn kus.

Die week zag Eva toen ze uit college kwam Gabriel Bellamy aan het einde van de straat rokend tegen een lantaarnpaal staan. Enige hoop dat hij op iemand anders stond te wachten, of dat ze weg zou kunnen fietsen voordat hij haar zag, was al snel vervlogen toen hij zijn sigaret op de grond gooide en de straat naar haar overstak.

'Eva,' zei hij. 'Ik moet met je praten.'

'Ik denk niet dat we elkaar iets hebben te zeggen, meneer Bellamy.'

'Die nacht op Greenstones...'

'Daarover wil ik het niet hebben.'

'Eva...'

'Echt, meneer Bellamy, we hebben elkaar niets te zeggen.'

'O, in hemelsnaam! Ik was dronken! Ik ben hier om mijn excuses aan te bieden!'

'Dan accepteer ik je excuses.' Ze stapte op haar fiets en begon de straat uit te fietsen.

Tot haar ergernis rende hij naast haar, zijn lange passen hielden de fiets gemakkelijk bij. 'Zie ik je nog?'

'Dat lijkt me geen goed idee.'

'Eva.' Hij greep het stuur en bracht de fiets tot stilstand. 'Ik zei toch dat ik te veel had gedronken. Ik wist niet wat ik deed.' Hij vroeg fel: 'Hoe lang ga je me straffen?'

'Ik probeer je niet te straffen, meneer Bellamy.'

'Kom dan terug naar Greenstones.' Zijn stem werd zachter, lokkend, en Eva voelde een plotseling verlangen naar kalkheuvels en vrijheid.

Toen zei hij: 'En dat allemaal om een kus! Gewoon één domme kus die niets betekende!'

Maar zij was die kus niet vergeten... haar eerste kus, haar enige kus. Het verontrustte haar te beseffen dat hoe fout die kus ook was geweest, hij voor haar wel wat had betekend.

'Kom zaterdag naar Greenstones,' probeerde hij haar over te halen. 'We zijn bijna klaar met de karpervijver.'

'Ik ben bang dat ik niet kan,' zei ze stijfjes. 'Ik heb het erg druk. En ik heb een afspraak, dus als je mijn fiets wilt loslaten...'

Gabriels handen vielen langs zijn lichaam. Hij zag er ineens verloren uit. Toen ze wegfietste, riep hij: 'In godsnaam. Ik wilde je alleen maar schilderen!'

Ze keek verrast over haar schouder naar hem. 'Me schilderen?'

'Ja! Het spijt me, ik heb het verkeerd aangepakt. Die eerste keer dat ik je zag, in de galerie van Lydia... je zag er op de een of andere manier zo wild uit! Eva, dat was voor het eerst in maanden dat ik echt iets wilde schilderen!' Hij trok zijn troefkaart. 'En Sadie mist je! Sadie blijft me maar vragen waarom je niet meer op bezoek komt.'

Ze zei ijzig: 'Dat moet je haar maar niet vertellen, hè, meneer Bellamy? En trouwens, ik ga naar mijn familie. De vakantie begint.'

Zijn stem werd zwakker naarmate ze verder van hem weg fietste. 'Ik wilde je alleen maar schilderen! Dat is alles! Eva!'

Die zomer voelde voor Marianne als een regenboog van kleuren: helder of dof of opzichtig. Er waren de vloekende kleuren van de kostuums van het *Ballet Russe* dat de *Vuurvogel* en *Scheherezade* op de muziek van Stravinsky in een theater in Parijs opvoerde. Er waren de sombere tinten van Black Ascot, waar men rouwkleding droeg ter ere van wijlen de koning. Er waren het wit, grijs en roze van Arthurs huis in Surrey, en de langzame infiltratie van kleur toen ze de kamers begonnen op te knappen.

In augustus werden ze uitgenodigd op het landhuis van de familie Meredith, Redlands. Marianne maakte lijstjes. Ze moest ochtendjaponnen, middagjaponnen en avondjurken meenemen; en bovendien kleding om te wandelen, paardrijden en tennissen. En er moest een kamermeisje mee: Arthur zei dat men het vreemd zou vinden als ze dat niet zou doen.

Redlands was in Hertfordshire. De voorgevel van grijze steen stond aan een rond meer; achter het meer lag een enorm gazon waar eiken en paardenkastanjes stonden. Parken strekten zich uit aan alle kanten van het huis, zo ver je maar kon kijken. Een chauffeur parkeerde Arthurs auto en een butler kwam hen begroeten. In de hal werden hun stemmen opgeslokt door de marmeren vloer en het enorme trappenportaal. Gigantische, veelkleurige boeketten barstten uit enorme vazen op bijzettafels en harnassen wierpen kwaadaardige blikken uit lege nissen. Het huis leek speciaal ontworpen om te intimideren, te kleineren, dacht Marianne.

Bij het ontbijt werden perziken en ananas uit de kassen geserveerd, en frambozen en aardbeien hoewel het daarvoor het seizoen niet was. Krullen boter lagen genesteld in cirkeltjes ijs en schalen pap en roomsaus, gepocheerde eieren, schelvis en bacon werden warmgehouden op een dientafel. In pepersaus gestoofde niertjes en worstjes lagen te glinsteren alsof ze op het punt stonden uit hun vel te barsten. Koud vlees en wild, galantine en fazant, tong en alpensneeuwhoen lagen in duizelingwekkende cirkels op enorme zilveren schalen.

Om halftwee zaten ze in het park onder canvas markiezen voor een achtgangenlunch. Om vier uur verzamelden ze in de zitkamer voor een middagmaal met sandwiches en brioches, scones en vruchtentaart. Laura Meredith had de leiding en maakte een tentoonstelling van de kleine spirituslampen, ketels en het zilveren theeservies. Tussen de maaltijden door was ieder moment van de dag vastgelegd, gepland, vooraf bepaald. Marianne moest mee in het park gaan wandelen, moest tennissen, moest meedoen aan een spelletje bridge. Ze moest zich drie of vier keer omkleden en het kamermeisje moest Mariannes haar naarmate de dag vorderde, steeds ingewikkelder kappen en haar met oorbellen, colliers en armbanden behangen. Ze mocht niet stil blijven, ze moest deelnemen aan de opgewekte, ledige conversatie, ze moest veel praten maar niets zeggen.

Maar zij zag met haar scherpe blik hoe sommige getrouwde stellen zich terugtrokken en andere koppels vormden. Ze zag welke echtgenote een voorkeur had voor de echtgenoot van een andere vrouw en welke getrouwde vrouw met een vrijgezel flirtte. Ze zag welke paren niet meer met elkaar spraken en, de schijn ophoudend, met een soort kille walging beleefde zinnen formuleerden. Vingers grepen elkaar in donkere hoekjes van de kamer, hoofden bogen voorover en fluisterden in oren vol juwelen. Toen Marianne naar haar kamer ging om een paar handschoenen te pakken, hoorde ze achter gesloten deuren een vrouw giechelen.

Ze was een groot deel van de dag gescheiden van Arthur. In een groene tunnel van ineengevlochten haagbeuken ging ze op een bankje zitten; een man bleef staan toen hij haar passeerde.

'Mevrouw Leighton, toch?' Hij glimlachte. 'Ik ben Fiske, Edward Fiske. Kan ik u ergens mee helpen?'

Bladeren wierpen hun stippelige schaduwen op zijn aantrekkelijke gezicht. Marianne had een van haar schoenen uitgetrokken. Ze zag dat hij naar haar kousenvoet keek.

'Dank u, meneer Fiske,' zei ze, 'maar er is niets aan de hand. Er zat een steentje in mijn schoen.'

'Teddy, zeg maar Teddy.'

Ze trok haar schoen weer aan. Hij reikte haar de hand aan om haar overeind te helpen, zijn vingers draalden een beetje te lang. Terwijl ze zich haastte om de anderen in te halen, hoorde ze hem achter zich roepen:

'Net getrouwd, hè? Die Leighton treft het maar. Jammer voor mij. Maar ik kan wachten.'

Naarmate de dag vorderde, leek er een gevoel van doelloosheid over de groep te komen. Gapen werden verborgen achter gehandschoende handen; bij de thee bouwden vingers kruimelpiramides van stukjes cake. Ze speelden spelletjes die ze niet wilden doen, dacht Marianne en ze aten eten dat ze niet wilden eten. Het was buiten gaan regenen; op de velden raakte een hoeveelheid wild, met dof starende ogen en veren vol bloed doorweekt.

's Avonds, na een tiengangendiner, bleven de mannen in de eetzaal voor een sigaar met port terwijl de dames koffie kregen geserveerd in de zitkamer. Toen de mannen zich bij de vrouwen voegden, zochten Mariannes ogen Arthur. Ze kon hem niet vinden; ze voelde een plotselinge steek van eenzaamheid.

Een stem zei: 'Mijn lieve mevrouw Leighton, zit u nu alweer alleen?' Ze draaide zich om en zag Teddy Fiske. Hij glimlachte. 'Die echtgenoot van u moet beter voor u zorgen.'

Marianne mompelde een excuus en ging naar boven. Ze trok in de slaapkamer het gordijn dicht, maar deed het licht nog niet aan. Stralen maanlicht schenen op de zilverkleurige ornamenten op het lijfje van haar violetkleurige japon. Ze keek uit het raam en had het gevoel dat het park, het meer en de bomen een harde, zwarte, doodse verschijning hadden gekregen, als de illustratie op een Chinees gelakt doosje. Het optimisme en het geluk dat ze sinds haar trouwdag had gevoeld, leken voor het eerst te wankelen. Zouden Arthur en zij uit elkaar kunnen groeien zoals deze stellen uit elkaar waren gegroeid? Zou ze misschien nooit het kind krijgen waarnaar ze zo verlangde... zou de teleurstelling die ze iedere maand kreeg te verwerken meedogenloos aanhouden, maand na maand, jaar na jaar?

De deur ging open; ze draaide zich om en zag Arthur. Ze slaakte een kreetje van opluchting. 'Het spijt me,' zei hij. 'Wat een oneindige avond.' Hij liep door de kamer op haar af. 'Mijn arme lieveling. Wat zie je er moe uit.'

'Het was een lange dag.' Ze pakte zijn hand, duwde die tegen haar schouder en sloot haar ogen. 'Ik heb je gemist.'

'En ik jou, mijn lieve Annie.'

'Ik heb nooit geweten dat jezelf vermaken zo vermoeiend kan zijn.'

'Ze maken er nogal een halszaak van, hè?' Arthur deed zijn das af. 'Behalve Edwin, die per se op de onmogelijkste momenten over zaken wil praten. Twee uur 's nachts, iedereen met indigestie van dat gruwelijke diner en dan wil hij het over de scheepvaart hebben.' Hij streelde haar gezicht met zijn vingertoppen. 'Je ziet er verdrietig uit. Wees niet verdrietig, liever d.'

'Het komt door deze omgeving, denk ik. Er is hier zoveel van... alles. Dat ontbijt...'

'Het was een tikkeltje overweldigend, hè?'

'Ik wachtte met angst en beven af wat ik zou tegenkomen.'

'Je bedoelt een deksel optillen en een speenvarken aantreffen... of zangvogeltjes... vierentwintig merels in een taart...' Toen ze glimlachte, kuste hij haar. 'Dat is beter.'

'Ik moet er niet aan denken dat wij net zo worden als die mensen!'

'Belachelijk rijk en met merels voor het ontbijt?'

'Lieverd.' Ze streelde zijn gezicht. 'Ik bedoel... zo van elkaar gescheiden.'

'Dat gebeurt niet. Dat kan niet.'

'Maar ze moeten ooit toch net zoals wij zijn geweest? Toen ze net waren getrouwd, moeten ze op elkaar gesteld zijn geweest.' Marianne deed haar oorbellen uit en deed ze in een fluwelen doosje. 'Die leegte, die liefdeloze huwelijken. En de helft van die mannen lijkt er een maîtresse op na te houden!'

Hij trok een wenkbrauw op en keek haar aan. Ze zei: 'Ik heb hen gezien, Arthur! Ik weet dat het waar is.'

'Zo gaat dat helaas in de wereld, lieverd.'

'Niet in mijn wereld,' zei ze fel. 'In wat voor wereld kan een man de liefde bedrijven met de vrouw van een ander en trekt niemand zich er iets van aan?'

'Ik denk niet dat het een kwestie is van het je niet aantrekken. Meer doen alsof je het niet ziet. Of misschien dat niet eens. Laura deelt altijd heel tactisch de kamers in. De ergste losbollen zouden het bijvoorbeeld heel vervelend vinden als hun kamer tussen die van getrouwde stellen in lag. En Laura legt diegenen van wie iedereen weet dat ze minnaars zijn, altijd vlak bij elkaar. Het zou niet fijn zijn als er veel gasten midden in de nacht door het huis doolden en op slaapkamerdeuren klopten.'

Hij maakte Mariannes parelcollier los en gaf het aan haar; de parels gleden koel, bijna als een vloeistof in haar hand. 'Vind je het erg, lieverd?' vroeg hij. 'Vind je het schokkend?'

Ze dacht aan Teddy Fiske: professioneel charmant met zijn snor en harde ogen. 'Ik denk dat ik het allemaal niet zo erg zou vinden als ze om elkaar zouden geven,' zei ze langzaam. 'Als ze van elkaar zouden houden.'

'Liefde overwint alles?' Arthur begon de haakjes op haar rug los te maken. 'Of is liefde een excuus voor alles? Zelfs voor huwelijkse ontrouw?'

Dat overwoog ze even. 'Dat maakt het misschien vergeeflijker.'

'Sommigen van die bedrieglijke echtgenoten of verwaarloosde echtgenotes zullen het misschien niet met je eens zijn. Een grote passie kan voor een huwelijk een grotere bedreiging zijn dan een eenvoudig verzetje, wat de meeste van die affaires zijn.'

'Ze maken het zo... triviaal,' zei ze boos. 'Liefde is niet triviaal.'

'Natuurlijk niet.' Hij streelde haar hals. 'En misschien moeten we met hen te doen hebben. Wij zijn per slot van rekening zo gelukkig dat we elkaar hebben gevonden. En je hebt het wat betreft één ding mis, lieveling: die mensen zijn nooit geweest zoals jij en ik. Ik vraag me af of één van onze medegasten een liefdeshuwelijk heeft gesloten. Sommigen zullen voor de dynastie zijn getrouwd en anderen – zoals Laura zelf, natuurlijk – om het geld.'

Hij trok haar op zijn knie. 'Het zal wel niet modieus zijn om verliefd te zijn op je man,' zei ze.

'Ik denk dat we als heel saai worden gezien.' Hij streelde de holtes bij haar sleutelbeenderen.

Er knaagde iets aan haar. 'Dus ze houden niet van elkaar, die mannen en hun minnaressen. Maar ze delen wel een bed.'

'Lieve Annie, het is heel goed mogelijk van seks te genieten zonder dat er liefde aan te pas komt.'

'Ik zou dat niet kunnen.'

'Natuurlijk niet.' Hij maakte haar kamizooltje los. 'Nu we het toch over het bed hebben...'

Ze lag op de linnen lakens en keek naar het maanlicht dat door de klimop die het raam half bedekte, scheen en op het plafond speelde. Al die lange jaren, mijmerde ze, tussen Arthurs eerste verloving en hun huwelijk. Waarmee had hij zich beziggehouden? Hoe had hij de tijd doorgebracht?

Ze vroeg in de duisternis: 'Zou jij het bed kunnen delen met iemand van wie je niet houdt?'

'Er is maar één vrouw met wie ik mijn bed wil delen.'

'Maar voordat je mij kende...'

Hij gleed met zijn handpalm over haar buik. 'Ik was achtendertig toen ik met je trouwde. Ik ben geen monnik, Annie.'

Ze voelde een steek van jaloezie, zwart en giftig. 'Wie?' fluisterde ze. Beelden schoten door haar hoofd, de gezichten van zijn vrienden, de echtgenotes van zijn vrienden.

'Niemand die ertoe doet.'

'Patricia Letherby? Laura Meredith?'

Ze hoorde hem lachen in de duisternis. 'Absoluut niet. Patricia is gelukkig getrouwd. En Laura is bezitterig. Dat is je vast wel opgevallen. Van alles heb ik nog de grootste hekel aan bezitterigheid.'

Ze rolde op haar zij naar hem toe, liet haar hand onder de stijve stof van zijn overhemd glijden en raakte zijn warme lichaam aan. Ze dacht: maar als het Laura Meredith niet was, waren er wel anderen.

Hij zei: 'Ik word niet gemakkelijk verliefd, Annie. Sommigen zien dat als een tekortkoming. Dat is een van de dingen die ik zo geweldig vind aan jou: je lijkt van zoveel mensen te houden. Al die broers en zussen.'

Toen hij haar in zijn armen nam, voelde ze zich veilig, veilig en warm. Maar ze zei: 'En als ik tegen jou zou zeggen dat ik andere mannen had gehad voordat ik met jou trouwde?'

'Is dat zo?'

'Nee. Maar als het zo was, zou je dat dan erg vinden?'

Ze hoorde zijn ademhaling. 'Ja,' zei hij. 'Ja, dat zou ik erg vinden. Natuurlijk zou ik dat erg vinden. Voor vrouwen is dat anders, toch? We verwachten meer van jullie. Mannen vallen te gemakkelijk ten prooi aan hun dierlijke instincten. We verwachten dat vrouwen een voorbeeld zijn.'

Ze dacht weer aan Teddy Fiske, op jacht, zoekend naar zijn prooi. Hoe zat het met de vrouwen die aan hem toegaven? Gedroegen die zich onbetamelijk? Was de zonde die zij begingen erger dan die van hem?

Arthurs vingertoppen gleden over de glooiing van haar heup en taille en Mariannes vermoeidheid verdween en werd vervangen door een golf van opwinding. Toch realiseerde ze zich terwijl hij haar naar zich toetrok, dat ze als ze iets meer dan een jaar geleden niet naar het bal bij de familie Hutchinson was gegaan – als ze bijvoorbeeld zoals Eva verkouden was geweest en er niet heen had kunnen gaan – Arthur misschien nooit had ontmoet. En dan? Zou ze dan de rest van haar leven hebben doorgebracht zonder passie of liefde te voelen? Of zou ze hebben geweten dat ze iets miste en, als dat het geval zou zijn geweest, zou ze er dan eindeloos naar op zoek zijn gegaan, zoals de mensen in dit huis dat misschien deden?

5

Een paar dagen nadat de lessen weer waren begonnen, verdween
Perdita, de papegaai van mevrouw Wilde. Eva zag uiteindelijk
een streep smaragdgroen boven in een sering. Ze klauterde op het
hek rond de voortuin, leunde gevaarlijk voorover en greep. Met
een snauw en een gemene beet schoof de papegaai omhoog op de
tak.

Iemand zei: 'Laat mij maar,' en Eva verstarde; ze herkende Gabriel Bellamy's stem.

'Je spietst jezelf nog,' zei hij. Toen zette hij zijn handen in haar
taille en tilde haar naar beneden. Te verrast om te protesteren keek
ze toe hoe hij naar boven reikte en zijn vingers onder Perdita's
buik liet glijden. De papegaai stapte gehoorzaam op zijn hand.

'Ze bijt,' waarschuwde Eva.

'Je gaat mij toch niet bijten, hè?' Gabriel kroelde in Perdita's
nekveren; tot Eva's ergernis werd de blik van de papegaai glazig
en liet ze haar kop onderdanig zakken.

'Wat een aangename verrassing, dat ik jou hier zie,' zei hij tegen Eva terwijl hij de vogel onder zijn jas beschutting bood. 'Is
die van jou?'

'Van mijn hospita.'

Ze liepen terug richting Eva's logies. Hij vroeg: 'Hoe was je zomer? Hoe ging het met je familie?'

Ze was maar twee weken naar Summerleigh geweest, twee saaie

weken die hadden bevestigd wat ze al wist: dat ze er niet meer thuishoorde. Ze had zichzelf opgesloten gevoeld, afgesneden van de nieuwe wereld die ze had ontdekt, en ze was snel teruggegaan naar Londen.

'Goed, dank je,' zei ze. 'Ik ben niet lang gebleven.'

'Was het zo erg? Ruzie, of alleen grimmige stiltes? Dat was in mijn familie de specialiteit, stiltes. Max en ik zijn naar Spanje geweest. Met de boot, heerlijk.'

'Wat leuk,' zei ze jaloers.

'Je had mee moeten komen. Kun je goed zeilen?'

Eva stelde zich blauw-groene zeeën voor en golven met witte schuimkoppen. 'Dat weet ik niet. Ik heb nog nooit gezeild.'

Hij vertelde wat over Spanje. Eva kreeg de indruk dat hij hun kus was vergeten... hij was per slot van rekening die nacht dronken geweest en had sindsdien duidelijk gemaakt dat het incident niets voor hem had betekend. Wat belachelijk, had ze tijdens de lange zomerweken gedacht, wat naïef en provinciaals om zo'n toestand te maken van zoiets onbelangrijks.

'Hoe is het met Sadie?' vroeg ze.

'In uitmuntende conditie. Net als de baby.'

Ze staarde hem aan. 'Baby...'

'Nog een jongetje, helaas. Hij heet Rowan. Hij woog tien pond... hij ziet eruit als een wedstrijdbokser. Je moet een keer komen kijken. Sadie vraagt naar je. Je komt toch, hè?'

'Nou, ik...'

'Mooi, dat is dan geregeld.'

Ze waren bij het huis van mevrouw Wilde aangekomen; Gabriel gaf Eva de papegaai. Toen ze haar sleutel in het sleutelgat stak, riep Gabriel vanaf de overkant van de straat: 'En je moet me je laten schilderen! Ik zal je onsterfelijk maken!'

'Ik wil helemaal niet onsterfelijk worden gemaakt.' Maar ze liet zichzelf glimlachend het huis binnen.

De baby was een grappig, rimpelig wezentje met zwarte ogen als rozijnen en fijn, zwart haar dat alle kanten op groeide. Sinds de geboorte leken Sadies gelaatstrekken vervaagd, ze leken minder gedefinieerd. De scherpte van tong die Eva eerder was opgevallen, was verdwenen; ze sprak minder, glimlachte zelden en schonk nauwelijks aandacht aan de oudere kinderen.

Eva paste zich gemakkelijk aan het leven op Greenstones. Ze vond dat ze er paste op een manier waarop ze niet langer in Summerleigh paste. Ze werkte zich door bergen wasgoed voor Sadie heen; ze reed de baby in zijn wandelwagen door de tuin als hij te lang huilde. Tolly begon als een hondje achter haar aan te lopen en Max nam haar mee voor een ritje op zijn motorfiets. 's Avonds, als ze gezamenlijk aan de grote vurenhouten keukentafel zaten, bedacht ze dat dit was zoals ze wilde leven, dat dit was zoals zij op een dag zou leven.

Je moet me je laten schilderen, had Gabriel gezegd. In eerste instantie verzette Eva zich, terugschrikkend bij de gedachte als een van de modellen op Slade op een podium plaats te nemen, zichzelf te onderwerpen aan het oordeel van het mannelijke oog. Hij begreep haar terughoudendheid verkeerd. 'Moet je je per se zo burgelijk gedragen?' riep hij op een dag. 'Je druk maken om wat gepast is!' Dus gaf ze toe: omdat ze nieuwsgierig was en niet wilde dat hij zou denken dat ze preuts was.

Gabriel had achter in Greenstones zijn atelier. De bakstenen muren waren gestuukt en er lag een vloer van flagstones. Eva zat op een hoge kruk. Het zonlicht scheen door de ramen en viel op de rood met groene jurk die Gabriel haar had gevraagd te dragen, de jurk die ze droeg toen hij haar voor het eerst had gezien in de galerie van Lydia Bowen.

Het was hier voor Eva alsof ze op heilige grond liep. Ze leerde de kamer zo goed kennen dat ze alles wat erin stond met haar ogen dicht had kunnen opsommen: de oude jas en hoed die aan een haakje aan de deur hingen, de warboel aan ezels, doeken, ledenpoppen, half afgemaakte schetsen en de kleuren op Gabriels palet, een grote veeg donkerrood en smaragdgroen.

Hij leek ook op haar netvlies te staan gegrift, als de straling van de zon. Zijn concentratie was volledig; hij negeerde alle geluiden uit het huis: het blaffen van de honden, het gegil van de kinderen en het huilen van de pasgeboren baby. Ze vroeg zich af of dat de sleutel tot zijn succes was: zijn uithoudingsvermogen. Uren achtereen was zij alleen met Gabriel en het zachte geluid van zijn penseel dat over het canvas bewoog. Ze besefte veel later dat als ze geen middelste kind was geweest, ze misschien niet verliefd op hem was geworden. Niemand had ooit zo lang en met zo veel aandacht naar haar gekeken. Er was een intimiteit in zijn starende blik die haar raakte, haar wakker schudde. Toen hij haar het voltooide doek liet zien en ze zichzelf door zijn ogen zag, was ze geschokt. Het was alsof hij een deel van haar had genomen waarvan ze het bestaan niet kende en dat aan haar had laten zien waardoor ze voor altijd was veranderd.

Op een dag kwam Vera, Clemency's vriendin, na school op bezoek. Ze zei: 'Ik moet je mijn nieuws vertellen. Ik heb een geweldige man ontmoet. Hij heet Ivor Godwin en ik kan niet wachten tot ik je alles over hem kan vertellen.' Ze werd rood. 'Nee, zo is het helemaal niet. We zijn gewoon heel goede vrienden. Ivor is getrouwd. Zijn vrouw heet Rosalie en ze is ziek. Arme Ivor.'

Het viel Clemency op dat Vera had gezegd: arme Ivor, en niet: arme Rosalie. 'Waar heb je hem ontmoet, Vee?'

'Bij een muziekuitvoering. Hij speelt clavecimbel. Hij is zo goed en getalenteerd. Hij woonde vroeger in Londen, maar ze zijn hiernaartoe verhuisd voor Rosalies gezondheid. Voor de lucht, begrijp je... ze wonen in de Peaks. Hij mist Londen vreselijk.' Ze straalde. 'Hij is zo lief... bij zijn laatste concert mocht ik de programma's uitdelen! Je moet hem leren kennen.'

Vera nodigde Clemency uit voor Ivors volgende concert. Toen

Clemency haar moeder over de uitvoering vertelde, keek Lilian haar vaag aan en zei: 'Natuurlijk moet je jezelf vermaken, lieverd. Ik red het prima in mijn eentje.' Clemency voelde zich schuldig bij de gedachte aan haar arme moeder, helemaal alleen opgesloten in haar kamer.

De dag van de uitvoering kwam. Na de lunch trok Clemency haar mooiste jurk aan en ging gedag zeggen tegen haar moeder. Lilian zat aan haar kaptafel. 'Hemel, Clemency, je ziet er prachtig uit,' zei ze. 'Helemaal tot in de puntjes verzorgd. Dokter Roberts zal heel gevleid zijn.'

'Dokter Roberts?'

'De specialist uit Londen. Je bent toch niet vergeten dat dokter Roberts naar me komt kijken?'

'Ik kan me niet herinneren dat u dat hebt gezegd, moeder.'

'Ik weet zeker van wel.' Lilian bestudeerde haar spiegelbeeld en streek haar haar glad. 'Als je dokter Roberts bent vergeten, waarvoor heb je je tussahzijden jurk dan aan?'

'Vera en ik gaan naar een concert.'

'Ik ben bang dat dat onmogelijk is.' Lilian maakte een parfumflesje open. 'Ik kan dokter Roberts toch niet alleen ontvangen?'

'Misschien dat Edith...'

'Je weet best dat Edith dat absoluut niet kan. Die is veel te achteloos.' Lilian bracht wat eau de cologne aan in haar hals. 'Als het je was gelukt een betrouwbaar kamermeisje te vinden...'

Clemency zei wanhopig: 'Maar ik heb u over het concert verteld, moeder.'

Lilian keek gekwetst. 'Wees niet boos op me, Clemency. Je weet hoe verdrietig ik word als je boos op me bent. En ik geloof echt dat je het me niet hebt verteld.'

'Maar Vera verwacht me.'

'Ik weet zeker dat Vera heel goed zal begrijpen dat je hier nodig bent. Je kunt toch wel een andere keer met je vriendinnen uitgaan, lieverd?'

Clemency voelde ineens zo'n overweldigende woede dat ze haar nagels in haar handpalmen moest drukken om te voorkomen dat ze zou gaan schreeuwen of haar moeders parfum- en medicijnflesjes met een veeg van haar arm op de grond zou gooien.

Maar Lilian leek haar woede niet op te merken. 'O hemel,' mompelde ze, ik ben vreselijk nerveus.' Haar kleine, slanke hand friemelde aan haar kanten kraagje. 'Ik moet me maar niet opwinden, hè? Dat kan niet. Misschien moet je me maar even voorlezen, Clemency. Tennyson, denk ik.'

Clemency's woede verdween even snel als hij was gekomen en ze voelde zich moe en beschaamd. Met trillende benen ging ze zitten. Ze zag uit haar ooghoek de klok op de schoorsteenmantel. Terwijl de wijzers onverbiddelijk rond de wijzerplaat schoven, voelde ze zo'n diepe paniek dat ze het boek stevig moet vastgrijpen om zichzelf rustig te maken. '"Man voor het veld en vrouw voor de haard,"' las Clemency met een bevende stem. '"Man voor het zwaard en voor naald en draad zij. Man met het hoofd en vrouw met het hart: man om te bevelen en vrouw om te gehoorzamen."' Lilian maakte een snoevend geluid.

Eva zag Gabriel aan de overkant van de straat en haar hart sloeg een keer over.

Hij zag er zwaarmoedig, terneergeslagen uit. 'Ik moest daar weg,' zei hij. 'Ik kon niet werken. Al die kinderen, en het lijkt wel of ze altijd janken of ruziemaken. Sadie heeft een rothumeur, ze praat nauwelijks tegen me en het is daar zo gruwelijk saai.' Hij stak zijn handen in zijn overjas terwijl ze verder liepen. 'En we hebben al maanden geen bezoek gehad. Ik zeg je, Eva, landelijke idylles zijn heel leuk in juni, maar als het winter wordt, kan ik mijn strot wel doorsnijden. Ik moet een paar maanden in een geciviliseerde omgeving zijn. Dus je kunt weer voor me poseren.'

Ze zei: 'Gabriel...' en hij onderbrak haar met een sneer: 'Wat? Maak je je nog steeds zorgen om je deugdzaamheid?'

Ze voelde dat ze bloosde. 'Natuurlijk niet.'

'Dat hoeft ook niet. Ik weet waarop dat uitloopt. Zes monden om te voeden, wat de reden is dat ik weer eens iets goeds moet afleveren zodat ik de huur kan betalen.' Hij liep snel over de stoepen, die vol bladeren lagen; ze moest bijna rennen om hem bij te houden. 'Of heb je het te druk om een oude vriend te ontmoeten? Is het Slade zo geweldig dat je geen twee uurtjes voor me kunt vrijmaken?'

'Natuurlijk niet. Het is er helemaal niet geweldig.'

Hij keek haar terloops aan. 'De eerste keer dat we elkaar ontmoetten, zei je dat je Londen fantastisch vond. Is dat niet meer zo?'

'Het ligt niet aan Londen...'

'Waaraan dan?'

Haar laarzen trapten tegen wolken gevallen bladeren. 'Het zijn de colleges,' mompelde ze. 'Ik had niet gedacht dat het zo moeilijk zou zijn. Ik dacht vroeger dat ik goed was in kunst. Nu lijk ik zo... zo middelmatig!'

Hij zei op vriendelijker toon: 'Neem morgen je map mee naar mijn atelier. Laat mij er eens naar kijken. Misschien is het niet zo slecht als je denkt.' Toen keek hij haar boos aan. 'Tenzij je je natuurlijk drukker maakt om fatsoen dan om kunst.'

Gabriels atelier was in Paddington, ingeklemd tussen een horlogemaker en een fabrikant van kartonnen dozen. Het openen van haar map was voor Eva net zo moeilijk als voor hem poseren. Hij bestudeerde haar schetsen en schilderwerken één voor één. Na wat een heel lange tijd leek, zei hij: 'Deze is beter,' en Eva, die niet had beseft dat ze haar adem inhield, zuchtte van opluchting.

'De kleuren zijn goed,' zei hij. 'Ik heb al eens tegen je gezegd dat je oog voor kleur hebt. En deze...' hij hield een tekening omhoog, 'deze is veelbelovend.'

Ze had uit haar geheugen de kinderen getekend die op straat dansten op de muziek van het draaiorgel. Ze had hun verrukte en geconcentreerde gezichtsuitdrukking gevangen, evenals het draai-en en zwieren van hun versleten rokken en schortjes.

Hij zei: 'Je schildert beter als je iets schildert waarom je geeft. Volgens mij hebben we dat allemaal.'

Hij tekende haar die avond terwijl ze uit het raam keek, met haar handen op de vensterbank. Ze zag het station, en de grote wolk stoom en rook die erboven hing, terwijl ze achter zich het rasperige geluid hoorde van de houtskool die over het papier ging. Hij praatte tegen haar terwijl hij zat te werken. Hij vertelde haar over zijn familie. Hij was de zoon van een doopsgezinde do-minee; hij was opgegroeid in Christchurch, aan de zuidkust van Engeland. Hij had liefde voor de zee en minachting voor religie aan zijn opvoeding overgehouden. 'Mijn ouders probeerden altijd alle kleur uit het leven te halen,' zei hij. 'Avontuur, reizen, fees-ten... dat keurden ze allemaal af. Ik denk dat ze er bang voor wa-ren. Zelfs de kamers van ons huis waren met sombere kleuren be-hangen: bruin, vaalgeel en blauwgroen.' Zijn starende blik ging naar Eva en toen weer terug naar zijn ezel. 'Op een dag, toen ik zestien was, heb ik wat spullen in een knapzak gegooid en ben ik vertrokken. Ik ben er nooit meer terug geweest.'

'Maar hoe kwam je dan aan eten?' vroeg ze. 'Waar woonde je?'

'O, ik heb van alles gedaan. Ik ben altijd goed geweest in nate-kenen. Ik ging op de markt zitten met mijn ezel en dan maakte ik voor zes penny een schets. En ik heb in de bouw gewerkt en in oogsttijd seizoenwerk op boerderijen gedaan. En als ik geen dak boven mijn hoofd had, sliep ik in een schuur of greppel. Ik heb geen last van kou.'

Dat was haar aan hem opgevallen, dat hij vrijwel altijd hetzelf-de soort kleding droeg – corduroybroek, een blauw arbeiders-overhemd en een overjas – wat voor weer het ook was. Terwijl zij bibberde in het onverwarmde atelier, deed hij zijn jas uit en rolde zijn mouwen op voordat hij aan het werk ging.

'Ik heb geen penny van mijn familie aangenomen sinds ik uit

huis ben,' zei hij tegen haar. 'Als je het niet eens bent met de manier waarop mensen leven, moet je ook geen geld van hen aannemen. Dat vind ik, tenminste.'

'Mijn getrouwde zus, Marianne, heeft me gevraagd een paar schoorsteenmantels en hoofdeinden van bedden voor haar te versieren. En ik ga haar overhalen me een muurschildering te laten maken.' Eva glimlachte. 'Kon je het landhuis van Marianne en Arthur maar zien, Gabriel. Het is prachtig. Er hangt magie. Als je er bent, heb je het gevoel dat je als je een hoek om loopt... ach, ik weet het niet. Iets onverwachts tegenkomt. Iets geweldigs.'

Hij zei: 'Zo, ja. Niet bewegen. Dat is de uitdrukking die ik wil. Die blik in je ogen. Die passie.'

Soms had Clemency het gevoel dat haar leven klem zat, vastgevroren, alsof ze in een poel was gesprongen en het ijs zich op de een of andere manier om haar heen had vastgezet. Ze voelde dat haar vriendinnen van haar verwijderd raakten. Hun levens ontwikkelden zich, terwijl dat van haar hetzelfde bleef.

Op een middag kwam mevrouw Catherwood op bezoek. Nadat ze een uur bij moeder had gezeten, liet Clemency haar uit. Bij de voordeur zei mevrouw Catherwood: 'Ik vond Lilian er vandaag wat opgewekter uitzien, lieve Clemency. Misschien helpt die nieuwe behandeling haar.' Mevrouw Catherwood keek Clemency onderzoekend aan. Maar jij ziet een beetje pips. Het is ook zo'n ellendige tijd van het jaar, de herfst. Ik hoop dat je niet verkouden wordt, Clemency.'

Clemency mompelde: 'Het gaat prima met me. Ik heb alleen hoofdpijn.'

'Een stevige wandeling,' stelde mevrouw Catherwood voor. 'Ik vind een stevige wandeling altijd een goede remedie tegen hoofdpijn. Hoewel in die regen...' Ze maakte moeizaam haar paraplu open. Ze zei meelevend: 'Het moet moeilijk voor je zijn, Clemency, nu je zussen het huis uit zijn. Ik organiseer donderdagmiddag een theepartijtje. Gewoon wat vriendinnen. Kom je ook, lieverd?'

'Ik denk niet dat dat kan. Moeder zal me wel nodig hebben.'

Mevrouw Catherwood liet de paraplu even met rust. 'Lilian kan je toch wel een middagje missen?'

Clemency gaf geen antwoord. Mevrouw Catherwood keek haar bezorgd aan. 'Je ziet er echt niet goed uit. En je was altijd zo'n vrolijk meisje. Heb je vaak hoofdpijn, lieverd?'

'Nogal,' mompelde ze.

'Maak je je misschien ergens zorgen over? Je moeder, bijvoorbeeld?'

Clemency's stem kwam snel en wild, alsof ze de woorden eruit moest gooien voordat ze zich zou bedenken. 'Volgens mij ben ik ziek! Ik ben bang dat ik moeders ziekte heb!'

Mevrouw Catherwood begon niet te lachen, zoals Clemency half had verwacht dat ze zou doen, maar zei: 'Waarom trek je je jas niet aan, lieverd, en loop je een stukje met me op? Ik zou het gezelschap op prijs stellen. En als je me even zou willen helpen met die ellendige paraplu...'

Clemency pakte haar jas, stak mevrouw Catherwoods paraplu voor haar op en ze verlieten het huis. Mevrouw Catherwood zei: 'Vertel me eens waarom je denkt dat je ziek bent, Clemency.'

'Mijn hart slaat zo snel. En ik heb vaak hoofdpijn. Ik had vroeger nooit hoofdpijn.'

Ze liepen een tijdje in stilte verder. De voorgaande week had een storm de bladeren van de takken geblazen en die lagen nu besmeurd in de goten. Toen zei mevrouw Catherwood: 'Ga je nog weleens uit de laatste tijd?'

Clemency schudde haar hoofd. 'Niet echt. Vera heeft me een paar weken geleden uitgenodigd voor een concert, maar daar kon ik niet naartoe.'

'Vanwege je moeder?'

'Ja.'

'Volgens mij is Lilians ziekte niet besmettelijk,' zei mevrouw Catherwood. 'Niet zoals roodvonk en griep dat zijn. En ik ben altijd een voorstandster van frisse lucht en beweging geweest. Ik ben ervan overtuigd dat die je veel meer goed doen dan medicijnen. En wat betreft bedrust... nou, de doktoren zeggen altijd dat we moeten rusten, hè, maar ik denk weleens dat je ook te veel kunt rusten.' Mevrouw Catherwood klopte Clemency op haar arm. 'Ik zie Lilian te weinig de laatste tijd. Als ik nu eens twee middagen in de week bij haar kwam zitten? Woensdag en vrijdag, bijvoorbeeld, als dat schikt. Dan kun jij naar je vriendinnen en dan zou Lilian gezelschap hebben. Zou je dat willen, Clemency?'

Mevrouw Catherwood zat bij Lilian toen Clemency begin november op een woensdagmiddag met Vera en Erica afsprak. Ivor Godwin gaf een concert in de zitkamer van een huis aan Oakholme Road. In een kring stonden stoelen rond een instrument dat Clemency eruit vond zien als een heel kleine piano. Het geluid dat eruit kwam, klonk als regendruppels die in een poel vielen. De muziek was zacht en complex en alle dames in het publiek – er waren alleen dames, viel Clemency op, de meeste een stuk ouder dan zijzelf – waren muisstil en zaten roerloos. Toen het stuk was afgelopen, klonk er een collectieve zucht.

Ivor Godwin was donker en slank en hij boog zich over de clavecimbel heen, met hangende schouders en zijn hoofd naar voren. Hij had een expressief, beweeglijk gezicht. Het viel Clemency op dat hij soms tijdens het spelen zijn ogen sloot en hoe hij aan het eind van een stuk vaak een beetje glimlachte.

Na afloop van het concert werd er zacht geapplaudisseerd. Vera fluisterde tegen Clemency: 'Was hij niet geweldig?'

De muziek had Clemency naar een andere plek gevoerd. Terwijl Ivor Godwin had gespeeld, had zij heuvels, stroompjes en bossen voor zich gezien. Ze kwam met een schok terug in de zitkamer, met de te gevulde stoelen en de zware, donkergroene gordijnen. 'Geweldig,' stemde ze in.

Ivor Godwin werd meegesleept door een schare vrouwen, die hem fêteerden met thee en gebak en zich druk om hem maakten toen hij mopperde over pijnlijke handen. 'En,' zei Erica slinks, 'hij is natuurlijk erg aantrekkelijk, hè?'

'Sst, Erica!' Vera was paars aangelopen. 'Straks hoort hij je!'

Na de thee, toen de andere dames naar buiten de motregen in liepen, gingen ze terug naar de zitkamer, waar meneer Godwin zijn bladmuziek aan het opruimen was. Vera stelde Erica en Clemency voor en ze schudden elkaar de hand. Toen zei Ivor Godwin: 'Het is zo uitputtend. En je moet eten als je absoluut geen honger hebt.'

'Arme Ivor,' zei Vera. 'Mevrouw Hurstborne kan zo verstikkend zijn.'

'Onze gastvrouw?' Ivor wierp een blik naar de belendende kamer. 'Je hebt me nogal aan mijn lot overgelaten, Vee.'

Vera giechelde. Ivor pakte een sigarettendoosje. 'Ik ben altijd zo gespannen na een concert. Jullie vinden het niet erg als ik rook, hè, dames?' Hij liet het doosje rondgaan.

Vera bood aan zijn muziek voor hem op te ruimen. Terwijl ze bezig was met de bladmuziek, vroeg Ivor Godwin, die tegen de schoorsteenmantel stond geleund:

'Ben jij muzikaal, juffrouw Maclise?'

'Helemaal niet, vrees ik.'

'Je hoeft je niet te verontschuldigen. Talent kan een vloek zijn.'

'Het lijkt me geweldig om iets zo goed te kunnen!'

'Soms is het een last. Je hebt je plicht ten aanzien van je talent, maar ook al je andere verantwoordelijkheden.'

'Vera vertelde dat uw vrouw erg ziek is, meneer Godwin.'

'Rosalie is al jaren ziek. Daarom ben ik gedwongen in de wildernis te wonen.' Hij rookte met korte, schokkerige pufjes. 'Heuvels, rotsen en bossen... ik weet dat dichters die geweldig vinden, maar het is allemaal niets voor mij.'

Ze vond hem erg op een dichter lijken, met zijn Romeinse neus en warrige, bruine haar. 'Ik ben liever in Londen,' zei hij. 'Daar heb ik zo'n fantastische vriendenkring. En de muziek... de concerten en uitvoeringen... zo stimulerend.'

'Het is vast heel moeilijk voor u geweest om dat allemaal op te geven.'

Hij zei nogal verbitterd: 'Talent moet soms de tweede plaats innemen na plicht.'

'Geeft u vaak concerten?'

'Eén keer per maand of zo. Gewoon uitvoerinkjes. Rosalie vindt het niet prettig als ik van huis ben, dus ik moet mezelf nogal beperken. En ik geef les... pianoles, over het algemeen. Ambitieuze moeders slepen hun arme kroost naar mijn huis in Hathersage in de hoop dat hun kinderen op een dag concertpianist zullen zijn. En geen van hen heeft ook maar in de verste verte talent, helaas. Maar ik kan het niet over mijn hart verkrijgen hun dat te vertellen. Je kunt hun de hoop niet ontnemen, toch? De ellende van lesgeven is dat het je helemaal uitput. Mijn leerlingen zijn net bloedzuigers, ze ontnemen me al mijn inspiratie. Terwijl ik zou kunnen oefenen of componeren, zit ik naar die arme stakkers te luisteren die zich door hun toonladders en arpeggio's heen worstelen.'

'Wat vreselijk voor u!'

Hij glimlachte naar haar. Het viel haar op dat zijn ogen donkerbruin waren, warm en begrijpend. 'Het is zo heerlijk om met iemand te praten die met me meeleeft,' zei hij. 'Rosalie leeft nooit in het minst met me mee. Ze begrijpt eenvoudigweg niet hoe moeilijk het kan zijn. Maar jij begrijpt dat wel, hè?'

Clemency had het gevoel dat langdurig zieken nooit iets opmerkten behalve zichzelf. Ivor vervolgde: 'Ik zou halfdood van uitputting kunnen zijn en dan nog zou Rosalie me geen aandacht geven. Het zal wel komen doordat ze ziek is.' Ze was geraakt door zijn precieze omschrijving van zijn gevoelens.

En toen stond Vera tussen hen in, met een stapeltje bladmuziek in haar handen. Ze zei vrolijk: 'Alsjeblieft, Ivor, klaar! En ik heb je shawl en je handschoenen ook meteen even opgevouwen.'

'Lieve Vee,' mompelde hij en keek haar stralend aan. 'Je bent zo'n goede hulp. Hoe zou ik het zonder jou redden?'

Eva ging 's avonds nadat ze klaar was op Slade over het algemeen naar Gabriel Bellamy's atelier om voor hem te poseren. Soms praatten ze, op andere dagen was hij stil, geconcentreerd op zijn werk. Sinds die eerste, die enige kus, had hij geen enkele indicatie gegeven dat hij meer wilde dan vriendschap. Ik wilde je alleen maar schilderen, had hij tegen haar gezegd en naarmate de weken verstreken, vroeg ze zich af of hij letterlijk de waarheid had gesproken. Hij raakte haar nu alleen aan om een arm te verplaatsen of haar hoofd iets te draaien.

Ze hield zichzelf voor dat het haar niet uitmaakte. Ze was wantrouwig ten aanzien van liefde: mensen gingen er dingen van doen die ze normaal gesproken niet deden. Maar toch, af en toe, als het leek alsof Gabriel haar zag als een stuk klei, een stuk deeg dat op allerlei manieren kon worden gevormd voor het artistieke effect, in plaats van als een vrouw, was ze verrast te bemerken dat ze teleurgesteld was. Ze was negentien en in haar hele leven had maar één man haar ooit gekust. Ze was misschien te klein, te dik, te donker. Zij, die zich nooit druk had gemaakt over hoe ze eruitzag, begon haar spiegelbeeld te bestuderen, zich zorgen te maken om haar onwillige haar, te trekken en friemelen aan de vouwen in haar jurken.

Gabriel vertelde haar over de dag waarop hij Sadie had ontmoet. 'Ik kwam net van Slade,' zei hij. 'Sadie was er net begonnen... Ik was er om bij Tonks, Wilson Steer of zo iemand langs te gaan en passeerde haar in de gang. Ze was met vriendinnen en ze lachte. Ze was in die tijd altijd met haar vriendinnen en ze lachte altijd. Ze waren met zijn vieren: twee donkere, een blonde en een rode. Ze waren onafscheidelijk.' Zijn ogen knepen samen. 'Ik wist op dat moment dat ik haar moest hebben.'

Eva vroeg zich af hoe het zou zijn om zo van iemand te houden, zonder bijgedachten of scrupules. Ze vroeg zich af of zij daartoe in staat was.

'Ze heeft me een jaar aan het lijntje gehouden,' zei Gabriel. 'Ze maakte het me niet gemakkelijk. Ze is een keer naar Edinburgh vertrokken. Het heeft me een tijdje gekost om haar op te sporen. Zij en haar vriendinnen hadden logies in de buurt van het kasteel.' Hij grijnsde. 'Dus toen heb ik op de vlooienmarkt een mandoline gekocht en daarmee ben ik op een nacht op de stoep gaan staan om een serenade voor haar te zingen. Toen moest ze wel naar buiten komen om met me te praten.' Zijn gemoed wisselde abrupt en zijn wenkbrauwen zakten naar beneden. 'Drie maanden later zijn we getrouwd. Ik geloof niet in het huwelijk, dat heb ik nooit gedaan. Maar Sadies moeder stond erop. Ze is een angstaanjagende oude tang en ze woont in St. John's Wood in een van die belachelijke huizen die eruitzien als een mausoleum, met rode en zwarte tegels in de hal en nutteloos glas-in-lood in de ramen.'

'Zo ziet Summerleigh er ook uit.'

'Dan kan ik me heel goed voorstellen waarom je eraan moest ontsnappen.' Hij keek somber. 'De eerste keer dat ik Sadies moeder ontmoette, moest ik een afschuwelijk halfuur doorstaan en thee met haar drinken. En zij haatte het net zo erg als ik, dat weet ik zeker, maar we zeiden er allebei niets van, ondergingen gewoon het ritueel. Toen ik opstond om te vertrekken, zag ik de opluchting in haar ogen. Ik wist zeker dat ze, zodra ik weg was, haar kussens zou gaan opkloppen en de kantjes aan de rugleuning van de bank zou rechttrekken in een poging ieder spoor van mij weg te wissen. Zulke mensen besteden zoveel aandacht aan hun bezittingen. Zelfs Sadie,' zei hij kwaad, 'zelfs Sadie maakt zich druk om bedienden en het huishouden, dat soort nonsens. Dat is het huwelijk, Eva, dat is wat het huwelijk met je doet. Sadie was nooit zo voordat we trouwden.' Hij kneep verf uit een tube op zijn palet. 'Het huwelijk verandert vrouwen,' zei hij grimmig. 'Ten nadele, helaas.'

Marianne en Arthur waren het huis in Surrey nieuw leven aan het inblazen. Een heel leger van werklieden was begonnen het verschoten behang van de muren te halen en het beschadigde pleisterwerk te repareren. Marianne zag al helemaal voor zich hoe het huis eruit zou zien als het klaar was. De zitkamer zou crème met goud worden, de muziekkamer licht zeegroen. Ze zouden donkerrood tapijt in de hal en op de trap leggen en de gedraaide leuningen wit schilderen. Voor hun slaapkamer had ze pruimkleurig behang gekozen en lampen van gekleurd glas die haar aan de kroonluchters in het Gritti Paleis in Venetië deden denken.

'En deze kamer?' vroeg Arthur.

Ze stonden in een lichte, ruime kamer op de tweede verdieping. Hoge ramen keken uit over de begroeide tuin. Stofjes dwarrelden door de lucht, zwevend in de zwakke herfstzon boven een vloer van in de was gezet hout.

'De kinderkamer, dacht ik.'

Hij sloeg zijn armen om haar heen. 'Ben je...?' Ze hoorde de hoop in zijn stem.

Ze schudde haar hoofd. 'Ik dacht dat ik een kind verwachtte, maar dat is niet zo. Maar dat zal snel zo zijn, hè, Arthur? Het zal vast snel zo zijn.'

Hij omhelsde haar weer. 'We hebben alle tijd. Voel je je ziek?'

'Behoorlijk.' Ze had altijd pijnlijke bloedingen gehad. De dokter had gezegd dat het beter zou gaan nadat ze haar eerste kind had gehad.

'Arme schat.' Hij zag de blik in haar ogen en zei nogmaals: 'We hebben alle tijd, Annie. En het betekent dat ik je nog wat langer voor mezelf heb.'

'Twee jongens en een meisje lijkt me leuk.'

'Of twee van elk. Jongens kunnen zo wild zijn. Die hebben zussen nodig om hen in het gareel te houden.'

Ze kuste hem. 'Jij hebt geen zussen.'

'Ik heb alleen een dun laagje beschaving, Annie. In mijn hart ben ik een holbewoner.' Hij nam haar in zijn armen en maakte apengeluiden. Ze lachte en protesteerde maar zwak toen hij haar de kinderkamer uit droeg en haar in hun kamer voorzichtig op het bed legde.

'Dit huis heeft kinderen nodig,' zei ze. 'Ik kan me hen hier voorstellen. Ik zie ze al voor me.' Ze legde haar handen op haar buik. Volgende maand, beloofde ze zichzelf in stilte. Volgende maand.

Ze sliep die nacht slecht. Ze liep midden in de nacht naar de keuken om een kruik en een kop thee voor zichzelf te maken. Toen ze eindelijk in slaap viel, droomde ze verward, en ze werd niet wakker toen Arthur opstond om te gaan paardrijden.

Ze werd pas wakker van het geluid van zijn stem en zijn hand die zacht aan haar schouder schudde. 'Annie, wakker worden. Je moet wakker worden. Er is brand geweest in de scheepswerf waar ze de *Caroline* aan het bouwen zijn. Ik heb een telegram van Edwin Meredith ontvangen,' Arthur had een verfomfaaid papiertje in zijn hand. 'Ik moet helaas naar Londen. Ik moet kijken hoe groot de schade is.'

Ze ging zitten. 'Ik ga me aankleden.'

'Annie, het stelt misschien niks voor. Een paar brandvlekken en een paar dagen verloren werk. Je kunt hier blijven als je dat wilt. En iemand moet een oogje op de werklieden houden.'

Ze moest mevrouw Sheldon, de huishoudster, vragen in huis te overnachten, zei hij tegen haar. Hij zou over een dag of twee terug zijn. Hij liep naar de garderobe. Hij staarde naar de rijen overhemden en jasjes en sloeg boos met zijn vuist in zijn handpalm. 'We hebben alleen maar pech met dat schip. Het werkschema loopt al weken achter.'

Ze zei: 'Arthur, je voet.'

Hij liep op blote voeten; er zaten rode vlekken op het witte kleed van het bed naar de garderobe. Hij keek naar de vloer. 'Ik ben in de bijkeuken in een spijker getrapt, toen ik me na het paardrijden stond om te kleden. De hele vloer ligt vol spijkers.'

'Ik zal het even schoonmaken en verbinden.'

'Het stelt niets voor, Annie. Een speldenprikje.'

'Schat...'

'Het stelt echt niets voor. En ik heb haast.'

Nadat Arthur was vertrokken, liep Marianne naar de bijkeuken. Er stak een spijker uit een vloerplank, een scherp, dik oud ding dat rood verroest was. Ze gaf de klusjesman opdracht de planken na te lopen en de uitstekende spijkers erin te slaan. Terwijl ze in de zitkamer brieven zat te schrijven, weerklonk het geluid van zijn hamerslagen door het huis.

Op vrijdag 18 maart marcheerden driehonderd vrouwen van Caxton Hall naar het Lagerhuis om te protesteren tegen de regering die de Conciliatiewet, die beperkt stemrecht voor vrouwen zou hebben vastgelegd, had afgewezen. Toen de vrouwen het Lagerhuis naderden, deed de politie een aanval. Op een afstandje van het strijdgewoel tekende Eva politieagenten die vrouwen in het gezicht stompten, politiemannen die vrouwen trapten die in elkaar gedoken op de straat lagen en een politieagent die een pluk haar uit het bebloede hoofd van een vrouw rukte. Ze tekende tot haar schetsboek uit haar handen werd getrokken en werd weggesmeten, waarna zij zelf op de grond werd gegooid. Ze raapte haar spullen op en vluchtte naar Paddington.

Toen ze in Gabriels atelier binnen kwam, hoorde ze hem zeggen: 'Je bent laat.'

Hij stond bij zijn ezel; hij klonk geïrriteerd. Ze stond in de deuropening met haar spullen tegen haar borstkas gedrukt, en ze vroeg zich af of ze moest weggaan. Ze zou het nu niet aankunnen als hij kwaad op haar was.

'Je weet dat het hopeloos schilderen is als het licht weg is,' zei hij geïrriteerd. Hij keek haar aan van achter zijn ezel. Zijn toon veranderde. 'Mijn god, wat is er met jou gebeurd?' Hij liep door de kamer heen naar haar toe. 'Eva, je rilt helemaal... en je hebt je bezeerd...'

Hij sloeg zijn jas om haar schouders en hielp haar te gaan zitten. Toen maakte hij een haardvuur aan van stukjes papier en kolen uit een zak die hij snel ging halen bij de kolenhandelaar en die hij op zijn rug de drie trappen op zeulde. Daarna schonk hij wat cognac in een beker en duwde die in haar handen. 'Eva. Wat is er gebeurd? Wie heeft je pijn gedaan? Vertel me wie het was, dan vermoord ik hem.' Hij zag er woest uit.

'De politie heeft het gedaan.' De cognac brandde in haar keel, maar ze werd er rustig van.

'De politie?'

'We marcheerden naar het Lagerhuis. Ik was met Lydia...' Ze greep zijn mouw vast. 'Lydia. Ik weet niet waar Lydia is!'

'Lydia zorgt wel voor zichzelf,' zei hij geruststellend. 'Die zorgt al jaren voor zichzelf.'

'Ze sloegen iedereen in elkaar. Oude vrouwen. Jonge meisjes.' Ze legde haar geschaafde handen tegen haar gezicht en bedekte haar ogen. 'Ze gaven ons geen enkele kans, Gabriel. We protesteerden alleen maar!' Ze haalde diep adem om rustig te worden en zei zachter: 'Ik was bang dat ik zou flauwvallen, dus ik ben weggerend. En toen herinnerde ik me dat ik mijn schetsboek bij me had en toen dacht ik dat als ik niet dapper genoeg was om te vechten dat ik dan tenminste kon tekenen wat er gebeurde en dat de mensen dan zouden weten hoe bruut de politie zich gedroeg. Maar toen zag een agent me. Dus nu heb ik die tekeningen niet eens.'

Hij sloeg zijn armen om haar heen en ze duwde haar gezicht tegen zijn borstkas. Ze hoorde hem mompelen: 'De klootzakken. Het zijn zulke klootzakken.'

Ze veegde met haar mouw over haar betraande gezicht. 'Ze wilden ons vernederen,' zei ze. 'En dat is hen gelukt, ze waren sterker dan wij, Gabriel. Het zijn misschien onwetende woeste-

lingen, maar ze konden ons dwingen te doen wat zij wilden omdat ze simpelweg sterker waren dan wij.' Ze keek naar haar handen en zag hoe ze beefden. 'Ik heb iemand horen zeggen dat die
agenten uit East End kwamen. En dat ze daarom zo ruw waren.
Ze behandelden ons zoals ze de vrouwen in East End altijd behandelen. Om wie niemand zich druk maakt, om wie niemand geschokt is.'

Toen ze uit het raam keek, zag ze dat de hemel zwart was geworden. Het was laat, ze moest naar huis. Mevrouw Wilde zou
zich zorgen maken.

Er stond een spiegel op de schoorsteenmantel. Ze zag in het gebarsten, stoffige oppervlak dat haar gezicht vies en gekneusd was
en dat haar haar los over haar schouders hing. Ze knapte zich zo
goed ze kon op, maar haar vingers beefden te erg om haar haar op
te steken. Gabriel pakte haar haarspelden; ze voelde hoe hij haar
haar in een knot draaide. Ze was blij dat het zo donker was, blij
dat hij haar gesloten ogen niet zag terwijl hij spelden in haar haar
stak.

Ze liepen de straat op. In Praed Street bleef hij op de stoep
staan, stak zijn hand op en hield een koets aan. Ze keek heimelijk
naar hem, bestudeerde hem, prentte zijn gelaatstrekken in haar
geheugen en dacht terug aan de verraderlijke, heerlijke aanraking
van zijn vingertoppen die zacht over haar nek streelden.

Arthur was op donderdagochtend uit Leighton Hall vertrokken.
Op maandagmiddag hoorde Marianne zijn auto de oprit op rijden.
Ze keek hoe hij parkeerde en uit de auto stapte. De mouwen van
zijn regenjas waren donker van de regen. Het viel haar op dat hij
een beetje mank liep.

'Die rotspijker,' zei hij nadat hij haar had omhelsd. 'Je zou niet
denken dat een speldenprikje zo'n ellende zou kunnen veroorzaken.'

Tijdens de lunch vertelde hij dat het een felle brand was ge weest, die in de aangrenzende houtopslagplaats was begonnen en zich snel onbeheersbaar had uitgebreid. 'En het schip?' vroeg ze. 'De *Caroline*?'

'Zwaar beschadigd.' Hij duwde zijn vingertoppen tegen zijn voorhoofd. 'Het is heerlijk om terug te zijn. Ik ben altijd zo blij je te zien, Annie.'

'Je moet even gaan rusten. Je hebt zo'n eind gereden.'

'Ja. Ja, ik denk dat ik dat even ga doen.'

'En je moet die voet in de soda zetten. Ik zal jodium voor je pakken.'

Ze reden de volgende dag terug naar Londen. Arthur bleef die middag en de hele woensdag op de scheepswerf. Toen Marianne op donderdagochtend wakker werd, lag hij naast haar. Ze streelde zijn gezicht en zijn oogleden gingen bevend open.

'Je bent niet gaan rijden.'

'Ik was nog een beetje moe.' De regen sloeg tegen het raam. 'En het is hondenweer.' Hij nam haar in zijn armen. 'Ik heb geen zin om me te bewegen. We kunnen de hele dag in bed blijven.'

'We kunnen doen alsof we ziek zijn.'

Hij grijnsde. 'Wat zouden de bedienden zeggen?'

Ze legde haar hoofd tegen zijn borstkas. 'Het enige is,' zei ze, 'dat ik Patricia heb beloofd dat ik papieren bloemen voor haar zou verkopen.'

'Bloemen?'

'Voor een van haar goede doelen. De *Snowdrop Society*. Voor arme weduwen, geloof ik.'

'En arme echtgenoten?'

'O, echtgenoten worden altijd vertroeteld. Die zijn door en door verwend.' Ze kuste hem. 'Ik haat dat soort dingen, maar Patricia is zo goed voor me geweest en ik wil haar niet teleurstellen. En het kost niet veel tijd.' Ze legde de rug van haar hand tegen zijn gezicht. 'Je bent een beetje warm, schat. Weet je zeker dat je niet ziek bent?'

'Misschien heb ik kougevat. Ik heb dagen in die verregende scheepswerven gestaan.'

'Ik bel Patricia wel af.'

'Nonsens. Ik heb gewoon een paar uurtjes rust nodig. Ga maar.' Hij tikte haar op haar billen om haar aan te sporen en ze stapte uit bed. 'En verkoop maar massa's bloemen,' riep hij haar achterna.

Marianne stond met haar mandje papieren bloemen en een kaart met spelden in de portiek van een winkel aan Oxford Street te schuilen tegen de regen. Omdat ze geen vreemdelingen aan durfde te spreken, verkocht ze alleen een bloem als een voorbijganger haar opmerkte en medelijden met haar had. Tegen de middag had ze er maar vierentwintig verkocht. Ze leegde de inhoud van haar portemonnee in de geldkist en gooide de rest van de bloemen heimelijk in een vuilnisbak. Daarna ging ze met Patricia lunchen bij Fortnums.

Toen ze thuiskwam, was Arthur in de bibliotheek; hij zat bij het haardvuur. Ze legde haar hand nogmaals op zijn voorhoofd; zijn huid voelde heet. Ze voelde voor het eerst een steek van bezorgdheid.

'Schat, je hebt koorts.'

'Om razend van te worden,' zei hij kribbig. 'Net nu het zo druk is.'

Hij zat, ondanks het vuur, te rillen. Ze zei: 'Ik ga dokter Fleming bellen.'

Hij greep haar hand en trok haar terug. 'Dat hoeft niet, Annie. Je weet dat ik een hekel heb aan toestanden. Ik wil die nare oude pillendraaier niet om me heen. En morgen ben ik weer beter.'

Dat was haar aan hem opgevallen: hij haatte ziekenhuizen, artsen, alles wat met de medische wereld te maken had. Als Iris er was, liep hij de kamer uit als ze het over haar werk had. Zelfs hij, met zijn fysieke zelfverzekerdheid en onverschrokkenheid, had zijn angsten en antipathieën.

Ze zei aarzelend: 'Als je morgen niet beter bent...'

Hij stak zijn handen in de lucht. 'Dat beloof ik. Dan mag je de bloedzuigers laten komen.'

Ze sliep die nacht onrustig, werd regelmatig wakker en draaide zich dan naar hem om. Maar toen hij de volgende ochtend wakker werd, leek zijn koorts te zijn verdwenen.

Marianne moest om tien uur bij de kleermaakster zijn om te passen. Toen ze vertrok, zag ze dat er mist over de stad hing, waardoor de contouren van de gebouwen vaag werden en er op de hekken en boombladeren kleine pareltjes vocht lagen. De naaister speldde en reeg. Terwijl haar avondjurk op maat werd gemaakt, keek Marianne naar de donkerrode stof. Ze vond die kleur niet meer mooi: hij was te rijk, te donker, te zwaar. Hij had iets misselijkmakends. Het was de kleur van bloed; had ze hem nu maar niet gekozen. Ze bleef een onbehaaglijk gevoel houden, het stak haar, waardoor ze nauwelijks kon stilstaan. Ze dacht aan Arthur, die die nacht zo had liggen woelen, en aan zijn hete, papierachtige huid onder haar handpalm. Iedere keer dat de naaister een speld in de stof stak, moest ze op haar onderlip bijten om niet te huiveren. Hij heeft gewoon kougevat, zei ze tegen zichzelf; als ik thuiskom, is hij weer beter. Maar toen ze klaar was met passen, ging ze niet meer winkelen, zoals ze van plan was geweest, maar haastte ze zich terug naar Norfolk Square.

De mist was dichter geworden naarmate de dag vorderde, waardoor Marianne nu nauwelijks de andere kant van de weg kon zien. Buiten klonken geluiden gedempt, ontkracht door de mist; in huis tikten haar voetstappen leeg over de gangen.

Arthur was niet in de bibliotheek en niet in de zitkamer. Marianne liep de trap op naar de slaapkamer. Hij lag met zijn hoofd afgewend in bed. 'Arthur?' zei ze. 'Schat?'

Toen hij haar stem hoorde, draaide hij zich naar haar om. Zijn ogen glansden en ze zag dat er iets – iets waar ze haar vinger niet op kon leggen – was veranderd sinds ze hem die ochtend had achtergelaten.

'Arthur?' Toen ze zijn gezicht aanraakte, deinsde hij terug. 'Arthur, lieveling?'

'Annie. Waar was je? Je bleef zolang weg.'

'Ik was naar de kleermaakster. Dat had ik je toch verteld, schat.'

'Ik lag op je te wachten. Uren en uren.' Hij kromp ineen. 'Ik heb hoofdpijn.'

Er stond een kom koud water met een washandje naast het bed. Ze maakte de washand nat, wrong hem uit en legde hem op zijn voorhoofd. 'Voelt dat beter?'

Hij sloot zijn ogen. 'Dorst,' mompelde hij. 'Zo'n dorst.'

Hij kon niet zonder hulp uit het glas drinken. Mariannes ongerustheid nam toe. Arthur, die als een prins door Hyde Park reed en zo gemakkelijk was omgegaan met gondeliers in Venetië en koetsiers in Parijs, kon niet zonder haar hulp drinken.

'Ik ga de dokter bellen,' zei ze. 'Volgens mij ben je echt ziek.'

Toen ze zich omdraaide om weg te lopen, greep hij haar hand. 'Ga niet weg, Annie. Je mag niet weggaan.'

Ze zei vriendelijk: 'Ik kom meteen nadat ik dokter Fleming heb gebeld weer terug. Ik ben maar twee minuten weg, dat beloof ik. Natuurlijk ga ik niet weg. Voor altijd en eeuwig, mijn schat. Voor altijd en eeuwig.'

Ze rende naar beneden. Ze zag dat het dienstmeisje in de gang de middagpost op een tafeltje legde. Ze was altijd een beetje bang geweest voor Arthurs bedienden. Ze had hen als Arthurs bedienden gezien, niet die van haar.

Maar nu snauwde ze tegen het meisje: 'Waarom heb je me niet laten halen? Waarom heeft niemand me gehaald? Waarom heeft niemand de dokter gehaald?' En toen de dienstmeid haar uitdrukkingsloos aanstaarde, riep ze: 'Meneer Leighton is ziek! Is dat je niet opgevallen? Meneer Leighton is ernstig ziek!'

Met trillende handen pakte ze de hoorn van de haak. Ze hoorde de telefoniste naar het nummer vragen en toen hoorde ze de doktersassistente, ver weg en lichaamloos. En ten slotte haar eigen stem die Arthurs symptomen opsomde. 'Ik weet zeker dat u zich geen zorgen hoeft te maken, mevrouw Leighton. Waarschijnlijk een winterkoutje. Dat heb je in dit weer.'

Er viel wat spanning van haar af. Dokter Fleming zou wel weten wat er moest gebeuren. Hij zou Arthur genezen. Ze liep terug naar de slaapkamer en trok een stoel bij om naast het bed te gaan zitten. Arthur fluisterde iets tegen haar; ze verstond hem niet en boog zich naar hem toe.

'Het doet pijn. Het doet zo'n pijn.'

Ze proefde de angst weer in haar mond. 'Waar doet het pijn?'

'Overal.' Hij zag er bang uit. 'Wat gebeurt er met me, Annie?'

'Je bent ziek, lieverd. Je wordt snel weer beter. Je hebt gewoon koorts.'

'Mijn voet,' zei hij. 'Hij doet zo'n pijn. Die rotvoet.'

Marianne herinnerde zich de roestige spijker en die kleine, bebloede voetstappen op het tapijt. Ze sloeg de dekens open. Wat ze zag, maakte dat ze haar handen voor haar mond sloeg om te voorkomen dat ze ging gillen. De huid rond het gaatje in Arthurs voetzool was zwart en gezwollen. Op zijn enkel en been zat een donkere verkleuring, die blauwe plekken onder zijn huid had gemaakt waar de bloedvaten waren gesprongen en bloedden.

Ze deed wat ze kon, in de wetenschap dat het niet genoeg was. Ze waste zijn voet met carbolzeep, drenkte hem in jodium en legde hem op kussens om de pijn te verlichten. Ze wist dat zijn temperatuur naar beneden moest, dus sponsde ze hem af en gaf hem slokjes water. Ze begreep niet waar de dokter bleef. Het leek uren geleden dat ze had gebeld. En al die tijd was de angst ondraaglijk, misselijkmakend, als iets tastbaars en levends, gevangen in haar keel.

Toen ze weer uit het raam keek, zag ze dat de mist ondoordringbaar was geworden. Het verkeer op straat was nauwelijks te zien, alleen hier en daar een flauw schijnsel van een lantaarnpaal of koplamp. Er klonken twee stemmen in haar hoofd: de ene kwaad en ongeduldig: schiet nu eens een beetje op, zeg. Waar blijf je zolang? Die rotmist, natuurlijk. Laat me niet alleen. Schiet op.

De andere stem smeekte in doodsangst: laat er niets ergs gebeuren. Lieve God, laat Arthur in leven. Alstublieft, alstublieft.

Dokter Fleming was een vierkante man met een roze gezicht en een neerbuigende uitstraling. 'Bloedvergiftiging,' zei hij tegen Marianne. 'Meneer Leighton lijdt aan bloedvergiftiging. Septikemie,' voegde hij met een kuchje toe, 'maar u hoeft zich niet druk te maken om moeilijke wetenschappelijke termen, mevrouw Leighton.' Hoewel de wond van de roestige spijker klein was, had hij zich diep in Arthurs voet geboord en een lading bacillen in zijn bloedstroom gevoerd. Dokter Fleming stelde voor de wond in te snijden. Arthur was jong en sterk en ze moesten hopen en bidden dat hij sterk genoeg was om de infectie te overwinnen. Marianne merkte het woord bidden op: een gebrek aan zekerheid dus. Ze greep de arm van de dokter en haar vingertoppen groeven zich in de stof van de mouw van zijn jas. 'U moet hem genezen,' riep ze wanhopig. 'Dat moet.'

Ze stond naast Arthur en hield zijn hand vast terwijl de dokter de wond insneed. Arthur had haar gevraagd bij hem te blijven, dus dat deed ze, ondanks het feit dat de dokter probeerde haar weg te sturen. Terwijl de incisie werd gemaakt, stelde ze zich voor dat het gif er uitliep, uit al die adertjes en bloedvaten. Toen het mes dieper sneed en Arthur schreeuwde, beet ze zo hard op haar onderlip dat ze bloed proefde. Ze keek niet weg toen dokter Fleming de wond met peroxide spoelde en ook niet toen hij die met gaas toedekte en er een verband omdeed. Toen ging ze naast zijn bed zitten wachten. Ze hoorde nog steeds de stemmen in haar hoofd, de ene smekend en de andere ratelend. Hij wordt vast snel weer beter. De koorts moet zakken... waarom zakt de koorts niet? Waarom doet hij zijn ogen niet open om iets tegen me te zeggen?

Lieve God, maak hem beter en ik zal alles doen, alles wat U wilt. Ik zal het zelfs verdragen als er geen baby komt, als er nooit een baby komt.

Buiten werd de mist nog dikker en leek nu tegen de ramen te drukken. Het grijs worden van de okerkleurige lucht was het enige waaraan je kon zien dat het avond werd. Dokter Fleming nam Marianne apart.

'Er komt een verpleegster om u af te lossen, mevrouw Leighton.'

Ze zei koppig: 'Ik blijf bij mijn man.'

'We redden het prima, u moet rusten.'

'Ik laat hem niet alleen!' Ze hoorde dat haar stem onwillekeurig harder werd. 'Ik laat hem niet alleen!'

'Rustig maar, rustig maar, mevrouwtje.' Hij legde zijn hand op haar schouder. 'Als u dat wilt.'

Meer dan een jaar geleden had Arthur haar in de plantenkas op Summerleigh beloofd dat hij haar nooit alleen zou laten. Als ze nu haar ogen dichtdeed, zag ze weer de regen op de ruiten en rook ze de zware, aardeachtige lucht van de palmen en varens. Arthur was het soort man dat zich aan zijn beloftes hield. Ze moest zich ook aan die van haar houden.

Ze fluisterde in Arthurs oor: 'Ik ben bij je. Ik ben altijd bij je. Je moet beter worden voor me, lieveling.'

Maar hij draaide zich om op het kussen en zei: 'Het kanon. Hoor je het kanon niet?'

Haar hart kromp ineen van angst. 'Ik hoor niets, Arthur. Er is geen kanon. Alleen de claxons van de auto's in de mist. Of misschien heeft een van de meisjes iets laten vallen.' Zijn ogen stonden als die van een slaapwandelaar, ver weg en onvast, en ze wist niet zeker of hij haar zag of hoorde. Ze streelde zijn gezicht. 'Stil maar. Maak je geen zorgen. Ik ben bij je.'

Zijn oogleden vielen dicht. De verpleegster kwam. Haar gesteven schort kraakte; ze nam Arthurs pols op, met een opgewekte, efficiënte klik van het klokje dat op haar borst hing. Daar was het weer, die tijdelijke opluchting, het vluchtige vertrouwen dat zuster Saunders, met haar bleke gezicht en dikke, rode vingers, zou weten hoe ze Arthur beter moest maken.

Marianne merkte in de vroege uren van de nacht dat ze begon te doezelen naast zijn bed. Toen ze wakker schrok, wist ze niet of ze een minuut of een uur had geslapen. Ze droomde over het huis in Surrey. Arthur stond in een gang en ze liep op hem af. Het was zomer en het zonlicht stroomde door de hoge ramen naar binnen. Haar bewegingen waren langzaam, alsof ze werd tegengehouden door een onzichtbare barrière. Hij leek eerder weg te gaan dan dichterbij te komen. Toen ze wakker werd, schrok ze van de vreemde sfeer die de kamer de afgelopen twaalf uur had aangenomen: de verpleegster, die in een stoel onder de staande lamp zat, het dienblad met flesjes en verband, de geur van desinfecterend middel en daardoorheen iets van verschaling en verrotting. Ze voelde even een vlaag van verstikkende paniek en overwoog voor het eerst Iris of Eva te laten halen, zodat ze zich niet zo alleen zou voelen.

Maar dat deed ze niet. Ze had nog steeds ergens het gevoel dat als ze met haar ogen knipperde, of zichzelf hard genoeg wakker schudde, al deze gruwelijkheden vanzelf zouden oplossen, dat er een machine zou zoemen en kraken en dat alles weer goed zou komen. Als ze een zus zou laten komen, zou dat betekenen dat ze voor zichzelf toegaf dat er iets vreselijks aan de hand was. Dat zou betekenen dat ze toegaf dat de mogelijkheid er was dat Arthur...

Ze duwde die gedachte weg. Ze zat naar hem te kijken, geconcentreerd, en wenste dat ze hem haar eigen kracht kon geven. Hij moest snel beter worden, want ze wist niet hoe ze nog zo'n nacht zou aankunnen. Dominees zeiden toch altijd, dat je alleen te verduren kreeg wat je kon verdragen. En dit was ondraaglijk.

Tegen de ochtend werd hij zuchtend wakker. 'Ik zag...' Hij ging rechtop zitten en zijn starende blik ging nerveus door de kamer.

'Wat is er, lieveling?'

'Daar. Daar.' Hij staarde in de schaduw. Ze zag de angst in zijn ogen. 'Het zijn er zoveel!' fluisterde hij.

'Zoveel wat, Arthur?'

'De goden van de Indiërs. Een hele menigte. Honderden. Duizenden.'

'Stil maar, lieveling, het is maar een droom.'

'De olifantsgod. Hoe heet die ook alweer...? Ik heb een processie gezien. Al die mensen. Zoveel mensen. En die herrie. De muziek. Zulke vreemde muziek. Ik kan me niet herinneren... Ganesha. Dat was het. En die god met de blauwe huid, Krishna.' Hij sprak heel snel. Toen hij haar arm greep, klauwden zijn vingers in haar vlees en hij snauwde: 'En wat als zij het juist hebben en wij ernaast zitten?'

De verpleegster was uit haar stoel opgestaan. Arthur staarde Marianne met verwilderde ogen aan. 'We denken altijd dat we gelijk hebben, hè? Onze manier is de enige juiste manier. Onze God, niet die van hen. Maar als zij het nu eens bij het rechte eind hebben, en wij niet? Wat als hun goden in de hemel regeren, en niet die van ons?' Hij wreef over zijn voorhoofd. 'Of de hel,' mompelde hij.

Zijn stem stierf weg. Hij trok zich terug naar een plek waar zij hem niet kon volgen. Ze wilde tegen hem schreeuwen, aan hem schudden, hem dwingen terug te komen.

De verpleegster telde druppels op een lepel uit. Nadat hij ze had ingenomen, viel Arthur terug op het kussen. Toen sloeg de zuster de dekens opzij om naar zijn voet te kijken. Marianne pakte zijn hand weer. Zijn oogleden trilden en de huid rond zijn ogen en jukbeenderen was ingevallen en strak.

Arthur kreunde terwijl zuster Saunders het verband van zijn voet haalde. Marianne bad: vertel me alstublieft dat het beter gaat. Vertel me dat de zwelling is geslonken en de blauwe plekken minder zijn.

Maar de verpleegster zei: 'Ik laat dokter Fleming nog een keer komen, mevrouw Leighton.' Ze verliet de kamer.

De tijd verstreek. Dokter Fleming kwam weer naar het huis. Nadat hij Arthur had onderzocht, wenkte hij Marianne naar de belendende kamer. De koorts was niet minder geworden, vertelde hij haar. Arthurs hart toonde tekenen van uitputting en zou het niet lang meer volhouden. 'Zijn hart,' herhaalde ze, verbijsterd, verdwaasd, terwijl haar eigen hart pijnlijk samenkromp.

Dokter Fleming fronste zijn wenkbrauwen. Het insnijden van de wond was niet genoeg om de infectie te stelpen, zei hij, en er waren tekenen van gangreen. Een kuchje; zijn blik ontweek die van Marianne. Het speet hem haar te moeten vertellen dat er radicalere maatregelen moesten worden genomen.

Ze zei razend: 'Ik begrijp niet waarop u wacht... als u een medicijn hebt dat hem geneest...'

'Er is geen medicijn,' zei hij ronduit. 'Tenzij de infectie wordt tegengehouden, zal de bloedsomloop van meneer Leighton verslechteren en dan zullen de vitale organen – het hart en de hersens, begrijpt u, mevrouw Leighton – zuurstoftekort krijgen.'

Daarna vertelde hij haar over de operatie die hij van plan was uit te voeren. Ze werd stil, en ze sprak ook niet toen hij haar op haar hand klopte en terugging naar de slaapkamer.

Toen ze alleen was, liep ze naar het raam. Er was buiten niets, alleen de geel-grijze muur van mist die alles bedekte wat haar vertrouwd was. Ze duwde haar hand tegen het glas en zag de waterdruppels zich verzamelen en langs de ruit glijden. Maar daarbuiten was er nog steeds die mist. Als de zon was opgekomen, kon zij dat niet zien. Ze zag alleen haar eigen reflectie in de ruit. Haar bleke gezicht, haar verfomfaaide jurk, haar slordige haar. Ze begon haar haar vast te spelden, maar haar handen vielen langs haar lichaam. Waarom zou ze haar haar opsteken als hij het niet kon zien? Waarom zou ze een andere jurk aantrekken of haar gezicht wassen als ze hem dát aandeden?

Een stafverpleegster hield Iris staande toen ze uit de afdelings-keuken kwam lopen.

'Je moet bij de hoofdzuster komen, Maclise. Ze wil je meteen spreken. In haar kamer.' De stafverpleegster grijnsde zelfgenoeg-zaam. 'Je moet wel heel stout zijn geweest, Maclise.'

Terwijl ze de afdeling verliet, ging Iris de fouten na die ze on-langs had gemaakt. Het waren er niet veel, veel minder dan maanden geleden het geval zou zijn geweest. Iris pijnigde haar hersens... ze had gisteren een blad met vies verband op de vloer laten vallen. Daarvoor zou ze toch niet worden geschorst? Het zou wel typerend voor zuster Grant zijn om haar voor zoiets triviaals weg te sturen. Nou, ze zou het niet pikken. Als ze het ziekenhuis verliet, zou dat zijn omdat ze daarvoor zelf koos. Ze zou zich er niet laten uitgooien, zich niet schandelijk de laan uit laten sturen.

Ze bleef bij het kantoor van de hoofdverpleegster even staan, trok haar haar strak, zette haar kapje recht en wreef snel haar schoenen langs haar kousen. Toen klopte ze op de deur.

Juffrouw Stanley riep dat ze naar binnen mocht. 'Zuster Ma-clise. Ga zitten.'

Dat bracht haar nogal van de wijs. Normaal gesproken kreeg je toch staand een standje?

Toen zei juffrouw Stanley: 'Ik ben bang dat ik slecht nieuws voor je heb, zuster. Ik heb een telefoontje van je zusje ontvangen.'

Zusje, dacht Iris. Ze moest haar gedachten snel bijstellen. En toen: Clemency. Moeder.

Maar toen zei juffrouw Stanley: 'Mevrouw Leighton heeft me gevraagd je te vertellen dat haar echtgenoot ernstig ziek is. Ze verzoekt je naar haar toe te gaan, zuster. Hoewel ik er niet achter-sta dat mijn verpleegsters vrij nemen tijdens werkuren, heb je mijn toestemming onder deze omstandigheden naar je zus te gaan. Je kunt de verloren uren inhalen op je vrije dag.'

Terwijl ze door Londen reisde, had Iris het gevoel dat de hoofd-verpleegster een fout moest hebben gemaakt. Arthur kon niet ziek zijn. Arthur was in de bloei van zijn leven, aantrekkelijk, sterk en viriel. En toch wist ze natuurlijk dat er in het ziekenhuis dagelijks mannen in de bloei van hun leven stierven. Ze had hen gezien, hun hand vastgehouden terwijl ze hun laatste adem uitbliezen.

Op station Paddington rende ze de trappen op en baande zich een weg door de drukte. Stoom van de motoren vermengde zich met de mist. Vormen doemden op uit de grijsbruine lucht; een meisje met een mandje hulsttakjes, werkmannen rond een bergje rode kolen in een komfoor. Alles klonk gedempt: het gekletter van paardenhoeven, het roepen van het bloemenmeisje. Je kon nu heel gemakkelijk verdwalen. Waar de mist op zijn dikst was, moest ze haar hand langs de ijzeren hekken van de huizen laten gaan; ze voelde ze tegen haar handpalm slaan.

Ze was bang dat ze zou verdwalen en naarmate ze Mariannes huis naderde, voelde ze een veel grotere angst. Ze had, met de minachting die een oudste zus eigen is, altijd gevonden dat Marianne zich nogal idioot gedroeg, met haar timide gedrag, haar romannetjes en haar gebrek aan lichamelijke bekwaamheid. En toen waren de rollen zo radicaal omgedraaid: op Mariannes bruiloft, toen minachting was omgeslagen in jaloezie. Nu, misschien voor het eerst in haar leven, dacht ze op een objectieve manier aan Marianne. Ze bedacht nuchter dat zij niet in staat was zo diep lief te hebben als Marianne. Marianne had misschien wel te roekeloos lief. Als Arthur zou sterven... Iris merkte dat ze er niet aan durfde te denken wat er met Marianne zou gebeuren als Arthur zou sterven.

Een bediende deed, nadat ze had aangebeld, de deur voor haar open. Binnen werd ze naar een kamer boven geleid. Marianne stond bij het raam met haar rug naar de deur. Toen de dienstmeid Iris aankondigde, draaide Marianne zich om.

Haar gezicht leek versteend. Haar jurk was gekreukt en zat vol vlekken. Lokken hingen slap uit de knot achter op haar hoofd en Iris bedacht dat Marianne, die er beeldschoon had uitgezien sinds de dag dat ze Arthur Leighton had ontmoet, er weer gewoontjes uitzag.

Het huis van de familie Leighton aan Norfolk Square lag vlak bij Gabriel Bellamy's atelier in Paddington. Een paar bochten, hoeken en straten, tot een brede weg versmalde. Eva rende door een steegje, langs de kolenboer, langs de horlogemaker en de fabrikant van kartonnen dozen. En toen zag ze hem.

Het was niet in haar opgekomen dat hij gezelschap zou kunnen hebben. Maar het was ook laat – negen uur – veel later dan ze gewoonlijk naar hem toe ging. En daar stond hij, slechts een paar meter van haar vandaan, op de stoep van het huizenblok waar hij zijn atelier huurde, omringd door een stuk of zes vrienden.

'Eva,' zei hij toen hij haar zag. 'Mijn lieve, kleine Eva.'

Toen ze hem zag – zijn rode gezicht – en de alwetende grijns van zijn vrienden, vroeg ze zich af of ze er goed aan had gedaan naar hem toe te gaan. Misschien kon ze hier geen troost vinden. Misschien zou ze die wel nergens kunnen vinden.

Maar hij liep een paar passen op haar af, bestudeerde haar gezicht en riep over zijn schouder tegen zijn vrienden: 'Volgens mij is het tijd dat jullie vertrekken, denk je niet?'

'Gabriel,' klaagden ze terwijl ze de straat op liepen.

'Er is iets gebeurd,' zei hij. 'Vertel het me, Eva.'

Maar ze kon niets uitbrengen, ze kon het nog niet onder woorden brengen. Hij fronste zijn wenkbrauwen en zei: 'Kom even mee naar het atelier. Daar voel je je beter,' maar ze schudde wild haar hoofd.

'Nee. Ik wil ergens anders heen. Ik wil iets anders zien.'

Hij hield een koets aan en ging met haar naar het Café Royal. Het was een grote ruimte, gevuld met tafels. Mannen – en hier en daar wat vrouwen – zaten aan de tafels. Er stonden geornamenteerde pilaren, die uit de vloer naar een betimmerd plafond vol bladgoud schoten. Eva staarde naar de pilaren. Sommige waren omcirkeld met wijnranken van bladgoud, zwaar van druiven; andere waren bedekt met uitgesneden figuren. Ze zag dat het allemaal vrouwenfiguren waren, bleek, naakt en met grote borsten.

Gabriel bestelde drankjes. Toen stak hij twee sigaretten op en stak er één tussen Eva's vingers. De drankjes werden geserveerd: een glas wijn voor Eva en een helder, geelgroen goedje voor Gabriel.

Ze zei: 'Wat is dat?'

'Absint.'

'Dat wil ik weleens proberen.'

'Je vindt het vast niet lekker.'

Ze snauwde wild: 'Ik wil alles proberen!'

'Eva...' Hij stopte met praten. 'O god, ik begin als mijn vader te klinken. Als een vader.' Hij duwde het glas naar haar toe.

Ze nam een grote slok. Het drankje smaakte bitter; haar gezicht vertrok. Hij glimlachte en zei: 'Smerig, hè? Het is het drankje van dichters en neuroten.'

'En wat ben jij, Gabriel?'

'Ik denk graag dat ik het een ben. Maar soms ben ik bang dat ik het andere ben.' Hij keek om zich heen. 'En wat vind je van de Dominozaal?' vroeg hij. 'Iedereen komt hier. Orpen, Nicholson en Augustus John.'

'Het is net een grot.' Haar blik gleed over het beschilderde plafond. 'Je kunt je hier verstoppen.'

Hij zei vriendelijk: 'Eva, lieverd, als je nu eens vertelt waarvoor je je wilt verstoppen?'

Ze had hoofdpijn en haar ogen brandden van de tranen die ze had gehuild. Ze dronk een half glas wijn, zette haar glas neer en sloeg haar handen voor haar gezicht. Toen fluisterde ze: 'Mijn zwager, Arthur, is overleden.'

'De echtgenoot van je zus?'

Ze knikte. 'Mariannes echtgenoot. Ze waren pas een jaar getrouwd, Gabriel! Nog niet eens een jaar... elf maanden!'

'Lieve god,' zei hij. 'De arme zielen.'

'Ik ben bij Marianne geweest...' Ze kneep haar ogen tot spleetjes en probeerde het zich te herinneren. 'Volgens mij maar een dag, maar het voelt als maanden. In dat huis... en met Arthur die zo ziek was, zo zielig.' Ze dronk in één teug de rest van haar glas leeg. Gabriel wenkte de ober om hun glazen bij te vullen. 'Arme Marianne, ik weet niet hoe ze dat moet dragen. Ze hield zoveel van hem, Gabriel. Maar ik moest daar weg. Het voelde alsof alles daar doodging. En mijn vader is er, en James en Iris, dus Marianne is niet alleen... Dus heb ik tegen hen gezegd dat ik terugging naar het huis van mevrouw Wilde. En ze waren heel vriendelijk en meelevend omdat ze wisten dat ik moe en overstuur was, maar...' Ze was even stil. 'Het was niet alleen dat ik weg wilde. Ik moest ergens heen waar ik me levend zou voelen. Ik moest bij iemand zijn die me het gevoel geeft dat ik leef!'

Hij legde zijn hand op de hare; toen zijn duim over haar handpalm streelde, huiverde ze. Hij zei: 'En ik geef je het gevoel dat je leeft?'

'Ja.' Het woord kwam eruit als een zucht. Ze dwong zichzelf hem aan te kijken. 'Ondanks dat dat verkeerd is.'

'Het is niet verkeerd. Liefde is nooit verkeerd.'

Het woord liefde maakte dat ze weer huiverde. Maar ze zei opstandig: 'Nee? En Sadie dan? En je kinderen?'

'Ik hou van Sadie. Ik zal altijd van Sadie houden. En hetzelfde geldt natuurlijk voor de kinderen. Ik zou voor hen allemaal mijn leven geven.'

Ze dacht aan haar vader die in die chique koets stapte. 'Ik haat bedrog!' schreeuwde ze. 'Ik haat oneerlijkheid!'

'Is het niet oneerlijk om te doen alsof je niet liefhebt?' Hij fronste zijn wenkbrauwen, zette zijn gedachten op een rijtje. 'Zoals ik het zie, lieve Eva, doe ik me niet voor als iemand die ik niet ben. Ik heb een slechte reputatie en in de ogen van de wereld ben ik natuurlijk verkeerd. Ik houd me niet aan de regels, maar daar staat tegenover dat ik ook niet doe alsof ik dat wel doe. Ik heb mijn eigen regels. Ik geloof dat liefde goed is. En ik geloof niet dat liefde exclusief is. Ik veins niet dat ik mijn hele leven maar van één vrouw heb gehouden. Ik geef eerlijk toe dat ik er al van twee heb gehouden... drie... meer.' Hij bracht haar hand naar zijn lippen en kuste de binnenkant van haar pols. Toen zei hij: 'Ik heb je al eens verteld dat ik niet in het huwelijk geloof. Ik ben alleen met Sadie getrouwd omdat zij – en haar moeder – dat per se wilden. Als je uit bent op een huwelijk, Eva, moet je uit mijn buurt blijven. En ik beloof je dat ik deze keer niet achter je aan zal komen.'

'Ik wil niet trouwen. Het huwelijk maakt een vrouw tot gevangene!'

'Dan zijn we het daarover tenminste eens.'

Ze zei zacht: 'Ik zou moeten weglopen en je nooit meer moeten zien. Maar...'

'Maar wat?'

'Arthur,' fluisterde ze. 'Arme Arthur. Wat als Marianne had gewacht? Ze hadden elkaar pas een paar keer ontmoet toen ze zich verloofden en ze zijn maar heel kort verloofd geweest. Wat als ze langer verloofd had willen zijn? Dan hadden ze niets gehad. Ze dachten dat ze nog jaren voor zich hadden, maar dat was niet zo, hè? En wie weet wat er met mij zal gebeuren – of met jou – morgen, of over een week... of over twee jaar?'

'Carpe diem, bedoel je?'

'Je moet de dag plukken, toch? Niet verspillen.'

'Dat is altijd mijn filosofie geweest. Je zei dat je alles wilt proberen. Wat wil je proberen, Eva?'

'Ik wil schilderen. Ik wil schilderijen maken die mensen verbijsteren. Of die hen laten huilen. Of lachen. En...' Ze was even stil. Toen keek ze hem aan en zei uitdagend: 'En dan is de liefde er nog, hè?'

'Ja, dat denk ik ook.'

Ze had een beetje wijn op tafel geknoeid. Ze tekende er met

haar vingertop vormen in en zei: 'De dokter heeft Arthurs voet geamputeerd. Ze dachten dat het een levensreddende operatie zou zijn. Maar het was te zwaar voor hem en hij is gestorven.' De vreselijkste herinnering: een herinnering waarvan ze wist dat hij haar hele leven bij haar zou blijven. 'Marianne wilde niet bij hem weg. Nadat hij was gestorven, bedoel ik. Ze is uren bij hem blijven zitten. Uiteindelijk moesten vader, Iris en ik haar bijna bij hem wegslepen.' Eva staarde naar de donkerrode vlekken op het tafeltje. 'Ik weet dat je niet op liefde kunt wachten. Dat is gevaarlijk.'

Hij zei: 'Ik denk constant aan je. Ik droom over je,' en haar vingertop lag stil, rood bevlekt.

Ze dacht aan Sadie die deeg rolde op de keukentafel op Greenstones. Ze dacht aan Marianne, wier ogen er hadden uitgezien als donkere vingerafdrukken in een gezicht waar alle kleur uit was weggestroomd.

Er kwam een golf van uitputting over haar heen, die haar laatste scrupules wegnam, waardoor ze zich, toen hij haar hand naar zijn mond bewoog en de druppels wijn van haar vingers zoog, niet verzette.

6

In de weken en maanden na Arthurs dood bleef Marianne steeds denken aan de gebeurtenissen van de laatste dagen van zijn leven. Soms praatte ze hardop tegen haar vrienden en zussen; vaker stil, in haar hoofd. Arthurs ongeluk, zijn ziekte, zijn operatie, zijn dood. Als, dacht ze. Als ze erop had gestaan zijn wond te verzorgen voordat hij naar Londen was vertrokken. Als ze bloedvergiftiging niet voor een koutje had aangezien. Als ze dokter Fleming eerder had gebeld. Als ze het passen van haar jurk had afgezegd. Als er geen mist was geweest. Haar toehoorders stelden haar gerust, maar ze bleef een koppig klontje schuld voelen, hard en zwart, in haar hart ingebed.

's Nachts droomde ze over de spijker in het huis in Surrey. In haar droom groeide die en stak als een dolk door de planken omhoog. Als ze er met haar hand langs ging, kwam er bloed uit de snee.

Soms droomde ze over rode voetafdrukken op een wit tapijt. Ze droomde een keer dat ze in een onbekend huis was en het spoor van voetafdrukken door een lange gang volgde. Uit de vele deuren die er op de gang waren, koos ze een willekeurige. Ze keek in de kamer en zag dat die leeg was, op het bed waarin Arthur, ziek, bebloed en verbonden lag na. Ze besefte dat ze een gruwelijke fout hadden gemaakt, dat hij helemaal niet dood was, dat hij het had overleefd en leed in een vergeten plaats, zijn kwelling onverminderd voortdurend, alleen en verlaten. Toen ze snakkend naar adem wakker werd, was haar huid koud van angst en haar handen grepen in de duisternis.

Ze liet haar kleding zwart verven. Ze zag in gedachten de vlek over het blauw, kersrood en paars vloeien als een donkere mist. Ze leek in die donkere mist te leven, alsof de mist die het huis tijdens de laatste twee dagen van Arthurs leven had opgeslokt, nooit was verdwenen.

Op de begrafenis strooide ze viooltjes op zijn graf. De viooltjes waren gedroogd en papierachtig, de geesten van bloemen die hij haar voor hun eerste feest had gegeven en die zij tussen de bladzijden van haar dagboek had gestoken. Toen ze verpulverden tussen haar vingers, snoof ze de geur op. Toen keek ze hoe de scherpe wind ze ving en wegblies voordat ze door de aarde werden opgeslokt.

Arthurs advocaat, meneer Marshall, kwam. Vader zat naast Marianne in Arthurs werkkamer terwijl meneer Marshall het testament voorlas. Hoewel ze haar best deed zich te concentreren op wat meneer Marshall zei, lukte dat niet. Ze leek in deze periode niet in staat te zijn een gedachte langer dan twee tellen vast te houden, ze leek geen ruimte te hebben voor nieuwe gedachten in haar hoofd. Haar geest was gevuld met Arthurs ziekte en dood. Terwijl meneer Marshall sprak, dacht Marianne aan de ovens van vaders fabriek, die enorme hoeveelheden kolen opslokten en er vuur en as van maakten. Ze had het gevoel dat al haar herinneringen, al haar gedachten, waren veranderd in gruwelen en schuldgevoel, vuur en as. Haar eerste ontmoeting met Arthur, hun verloving, hun bruiloft, alles wat ze hadden gedeeld had alleen hiertoe geleid.

Meneer Marshall vertelde haar dat, omdat het huis in Surrey onvervreemdbaar erfgoed was en het huwelijk van Arthur en Marianne geen nakomelingen had opgeleverd, het huis naar Arthurs dichtstbijzijnde mannelijke erfgenaam ging, een verre neef die ze nog nooit had gezien. Maar het huis op Norfolk Square was nu van haar. Ze voelde een lichte opluchting bij het verlies van het huis in Surrey. Hoewel ze er ooit dol op was geweest, had ze het gevoel dat het medeplichtig was aan Arthurs dood.

Meneer Marshall had het over beheerde fondsen, effecten en aandelen. Hij noemde een geldsom. Nadat hij was vertrokken, omhelsde vader haar en zei: 'Je wordt goed verzorgd achtergelaten, lieverd. Dat is een hele troost, hè?' Marianne gaf een passend antwoord. Sinds Arthurs dood was ze er heel goed in geworden passende antwoorden te geven. Ze wist dat als haar familie zou weten hoe hol ze vanbinnen was gemaakt, hoe gekastijd en leeg ze zich voelde, dat ze haar niet met rust zou laten. En het enige waarnaar ze nu verlangde, was alleen zijn.

Op een ochtend zocht ze zijn spullen uit. Ze drukte zijn jasjes en overhemden tegen haar gezicht en ademde zijn geur in, die nog gevangen zat in het kriebelige tweed en het witte batist. Ze liet haar vingers in zijn handschoenen glijden en probeerde te geloven dat zijn vingers over de hare lagen gevouwen. Ze trok zijn jas over haar schouders en trok hem strak om zich heen terwijl ze haar ogen sloot, omhuld door herinneringen aan hem.

Ze vond tussen zijn zakdoeken en dassen een wit haarlint dat ze herkende als van haar, waarvan ze dacht dat ze het op het bal van de familie Hutchinson had verloren. Hij moest het hebben bewaard, als een schat. Ze vond de brieven die ze hem tijdens hun verloving had geschreven; ze kon het niet aan ze te lezen; het papier was al gaan vergelen. Ze vond een bonnetje van Hotel Venetië, een programmaboekje van de Opera in Parijs, en een oud, verfrommeld kaartje van een boottochtje dat ze een keer over de Theems hadden gemaakt. Ze vouwde het kaartje voorzichtig open, veegde met haar duim de vouwen glad en legde het op het stapeltje met bezittingen die ze wilde houden.

Andere ontdekkingen maakten haar onrustig. Een zwaar gouden horloge dat ze nog nooit had gezien: was het van zijn vader geweest, of van zijn grootvader? Ze vond een grijze kasjmieren shawl: toen ze de rug van haar hand eroverheen liet glijden, voelde hij zo zacht als een wolk. Ze vroeg zich af waarom hij die shawl nooit had gedragen. Ze vroeg zich af wie hem aan Arthur had gegeven.

Achter in de onderste lade van zijn bureau vond ze een stapeltje ansichtkaarten. Ze waren in het Frans en op allemaal stonden afbeeldingen van vrouwen. De vrouwen waren naakt, hun gezichten onnozel glimlachend en oren versierd met ringen, hun lichamen mollig en welgevormd. Hun borsten, schouders en heupen zagen er in Mariannes ogen uit als zachte, witte kussens.

Toen ze op de rand van het bed zat dat Arthur en zij ooit hadden gedeeld en de vrouwen op de ansichtkaarten bekeek, voelde Marianne een steek van jaloezie. Ze zagen er zo... tevreden uit. Hun ogen stonden leeg en onbezorgd. Was haar geest maar zo leeg als die van hen, bedacht ze verwilderd; kon zij van hen nu maar de kunst van het niet-nadenken leren.

Marianne was dankbaar dat de rouwetiquette haar toestond binnen te blijven met de gordijnen dicht. 's Avonds in bed lag ze met Arthurs oude tweedjasje in haar armen. Haar nachten waren kort en onderbroken, ze werd iedere ochtend voor de dageraad wakker en zag dan dat ze nog steeds met het jasje in haar armen lag en dat haar wimpers nat waren van het huilen. De dokter stelde opiumtinctuur voor om beter te slapen; denkend aan haar moeder, bang dat dat de mist alleen maar dikker zou maken, weigerde ze dat.

Sommigen van de bedienden vertrokken; ze hoorde hen fluisteren dat het een naargeestig huis was. Toen ze weg waren, voelde ze zich opgelucht. Ze verkoos de stille leegte. Ze nam geen nieuwe bedienden aan, en zij die bleven, in de wetenschap dat nie-

194

mand hen controleerde, werden lui. Dagen verstreken en het huis aan Norfolk Square werd smeriger dan het, toen Arthur nog leefde, ooit was geweest. Stof verzamelde zich in de hoeken en de vloeren werden niet geboend.

Haar leven leek uit te hollen; ze bedacht dat binnenkort alles zou zijn verdwenen. Ze deed geen moeite meer haar haar op te steken en vergat zich om te kleden. Sommige vrienden bleven weg, ongemakkelijk of afgesloten door haar stilte, haar kilte. Haar zussen bleven komen; ze vond het steeds moeilijker voor hen de schijn op te houden. Ze dacht, niet concreet, maar steeds vaker, aan zelfmoord. Ze vroeg zich af hoe ze dat zou doen: een messnee in haar polsen, misschien, of een val van een hoog balkon. Ze was het zat de dagen door te moeten worstelen.

Iris kwam op bezoek. Iris veegde met een vingertop over een vensterbank en trok haar neus op toen die grijs van stof werd. Toen gaf ze de bedienden een donderpreek, waarop die door het huis begonnen te rennen, stofblikken en bezems in de hand, met een mengeling van schaamte en verontwaardiging in hun ogen. Iris borstelde Mariannes haar; ze huiverde van de klitten die tegen haar hoofdhuid zaten geplakt. Iris zorgde dat ze in bad ging en een gewassen en geperste jurk aantrok, en kondigde toen aan dat ze in Hyde Park gingen wandelen. Ze deelde mee dat als Marianne zou weigeren mee te gaan, ze vader een telegram zou sturen. En dan zou vader haar komen ophalen en mee terug nemen naar Summerleigh. Weg van dit huis, met alle herinneringen aan Arthur, zou het onomkeerbare proces hem te verliezen, dat was begonnen met zijn ziekte, zijn afgemaakt.

Marianne maakte nog een lijstje.

Alles wat ze verloor toen Arthur stierf:

Ze verloor haar geloof in de rechtvaardigheid van de wereld. Ze wist nu dat goede mensen een gruwelijke dood kunnen sterven. Dat er geen rechtvaardigheid is, alleen geluk of tegenslag.

Het verlies van gezelschap, van vriendschap, van samen oud worden. Het verlies van haar plezier in muziek, omdat juist muziek het dunne korstje wegkrabde dat haar wond nauwelijks bedekte. Het verlies van mogelijkheden: de plaatsen die ze samen zouden hebben bezocht, het gezin dat ze zouden krijgen. Ze verlangde hevig naar de baby die ze nooit had gekregen.

Ze was de persoon verloren die ze ooit was. Als ze moest blijven leven, nam ze aan dat ze zichzelf op een dag opnieuw moest creëren. Maar wat een schaarste aan ingrediënten! Geen hoop, weinig geloof. Geen wens te behagen, geen wens in te passen. Alleen vuur en as, en wat voor wil moest daaruit voortkomen?

Ze was de liefde verloren. Zes maanden na het overlijden van Arthur veranderden haar dromen. Hij was weer genezen en nam haar in zijn armen. Ze voelde hoe zijn lichaam in dat van haar paste, de warmte van haar huid in de zijne smolt. Toen ze wakker werd, stond ze in vuur en vlam. Ze sloot haar ogen en raakte zichzelf aan; zich voorstellend dat haar hand die van hem was.

Eva werkte sinds het begin van het jaar op zaterdag in de galerie van Lydia Bowen. Ze hielp Lydia met de planning van de tentoonstellingen, stuurde uitnodigingen voor privé-tentoonstellingen en zat achter de balie als Lydia het druk had. Lydia stond er ook op dat ze leerde typen en boekhouden. 'Je weet nooit wanneer je die vaardigheden nodig zult hebben,' zei Lydia. 'Het is niet gemakkelijk om rond te komen als kunstenaar, vooral niet als je een vrouw bent.'

Eva vond het leuk in de galerie te werken. Als het gebeurde dat iemand een schilderij kocht, bloosde ze van trots, het voelde bijna alsof ze een van haar eigen schilderijen verkocht. Haar werk in de galerie in het weekend, in combinatie met haar studie aan het Slade, gaf haar een houvast. Soms had ze het gevoel dat als deze dingen er niet waren geweest, ze zou zijn weggedreven, op drift geraakt door opwinding en vervoering.

In de zes maanden dat Gabriel en zij minnaars waren, had ze de absolute kracht van lichamelijk verlangen ontdekt. Tot die tijd was al haar genot intellectueel of kunstzinnig geweest. Ze had nooit van sport genoten, zoals Clemency, of van dansen, zoals Iris. Ze was de kleine, slordige Eva, wier onhandigheid alleen verdween als ze een potlood in haar hand had. Het was een verrassing te ontdekken dat haar lichaam op de een of andere manier instinctief leek te weten wat het moest doen, een verrassing dat het samensmelten van lichamen ertoe kon leiden dat ze zich zo anders voelde.

Maar ze stelde haar voorwaarden. Ze stond nooit toe dat Gabriel haar aanraakte als ze op Greenstones waren. Eva wist dat ze op een heel andere manier net zoveel van Sadie hield als van Gabriel. Hoe vaak Gabriel haar er ook van verzekerde dat zijn huwelijk anders was en dat Sadie wist en begreep dat hij behoefte had aan een eigen leven en niet wilde worden geketend, had een deel van Eva daar moeite mee. Haar vriendschap met Sadie kon nu nooit meer ongecompliceerd zijn, maar was altijd bezoedeld met schuldgevoel en geheimzinnigheid. Ze hield zichzelf voor dat zolang wat ze deed niet van invloed was op Gabriels huwelijk met Sadie, het niet verkeerd was. Ze verdeelde haar leven meedogenloos in vakjes. In Londen was ze Gabriels minnares, maar op Greenstones waren ze vrienden, niets meer. Op Greenstones besteedde ze extra veel aandacht aan Tolly en liep met de nieuwe baby met zijn ogen als zwarte bessen in zijn wandelwagen door de tuin. Haar liefde voor Greenstones leek een onderdeel van haar liefde voor Gabriel. Ze was er in alle seizoenen dol op: in de winter als de gure wind over de kalkheuvels waaide en in de zomer als de bloesem over de hagen hing.

Gabriel had in een golf van creativiteit drie schilderijen van haar gemaakt. Op het eerste, op Greenstones geschilderd, droeg Eva de groen-rood geruite jurk waarin Gabriel haar voor het eerst had gezien in Lydia's galerie. Op het tweede droeg ze haar jas en hoed en haar handen lagen op de vensterbank terwijl ze uit het raam van het atelier staarde. Op het derde droeg ze een rafelige rok die was afgewerkt met een zigzagsteek, met een breedgerande dameshoed die een schaduw bracht over haar gezicht. Af en toe had Eva het gevoel dat het drie schilderijen van drie verschillende vrouwen waren: de keurige studente, de jonge vrouw die nieuwsgierig de wereld in kijkt, en het schooiertje.

Als Gabriel werkte, was hij stil en geconcentreerd. Al zijn energie en al zijn gedachten waren op het schilderen gericht. Hij zei bijna niets en bewoog alleen om een vouw in haar jurk of een haarlok te verplaatsen. Als ze heimelijk probeerde een verkrampte ledemaat uit te rekken, werd hij kwaad. 'Hoe kan ik nu werken als je niet stilzit?' schreeuwde hij dan. 'Je bent onmogelijk!' Veel later, toen ze erop terugkeek, realiseerde ze zich dat ze voor het eerst geduldig en lijdzaam had leren zijn tijdens die lange, stille uren in het atelier van Gabriel. Dat waren kwaliteiten die ze daarvoor niet had gehad. Zij, die zich altijd van het één naar het ander haastte, moest nu uren achtereen stilzitten, met als enige afleiding het bewegen van de kwast op het doek, het geluid van het verkeer op straat.

Het maakte haar niet uit, want Gabriel was bij haar. Alleen tijdens die stille uren in het atelier wist ze wat ze aan hem had. Bij Gabriel was er altijd opwinding, verrassing en impulsiviteit. Ze voedde zich ermee; het maakte dat ze zich meer levend voelde dan ze zich ooit had gevoeld en het was de antithese van routine, conformiteit en haar opvoeding. Gabriel reisde spontaan met Max naar Nederland om daar het vlakke landschap en de uitgestrekte luchten te schilderen. Hij was een maand weg en verscheen zonder waarschuwing op een ochtend weer, Eva smekend alles te laten vallen, niet naar college te gaan en de dag met hem door te brengen. En dat deed ze: hij trakteerde haar op champagne met biefstuk in de Strand en daarna, in zijn atelier, met het zonlicht dat als honing in de kale, gestuukte kamer scheen, bedreven ze de liefde, haar lichaam één met hem, zijn sterke armen om haar heen, haar hartslag tegen de zijne.

Op een warme junimiddag viel ze in slaap in zijn atelier. Toen ze wakker werd, zag ze dat hij op de vensterbank zat en een schets van haar maakte. Ze trok snel haar kleding aan.

'Eva. Waarom laat je je niet puur schilderen?' Hij gooide zijn krijtje weg. 'Je bent nog steeds zo preuts. Je hebt een prachtig lichaam. Je hebt niets om je voor te schamen. Er is in deze kamer niets mooiers... Er is verdorie in heel Londen niets mooiers. Dus waarom laat je me je niet schilderen?'

'Ik laat me wel schilderen. Alleen niet zo.'

Hij kwam bij haar zitten. 'Wat ben je toch een rare,' zei hij toegeeflijk. Zijn irritatie was verdwenen. 'Hoe zou je je voelen als ik je niet toestond al die lelijke oude vrouwen en lichtekooien te schilderen?'

'Ze zijn niet lelijk,' zei ze verontwaardigd. 'Ik vind hen mooi. Wat wil je dan dat ik schilder, Gabriel? Schoonheden uit de hoogste klasse?'

'Absoluut niet. Je hebt gelijk, Eva. Houd je maar aan die oude vrouwen en verkoop je ziel niet.'

Ze had een serie studies gemaakt van gewone mensen aan het werk of tijdens een avondje uit. Ze had de schetsen aan Gabriel laten zien en die had bemoedigende woorden gesproken. Haar schetsboek stond vol met afbeeldingen van naaisters, havenarbeiders en kunstbloemenmaaksters. De grote schoonheden van de klassieke kunst verveelden haar vaak, hun passiviteit vermoeide haar. De vrouwelijke modellen van zoveel portretten leken hun leven wachtend door te brengen.

Ze had met Gabriel gemeen dat ze gek was op Londense nachten. Ze was dol op de flikkerende gaslampen in de duisternis, de glanzende reflecties op vochtige klinkers. Op een avond schetste ze de mensen die het Empire Theater in Hackney binnen gingen toen ze in de menigte een bekend gezicht zag. Ze moest twee keer kijken om zeker te weten dat het echt James was. Ze wilde hem net roepen toen ze zag dat hij met een meisje was. James had zijn arm om het meisje om haar te beschermen tegen het geduw van de menigte. Ze was slank en jong; ze droeg een donkerblauw jasje over haar nauw gesneden, crèmekleurige japon en er piepten blonde krullen onder de rand van haar zwarte strohoed vandaan. Toen ze haar gezicht omhoog stak zodat James haar kon kussen, zag Eva dat ze een delicate schoonheid had. Nou, dacht Eva, ik neem aan dat je haar niet aan vader hebt voorgesteld, of wel, James?

Zij had ook haar geheimen: het geheim van vaders liefdesaffaire met mevrouw Carver, en Gabriel natuurlijk. Ze had niemand over Gabriel verteld, hoewel ze soms het onaangename gevoel had dat Iris iets vermoedde. Ze wist dat James haar nooit zou vertellen over zijn naaistertje met de strohoed, net zoals zij hem nooit iets over Gabriel zou zeggen. Geheimen, dacht ze terwijl ze wegfietste, geheimen. Naarmate ze ouder werden, leken ze steeds meer geheimen te krijgen.

Joshua Maclise had een auto gekocht; James leerde erin rijden. Hij nam Clemency mee voor een ritje door de stad. De auto was enorm, zwaar en log. De kastanjebruine lak had een satijnen glans en James had het koperwerk gepoetst tot Clemency haar gezicht erin kon zien. Ze keek geconcentreerd naar hem, merkte ieder duwtje tegen een hendeltje, iedere beweging van het stuur op en stelde hem vragen.

'Waarvoor is dat?'

'Daarmee schakel je naar een andere versnelling.'

'Versnelling?'

James legde uit wat versnellingen waren en hoe ze werkten.

'Wil jij het eens proberen?'

'Mag dat?'

'Waarom niet? Je bent er goed in, Clemency, dat weet ik zeker.'

Ze waren op een rustig zijweggetje. Clemency ging achter het stuur zitten en James draaide de startmotor aan. Hij liet haar zien hoe de koppeling werkte en hoe ze de auto in de versnelling moest zetten. Toen het voertuig langzaam naar voren bewoog, voelde ze een rilling van opwinding.

Ze reden hortend en stotend over de weg. James was geduldig en aanmoedigend. 'Je bent een natuurtalent,' zei hij nadat Clemency langzaam een bocht om was gereden. 'Nog twee lesjes en dan rijd je op eigen houtje door Sheffield.'

Clemency vertelde Ivor Godwin over de auto. 'Het was geweldig,' zei ze. 'Het deed me denken aan toen ik nog hockeyde, dat gevoel dat je krijgt als je weet dat je een prachtig doelpunt gaat maken. Alsof alles precies zo gaat gebeuren zoals jij dat wilt.'

Ze waren in de botanische tuinen. Ivor had die middag een concert gegeven in een huis aan Rutland Park. Clemency was de afgelopen zes maanden naar meerdere concerten van Ivor Godwin geweest. Als het mooi weer was, ging hij nadien graag wandelen. Hij zei dat hij daarvan ontspande. Vera en Clemency gingen vaak met hem mee.

Vandaag was Clemency voor het eerst met hem alleen omdat Vera in haar moeders winkel moest helpen. Ze zaten op een bankje en rookten Ivors kleine, zwarte, scherpe sigaretten. Ivor zei: 'Als ik me toch eens een auto zou kunnen veroorloven. Het is zo'n gedoe als je hier uit de wildernis weg wilt.' Zijn gezicht betrok. 'Soms vraag ik me af of het de moeite waard is. Of het iemand zou opvallen als ik geen moeite zou doen.'

'Dat zou mij opvallen.'

'Wat lief dat je dat zegt, Clemency.' Als hij zo naar haar keek – zo waarderend, zo lief – ging ze blozen.

Hij zei: 'Mensen als jij geven me de kracht om door te gaan.'

'Hoe is het met je vrouw?'

'O, Rosalie is hetzelfde. Jouw moeder is ook langdurig ziek, hè? Dat vertelde Vera.'

'Daarom ben ik van school gegaan. Om voor mijn moeder te helpen zorgen.'

'We hebben veel gemeen, hè? Daarom begrijp je me zo goed. Rosalie is niet echt ziek en niet echt gezond. We zijn hiernaartoe verhuisd voor haar gezondheid, maar dat lijkt niets uit te maken.' Hij gooide zijn peuk op het grindpad. 'Het ergste is nog dat ze niet wil dat ik een eigen leven heb. Als ik een half uurtje te laat ben, is ze overstuur. Ze zal wel eenzaam zijn. Maar het is een vreselijk zware last. Soms heb ik zo'n behoefte aan een weekje vrij.' Zijn donkerbruine ogen, die volgens Clemency de kleur van stroop hadden, richtten zich weer op haar. 'Vind je dat slecht van me?'

'Helemaal niet. Ik voel me vaak exact hetzelfde. Daarom kom ik zo graag naar je concerten, Ivor. Die voelen als een korte vakantie.'

'Lieve Clemency,' zei hij en ze werd overgoten met warme gelukzaligheid.

'Heb je geen familie die kan helpen?'

Ivor schudde zijn hoofd. 'Ik heb een broer in Winchester, maar die zie ik bijna nooit. Ik heb hem uitgenodigd te komen logeren, maar hij heeft altijd een excuus... zijn gezin of zijn werk. En Rosalie heeft alleen een oom en een nicht. Met die nicht kan ze helemaal niet opschieten en haar oom is oud en zwak. Hij woont in Hertfordshire, we gaan één keer per jaar bij hem op bezoek. Dat is ook al zo'n gedoe, Rosalie wordt altijd op de onhandigste momenten onwel. En op de stations is nooit een kruier te vinden. De laatste keer dat we erheen gingen, moest ik alle koffers uit de trein zeulen en toen heb ik mijn hand verrekt. Ik heb twee weken geen piano kunnen spelen.'

'Arme Ivor.'

'Onder ons gezegd, Clemency, we doen erg ons best om bij die oom in een goed blaadje te blijven, aangezien hij erg rijk is en hij beloofd heeft alles aan Rosalie na te laten. En hoewel ik weet dat je niet over geld hoort te praten, heb ik toch de neiging er erg vaak aan te denken.' Zijn donkere ogen stonden broeierig. 'Het zou zoveel uitmaken als ik niet altijd zo op geld hoefde te letten. Dan hoefde ik geen les meer te geven.' Hij zuchtte. 'Wat lijkt me dat heerlijk.'

'Zou je het niet missen?'

'O, helemaal niet!' riep hij. 'Het is zo onuitstaanbaar saai met de meesten... En de moeders zijn nog erger dan de leerlingen!'

'Wat zou je dan gaan doen?'

'Ik zou een concert schrijven. Ik heb altijd al een concert willen schrijven. Maar soms vraag ik me af of ik daar ooit de tijd voor zal hebben.' Hij zuchtte.

De zomer van 1911 was heet en droog. In de straten van Londen voelde de lucht bijtend door de rook en het roet. Tijdens de lunchpauze zaten kantoorjongens en winkelmeisjes met open kraagjes en manchetten en opgerolde mouwen op het uitgedroogde gras in de parken.

Naarmate het hete weer aanhield, werden de temperamenten verhitter. In de pubs braken vechtpartijen uit wanneer arbeiders hun dorst lesten op weg van de bouwplaats of fabriek naar huis. De voorzitter van het parlement werd gedwongen het Lagerhuis te verdagen nadat de premier door de oppositie werd uitgejouwd tijdens een debat over hervormingen in het Hogerhuis. Havenarbeiders staakten om loonsverhoging en betere arbeidsomstandigheden te bewerkstelligen en de regering zond troepen naar de haven om te zorgen dat de belangrijkste voorraden konden worden aangevoerd. In Liverpool en South Wales werden stakers doodgeschoten toen de troepen het vuur op hen openden.

In Gabriels gehuurde atelier was het heet en benauwd. Gabriel liet Eva zittend aan een tafel poseren, haar over elkaar geslagen armen voor zich. Ze droeg een blauwe zijden blouse en haar haar viel in zware krullen los over haar schouders.

Gabriel werkte van 's ochtends vroeg tot het donker werd. Hij moest het portret afmaken, zei hij tegen Eva, voordat hij met Sadie en de kinderen op zomervakantie ging in Bretagne. Hij kon het niet uitstaan als hij tijdens zijn schilderwerk werd onderbroken. Als hij werd gedwongen halverwege te stoppen, raakte hij gefrustreerd en slechtgehumeurd, wetend dat hij die speciale inspiratie nooit meer zou terugkrijgen, dat er iets verloren zou gaan. Hij vergat te eten en was verrast als Eva, slap van de honger, om een boterham of een appel smeekte. Hij beantwoordde Sadies dagelijkse brieven niet, bekeek ze terloops en gooide ze snel in een lade voordat hij zijn kwast weer oppakte.

Hij maakte het schilderij af op de ochtend voordat hij naar Sadie op Greenstones zou reizen. Zoals altijd nadat hij een belangrijk werk had afgemaakt, was hij opgewonden en uitgeput. Hij nam Eva mee naar het Café Royal, waar hij oesters en champagne bestelde. Zo zat ze nog een keer naar de pilaren in de Dominozaal op te kijken, met hun druivenbladeren en kariatiden en dacht terug aan de dag dat Gabriel haar hier voor het eerst mee naartoe had genomen. Er was sindsdien zoveel veranderd. Zij was sindsdien veranderd. Verandering leek als een bedwelmende hitte in de lucht te hangen en alles te vervormen wat ze ooit vanzelfsprekend had gevonden.

Ze brachten voor het eerst een hele nacht samen door. Eva had tegen mevrouw Wilde gezegd dat ze een dag eerder naar Sheffield ging. Toen ze 's ochtends haar ogen opendeed, was Gabriel al wakker en aangekleed; hij gooide zijn kleding in een tas. Hij bracht Eva naar station Paddington, waar hij haar tot in de trein bracht, haar een snelle kus gaf en zei: 'Ik kan niet tegen een lang afscheid, jij wel?' en in de rook en de mensenmenigte verdween.

Toen de trein Londen uitreed, zat Eva in de hoek van de bank uit het raam te kijken. Ze had zich afgevraagd of ze zou huilen bij de gedachte Gabriel een hele maand niet te zien, maar tot haar verbazing voelde ze zich een beetje opgelucht. Ze besloot dat dat door de zon kwam en de manier waarop de strakblauwe hemel op Londen leek te drukken, waardoor ze het ongemakkelijke gevoel kreeg dat alles wat normaal was, alles wat alledaags en vanzelfsprekend was, leek op te lossen in de hitte.

Op een vrijdag in begin augustus ging Eva met haar vader naar de fabriek. Ze tekende er de meisjes die de messen en zeisen in waspapier aan het inpakken waren. Toen ze later in het kantoor van haar vader zat, keek ze uit het raam en tekende de karrenvoerders die kratten en dozen inlaadden om naar de haven te vervoeren. Toen haar vader werd weggeroepen, glipte ze naar buiten en liep ze over de binnenplaats naar de ovenruimte. Daar tekende ze, in een hoek de mannen die bij de ovens aan het werk waren, die er met ijzeren tangen de smeltkroezen met het gesmolten staal uit haalden, hun spieren verwrongen door het gewicht, hun lichamen zwarte silhouetten tegen het harde oranje en rood van de ovens. Er liep een straaltje zweet over Eva's ruggengraat en haar potlood glipte uit haar klamme handen. Ze liep duizelig naar buiten.

Ze kneep haar ogen tot spleetjes in het zonlicht; ze zag meneer Foley, die over de binnenplaats op haar af kwam lopen.

'Vertelt u mijn vader alstublieft niet dat ik bij de ovens was, meneer Foley.'

'Alleen als je belooft er niet meer heen te gaan. Het is daar gevaarlijk en het is er nu zo heet dat je er door de hitte bevangen raakt.'

'Ik begrijp niet hoe ze kunnen ademen.'

'Ze zijn eraan gewend. Sommigen werken er al vanaf hun twaalfde.' Hij keek haar terloops aan. 'Wilt u een glas water, juffrouw Eva?'

Ze liepen naar zijn kantoor. Hij gebaarde naar haar schetsboek. 'Mag ik eens kijken?'

'Op één voorwaarde.'

'Welke?'

'Dat ik u mag tekenen.'

'Ik zie niet in waarom u dat zou willen. De staalarbeiders... Ik begrijp wel dat u die wilt tekenen, hoewel u daar niet naar binnen had moeten gaan.'

'Overtreedt u nooit eens een regel, meneer Foley?'

'Nee,' zei hij ronduit. 'Nee, nooit.'

'Wat gezagsgetrouw van u.' Maar toen ze zag dat ze hem had gekwetst, zei ze: 'Het spijt me, ik wilde geen problemen veroorzaken. En ik wil u graag tekenen omdat u een interessant gezicht hebt.'

Tijdens werkdagen verbleef Rob Foley in Sheffield, maar op vrijdag nam hij de trein om het weekend bij zijn moeder en oudere zussen in Buxton door te brengen. Tijdens de reis voelde hij zich zoals altijd als hij naar huis ging, geagiteerd van angst.

Zijn vader was tien jaar eerder overleden, toen hij vijftien was, en had enorme schulden achtergelaten. Een week na de dood van zijn vader was Rob van school gegaan om voor J. Maclise en Zonen te gaan werken. Hij wist dat hij geluk had met die baan: Joshua Maclise was een rechtvaardige werkgever en Rob had al snel geleerd door het humeurige karakter en wispelturige temperament heen te kijken en het goede hart dat eronder lag te zien. Tijdens zijn werk bij Maclise had hij zich opgewerkt van klerk tot assistent van meneer Maclise. Hij had de meeste van zijn vaders schulden afbetaald, hoewel er nog steeds een hypotheek op het huis in Buxton rustte, die een groot deel van zijn maandelijkse salaris opslokte. Hij had ook zijn moeder en oudere zus, Susan onderhouden. Zijn andere zus, Theresa, gaf les op de Nationale School in Buxton, wat Susan zeer afkeurde. Toen Theresa het gezin had verteld dat ze van zins was de positie aan te nemen, had Susan gezegd dat ze vreselijk bang was dat Theresa de meest vreselijke ziektes mee naar huis zou nemen. Rob vermoedde dat Susan bang was voor een bedrieglijkere ziekte, namelijk een verder verlies van de status waar zij en mevrouw Foley zich zo wanhopig aan vastklampten sinds het overlijden van hun vader.

Rob bedacht vaak dat het leven van zijn moeder en Susan bijna ondraaglijk moeilijk werd gemaakt door hun vastberadenheid hun armoede voor de buren verborgen te houden. Ze aten door de week slecht zodat ze hun bezoek – de buren, een gepensioneerde arts en zijn vrouw, en de dominee, meneer Andrews – op zondagmiddag een uitgebreide theemaaltijd konden serveren. Rob had met hen gepraat en hen erop gewezen dat ze hun gezondheid op het spel zetten, maar toen zijn moeder had gezegd: 'Susan en ik zijn heel tevreden met een snee brood bij de thee,' en in tranen was uitgebarsten, had hij de ongelijke strijd opgegeven. Hij wist dat zijn moeder de schande van de dood van zijn vader nooit had verwerkt. Soms vermoedde hij dat ze, alleen om de schijn op te houden nog net niet aan een zenuwinzinking bezweek.

Maar het huishouden drukte vaak zwaar op hem. Beneden, waar het bezoek het kon zien, was alles net en fatsoenlijk, hoewel pover comfortabel, maar als je naar boven liep, voelde je meteen de eerste rilling van een arctisch klimaat. Winifred Foley brandde in de winter nooit de haard in de slaapkamer, zelfs niet in de koudste nachten. Rob was een keer in een opmerkelijk slechte januarimaand, toen de hele stad bedekt was met een sneeuwdeken, 's avonds laat thuis gekomen en had zijn moeder en Susan dicht tegen elkaar aan in bed aangetroffen en Theresa met haar jas over haar nachtpon opgerold onder stapels dekens op het kleed bij de uitdovende kolen van het vuur in de zitkamer.

Hij wist dat zijn moeder deels om hem te ontzien zo zuinig was. Hoewel het eten in het weekend gewoontjes en saai was, was er voor hem altijd genoeg. Hij kreeg het beste stuk vlees en het grootste stuk taart. Hij protesteerde er niet tegen omdat hij wist dat dat zijn moeder ongelukkig zou maken. Hij hield zielsveel van zijn moeder en zussen, zelfs van Susan, wier gepassioneerde aard, als die geen bevredigende uitlaatklep vond, tot heel excentrieke verzetjes leidde. Maar de mengeling van zijn moeders constante dankbaarheid en zijn eigen angst dat hij misschien nooit in staat zou zijn het gezin uit de lichte armoede te bevrijden die ze sinds de dood van zijn vader ondergingen, bedrukte hem: vandaar de angst die hij altijd leek te voelen als hij op vrijdag naar huis reisde.

Jaren geleden had hij zijn moeder voorgesteld dat ze het huis in Buxton zouden verkopen en in een ander deel van het land kleiner zouden gaan wonen. Zijn moeder was geschokt en overstuur geweest toen hij dat voorstelde. Ze woonde al sinds haar trouwen in Buxton. Hoe kon ze ooit ergens anders opnieuw beginnen? Rob had het juk zwaarder voelen worden.

Toen hij thuiskwam, zag hij toen hij over het pad liep de gordijnen bewegen, en hij besefte dat zijn moeder op hem stond te wachten. Hij werd binnen begroet met een omhelzing en kussen.

Zijn moeder zei: 'Je ziet er moe uit, Rob. Susan, vind je ook niet dat Rob er moe uitziet?'

Rob vond zijn moeder er juist moe en gespannen uitzien. Winifred Foley was nog geen één meter vijftig. Grijze, springerige krullen omsloten een gezicht dat nog steeds aantrekkelijk was, maar vol lijnen zat en er afgetobd uitzag.

'Het gaat prima,' zei hij resoluut. 'En ik heb zin in de vakantie.' J. Maclise en Zonen had die middag de poorten gesloten voor de jaarlijkse zomervakantie van twee weken.

'Wat heerlijk dat we hem twee weken thuis hebben!' riep Winifred. 'Maar je lijkt afgevallen, Rob. Weet je zeker dat je hospita goed voor je zorgt?'

'Ze zorgt prima voor me, moeder.' De deur ging open. 'Daar is Hetty, dus het eten zal wel klaar zijn.'

De familie Foley had één bediende, een meisje dat Hetty heette en nogal traag van begrip was en helemaal van de kook raakte als ze over meer dan één ding tegelijk moest nadenken. Rob at zijn maaltijd van gekookte kabeljauw, aardappels en worteltjes, gevolgd door sagopudding, met het meeste vertoon van enthousiasme dat hij kon opbrengen. Na het eten gingen ze naar de zitkamer. Theresa las een boek terwijl Susan en Winifred over de gebeurtenissen van die week vertelden. Uiteindelijk zei Winifred met de uitstraling van iemand die spannend nieuws te melden heeft: 'En mevrouw Clements heeft ons uitgenodigd voor een picknick!'

'Ik haat picknicks,' zei Susan. 'De laatste keer dat ik ging picknicken, werd ik door een wesp gestoken. Ik kreeg een enorme bult en was vreselijk onwel.'

'Rob jaagt de wespen wel weg, hè, lieverd?'

'Ik begrijp niet waarom mensen gaan picknicken,' zei Susan zuur. 'Ik haat buiten eten. Ik vind het vulgair.'

'De familie Clements zou nooit iets vulgairs doen.' Winifred was een beetje rood geworden. 'Het is één van de beste families in Buxton, hè, Theresa?'

Theresa keek op van haar boek. 'Ja, moeder.'

'Ik krijg vast hoofdpijn in die hitte,' ging Susan onverdroten verder.

Winifred jammerde: 'Maar ik heb al tegen mevrouw Clements gezegd dat we allemaal komen!'

Theresa sloeg haar boek dicht. 'En dat doen we ook, hè?' zei ze opgewekt. 'Als je een zonnehoed draagt, Susie, krijg je ook geen hoofdpijn. En je kunt een fles azijn meenemen voor als je door een wesp wordt gestoken. Zeg...' ze keek naar de klok, 'is het geen tijd voor jullie séance?'

'Séance?' vroeg Rob.

Susan sloeg haar handen ineen. 'Vorige week heeft de nicht van mevrouw Healey geprobeerd contact met ons te maken. Ik weet tenminste bijna zeker dat het de nicht van mevrouw Healey was. Je doet toch mee, hè, Rob?'

'Ik moet uitpakken,' zei hij gehaast. 'Misschien de volgende keer.'

Hij verliet de kamer. Theresa volgde hem. 'Een wijze beslissing,' fluisterde ze toen ze alleen waren.

'Séances,' zei Rob. 'Mijn hemel.'

Ze liepen naar de keuken. Hetty had zich op haar zolder teruggetrokken; Theresa vouwde de theedoeken op en ruimde de pannen op. 'Moeder weet niet zeker,' zei ze, 'of séances helemaal fatsoenlijk zijn, dus mevrouw Andrews mag er niets van weten. Wist je dat Susan gelooft dat ze een begeleidende geest heeft?'

'Een begeleidende geest?'

'Het is een Indiaanse strijder die Rennend Hert heet.' Theresa maakte een blik open. 'Chocolademelk, Rob? Rennend Hert leidt Susans hand op het ouijabord. Hij spelt de namen van de doden die haar proberen te bereiken. Het is me opgevallen dat Rennend Hert bijna net zo slecht spelt als Susan zelf.'

Ze glimlachten allebei. Toen zei Theresa met een zucht: 'Arme Susie. Kon ze nu maar een zinnige tijdsbesteding vinden. Ze maakt zich zo druk om onzinnige dingen omdat ze alleen maar onzinnige dingen heeft om over na te denken.'

'Trouwde ze nu maar.' Susan was jaren daarvoor verloofd geweest met een kapelaan. De kapelaan had de verloving kort na de dood van meneer Foley verbroken. Rob zei bars: 'Vader heeft wel een goed moment uitgekozen, hè?'

'Susan maakt nu geen enkele kans meer om nog te trouwen.' Theresa kookte melk op het fornuis. 'Ze is drieëndertig, Rob, en ze heeft natuurlijk geen geld. We zullen allebei nooit trouwen.'

Er klonk geen verbittering in Theresa's stem, alleen berusting. Rob legde zijn hand op haar schouder. 'Theresa...'

'Ik voel me niet ellendig, ik ben alleen realistisch. Het heeft geen zin hoop te hebben in een hopeloze situatie. En ik geniet van mijn werk, echt waar. Als ik zou trouwen, zou ik het enorm missen.'

Theresa schonk de kokende melk in twee bekers en roerde erin. Terwijl ze een kop warme chocolademelk voor haar broer neerzette, zei ze: 'Maar voor jou is het anders, Rob. Jij hebt een goede baan en je vooruitzichten worden er alleen maar beter op.'

'Je weet dat ik geen huwelijk kan overwegen, Tess. Ik zou onmogelijk twee gezinnen kunnen onderhouden.'

'Dan moet je een manier vinden,' zei ze stellig. 'Ik kan het wel verdragen als Susan en ik oude vrijsters worden. Wat ik niet zou aankunnen, is als we alledrie niet zouden trouwen. Dat voelt zo... leeg. Zo verdord.'

Haar levendige gelaatstrekken, net als die van hem donker, en in een vrouw te sterk uitgesproken om mooi te noemen, drukten bezorgdheid uit. Hij kneep in haar hand en zei luchtig: 'Laten we ons daarover nu maar geen zorgen maken. Het is vakantie.'

'Een van ons moet ontsnappen,' zei ze geëmotioneerd. 'Je ontmoet toch wel meisjes in Sheffield, Rob? Zit er niet eentje bij die je leuk vindt?'

Theresa en hij hadden altijd een goede band gehad. Er was maar achttien maanden leeftijdsverschil; ze waren in de catastrofe die op de dood van hun vader was gevolgd bondgenoten geweest en hadden in tegenstelling tot Susan en Winifred de ernst en realiteit van hun situatie begrepen.

Dus kon hij niet tegen haar liegen. Hij zei: 'Er is wel iemand.' Haar ogen lichtten op en hij voegde snel toe: 'Het is hopeloos, Tess. Totale waanzin van mijn kant. Er is absoluut geen mogelijkheid dat het ooit iets wordt.'

'De omstandigheden kunnen veranderen.'

Hij schudde zijn hoofd. 'Ik zou tien keer meer dan nu moeten verdienen om ook maar in aanmerking te komen...' Hij hield op met praten. Toen keek hij Theresa aan. 'En als het geld en de positie er niet zouden zijn, is er nog iets anders.'

'De doktoren zijn het er niet over eens...'

'Er zijn er genoeg die dat wel zijn,' zei hij grimmig. 'Dus hoe kan ik dat risico nemen?'

Later, alleen in zijn slaapkamer, dacht hij voor de zoveelste keer, aan zijn ontmoeting met Eva Maclise eerder die dag. Hij had door het raam op zijn kantoor gekeken en haar uit de ovenruimte zien komen. Ze had een strakke, blauwe bloemetjesrok met een witte blouse gedragen. Haar jasje, dat ze uit moest hebben getrokken vanwege de hitte bij de ovens, hing over een arm. Slierten donker haar hadden aan haar gezicht, dat rood was van de hitte, gekleefd. Hij had even naar haar gekeken, had haar uiterlijk in zich opgenomen en toen was hij naar buiten gelopen om haar te ontmoeten.

Het was de herinnering aan hun gesprek die maakte dat hij zijn vuisten balde en kwaad tegen de muur sloeg. 'Overtreedt u nooit eens een regel, meneer Foley? 'had ze hem gevraagd en hij had geantwoord: "Nee, nee, nooit." Wat de waarheid was. Zijn vader had regels overtreden en daar betaalde het gezin nog steeds voor, en dat zouden ze waarschijnlijk de rest van hun leven blijven doen.

Maar hij had in de ogen van Eva Maclise gezien dat ze hem bekrompen, conventioneel en saai had gevonden. Zijn vuisten ontspanden en hij ging op de rand van zijn bed zitten. Zo bekrompen was hij niet, dacht hij bars. Verliefd worden op de dochter van de baas... dat was niet bekrompen. Alleen belachelijk.

Philip ging na de zomer naar kostschool. Vier weken na de voorjaarsvakantie ontvingen ze een telegram van het schoolhoofd dat Philip werd vermist. Joshua gromde van ongenoegen en sprong op een trein naar de jongensschool in York. Toen hij de volgende avond thuiskwam, hoopte Clemency dat hij Philip bij zich zou hebben. Maar Joshua was alleen: toen hij in de hal zijn hoed en shawl af deed en die aan Edith gaf, zag Clemency de diepe vermoeidheidslijnen in zijn gezicht.

Toen Joshua bij het vuur zat, met een glas whisky in zijn ene hand en een sigaret in de andere, vroeg ze: 'Hebben ze hem gevonden, vader?'

Joshua schudde zijn hoofd. 'Nee, lieverd.' Hij pakte haar hand.

'Kijk maar niet zo bezorgd, Clemmie. Hij duikt ongedeerd weer op, dat beloof ik je.'

Ze sprak haar grootste angst uit, die ze midden in de voorgaande nacht had gevoeld, toen ze wakker lag en zich afvroeg waar Philip was. 'Maar vader... misschien is hij wel ontvoerd!'

Hij glimlachte gespannen. 'Nee, lieverd, hij is niet ontvoerd, dat weten we zeker, hoewel we verder geen idee hebben wat er is gebeurd.' Hij klopte op de armleuning van zijn stoel; Clemency ging naast hem zitten. 'Ik denk niet dat ontvoerders zijn jas, geld en zakmes zouden hebben meegenomen, en het eten uit zijn snoeptrommel. Nee, die stomme snuiter is weggelopen.'

'Weggelopen...'

'Ja. Hij is hem gesmeerd.' Joshua nam een trekje van zijn sigaret. 'De schoolleiding vertelde me dat de jongens 's avonds hun hobby mogen uitoefenen: modelschepen bouwen, pianospelen, dat soort dingen. En toen Philip niet kwam opdagen, namen zijn docenten aan dat hij ergens anders was... Zoals je je wel kunt voorstellen, heb ik hun even verteld hoe ik daarover denk! Verrekte slordig, excuseer mijn taalgebruik, Clemmie, maar dat was verrekte slordig. Ze hebben natuurlijk eerst op school gezocht, dus tegen de tijd dat ze beseften dat hij weg was, kan hij al kilometers ver zijn geweest.' Joshua staarde peinzend naar zijn glas whisky. 'Die idioot van een dokter zegt tegen me dat ik minder moet drinken!' mompelde hij geïrriteerd. 'Die kans is klein, met zo'n gezin! Jij niet, Clemmie, jij bent een goed meisje. Maar goed, die kerel, het schoolhoofd, meneer Gibson, de oude duivel, houdt ervan op je neer te kijken en hij zei dat Phil moeilijk is...' Joshua maakte zijn half opgerookte sigaret razend uit in de asbak en knoeide as op het tapijt, '...Phil! Moeilijk! Belachelijk! Die jongen doet geen vlieg kwaad!'

Joshua hield op met praten en staarde razend in het haardvuur. Clemency vroeg: 'Denkt u dat hij naar huis zal komen, vader?'

'Ik kan me niet voorstellen wat hij anders zou moeten doen.

Het schoolhoofd zei dat hij nogal een eenling is. Dat hij niet in de groep paste. Terwijl ik toch dacht dat dat het hele idee was van kostschool. Hun leren in te passen!'

'Maar Aidan...'

'Aidan!' Joshua maakte een snoevend geluid. 'Aidan heeft Phil geld geleend! Voor de trein waarschijnlijk, hoewel hij beweerde dat hij het niet wist. En hij heeft hem nog om rente gevraagd ook, de vrek! En nu...' Joshua stond moeizaam uit zijn stoel op, '...moet ik met je moeder gaan praten. Ik hoop maar dat ze hierdoor geen terugval krijgt.'

Clemency werd midden in de nacht wakker, ze wist niet waarvan. Ze stond op, liep naar het raam en keek naar buiten. In eerste instantie zag alles er zo uit als altijd: de boomgaard, de kale boomtakken met een glanzend laagje rijp erop en de bloembedden met hun verschrompelde overblijfselen van chrysanten en herfstasters.

Toen werd haar aandacht getrokken door licht in het tuinhuisje. Ze knipperde met haar ogen en staarde ernaar. Ze trok een trui over haar nachtpon aan, sloeg haar ochtendjas om zich heen, stapte met haar blote voeten in haar schoenen en ging naar buiten, de scherpe, koude nachtlucht inademend. Toen ze vlak bij het zomerhuisje was, vroeg ze zich ineens af of ze een haardpook had moeten meenemen. Wat als een zwerver, of misschien zelfs een inbreker, zich daar verstopte?

Ze duwde de deur open en gaf een gedempte gil toen ze de ineengedoken figuur achter in het huisje zag zitten. Toen riep ze: 'Phil!'

Hij grijnsde. 'Hallo, Clemmie.'

'Phil, godzijdank ben je ongedeerd!' Ze sloeg haar armen om hem heen. 'Maar wat doe je hier? Waarom kom je niet binnen? Je hebt het vast ijskoud!'

'Dat maakt me niet uit. Zo erg is het niet.'

Philip droeg zijn winterjas over zijn schooluniform, en zijn shawl was een paar keer rond zijn nek gedraaid. Zijn haar stak in warrige plukjes omhoog en hij zag er vies en ongewassen uit. Hij had op een oud tinnen dienblad een vuurtje gemaakt van takjes en bladeren. Op een omgekeerde theekist naast het vuur stond een kaars en er lagen wat toffeepapiertjes en de overblijfselen van een krentencake.

'Phil,' zei ze vriendelijk. 'Kom alsjeblieft naar binnen.'

Hij schudde zijn hoofd. Clemmie ging naast hem op de vloer zitten. 'In de slaapzalen op school is het net zo koud als hier, Clemmie.'

'Phil, iedereen was zo bezorgd om je!'

'Ik wilde niet dat jullie je zorgen maakten. Is vader boos?'

'Die is altijd boos als hij zich zorgen maakt. Dat weet je.'

'Ik kon het gewoon niet meer aan, daar.'

'Vond je het zo erg? Zijn het de lessen? Kun je de lessen niet bijbenen?'

'O, de lessen gingen wel. Maar als je goed bent in leren, vinden ze je niet aardig. Dan noemen ze je een studiebol.'

'Ze...?'

'De andere jongens. De belangrijke jongens.'

Clemency dacht aan Philips aangeboren onhandigheid, zijn onbekwaamheid met het vangen van een bal. 'Is het sport? Ben je slecht in sport?'

Hij haalde zijn schouders op. 'Dat is vrij vreselijk. Vooral boksen.'

'Boksen?'

'Zo'n stomme sport: mensen slaan.'

'En... en lachen de andere jongens je uit?'

'O, ja.' Hij zat met zijn vieze vingers met zijn schoenveters te spelen. 'Die zeggen dat ik niet patriottistisch ben.'

'Niet patriottistisch?' herhaalde Clemency uitdrukkingsloos.

'Omdat ik zei dat ik vechten stom vind. Oorlog, bedoel ik.' Hij voegde met een plotselinge passie toe: 'Nou, dat is echt zo, Clemmie. Oorlog is net zo stom als boksen, alleen gaan er meer mensen van dood. Als niemand zou vechten, zou er ook geen oorlog zijn, toch?' Hij staarde naar de vloer en mompelde: 'Ze vinden me een lafaard. En het probleem is dat dat zo is, ik ben ook een lafaard. Ik heb er zelfs een hekel aan om toe te kijken als de anderen vechten. Alle anderen vinden vechten leuk. Dus dan moet ik wel een lafaard zijn, toch?'

'Ben je daarom weggelopen?'

'Ik had maar geld tot Doncaster. Dus toen ben ik liedjes gaan zingen om meer te verdienen.'

'Heb je gezongen?'

'Voornamelijk hymnen. Mensen deden geld in mijn pet. Maar toen kwam er een agent en die zei dat ik moest wegwezen. Ik ben op de bus naar Rotherham gestapt en toen heb ik vreselijk lang gelopen. Ik zit onder de blaren,' zei hij trots, en hij trok zijn sok naar beneden om ze aan Clemency te laten zien. 'Toen heb ik van iemand een lift op zijn kar gekregen, daarna heb ik weer kilometers gelopen en nu ben ik hier.'

'Maar Phil... waar heb je dan geslapen?'

'De eerste nacht in de wachtkamer op het station.' Hij keek ineens schuldbewust. 'Ik heb gezegd dat mijn tante was overleden en dat ik naar huis moest voor de begrafenis. Dus toen mocht ik er slapen. Wel een slechte leugen, hè?'

'Phil,' zei ze, 'Hoe kun je jezelf nu een lafaard vinden, na zo'n reis, helemaal alleen?'

'Ik ben toch weggelopen? Ik weet zeker dat ze gaan zeggen dat dat laf is.'

Het vuur was uitgedoofd en alleen een bergje smeulende kooltjes restte. Clemency had kippenvel op haar blote benen onder haar nachtpon. 'Als je nu eens mee naar binnen komt, Phil, dan maak ik warme chocolademelk voor je, goed?' probeerde ze hem te lokken. 'Dat is beter dan hier bevriezen.'

Hij zag er bang uit. 'Vader is boos op me, hè?'

'Ik praat wel met hem. Ik beloof je dat het allemaal goed komt.'

'Vader gaat me terugsturen, hè?'

'Dat weet ik niet, Phil,' zei ze verdrietig. 'Waarschijnlijk wel.'

Even later stond hij op en volgde haar naar binnen. Ze stond de volgende ochtend vroeg op zodat ze vader over Philip kon vertellen voordat hij naar zijn werk ging. Er was de voorspelbare woede-uitbarsting en daarna de opluchting en toen zei Clemency ferm: 'Ik vind dat hij een paar dagen thuis moet blijven. Hij is vreselijk moe en misschien wordt hij verkouden. En ik moet iets doen.'

De volgende dag ging Clemency met Philip naar de opticien in het centrum van de stad. Die gaf hem een bril, die Clemency betaalde met geld voor een nieuwe jurk. Op weg naar huis zat Philip met zijn gezicht tegen het raam van de tram gedrukt. 'Moet je die geweldige auto eens zien... en die...'

Ze vertelde Ivor over Philip. Ivors chocoladebruine ogen werden groter. 'Die arme jongen! Wat afschuwelijk! Ik had ook zo'n hekel aan kostschool. Ik mocht na een jaar weg van mijn moeder omdat ik te gevoelig was. Ze heeft me thuis lesgegeven en ik had natuurlijk mijn muzieklessen.'

Toen vroeg Clemency naar Rosalie. Ivors mondhoeken trokken naar beneden. 'Die arme Ro heeft zo'n hekel aan de winter. Ze is ervan overtuigd dat ze niet nog een Engelse winter overleeft. Ze wil dat we volgend jaar weer naar Zuid-Frankrijk gaan. We zijn er al eens geweest en het was zo saai, Clemency, weg van al mijn vrienden, en alleen een afschuwelijke piano in het pension om op te oefenen. En ik heb geen idee hoe we het moeten betalen. Dat heb ik tegen Rosalie gezegd, maar die lijkt me niet te horen.'

Hoewel Clemency Rosalie nog nooit had gezien, stelde ze zich haar voor als een verwende, egocentrische vrouw die misbruik maakte van Ivors goede hart. En daarmee had Rosalie Ivor de carrière en erkenning ontnomen die hij anders zou hebben genoten. Clemency had heimelijk een hekel aan Rosalie.

In eerste instantie had Lilian haar afkeuring uitgesproken over Clemency's concertbezoeken. 'Je bent absoluut niet muzikaal, Clemency,' had ze haar erop gewezen. 'Marianne is altijd de muzikaalste geweest.' Maar Clemency bleef naar Ivors concerten gaan. Ze zou Ivor niet zo gemakkelijk opgeven als ze dat met school, haar vriendinnen en iedere kans op een leven buitenshuis had gedaan. Iets weerhield haar toegeeflijk te zijn toen Lilian haar tactiek veranderde en zielig fluisterde: 'Laat je je arme moeder weer alleen, lieverd? Ik ben de laatste tijd vaker alleen dan dat ik gezelschap heb.' Clemency schudde de kussens op, zorgde dat de pillen en druppels bij de hand stonden en herinnerde haar moeder eraan dat mevrouw Catherwood bij haar op bezoek kwam. Lilians gesteun volgde haar de deur uit. 'Maar Lucy is zo saai, lieverd, vergeleken bij jou!'

Maar pas toen ze ruziemaakte met Vera ging ze Ivor als iets anders dan een vriend zien. Ze had Vera de hele winter maar af en toe gezien en die enkele keren was Vera opvallend afstandelijk geweest. Clemency besloot met Vera te gaan praten om erachter te komen wat er aan de hand was. Eind maart ging ze op een middag naar Vera, die in haar moeders winkel aan Bridge Street was. De winkel had de donkere, stoffige uitstraling van een olifantenstal, vond Clemency. Krukjes op drie poten, versierd met geschilderde bloemen, stonden met geborduurde tafelkleedjes erop tegen imitatiemarmeren schoorsteenmantels. Er leken nooit klanten te zijn.

Vera zat in een hoek van de ruimte een plantentafeltje te vergulden. Clemency zei opgewekt: 'Hallo, Vee.'

Vera keek op en zei: 'O, ben jij het,' en ze ging verder met haar werk.

'Ik heb je gemist bij Ivors laatste concert.'

'O ja?'

Clemency raakte van haar stuk door Vera's koele toon. 'Ivor vroeg zich af waar je was,' zei ze.

'Ik neem aan dat je er wel voor hebt gezorgd dat hij zich daar niet al te veel zorgen om hoeft te maken!' Vera lachte schril.

'Vee...'

Vera's gezichtsuitdrukking veranderde. 'Ik begrijp niet dat je hier durft te komen!' Ze legde met een klap haar kwast op het tafeltje; goudverf spatte op de vloer. 'Lieve kleine Clemmie!' snauwde ze. 'Juffrouw-ik-ben-de-onschuld-zelve! Nou, ik heb je wel door, hoor!'

'Vera, ik heb geen idee waarover je het hebt...'

'Ik heb het erover dat je Ivor van me afpikt!'

Clemency's mond viel open. 'Van je afpik?'

'"O, Ivor",' imiteerde Vera met een hoog stemmetje, '"ik zet de programma's wel even voor je neer!" Terwijl je heel goed wist dat ik dat wilde doen!'

'Ik dacht dat jij in de winkel moest werken.'

'Ja, dat komt je goed uit, hè, dat mama me hier nodig heeft.' Vera veegde met een doek de goudverf van de vloer. Toen keek ze op en zei fel: 'Je moet niet vergeten dat Ivor is getrouwd, Clemency.'

Het duurde een seconde of twee voordat het tot Clemency doordrong wat Vera bedoelde. Toen schrok ze zo dat ze nauwelijks uit haar woorden kwam. 'Dat speelt helemaal niet... er is echt niets...' De woorden tuimelden haar mond uit.

'Je bent dolverliefd op hem. Dat ziet iedereen.'

'Niet waar.' Clemency vocht tegen de tranen. 'Hoe kun je zoiets vreselijks zeggen?'

'Mevrouw Braybrooke heeft er iets over gezegd. Ik heb haar tegen mevrouw Carter horen zeggen dat je als een puppy achter Ivor Godwin aanloopt.' Vera wendde zich weer tot haar plantenstandaard. Ze voegde sarcastisch toe: 'Je bent altijd al een beetje een voetveeg geweest, Clemency.'

'Ivor is een vriend.'

'O, Clemmie, je houdt jezelf echt voor de gek, hè? Je kunt je

ogen niet van hem afhouden! Je zou alles voor hem over hebben!'
Vera bestudeerde Clemmie minachtend. 'Nou, ik zal je niet in de
weg staan, hoor. Ik hoop me snel te verloven en ik neem niet aan
dat mijn verloofde het op prijs zal stellen als ik achter een getrouwde man aan zit.'

Op weg naar huis, geschokt en in de war, probeerde Clemency
Vera's beschuldigingen weg te wimpelen. 'Je bent dolverliefd op
hem.' Kon ze gelijk hebben? Hield ze van Ivor... en niet alleen als
vriend? Was haar vriendschap met Ivor afkeurenswaardig, smakeloos?

Ze had haar moeder niet over Ivor verteld. Waarom niet? Omdat ze een deel van haar leven gescheiden van haar moeder wilde
houden... of omdat ze wist dat haar moeder dat, heel terecht, zou
afkeuren? Ze wist eigenlijk niet precies, dacht ze verdrietig, wat
liefde was. Ze hield van haar familie en ze had het gevoel dat haar
gevoelens voor Ivor net zo sterk waren als die voor haar broers en
zussen.

Maar hield ze van hem als geliefde? Zou ze, als Rosalie er niet
was geweest, met hem willen trouwen? Ze stond zichzelf terloops
toe zich voor te stellen hoe het zou zijn om met Ivor in een lieve,
kleine cottage te wonen, voor hem te zorgen en hem de liefde te
geven waarvan ze zo langgeleden al had geconcludeerd dat hij die
van Rosalie niet kreeg. Als, wat heel goed mogelijk was, Ivor en
Rosalie naar Zuid-Frankrijk vertrokken, hoe zou ze zich dan voelen? Wanhopig, dacht ze. Zonder Ivor zou haar leven weer helemaal leeg zijn.

Kon ze verliefd op hem zijn? Wilde ze hem aanraken, kussen?
De enige die ze ooit had gekust, waren familieleden en haar liefste vriendinnen. Clemency dacht nu terug aan die keer dat Vera
haar haar lange, nootbruine haar had laten borstelen en haar een
kus op haar kruin had laten geven en ze voelde de tranen weer
achter haar oogleden prikken. Ze moest op haar onderlip bijten
om ze niet de vrije loop te geven.

7

Nadat haar eerste jaar van rouw voorbij was, begonnen vrienden Marianne uit te nodigen voor etentjes en weekendjes op het platteland. Soms was er op die partijtjes een man alleen, een vrijgezel of weduwnaar. Ze wist dat ze het heel goed bedoelden, die mensen die haar wilden koppelen, dat ze dachten dat een nieuwe liefde de enige genezing voor het verlies van de oude was, maar vanbinnen was ze razend om hun stompzinnigheid. Waarom zagen ze niet in dat ze nooit meer zou liefhebben? Welke man kon zich met Arthur meten? En als er in de hele wereld zo iemand was, hoe kon ze er dan voor kiezen zichzelf weer bloot te stellen aan zoveel pijn?

Ze zag aan hun gezichten dat ze dachten dat het beter met haar moest gaan, dat het tijd werd dat het verdriet haar niet meer zo bedrukte. Ze vermoedde dat ze ongeduldig begonnen te worden; het maakte haar kwaad zich af te vragen of ze dachten: ze waren per slot van rekening maar een jaar getrouwd. Ze veronderstelde dat ze wachtten tot ze weer gewoon zou gaan leven, weer de persoon zou worden die ze was voordat Arthur was gestorven.

Ze had slechte en betere dagen. Op de slechte dagen drukte de mist van verlies en depressie op haar en voelde ze een laag duisternis, als een zwarte groef in steen. Ze ging niet naar buiten; op de slechtste dagen kwam ze haar slaapkamer niet uit. Maar de slechte dagen kwamen langzaamaan minder vaak. Ze hield toezicht op het huishouden, ze at en praatte en gedroeg zich sociaal genoeg om te zorgen dat haar zussen zich niet al te druk maakten. Maar ze vond alleen bij de mensen met een soortgelijk verlies iets overeenkomstigs, ze zag verwantschap in hun ogen. Mensen die niet geraakt waren door verdriet, schenen haar naïef toe, alsof ze een essentieel begrip misten.

In april 1912 nodigde de familie Meredith haar uit op Redlands te komen logeren. 'Gewoon een klein samenzijn,' zei Laura Meredith tegen haar, maar toen ze er aankwam, trof Marianne er tot haar ontzetting een huis vol schitterende stellen aan.

Toen ze zich omkleedde voor het diner en uit het raam over de tuinen en het park keek, dacht ze terug aan haar vorige bezoek op Redlands, de aanraking van Arthurs lippen in haar hals, en ze voelde een steek van woede dat herinneringen nog steeds zo levendig en zo pijnlijk konden zijn. Had ze niet genoeg te verduren gekregen? Had ze dat beetje barmhartigheid niet verdiend, de kracht om te kunnen vergeten?

Iets maakte dat ze haar kamermeisje vroeg haar saaie grijze jurk te vervangen door een zilverachtige, zijden japon, en een ketting van maanstenen in haar donkere krullen te vlechten. Tijdens het diner ving een aantrekkelijke man met snor en achterover gekamd haar haar blik, glimlachte en hief zijn glas naar haar op. Teddy Fiske, dacht ze, en ze herinnerde zich de bedreven rokkenjager die ze tijdens haar vorige bezoek aan Redlands in de tuin had ontmoet, en de manier waarop zijn hand te lang had gedraald toen hij haar had helpen opstaan.

Ze liet haar starende blik verder gaan. Een ander gezicht: ze pauzeerde weer. Veel later deed ze moeite zich dat moment te herinneren. Had ze het geweten? Had ze misschien een voorgevoel gehad, van hoe hij haar leven zou vormen, kneden, construeren?

Dat had ze niet. Hij was haar opgevallen omdat hij in de beperkte wereld waarin ze zich bewoog, onbekend was geweest. Hij was haar ook opgevallen omdat hij iets boeiends had... misschien iets engelachtigs dat zich verschool in de lichtheid van zijn haar en ogen tegen zijn gebruinde huid. En hij had een uitdrukking van kracht en macht in zijn brede schouders en in de manier waarop hij achterover zat in zijn stoel, zelfbeheerst, stil, observerend.

Na het eten leek het feest uiteen te vallen: twee of drie stellen gingen naar de plantenkassen om gillend van plezier op zoek te gaan naar ananassen; anderen gingen kaarten om een hoge inzet; en de minnaars verdwenen natuurlijk in tweetallen naar schaduwrijke hoekjes of gingen op fluwelen sofa's in weinig gebruikte kamers liggen. Marianne dwaalde alleen door het huis. Ze liep een hoek om en haar blik werd getrokken door een witte glans door een open deur. Ze liep de kamer binnen en bekeek de sculptuur die op een bijzettafeltje stond. Maanlicht viel op vier dansende, marmeren figuren. Golven stof en lokken haar waren in een moment van plezier en ongeremdheid versteend, als door de starende blik van een basilisk.

Toen ze voetstappen hoorde, keek ze om en zag Teddy Fiske.

'Mevrouw Leigthon,' zei hij. Zijn hoofd hing opzij terwijl hij haar opnam. 'Bent u alleen?'

'Zoals u ziet.'

Hij deed de deur achter zich dicht. 'Wat een aangename verrassing u hier te vinden.'

'Is dat zo?'

Hij kwam naast haar staan. 'Sigaret?' Hij bood haar zijn doosje aan, stak twee sigaretten op en leunde tegen de rand van de tafel om naar buiten te kijken. Rook dreef langs de stralen maanlicht; ze had het elektrische licht niet aangedaan.

Hij zei: 'Deze weekends kunnen vreselijk saai zijn, hè? Dezelfde mensen en dezelfde gesprekken.'

'Waarom komt u dan?'

'Ik ben altijd op zoek naar leuke afleiding.'

Afleiding, dacht ze. Dat heb ik nodig. Iets nieuws om over de herinneringen te leggen, zoals je een muur behangt. Iets om de laagjes huid tot litteken te maken, gebobbeld en lelijk, om het hart te verzegelen.

Ze zei onderkoeld: 'Wat voor soort afleiding?'

'O, gewoon.' Hij maakte zijn sigaret uit. 'Het gebruikelijke.'

'Is er een gebruikelijke soort?'

'Nou, dat zal wel een kwestie van smaak zijn. Maar het een ligt me beter dan het ander.' Hij keek haar terloops aan. 'U gokt niet, mevrouw Leighton, en u danst niet. Dus neem ik aan dat u die zaken, net als ik, onbevredigend vindt.'

Toen ze geen antwoord gaf, zei hij zacht: 'Mag ik iets anders voorstellen?'

Hij liet zijn vingers over de rug van haar hand glijden. Ze duwde hem niet weg, maar bleef bewegingloos staan, passief, afwachtend. Zijn handpalm gleed over haar arm; een vingertop volgde de kromming van haar hals en schouder. Ze vroeg zich af of ze iets voelde. Ze vroeg zich af of vlees in staat was vlees te beroeren op de manier zoals dat eerder was gebeurd.

De deur ging open; het plotselinge licht schokte haar en ze deinsde terug. De man met de bleke ogen die ze tijdens het diner had opgemerkt, zei met een lijzige stem: 'O, sorry. Ik dacht dat de kamer leeg was.'

'Melrose,' mompelde Teddy Fiske. 'Je hebt een verrekt slechte timing.'

Marianne mompelde een snel excuus en rende de kamer uit. Boven deed ze haar slaapkamerdeur op slot. Ze riep haar kamermeisje niet, maar rukte haar jurk los en trok de spelden zelf uit haar haar. Maanstenen vielen op het kleed en ze zat er ineengedoken op het bed naar te staren. Zou ze daar zijn blijven staan, met zo'n ongenadig hart en even onbeweeglijk als die stenen meisjes? Zou ze zich door Teddy Fiske hebben laten verleiden?

Er werd op de deur geklopt; een stem mompelde haar naam. Ze staarde naar de deurklink, die op en neer bewoog. Ze was ineens bang voor zichzelf, bang voor het verdriet en de woede die in haar opborrelden, die ervoor hadden gezorgd dat zij, Marianne Leighton, de goede echtgenote en gehoorzame dochter, de regels had overtreden, dat ze had gechoqueerd en geprovoceerd. Wat een wanhoop, dacht ze, en ze knielde op de grond om de maanstenen van de vloer te rapen terwijl ze de voetstappen zachter hoorde worden, weglopend van haar deur.

Haar straf was een vermoeiend spelletje verstoppertje met Teddy Fiske. Tegen de middag had ze hoofdpijn en was ze er nerveus van; ze voelde zich moe en niet zichzelf.

Het was mooi tennisweer; Laura Meredith kondigde aan dat er koppels moesten worden gevormd. Marianne glipte weg, liep tussen struiken en bloembedden, op weg naar het toevluchtsoord van het laantje met de haagbeuken. Tegen de tijd dat ze meneer Melrose opmerkte, bij de ingang van het laantje, was het al te laat om hem te negeren.

Hij riep naar haar: 'Tennist u niet?'

'Ik haat tennis.' Ze keek snel over haar schouder naar de velden.

'Maakt u zich geen zorgen, volgens mij heeft uw bewonderaar u niet gezien.' Zijn blik rustte op haar. 'Tenzij u wilt dat hij achter u aan komt.'

'Absoluut niet.' Ze zei aarzelend: 'Gisteravond...'

'Mijn excuses als ik iets heb verstoord.'

'Dat hebt u niet. Hij is een verachtelijke man.'

'En het soort dat denkt onweerstaanbaar te zijn in een tennistenue. Zijn ijdelheid zal hem niet toestaan u te achtervolgen.'

De botjes in zijn gezicht waren fijn getekend en zijn mond was welgevormd en sensueel. Het viel haar op dat hij geen blauwe ogen had, zoals ze had aangenomen, maar dat ze een bleek, wolkachtig grijs waren, de kleur van maanstenen. Ze zei plotseling gepassioneerd: 'Deze plek... dit huis... ik haat het hier!'

'Waarom blijft u dan?'

'Om tijd te verdrijven.' Ze fronste haar wenkbrauwen. 'Zo. Nu klink ik als meneer Fiske. Wat walgelijk!'

'Zijn *ennui* is geoefend... een pose. Die van u is oprecht.'

'Ik vertrek morgen. Ik had nooit moeten komen. Excuseert u me.'

De ineengevlochten haagbeuken torenden boven haar uit en hun jonge blaadjes vormden lichtgroene muren. Tranen prikten achter haar oogleden; ze drong ze terug terwijl ze zich over het laantje haastte.

Ze had aan hem willen ontsnappen, maar ze zag dat hij haar bijhield. 'Het spijt me,' zei hij. 'Wat onbeleefd van me. Ik kan me helemaal niet herinneren of ik aan u ben voorgesteld. Ik ben Lucas Melrose.'

Ze vertelde hem haar naam. Hij zei: 'U bent weduwe, toch?' en keek haar steels aan.

Ze zei scherp: 'Dat geeft niet, meneer Melrose. U mag direct zijn. Dat heb ik graag. Velen omzeilen het onderwerp. Misschien zijn ze bang me overstuur te maken. Misschien denken ze dat ik de dood van mijn man zou zijn vergeten als zij me er niet zo tact-loos aan hielpen herinneren.' Ze was even stil, en ze greep met beide handen haar parasol, nogmaals bang dat ze versplinterde, fragmentariseerde, niet in staat zich langer aan de regels van de fatsoenlijke maatschappij te houden. 'Dat had ik niet moeten zeggen,' mompelde ze. 'Ik weet dat mensen het goed bedoelen. Ik zou dankbaar moeten zijn voor hun bezorgdheid.'

'Moet dat?'

Ze voelde zich ongemakkelijk door zijn vraag en de directheid van zijn starende blik. 'Natuurlijk moet ik dat. Het is niet hun schuld dat mij iets vreselijks is overkomen, dus waarom zou ik kwaad op hen zijn? Het ligt aan mij dat ik niet langer tevreden ben. Dat ik gezelschap... onbevredigend vind.'

'Dit gezelschap in het bijzonder... of al het gezelschap?'

Ze begon sneller te lopen, wanhopig verlangend naar de stilte van haar kamer. Toen veranderde er iets in zijn gezichtsuitdruk-king en hij zei: 'Vergeef me. Ik heb u van streek gemaakt.'

Ze schudde haar hoofd. 'Het ligt niet aan u, meneer Melrose. Mijn echtgenoot, Arthur, is bijna achttien maanden geleden overleden. En mensen zeggen steeds tegen me dat ik opnieuw moet beginnen, alsof mijn leven als een gebroken vaas kan worden gelijmd. Ik heb de uitnodiging van de familie Meredith aangenomen omdat ik vond dat ik mijn best moest doen. Maar ik besef nu dat ik er nog niet aan toe ben in gezelschap te verkeren.'

'Misschien doet u op de verkeerde manier uw best.'

'Hoe bedoelt u?'

'Misschien probeert u uw oude leven weer terug te krijgen, wat onmogelijk is. Misschien moet u op zoek gaan naar iets nieuws, iets anders.'

Ze dacht er even over na. Ze staken het grasveld over, op weg naar de trap aan de voorkant van het huis. Ze hoorde hem zeggen: 'Maar wat impertinent van me om u te adviseren. Ik verzeker u dat ik normaal gesproken niet zo vervelend ben, mevrouw Leighton. Ik ben bang dat ik momenteel mezelf niet helemaal ben.'

Ze zei beleefd: 'Het spijt me te horen dat u onwel bent, meneer Melrose.'

'O, ik ben kerngezond. Maar ik heb vreselijke heimwee.'

'Waarnaar?'

'Ceylon.'

Toen ze hem verrast aankeek, begon hij te lachen en zei: 'Wat verwachtte u dat ik zou gaan zeggen? Hampshire? Of Surrey?'

'Ceylon.' Ze dacht dat dat zijn anders-zijn en haar gevoel dat hij net als zij een buitenstaander was, kon verklaren.

'Ik heb er een theeplantage in de hooglanden,' legde hij uit. 'En dit...' zijn starende blik ging over de gazons, de bloembedden, eiken en beuken, 'dit lijkt daarbij vergeleken allemaal zo kleurloos.'

'Woont u uw hele leven al in Ceylon, meneer Melrose?'

'Ik ben er geboren. Ik ben hier een paar maanden, deels voor zaken en deels vanwege persoonlijke redenen.'

'Hebt u familie in Engeland?'

'Schotland,' corrigeerde hij haar. 'Mijn familie komt uit Schotland, uit de buurt van Aberdeen. Waar komt u vandaan, mevrouw Leighton?'

Ze waren bij het terras aangekomen. 'Ik ben in Sheffield geboren,' zei Marianne. 'Lang niet zo romantisch als Ceylon, ben ik bang.'

Ze namen bij de voordeur van het huis afscheid. Hij gaf haar een hand: ze nam hem kort aan; hij voelde koel en droog, alsof de warmte van de dag hem niet had geraakt.

Toen ze een paar dagen later terugkwam naar Londen, hoorde Marianne het eerste nieuws over de ondergang van de *Titanic*. Gedurende de daaropvolgende dagen werd de enormiteit van de tragedie duidelijk. Toen het grote schip, kapotgeslagen door een ijsberg, was gezonken, waren vijftienhonderd mensen omgekomen. Voor het eerst sinds de dood van Arthur voelde ze dat nieuws uit de buitenwereld haar echt raakte. Ze stelde zich de gruwelen voor van het moment dat de achterblijvers op het schip hadden beseft dat hun dood op handen en onontkoombaar was. Die laatste keuze: wanneer en hoe te sterven: zich vastklampend aan de reling van het zinkende schip dat aan zijn lange val richting de zeebodem begon, of van de voorsteven afspringend, de golven in. Die laatste lange vlucht door de lege lucht. Dan de schok van het ijskoude water in de ogen, neus, mond. Dan niets meer.

Gabriel was eerder dat jaar naar het continent vertrokken. Hij had Eva niet gevraagd met hem mee te gaan. In plaats daarvan had ze zomaar tegen hem gezegd: 'Maar een paar dagen... Ik kan met je meegaan tot Dieppe.' Ze had de smekende toon in haar stem gehaat. 'Een andere keer, popje,' had Gabriel vaag geantwoord. 'Ik heb het aan Max beloofd, weet je wel?'

Val Crozier, de vriend van Gabriel en Sadie op Greenstones, stuurde Eva een briefje met een uitnodiging met hem te gaan eten.

Ze ontmoette hem in een cafeetje in Frith Street. Ze maakte uit de glinstering in zijn ogen en de lichte onhandigheid van zijn bewegingen op dat hij al had gedronken.

'Eva.' Hij gaf haar een luidruchtige kus op haar wang. 'Hoe is het?'

'Prima.' Ze bestelden biefstuk met aardappels en een fles rode wijn. 'En met jou, Val?' vroeg ze. 'Wat doe jij in Londen?'

'Niets bijzonders. Ik hang wat rond. Ik kon er niet meer tegen op Greenstones.'

'Hoe is het met Sadie?'

Hij haalde zijn schouders op. 'Net als altijd.'

'Ze zal Gabriel wel missen.'

'Dat zal wel. En Max, misschien.' Hij keek steels naar Eva. 'Maar Nerissa niet, lijkt me.'

'Nerissa? Is die ook weg?'

Zijn ogen werden groot. 'Wist je dat niet?'

'Wat?'

'Dat Nerissa met Gabriel en Max naar Spanje is.'

Eva verstarde terwijl ze haar glas naar haar lippen bracht. 'Nee. Nee, dat klopt niet, Val. Gabriel is met Max weg.'

Hij schudde zijn hoofd. 'En Nerissa. Eerlijk gezegd is het een hele opluchting... we hadden allemaal genoeg van haar op Greenstones. Wist je het echt niet?'

Ze schudde verstomd haar hoofd. Het was onmogelijk dat Gabriel Nerissa had meegenomen naar Frankrijk. Val moest zich vergissen. Gabriel kon niet hebben geweigerd haar mee te nemen en dan met Nerissa zijn vertrokken. Eva dronk wat wijn en voelde zich iets rustiger worden. Zelfs als Val gelijk had en Nerissa met Gabriel en Max naar Spanje was, dan moest Nerissa Gabriel hebben overgehaald haar mee te nemen. Ze stelde zich Nerissa voor die hem smeekte met het kinderstemmetje dat ze zo graag gebruikte: 'Neem me met je mee, lieve Gabriel. Ik zal lief zijn, dat beloof ik.'

'Nerissa zal die arme Gabriel wel op zijn huid hebben gezeten,' zei ze. Ze was blij dat haar stem vast klonk en dat ze haar geschoktheid niet verried. 'En ze is dol op reizen.'

'Dus Gabriel is tevreden. Maar Max niet.' Val grinnikte. Het viel Eva op dat zijn blik steeds in haar richting schoot. Hij voegde toe: ik zou geen fâcheux troisième bij dat stel willen zijn.'

'Wat bedoel je?'

'Nou, het is nogal een netelig ménage à trois zo.' Ze zag ineens de onverbloemde minachting in zijn ogen. 'Je weet toch wel dat Max verliefd is op Nerissa, hè?'

'Maar hij is altijd zo... onaangenaam tegen haar!'

'Hij verbergt zijn gebroken hart. De arme stakker is al jaren verliefd op haar,' zei Val hatelijk. Hij schonk hun glazen bij en knoeide met de wijn, die een lelijke, donkerrode vlek op het tafelkleed achterliet. 'Dus je begrijpt wel wat ik bedoel.'

'Nee, niet echt.' Maar toch was ze er plotseling van overtuigd dat ze iets vreselijks te horen zou krijgen. Ze wilde haar handen over haar oren slaan of het café uitrennen.

Val glimlachte slinks. 'Gabriel gaat met al zijn modellen naar bed. En met zijn ex-modellen. Dat weet iedereen.'

Ze staarde hem aan. Toen schudde ze wild haar hoofd. 'Nee.'

Hij knipperde met zijn ogen. 'Bedoel je dat ik het verkeerd begrijp? Doe je het niet met Gabriel?'

Ze voelde dat ze bloosde. Maar ze zei kil: 'Dat is mijn zaak.'

'Is dat zo? Het is ook die van Sadie, hoor, lijkt me.'

Ze keek weg en balde haar vuisten onder de tafel. 'Ik zou nooit iets doen om Sadie moedwillig te kwetsen,' fluisterde ze. 'Dat weet je. Gabriel en ik... we hebben nooit...'

Maar ze hield op met praten, niet in staat haar zin af te maken. Gabriel gaat met al zijn modellen naar bed. Kon dat waar zijn? Zelfs als Gabriel in het verleden van Nerissa had gehouden – ze dacht aan de verleidelijke schoonheid van de Meisje-in-een-rode-jurk-schilderijen en zag ineens in hoe stom het was dat ze het niet had geraden – betekende dat nog niet dat ze nu minnaars waren. Vertrouwen was een onderdeel van de liefde en ze moest Gabriel vertrouwen.

Maar Gabriel had haar verteld dat hij van verscheidene vrouwen had gehouden. Trouw was onbelangrijk voor hem; meer dan dat... hij haatte het. Als hij zijn vrouw al had bedrogen, waarom zou hij dat dan niet ook met zijn minnares doen?

Maar het lukte haar te zeggen: 'Niet Nerissa. Niet nu. Dat bedoelde ik.'

'O Eva.' Het was een uitdrukking van gefingeerd medeleven. 'O jee. Ik dacht dat je het wist. Wat onachtzaam van me dat ik het zomaar zeg.' Toen verhardde zijn stem. 'En wat stom van jou dat je het niet hebt gezien.'

'Dat is niet waar...'

'Vraag het aan Max... vraag het aan Bobbin... als je me niet gelooft. Natuurlijk zijn ze nog steeds minnaars.'

Het was mogelijk dat niets was zoals ze dacht dat het was, dat Gabriel haar had verraden en dat ze samen Sadie hadden verraden. Ze voelde een diepe schaamte. Ze fluisterde: 'Waarom vertel je me dit?'

'Omdat ik dacht dat je het zou willen weten.' Val stak een sigaret op. 'Je kunt het altijd aan Sadie vragen. Als je dat tenminste durft.' Hij haalde zijn schouders op. 'Sadie was slim. Zij was de enige van Gabriels vrouwen die besefte dat hij nooit met haar zou trouwen als ze eerst met hem naar bed zou gaan. Dus heeft ze hem aan het lijntje gehouden totdat ze een ring aan haar vinger had.'

De verbittering in zijn stem maakte dat ze naar hem opkeek en toen begreep ze het ineens. 'Jij bent verliefd op haar. Je bent verliefd op Sadie.'

Hij grijnsde met een verwrongen gezicht. 'Natuurlijk ben ik dat. Waarom denk je dat ik blijf? Je dacht toch niet dat ik ook een van Gabriels volgelingen was?' Zijn gezichtsuitdrukking werd zuur. 'Alsof het zin heeft. Grappig, hè? Jij bent verliefd op Gabriel, Max is verliefd op Nerissa en ik ben verliefd op Sadie. Het lijkt wel een van die achterlijke volksdansen waar Bobbin zo gek op is. De ellende is dat Nerissa Max vaak genoeg in haar bed laat om hem aan het lijntje te houden, terwijl Sadie niets van me wil weten. Die goeie ouwe Val die de varkens voert en de kinderen stilhoudt. Dat is het enige wat ik ben.'

Ze fluisterde: 'En Sadie?'

'O, Sadie heeft altijd alleen van Gabriel gehouden.' Zijn bovenlip krulde. 'Ik vraag me zelfs af of ze veel om haar kroost geeft. Ze adoreert Gabriel, dat is altijd zo geweest. Ze zal alles doen om hem te houden. Een heel nest kinderen en een huis in niemandsland. Ze pikt het zelfs dat zijn minnaressen bij haar inwonen.' Zijn oogleden trilden en maskeerden half de kilte en wreedheid van zijn gezichtsuitdrukking. 'Soms ben ik blij dat hij haar vernedert. Dat betekent dat ze weet hoe het voelt, toch? Om van iemand te houden die niets om je geluk geeft.'

Marianne had de ochtend doorgebracht met Patricia Letherby en zag bij thuiskomst Lucas Melrose op de hoek van de straat staan. Toen hij haar zag, werden zijn ogen groot en stak hij de straat over naar haar toe. 'Mevrouw Leighton. Wat een opmerkelijk en aangenaam toeval.'

'Meneer Melrose.' Ze was geïrriteerd. Dat kwam omdat je iemand met een bepaalde plaats associeert, dacht ze, en dus hoorde meneer Melrose bij Redlands en niet bij Norfolk Square. Ze vroeg: 'Bent u voor zaken in Londen?'

'Ik ben net ontsnapt van een zeer lange ochtend met mijn agenten in Mincing Lane. Ik had behoefte aan frisse lucht, dus ik besloot de buurt wat te gaan verkennen. Maar ik vrees dat ik een vreselijk onwetende provinciaal ben, aangezien ik hopeloos verdwaald lijk te zijn.'

'Kan ik u helpen? Naar welke straat bent u op zoek?'

'Het is geen straat, maar een park. Ik wilde naar Hyde Park. Misschien kunt u zo vriendelijk zijn me de weg te wijzen.'

'Dat is hier vlakbij. U gaat aan het einde van de weg rechts, nee links,' haar handen bewogen naar de ene kant en toen naar de andere, 'nee, rechts, dat weet ik zeker...'

'Mevrouw Leighton.' Zijn glimlach werd breder. 'Aangezien ik een onverbeterlijke vrijgezel ben, kan ik niet zeggen dat ik veel vrouwenkennis heb, maar het is me wel opgevallen dat het zwakke geslacht vaak moeite heeft met de weg wijzen.'

'Mijn echtgenoot lachte me er altijd om uit,' gaf ze toe. 'Het lukte me nooit de kaart voor hem te lezen als hij achter het stuur zat. We verdwaalden altijd vreselijk.'

'Dan heb ik een suggestie. Als u mij de eer wilt doen me te vergezellen naar het park hoeft u geen moeite te doen me naar links of rechts te sturen.'

Toen ze aarzelde, maakte hij een snel afwijzend gebaar. 'Nu gedraag ik me aanmatigend, hè? Ik hoop dat u me kunt vergeven, mevrouw Leighton. Ik ben maar een oude plantagebezitter die op zijn manieren moet letten.'

'Helemaal niet.' Ze schaamde zich voor haar gebrek aan vriendelijkheid. Ze deed een poging het goed te maken en glimlachte naar hem. 'Eerlijk gezegd kan ik ook wel wat frisse lucht gebruiken. Ik ben net drie uur op een bijeenkomst van de *Snowdrop Society* geweest. Dat doen wij weduwen... we zitten in besturen en ondergaan oneindig lange vergaderingen over de planning van collectedagen en het organiseren van concertjes. Ik houd de notulen bij. Mijn vriendin, mevrouw Letherby, heeft me overgehaald secretaris van het bestuur te worden. Ik denk dat ze dacht dat het me goed zou doen een bezigheid te hebben. Dat het me afleiding zou geven.'

'En is dat zo?'

'Helemaal niet.' Ze liepen over Sussex Gardens. 'Mijn geest dwaalt vreselijk af en achteraf ontdek ik dat mijn aantekeningen vrijwel onleesbaar zijn. Hebt u weleens geprobeerd de notulen van een vergadering zelf te bedenken?'

Hij schoot in de lach. 'Nee, ik vrees van niet. Ik breng het grootste deel van mijn tijd in de buitenlucht door... op een theeplantage heb je niet al te veel vergaderingen of besturen.'

'Dan hebt u geluk.'

'Als u niet van liefdadigheidswerk houdt, wat wilt u dan doen?'

'O, ik ga naar vriendinnen en familie, regel het huishouden en op zondag ga ik naar de kerk.' Toen ze zijn blik zag, mompelde ze: 'Ik zou tevreden moeten zijn met mijn leven. Ik weet dat het een stuk gemakkelijker is dan dat van de meeste mensen.'

'Maar u bent niet tevreden, hè?'

'Nee, meneer Melrose, dat ben ik niet,' zei ze, en ze had meteen spijt dat ze hem in vertrouwen had genomen. Ze had behoefte zich terug te trekken, afstand van hem te nemen. Haar ellende toegeven aan een man die ze nauwelijks kende voelde ongepast, overdreven intiem.

Maar hij zei alleen: 'Misschien hebt u behoefte aan verandering.'

'In Ceylon is dat misschien anders, meneer Melrose, maar in Engeland heeft een vrouw zoals ik niet veel keus hoe ze haar tijd besteedt. En ik heb helemaal geen talenten. Ik heb vroeger piano gespeeld, maar dat heb ik al meer dan een jaar niet gedaan. En zoals ik al zei, vind ik liefdadigheidswerk saai. Dat zal wel egoïstisch van me zijn, maar het is wel waar.'

'Ik bedoel geen vrijetijdsbesteding. Ik bedoel: wat zou u doen als u iets zou kunnen doen?'

Als ik iets zou kunnen doen, dacht ze met een steek van verlangen, zou ik het verleden uitwissen en Arthur aan mijn zijde hebben. Maar ze zei: 'Niemand doet echt wat hij wil, toch? Andere dingen, plichten, taken en ongeluk belemmeren ons daarin.'

'Ik doe wel wat ik wil.'

'Dan hebt u, zoals ik net ook al zei, geluk.'

'Ik heb nooit in geluk geloofd.' Zijn mondhoek krulde en er kwam iets ongetemds in zijn half samengeknepen ogen terwijl hij zei: 'U moet beslissen wat u wilt en dat ook gaan doen.'

'Dat klinkt nogal... roekeloos.'

'Ja?' Op Redlands was haar ook al opgevallen dat zijn temperament erg veranderlijk was. Zijn gezichtsuitdrukking leek nu lichter te worden en zijn glimlach werd een beetje bemoedigend. 'Het is niet mijn bedoeling fel over te komen. Ik wil er alleen op wijzen dat het leven kort is en dat het belangrijk is het zo aangenaam mogelijk voor jezelf te maken. Dus als u iets zou kunnen doen, mevrouw Leighton, wat zou dat dan zijn?'

Zijn grijze blik rustte op haar en eiste een antwoord. Ze bedacht er een om hem tevreden te stellen, verdere vragen af te houden, om de leegte die ze voelde sinds Arthur was overleden voor hem verborgen te houden.

'Ik denk dat ik zou gaan reizen.'

'Uitstapjes naar het Lake District... of iets verder weg?'

'Daarover heb ik nog nooit nagedacht.'

'Dan moet u dat misschien maar eens doen. Misschien moet u de wereld zien, mevrouw Leighton.'

'Ik zou nooit...'

'Waarom niet? U hebt alleen maar een kaartje voor de boot nodig. Tenzij...'

'Ja, meneer Melrose?'

'U zult zeggen dat ik weer aanmatigend ben.'

'Ik beloof u dat ik me niet beledigd zal voelen.'

'Ik wilde zeggen: tenzij uw man u onbemiddeld heeft achtergelaten.'

'Arthur heeft me heel bemiddeld achtergelaten.'

'Dan hebt u geluk, mevrouw Leighton.'

'Is dat zo?' Ze voelde ineens een golf van woede. 'Ik zou graag iedere penny die ik bezit inruilen voor nog één dag met Arthur!'

'Het spijt me. Nu bent u weer boos.'

'Nee.' Ze zuchtte. 'Helemaal niet. Het lijkt alleen alsof zoveel mensen geld vreselijk interessant vinden en heel veel tijd doorbrengen het te vergaren, terwijl ik het zo... onbelangrijk vind.'

Toen hij geen antwoord gaf, zei ze: 'U vindt me verwend... omdat ik me laatdunkend uitlaat over rijkdom terwijl er zo velen zijn die tekortkomen.'

'Ik denk dat u vergeet welke mogelijkheden geld kan bieden. Of...' hij glimlachte weer naar haar; ze zag zijn witte, gelijkmatige gebit, 'of misschien hebt u nog niet de kans gehad dat te ontdekken. Geld geeft keuze. Het geeft altijd de mogelijkheid dingen te doen die anders niet zouden kunnen. Dat is het belang ervan. En ik wil u nergens toe dwingen, maar het lijkt me toch dat de wereld zien interessanter is dan in besturen zitten.'

Ze liepen over de kiezelpaden waarover ze zo vaak met Arthur had gewandeld. Marianne zei langzaam: 'Ik weet niet of ik dat durf.'

'Alleen reizen?'

Ze bedoelde: ik weet niet of ik de moed heb opnieuw te beginnen, mijn huis te verlaten, mezelf uit te dagen. Dat vraagt om geestdrift, energie, die ik lijk te zijn verloren en waarvan ik niet weet of ik die ooit in grote mate heb gehad.

'U vertelde me dat u uit een groot gezin komt,' zei hij. 'Kan een van hen niet met u mee?'

'Mijn broers en zussen hebben allemaal een druk eigen leven.'

'Volgens mij reist mevrouw Meredith veel.' Hij keek haar van opzij aan. 'Maar zij is geen goede vriendin van u, neem ik aan? Nee, Laura Meredith heeft een oppervlakkigheid die u vermoedelijk niet erg aanspreekt.'

'Laura is een gulle gastvrouw. En ze is uitermate vriendelijk tegen me geweest na de dood van mijn man. Het is alleen dat ze niet... dat ik niet...' Marianne hield op met praten. 'Zoals ik al zei, meneer Melrose, ligt de fout in mezelf. Ik ben niet op zoek naar intimiteit.'

'Maar goed,' zei hij. 'U wilt reizen. Is er nog iets anders wat u wilt, mevrouw Leighton?'

Naast de *Round Pound* stonden twee meisjes te hoepelen. Er dobberden speelgoedjachtjes op het water en jongetjes in matrozenpakjes zaten gehurkt aan de rand van de vijver in hun handen te klappen van opwinding. Marianne keek naar hen en voelde een verlangen dat zo intens was dat ze haar ogen even sloot en zich bijna duizelig voelde.

Ze lachte licht. 'Ik heb echt geen idee,' zei ze terwijl ze haar parasol opstak om haar gezicht te beschermen. 'En nu hebben we het alleen maar over mij terwijl ik het veel liever over u heb. En Ceylon. Vertel me eens over Ceylon, meneer Melrose.'

In december 1911 had Iris haar opleiding afgerond en was ze gediplomeerd verpleegster geworden. Enkelen van de andere meisjes uit haar groep hadden kort nadat ze hun diploma hadden behaald het ziekenhuis verlaten. Charlotte werd privé-verpleegster in België. Toen ze haar vriendin ging uitzwaaien bij de boottrein op Victoria, omhelsde Iris haar innig, en drong het tot haar door hoe erg ze Charlotte zou gaan missen. Charlottes gezicht, onder een triest onflatteuze hoed, was bevlekt met tranen. 'Je schrijft me toch wel, hè? Je moet me beloven dat je me zult schrijven!'

Iris was in het Mandeville gebleven. De pas gediplomeerde verpleegsters kregen vier weken vakantie. In januari was Iris naar Summerleigh gegaan, waar ze haar oude vriendinnen had bezocht en naar bals, diners en een hele reeks feesten ging. Het was heerlijk bij niemand verantwoording af te hoeven leggen en het was een ongewoon, bijna zondig genot om 's ochtends uit te slapen zolang ze maar wilde.

Maar na twee weken begon er iets aan haar te knagen. De ochtenden die ze doorbracht met het versieren van hoeden en het helpen van Clemency met het huishouden leken oneindig lang te duren. Ze voelde dat ze terugglleed nu ze nogmaals geketend was

door de goedbedoelde bewaking die elke dochter uit de midden-
klassen ten deel leek te vallen. Ze besefte dat ze het Mandeville
miste en vroeg zich af of ze veranderde in zo'n saaie ziekenhuis-
verpleegster met eksterogen, rode, ruwe handen en een opgewekte, verstandige glimlach.

Ze kon niet zeggen wanneer ze het verplegen leuk was gaan vinden. Het leek geleidelijk aan over haar heen te zijn gekomen, in
eerste instantie af en toe, en toen was het tot haar doorgedrongen
dat een uur, een ochtend, een hele dag was voorbijgevlogen zonder dat het haar echt was opgevallen. En toen was Arthur overleden. Het belang van reinheid en ontsmetting, in het hoofd van elke
leerling-verpleegster gehamerd door iedere afdelingsverpleegkun-
dige in het Mandeville, was grotesk realistisch geworden door de
tragedie en onzinnigheid van Arthurs dood. En hoewel verplegen
af en toe nog steeds gruwelijk was, was het zelden saai. Ze had
ontdekt dat ze er een hekel aan had zich te vervelen. Als ze terugdacht aan haar leven voordat ze was gaan verplegen, leek dat zo
beperkt, zo onbewogen. Weg van het ziekenhuis miste ze het klet-
sen met de patiënten, het geroezemoes en de gevarieerdheid van
het leven op de afdeling. Ze miste de camaraderie met de andere
verpleegsters. Ze miste het nuttig te zijn, een doel te hebben.

Eind april kwam Eva bij haar op bezoek. Het grijze, regenachtige weer weerspiegelde Eva's terneergeslagen bui. Eva had haar
paraplu vergeten en haar donkere krullen plakten als rattenstaar-
ten tegen haar gezicht. Ze zat op Iris' bed in het verpleegstershuis
halfhartig haar haar af te drogen terwijl een grauw licht door het
raam scheen en de regen hard tegen het glas sloeg.

De inhoud van Iris' naaimand lag over het bed verspreid: stukken lint en kant, spelden met parelknopjes en een zilveren vingerhoed. Terwijl ze een kleur garen koos, zei Iris: 'Vertel me eens
wat er is.'

'Er is niets.'

'Eva.' Iris pakte een hoed uit een doos.

'Mijn schilderwerk. Ik heb de afgelopen avonden tot middernacht doorgewerkt en alles wat ik maak, is hopeloos.'

Iris geloofde Eva geen moment. Eva was niet een type dat zich zo ellendig voelde als haar werk niet goed liep. Maar ze zei: 'Misschien moet je even iets anders doen.'

'Hoe kan dat nu?' schreeuwde Eva kwaad. 'Dat is het laatste wat ik kan doen!'

Eva zag er vreselijk uit, vond Iris, ze had een wit gezicht en rode ogen, alsof ze dagen aaneen had gehuild. 'Waarom ga je niet een tijdje naar huis?'

'Naar huis?'

'Ja, waarom niet? Dat is misschien saai, maar er wordt in elk geval eten voor je gekookt en je bed wordt opgemaakt. En je vindt het altijd leuk om Clemmie en James te zien.'

'Ja, maar vader...'

'Waarom ben je toch altijd zo hard voor vader?'

'Omdat ik weet...' Eva perste haar lippen samen.

'Wat weet je?' Iris stak een draad door haar naald. 'Wat weet je, Eva?'

Eva's kille woorden klonken gedempt door de handdoek die ze voor haar gezicht hield: 'Hij is een leugenaar en een bedrieger. Daarom ben ik zo hard voor hem.'

'Eva.'

'Het is waar.' De handdoek was naar beneden; Iris zag dat Eva bijna weer in tranen uitbarstte. Toen fluisterde ze: 'Ik heb hem gezien.'

'Wat heb je gezien?'

Er viel een lange stilte. Eva draaide een lok haar in een strak, hard knotje. Toen zei ze emotieloos: 'Ik heb vader met mevrouw Carver gezien.'

'Mevrouw Carver?' Het duurde even voordat Iris de naam had geplaatst. 'Die weduwe met dat prachtige haar? En met die twee alledaagse dochters met sproeten?'

'Ik heb hen zien kussen. Twee keer.'

'O.' Iris deed een greep in haar tas met bandjes.

'Is dat alles wat je te zeggen hebt? O?' Eva klonk razend.

'Dus je dacht dat ze een verhouding hadden?'

'Natuurlijk hadden ze dat! Dat zal nog steeds wel zo zijn!'

'Een kus betekent niet vanzelfsprekend dat er sprake is van een verhouding.'

Eva maakte een snoevend geluid. Iris pakte twee linten uit de zak. 'Ik heb heel wat mannen gekust, maar ik heb met geen enkele een verhouding gehad. Het waren gewoon... kussen. Gewoon lol. Het betekende nooit iets.'

Eva beet op haar onderlip. 'Het was de manier waarop ze kusten.'

'Wanneer is dat gebeurd?'

'In de zomer dat we Ash hebben leren kennen.'

Ash. De tuin van Summerleigh, na de regen. Ze had Ash gekust. En toen had hij gezegd: O Iris, waarover zouden we praten, jij en ik?

'Ben je niet geschokt, Iris?' schreeuwde Eva. 'Vind je het niet vreselijk?'

Iris dacht even na en concludeerde dat dat niet zo was, niet echt. Misschien zou ze het wel moeten zijn, maar dat was dus niet het geval, en ze zei tactvol: 'Het is natuurlijk vreselijk voor jou.'

'En voor moeder! Wat als ze erachter komt? Het zou haar einde betekenen!'

'Denk je?' Iris dacht aan Lilian, bleek, fragiel en ongenaakbaar. 'Ik denk dat vader en moeder al jaren geen echt huwelijk meer hebben. Niet meer sinds de geboorte van Philip.'

'Ik zie niet in hoe dat rechtvaardigt...'

'Nee. Maar het maakt het misschien wel begrijpelijk.' Iris hield de twee linten tegen een marineblauwe hoed. 'De bleekroze of de fuchsia? Welke denk jij?'

Eva zag er razend uit. 'Eerlijk, Iris! Je bent af en toe zo... onredelijk!'

'Dat zal wel. Maar toch. En nu moet je me helpen. Jij bent beter met kleuren dan ik. Ik heb bijna een heel weekloon aan die hoed uitgegeven en donkerblauw kan zo'n moeilijke kleur zijn.'

'De fuchsia,' mompelde Eva.

Iris knipte een stuk donkerroze lint af. 'Vader houdt toch van gezelschap? Hij heeft graag mensen om zich heen. Hij haat het om alleen te zijn. En moeder is al jaren geen gezelschap.'

'Dat is toch niet haar schuld? Ze is ziek!'

Er viel een meetbare stilte voordat Iris zei: 'Natuurlijk.'

Eva staarde haar aan. 'Soms heb ik het gevoel dat je het expres niet met me eens bent.'

'Eva, denk eens na. Welke symptomen heeft moeder? Heeft ze uitslag? Geeft ze over? Heeft ze koorts?' Ze schudde haar hoofd. 'Niets van dat alles.'

'Denk je dat ze fingeert...'

'Nee, helemaal niet. Moeder denkt dat ze ziek is en dat is ze op een bepaalde manier ook.'

'Niemand zou ervoor kiezen zoals moeder te zijn!'

'Nee? Zo'n vreselijk leven is het niet. Moeders ziekte betekent dat iedereen voor haar klaarstaat. We doen er alles aan haar niet te belasten. En ze is vrij van haar huishoudelijke verplichtingen. Ik kan me best voorstellen dat de boodschappenlijstjes voor een gezin met tien leden na een tijdje een hele toer worden. Moeder is een intelligente vrouw, maar wat heeft ze ooit voor uitlaatklep gehad voor al die slimheid? Ze kon niet gaan studeren, zoals jij, en ook geen beroep uitoefenen, zoals ik.' Iris vouwde een rozet van het lint.

'Je denkt toch niet dat moeder al twaalf jaar in bed ligt omdat ze... omdat ze het zat is? Of omdat ze zich verveelt?'

'Dat is nogal extreem gesteld, vind je niet? Maar misschien zijn we ook wel een extreem gezin.' Iris keek steels naar Eva... Eva, in haar ratjetoe van felgekleurde wol en fluweel, Eva, die, zoals Iris vermoedde, al een tijdje verliefd was op een totaal ongeschikte man. 'Misschien doen we alleen maar alsof we conventioneel zijn,' zei ze koel. 'Misschien hebben we allemaal onze geheimen.'

Eva werd rood en keek weg. Iris begon de rozet op de hoed te naaien. 'Ik zou toch denken dat jij, Eva, moet begrijpen hoeveel moeite een vrouw moet doen om controle over haar eigen leven te hebben. Jij wijst me er constant op hoe machteloos we zijn omdat we geen stemrecht hebben.'

'Dat zijn we ook!'

'Moeders ziekte heeft haar macht over het gezin gegeven. Geen van ons, zelfs vader niet, durft haar openlijk tegen te spreken. We lopen allemaal op onze tenen en als het slecht met haar gaat, hebben we allemaal een schuldgevoel. En dan Clemency. Ze was dol op school, maar toch heeft ze die zonder morren opgegeven omdat moeder haar nodig had.'

'Dat is helemaal niet onredelijk. Waarom zouden we arme moeder alleen laten?'

'En als Clemency daarmee niet had ingestemd? Of als we met drie zussen waren geweest, wat dan? Zou jij de kunstacademie en de kans op een carrière hebben opgegeven voor moeder?'

Eva werd rood. 'Je vindt me egoïstisch...'

Iris legde de hoed neer. Ze zei vriendelijk: 'Je bent niet egoïstischer dan ik. Goede god, ik ben gaan verplegen om aan moeder te ontsnappen. Van de wal in de sloot, zou je kunnen zeggen.' Na een korte stilte ging ze verder: 'De laatste keer dat ik thuis was, heb ik met moeder gepraat. Ze krijgt al tien jaar dezelfde behandeling: bedrust, isolatie, maar één bezoeker tegelijk, en dat lijkt haar allemaal helemaal geen goed te doen. Ik heb haar voorgesteld eens na te denken over een andere behandeling. Ik was heel vriendelijk en tactvol. Het was gloeiend heet in haar kamer, dus stelde ik voor dat ze zich misschien beter zou voelen als ze wat frisse lucht en beweging zou krijgen. Niet te inspannend om mee te beginnen, eerst een wandelingetje in de tuin en dan iedere dag een beetje meer om haar kracht op te bouwen.'

'Wat zei moeder?'

'Ze zei tegen me dat ik harteloos was. Nou ja, ze is niet de eerste die me daarvan beschuldigt.' Iris dacht terug aan de donkere hitte in Lilians kamer en de hoeveelheid medicijnflesjes op haar kaptafel. 'Moeder neemt iedere dag opiumtinctuur en port. Dat zijn vreselijk achterhaalde behandelingen en de patiënt moet er steeds meer van nemen om het effect ervan te merken. Als ze ze niet meer zou nemen, zou ze zich veel minder suf voelen. Dan zou ze misschien helderder kunnen denken en zich sterker voelen. Maar toen ik haar dat uitlegde, zei moeder dat ze hartkloppingen had en zich zwak voelde. Ze stond me niet toe haar pols op te nemen en die arme Clemency is de rest van de middag bezig geweest haar te kalmeren. En daarna,' Iris pakte de hoed weer op en keek er door half dichtgeknepen ogen naar, 'heb ik het opgegeven.'

Eva zei koppig: 'Ik vind nog steeds niet dat dat een excuus voor vader is.'

'Dat zeg ik ook absoluut niet. Maar ziekte komt moeder goed uit. Het betekent in ieder geval dat ze niet meer kinderen hoefde te krijgen.'

'Kinderen?' Eva keek verward.

'Arme moeder. Zeven in... hoeveel jaar? Veertien? Dat is om het jaar een baby. En dan heeft ze tussendoor ook nog een paar miskramen gehad. Ik zie zulke vrouwen in het ziekenhuis. Ze krijgen kind na kind, en ze zijn nooit gezond omdat ze of in verwachting zijn, net zijn bevallen, of borstvoeding geven. Een tijdje geleden heb ik een vrouw verpleegd die in het ziekenhuis was voor haar tiende. Het was een zware bevalling en toen de baby was geboren, wilde ze er niet eens naar kijken.' Iris zuchtte. 'O Eva, vader is niet perfect, ik moet de man die dat wel is nog ontmoeten. Toen je een klein meisje was, dacht je dat hij perfect was en toen ben je erachter gekomen, op een vreselijke manier, dat hij dat niet is.' Ze gaf de hoed een rukje, ging voor de spiegel staan en zette hem op. 'Heb je iemand anders over vader en mevrouw Carver verteld?'

Eva schudde wild haar hoofd. 'Natuurlijk niet. Ik wilde het jou ook niet vertellen.'

'Mooi. Dat moet je ook niet doen.' Iris bestudeerde haar spiegelbeeld. 'Wat vind je? Chic, of zie ik eruit als een kolenboer?'

De theeplantage van Lucas Melrose in Ceylon heette Blackwater. 'Blackwater was de naam van het Schotse dorpje waarin mijn grootvader is geboren,' legde hij aan Marianne uit. Archibald Melrose, de grootvader van Lucas, was een van vijf broers geweest. De boerderij in Aberdeenshire waar hij was geboren, was te klein om zo'n groot gezin te kunnen onderhouden, dus had Archibald besloten zijn geluk ergens anders te beproeven. Hij was in de jaren dertig van de negentiende eeuw naar Ceylon gegaan. 'Volgens mij is hij verliefd geworden op het eiland,' zei Lucas. 'Aanvankelijk was hij van plan er een paar jaar te blijven, geld te verdienen en terug te gaan naar Schotland. Uiteindelijk is hij nooit meer teruggegaan. Ceylon heeft iets magisch, iets betoverends. De moslimhandelaren die er jaren geleden naartoe zijn gekomen, noemden het Serendib, eiland van juwelen.'

Archibald had zes maanden in een houtzagerij in Colombo gewerkt voordat hij in Kandy koffiebonen was gaan pellen. Uiteindelijk had hij genoeg geld gespaard om land te kopen in de heuvels. Hij begon er een koffieplantage en had, zoals zo vele Europeanen, enorm veel succes tijdens de bloei van de koffiehandel in de jaren vijftig van de negentiende eeuw. Archibald trouwde en kreeg een zoon, George. Blackwater was door zorgvuldig beheer en goede investeringen blijven groeien, zodat de familie Melrose toen Archibald stierf, in het bezit was van 6000 aren land.

Nadat een plantenziekte het eiland in de jaren zeventig van de negentiende eeuw trof, gingen veel van de plantages failliet. Maar Blackwater niet. George Melrose kon nauwelijks het hoofd boven water houden, maar het lukte hem door vasthoudendheid, keihard werken en vooruitziendheid snel van koffie op thee over te stappen. 'Ik was twintig toen mijn vader overleed,' zei Lucas Melrose tegen Marianne. 'Hij was pas vijftig. Hij had tientallen jaren van zonsopgang tot zonsondergang gewerkt, hij had zichzelf doodgewerkt. Hij had bomen gekapt en met zijn blote handen struikgewas uitgetrokken, solitaire olifanten die door de theevelden daverden, doodgeschoten en de bungalow gebouwd waarin ik nu woon. Er was niets wat mijn vader niet deed. Ik heb het aan hem te danken dat ik de plantage nog steeds bezit, terwijl zoveel andere na de plantenziekte door theebedrijven zijn opgekocht. Omdat mijn vader weigerde iets af te staan wat van hem was.'

Hij haalde een leren portefeuille uit zijn zak. 'Wilt u mijn huis zien, mevrouw Leighton?'

Hij gaf haar een foto van een wit gestuukt pand van een verdieping in een tuin. Voor de bungalow lag een zeshoekige veranda; Marianne zag door de open deuren een glimp van een koel, donker interieur met rotanmeubels en bedienden in witte gewaden.

'U zou mijn tuin mooi vinden,' zei hij. 'Mijn moeder heeft de rozen geplant. Ik vrees dat ze nu schandalig worden verwaarloosd. Ik heb verstand van thee, maar niet van rozen. Toen mijn moeder nog leefde, stonden de rozen er prachtig bij.'

'Is uw moeder onlangs overleden?'

'Ik ben haar langgeleden verloren.'

'Wat akelig.'

Zijn ogen knepen zich samen tot er nog maar streepjes kristallijn grijs waren te zien. 'Blackwater ligt zeven kilometer van de dichtstbijzijnde stad vandaan,' zei hij. 'Eerlijk gezegd kun je het niet eens een stad noemen. Er is een station en een bazaar met een postkantoor en er zijn een paar winkels. Behalve dat van mij, staan er op het landgoed alleen huizen van de managers en de koeliehutten. Soms hoor je er midden op de dag alleen maar vogelgezang en het gefluister van de boombladeren.'

Zijn stem raakte haar. 'Het klinkt paradijselijk,' mompelde ze. 'O, dat is het ook.' Hij had een verlangende blik in zijn ogen. 'Ik heb vijfentwintighonderd aren met thee. Ik bezit nog zo'n tweehonderdvijftig aren die braak liggen omdat de heuvels te steil of rotsachtig voor beplanting zijn, of omdat het er te dicht is bebost. En ja, het is er paradijselijk. Ik heb Blackwater altijd als mijn paradijs gezien.'

De handen van Edith, de dienstmeid, waren nu zo gezwollen door reuma dat Clemency 's ochtends hielp tante Hannah aan te kleden. Als Clemency om half acht op de deur klopte, had de oude dame altijd haar petticoats en korset al aan; Clemency vroeg zich weleens af of tante Hannah haar korset ooit uittrok, of dat ze er misschien in sliep. Clemency knoopte Hannahs jurk dicht, die was gemaakt van een roestachtig, groenzwart materiaal dat zo oud was dat het langs de naden was gaan scheuren en rafelen en ze hielp haar met haar kousen en schoenen. Tijdens het aankleden kletste tante Hannah over van alles. Omdat ze vaak niet helemaal wist wie Clemency precies was, en haar met Marianne en Eva en met haar eigen langgeleden overleden zussen verwarde, en omdat ze gebeurtenissen besprak die gisteren hadden kunnen zijn voorgevallen, maar net zo goed tachtig jaar eerder, moest Clemency haar uiterste best doen om de monoloog te volgen. Als Hannah uiteindelijk was aangekleed, nadat Clemency de zakdoek, de cachoupastilles en de kanten handschoenen van de oude dame had gevonden en haar in haar stoel bij het raam had gezet, waren ze allebei uitgeput en Hannah deed vaak een dutje terwijl Clemency naar de keuken rende om te controleren of het dienblad met moeders ontbijt klaarstond.

Hannah was in mei jarig. Niemand wist hoe oud ze was. Zelfs Hannah wist het niet zeker. Clemency had geen idee wat ze zo'n onmetelijk oud iemand moest geven.

Ze vertrouwde Ivor haar probleem toe, die net terug was van een maand in Zwitserland met zijn vrouw. Ze zaten in het theehuis dat ze als hun eigen waren gaan zien. 'We geven tante Hannah normaal gesproken zakdoeken of zeep,' legde Clemency uit. 'Maar ze heeft een lade vol zakdoeken en een heleboel zeep. En Eva koopt altijd briefpapier voor haar en ik heb vorig jaar een nieuwe riem voor Winnie gekocht, en Winnie gaat toch bijna nooit meer naar buiten, omdat ze zo dik is.'

Ivor zei: 'Misschien een uitje in plaats van een cadeau. Ik ben altijd dol op uitjes.'

'Ik ook.' Ze glimlachte naar hem. Ze vond het heerlijk dat ze zoveel gemeen hadden.

'Het is zo'n heerlijk uitje,' zei hij, 'hier met jou.' Hij liet zijn hand over de tafel glijden en hun vingers verstrengelden zich. Hij had prachtige, lange, slanke vingers... de vingers van een musicus, dacht Clemency.

'Ik heb je gemist,' zei ze.

'En ik heb jou vreselijk gemist. Zwitserland... ik haat het daar. Het is er zo ondraaglijk saai.'

'Ik vond het altijd wel leuk klinken. Ik heb nog nooit een echte berg gezien. Derbyshire telt niet, toch?'

De serveerster kwam naar hun tafeltje; Ivor trok zijn hand terug. Hij zei nadenkend: 'Ik denk dat de bergen wel prachtig zijn. Maar het hotel was gruwelijk en er was niemand om mee te praten.'

'Je had Rosalie toch?'

'Rosalie en ik praten niet. Niet echt. Niet zoals wij.'

Clemency vond het heerlijk als Ivor het over 'wij' had. Het gaf haar het gevoel dat ze belangrijk voor hem was. Ivor was zo slim en getalenteerd, hij had zoveel vrienden, van het clubje vrouwen dat regelmatig naar zijn concerten kwam tot de vrienden in Londen bij wie hij op bezoek ging als Rosalie het – hoogst zelden – een paar dagen zonder hem kon stellen. Hoewel Clemency sinds haar ruzie met Vera wist dat ze van Ivor hield, was ze in eerste instantie onzeker geweest over zijn gevoelens voor haar. Maar op een dag, toen ze door de botanische tuinen hadden gewandeld, had hij haar hand gepakt en die gekust. 'Vind je dat erg?' had hij gevraagd, en zij had haar hoofd ontkennend geschud. Ivor zag er opgelucht uit. 'Ik wil je al eeuwen kussen, maar ik wist niet zeker of je het erg zou vinden.'

Sindsdien had hij haar verscheidene malen op haar mond gekust, een vluchtige aanraking van lippen, als de aanraking van een veer. Hoewel ze vanwege hun verantwoordelijkheden nooit veel tijd samen konden doorbrengen, misschien een halfuurtje, een of twee keer per maand, waren die halfuurtjes in Clemency's ogen volmaakt. Als het mooi weer was, wandelden ze in de botanische tuinen; als het regende, gingen ze naar het theehuis op Ecclesall Road. Het was een beetje een smoezelig theehuis, met bruin wasdoek op de tafeltjes en crèmekleurig aardewerk waar schilfers vanaf waren. Niemand wist dat ze ernaartoe gingen. Clemency nam aan dat ze zich schuldig zou moeten voelen dat ze met een getrouwde man in een theehuis zat en onder de tafel zijn hand vasthield, maar dat was niet het geval.

Soms keek Ivor Clemency heel intens aan en zei: 'Als Rosalie er niet zou zijn...' Hij maakte de zin nooit af, maar ze nam aan dat als hij dat had gedaan, dat hij dan zou hebben gezegd dat als Rosalie er niet zou zijn, zij hadden kunnen trouwen. Clemency's afkeer van Rosalie was geleidelijk omgeslagen in walging. Ze had niet gedacht dat het mogelijk zou zijn dat je iemand die je nog nooit had gezien, kon haten. Af en toe stelde Ivor vaag voor dat ze op de thee zou komen om Rosalie te ontmoeten, maar die suggestie werd nooit gevolgd door een echte uitnodiging. In plaats van de echte persoon te ontmoeten creëerde Clemency haar eigen beeld van Rosalie: Clemency stelde zich voor dat Rosalie mooi was, blond, een vrouw die heel wat tijd doorbracht op de bank of chaise longue, omringd door medicijnflesjes.

Als Clemency dacht aan hoe Rosalie constant al Ivors tijd en aandacht opeiste en hoe ze hem als een bloedzuiger al zijn energie en tijd afnam, tijd die hij zou kunnen gebruiken om zijn talent te voeden, voelde ze een golf van woede. Ze stelde zich voor dat ze Rosalie zou vertellen hoe ze echt over haar dacht en hoe ze haar een uitbrander zou geven voor haar egoïsme. De woorden zouden zo vloeiend uit haar mond komen als ze in het echte leven nooit sprak en Rosalie zou huilen, haar excuses aanbieden en beloven in de toekomst minder met zichzelf bezig te zijn.

Maar die fantasie werd steeds vaker verdrongen door een andere, waarin de vermoeiende Rosalie een enorme hoestbui kreeg of vreselijke koorts. Clemency zag voor zich hoe ze Ivor troostte, die arme schat die gebroken zou zijn als Rosalie zou sterven. Ze zou haar armen om hem heenslaan, zijn haar strelen en dan zouden ze elkaar natuurlijk kussen. En dan (de exacte volgorde van de gebeurtenissen was niet helemaal duidelijk), zouden ze trouwen en in Ivors cottage in Hathersage gaan wonen, en dan zou zij hem verzorgen en dan zou hij eindelijk zijn concert kunnen schrijven. Na een tijdje zouden ze een of twee kinderen krijgen. Misschien, als Ivor dat wilde, zouden ze naar Londen verhuizen, waar ze in een mooie tot woonhuis omgebouwde stalling zouden wonen. Zij zou voor het huishouden zorgen en hij zou concerten geven. Het zou perfect zijn.

Hoewel haar fantasieën aangenaam en bevredigend waren, voelde Clemency zich daarna altijd schuldig en beschaamd. Ze wist dat het verkeerd was om iemands dood voor te stellen, en dat het nog veel erger was om iemand dood te wensen. Maar op de dagen dat Ivor er erg moe en wanhopig uitzag, was haar afkeer van Rosalie zo fel dat ze haar bijna zelf zou kunnen wurgen. Soms werd ze bang van de intensiteit van haar haat voor Rosalie. Het was net alsof ze in de jaren sinds ze van school was afgegaan een soort half leven had geleid, alsof ze bijna nooit echt iets had gevoeld. Het leek alsof ze nu ontwaakte, weer tot leven kwam. Voordat ze Ivor had ontmoet, had ze de sterkste gevoelens gehad voor haar vriendinnen, vooral voor Vera. Maar ze had Vera al maanden niet gezien; Vera had haar niet uitgenodigd voor haar bruiloft later dat jaar. Dat Vera's verwaarlozing niet zo'n pijn deed als die ooit zou hebben gedaan, kwam, dat wist Clemency, door Ivor.

Ze volgde Ivors advies op en besloot tante Hannah als verjaardagscadeau mee te nemen voor een ritje in de auto. Vader en James moesten de oude dame in de auto sjorren en Clemency reed heel langzaam en voorzichtig. Toen ze halverwege de heuvel naar beneden waren, zei Hannah: 'Wat een prachtige machine! Dat doet me denken aan mijn eerste treinreis. Wat was dat uitzonderlijk, de bomen en huizen zo voorbij te zien razen.' Clemency zag door de mazen van Hannahs voile de glinstering van genot in haar ogen.

Marianne merkte dat ze begon uit te kijken naar de bezoekjes van Lucas Melrose. Ze had niet beseft hoe routinematig haar dagen waren geworden en hoeveel behoefte ze aan afleiding had. Ze wist nooit precies waarom hij bij haar op bezoek kwam. Omdat hij eenzaam was, concludeerde ze, omdat hij ver van huis was en in Engeland geen familie of vrienden had. Het kwam natuurlijk ook bij haar op dat hij haar aantrekkelijk zou vinden. Maar als dat zo was, merkte ze er weinig van. Hij was altijd formeel, flirtte nooit, sprak haar altijd aan als mevrouw Leighton en vroeg nooit of hij haar Marianne mocht noemen. Hij raakte haar nooit aan behalve om haar bij aankomst en vertrek een hand te geven of haar in een koets te helpen. Zijn bezoekjes waren kort en niet zo frequent dat ze saai werden.

Hij vertelde haar meestal over Ceylon. 'Op het moment dat je schip in Colombo aanmeert,' vertelde hij haar, 'word je overvallen door de verschillen. Zelfs de lucht die je ademt is anders. Het is er natuurlijk warm, omdat Ceylon een tropisch eiland is, het ligt maar een paar graden noordelijk van de equator, maar het is niet de warmte van een Engelse zomerdag. Het is een mildere, bedwelmendere warmte. De lucht is geparfumeerd door de zee en lijkt doordrenkt van specerijen. En dan zijn er de vreemde geluiden, het gekrijs van de beo's en apen, de straatventers die hun waren aanprijzen en de bedelaars die je om een paar anna smeken. In de stad rijden overal auto's, fietsen en stierenkarren. En als je geluk hebt, zie je misschien een olifant!'

'Een olifant!' riep ze uit.

'Ik gebruik ze op de plantage om zware ladingen te trekken. Hebt u weleens een olifant gezien, mevrouw Leighton?'

'Ja, in de dierentuin.'

'Hebt u er weleens op gezeten?'

'Nee. U wel?'

'Heel vaak. Ik raad het niet aan na een overvloedige maaltijd. Het is hobbeliger dan varen in een bootje.'

Ze schoot in de lach. Hij zei: 'En de kleuren...'

'Ik weet nog dat u zei dat alles in Engeland er zo mat uitziet.'

'Engeland heeft natuurlijk zijn eigen schoonheid.'

'Ik heb het gevoel dat u dat uit beleefdheid zegt, meneer Melrose. Dat uw hart in Ceylon ligt.'

'U doorziet me. Je hebt de kleuren van de fruitstalletjes langs de weg: enorme groene broodvruchten, gele bananen en gouden kokosnoten. En de straten lijken altijd vol te hangen met vlaggen... de beelden buiten de hindoetempels zijn zo prachtig beschilderd dat jullie Engelse kerken erbij vergeleken in het niet vallen.' Hij glimlachte. 'Maar het heuvelgebied is heel anders dan de laaglanden. De eerste plantagebezitters hebben zich daar gevestigd omdat het hun daar aan Schotland deed denken. Er zijn coniferenbossen en bosjes met azalea's en rododendrons. Er hangt altijd mist boven de bergtoppen en in de verte lijken de bergen blauw. De lucht wordt koeler naarmate de trein de bergen in klimt door het wolkenbos. De spoorlijn heeft zulke scherpe bochten en klimt zo steil dat je duizelig wordt als je uit het raam kijkt. Maar de plaatselijke jongens vinden het heerlijk uit de open deuren van de wagon te hangen als de trein over de afgronden rijdt. Die jongens zijn niet bang. Of misschien stellen ze zichzelf op de proef. Alleen de indringers, de Europeanen, zijn bang dat de trein zijn grip verliest en van het spoor loopt.'

'En u, meneer Melrose? Bent u bang om uit het raam te kijken?'

'Helemaal niet. Ik vind het leuk de uithoeken van de wereld te zien.'

Op een middag gingen ze naar de Tate Gallery. Marianne had een zware, afschuwelijke nacht gehad (rode voetafdrukken op een wit kleed en de gruwelijke leegte van het bed toen ze wakker werd) en toen ze door het museum liep, voelde ze zich uitgeput en wanhopig. De schilderijen leken zo uit nachtmerries te komen, de portretten zagen er verwrongen en opzichtig gekleurd uit, de landschappen dor en lelijk.

Na hun museumbezoek wandelden ze langs de Embankment. Ze kon zich achteraf nooit herinneren hoe het gesprek was begonnen, of hoe het op een ander spoor was geraakt, stap voor stap vertrouwelijker was geworden. Ze had zich ellendig en moe gevoeld, en haar afweermechanisme had niet gefunctioneerd. Misschien had hij bij het zien van haar bleke teint vragen gesteld en iets goedbedoelds gemompeld om haar te troosten. Maar er was een deur opengegaan, een sluisdeur was opengebarsten en de woorden waren uit haar gestroomd.

Ze vertelde hem over Arthur; hun verloving en huwelijk, zijn dood. 'Ik weet niet zeker of het verdriet is dat ik voel,' zei ze. 'Als het verdriet is, is dat niet wat ik dacht dat het zou zijn. Ik voel me eigenlijk het grootste deel van de tijd kwaad.'

'Kwaad? Op wie?'

'Op iedereen.'

'Dat geloof ik niet. Zo bent u niet.'

'Arthurs dood was zinloos, het gevolg van een stom ongeluk. Als hij voor een of ander groots doel was gestorven, als hij was gestorven voor zijn land of zijn geliefden, dan had ik daar misschien wat troost in gevonden. Maar hij is voor niets gestorven.

Ik ben heel vaak boos op God, dat zou ik tenminste zijn als ik nog zou geloven dat Hij bestond. Vrienden proberen me te troosten door te zeggen dat Arthur nu bij God is, en het enige wat ik kan denken, is dat als dat zo is, God heel wreed en heel egoïstisch moet zijn.' Ze keek hem aan. 'Bent u nu geschokt, meneer Melrose?'

'Ik ben niet snel geschokt. En ik neig ook niet erg naar de clichés die sommigen van uw vrienden lijken te bezigen.'

'En soms,' ging ze langzaam verder, 'ben ik zelfs kwaad op Arthur. Ik ben kwaad op hem omdat hij me heeft verlaten terwijl hij had beloofd dat niet te doen. Hij heeft gezorgd dat ik van hem hield en toen heeft hij me in de steek gelaten. En ik ben kwaad op hem dat hij me niet eerder de dokter heeft laten bellen. Hij wilde niet toegeven dat er iets mis was. Volgens mij dacht hij dat hulp vragen een teken van zwakte was.'

'Dat is de fout van ons geslacht. En misschien van onze nationaliteit.'

'De stijve bovenlip,' zei ze verbitterd. 'O ja, Arthur was een echte Engelse heer. En dat heeft hem zijn leven gekost, meneer Melrose, dat heeft hem zijn leven gekost.' Ze was even stil en zei toen zachter: 'Maar ik ben nog het kwaadst op mezelf. Vanwege mijn zwakte en mijn gebrek aan nuttige vaardigheden. Niets in mijn idiote opvoeding heeft me voorbereid op Arthurs dood. Ik heb geleerd decoratief te zijn, niet nuttig. Anderen hadden hem misschien kunnen redden, maar ik niet.'

'U bent te streng voor uzelf, mevrouw Leighton. U hebt vele bewonderenswaardige eigenschappen. De eerste keer dat we elkaar spraken, op Redlands, viel me meteen op hoe vriendelijk en lief u bent.'

Toen ze later alleen thuis was op Norfolk Square schaamde Marianne zich over haar praatzucht. Ze vroeg zich af of hij nog op bezoek zou komen. Misschien zou Lucas Melrose, geschokt en vol walging over haar atheïsme en zelfmedelijden, teruggaan naar zijn eilandparadijs en opgelucht het Engelse stof van zijn schoenzolen vegen.

Het mooie weer was ineens verdwenen. De volgende ochtend werd Marianne wakker door het geluid van regen die tegen het raam sloeg. Toen Lucas Melrose die middag kwam, zag ze dat er iets in hem was veranderd. Hij leek gespannen, nerveus. De kop en schotel beefden in zijn handen toen hij die van haar aannam en hij knoeide een beetje thee op het schoteltje.

Ze bespraken het weer, hun gezamenlijke kennissen en zijn theaterbezoek van de voorgaande avond. Toen zei hij plotseling: 'Ik ben hier vandaag om u iets te vragen...' Hij hield op met praten, stond op en liep naar het raam.

'Wat wilt u me vragen, meneer Melrose?'

De wolken leken naar beneden te komen uit de hemel en de straten in een grijze zak van rook en regen te vangen. Hij greep de vensterbank vast en zijn knokkels werden wit.

'Ik ben hier om u te vragen, mevrouw Leighton,' zei hij, 'of u zou willen overwegen met me te trouwen.'

8

Eva verlangde er hevig naar dat Gabriel zou terugkomen. Als ze hem nu maar kon zien, spreken, de waarheid horen. Maar hij bleef weg en zijn enige teken van leven was een haastig gekrabbelde ansichtkaart. Vraag het aan Max, vraag het aan Bobbin, had Val tegen haar gezegd. Maar Max was bij Gabriel en ze wist niet waar Bobbin woonde.

Je kunt het altijd aan Sadie vragen, had Val toen gezegd, als je dat tenminste durft. Ze zou Sadie natuurlijk nooit naar Nerissa kunnen vragen. Als ze midden in de nacht wakker werd, wist ze niet wat erger was: dat Gabriel en Nerissa minnaars zouden zijn, of dat Sadie zou weten dat zij de minnares van Gabriel was. Van de ene gedachte werd ze razend en wanhopig, de andere overweldigde haar met schaamte.

Tijdens de colleges dwaalde haar aandacht af terwijl ze nadacht over haar verhouding met Gabriel. Op haar schilderijen bolden stukken stof onnatuurlijk stijf op en handen hingen slap neer, de vingers waren zonder botten en misvormd. Soms gumde ze zo hard over het papier dat het een netwerk van gaten en strepen werd. Gabriel had tegen haar gezegd dat hij altijd aan haar dacht. Hij had tegen haar gezegd dat hij van haar hield, haar adoreerde. Toen ze zich dat herinnerde, was ze zeker van hem. Maar toen ze inzag, heel helder, dat Gabriel van iedereen hield, verdween die zekerheid. Hij hield van Sadie en zijn kinderen en van de vrienden die naar Greenstones kwamen. Hij hield van de louche, beruchte kunstenaars met wie hij dronk in het Café Royal en de Eiffeltoren. Hij hield van het bloemenmeisje op de hoek van de straat en van de zwerfhond die in het park op hem af kwam rennen.

Sadie schreef haar. Tussen de anekdotes over de kinderen en de vragen naar Eva, het Slade en Londen stonden de regels: Gabriel is twee weken geleden teruggekomen uit Spanje. Hij is zo bruin als een zigeuner en draagt tegenwoordig een gouden oorbel. Hij begint weer rusteloos te worden en is van plan binnenkort terug naar Londen te gaan.

Een paar dagen later ging Eva naar Gabriels atelier. De deur stond op een kier; ze duwde hem open en zag Gabriel, een grote, donkere gestalte in silhouet tegen het raam.

'Eva!' riep hij en strekte zijn armen naar haar uit. Ze verdween in zijn omhelzing.

'Ik wist niet dat je terug was.'

'Ik ben er net.' Hij liet haar los en begon zijn tas uit te pakken. 'Ik wilde je een briefje schrijven.'

'Hoe was het in Spanje?'

'Spanje was geweldig. Wat een bijzonder land.'

'Vond Nerissa het leuk?'

Hij stond een overhemd uit te schudden. 'Volgens mij wel. Ze was er al eerder geweest. Ze klaagde over de kou toen we in de bergen waren.'

Daar was het weer, dat gevoel in haar maag, dat gevoel dat je krijgt als je op de trap uitglijdt en voelt dat je valt. Ze zei: 'Ik wist niet dat Nerissa met je mee was.'

'Dat was een spontane actie. Je kent Nerissa. Ze is zo impulsief.'

Eva ging op de stoelleuning zitten. Gabriel trok een ketting van porseleinslakschelpen uit de berg kleren naast zijn tas en maakte die om haar hals vast. 'Vind je hem mooi?' De schelpen waren crèmekleurig, met goud en roze. Eva knikte. 'Ik heb hem van een jongetje in Almeria gekocht,' zei hij. 'Als je hem een peseta gaf, dook hij de zee in om schelpen te zoeken. Er waren tientallen van die jongens, die zichzelf als kiezels het water in gooiden.' Hij keek haar stralend aan. 'Laten we wat gaan drinken. Ik heb de mensen in het Café Royal in geen maanden gezien.'

'Nerissa.' De naam schoot uit haar mond alsof ze vergif spuwde. 'Val vertelde me dat Nerissa en jij...'

'Wat is er met Nerissa?'

Ze zei emotieloos: 'Val vertelde me dat Nerissa en jij minnaars zijn.'

Hij was een paarse shawl om zijn nek aan het knopen. 'Nerissa en ik kennen elkaar al jaren. Dat weet je, Eva.'

Ze had het daarbij kunnen laten, het was beter van niets te weten, maar een behoefte de onzekerheid te beëindigen, maakte dat ze vroeg: 'En zijn jullie nog steeds minnaars, Gabriel?'

'Soms. Ja.'

Ze kon niet praten, maar ademde snel in, alsof ze verdronk, snakte naar adem.

Hij keek haar even aan. 'Dat maakt het voor ons niet anders.'

'Maar je hebt het me niet verteld!'

'Je hebt er niet naar gevraagd.'

Ze fluisterde: 'Ik dacht dat je van me hield.'

'Dat doe ik ook.' Zijn vingertop streelde over haar jukbeen en kaak. 'Ik hou van je, Eva. Dus zet je hoed op, dan gaan we uit.'

'Je kunt niet van me verwachten dat het me niet uitmaakt!'

Zijn gezicht verstarde. 'Waarom niet?'

'Ik voel me...'

'Wat? Hoe voel je je?'

'Verraden,' fluisterde ze.

'Dat is onzin.' Hij trok zijn jas aan.

Er sprongen tranen in haar ogen. 'Het is geen onzin. Het is waar.'

'Ik kan niet... ik weiger te... geloven dat liefde om exclusieve rechten draait. Je weet dat dat niet voor me werkt, Eva.'

Ze keek naar hem op. 'En voor mij?'

Zijn gezichtsuitdrukking verzachtte. Hij nam haar handen in de zijne. 'Ik ben vanaf het begin eerlijk tegen je geweest, liefje. Je kunt niet zeggen dat ik je heb bedrogen. Ik rantsoeneer mijn liefde niet.'

Maar ze schudde zich van hem af en zei onderkoeld: 'Dus verwacht je van me dat ik je deel?'

Een plotselinge zucht. 'Als je het zo wilt stellen.'

'Hoe moet ik het anders stellen?'

'Het klinkt alsof je je gedraagt zoals alle anderen, dat je mensen in kleine plakjes opdeelt en hen uitdeelt als stukjes bezit. Ik dacht dat jij anders was.'

'Maar ik wist het niet!' jammerde ze. 'Hoe denk je dat ik me voelde toen ik het van Val hoorde? En hij genoot ervan, Gabriel... Hij genoot ervan het me te vertellen!'

'Als hij je pijn heeft gedaan, vind ik dat heel naar voor je. Hij heeft een wrede kant. Val is niet slim genoeg om ergens echt goed in te zijn, maar hij is slim genoeg om te weten dat hij nergens echt goed in is... En hij is menselijk genoeg om daarmee te zitten. Dat is zijn tragedie.' Gabriel bekeek haar emotieloos. 'Maar kom, Eva. Je hebt altijd geweten dat je me moet delen.'

'Met Sadie...'

'Wat zeg je nu? Dat je me wel met Sadie wilt delen, maar niet met Nerissa?'

Ze keek weg, ineens beschaamd. Ze hoorde Gabriel zacht zeggen: 'Eva, liefste Eva, ik heb je nooit willen kwetsen. Maar ik stel geen grenzen aan van wie ik hou. Dat ik van Sadie hou... en van Nerissa... betekent niet dat ik minder van jou hou.'

Het verlangen te huilen en in woede uit te barsten, werd ineens minder. Het was moeilijk de vraag te stellen, maar ze wist dat ze het moest doen. 'En Sadie? Weet die van Nerissa? Weet ze van mij?'

'Sadie heeft het altijd begrepen.'

'O.' Ze dacht aan Sadie, in de keuken op Greenstones, terwijl ze brood bakte en groente sneed om de minnaressen van haar man te voeden. Ze vroeg zich af welke prijs Sadie voor haar begrip betaalde. Toen ze opstond, hoorde ze Gabriel zeggen: 'Kom Eva, ik heb je gemist. Kom, dan gaan we wat drinken,' maar ze schudde haar hoofd.

Ze pakte haar tas en hoed. Toen ze de deur opendeed, zei hij: 'Ik zou helemaal nooit zijn getrouwd als Sadie me niet duidelijk had gemaakt dat ze met minder geen genoegen nam. Ik ken mezelf, en ik ben niet een type dat moet trouwen.' Zijn stem verhardde. 'Dus het laatste wat ik wil, is nog een echtgenote. Ik dacht dat je dat begreep.'

'Dat deed ik ook.' Ze keek over haar schouder naar hem en dwong zichzelf te glimlachen. 'Dat deed ik ook, Gabriel.'

'Eva...' Toen ze de trap afrende, volgde zijn stem haar, gekwetst en wanhopig: 'Eva! Je doet belachelijk! In hemelsnaam, Eva!'

Ze dacht dat hij haar zou schrijven, dat hij het zou uitleggen, dat hij zijn excuses zou aanbieden en alles op de een of andere manier weer goed zou maken. Toen ze aan het eind van de middag uit het Slade vertrok, dacht ze dat hij op haar zou staan wachten zoals hij dat had gedaan toen ze elkaar net kenden. Zijn vasthoudendheid had haar toen zowel beangstigd als betoverd. Dus rende ze iedere ochtend naar beneden om de post uit de handen van de postbode te grissen als die aanklopte. Maar er kwamen geen brieven van Gabriel en later, toen ze de straat bij het Slade aftuurde en hem niet zag, leek haar hart te krimpen tot een kleine, harde klont.

Haar drie jaar aan het Slade zaten er bijna op. Toen ze door haar map bladerde, voelde ze een lichte paniek. De map leek armetierig, te veel schilderijen waren niet af, te veel andere beloofden van alles wat ze niet waarmaakten. Een armzalig resultaat van drie jaar werk. Ze telde alle lange uren op die ze voor Gabriel had geposeerd. Ze vroeg zich af hoeveel beter haar werk zou zijn geweest als ze er al die uren aan had gewijd. Ze herinnerde zich de ochtenden dat Gabriel haar had opgewacht, op de fiets voor het Slade, haar smekend niet naar college te gaan en de dag met hem door te brengen. Ze had hem nooit geweigerd. Ze had excuses bedacht en verkoudheden en zieke familieleden voorgewend om bij Gabriel te kunnen zijn. Zou ze een betere kunstenares zijn geweest als ze niet verliefd was geworden op Gabriel Bellamy? Zou ze dan het vertrouwen dat juffrouw Garnett en tante Hannah in haar hadden getoond, meer recht hebben gedaan?

Uiteindelijk, een beetje laat, volgde ze Iris' advies op en nam de trein naar Sheffield. Het was vervelend te ontdekken dat Iris gelijk had gehad, dat ze niet had beseft hoe graag ze naar huis wilde. En het was nog vervelender te merken dat ze af en toe, terwijl ze haar zware tas van de tramhalte naar Summerleigh sleepte, begon te rennen.

Thuis werd er met deuren geslagen en geschreeuwd. Haar aankomst werd nauwelijks opgemerkt in de hitte van de strijd en haar onverwachte bezoek ontlokte nauwelijks een reactie. Joshua had een rood hoofd en was razend; Clemency probeerde de vrede te herstellen.

Die avond vluchtte James de stad uit om de trein naar Londen te nemen en tante Hannah trok zich terug uit het strijdgewoel om in haar stoel in de zitkamer met Winnie en een zware, zwarte bijbel op schoot een dutje te doen. Alleen moeder leek zich niets aan te trekken van de storm en het lawaai om zich heen, sereen en ongeroerd in haar hete, donkere nest. Eva dacht terug aan de woorden van Iris: ik zou toch denken dat jij van iedereen zou begrijpen hoeveel moeite een vrouw moet doen om controle over haar eigen leven te hebben.

In de plantenkas als toevluchtsoord, met het laatste beetje avondlicht dat door het glazen dak scheen, legde Aidan uit wat er de voorgaande dagen was gebeurd. Hij had na de vakantie geweigerd terug te gaan naar school. Philip had de ochtend ervoor de trein terug naar York genomen; Aidan was niet met hem meegegaan. Vader had erop gestaan dat hij ook zou gaan, maar Aidan was onvermurwbaar... vandaar dat vader razend was. Het had geen zin op school te blijven, legde Aidan aan Eva uit. Hij was altijd van plan geweest zodra hij zestien werd van school te gaan. Hij zou voor het familiebedrijf gaan werken, dat was het enige wat hij wilde. Hij wilde niets anders. Vader zou het wel accepteren; zodra hij wat rustiger zou zijn geworden, zou vader blij zijn.

Ze was verrast door zijn stelligheid. Ze had Aidan altijd als de stille gezien, nooit als een onruststoker. Ze zag voor het eerst dat Aidan een zoon van zijn moeder was, zowel qua uiterlijk – hij was tenger en had een lichte huid met blond haar – als qua onverzettelijkheid.

Ze begon te denken dat ze alles verkeerd had gezien: haar familie, Greenstones, Gabriel. Ze had niets over Nerissa geweten omdat ze haar ogen voor de waarheid had gesloten en had geweigerd de tekenen te zien. Ze had niet geweten dat Sadie wist dat Gabriel en zij minnaars waren omdat ze dat niet had willen weten. Gabriel had niets voor haar verborgen gehouden. Ze had het alleen maar hoeven vragen, hoeven zien. Als de onthulling van de waarheid pijnlijk was, had ze dat alleen aan zichzelf te danken.

En wat betreft haar familie: drie jaar geleden, toen ze van Summerleigh naar Londen vertrok, had ze het gezin ouderwets en hypocriet gevonden. Maar welk recht had zij om te oordelen? Het gedrag van haar en haar vader was even verwerpelijk; ze overschreden allebei grenzen, ze riskeerden allebei mensen te kwetsen van wie ze hielden. Het zelfbedrog dat ze had gebruikt om haar verhouding met Gabriel te rechtvaardigen, voelde nu verachtelijk. Natuurlijk deed ze iets verkeerd. Je kon de vakjes in je leven niet gescheiden houden; ze vloeiden samen, de kleuren vermengden zich, onontkoombaar met elkaar verbonden.

Ze meed haar vader, ze zag haar eigen tekortkomingen in zijn impulsiviteit en in de transparantie van zijn emoties en ze weerde zijn vragen over haar leven in Londen af met korte antwoorden, bang dat haar onvrede zou doorschemeren. Ze gedroeg zich geergerd tegen Clemency en Aidan en ze kreeg hoofdpijn van de uren die ze in haar moeders veel te warme kamer doorbracht.

Op een ochtend nadat ze haar moeder had voorgelezen, liep ze de trap af toen de voordeurbel ging. Edith was nergens te bekennen, dus Eva deed zelf open. Meneer Foley stond op de stoep. Hij nam zijn hoed voor haar af.

'Juffrouw Eva. Ik wist niet dat u thuis was. Ik heb een telegram voor uw vader.'

Ze liet hem binnen. Zonlicht scheen door het glas-in-lood van de voordeur. Hij zei: 'Gaat het wel, juffrouw Eva?'

Hij had er een handje van, bedacht ze, haar tegen te komen als ze zich op haar slechtst voelde: heet en bezweet toen ze uit de ovenruimte kwam, of doorweekt en betraand, verdwaald in de sloppenwijken van Sheffield.

'Het gaat prima, meneer Foley.'

'U ziet er... van streek uit.'

Ze zei onderkoeld: 'Ik verzeker u, meneer Foley, dat het prima met me gaat. U zei dat u een boodschap hebt voor mijn vader?'

Hij bloosde en deed een stap naar achteren. Toen verscheen Edith om hem naar de werkkamer van Joshua te brengen. Eva ontsnapte naar de zitkamer en deed de deur achter zich dicht.

Toen ze eenmaal alleen was, verdween haar woede en voelde ze zich ellendig en uitgeput. Ze zag zichzelf in de spiegel boven de schoorsteenmantel. Een wit gezicht met donkere wallen onder de ogen. Rode, gezwollen oogleden omdat het gedicht dat ze aan haar moeder had voorgelezen, haar aan het huilen had gemaakt (kom in de stilte van de nacht naar me toe, kom in de sprekende stilte van een droom...)

Eva hoorde de voordeur dichtgaan en de voetstappen op het kiezelpad toen meneer Foley het huis verliet. Haar eigen stem weerklonk in haar oren, haar hooghartige afwijzing die het verschil in hun status duidelijk maakte. Dat zij de dochter van de baas was; dat hij een werknemer van haar vader was. Geen enkel verdriet maakte haar gedrag vergeeflijk. Ze wist dat meneer Foley was geboren in het gezin van een heer en dat hij zijn status was verloren, maar haar vader had haar nooit goed uitgelegd wat er precies was gebeurd. Ze had altijd geleerd vriendelijk te zijn tegen mensen die minder bevoorrecht waren dan zij. Maar toch had zij, die status haatte, haar positie misbruikt om meneer Foley te vernederen. En dat allemaal omdat hij had gezien dat ze had gehuild en omdat hij zo onbezonnen was geweest zich zorgen om haar te maken.

De volgende ochtend fietste ze naar J. Maclise en Zonen. Het rook er naar heet metaal en de ovens bulderden. Meneer Foley reageerde op haar klop op de deur. Toen hij haar zag, verstarde zijn mond en keek hij weg.

'Uw vader is in de inpakkamer, juffrouw Maclise.'

'Ik ben hier niet voor vader. Ik ben hier voor u.'

Hij was papieren aan het uitzoeken, die hij in een leren map stak. 'Ik moet helaas naar de andere locatie.'

'Mag ik dan met u meelopen?'

Ze dacht even dat hij zou gaan weigeren, maar toen zei hij kortaf: 'Als u dat wilt.'

Ze wachtte tot ze de hekken van de fabriek door waren voordat ze zei: 'Ik ben er om u mijn excuses aan te bieden, meneer Foley.'

'Dat hoeft niet.'

'Dat denk ik wel.'

Hij keek haar eindelijk echt aan. Ze las een mengeling van gevoelens in zijn ogen: trots, woede en pijn. Hij zei: 'Dat was misplaatst, dat ik dat gisteren zei. U had helemaal gelijk dat u me liet merken dat u dat onaangenaam vond.'

Ze schudde haar hoofd. 'Nee. Ik gedroeg me vreselijk tegen u omdat ik overstuur was. U trof me op een slecht moment.' Ze zag hem haar woorden overwegen en voegde snel toe: 'Wat mijn on-aangename gedrag allemaal niet rechtvaardigt. Kunt u me verge-ven, meneer Foley?'

'Er is niets te vergeven.'

Ze staken de rivier over. Het olieachtige wateroppervlak glans-de in regenboogkleuren; drijfhout en rotzooi uit de haven dob-berden in de olievlekken.

Eva zei: 'Ik wist niet dat er een nieuwe locatie was.'

'Die heeft uw vader zes maanden geleden gekocht. De firma die eerst eigenaar was, is failliet gegaan. Meneer James is er nu manager.'

'Wat wordt er gemaakt?'

'Koppelingen. Voor auto's.'

'Mijn zusje Clemency rijdt in de auto van mijn vader.'

'Dat weet ik. Ik heb haar weleens op hem zien wachten bij de fabriek.'

'Alles verandert.' Ze keek verwilderd om zich heen. 'Alles is anders.'

'Dat geloof ik ook. Dat is de vooruitgang.'

'Kon alles maar hetzelfde blijven!'

'Ik vrees dat dat onmogelijk is.'

'Maar mijn familie...' daar was hij weer, die verraderlijke be-ving in haar stem. 'Ik dacht dat die altijd hetzelfde zou blijven.'

'Families? We denken allemaal dat we die van ons kennen.' Hij klonk verbitterd. 'Maar vaak is het tegendeel waar.'

'Clemency rijdt auto en Aidan gaat van school. En ik heb James al een eeuwigheid niet gezien... hij is altijd naar Londen. En tante Hannah blijft me maar Frances noemen... dat is haar zus, die is tientallen jaren geleden overleden. En zelfs vader... vader ziet er zo oud uit!'

'Dat komt doordat u bent weggeweest. Mensen lijken vaak ver-anderd als je bent weggeweest. En het opzetten van de nieuwe fa-briek is heel vermoeiend geweest voor uw vader. We hebben opstartproblemen en arbeidersconflicten gehad, en dagen zijn verloren gegaan door stakingen over loon en daardoor zijn we orders kwijtgeraakt. Het is een moeilijk jaar geweest.'

Nog een aanpassing die moest worden gemaakt. Dat het familiebedrijf, dat ze altijd als onwankelbaar had beschouwd, in de problemen kon raken, schokte haar.

'Maar is alles nu weer goed?'

'Er is niets wat we niet aankunnen. Maar het is een hele last voor uw vader.'

Ze bedacht dat, hoewel ze meneer Foley al kende sinds ze een meisje was, ze bijna niets over hem wist.

'Hebt u familie, meneer Foley?'

Een flikkering van ongeduld. 'Wat dacht u? Dat ik ergens in de fabriek ben samengesteld? Standaard ledematen, gelaatstrekken, hersens...'

Ze voelde dat ze bloosde. 'Zo bedoelde ik het niet.'

'Ik heb een moeder en twee zussen. Ze wonen in Buxton.'

'En uw vader?'

'Die is overleden. Elf jaar geleden.'

'Wat naar voor u.'

Hij bleef ineens staan en de mensen op straat liepen om hen heen. 'Vindt u dat? Ik niet. Hij was een dronkelap en hij gokte, hij heeft mijn moeders leven verziekt en een smet op dat van mij en mijn zussen geworpen.'

Eva had het gevoel dat er te midden van de herrie op straat en de metaalfabrieken een stilte viel. Toen ze weer verder liepen, zei meneer Foley: 'Vergeef me.'

'Wat is er te vergeven?'

'De akelige familiegeschiedenis van mijn vader. Die is niet iets om trots op te zijn.'

'U bent niet verantwoordelijk voor het gedrag van uw vader, meneer Foley.' Ze ging verder in een poging hem op te vrolijken: 'Ik zou het vreselijk vinden als ik verantwoordelijk zou worden gesteld voor het gedrag van mijn familie. Om te beginnen zijn we met veel te veel.'

Ze waren bij een gebouw van rode bakstenen aangekomen. Meneer Foley bleef staan. Eva gaf hem een hand. 'Ik vond het leuk met u mee te lopen, meneer Foley. Zijn we nu vrienden?'

Toen hij glimlachte, lichtte zijn donkere gezicht op en werd het ineens aantrekkelijk. 'Natuurlijk,' zei hij en schudde haar de hand.

Marianne had natuurlijk nee gezegd tegen Lucas Melrose; het was haar in haar geschoktheid gelukt de standaardformule te stamelen: ik ben zeer vereerd, maar ik vrees dat ik uw aanzoek moet weigeren.

Maar hij bleef bij haar op bezoek komen en bleef niet weg, zoals ze half had verwacht, hij liet haar niet met rust. Het is onmogelijk, zei ze tegen hem, het zal nooit kunnen. Waarom niet? had hij haar gevraagd. Waarom is het onmogelijk? Denk eens aan wat ik te bieden heb. U zei dat u wilde reizen. U kunt, beschermd door mij, de hele wereld zien. Ik kan u bezienswaardigheden tonen waarover u nooit hebt durven dromen, schoonheid die u de adem zal benemen. Ik kan u wolkenbossen, maansteenmijnen en Australische bomen met rode pluimen laten zien. U kunt uw handen in de Indische Oceaan steken en tropische lucht opsnuiven. U zou weten hoe het is om op een bergtop te wonen, naar het einde van uw tuin te lopen en over kilometers en kilometers heuvels en valleien tot aan de zee uit te kijken. Wat hebt u te verliezen door met me te trouwen, behalve de eenzaamheid en verveling van een bestaan waarvan u toegeeft dat het u alleen maar vermoeit? Wat hebt u te verliezen door opnieuw te beginnen?

Ze merkte dat ze tegenwerpingen opwierp, alsof een huwelijk een verstandelijke zaak was, een afweging van winst en verlies. Ze had helemaal geen verstand van het leven van een plantagevrouw, zei ze tegen hem. 'Dat kunt u leren,' zei hij. 'Het is helemaal niet moeilijk. Uw enige taak zou het regelen van het huishouden zijn. U hoeft zich niet te bemoeien met de plantage of de fabriek. Die zijn mijn verantwoordelijkheid. U zou meer bedienden hebben dan u hier hebt; u zou bijna geen vinger hoeven uitsteken. Ik ben bemiddeld; u zou niets tekortkomen.'

'Het klimaat,' zei ze. 'De ziektes, slangen en tijgers...'

Hij pakte een vel papier van de secretaire en haalde zijn pen uit zijn zak. Hij schetste met sterke, zelfverzekerde streken het druppelvormige eiland. 'Dat is Blackwater.' Zijn stompe vingertop wees naar het midden van de grote kant van de druppel. 'En daar liggen de malariamoerassen, kilometers ver, in het vlakke gebied aan de kust. Het klimaat in de bergen staat bekend om de goede invloed op de gezondheid. Er zijn natuurlijk wel ziektes, maar die heb je in Londen toch ook? En mijn mannen weten precies wat ze tegen slangen moeten doen. En u hoeft zich geen zorgen te maken om tijgers... die blijven over het algemeen in het bos en als er zich een op ons terrein zou wagen, ben ik een goede schutter.'

'Mijn familie,' zei ze. 'Ik zou iedereen vreselijk missen. Ceylon lijkt zo ver weg.'

'Op een modern stoomschip ben je binnen een paar weken van Colombo naar Loden,' zei hij tegen haar. 'Sommige echtgenotes gaan om het jaar naar hun familie. En als u heimwee hebt, kunt u altijd brieven schrijven. U hoeft zich niet eenzaam te voelen, we zijn een heel sociaal clubje en we ontmoeten elkaar bijna ieder weekend op de club.'

Op een dag kwam hij naast haar zitten en nam haar hand in de zijne. Toen hij haar aankeek, toen die bleke, heldere blik op haar viel, merkte ze dat ze niet in staat was zich af te wenden.

'U zegt dat u uw familie zult missen, mevrouw Leighton. Maar u hebt ook verteld dat uw zussen vaak zo druk zijn. Ze zullen het, naarmate de jaren verstrijken, alleen maar drukker krijgen. Ze gaan trouwen, krijgen kinderen en hun eigen huishouden. Is dat wat u wilt? Wilt u dat het leven van anderen voller wordt terwijl dat van u leeg blijft? Wilt u tante worden, maar nooit moeder?'

Op een andere dag regende het en sterke wind trok de kersen-bloesem van de bomen.

'Dit weer,' zei hij rillend. 'Die kou. Ik begrijp niet hoe u het jaar na jaar uithoudt. Ik zou zo morgen naar huis varen, ware het niet dat ik me daar soms zo... eenzaam voel. Dat lege huis. Ik dacht daar vroeger nooit zo over na. Ik vond het vanzelfsprekend dat ik alleen was. Ik denk dat ik te veel van uw gezelschap heb genoten. Daardoor besef ik wat ik mis.' Hij liep door de kamer. Hij zei plotseling: 'Ik begrijp heel goed waarom u me afwijst, mevrouw Leighton. Ik kan opscheppen over mijn huis zoveel ik wil en u over mijn sociale kringetje vertellen tot ik een ons weeg, maar ik zie wel in dat dat hierbij vergeleken niets voorstelt. Vergeleken bij dit huis. De hogere kringen van Londen.'

'Dat is het niet,' zei ze. 'Ik heb nooit behoefte gehad me in de hogere kringen te begeven. Die zou ik helemaal niet missen.'

'Wat vriendelijk dat u dat zegt, mevrouw Leighton. U hebt een edelmoedig hart dat u me al die weken in uw huis toelaat.' Een snelle, verdrietige glimlach. 'Ik had hier nooit moeten komen. Had ik u maar nooit ontmoet. Het heeft gemaakt dat ik... onte-vreden ben. Misschien eindig ik wel met een plaatselijke be-woonster. Of ga ik aan de drank. Ik ken meerdere mannen die zo zijn geëindigd.'

De angstige blik in zijn ogen verraste haar. Angst was geen emotie die ze met Lucas Melrose associeerde. Zijn stem werd zachter, waardoor ze haar best moest doen te verstaan wat hij daarna zei: 'Mijn vader is twaalf jaar geleden overleden. Maar af en toe heb ik het gevoel dat hij er is, in de belendende kamer. Soms word ik 's nachts wakker en dan denk ik dat ik zijn voet-stappen hoor.'

Toen leek hij zichzelf wakker te schudden en daar was het weer, die plotselinge verandering die haar al eerder in hem was opgevallen, een duisternis die opzettelijk werd weggeduwd. 'Het spijt me, dat is wel erg morbide, vindt u niet?'

'We hebben allemaal duistere gedachten, meneer Melrose, als we een beminde verliezen.'

Hij bleef bij het raam staan en keek naar de mensen die zich beneden over de stoep haastten, hun botsende paraplu's als zwarte sterren. Hij zei langzaam: 'Ik ben lang genoeg in Engeland om te weten dat ik niet in Londen wil wonen. In Ceylon breng ik niet veel tijd door in het gezelschap van vrouwen. U zult me wel erg lomp vinden. En dan is er mijn afkomst. Twee generaties terug leidde de familie Melrose een boerenleven.'

'Drie generaties terug bestond mijn familie uit smeden. Zoveel verschil is er dus niet.'

Hij draaide zich plotseling naar haar om. 'Als het mijn afkomst, gedrag of levensstijl niet is die u ervan weerhoudt met me te trouwen, ben ik het dan misschien zelf? Ik hoopte dat u me niet afstotelijk zou vinden, maar...'

'Dat is het niet. U bent absoluut niet afstotelijk...' Ze stopte met praten, ze was ineens in de war.

'Wat is het dan?'

Ze probeerde het zo duidelijk mogelijk te vertellen. 'Begrijpt u niet, meneer Melrose, dat ik niet geschikt ben om met u of iemand anders te trouwen? Het beste stuk van mezelf is verloren gegaan toen Arthur stierf. Als u me langer zou kennen, zou u misschien niet blij zijn met wat er over is.'

'O, ik denk dat ik u goed genoeg ken.' Hij glimlachte plotseling. 'Ik denk dat ik u ondertussen goed genoeg ken.' Hij liep naar haar toe. 'Ik vraag u niet van me te houden zoals u dat van wijlen uw echtgenoot deed,' zei hij zacht. 'Ik weet dat dat niet kan. Maar misschien zijn mijn respect en liefde voor u genoeg voor ons beiden. Of misschien neem ik genoegen met vriendschap. En er is iets anders wat u kunt overwegen. Zou uw echtgenoot niet willen dat u gelukkig was? Als hij zoveel van u hield als u meent, zou hij dan hebben gewild dat u de rest van uw leven om hem zou rouwen?'

In de polikliniek van het Mandeville was het op zaterdagavond altijd druk.

De aard van de kwalen van de patiënten varieerde naarmate het later werd. Vroeg in de avond rende een vrouw huilend de kliniek binnen met haar handen vol verbrand haar en een verbrande hoofdhuid van een te hete krultang. Daarna waren er vingers met sneeën, koorts en gebroken botten door vallen. Later op de avond kwam er een heel gezin, van baby tot grootmoeder, brakend na het eten van brood met ingemaakt vlees. Een twaalfjarig meisje, ernstig verbrand doordat ze in haar mooie jurk te dicht bij het vuur had gestaan, stierf kort nadat haar vader haar naar het ziekenhuis had gebracht.

En dan waren er de dronkelappen. Sommigen van hen werden ondersteund door hun vrienden terwijl het bloed uit de sneeën in hun hoofd droop en ze de woorden van *Rose of Tralee* mompelden. Sommigen van hen waren door de politie in de goot aangetroffen, vol blauwe plekken, hun zakken gerold. Ze gedroegen zich uitdagend of aanhankelijk, waren bijna comateus of overdreven vrolijk. Iris knipte de kleding van bewusteloze mannen en vrouwen los, verbond wonden en maakte mitella's voor verstuikte armen. Ze weerde de liederlijke avances van mannen die haar smeekten om een kus af en kamde de luizen uit het haar van een vrouw die haar uitschold.

Rond acht uur was het rustiger en de verpleegsters ontsnapten allemaal naar de keuken. Een van de verpleegsters was jarig en had een taart met roze glazuur meegenomen. Iris zuchtte van genot terwijl ze haar voeten uit de stevige rijglaarzen die ze in het ziekenhuis altijd droeg, trok en haar tenen strekte. Morgen had ze vrij en zij en een andere verpleegster, Rose Dennison, zouden gaan picknicken met Lionel en Tommy, de broers van Rose. Iris sloot haar ogen en bedacht hoe heerlijk het zou zijn een mooie jurk met een hoed te dragen in plaats van haar uniform en kapje. Ze keek op haar horloge: nog een kwartier. Nog maar een kwartier en dan had ze vrij.

Er klonk een bulderend *Rule Britannia* uit de hal van de polikliniek en ze zuchtten gezamenlijk terwijl ze hun witte jas of schort rechttrokken en weer aan het werk gingen. In de hal bulderde een handvol jonge kerels een refrein: 'Brittannië regeert de zeeën! De Britten zullen nooit, nooit tot slaaf worden gemaakt!' terwijl ze hun vriend ondersteunden, die ernstig bloedde aan een beenwond. Andere patiënten kwamen binnen: een oudere vrouw met een handdoek om haar verbrande hand en een zwanger meisje met haar bleke, jonge echtgenoot.

En twee mannen. De jongere man ondersteunde de oudere. De oudere man droeg een versteld jasje met een stoffen pet en liep voorovergebogen terwijl hij in een zakdoek hoestte die hij voor zijn gezicht hield. Iris zag dat er bloedvlekken op de zakdoek zaten.

De jongere man keek rond op zoek naar hulp. Hij had blond haar en droeg geen hoed. Toen hij zich naar haar omdraaide, herkende Iris hem en verstarde. Ze keek verwilderd om zich heen, op zoek naar een ontsnappingsmogelijkheid, maar toen besefte ze dat alle andere verpleegsters bezig waren en dat ze geen alternatief had. Ze liep de hal door naar hem toe.

'Ash,' zei ze.

Hij wendde zich tot haar. 'Mijn god.' Zijn ogen werden groot. 'Iris.'

Er was een moment van verstarring en stilte waarin alle herrie en haast in de polikliniek weggevallen leken. Toen begon de metgezel van Ash weer te hoesten. Iris zei kordaat: 'Als je even gaat zitten, Ash, zoek ik een dokter die je vriend kan behandelen.'

Toen ze zeker wist dat hij haar niet kon zien, duwde ze haar handpalmen tegen haar gezicht in een poging haar wangen te verkoelen. Ash. Hier, dacht ze. De enige man in Engeland die ze nooit meer wilde zien, was hier. Het was vreselijk oneerlijk.

Op het moment dat ze aan de hoofdzuster vroeg wanneer de arts beschikbaar zou zijn en ze de vriend van Ash naar een door een gordijn omsloten hokje bracht, zijn naam en adres vroeg en de namen van zijn naaste familie opschreef, hoorde ze in haar gedachten een heel stuk van haar laatste gesprek met Ash in de tuin op Summerleigh, als een grammofoonplaat die steeds maar weer werd afgespeeld: 'Als we verloofd waren,' had ze gezegd nadat ze hem had gekust. En toen de stem van Ash, pijnlijk als een fysieke slag: 'O, Iris, waarover zouden we moeten praten, jij en ik?'

Ze liep terug naar Ash, en hij stond op om haar te begroeten. 'Meneer Reynolds,' zei ze scherp. 'Is hij een goede vriend van je?'

'Niet echt, maar ik ken zijn familie sinds een maand of zes. Hoe is het met hem?'

'Hij wordt een nacht opgenomen.' Iris fronste haar wenkbrauwen. 'Meneer Reynolds vertelde me dat hij een gezin heeft.'

'Eric heeft een vrouw en vier kinderen.'

Ze nam Ash mee naar een stiller hoekje van de hal. 'Ik neem aan dat je beseft dat meneer Reynolds tuberculose heeft. De ziekte is in een eindstadium. Het enige wat we kunnen doen, is zijn lijden zoveel mogelijk verlichten. Het spijt me.'

Toen ze zich omdraaide om weg te lopen, zei hij: 'Iris,' en ze bleef even staan en beet op haar onderlip.

'Ik moet gaan.' Ze haatte het dat haar stem een beetje beefde. 'Ik heb nog meer patiënten. Ga met zijn familie praten. Je moet iedereen voorbereiden. Ik vrees dat meneer Reynolds het einde van de week niet zal halen.'

Marianne ging bij Patricia Letherby op bezoek. Na de lunch zaten ze in de tuin te kijken naar Patricia's spelende kinderen.

'Molly wil per se lopen,' zei Patricia. Het meisje, pas dertien maanden oud, bestudeerde geconcentreerd stenen, gras en bloemen, gehinderd door haar luier en de onvastheid van haar mollige beentjes. 'Juffie is het er helemaal niet mee eens. Ze vindt dat kinderen op zijn vroegst moeten leren lopen als ze anderhalf zijn. Ik voel me vreselijk schuldig... het arme kind krijgt vast o-benen.

Maar ze ziet er zo lief uit, vind je niet, en ze struint liever door de tuin dan ze in haar wandelwagen zit.' Molly deed een paar wankele stappen naar haar moeder toe. 'Is dat voor mij? Dank je wel, lieverd.' Patricia strekte haar hand uit om het blaadje aan te nemen dat Molly haar aanbood. 'Gisteren,' vertrouwde ze Marianne toe, 'gaf ze me een worm.'

'Ik hoop dat je dankbaar was.'

'Enorm.' Er klonk gejammer. 'O, John,' riep Patricia, en ze rende de tuin door om haar zoon uit de vijver te redden.

Terwijl Patricia met John het huis in ging om hem droge kleren aan te trekken, kwam Molly met een brede grijns op haar gezicht en een uitgestrekt handje op Marianne af lopen. Marianne legde haar cadeautjes in een rijtje op het gras: een kiezelsteen, een slakkenhuis en de gehavende overblijfselen van een bloem.

Na een tijdje leek Molly moe van haar spelletje, dus tilde Marianne haar op. Toen Patricia terugkwam, was het meisje in slaap gevallen, haar hoofdje een ontspannen gewicht tegen Mariannes schouder.

'Ach, het arme kind!' riep Patricia. Is ze te zwaar voor je? Ze is zo'n biggetje.'

'Helemaal niet. Ze is geweldig.'

Terwijl Patricia het meisje van haar overnam, zei ze: 'Het is zo jammer dat Arthur en jij nooit...' Ze hield op met praten. 'Sorry.' Ze klopte Marianne op haar arm. 'Ik ben een tactloze sufferd. Als ik mijn mond opendoe, komt er altijd allerlei onzin uit.'

Op weg naar huis zag Marianne de takken vol groen gebladerte die over de hekken van de huizen hingen en de bijen die in de lelies doken en er vol oranje stuifmeel weer uit te voorschijn kwamen. Als het verkeer even rustig was, leek ze het ritme van de zomer te horen, een mengeling van vogelgezang en gebrom van insecten, een geluid in de lucht dat de terugkomst van warmte en leven leek te vieren.

Toen ze op een bankje in het park naar de spelende kinderen zat te kijken, voelde ze weer woede en wanhoop. Dat ze geen deel kon uitmaken van dit gretige, hongerige leven. Dat ze een toeschouwster moest blijven.

Hoe vaak was ze hier geweest om Arthur te begroeten als hij over Rotten Row reed? Ze herinnerde zich hoe hij eruit had gezien, de knapste man in het park, en de tranen sprongen in haar ogen. Zelfs nu, ruim anderhalf jaar na zijn dood, zocht ze nog steeds in de menigte naar zijn geliefde gezicht. Elke keer onderging ze de ondraaglijke pijn van zijn afwezigheid. Kon ze ervoor kiezen al die herinneringen aan hem achter te laten?

Dat moest, dacht ze, want het alternatief was een leven lang wachten op een man die ze nooit meer zou zien. Ze dacht terug aan zijn sterfdag. Nadat dokter Fleming hem had geopereerd, had ze aan Arthurs bed gezeten. Zijn ademhaling was steeds zwakker geworden en in de gruwelijke stilte tussen een ademhaling en de volgende had ze hem gesmeekt te blijven leven. Nadat hij zijn laatste adem had uitgeblazen, was ze bij hem blijven zitten. Niet omdat ze, zoals haar zussen hadden gedacht, niet in staat was te accepteren dat hij er niet meer was, maar meer omdat ze niet wist wat ze nu moest doen. Die afwezigheid van zijn ademhaling had haar leven van betekenis beroofd. Alle kleine dingen die het dagelijkse leven vormen: eten, slapen, aankleden, praten, waren sindsdien niet meer vanzelfsprekend voor haar.

Arthur was met ondraaglijke pijn gestorven vanwege een kleine onzorgvuldigheid, een beetje onachtzaamheid. Dat accepteren was bijna ondraaglijk wreed. En toch had ze het verdragen. Een jaar geleden had ze overwogen zelfmoord te plegen. Door dat niet te doen, nam ze aan dat ze een keuze had gemaakt. Ze moest andere keuzes maken. Ze moest ergens genoegen mee nemen. Ze moest zichzelf vermaken of nuttig zijn, of ze moest de moed vinden weer naar liefde op zoek te gaan.

Ze had het gevoel dat getrouwd zijn het enige was waar ze ooit goed in was geweest. Het huwelijk had bij haar gepast, het had het beste in haar naar boven gehaald. Ongetrouwd zou ze altijd een prooi zijn voor mannen als Teddy Fiske. Zelf onzeker zijnde, moest ze haar kracht vinden bij iemand die sterker en veerkrachtiger was dan zij. Kracht en overtuiging trokken haar aan omdat dat eigenschappen waren die ze zelf miste.

Ze liep terug door het park. Af en toe bleef ze even staan om naar de rozen te kijken. Ze brak er een af en stak de bloem in haar revers. Ze ademde de hele weg naar huis de zware geur van de bloem in en voelde met haar vingers aan de donkerrode, fluwelen blaadjes.

Het weerzien met Ash had bij Iris de vernedering van hun laatste ontmoeting weer helemaal wakker geschud. Ze vroeg zich af of hij zou zijn vergeten wat er tussen hen was voorgevallen, maar ze zette die gedachte resoluut uit haar hoofd. Niemand, hoe onwerelds ook, zou zoiets vergeten. Zulke ontmoetingen brandden zich in je geheugen en bleven als lijm aan je kleven.

De daaropvolgende dagen was ze gespannen en slecht op haar gemak. Ze kon zichzelf er niet van overtuigen dat hij niet zou terugkomen. Elke andere man zou de tact hebben weg te blijven. Maar tact was nooit een van de sterke punten van Ash geweest.

Tijdens haar zaterdagochtendpauze, snel op weg naar de winkels, hoorde ze hem haar naam roepen. Toen ze zich naar hem omdraaide, stak ze haar kin opstandig omhoog. Deze keer, nam ze zich voor, zou ze er niet geschokt of overstuur uitzien. Zij zou de eer aan zichzelf houden.

Ze zei koel: 'Wat, heb je nog meer patiënten voor het Mandeville, Ash?'

'Deze keer niet. Ik wilde met je praten. Heb je even?'

'Ik heb dienst. Ik moet over een paar minuten weer op de afdeling zijn. Ik moet nog garen kopen.'

Tot haar ergernis volgde hij haar de winkel in. Ze negeerde hem en zocht tussen de spoeltjes katoen naar de roze kleur die bij de stof zou passen die ze had gekocht om een blouse van te maken. Ze hoorde hem zeggen: 'Toen ik je vorige week zag... het was zo onverwacht.'

'Onverwacht?' Ze keek hem met opgetrokken wenkbrauwen aan. 'Op wat voor manier, Ash?'

'Ik wist niet dat je in Londen was.'

'O, Ash, dat valt me nu tegen!' riep ze. 'Dat je me in Londen aantreft, zal je wel het minst van alles verbazen, neem ik aan.' Ze keek nog een keer naar de spoeltjes en ging met haar vingertop langs de verschillende kleuren. 'Wat je bedoelde,' zei ze, 'was hoezeer het je verbaasde dat je Iris Maclise in een ziekenhuis als verpleegster aantrof. Hoe onverwacht het was Iris Maclise te vinden die haar handen vuilmaakt.'

Hij bloosde. 'Dat was absoluut niet wat ik bedoelde.'

'Natuurlijk wel.' Ze draaide zich naar hem om. Nu pas zag ze dat hij ook was veranderd. Dat hij er ouder uitzag, zelfverzekerder. Maar niet netter: zijn haar moest nodig geknipt en hij droeg een jasje van stoffig, groen-zwart materiaal dat er, dacht ze minachtend, uitzag alsof het van dode mollen was gemaakt.

Ze zei kil: 'Je hebt me drie jaar geleden heel duidelijk gemaakt hoe je over me denkt. Doe maar niet alsof dit een beleefde manier is om tijd door te brengen met een oude vriendin. Je was zeker nieuwsgierig, hè? Nieuwsgierig te zien waarom die domme, frivole Iris Maclise eindelijk iets nuttigs doet.'

'Ik heb je nooit dom gevonden...'

'Lieg niet tegen me, Ash!' snauwde ze razend. 'Ik voldoe misschien niet aan je hoge standaard, maar ik ben niet gek!' Ze greep een spoel, gaf de bediende geld en beende de winkel uit.

Maar hij rende achter haar aan en riep: 'Iris! Alsjeblieft!'

Ze was halverwege de ziekenhuistrap. In de schaduw van de ingang van het Mandeville haalde ze diep adem om zichzelf tot rust te brengen. 'Mensen veranderen, Ash. Ik ben veranderd. Het zou een enorme belediging zijn als je dacht dat ik nog dezelfde was.

Je kunt niet op een plek als deze werken zonder gruwelijke dingen te zien. Ik ga niet zoals Eva naar politieke bijeenkomsten of iets dergelijks, want ik heb maar weinig vrije tijd. En als ik die heb, vermaak ik mezelf en daarvoor schaam ik me niet. Maar denk alsjeblieft niet dat ik zo dom en naïef ben als vroeger. Want dat ben ik namelijk niet.'

Er viel een stilte. Toen zei hij: 'Ik heb je gemist.'

Haar kin ging weer omhoog. 'Heb je me gemist? Mij of mijn familie?'

'Jullie allemaal. Maar jou het meest.' Hij grijnsde wrang naar haar. 'Niemand maakt ruzie met me zoals jij dat deed, Iris. Dat mis ik. Echt waar.'

Hij had een glinstering in zijn ogen; met enige tegenzin wist ze ineens weer waarom ze hem jaren geleden zo leuk had gevonden en waarom ze, ondanks hun verschillen, ooit zo van zijn gezelschap had genoten.

'Ik moet aan het werk,' mompelde ze.

'Natuurlijk. Maar ik mag je toch wel weer zien, hè?'

'Ash...'

'Dat is dan afgesproken.' En toen was hij weg, verdwenen in de drukte op de markt.

Toen ze om acht uur van de afdeling kwam, lag er een briefje in haar postvakje in de verpleegstersflat. Het was van Eva. *Iris*, had ze in zwarte inkt gekrabbeld, *je moet iets doen. Marianne gaat met een afschuwelijke man trouwen en in Ceylon wonen. Je moet haar tegenhouden.*

Marianne was in de bijkeuken van het huis aan Norfolk Square toen Iris aankwam. Ze droeg een oude, donkerblauwe jurk die Iris zich nog herinnerde van hun tijd op Summerleigh en haar dikke, donkere haar was opgestoken in een slordige knot. Het blauw van de jurk en het slechte licht in de ruimte maakten haar toch al bleke teint kleurloos.

Toen Iris binnenkwam, keek ze op. 'Ik ben de bloemen vergeten.' Op het aanrecht stonden vazen en er lagen bossen anjelieren en rozen. 'Ik heb ze vanochtend geplukt, heb ze hier neergelegd en ben ze helemaal vergeten. Die arme stakkers sterven van de dorst.' Ze keek Iris vanuit zijn ooghoeken aan. 'Is het niet een beetje laat om op bezoek te komen?'

'Vreselijk.' Iris kwam bij het aanrecht staan. 'En de hoofdverpleegster laat me ophangen en vierendelen als ik niet om tien uur in mijn kamer ben.'

Marianne sneed met een mes de uiteinden van de bloemstelen. 'Ik neem aan dat Eva het je heeft verteld?'

'Dat je bent verloofd? Is het waar?'

'Ja. En als je hier bent om me over te halen niet te trouwen kun je net zo goed weggaan, want dan verdoe je je tijd.'

'Als het echt is wat je wilt, Marianne, zou ik er niet over peinzen dat te proberen.'

'Dat is dan een aangename verandering. Eva heeft tegen me staan schreeuwen.'

'Misschien was Eva geschokt. We wisten niet dat er iemand was om wie je speciaal gaf.'

'Die is er ook niet.' Mariannes stem klonk grimmig. Ze keek over haar schouder naar Iris. 'Maar Lucas heeft me ten huwelijk gevraagd en ik heb ingestemd.'

'Lucas?'

'Lucas Melrose.'

Iris keek naar de snelle, meedogenloze beweging van het mes. 'Volgens mij heb ik die naam nog nooit gehoord. Ik kan me niet herinneren dat je het weleens over hem hebt gehad.'

'Hij is heel respectabel, als je je daarover zorgen maakt. Hij heeft een theeplantage in Ceylon.'

'En als jullie zijn getrouwd, wil je in Ceylon gaan wonen?'

'We vertrekken over twee weken. We trouwen met speciale toestemming.'

'Marianne...' Doe het niet, wilde ze zeggen, maar het lukte haar net om zichzelf tegen te houden. 'Heb je het aan vader verteld?'

'Ik heb hem gisteren geschreven. En Eva zal hem wel een telegram hebben gestuurd.' Marianne glimlachte gespannen. 'Vader is ongetwijfeld onderweg naar Londen. Misschien sleept hij James wel mee voor morele steun. Ik zal de meid maar vragen de logeerkamers te luchten, hè?' Het sarcasme ebde uit haar stem weg en ze mompelde koppig: 'Het maakt geen verschil. Ik heb het meermalen overwogen en dit is de enige manier.'

Iris had het gevoel dat ze de draad kwijt was, dat ze in het duister tastte. 'Waar heb je meneer Melrose ontmoet?'

'Op Redlands. Laura Meredith heeft ons aan elkaar voorgesteld.'

'En jullie ontdekten dat je van elkaars gezelschap genoot... of dat jullie dingen gemeen hadden?'

'We hebben wat gepraat. En toen ontmoetten we elkaar toevallig in Londen. En sindsdien is hij vaak op bezoek geweest.' Marianne was even stil. 'We waren allebei alleen. Dat zal het wel zijn geweest. Op Redlands waren we allebei... buitenstaanders.'

Dat stelde Iris in het geheel niet gerust. 'Hoelang ken je hem al?'

Marianne vulde een vaas met water. 'Acht weken.'

Deze keer kon ze zich niet inhouden. 'Acht weken! Mijn god, Marianne, ben je gek geworden?'

'Ja.' Een glimlachje. 'Ik denk vaak dat ik dat ben, een beetje. Sinds de dood van Arthur zijn er dingen waaraan ik continu denk, vreselijke dingen. Ik moet op mijn tong bijten om te voorkomen dat ik ze hardop zeg. En soms kan ik me niet inhouden en dan komen die vreselijke dingen eruit en dan kijkt iedereen me geschokt aan, alsof ik iets aanstootgevends heb gezegd. Dus ja, misschien ben ik wel een beetje gek.' Ze leunde tegen de gootsteen. Het schemerlicht benadrukte de ingevallen plekken en schaduwen op haar gezicht en de tengerheid van haar lichaam. Marianne was altijd al dun geweest, maar sinds de dood van Arthur was ze afgevallen. 'Eerlijk gezegd,' zei ze zacht, 'probeer ik mezelf soms niet eens in te houden, omdat ik niet inzie waarom ik dat zou doen. Ik zie de wereld tenslotte zoals die is terwijl anderen zichzelf voor de gek houden. Ik ben namelijk niet meer dezelfde als vroeger. Ik doe wel alsof, maar het is niet zo. De laatste tijd ben ik zelfs een paar keer van mezelf geschrokken. Ik ben bang dat ik iets vreselijks zal doen. Iets onbezonnens.'

'Dat huwelijk klinkt onbezonnen genoeg.'

Marianne legde het mes neer. 'Ik bedoel iets ergers. Er zijn ergere dingen dan trouwen met een man van wie je niet houdt.'

'Is dat zo? Een huwelijk is zo definitief... een heel leven...'

'Lieve Iris, heb je zo weinig verbeeldingskracht?' Marianne lachte kort. 'Ik kan veel ergere dingen doen dan met Lucas Melrose trouwen. Ik zou een horde minnaars kunnen nemen. Wat zou vader daarvan vinden?'

'Marianne...'

'Ik ben niet zo gek dat ik niet weet wat ik doe.' Ze keek fel. 'Ik kies er zelf voor opnieuw te trouwen.'

'En niemand ontkent dat je dat recht hebt. Maar met een man die je pas acht weken kent...'

'Tijd heeft er niets mee te maken. Ik wist de eerste keer dat ik Arthur zag dat ik van hem hield.'

'Dus je voelt voor die man... voor Lucas... net zoiets als wat je voor Arthur voelde?'

'Natuurlijk niet.' Mariannes stem klonk minachtend. 'Ik zei net al dat ik niets voor hem voel. Maar hij is goed genoeg. Net zo goed als ieder ander.'

'Goed genoeg? Dat is geen basis voor een huwelijk!'

'Nee?' Nu klonk Marianne kwaad. 'Ik begrijp niet wat voor recht mijn zussen hebben te denken dat ze me huwelijksadvies kunnen geven. Eva gelooft er niet in en die arme Clemency zal wel de rest van haar leven alleen blijven. En stel jij nu voor dat ik op iets beters wacht? Net als jij, Iris?'

De stilte werd onderbroken door het geluid van een druppelende kraan en door het schitterende gezang van een zanglijster buiten, in de tuin. Iris dacht aan Summerleigh: warme avonden en de armen van een man om zich heen terwijl ze danste. En de geur van rozen, een of twee gestolen kussen in de maanverlichte tuin.

'Dat zal ik wel verdienen.' Ze pakte een gevallen bloemblaadje van de grond en wreef het tussen duim en wijsvinger fijn. 'Ik heb heel wat kansen laten schieten, hè?'

Marianne sloot haar ogen. 'Sorry. Dat was onaardig. Ik bedoelde niet...'

'Jawel. En je hebt helemaal gelijk. Ik was te trots om het aanbod aan te nemen van alle mannen die me een aanzoek hebben gedaan. Ik dacht altijd dat er iemand was die beter zou zijn. En tegen de tijd dat ik ontdekte dat dat niet het geval was, was het te laat. En wie wil er nu nog met me trouwen?' Ze lachte kort. 'Eau de carbolzeep is niet bepaald verleidelijk en moet je mijn arme handen zien.'

'Vergeef me, Iris,' fluisterde Marianne. 'Dat was gemeen van me.'

Ze zag er wit, uitgeput en wanhopig ongelukkig uit. Iris zei vriendelijk: 'Je ziet er moe uit. Slaap je wel?'

'Niet echt.' Marianne veegde een lok haar achter haar oor.

'Marianne, Arthur is pas anderhalf jaar dood. Dat is helemaal niet lang. En om nu met een man te trouwen die je nauwelijks kent... duizenden kilometers van je familie vandaan te gaan wonen... kun je je voorstellen dat we ons zorgen maken?'

Marianne was de bloemen in een vaas aan het schikken. 'Ik weet dat je me dom en romantisch vond. En dat zal ik ook wel zijn geweest. Het enige wat ik als meisje wilde, was verliefd worden. Het maakte me niet uit of hij arm of rijk was, knap of gewoontjes. Ik dacht dat verliefd worden mijn leven zou veranderen. Nou, dat is waar, het heeft mijn leven voor altijd veranderd. En ik weet dat het voor anderen moeilijk is te begrijpen hoe ik me voel, maar sinds de dood van Arthur heb ik het gevoel dat ik van steen ben...' ze legde haar vuist op haar borst, 'hier. Ik hou misschien niet van Lucas, maar hij lijkt een goede man en hij zegt dat hij van me houdt. Is het zo vreselijk hem te laten geloven dat ik ook van hem kan houden? Ik kan doen alsof, Iris... ik ben heel goed geworden in doen alsof.' Haar stem werd zachter. 'Ik denk niet dat ik in staat ben ooit nog van een andere man te houden, en zelfs als ik het zou kunnen, weet ik niet of ik dat wil. Je kunt liefde verliezen. Mensen zeggen altijd dat het beter is om liefgehad te hebben als je iemand verliest, maar dat denk ik niet, dat denk ik helemaal niet!'

Iris koos haar woorden zorgvuldig. 'Ik weet dat je Arthur nog steeds vreselijk mist. Ik stel alleen voor dat je nog even wacht.'

'Maar Iris, zie je dan niet dat er niets is om op te wachten? Ik heb het grootste deel van mijn jeugd doorgebracht met wachten. Dat was alles wat ik deed, het was alles wat we allemaal deden. We wachtten. Tot er iets zou komen... liefde... een huwelijk. Toen ik met Arthur trouwde, dacht ik dat het wachten daarmee was afgelopen. Maar toen ging hij dood en sindsdien heb ik het gevoel dat ik in het ongewisse verkeer. Ik heb niets om naar uit te kijken en ik kan niet eens met plezier aan het verleden denken omdat al mijn herinneringen aan Arthur zijn bezoedeld door zijn dood. En er is niets om de leegte mee te vullen. Helemaal niets. Ik heb geen talent zoals Eva en ik ben niet slim genoeg om een carrière te beginnen, zoals jij. Ik ben drieëntwintig en ik heb het gevoel dat mijn leven voorbij is!'

Er klonk een beslistheid in Mariannes stem waar Iris koud van werd, een groeiend vermoeden dat er niets was wat zij of een ander kon doen om Marianne ervan te weerhouden met Lucas Melrose te trouwen. Maar toch probeerde ze het. 'Met de tijd...'

'Nee.' Marianne schudde wild haar hoofd. 'Tijd verandert niets. Wachten verandert niets.' Ze zette de vaas op een bijzettafeltje. Iris zag dat de bloemen kunstig en precies waren geschikt. 'Dit huis...' Mariannes blik ging snel door de kamer, 'is net een mau-

282

soleum. Iedere kamer herinnert me aan hem. Ik klampte me eerst vast aan die herinneringen, maar de laatste tijd beginnen ze me te achtervolgen. Als ik onze slaapkamer binnen ga, zie ik hem daar liggen, in doodsstrijd. Ik moet hier weg. Ik moet ergens anders heen en andere dingen zien. Ik moet andere gedachten krijgen. Anders ga ik dood, Iris. Dan ga ik dood.'

'O, Marianne.' Iris omhelsde haar, maar Marianne hield zich stijf en afwerend. 'Ik begrijp gewoon niet waarom je zo'n haast hebt. Kun je je niet eerst verloven? Dan krijgt de familie de kans Lucas te leren kennen en dan kun jij erachter komen of je de juiste beslissing neemt. En als je over een maand of zes nog hetzelfde voelt, kun je met onze zegen trouwen.'

Marianne wendde zich weer tot de bloemen. 'Lucas moet over twee weken terug naar Ceylon.' Haar stem klonk afgemeten en emotieloos. 'Hij komt voorlopig niet terug naar Engeland; we trouwen nu of helemaal niet. Dat heeft hij heel duidelijk gemaakt.'

Iets wat Marianne eerder had gezegd, maakte dat Iris nu zei: 'Je zei dat meneer Melrose je op Redlands heeft gezien. Misschien ben je hem opgevallen omdat je alleen was. Arthur heeft je als rijke vrouw achtergelaten, Marianne. Ik vrees dat dat je een doelwit maakt voor bepaalde mannen.'

'Bedoel je dat hij op mijn geld uit is?' Marianne zette witte rozenknopjes in een glazen vaas. Ze leken licht te geven in de schemer. 'Als dat zo is, kan het me niet schelen.'

'Dat zou wel moeten.'

'Nou, dat is dus niet zo,' zei Marianne scherp. 'Dat is misschien slecht van me, maar zo is het nu eenmaal. We zouden elkaar per slot van rekening gebruiken. Hij zou met mij trouwen om het geld en ik met hem voor een kind.'

'Een kind?'

'Ik weet dat ik nooit van een andere man zal houden. Maar misschien kan ik wel van een kind houden. Ik heb iets met mezelf afgesproken. Ik word een goede vrouw voor Lucas. Hij leidt een druk en ongeregeld leven en ik denk dat hij een vrouw wil die zijn huishouden regelt en het in huis gezellig maakt. En hij zal mij op zijn beurt geven wat ik wil: een kind.'

Iris begreep het eindelijk. 'Dus daarom trouw je? Zodat je een kind kunt krijgen?'

'Ja.' Marianne keek opstandig. 'Ik ben het zat alleen te zijn. Ik ben het zat 's ochtends wakker te worden en me af te vragen hoe ik de dag moet doorkomen. Ik wil weer van iemand houden.' Ze zette de vaas met bloemen op de tafel. 'Ik heb altijd gedaan wat andere mensen van me wilden,' zei ze zacht. 'Ik ben een goede dochter en een goede echtgenote geweest. Nu neem ik iets voor mezelf. Ik neem wat ik wil. Het enige wat ik wil.'

Toen ze voor het altaar stond, werd Marianne overvallen door een paniek die zo hevig was dat ze de kerk uit wilde rennen. Ze kon het niet. Ze kon niet trouwen met een man die ze nauwelijks kende, een man van wie ze niet hield. Een man die af en toe iets van zichzelf liet zien wat haar beangstigde.

Maar de dominee praatte verder en ze stond bewegingloos naast Lucas Melrose en haar gesluierde gezicht verried niets van haar innerlijke strijd. Denk eens aan het gedoe, dacht ze. De uitleg die ze zou moeten bedenken, het commentaar van familie en vrienden dat ze zou moeten ondergaan, de nieuwsgierigheid en roddels waaraan ze zichzelf zou blootstellen. Alleen al de gedachte eraan maakte haar moe.

En trouwens, als ze niet trouwde, wat moest ze dan? Dan zou er niets veranderen. Ze zou geen andere keuze hebben dan terug te gaan naar een leven dat betekenisloos voor haar was geworden. Ze zou haar laatste kans op geluk, een eigen kind, verliezen. Het vonkje in haar, al bijna helemaal uitgedoofd door Arthurs dood, zou nog verder verzwakken en sterven.

Ze hoorde haar eigen stem, nu steviger, de woorden van de dominee herhalen. Ze voelde de ring om haar vinger glijden.

Twee dagen later stapten ze op de boot naar Colombo. Toen het schip afmeerde, zwaaide Marianne tot ze haar familie, die op de kade stond, niet meer zag. Maar ze bleef op het dek en keek toe hoe eerst de grote kranen en vrachtschepen verdwenen, toen Southampton en uiteindelijk de kustlijn van Engeland zelf, die wegzakte in de glooiing van de aarde.

9

Eva ging terug naar Gabriel omdat ze niet anders kon. Ze had hem nodig, ze had zijn energie nodig, zijn liefde voor het leven en zijn gemakkelijke lach.

Maar er was iets veranderd. Haar haat voor Nerissa was zwart en jaloers. Hij maakte dat ze Gabriel in de gaten hield, dat ze achterdochtig was over waar hij was geweest en bij wie hij was geweest. En Gabriel had al maanden niet geschilderd; hij had haar als sinds voor Kerstmis niet meer geschilderd. 'Een dorre periode,' zei Gabriel humeurig. 'Als ik die heb, ben ik altijd bang dat dit het einde is, dat ik nooit meer zal schilderen.'

In juli hielp Eva Lydia Bowen naar een nieuwe flat verhuizen. Ze schilderden de muren, hingen gordijnen op en maakten stoelhoezen. Toen ze klaar waren met inrichten, gaf Lydia spontaan een feestje. Potten en vazen met margrieten stonden op tafels en schoorsteenmantels. Licht viel door hoge, gewelfde ramen naar binnen. De kamers stroomden vol met gasten en het knallen van champagnekurken vormde een eigen ritme op de muziek van de platenspeler.

Hoewel ze met Gabriel naar het feest was gekomen, was Eva hem steeds kwijt in de menigte. Soms stond hij weer een paar minuten naast haar en dan praatte ze een paar minuten met een vriendin en als ze dan weer om zich heen keek, was hij weg. Het leek haar uiterst belangrijk bij Gabriel te blijven. Ze zag bekende gezichten in de drukte: medestudenten en docenten van het Slade, Lydia's suffragettevriendinnen, kunstenaars en begunstigers die Eva in Lydia's galerie had ontmoet.

Toen Eva met Lydia en May Jackson stond te praten, verloor ze Gabriel uit het oog. Ze verontschuldigde zich en baande zich door de menigte een weg op zoek naar hem. Uiteindelijk zag ze hem achter in de hal staan. Hij stond met een meisje te praten. Het meisje was donker en slank; ze droeg een enkellange, groenfluwelen rok met een zwarte gebreide trui. Ze had blote voeten en haar wilde, krullende haar viel vrij van spelden of linten over haar rug. Wanneer ze lachte, gooide ze haar hoofd naar achteren, waardoor haar lange, bleke hals zichtbaar werd.

Rond middernacht begonnen de gasten te vertrekken. Lydia's begeleider, een pezige, buitenlands uitziende man, nam afscheid van hen toen Eva in de keuken glazen stond af te wassen. 'Fabrice is een gruwelijk saaie gesprekspartner, maar een geweldige danser,' vertrouwde Lydia haar toe nadat ze hem had uitgelaten.

'Ben je weleens verliefd geweest, Lydia?' vroeg Eva.

'Eén keer. Sigaret?'

'Graag.' Eva droogde haar handen aan de theedoek af. 'Wat was het voor iemand?'

'Laurence?' Lydia glimlachte verdrietig. 'Hij was lang, dun en zijn ogen hadden de kleur van zwarte koffie. Volgens mij ben ik daardoor verliefd geworden, door zijn ogen.'

'Maar je bent niet met hem getrouwd?'

'Nee.' Lydia pakte een aansteker. 'Die heerlijke ogen hadden jammer genoeg de neiging te dwalen. Laurence verzamelde mooie dingen. Nederlandse interieurs en mooie, jonge vrouwen. Toen ik hem ontmoette, was hij getrouwd. Ik moet eerlijk toegeven dat hij daarvan nooit een geheim heeft gemaakt. Dus je zou kunnen zeggen dat ik wist waaraan ik begon. Hoewel niemand dat natuurlijk ooit weet. Dat weet je nooit.'

De stilte leek nogal zwaar in de lucht te hangen. Eva dacht aan de portretten van zichzelf die in Lydia's galerie hingen. Hoeveel mensen wisten, of vermoedden, dat ze de minnares van Gabriel Bellamy was? Val had gezegd: Gabriel gaat altijd naar bed met zijn modellen. Dat weet iedereen.

'Dat meisje...' begon ze.

'Welk meisje?'

'Ze had een groenfluwelen rok aan. En ze droeg geen schoenen.'

'Dat is Ruby Bailey.' Lydia doofde haar sigaret. 'Een van de anderen zal haar hebben meegenomen. Ik heb haar een paar keer gezien, maar ik ken haar niet echt. Volgens mij is ze danseres. En heel aantrekkelijk.'

'Is ze...?'

'Is ze wat?'

'Niets.'

Eva spoelde glazen af en zette ze op het afdruiprek om ze te laten drogen. Is ze getrouwd, had ze willen vragen. Heeft ze een relatie? Is ze het soort vrouw op wie Gabriel verliefd kan worden? Maar ze wist, terugdenkend aan de donkere, zigeunerachtige Ruby Bailey, het antwoord op die vraag al.

Iris en Ash werden langzaamaan en voorzichtig weer vrienden. Iris hoorde dat Ash sinds twee jaar bij een advocatenkantoor in Lyman Street werkte, nog geen kilometer van het Mandeville vandaan. Hij had via de University Settlement Adam Campbell ontmoet, de seniorpartner van Campbell, Sparrow en Blunt. Campbell was midden veertig, een stille, principiële man die het als onderdeel van zijn werk zag de zaken van armen en machtelozen te behartigen. 'Je voelt je vast in je element,' zei Iris toen Ash haar een rondleiding gaf in het armoedige, drukke kantoor. 'Al dat Goede Werk om te doen.'

Ze zagen elkaar af en toe. Iris werkte lange dagen en Ash doceerde 's avonds politicologie en economie aan een technische opleiding, gaf lezingen voor de *Workers' Educational Association* en woonde politieke bijeenkomsten bij. Een verzameling zwervers en ontheemden hield zich in zijn huis in Aldgate op. In zijn keuken vonden vaak verhitte discussies plaats die tot in de vroege uurtjes duurden.

Iris leerde door Ash een deel van East End kennen waarvan ze nog geen weet had gehad. Ze verkenden samen de doolhof van straatjes en steegjes die van Whitechapel Road aftakten. Door de etalages van de winkels turend zag Iris papegaaienkooien, struisvogelveren, mandolines en kanten sluiers. Ze zag plat brood dat in vreemde vormen was geknoopt, glazen flessen met pepermuntballetjes en gekookt fruit, en dienbladen met roze en geel Turks fruit. Ash liet haar de anarchistenschuilplaatsen in Jubilee Street zien en de club waar Kropotkin en Enrico Malatesta hun speeches hadden gehouden. Hij nam haar mee naar kleine, donkere cafés waar foto's van buitenlands uitziende mannen met enorme snorren aan de muren hingen en hij trakteerde haar op dikke, zoete, Turkse koffie, die ze dronken in een zitje dat bekleed was met tot op de draad versleten paars pluche. Hij was zelf geen anarchist, legde Ash uit; hij vond dat anarchisten te dol waren op kogels en bommen.

Ze hadden het overal over, of bijna overal. Er was één onderwerp dat ze omzeilden. Ze hadden het nooit over hun ruzie de dag na het feest op Summerleigh. Ze navigeerden eromheen, gingen het uit de weg. Iris bedacht dat Ash zich misschien schaamde als hij eraan terugdacht. En er was een nog onaangenamere mogelijkheid: dat hij dacht dat ze echt verliefd op hem was geweest. Als dat zo was, was dat een misvatting die ze in de kiem moest smoren.

Op haar vrije zaterdagmiddag ging ze wandelen met Ash. Op weg naar huis gingen ze nog even winkelen. Iris kocht linten en haarband, kant en garen; ze koos de kleuren en lengtes met geoefende efficiëntie. Het was gaan regenen; Ash droeg haar pakje, dat in bruin papier was gewikkeld, en ze liepen samen onder zijn paraplu. 'Dat bewonder ik zo in jou, Iris,' zei hij toen ze de winkel uit liepen. 'Je weet altijd precies wat je wilt.'

'Ik heb graag duidelijkheid.'

'Een halve meter van dit, drie meter van dat en zes parelmoeren knoopjes... wat ben je in 's hemelsnaam aan het maken?'

'Dat hoort een heer een dame niet te vragen. Wat als het iets onbespreekbaars is?'

'Dan bied ik meteen mijn excuses aan en neem ik mijn vraag terug.'

'Ik plaag je maar. Ik maak een blouse voor Clemmies verjaardag, een rok voor mezelf en twee nachtponnetjes voor Ellen Catherwoods baby.'

Het verkeer op Commercial Road was druk; toen ze overstaken, pakte Ash Iris' hand terwijl ze tussen trams en brouwerswagens door renden. Toen ze weer op de stoep liepen, zei ze: 'En je hebt het trouwens mis. Ik kan gruwelijk langzaam zijn in het beslissen van wat ik wil. Ik heb jaren gedacht dat ik iets wilde wat waarschijnlijk helemaal niet bij me had gepast.'

Er klonk een donderslag, het begon ineens hard te regenen en ze renden naar een portiek om te schuilen. Ash deed de paraplu dicht. 'Wat dan?'

'Een huwelijk, natuurlijk. Zie je, Ash, ik geef toe dat ik het mis had en je weet dat ik daar een hekel aan heb. Maar misschien gaf ik niet zoveel om diamanten ringen en trouwjurken als ik dacht.'

'Ben je dan van plan de rest van je leven verpleegster te blijven?'

'Hemel, nee. Wat een afgrijselijk idee.'

Er kwamen meer mensen in het portiek staan. Iris lachte kort. 'Weet je nog dat ik heel lang geleden heel even dacht dat ik met je wilde trouwen?'

Hij trok haar naar zich toe, van de andere mensen af. 'Dat weet ik nog.'

'Maar je hebt het er nooit over. Uit tact, Ash?'

'Ik vrees dat ik me als een walgelijk opgeblazen kwal heb gedragen.'

'Dan is het maar goed dat ik het ben vergeten, hè?'

Regendruppels tikten hard op het dak en ze zeiden even niets. Toen de regen minder werd, liepen ze het portiek uit. Iris zei: 'De afschuwelijke waarheid is dat ik de verpleging leuk vind. En ik ben er behoorlijk goed in... in het begin niet, maar nu wel. Dat zal me wel uitermate saai en eerzaam maken. Ik zal wel als een bazige oude vrijster eindigen die alleen katten heeft om haar gezelschap te houden.'

'O, ongetwijfeld,' zei hij met een vage glimlach.

Iris gaf hem een arm. 'En jij, Ash? Heb je iemand gehad?'

'Niemand met wie het iets werd. En jij? Denk je echt dat ik geloof dat geen enkele man ook maar naar je heeft gekeken?'

Ze kreeg kuiltjes in haar wangen. 'Nou, de broers van mijn vriendin Rose zien wel wat in me... en een paar artsen in het ziekenhuis...'

'De goeie ouwe Iris.'

'Maar ik ben nog nooit verliefd op iemand geweest, en dat moet je zijn als je met iemand trouwt, toch?'

'Volgens mij wel.'

'Ik heb namelijk nog steeds een hart van graniet. En ik ben nog geen man tegengekomen die er een barst in kan maken.' Ze keek hem stralend aan. 'Het is zo fijn te weten dat je nooit meer dan een vriend zult zijn, Ash. Dat is zoveel gemakkelijker dan verliefd zijn.'

Aan het einde van het collegejaar vertrokken Eva's vriendinnen, sommigen naar hun ouderlijk huis, een of twee om te gaan trouwen en een stel om in Parijs te gaan studeren. Ze vroegen Eva mee te gaan naar Parijs, maar die zocht uitvluchten. Misschien later in de zomer, zei ze. Misschien als ik wat meer geld heb gespaard.

Gabriels tentoonstelling was in september. Zijn portretten van Eva hingen aan de muren van Lydia's galerie naast zijn landschappen en schetsen van zijn kinderen. De avond nadat de recensies in de krant hadden gestaan, vond Eva hem in de Eiffeltoren in Percy Street over een glas absint gebogen. 'Die klootzak in de *Times* heeft het lef me ouderwets te noemen,' zei hij razend. 'Omdat ik geen stukken krantenpapier of sigarettenpakjes op mijn schilderijen plak. Als ik mooie vrouwen op kartonnen dozen zou laten lijken of als ik mijn tijd zou verdoen met het schilderen van machines zouden ze me de hemel in prijzen.' Hij sloeg de rest van zijn drankje achterover en bestelde nog een glas. 'Ik wil schoonheid schilderen, geen lelijkheid. Wat is daar mis mee? Waarom zouden we lelijkheid koesteren? Daarvan is toch al genoeg in de wereld? Dus waarom zou ik daaraan nog meer toevoegen? Van kunst hoor je blij te worden, niet verdrietig. De meesten van ons hebben het al moeilijk genoeg om niet in de goot te belanden zonder zich opzettelijk in ellende te wentelen.'

Hij was opgesprongen, een reusachtige gestalte in zijn lange, zwarte jas en gleufhoed. De andere klanten in het café draaiden zich om om naar hem te staren. 'Schoonheid is het enige wat telt!' schreeuwde hij, en hij sloeg zo hard met zijn vuist op tafel dat de glazen opsprongen. 'Zien jullie idioten dat niet?' Hij wankelde een beetje, zijn blik dwaalde door de ruimte en zijn toon werd laag en minachtend. 'Maar schoonheid is nu niet in de mode, hè? En we moeten koste wat kost met de mode mee. God sta ons bij als we toch niet met de mode mee zouden gaan!'

Eva sleurde hem het café uit. Ze liepen naar Soho, van de ene pub naar de andere. Vrienden en slaafse volgelingen voegden zich bij hen en hingen als molenstenen om Gabriels nek. Later die avond fluisterde Max tegen Eva: 'Als ik jou was, zou ik naar huis gaan. Ik hou wel een oogje op hem.'

Ze hoorde later dat Gabriel stomdronken een gevecht had uitgelokt in een pub, dat hij de nacht op het politiebureau had doorgebracht en dat Max de volgende ochtend zijn borg had betaald en hem had teruggebracht naar Greenstones en Sadie.

Ze had sinds het begin van dat jaar niet meer voor Gabriel geposeerd. Toen ze een keer alleen in zijn atelier waren, begon ze haar blouse open te knopen en haar kousen uit te trekken. 'Wat doe je?' vroeg hij. 'Ik dacht dat je me misschien wilde schilderen,' zei ze. 'Me echt schilderen, zoals je altijd zei dat je dat wilde.' Hij maakte zelf haar knoopjes dicht. 'Lieve Eva, dat hoef je niet te doen.' Er stond medelijden in zijn ogen.

Hoewel hij nu al een tijdje in East End woonde, vond Ash het nog steeds onmogelijk vrede te vinden in de ontberingen die hij dagelijks zag. Zijn rijkdom voelde obsceen op een plaats waar honger de armste gezinnen onophoudelijk tartte. Hij haatte het de effecten van armoede zo leesbaar op de ingevallen gezichten en in de lusteloze ogen van de kinderen te zien en haatte het nog meer de blauwe plekken op hun benen en rug te zien. Hoewel hij wist dat er heel veel liefdevolle gezinnen in East End woonden, waren er andere ouders die hun kinderen sloegen omdat ze te uitgeput en onwetend waren om hun kinderen op een andere manier tot de orde te roepen. En hij ontdekte dat er nog ergere dingen waren: in sommige van de armste gezinnen woonden kinderen die nooit geboren hadden moeten worden. Tienerjongens en -meisjes lagen samen in veel te kleine kamers; af en toe resulteerde die nabijheid in een kind over wie niemand het had. De schande van de familie werd verborgen en niemand werd ooit vervolgd... en wie zou je trouwens moeten straffen? dacht hij kwaad. Het kind zelf door het weg te halen uit het enige thuis dat het ooit had gekend? Of het onwetende kind dat het had gebaard? Of de ouders, omdat ze niet genoeg geld verdienden om hun gezin netjes onder te brengen?

Hoewel hij deed wat hij kon, leek het nooit genoeg. Zijn zakken waren altijd leeg omdat hij geen soldaten op één been, vergeten slachtoffers van de Boerenoorlog die hun pet voor hem ophielden, kon voorbijlopen, of de oude vrouwen die ervoor kozen op straat te gaan bedelen in plaats van naar het werkhuis te gaan. Hij deelde zijn eten met hongerige gezinnen en gaf zijn bank aan mannen die die nacht geen bed hadden. Toen hij Iris voor het eerst mee naar zijn huis nam, zag hij hoe haar blauwe ogen groot van afkeuring werden. 'Ik weet dat het er slordig uitziet,' zei hij snel, 'maar ik weet waar alles staat. En ik vind het leuk als mijn vrienden hier logeren.'

Hij schreef artikelen voor linkse kranten over de zaken die hem bezighielden, over ondervoede kinderen, werkomstandigheden van havenarbeiders die altijd maar een stap van de armoede waren verwijderd vanwege hun arbeidsvoorwaarden. Hij maakte foto's van straten en pleinen in East End, foto's die soms werden tentoongesteld in armoedige galerietjes in Jubilee Street, waar, zo vermoedde Ash, mensen alleen naar binnen gingen als ze voor de regen wilden schuilen. Hij schreef pamfletten waarin hij in eenvoudige taal die op arbeiders was gericht op de noodzaak van verandering wees en liet die drukken op een lawaaiige, kletterende drukpers op Inkhorn Court. Hij deelde de pamfletten zelf uit, duwde ze door brievenbussen, een sliert kinderen en zwerfhonden als de staart van een komeet achter zich aan.

De vergadering was al een heel eind op weg toen Ash op een avond arriveerde op een bijeenkomst van de Labour Party. Erna werd er thee geschonken. Ze kwamen samen in een hoek van de ruimte: Ash, Harry Hennessy, die secretaris van de afdeling was, Harry's broer, Fred, en een roodharige man van ongeveer de leeftijd van Ash, die Charlie Porter heette. Een jonge vrouw die Ash nog nooit had gezien, kwam bij hen staan. Harry stelde haar aan Ash voor; ze heette Thelma Voss. Ze was slank en van gemiddelde lengte en droeg een versleten regenjas en een donkerblauwe baret. Haar gezicht was rond, ze had hoge jukbeenderen en een grauwe huid; haar opvallendste kenmerk waren haar zware, zwarte wenkbrauwen die haar levendige, groene ogen omlijstten.

Ze hadden het over de moeizame voortgang in het parlement van de *Government's Homerule for Ireland Bill.*

'De unionisten geven geen centimeter toe,' zei Fred. 'Het maakt hun niet uit wat Asquith wil en het maakt hun niet uit wat het Ierse volk wil.'

'Het is altijd hetzelfde verhaal.' Harry roerde suiker in zijn thee. 'De landeigenaren willen aan de macht blijven. Ze willen niet dat arbeiders zeggenschap hebben over wat er gebeurt.'

'Of arbeidsters,' mompelde juffrouw Voss. 'Vrouwen horen net zoveel zeggenschap te hebben als mannen.'

'We moeten ons niet laten afleiden door iedereen die zijn gram wil halen,' zei Charlie.

'Zijn gram wil halen? Is dat hoe je over de vertegenwoordiging van vrouwen denkt?' Thelma Voss' ogen spuwden vuur.

'Je moet je prioriteiten op een rijtje hebben.'

'En vrouwenrechten staan behoorlijk laag op je lijstje, hè, Charlie?' Thelma klonk minachtend. 'Het verbaast me je hier te zien. Waarom ga je niet naar de liberalen? Zo te horen denk je er net zo over als meneer Asquith.'

Charlie stak een sigaret op. 'Ierland is lang genoeg door afwezige landheren geregeerd. Ik had niet gedacht dat jij het voor de aristocratie zou opnemen, Thelma.'

'Dat doe ik ook niet! Natuurlijk doe ik dat niet!'

Charlie knipoogde naar Ash. 'Thelma geeft niet om het heersende bewind. Je zou iedereen willen wegsturen, hè, schat?'

'Nou, wat doen ze voor goed dan? Het zijn allemaal parasieten en bloedzuigers!'

'Thelma zou iedereen het liefst laten onthoofden.'

'Natuurlijk niet, Charlie,' zei Thelma stijfjes. 'Je weet dat ik geweld afkeur.'

Charlie begon te lachen. 'Als je de kans zou krijgen, zou je breiend toekijken hoe de koppen rolden.'

'Ik heb al gezegd dat ik pacifiste ben.'

'Tik, tik, tik...'

Thelma snauwde: 'Waarom drijf je altijd de spot met me?'

Charlie grijnsde. 'Voor de lol. Waar is je gevoel voor humor, schat?'

Thelma was rood geworden. 'Het enige wat ik wil zeggen, is dat er bepaalde regels voor de rijken zijn en andere voor de armen...'

'Juffrouw Voss heeft helemaal gelijk,' zei Ash. 'Suffragettes ondergaan de ellende van dwangvoeding in de gevangenis terwijl sir Edward Carson, die zich openlijk heeft uitgesproken voor een gewapende rebellie van de unionisten in Ulster, vrijuit gaat.'

'Maar Carson is parlementslid,' zei Fred. 'Hij is een van hen.'

'En hij is rijk.' Thelma klonk verbitterd. 'Dat is wat hem anders maakt.'

Charlie keek haar sluw aan. 'Sommigen van de hellevegen die stemrecht eisen, hebben het financieel ook niet bepaald slecht, volgens mij.'

'Hellevegen...'

'Ze gooien stenen door winkelruiten... Dat is nou niet bepaald damesachtig gedrag.'

Thelma werd nog roder. 'Damesachtig gedrag heeft ons nog nooit iets opgeleverd!'

Charlie pakte een stapeltje papier en een zakje tabak. 'Ik heb jou nog niet naar de gevangenis zien rennen om je overtuigingen kracht bij te zetten, Thelma.'

'Je weet dat ik niet kan...'

'Niet dat ik voorstel dat je jezelf voor schut zet zoals sommigen van die vrouwen.'

'Niet alleen vrouwen zetten zichzelf voor schut! Het kost mannen geen enkele moeite zichzelf voor schut te zetten!' Thelma's ogen spuwden weer vuur. 'Die mannen zie ik elke avond in de pub bij mij in de straat!'

Charlie glimlachte. Hij leunde naar voren en zei zacht: 'En er zitten heel wat dames in de *Bull* die alles doen wat een man vraagt voor een gin met sinaasappelsap, lieve Thelma.'

Thelma trok wit weg. Ze greep haar regenjas. Harry Hennessy zei: 'Thelma...'

'Ik moet weg. Anders wordt mijn vader ongerust.' Haar stem beefde een beetje.

Ze liep naar buiten. Harry liep achter haar aan, maar Ash zei: 'Laat mij maar. Ik ga wel.'

Hij haalde Thelma in terwijl ze over Commercial Road liep. Ze droeg twee zware tassen met boodschappen. Ze keek hem scherp aan. 'Wat wil je van me?'

'Ik kwam even kijken of het wel gaat.'

Ze haalde snel haar schouders op. 'Waarom zou het niet gaan?'

'Ik weet zeker dat Charlie er niets mee bedoelde.'

'O nee?' Deze keer was haar woede op Ash gericht. 'En hoe weet je dat zo zeker?'

'Sommige mensen houden van provoceren. Charlie is zo iemand.'

'Charlie houdt ervan mij te provoceren.' Ze keek Ash fel aan. 'Charlie en ik gingen vroeger met elkaar. Maar daaraan heb ik een einde gemaakt.'

'Wat jammer.'

'Helemaal niet.' Thelma zette haar boodschappentassen neer. 'Ik heb hem met een ander meisje gezien. Charlie is ontrouw. Toen ik zei dat ik hem had gezien, zei hij dat het niet belangrijk was. Dus toen heb ik gezegd dat hij niet belangrijk voor mij was. Daar was hij niet blij mee.' Ze trok met een verdedigend gebaar haar regenjas strakker om haar lichaam. 'Die vent denkt dat hij heel bijzonder is. Hij vindt het leuk me te jennen. Hij weet hoe hij me op de kast kan jagen.' Ze draaide zich naar Ash om. 'Heb je gezien hoeveel vrouwen er vanavond waren?'

Hij dacht even terug. 'Een stuk of zes, denk ik.'

'En hoeveel mannen waren er?'

'Vijfentwintig... misschien dertig.'

'Het is niet dat meisjes niets om politiek geven. Maar ze zitten thuis om voor hun kinderen of ouders te zorgen. Daarom komen ze niet. Mannen hoeven zich daar geen zorgen om te maken, hè?'

'Dat is niet waar.'

Haar kin ging omhoog. 'Heb je gezien wie de thee en koekjes pakte? Wie die heeft geserveerd?

'Twee van de vrouwen... ik weet niet hoe ze heten...'

'Natuurlijk niet. Waarom zou je ook? Maar het zullen altijd twee vrouwen zijn, nooit twee mannen. Maar negen van de tien toespraken worden door mannen gehouden. O, ze zijn heus wel zo vriendelijk om ons af en toe aan het woord te laten. Een paar maanden geleden is er een fabrieksmeisje bij ons geweest om ons toe te spreken. Ik vond haar verhaal heel interessant. Achteraf hoorde ik wat mannen grapjes over haar maken. Ze zeiden dat ze op een muis leek, een kleine, piepende muis.' Ze hield even op met praten. 'Ik moet weg. Mijn vader...'

'Ik loop wel met je mee.'

Ze zag er geschrokken uit. 'Dat hoeft niet.'

'Het is donker, juffrouw Voss.'

Haar wenkbrauwen zakten naar beneden. 'Goed dan,' zei ze emotieloos.

'Ik zal je tassen wel even dragen.'

Ze gaf ze aan hem en ze liepen verder. Uiteindelijk stopten ze bij een kruidenierswinkel. 'Hier woon ik,' zei ze. Ash zag een gordijn opzij gaan. Thelma klopte met haar knokkels op het raam en riep: 'Het is goed, pa, ik ben thuis!' Ze wendde zich tot Ash en zei fel: 'Daarom loop ik geen protestmarsen met de andere meisjes! Daarom kan ik het risico niet nemen! Wie zou er in de winkel staan als ik in de gevangenis zat? Wie zou er voor mijn vader zorgen?'

Toen verdween de stuurse, boze uitdrukking van haar gezicht, en ze zei bars: 'Bedankt dat je mijn boodschappen hebt gedragen.

En bedankt dat je voor me opkwam bij die bijeenkomst.' Ze deed de deur open. 'Ik heb je weleens pamfletten zie ronddelen. Als je wilt, kan ik je wel helpen. Zolang ik het rond mijn vader en de winkel kan plannen.'

Diep in haar hart besefte Clemency dat tante Hannah stervende was. Tante Hannah was niet echt ziek, het leek meer of ze zich terugtrok uit de wereld. Haar verstand werd langzaam minder. Ze zag nu zo slecht dat ze de bijbel niet meer kon lezen, hoewel ze er nog wel graag mee op schoot zat in haar stoel in de zitkamer. Clemency moest heel hard en duidelijk tegen tante Hannah praten, anders hoorde die haar niet en sinds een paar weken was de langste reis die de oude dame maakte die van haar slaapkamer naar de zitkamer. Clemency vroeg zich soms af hoe het was om onverbiddelijk alles te verliezen wat het leven de moeite waard maakte. Niet langer de stemmen te kunnen horen of de gezichten te kunnen zien van de mensen van wie je hield. De zon niet meer op je huid en de wind niet meer in je haar te voelen.

Het was ongelukkig dat net toen Hannah weg leek te glijden, moeder slechter werd. Clemency haastte zich die zomer en herfst constant heen en weer van moeders kamer naar die van tante Hannah met medicijnen, potten thee en borden eten. De dokter kwam bijna dagelijks. Vader, die een irrationele afkeer van de uiterst vriendelijke dokter Hazeldene had ontwikkeld, zei tijdens het eten een keer chagrijnig: 'Volgens mij moeten we een kamer reserveren voor die ellendige vent, Clemmie. Hij lijkt hier zijn intrek te hebben genomen.'

Hoe druk ze het ook had, Clemency maakte altijd tijd vrij om naar de concerten van Ivor te gaan. Vader was daarbij een onverwachte bondgenoot geworden. Hoewel hij niet wist, en natuurlijk nooit mocht weten, wat ze voor Ivor voelde, leek hij te beseffen dat de concerten belangrijk voor haar waren en nam hij het voor haar op als moeder klaagde dat Lucy Catherwood zo saai was of wanneer de bedienden woordeloos kenbaar maakten hoeveel extra werk Clemency's afwezigheid voor hen betekende. Op middagen dat Ivor een concert gaf, gaf vader haar na de lunch soms een lift in de auto op weg terug naar zijn werk. Als ze het huis verlieten, keek hij samenzweerderig om zich heen en zei: 'De kust is veilig. Geen vijand in zicht. Rennen, Clem.' En als hij haar dan afzette bij het huis waar het concert werd gegeven, gaf hij haar een halve kroon.

In september ontmoette Clemency uiteindelijk Rosalie. Er was een concert bij mevrouw Braybrooke. Sinds Vera zo afgunstig had verteld dat mevrouw Braybrooke had gezegd dat Clemency Ivor volgde als een puppy, zorgde Clemency ervoor dat ze niet te veel aandacht aan Ivor besteedde als die in het huis van mevrouw Braybrooke musiceerde. Omdat moeder haar haar secretaire had laten opruimen, was Clemency laat van huis vertrokken en Ivor was er al toen ze bij mevrouw Braybrooke arriveerde. Ivor stond met haar te praten en naast hem stond een lange vrouw met donker haar die Clemency nog nooit had gezien. De vrouw droeg een paarse rok en jasje met een bijpassende paarse hoed. Toen ze mevrouw Braybrooke voor het eerst mevrouw Godwin tegen de vrouw met de paarse hoed hoorde zeggen, dacht Clemency dat ze haar niet goed verstond. Deze lange, goedgebouwde vrouw met haar rossige teint kon onmogelijk Rosalie Godwin zijn. Rosalie was blond, bleek en mager. Het duurde even voordat het tot Rosalie doordrong dat de magere, bleke Rosalie alleen in haar verbeelding bestond.

Tijdens het concert hoorde Clemency nauwelijks de muziek en haar starende blik dwaalde constant naar Rosalie Godwin af. Mevrouw Godwin glimlachte Ivor bemoedigend toe voordat hij aan elk stuk begon en klapte nadien beleefd. Ze gaapte tijdens een van de langere sonates een keer achter haar paarse gehandschoende hand. Clemency zag hoe Rosalie na het concert naar Ivor liep en hem een bemoedigend klopje op zijn arm gaf om hem met zijn uitvoering te feliciteren. Hoe ze de zakdoek in zijn borstzak rechttrok, en hoe ze behendig en snel de lok donker haar die over zijn gezicht was gevallen naar achteren veegde, iets wat Clemency heel vaak wilde doen, maar nooit durfde. Tijdens de thee zag Clemency dat Rosalie Godwin er zorg voor droeg dat Ivors thee werd geserveerd zoals hij die lekker vond: met veel melk en een klontje suiker. Er werd taart geserveerd; toen Ivor naar het dienblad reikte, zei Rosalie: 'Niet de amandeltaart, Ivor. Je weet dat je spijsvertering daar niet tegen kan.'

Clemency werd voor het einde van de middag aan Rosalie Godwin voorgesteld: 'Dit is mijn lieve vriendin Clemency Maclise,' zei Ivor en toen schudde ze Rosalie de hand. Er was die middag natuurlijk geen gelegenheid om naar de botanische tuinen te gaan.

Na die dag fantaseerde ze er niet meer over dat Rosalie zou sterven. Wat eerst smakeloos had geleken, had, nu ze Rosalie had ontmoet, iets verachtelijks. Hoewel ze probeerde Rosalie te haten, lukte haar dat niet meer met dezelfde overtuigingskracht. Hoewel ze zichzelf herinnerde aan het gapen halverwege Ivors stuk, moest ze toegeven dat de sonate inderdaad erg lang was geweest en hoofdzakelijk bestond uit toonladders en arpeggio's. Ze dacht terug aan Rosalies bemoeizucht bij het kiezen van een stuk taart voor Ivor... maar Clemency wist zelf ook dat Ivor een gevoelige maag had. Hij had in hun café een keer een krentenbroodje gegeten en had daar vreselijk last van gekregen.

Een paar weken later wist Clemency op het moment dat ze de zitkamer op Summerleigh binnen liep dat er iets was veranderd. Ze miste iets: iets wat voor altijd weg was. Hannah zat in haar stoel met haar ogen dicht, alsof ze sliep, met de bijbel open op schoot. Maar toen Clemency de hand van de oude vrouw aanraakte, voelde die al koel.

Die avond schreven ze brieven en stuurden telegrammen. 'Ik weet nog dat tante Hannah met me naar Ecclesall Woods is geweest,' zei Joshua terwijl hij hard zijn neus snoot. 'Ik vond het heerlijk om daar te spelen... ik klom graag in de bomen, rende over de paden en stelde me voor dat ik zou verdwalen en nooit meer de weg naar huis zou kunnen vinden. Hannah is ook een keer in een boom geklommen. Heb ik je dat weleens verteld, Clemency? Ik zat klem, ik was nog heel jong, en zij klom omhoog om me naar beneden te helpen. Stel je voor: in een boom klimmen met crinoline en al die petticoats.' Joshua legde vloeipapier op zijn brief en sloeg er hard met zijn vuist op. 'Hannah was de enige overgebleven levende persoon die me van kinds af aan heeft gekend,' zei hij verdrietig. 'Nu ze weg is, ben ik ook een deel van mezelf kwijt.'

Eva kreeg een brief van Sadie. 'De kinderen hebben waterpokken. Ze hadden niet het fatsoen allemaal tegelijk ziek te worden en kregen het na elkaar, dus we leven al maanden in quarantaine. Lieve Eva, als je die ellendige ziekte al hebt gehad en je het kunt opbrengen bij een Sadie te zijn die de laatste tijd tegen varkens praat, kom dan alsjeblieft, alsjeblieft bij me op bezoek.'

Niemand kwam haar ophalen van het station, dus liep Eva door de velden naar Greenstones. Er hing een verwaarloosde sfeer op het erf en de bijgebouwen. De gevallen bladeren waren nog niet van de klinkers geveegd en een paar smerig geworden kippen liep in de modder te pikken.

Sadie was de was aan het afhalen. Ze omhelsde Eva. 'Ik ben zo blij dat je er bent. Nu word ik tenminste niet helemaal gek.'

Het huis was ook verwaarloosd. De vloeren lagen vol met kinderspullen. In de keuken lagen prentenboeken alsof ze er door een windvlaag doorheen waren geblazen. Eva struikelde over een pijl en boog die in een donkere gang was achtergelaten.

'Ik probeer het speelgoed op te ruimen,' zei Sadie, 'maar ze nemen alles toch weer mee naar binnen, dus dat heeft geen enkele zin. En mijn dagelijkse hulp is vertrokken, niet dat ik haar dat gezien de omstandigheden kwalijk neem, en ik had sowieso bar weinig aan haar. Ik had vaak het idee dat de vloeren er viezer uitzagen nadat ze die had gedweild. Maar ze was tenminste gezelschap. Op het moment ben ik alleen met Val en de kinderen en je weet hoe humeurig Val kan zijn. Ik zie hem steeds dreigend naar me kijken. Dus je kunt je niet voorstellen hoe blij ik ben je te zien, Eva, dat kun je je echt niet voorstellen.'

Eva deed de afwas, streek de kinderkleren en las Tolly voor terwijl die aan zijn vervagende rode vlekken krabde. Later die middag kwam Sadie met een bezorgde blik in haar ogen de zitkamer binnen. 'Ik kan Hero nergens vinden. Heb jij haar gezien?'

Eva zocht beneden terwijl Sadie naar boven naar de zolder ging en Val in de tuin en op het erf zocht. Even weerklonk alleen de echo van Hero's naam terwijl ze die alledrie riepen. Toen klonk er plotseling een schreeuw en Eva en Sadie renden naar buiten.

De schreeuw kwam bij de karpervijver vandaan. Tegen de tijd dat ze er aankwamen, kwam Val uit het water, besmeurd met wier, met het meisje slap in zijn armen.

Sadie trok wit weg. 'O god. O nee. Lieve god.' Ze rende naar de vijver. Val legde Hero op het gras, knielde naast haar neer en duwde op haar ribbenkast. Er volgde een lang, afschuwelijk moment dat ze doodstil lag, toen hoestte ze en spuwde water en wier uit. Ze ging zitten en begon te huilen. Sadie nam haar in haar armen en droeg haar naar het huis.

Terwijl Sadie een heet bad maakte en Hero haar natte kleren uittrok, zag Eva dat Sadies handen beefden. Haar gezicht was nog bleek en haar ogen stonden gespannen en angstig. Maar ze zei heel kalm: 'Als jij even naar het eten wilt gaan kijken, Eva. Straks brandt de stoofpot aan.'

Eva liep naar beneden naar de keuken. Zij beefde ook. Nadat ze naar de stoofpot had gekeken, ging ze aan de keukentafel zitten. Val kwam in zijn natte kleren binnen. 'Ze waren blijkbaar een spelletje aan het doen. Orlando heeft van een blok hout een boot gemaakt. De Titanic of iets dergelijks.' Hij reikte onder de goot-steen en pakte een fles cognac. 'Borrel?' Eva schudde haar hoofd. 'Wat je wilt,' zei hij. Val boog zijn hoofd naar achteren, zette de fles aan zijn mond en nam een paar grote slokken. Toen veegde hij met de rug van zijn hand zijn mond af, en hij zei: 'Ik ga me even omkleden. Ik stink als een beerput.'

Tijdens het avondeten hing er een bedrukte sfeer en zelfs Orlando at in stilte. Eva zag dat Sadie nauwelijks at en af en toe met een gespannen en wit gezicht met haar mes in een stuk vlees of een aardappel prikte. Na het eten deed Eva de afwas terwijl Sadie de kinderen naar bed bracht. Eva was het laatste bestek aan het afdrogen toen ze Sadie naar beneden hoorde komen. 'Liggen ze erin?' vroeg ze.

Sadie knikte.

'Waar is Val?'

'Die is naar de pub. Hij zal wel genoeg hebben van het gezinsleven, lijkt me.' Sadie ging zitten en sloeg haar handen voor haar gezicht. Eva hoorde met moeite de gemompelde woorden: 'Als ze was doodgegaan... als Hero was doodgegaan, zou dat mijn schuld zijn geweest!'

Eva ging naast Sadie zitten en klopte haar op haar gespannen schouder. 'Kinderen hebben altijd ongelukken.'

'Mijn kinderen veel vaker dan andere.' Sadies handen gleden van haar gezicht; haar ogen stonden groot en ze huilde niet. 'Ik ben geen goede moeder, Eva, dat is de waarheid. Ik zorg niet voor hen zoals dat zou moeten en ik houd niet zoveel van hen als zou moeten. Ik heb nooit vijf kinderen gewild. Ik weet niet eens zeker of ik er één wilde. En sinds de geboorte van Rowan lijkt het wel of ik het heb opgegeven.'

'Je bent gewoon moe, Sadie.'

'Ja, dat zal wel. Ik ben al moe sinds... ach, sinds Orlando werd geboren. Ik kan me niet herinneren hoe het is om niet moe te zijn. Maar dat is geen excuus, toch? Andere moeders zijn ook moe en die zorgen wel goed voor hun kinderen.' Ze lachte een snelle, bange glimlach. 'Ik moet een kop thee. Wil jij zo lief zijn er een voor me te maken, Eva? Ik leef de laatste tijd op thee en sigaretten.'

Eva vulde de ketel en zette die op het vuur. Sadie zei zacht: 'Ik voel me al sinds de geboorte van Rowan niet goed. Ik houd niet van hem, weet je. Als ik naar hem kijk, voel ik niets. Ik denk steeds dat het wel zal veranderen... ik heb nooit veel om baby's gegeven, ik heb het altijd fijner gevonden als ze ouder zijn... maar Rowan is twee en ik voel nog steeds niets voor hem.' Ze opende fronsend haar sigarettendoosje. 'Dat heb ik nog nooit aan iemand verteld. Niet aan Gabriel... zelfs niet aan mijn moeder. Het is niet iets waarover je graag praat, hè? Een moeder hoort van haar kinderen te houden.' Ze streek een lucifer aan. 'Maar vanmiddag, toen ik dacht dat Hero...' Ze hield even op met praten en beet op haar onderlip. Toen lachte ze kort. 'Misschien moet ik dankbaar zijn. Misschien is het een zegen dat die arme Hero bijna is verdronken. Het heeft tenminste bewezen dat ik wel van mijn kinderen houd, een beetje in ieder geval.'

Eva maakte thee en zette een kop voor Sadie neer. 'Misschien heb je gewoon erg veel kinderen in weinig tijd gehad,' zei ze. Ze dacht terug aan Iris die zei: arme moeder. Zeven kinderen in veertien jaar.

'Ik verwaarloos hen, Eva, dat weet ik. Ze lopen in vodden rond omdat ik het wassen en verstellen niet kan bijhouden en als ze geluk hebben, denk ik er één keer in de week aan ze in bad te doen. De dorpskinderen willen niet met hen spelen, wist je dat? Ze schelden hen uit voor sloddervos en zigeuner, en gooien met stenen naar hen. En zelfs als het me zou lukken Gabriel over te halen hen naar school te sturen, hoe moeten ze het daar dan redden? Ze kennen de tafels niet en ik geloof dat geen van hen ooit het Onze Vader heeft opgezegd.' Ze keek om zich heen in de wanordelijke keuken. 'Dit is niet wat ik voor hen wil,' zei ze zacht.

'Dit is niet wat ik voor Hero wil. Mannen hebben geen last van rommel, die maakt het niet uit als een kamer slordig is, vrouwen wel. En het is niet dat ik niet wil dat het er hier leuk uitziet, Eva, het is gewoon dat ik niet... dat ik niet...' Ze hield op met praten en duwde haar handpalmen tegen elkaar.

'Het is een groot huis,' zei Eva geruststellend. 'Er is vast heel veel te doen.'

'In eerste instantie lukte het me. Maar ik heb er de puf niet meer voor. Ik voel me verslagen.' Sadie lachte beverig. 'Een man kan leuk de bohémien uithangen, maar een vrouw niet, hè? Gabriel romantiseert constant over hoe het was voordat we waren getrouwd, dat hij toen door het land zwierf en in heggen en greppels sliep. Hij houdt van het kroegenleven en al die lawaaiige, onstuimige vrienden van hem.' Haar stem werd lager. 'Maar zo'n leven werkt niet voor een vrouw. Je weet hoe minachtend mannen doen over vrouwen die naar cafés en pubs gaan. En als we in een heg of greppel zouden slapen, zouden ze ons waarschijnlijk naar een inrichting afvoeren.'

Eva schonk meer thee in. 'Ik moet zeggen dat heggen en greppels me nooit erg hebben aangesproken. Om te beginnen is het er te koud.'

'Dat is waar.' Sadie zuchtte. 'Maar ik zit al uren over mezelf te praten. Wat saai. Vertel eens wat over jezelf, Eva. Je bent ondertussen zeker wel klaar op het Slade.'

'Ja. Ik ben in juni afgestudeerd.'

'Je blijft toch wel schilderen, hè?'

Eva draaide zich om en gooide de theeblaadjes in de prullenbak. 'Je moet goed zijn om succes te hebben. Zelfs Gabriel, die briljant is, heeft het soms moeilijk.'

'Na zijn laatste tentoonstelling heeft hij weken een rothumeur gehad,' zei Sadie verdrietig. 'Die ellendige recensenten. Af en toe kan ik hen wel wurgen. En hij heeft altijd een rothumeur als hij niet schildert.' Er lagen puzzelstukjes op de tafel; Sadie trok ze een voor een naar zich toe. 'Een kunstenaarsbestaan is voor vrouwen veel moeilijker dan voor mannen,' zei ze langzaam. 'Je moet zoveel opgeven. Volgens mij kun je er geen man en kinderen bij hebben. Toen ik net met Gabriel was getrouwd, heb ik geprobeerd te blijven schilderen. Maar het lukte niet, het was onmogelijk. Er bleven maar huishoudelijke dingen tussenkomen... handelaren die aanbelden, boodschappen, de was. Ik had toen bedienden, omdat we in Londen woonden, maar die moet je ook in de gaten houden, hè? En het was altijd mijn taak, nooit die van Gabriel natuurlijk, om eraan te denken brood te kopen, de melkboer te betalen en de bedden te verschonen.' Haar ogen werden donker. 'Als ik probeerde te schilderen, kwam hij vaak mijn kamer binnen... om me te vragen waar iets lag of wanneer we naar die of die vrienden gingen. Maar ik heb hem nooit gestoord, Eva. En ik heb de kinderen hem ook nooit laten storen.' Ze maakte in een schoteltje haar sigaret uit. 'Na een tijdje ben ik gestopt met schilderen. Het leek de moeite niet meer. Toen kwam Orlando en sindsdien heb ik nauwelijks nog een kwast aangeraakt.'

'Misschien als ze ouder zijn...'

'Misschien. Hoewel ik verwacht dat het beetje talent dat ik ooit heb gehad, dan wel zal zijn verdwenen.'

Er lagen ook puzzelstukjes op de vloer; Sadie knielde op de plavuizen en raapte ze op. 'De ironie is natuurlijk,' zei ze, 'dat hoewel mannen op ons rekenen wat betreft het huishoudelijke werk, ze het gezinsleven vreselijk onaantrekkelijk vinden. Vooral Gabriel. Hij hield veel meer van me voordat ik een huishouden en kinderen kreeg. Hij vindt het allemaal vreselijk weerzinwekkend, de drukke maaltijden met de kinderen en de zeurende vrouw die tegen hem zegt dat de afvoer moet worden gerepareerd. Daarom vlucht hij naar Londen, om daar allemaal aan te ontsnappen.' Sadie stond op en legde de puzzelstukjes op tafel. 'En daarom valt hij als een blok, de arme schat, voor zijn nimfen, zijn zigeunerinnetjes.'

Eva kon geen woord uitbrengen. Haar keel voelde samenge-knepen en haar gezicht gloeide.

Sadie was de puzzel aan het leggen. 'Gabriel heeft de neiging te vallen voor wilde, onbereikbare vrouwen,' zei ze luchtig. 'San-dalen, ongekamd haar en slecht passende kleren, je kent het wel. Hij zit hen zo op de huid dat de arme stakkers hem niet kunnen weigeren. Hij kan zo vreselijk vasthoudend zijn als hij dat wil, de ellendeling. Toen hij mij probeerde te krijgen, bleef ik nee zeg-gen, maar hij luisterde gewoon niet. Maar als hij hen eenmaal heeft gevangen... als hij hen heeft getemd... komt hij erachter dat hij hen niet meer wil. Die arme Gabriel is zo geobsedeerd door het onbereikbare. Hij wordt geïnspireerd door het onbereikbare. Dat is wat vrouwen voor hem zijn, een inspiratiebron. Hij ado-reert ons en respecteert ons, in tegenstelling tot velen van zijn ge-slacht, maar bovenal heeft hij ons nodig om hem te inspireren. Maar als hij een wild vogeltje eenmaal in een kooitje heeft, als hij haar eenmaal heeft gevangen, verliest hij zijn interesse. Nadat hij ze op het doek heeft vastgelegd, moet hij een nieuwe muze vinden.'

Eva dwong zichzelf de vraag te stellen. 'Vind je het niet erg?'

Sadie dacht er even over na. 'Vroeger wel, maar volgens mij nu niet meer.' Ze keek om zich heen in de slordige keuken. 'Ik hoef hier per slot van rekening niet te blijven. Ik kan terug naar mijn moeder. Ze heeft me er vaak genoeg om gesmeekt.'

'Waarom ga je dan niet?'

'O, vanwege Gabriel denk ik. Ik houd van hem.' Ze klonk be-rustend. 'Ik wens vaak dat het niet zo was, maar dat is het dus wel. Van Gabriel houden is als een ziekte die je maar niet kwijt-raakt. En mijn moeder zou kraaien van genoegdoening. Ze zou proberen het te laten, maar ze zou niet anders kunnen. Ze heeft Gabriel nooit gemogen.' Sadie glimlachte. 'Het grappige is dat ik erg gesteld ben geraakt op sommigen van zijn muzen. Dat had ik nooit verwacht, maar het is wel zo. Ik weet dat andere mensen het raar vinden. Op Nerissa ben ik natuurlijk niet gesteld, ik zou iemand die zo met zichzelf bezig is nooit aardig kunnen vinden. Maar sommige anderen, daar ben ik zelfs gek op.' Ze keek Eva aan. 'En ik zou niet willen dat ze zouden worden gekwetst. Ik zou niet willen dat ze hun leven zouden verdoen aan een man die zijn kunst altijd boven al het andere stelt.'

Deze keer had Eva het gevoel dat de stilte een eeuwigheid duurde. Toen klonk er boven geschreeuw en Sadie zei geërgerd terwijl ze de kamer uitliep: 'Rowan. Die is eenentwintig voordat hij een nacht doorslaapt, dat weet ik zeker.'

Eva ging twee dagen later naar huis. In het huis van mevrouw Wilde lag een telegram op haar te wachten. 'Het is een uur geleden bezorgd.' Mevrouw Wilde keek er bang naar. 'Dat nare ding.'

In het telegram stond dat tante Hannah in haar slaap was overleden. Eva telegrafeerde naar huis en zocht haar zwarte kleren voor de begrafenis. In de trein naar huis staarde ze zonder iets te zien naar buiten en dacht terug aan alle keren dat ze tante Hannah had meegenomen om te winkelen, haar in het park van de heuvel had geduwd, waar de rolstoel over het asfaltpad zeilde als een schip op zee. En ze dacht aan Sadie, die aan de keukentafel op Greenstones zat en zei dat ze van hem hield. 'Ik wens vaak dat het niet zo was, maar dat is het dus wel.' En toen voelde ze ineens alleen maar een immense leegte, alsof ze was uitgehold.

Na de begrafenis ruimden ze samen tante Hannahs kamer op. Iris zocht zwarte wollen sokken bij elkaar, Clemency en Eva vouwden jurken op van krakend zwart bombazijn en grosgrain, shawls en mantels met franje, enorme directoires en petticoats en pakten ze in met tissuepapier. Er lagen korsetten van calicot en walvisbeen die drie keer zo breed als Iris' slanke taille waren, lange bontmantels, pelsstola's en een witte bonten mof, en een paar lichtblauwe dansmuiltjes die met vergeet-me-nietjes waren geborduurd. Er stond een Marokkaans leren houder vol brieven, de inkt lichtbruin geworden en het papier broos van ouderdom. Tante Hannahs parfum, een mengeling van kamfer en viooltjes, hing in haar kamer tussen de strenge daguerreotype en landschapsaquarellen.

Ze legden de sieraden van tante Hannah op het bed. Broches, armbanden, colliers en medaillons. 'Wat zullen we naar Marianne sturen?' vroeg Clemency.

In ieder geval niet de haarspeld met die olifant.' Iris huiverde.

Er was een ring van amethist met parels. Volgens Clemency het mooiste sieraad van alle. Ze pakte hem op, hield hem in het licht en dacht aan Marianne, duizenden kilometers ver weg in een vreemd land. 'Deze,' zei ze.

Er stond een half afgemaakt schilderij op de ezel in Gabriels atelier. Eva herkende Ruby Baileys wilde, door de wind verwaaide haar en haar lange, bleke hals.

Toen ze vertelde waarom ze er was, keek hij haar geschokt aan. 'Ga je bij me weg? Eva, dat kan niet.'

'Ik moet wel.'

'Is het vanwege Nerissa?'

Ze schudde haar hoofd. 'Niet echt. Misschien een beetje. En het komt een beetje door haar.' Ze keek steels naar het schilderij op de ezel. 'En natuurlijk door Sadie. Maar bovenal ga ik bij je weg om mezelf. Omdat bij jou zijn me niet meer gelukkig maakt, Gabriel. Vroeger was dat wel zo... soms is het nog steeds zo... maar niet genoeg. Niet genoeg.'

Voordat ze wegging, zei ze: 'Ik wil nog één ding van je weten, Gabriel.'

'Zeg het maar.'

'Ik wil dat je me vertelt of ik goed genoeg ben om professioneel kunstenares te worden. Ik weet dat je eerlijk tegen me zult zijn.'

Ze zag dat zijn blik al terugdreef naar het half afgemaakte schilderij. Maar hij zei: 'Misschien zou je kunnen illustreren... of je kunt altijd de binnenhuisarchitectuur proberen...'

'Maar geen schilderes.' Haar stem klonk vlak.

'Het is een hele klus om er je geld mee te verdienen, Eva. Het is zelfs moeilijk voor de allerbesten. Het spijt me.'

'Fijn dat je me de waarheid vertelt.' Ze draaide zich om en liep weg.

'Eva!' Zijn stem volgde haar terwijl ze naar beneden rende. 'Eva!'

Maar ze ging niet terug.

10

Marianne zat 's middags graag onder de banyanboom in de tuin van de bungalow. Als een van de zware, leerachtige bladeren er afviel, hoorde je het vallen. Baardvogels en wielewalen zaten in de takken: als ze opkeek, ving ze af en toe een glimp goud of groen op. In die vredige uren in de tuin voelde ze zich alsof iets wat in haar was gebroken eindelijk begon te herstellen.

De reis van Southampton naar Colombo aan boord van P&O-stoomschip Pelagia had vier weken geduurd. Het grijze, onstuimige water van de Noordzee had eerst plaatsgemaakt voor het blauw van de Middellandse Zee en daarna voor de intense, luchtledige hitte van de Rode Zee. Ze hadden dagen over de Indische Oceaan gevaren, nachten onder sterren die straalden als diamanten, nachten dat het kielzog van het schip het licht weerkaatste. En toen, eindelijk, had Marianne haar eerste glimp van het eiland opgevangen, druppelvormig, de hoogste bergtoppen verborgen in wolken. Toen ze de haven naderden, had ze mannen met een bruine huid in outriggerkano's gezien, palmbomen en zandstranden langs de kustlijn.

Ze hadden drie nachten in het Grand Oriental Hotel in Colombo overnacht. Lucas had zaken in de stad af te handelen; een andere Engelse vrouw, die ook aan boord van de Pelagia naar Ceylon was gekomen, leidde Marianne rond. Riksja's en ossenwagens verdrongen auto's in de drukke straten; een olifant trok een lading boomstammen door de ingang van een houtzagerij. Mager vee en gele, wilde honden deelden de wegen en steegjes met slanke Singalezen, Tamils, Portugezen, Afghanen, Maleisiërs en Europeanen met een goudkleurige huid. In winkels met open voorgevels lagen armbanden en colliers van maansteen, saffieren in stervorm, kattenogen en robijnen. Er lagen balen fantastisch gekleurde zijde en katoen en er stonden manden van palmbladeren vol specerijen en fruit. In de *pettah*, de markt in de woonwijk, schoren barbiers hun klanten op straat en slangenbezweerders speelden op koperen fluiten voor slaperig uitziende cobra's die opgerold in hun mand lagen. Bruine kindjes, gekleed in alleen een kralenketting, speelden in de buurt van hun moeder.

Tegen de tijd dat ze terugkwam in het hotel was Mariannes witte jurk roze van het rode stof van de straten en hing de geur van Ceylon, een mengeling van specerijen, hitte, geurige bloesems en drukke mensen in haar neus. De lucht was dik en zwaar; loomheid maakte zich meester van haar ledematen en iets in haar, al zolang strak gespannen, begon los te komen. 's Nachts, in het gapende gat tussen waken en slapen dat sinds de dood van Arthur alleen door verdriet en ellende was gevuld, flikkerden nu andere beelden achter haar oogleden: een jongen met zwart haar die in een rivier baadde; een katholieke kerk met rode vlaggen erop; de Singalese letters op de winkelborden, een schrift dat met zijn gracieuze krullen en tierelantijnen voor haar de vreemde schoonheid van deze plaats geheel in zich droeg.

Drie dagen later reisden ze per trein van Colombo naar Kandy, midden op het eiland. Marianne had een roman meegenomen om tijdens de reis te lezen, maar sloeg die niet open. Ze werd volledig in beslag genomen door wat ze door het raam van de wagon zag. In de overdadig begroeide vlakten van het achterland voorbij Colombo stonden op de smaragdgroene padievelden vrouwen in sarong tot hun enkels in het water. Kleine, witte zilverreigers stonden op de dammetjes tussen de rijstvelden, en bijeneters, schitterend in blauw en groen, zaten in de struiken. Ze ving een paar keer een saffierkleurige glimp op van een ijsvogel die vlak boven een rivier scheerde. Buffels waadden door het moerasland en kraanvogels en ibissen krulden hun lange nekken. Langs de weg stonden cascades van roze en paarse bougainvillea en witte doornappellelies; lotusbloesems staken hun exquisiete kopjes uit het olijfgroene water en een varaan, anderhalve meter lang, trok zijn gevlekte, zwarte lijf uit een stroompje. Ze zag een grote aca- ciaboom die vol leek te hangen met donkere lappen. 'Dat zijn vleerhonden,' vertelde Lucas. 'Ze slapen overdag in de bomen. Het zijn natuurlijk geen echte honden, maar vleermuizen met een spanbreedte van...' Hij hield zijn handen een meter uit elkaar.

Een boot met een gebogen voorsteven gleed stroomafwaarts en op de schaduwrijke rubberplantages stonden inboorlingen de boomstronken af te tappen. Aan de cacaostruiken hingen groene peulen en boven in de palmbomen kokosnoten in de kleur van de zon. Toen de trein hoger en hoger de heuvels inklom, zag Marian- ne voor het eerst de theeplantage. De rijen struiken op de ver ge- legen hellingen leken op geribd, donkergroen corduroy. Ze voelde iets veranderen in Lucas, een gespannenheid, ongeduld.

Ze sliepen maar een nacht in Kandy, waar bomen en elegante gebouwen met rode daken om een rechthoekig, blauw meer heen stonden. Midden in het meer lag een eiland, afgescherme door palmbomen; Lucas vertelde haar dat de koning van Kandy vroe- ger zijn vrouwen daar liet wonen. Toen ze de volgende ochtend van Kandy naar Nuwara Eliya reisden, zag Marianne watervallen die over rotsachtige afgronden vielen en gerimpelde, groene heu- vels. Vanuit de donkere, met korstmos begroeide coniferenbossen staarden slankapen beschermd door de overhellende takken haar met grote ogen aan. Wolken kleefden aan de varens en het mos en in de onderliggende vallei raasde de Nanu-Oyarivier door de smalle bergspleten.

De stad Nuwara Eliya lag op tweeduizend meter hoogte in de

heuvels. Nuwara Eliya betekende Stad van Licht. De lucht voelde er scherp, koel en helder. Marianne voelde zich duizelig door het zuurstofgebrek en de onafgebroken toevloed van onbekende aanzichten, geluiden en geuren. Meer dan tweeduizend meter hoog in de bergen van Ceylon stonden langs de wegen van Nuwara Eliya bungalows met keurige tuinen vol driekleurige viooltjes, geraniums en vuurpijlen. Ze sliepen in het Grand Hotel; Marianne ging winkelen in warenhuis Cargill.

De volgende dag stapten ze nogmaals op een trein die door de bergen reed. Ze werden op het station opgewacht door stalknechten in witte uniformen met gele sjerpen. Ze hadden voor het laatste stuk van hun reis een paard voor Lucas en een ossenwagen voor Marianne bij zich. Waar de weg het stadje uit leidde, langs de bazaar en de rij krottenwoningen, spreidden de theevelden zich aan beide kanten voor hen uit. Lucas leunde voorover in zijn zadel; zijn ogen straalden.

'Blackwater,' zei hij zacht. 'Dat is Blackwater.'

De weg versmalde tot een zandpad dat nauwelijks breder was dan de wielen van de kar, en dat aan de bergwanden leek te kleven. Marianne zag dat de heuvel aan één kant van haar wegviel in een steile afgrond, duizenden meters diep de vallei in. Het steenachtige pad kronkelde in een serie haarspeldbochten rond hellingen en de kar ratelde over houten bruggen die gevaarlijk boven afgronden hingen. Naast de stromen die over de rotsen vloeiden, zag Marianne bosjes bloemen en vreemdgevormde stenen met gekleurde linten eromheen. 'Offers voor de goden,' zei Lucas toen ze hem ernaar vroeg. 'De goden van de tamilkoelies die op de theeplantage werken.'

Ze moesten een kilometer of drie reizen, de bergen omzeilend, met rotsen aan de ene kant en leegte aan de andere. Als de kar een wiel zou hebben verloren, of als er een rots naar beneden was gestort, zouden ze hun dood tegemoet zijn gevallen. Maar Marianne was niet bang. Ze wist dat ze zou overleven, dat ze het moest overleven. Omdat ze, met het voorbijgaan van de dagen en de gestage overgang van hoop in zekerheid, wist dat ze in verwachting was.

Zo'n lange reis; ze zouden elkaar al wat beter moeten kennen. Toch had ze het gevoel dat ze Lucas Melrose niet veel beter kende toen ze op Blackwater aankwamen dan toen ze uit Southampton waren vertrokken.

Toch had ze wat dingen ontdekt. Hij was een routinematige man, hij stond elke dag vroeg op en nam vóór het ontbijt wat beweging. Aan boord van het schip en in het hotel in Colombo at hij 's avonds om dezelfde tijd en ging om dezelfde tijd naar bed. Het was Marianne in Londen opgevallen dat hij een autoritaire uitstraling had, dat hij als vanzelfsprekend voor elkaar leek te krijgen wat hij wilde. Bedienden haastten zich voor hem als hij met zijn vingers knipte en sommigen van hun medepassagiers, minder zelfverzekerd dan hij, bejegenden hem met eerbied. Hij was veeleisend, liet zijn kraagjes terugsturen naar de wasserette als ze niet precies waren gesteven zoals hij het wilde, en hij reageerde fel toen de riksjachauffeur die hun bagage van de haven van Colombo naar het hotel vervoerde een koffer liet vallen. Marianne weet zijn boosheid aan vermoeidheid van de lange reis.

Tijdens de reis praatten ze niet zoals Arthur en zij hadden gepraat, maar over onbelangrijke, onbeduidende zaken. Lucas was beleefd en informatief, beantwoordde haar vragen en zorgde dat ze goed werd verzorgd, maar ze deelden geen interesses en genoegens. Hij had iets onderdrukts over zich, alsof er een veer in hem was gespannen, die strakker werd naarmate ze dichter bij Blackwater kwamen. Ze vermoedde dat hij heimwee had en ongeduldig was zijn huis en plantage na zo'n lange afwezigheid terug te zien.

Soms, als ze naar hem toe ging als ze elkaar een paar uur niet hadden gezien, zag ze verbazing in zijn ogen, alsof hij even was vergeten dat ze er was. Snel en besluitvaardig van aard vroeg hij haar zelden om haar mening. Hij was er natuurlijk aan gewend de leiding te hebben en alleen te zijn. Ze nam aan dat ze elkaar gaandeweg wel zouden leren kennen. Hun verloving en bruiloft waren gehaast verlopen en het was begrijpelijk dat hij na zoveel jaar eenzaamheid moeite zou hebben zijn dagelijks leven met iemand te delen. En zij was zelf ook niet op zoek naar intimiteit, alleen naar vriendschap.

Toen ze het zeker wist, vertelde ze hem over de baby.

'Weet je het zeker?' vroeg hij haar.

Het was avond; ze zaten op de veranda van de bungalow. 'Heel zeker.' Ze moest lachen van zijn gezichtsuitdrukking. 'Lucas, ik ben al weken niet in staat te ontbijten. En er zijn ook andere tekenen. Ik weet het heel zeker.'

'Mooi,' zei hij. 'Dat is mooi. Wanneer wordt hij geboren?'

'Ik denk in maart. Maar het kan natuurlijk ook een meisje zijn.'

Hij schudde zijn hoofd. 'De familie Melrose krijgt alleen zonen. En ik heb een zoon nodig...' Hij staarde naar de maanverlichte tuin, 'voor dit.'

Vanaf die avond deelde hij het bed niet meer met haar, maar sliep in een kamer aan de andere kant van de bungalow. Ze voelde zich enigszins opgelucht; als hij met haar vree, voelde ze weinig van het genot dat ze bij Arthur had ervaren. Wat attent van hem, dacht ze, haar gemak voor zijn eigen plezier te plaatsen en onthouding te verduren voor haar gezondheid.

Ze hield zich aan haar deel van de afspraak en leerde snel hoe ze efficiënt het huishouden moest organiseren. De bungalow op Blackwater was groot, licht en fris, met vier slaapkamers, een eetkamer, zitkamer en een aangename, zevenhoekige vestibule aan de voorkant van het huis. In alle grote kamers was een open haard, aangezien de nachten in het heuvellandschap koud konden zijn.

De hulp, Nadeshan, maakte Marianne bij zonsopgang wakker met een dienblad met thee en vers fruit en na het ontbijt controleerde ze de opslagruimten, besprak het menu en gaf de Singalese kok opdrachten. Boodschappen werden in het 'vleesboek' opgeschreven en weggebracht. Dan controleerde ze of het huis naar behoren was schoongemaakt, plukte bloemen en schikte die in vazen.

Lucas kwam om twaalf uur thuis voor de *tiffin*, een lichte lunch. Daarna, in de heetste uren van de dag, trok Marianne zich op haar kamer terug. Ze had enorm veel behoefte aan slaap sinds ze zwanger was. Het leek net alsof ze de schade van alle gebroken nachten en het 's ochtends voor dag en dauw wakker worden dat op Arthurs dood gevolgd, aan het inhalen was. Na haar siësta schreef ze brieven waarna ze zich in de tuin kon vermaken tot de thee.

De bungalow van Blackwater lag boven op een heuveltop. Drie plateaus met brede grasvelden leidden vanaf de veranda naar beneden. Het viel Marianne op dat de borders, met hun rozenstruiken en vaste planten, slecht onderhouden waren. Er liep een pad rond de tuin en maar een paar meter daarvandaan liep de helling steil naar beneden een vallei in. Gevangen binnen de grenzen lagen grasvelden, paden, bloembedden en bossen. De ogenschijnlijke gelijkenis met de tuinen en bossen in Engeland was bedrieglijk; een tweede blik en ze voelde hoe ze werd aangetrokken, bijna overweldigd door de ongekende weelderigheid en uitbundigheid. De bomen waren niet de eiken en beuken van de Engelse parken, maar eucalyptus, bomen met uitbundig bloeiende oranje bloemen en terpentijnen met hoge, bleke basten en vederachtige bladeren. Wilde bijen zwermden rond vreemd gevormde korven die aan de takken hingen; een ficus groeide rond de stam van een ceder en verstikte die met zijn peesachtige, kronkelende, geveerde bladeren. Het vogelgeroep leek hier harder en hardnekkiger dan in Engeland en wolken witte vlinders dreven boven het gras als honderden bloesems die door de wind werden voortgeblazen. Colonnes dikke mieren marcheerden met hun leger door het kreupelhout en Marianne vond in een donker hoekje, beschut door hoge bomen, een altaartje. Niet meer dan een driehoekje van takken lag daar in de wortels van een boom. Iemand had bloemen in het takkenhuisje gelegd; aan de takken van de omringende bomen flapperden witte wimpels.

Achter in de tuin was een zomerhuisje met een dak van palmbladeren, gebouwd op een houten platform op een vrijdragende balk uit de heuvelrug. Ze keek vanuit het zomerhuisje neer op de wolken. Op een mooie dag kon ze de bergketens zien, de een achter de ander, die het landschap zo ver ze kon zien rimpelden en omgordden. De heuvels werden hier en daar onderbroken door de zilveren glans van een meer of een smaragdgroen rijstveld, dat van die afstand op een stukje glimmende stof in een lappendeken leek. Op haar hoge plaats op de heuvelrug kreeg ze er een onbestendig gevoel van, een gevoel van kwetsbaarheid.

De jonge assistent-managers kwamen vaak op de bungalow thee drinken; af en toe kwam een andere plantagebezitter met zijn vrouw, en soms kwam dokter Scott of de *padre* naar het landgoed. Dan zaten de mannen in de hoge rotanstoelen op de veranda over zaken te praten terwijl Marianne keek hoe de heuvels blauwer en blauwer werden naarmate ze meer met de horizon versmolten. De vroege zonsondergang, kort doordat Ceylon zo dicht op de evenaar lag, was een snelle, glorieuze flits van brons en goud.

Dan kwamen de brieven en er was geen tijd om ze door te kijken voordat ze zich moest omkleden voor het avondeten. Ze dineerden om acht uur en zaten daarna bij de haard in de zitkamer. Als Marianne 's avonds in bed lag, had ze hetzelfde gevoel boven de wereld te zweven, vrij en ongebonden, als ze in het zomerhuisje ervoer.

Ze moest, drong het tot haar door, tijdens de eerste weken van haar huwelijk met Lucas zwanger zijn geraakt. Ze voelde zich even verbolgen dat hetzelfde wonder haar niet was overkomen tijdens haar huwelijk met Arthur, maar die bitterheid werd al snel overgenomen door haar verlangen naar de baby. Na de eerste drie maanden verdween haar ochtendmisselijkheid en kreeg ze weer eetlust. Haar lichaam veranderde, haar taille werd breder en haar borsten werden voller. De eerste keer dat ze het kind in haar baarmoeder voelde bewegen, ervoer ze een emotie die ze bijna was vergeten, een mengeling van opwinding, afwachting en genot; het duurde even voor ze die herkende als geluk.

In de herfst van 1912 gaf George Lansbury, het Labour parlementslid voor Bow en Bromley, zijn zetel op in een poging aandacht te vragen voor de benarde toestand van de suffragettes in de gevangenis. Tijdens de daaropvolgende tussentijdse verkiezingen was Lansbury kandidaat voor de socialisten en suffragettes. Lansbury's hoofdkwartier aan Bow Road verkeerde in gezelschap van het hoofdkwartier van Pankhursts WSPU, Millicent Fawcetts NUWSS, het *Votes for Women Fellowship*, de *Men's Political Union for Women's Emancipation*, de *National League for Opposing Women's Emancipation* en de bestuurskamers van de unionisten. Mevrouw Emmeline Pankhurst sprak een dag voor de verkiezingen hoogst persoonlijk op niet minder dan drie openbare bijeenkomsten in Bow, bijeenkomsten waar, vertelde Eva aan Iris, het publiek bijna volledig uit vrouwen bestond, van wie heel veel hun kinderen bij zich hadden. De kinderen krijsten en lachten tijdens de toespraak van mevrouw Pankhurst af en toe luidruchtig, waardoor ze soms onverstaanbaar werd. 's Avonds kwamen de suffragetteverenigingen op straat voor Bow Church bijeen. Een koperblazersband speelde de Marseillaise en de stoet liep met spandoeken en lantaarns door het kiezersdistrict.

Een bezoekje aan Bow was niet bepaald iets wat Iris zou hebben gekozen om een van haar twee vrije dagen die maand door te brengen, al helemaal niet op een stormachtige en regenachtige novemberdag, maar ze liet zich overhalen door Ash. En ondanks het slechte weer hing er een ongebruikelijk feestelijke stemming in de armoedige sloppen van East End. Aan auto's en bussen hingen vlaggen – het paars, groen en wit van de WSPU en het geel en wit van het *Women's Freedom League* – en kinderkoren zongen verkiezingsliederen. Bij de stemlokalen stonden suffragettes; Eva, die stemmers naar de hokjes wees, had haar paraplu vergeten. Tegen de tijd dat Ash en Iris haar bereikten, was ze tot op haar huid doorweekt.

Iris gaf haar paraplu aan Eva en deelde die van Ash samen met hem. Toen ze over straat liepen, viel het Iris op dat veel mensen Ash vriendelijk begroetten. Mannen met stoffen petten bleven staan om met hem te praten als ze langskwamen, vrouwen in armoedige jassen met rozetten op hun revers zwaaiden naar hem en kinderen renden achter hem aan, terwijl ze hem snoepjes uit zijn zak vroegen.

Een jonge vrouw met donker haar begroette hem vanaf de andere kant van de straat en riep hem terwijl ze zich tussen het drukke verkeer op straat door haastte. 'Ik was naar je op zoek, Ash! Ik kon net pas uit de winkel weg. Ik wilde vroeg sluiten zodat ik weg kon, maar pa liet me niet...' Toen ze Iris onder Ash' paraplu zag staan, stopte ze met praten.

'Thelma,' zei Ash, 'dit is Iris Maclise. Iris, dit is Thelma Voss.'

'Wat leuk je te ontmoeten, juffrouw Maclise.'

'Thelma en ik hebben pamfletten rondgedeeld voor de verkiezingen,' legde Ash uit. 'Vijfhonderd waren het er, toch?'

'Ongeveer.'

'Zonder Thelma was het me nooit gelukt.'

Thelma liep rood aan. 'Het was geen moeite.'

'Dat klinkt vreselijk vermoeiend,' zei Iris. 'Woon je in de buurt, juffrouw Voss?'

'Niet ver hiervandaan. Bij Commercial Road.'

'Dan zijn we bijna buren. Ik werk in het Mandeville.'

'Daar is mijn vader geweest toen hij zijn been had verwond.'
Thelma bestudeerde Iris en nam haar hoed met brede rand en kers-
rode afwerking, en haar nieuwe jas met fluwelen kraag, die Iris
bij Harrods had gekocht, in zich op. 'Ik had geen tijd om me om
te kleden,' mompelde ze. Thelma droeg onder haar regenjas een
bruine werkjas over haar jurk en ze had een shawl om haar haar.
Ze zei ineens: 'Sommigen van die vrouwen zien er zo mooi uit. De
vrouwen van de WSPU.' Ze trok aan haar werkjas en duwde een
streng haar onder haar shawl. 'Ik dacht niet dat dat nodig was.'

Iris zei: 'De laatste keer dat ik mijn zusje Eva zag, had ze een
krant op haar hoofd om zichzelf tegen de regen te beschermen.
Niet bepaald een modebewust plaatje. Ik zou me maar geen zorgen maken, juffrouw Voss. Ben je lid van de WSPU?'

'Ik niet,' zei Thelma minachtend. 'De WSPU is niets voor vrouwen zoals ik... die is niet voor werkende vrouwen.'

'En Annie Kenney dan?' vroeg Ash. 'Die was toch fabrieksar-
beidster?'

Thelma haalde haar schouders op. 'Annie Kenney is het lieve-
lingetje van de familie Pankhurst, dat weet iedereen.'

'Ik wilde net gaan kijken of ze nog hulp nodig hebben op het
stembureau,' zei Ash. 'Jij gaat toch ook mee, Thelma? Dan gaan
we daarna op mijn kosten wat eten. Als dank dat je al die pamfletten hebt rondgebracht.'

'Eten?' Thelma's gezicht klaarde op. 'Nou...'

'Iris en ik wilden vis met patat gaan halen. Je kunt met ons
meegaan.' Thelma kreeg weer een norse blik in haar ogen. 'Ik kan
niet,' mompelde ze. 'Ik heb Nancy Smith beloofd met de thee te
helpen. En ik moet eten maken voor pa.'

Ze liep weg zonder afscheid te nemen. Toen Thelma hen niet
meer kon horen, zei Iris: 'Zo te zien is ze erg op je gesteld, Ash.'

'Thelma?' Hij keek verrast. 'Zij is gewoon een vriendin.'

Ze deed haar mond open om tegen hem in te gaan, om te zeggen: nee Ash, ze is verliefd op je, maar toen deed ze hem weer

dicht. Het bedekte hoofd van Thelma Voss was in de menigte verdwenen. Voor zo'n intelligente man, dacht Iris terwijl ze Ash' arm pakte en ze verder liepen over de stoep, ben je af en toe verbijsterend traag van begrip.

George Lansbury verloor de tussentijdse verkiezingen van Bow en Bromley met 751 stemmen. Het meest ironische van alles was nog, dacht Ash, dat door een fout in het parlementaire register een enkele vrouw, mevrouw Unity Dawkins, tijdens de verkiezingen had kunnen stemmen. Mevrouw Pankhurst was zelf bij mevrouw Dawkins op bezoek gegaan om haar te proberen over te halen op George Lansbury te stemmen; een van de suffragetteverenigingen had haar een lift per auto naar de stembus aangeboden. Maar mevrouw Dawkins had uiteindelijk voor Reginald Blair gekozen, de conservatieve, anti-suffragettekandidaat. Ash had haar zelf gezien, trots met een blauwe kaart in haar hand waarmee ze haar steun voor meneer Blair uitsprak.

Op een avond ging Ash naar Thelma in de kruidenierswinkel van haar vader. Ze was de rotte appels uit een kist aan het zoeken. Toen ze Ash zag, klaarde haar gezicht op.

Hij zei: 'Ik wilde je bedanken voor al je hulp tijdens de verkiezingen. Al die pamfletten, en dat in de regen.'

'Het heeft niet veel zin gehad, hè?'

Hij keek hoe ze de goede appels met een doek oppoetste. 'Ik wist dat de kans groot was dat we zouden verliezen, het was van meet af aan een riskante onderneming om vrouwenkiesrecht het enige verkiezingspunt te maken, maar ik had niet gedacht dat we met zoveel stemmen zouden verliezen.'

Thelma haalde haar schouders op. 'Een deel van de mannen zal wel moeite hebben gehad met al die mooie dames die zich op plaatsen begaven waar ze normaal gesproken nog niet dood gevonden zouden willen worden en hun daar vertelden wat ze moesten doen.'

'Dat zal wel. Maar de Tories... waarom zou iemand op hen stemmen? Wat hebben die ooit voor East End gedaan?'

'Het zijn toch respectabele mensen? Dat is het enige wat de mensen hier willen. Dat iedereen denkt dat ze respectabel zijn. Je kunt preken over het socialisme en al die andere dingen tot je een ons weegt, maar het enige wat de meesten willen, is een stapje omhooggaan op de ladder. Degenen die krantenpapier op de tafel hebben liggen, willen een tafellaken kunnen kopen. Meisjes die alleen een omslagdoek hebben, willen een jas kopen. Verder gaan hun ambities niet.'

'Is dat zover als jouw ambities gaan, Thelma?'

Ze gaf geen antwoord op zijn vraag, maar legde de doek neer en zei: 'Heb je zin in thee? Ik ging de winkel toch net afsluiten.'

'Dat lijkt me heerlijk. Als het niet te veel werk is.'

Thelma hing het bordje met 'gesloten' op en trok het rolgordijn naar beneden. Toen ze de winkel uitliepen, fluisterde ze tegen Ash: 'Praat bij pa in de buurt maar niet over politiek of dat soort zaken. Daar wordt hij nerveus van.'

De winkel van de familie Voss was op de hoek van de straat; hun huis, aan het einde van een rij, was iets groter dan dat van de buren. De zitkamer, achter de winkel, had een kleine erker die in de zijstraat uitkeek. Thelma's vader zat in een stoel bij de haard; toen Ash binnenkwam, probeerde hij op te staan. Thelma zei: 'Blijf maar zitten, pa, dat vindt Ash niet erg. Pa, dit is mijn vriend Ash. Ik heb je weleens over hem verteld. Ik heb hem op de thee uitgenodigd.'

Ash praatte met Thelma's vader terwijl die de theespullen pakte. Hoewel hij een fysieke overeenkomst tussen vader en dochter zag – de hoge, brede jukbeenderen en de rechte wenkbrauwen – had meneer Voss niets van Thelma's levendigheid en haar vastberadenheid. Hij was krom en zag er afgetobd uit, reageerde op Ash' vele pogingen tot een gesprek met antwoorden van één lettergreep en zijn nerveuze blik gleed constant naar de keuken, alsof hij zich ongemakkelijk voelde als Thelma er niet was.

De theemaaltijd bestond uit boterhammen met zalm uit blik, fruitcake en jam. Ze hadden het over Ash' werk, de veranderingen in de straat sinds de familie Voss er vijfentwintig jaar geleden was komen wonen en het regenachtige weer. Toen haar vader er moe uit begon te zien, hielp Thelma hem in zijn leunstoel. Ash bedankte hen voor de thee en nam afscheid.

Thelma liet Ash uit door de winkel. Op het moment dat ze de zitkamerdeur achter zich dichttrok, zei ze zacht: 'Daarom heb ik geen ambities. Daarom doe ik niets slims of nuttigs, zoals sommige andere meisjes.'

'Wat naar,' zei hij. 'Hoelang is je vader al zo?'

'Zes jaar. Sinds het ongeluk.'

'Wat is er gebeurd?'

'Hij is overreden door een brouwerskar. Ze hebben hun best gedaan in het Mandeville, maar zijn been is nooit meer hersteld.' Haar stem werd lager. 'Maar zijn been is niet het probleem. Je hebt gezien hoe hij is. Ma is twee maanden voor het ongeluk overleden. Ze had longontsteking. Ik denk dat het komt doordat die twee dingen zo kort na elkaar zijn gebeurd. Pa is er nooit helemaal van hersteld. De dokter heeft tegen me gezegd dat hij is ingestort. Hij wordt van het minste of geringste zenuwachtig. Vooral van harde geluiden, vrachtwagens die langs de winkel rijden, donder, dat soort dingen. En hij is altijd bang dat er iets met me gebeurt. Als ik te laat thuis ben, raakt hij helemaal overstuur. Als het echt slecht gaat, kan ik hem nog geen vijf minuten alleen laten.' Ze staarde Ash fel aan. 'Ik heb hier niet voor gekozen. Ik was graag gaan studeren. Of ik had verpleegster willen worden, zoals je vriendin.'

'Iris?'

'Ja.' Haar starende blik, waarvan hij vond dat die het directe en felle van een havik had, bleef op hem gericht. 'Ik had haar hier nog nooit gezien, Ash. Ken je haar allang?'

'Al jaren. Iris komt uit Sheffield.' Hij glimlachte. 'Daar heb ik haar leren kennen. Ze fietste een heuvel af, de zoom van haar jurk bleef tussen de spaken steken, ze viel van haar fiets en landde bijna op mijn voeten.' Hij voegde toe: 'We hebben elkaar een paar jaar niet gezien. We hadden ruzie gehad, een stomme ruzie. Het was mijn schuld.' Hij dacht terug aan het feest op Summerleigh: Iris die door de balzaal danste in de armen van steeds een andere man. En hij herinnerde zich de woede en iets anders – jaloezie? – die hij had gevoeld toen hij naar haar keek. 'Toen ik erachter kwam dat ze verpleegster was geworden, was dat een enorme schok. Iris leek nooit geïnteresseerd in dat soort dingen. Ze leek niet het soort meisje dat zou warmlopen voor de verpleging. Haar vriendin Charlotte wel. Maar Iris...' Hij had ooit gedacht, met een arrogantie waarvan hij nu huiverde, dat Iris leeghoofdig en frivool was. Dat er niets achter die gouden krullen en die babyblauwe ogen zat.

Thelma zei emotieloos: 'Dat komt doordat ze zo mooi is. Je dacht dat ze geen verpleegster wilde worden doordat ze zo mooi is. Die kleren die ze aanhad... zo prachtig.' Thelma keek treurig.

Hij zei afwezig: 'Vond je dat?'

Kort nadat hij de winkel had verlaten, hoorde hij voetstappen, rennend om hem in te halen. Thelma hield met uitgestoken arm iets voor hem omhoog.

'Neem deze maar mee,' zei ze. 'De mensen hier willen ze niet eten, volgens mij denken ze dat ze giftig zijn. Maar ik vraag pa altijd er een of twee te bestellen. Ik vind ze lekker, jij ook? Ik denk graag aan het soort plaatsen waar ze vandaan komen.'

Het was een granaatappel. Hij bedankte haar en ze liet een van haar zeldzame glimlachjes zien. Toen rende ze naar huis.

Clemency maakte zich om verscheidene redenen zorgen over al haar broers. Hoewel Philip het goed leek te doen op school, leken kleine dingen waarover de meeste mensen zich niet druk zouden maken – een streng woord, Eva's kat die een vogel had gedood –

hem diep te raken. Het was alsof hij een laag huid miste, alsof hij geen pantser tegen de wereld had. Als hij een meisje was geweest, dacht Clemency soms, zou het niet hebben uitgemaakt. Gevoeligheid werd gewaardeerd in een meisje, maar geminacht in een jongen.

Tijdens de kerstvakantie nam Philip haar tijdens een spelletje Ludo uiteindelijk in vertrouwen. 'Als ik van school kom,' zei hij, 'wil ik de priestersopleiding gaan volgen.'

Ze pakte de dobbelstenen. 'Je bedoelt dat je dominee wilt worden.'

'Nee. Priester.' Zijn blik kruiste de hare; ze zag nu in zijn donkerblauwe ogen hoe serieus hij het meende. 'Als ze me tenminste willen hebben. Ik weet dat je moeilijker wordt toegelaten als je je hebt bekeerd.'

Ze staarde hem aan. Bedoel je dat je... dat je rooms-katholiek wilt worden?'

'Ja. Ik heb met een priester gepraat. We mogen tegenwoordig op zondagmiddag naar buiten en hij stond in zijn tuin te wieden toen ik hem aanbood te helpen. Hij is namelijk al heel oud. En ik heb er heel veel over nagedacht en ik weet dat ik het wil.' Een kleine, berustende glimlach. 'Ik weet dat vader het er niet mee eens zal zijn. Ik weet dat hij altijd van me heeft verwacht dat ik de zaak inga. En hij heeft geen hoge pet op van katholieken, hè? In zijn ogen zijn ze bijna net zo erg als communisten. Maar ik moet het doen, Clem. Ik weet dat het het juiste voor me is. Ik ben nog nooit ergens zo zeker van geweest.'

Philip stemde er uiteindelijk mee in te wachten tot hij achttien was voordat hij een onherroepelijk besluit zou nemen of met vader zou gaan praten. 'Maar ik zal me niet bedenken, Clem,' zei hij en ze merkte dat ze hem geloofde.

Wat betreft James en Aidan: Clemency besefte pas die winter hoezeer James Aidan haatte. Ze waren nooit vrienden geweest, de drie broers gingen niet vriendschappelijk met elkaar om, ze waren allemaal totaal verschillend in karakter en ze hadden heel andere interesses, die allemaal buiten de luidruchtige, dominante sfeer van hun vader lagen en elkaar bijna nooit raakten. Maar sinds Aidan voor J. Maclise was gaan werken, had die noodzakelijkerwijs meer contact met James. Omdat James en Aidan meer dan tien jaar in leeftijd scheelden, had Clemency hen nog nooit eerder als rivalen gezien, en als ze inderdaad als rivalen konden worden beschouwd, was al die rivaliteit terug te voeren op Aidan. De goedgeluimde, pretentieloze James was niet in staat de jaloezie te voelen die een noodzakelijk onderdeel is van wedijver.

Aidans aard was complexer. Clemency voelde vaak mee met Aidan – als meest alledaagse van de zusjes Maclise wist zij hoe het voelde niet te worden opgemerkt. Aidans onvermogen om affectie te tonen, en zijn ongewone uiterlijk: het rode haar, de lichtblauwe, onrustige ogen en tengere bouw die toen hij jonger was ertoe hadden geleid dat zijn broers en zussen hem de bijnaam Wezel hadden gegeven, maakten het moeilijk hem aardig te vinden. Maar Aidan was van alle telgen van de familie Maclise de slimste. Hij kon de moeilijkste sommen razendsnel uit zijn hoofd oplossen, sommen waarmee Clemency uren zou stoeien. Hij had een aangeboren snelheid en was als enige van het hele gezin in staat ergens logisch en objectief over na te denken.

Het moet moeilijk voor Aidan zijn geweest dat hij in een gezin woonde waar intelligentie niet erg werd gewaardeerd. Of dat vader die niet waardeerde, aangezien vaders mening de enige was waar Aidan om gaf. Aidans stille karakter werd door vader geïnterpreteerd als achterbaksheid of sluwheid. Joshua leek nooit bereid zijn vooroordelen te verbergen. Hoewel Clemency haar vader adoreerde, was ze de afgelopen tijd zijn fouten gaan zien. Hij had er een handje van Aidans haat jegens James onbewust aan te wakkeren, door James' successen vol trots aan te kondigen en die van Aidan met een meer schoorvoetende erkenning. Clemency vond het moeilijk de genietende blik in Aidans ogen te zien als

Joshua en James ruzie hadden. Ze vond het moeilijk te zien hoe Aidan het vuur aanwakkerde en vader op de onmogelijkste momenten hielp herinneren aan James' zwakke punten: zijn frequente verblijven in Londen, zijn weigering een echtgenote te zoeken en voor de volgende generatie Maclise te zorgen.

Zelfs James leek de laatste tijd minder opgewekt. Clemency zag vaak, als hij niet wist dat ze naar hem keek, dat hij er zorgelijk uitzag. Dat James, de zorgeloze, vrolijke James, zorgelijk zou kunnen zijn, schokte haar.

Op een avond was ze kolen in het vuur in de zitkamer aan het gooien, toen James de kamer binnenkwam. 'Zeg Clemmie, zou je me wat geld kunnen lenen?'

Ze staarde hem geschrokken aan. Hij werd rood. 'Ik weet dat ik het niet hoor te vragen...'

'Dat geeft niet.'

'Ik zit alleen... een beetje krap.'

'Ik heb het geld van tante Hannah,' zei ze. Tante Hannah had hun allemaal een klein bedrag nagelaten.

'Dat kan ik niet van je vragen. Dat is voor je uitzet.'

'Ik vind het niet erg om het aan jou te geven, James.'

Hij maakte een snel, ongeduldig gebaar. 'Ik voel me zo'n schurk dat ik het aan jou vraag. Maar ik zit echt omhoog. En ik wil het wel aan vader vragen, maar je weet hoe die is.'

'Misschien als je hem uitlegt waarvoor je het nodig hebt.'

'Dat kan niet.'

'Waarom niet?'

'Omdat...' Hij hield op met praten en lachte kort. 'Je weet dat ik op het moment niet in een goed blaadje sta bij hem. Hij wil dat ik met Louisa Palmer trouw. Hij houdt er maar niet over op.'

'Dat weet ik.' Vader was nooit erg subtiel in zijn intriges. 'Maar wil je dan niet met Louisa trouwen?'

'Dat kan niet.' Zijn stem klonk emotieloos.

'Vind je haar niet aardig?'

'O, Louise is een prima meid. Niet zoals Alice.'

'Maar je vindt haar niet leuk genoeg,' raadde ze, en ze dacht aan Ivor. 'Je verlangt niet naar de volgende keer dat je haar weer ziet.'

'Zoiets.'

Ze vroeg vriendelijk: 'Is er iets, James?'

'Eerlijk gezegd...' zijn gezicht stond bedrukt, 'eerlijk gezegd zit ik een beetje in de problemen, Clem.'

De deur ging open. Aidan kwam binnen. 'Ik moest van Edith zeggen dat het eten klaarstaat.'

Toen ze weer alleen waren, zei Clemency: 'James. Vertel me wat er aan de hand is.'

'Niets.' James glimlachte zonder overtuiging. 'Helemaal niets.'

Marianne was verliefd geworden op de tuin van Blackwater. Ze knipte de kruipers weg die zich aan de rozen hadden gehecht en bevrijdde de vaste planten uit het onkruid dat ze verstikte. Ze ontdekte schatten onder de begroeiing: paarse geraniums en piepkleine blauwe viooltjes. Iemand had ooit van deze tuin gehouden, drong het tot haar door; iemand had hem gecreëerd, gevoed.

Het huishouden in de bungalow liep op rolletjes zonder dat ze er veel aan hoefde te doen. Er waren veel bedienden, ze werkten efficiënt en ze had echt maar weinig om handen. Onder de bedienden waren Rani, de *ayah*, die kamermeisje van Marianne was, Nadeshan de lakei, de kok en zijn assistent, de keukenkoelie en de *tappul* of brievenkoelie. Andere inlanders woonden niet in: de *dhoby*, die de kleren en het beddengoed kwam wassen en ze op de stenen in de rivier sloeg; rondtrekkende venters uit India, die bundels zijde en kant lieten zien en goud- en zilverborduursel waaruit Marianne kon kiezen; en de kleermaker, die in kleermakerszit op de vloer met zijn stokoude naaimachine, gordijnen, overhemden en japonnen maakte. En dan was er meneer Da Silva, de Singalees die de leiding had over het transport van de thee naar Colombo. Meneer Da Silva, wiens zwarte haar bij de slapen grijs begon te worden, was sympathiek en vriendelijk en als hij gemiddeld eens per maand langskwam, had hij altijd een cadeautje voor Marianne bij zich: een bosje bloemen, een gebakje met groen en roze glazuur, of een papieren windmolentje om de vogels, zo zei hij, uit de mooie tuin te houden.

Er waren op de theeplantage zelf twee assistent-managers, meneer Salter en meneer Cooper, en een aantal veldploegbazen, fabrieksploegbazen en klerken. De assistent-managers woonden in hun eigen bungalowtje ongeveer een halve kilometer van de Blackwaterbungalow, en de tamilkoelies, ongeveer achthonderd, die van Zuid-India naar Ceylon waren gekomen, woonden op de velden in rijtjes hutten die tussen de theevelden waren gebouwd. Om zes uur 's ochtends klonken er trommels, die de koelies op appèl riepen. Ze werden geteld, in groepen verdeeld die werden geleid door de *kanganies* of ploegbazen, en naar verschillende delen van de plantage werden gestuurd om te plukken, wieden of snoeien. Marianne ontdekte dat de vrouwen, met hun kleine, smalle, voorzichtige vingers, de beste plukkers waren en dat ze om de beste thee te garanderen alleen de bovenste knop en twee bladeren van de plant plukten. De Tamils deden het zware werk op de plantage, ze snoeiden de theestruiken, plantten nieuwe aan en werkten ook als bediende en klerk.

Alles draaide op Blackwater om thee, alles was gewijd aan thee. In de fabriek rook het naar thee; buiten in de velden hing dezelfde geur, hoewel minder sterk. Op de heuvels maakten roodbruine paden vierkanten en cirkels door de donkergroene theevelden. Vrouwen in felgekleurde sari's met zware manden op hun rug liepen overal over de plantage. De manden met bladeren werden een paar keer per dag geleegd, de ongeschikte bladeren en takjes verwijderd en voordat de thee naar de fabriek ging, werd die gewogen.

Meneer Salter, de broodmagere assistent-manager met het rode gezicht, gaf Marianne een rondleiding door de fabriek. 'Dit is het droogrek,' legde meneer Salter uit. Ze waren op de boven-verdieping. 'Hier worden de bladeren uitgespreid. We laten ze hier ongeveer een dag liggen, afhankelijk van de weersomstandigheden.'

Ze liepen naar beneden. Katrollen, transportbanden en vliegwielen kletterden en kreunden. 'En dat is de wals,' schreeuwde meneer Salter boven de herrie uit. 'Die plet de bladeren. De thee moet fermenteren. Er komt natuurlijk geen alcohol aan te pas, maar de sappen in het blad moeten oxideren. De bladeren worden vier of vijf keer gerold. Je moet er precies op het goede moment mee stoppen. Dan worden ze gezeefd. Het breken van de bladeren geeft de smaak aan de thee.'

De bladeren lagen in de fermenteerkamer op een glazen tafel. Meneer Salter veegde zijn bezwete voorhoofd af en keek terloops naar Marianne. 'Ik verveel u toch niet, mevrouw Melrose? Het klinkt allemaal vast vreselijk saai.'

'Helemaal niet,' zei ze. 'Hoe weet u wanneer de thee klaar is?'

'Dat zie je aan de kleur. Hij moet de goede kleur hebben.'

Hij leidde haar naar een andere ruimte. 'Dat zijn de droogovens. Ze blazen hete lucht over de thee. Daar worden de bladeren droog en broos van. Dan worden ze gesorteerd en geklasseerd en dan is de thee klaar om naar onze handelaren in Colombo te worden vervoerd om op de theeveiling te worden geveild. En vandaar wordt hij over de hele wereld verscheept.' Meneer Salter trok aan zijn kraagje, waardoor een paar paarse steenpuisten in zijn nek zichtbaar werden. 'Klimaat en hoogteligging bepalen de smaak van de thee. Als het op het verkeerde moment regent maakt dat de smaak anders, wat natuurlijk weer invloed heeft op de prijs. Theeproductie is een kunst, mevrouw Melrose. Het draait allemaal om smaak, kleur en precisie.'

'En Blackwaterthee is precies goed?'

'Blackwaterthee is de beste ter wereld. Meneer Melrose is heel veeleisend. En maar goed ook, als u het mij vraagt. De theebouw is een concurrerende branche. Zodra je je kwaliteit verlaagt, maak je geen winst meer en wordt je bedrijf door een van de grotere overgenomen. Daarom heeft meneer Melrose Glencoe natuurlijk gekocht.'

'Glencoe?'

'De aangrenzende plantage.' Meneer Salter maakte een vaag handgebaar naar het westen. 'Die is zes maanden geleden op de fles gegaan. De eigenaar is een beetje kierewiet geworden. Tussen u en mij, mevrouw Melrose, hij was een beetje te zeer gesteld op de fles. Iedereen houdt wel van een slokje op zijn tijd, maar als je met arak ontbijt, nou, dat werkt natuurlijk niet, hè? Maar goed, iemand zei dat Lipton was geïnteresseerd, dus meneer Melrose moest snel reageren. De plantage is behoorlijk verwaarloosd en er is een boel te doen. Zodra je je hielen licht, neemt de jungle het namelijk meteen weer over.' Zijn blik dwaalde naar het raam en hij mompelde: 'Dat is de ellende met dit land, je kijkt hier je ogen uit, en als je hier net bent, denk je in eerste instantie dat je in Engeland bent. Maar dat is natuurlijk niet zo.' Hij keek kribbig. 'Je kunt hier niets buiten houden. Het houdt je bezig, het laat je niet met rust. Als je even niet oplet, heb je slangen in je keuken, mieren in je rijst en rotkruipers die het zink van je dak aftrekken.' Hij veegde zijn gezicht nog een keer af. 'Excuseer mijn taalgebruik, mevrouw Melrose. Ik voel me vandaag niet helemaal goed, vrees ik. Ik heb een beetje koorts.'

Op een zaterdag gingen ze naar de Plantersclub in het stadje met de bazaar en het station. Lucas ging te paard en een van de stalknechten reed Marianne in een ossenwagen over het bergpad.

De plantagebezitters, hun vrouwen en gezinnen ontmoetten elkaar in een lang, rechthoekig gebouw. De mannen kwamen aan één kant van het gebouw samen, bij de bar, terwijl de vrouwen rond tafels aan de andere kant van het pand zaten. Aan de muur hingen ingelijste foto's van in het wit geklede cricketteams en mannen met snorren met een geweer in hun handen.

Toen ze de club binnenliep, voelde Marianne de nieuwsgierige blikken. Ogen werden op haar gericht en mensen mompelden tegen elkaar. Ze werden gefeliciteerd; iemand riep de clubjongen, een oude man met wit haar en een bruine huid in een witte tuniek met koperen knopen, om drankjes in te schenken om op het pasgetrouwde paar te toasten.

Een hele rij plantagebezitters en hun vrouw schudden Marianne de hand. Het viel haar op dat er een hiërarchie was: plantage-bezitters en senior-managers werden eerst aan haar voorgesteld, daarna de junior- en assistent-managers. De sociale klassen bewogen apart van elkaar en zaten aan verschillende tafels.

Ze werd voorgesteld aan Ralph Armitage en de familie Rawlinson. Meneer Armitage was lang, breed, en hij had een haakneus. Zijn blik gleed even over Marianne voordat hij Lucas meenam naar de mannenkant van het clubhuis. Meneer Rawlinson, de secretaris van de club, was broodmager en had wit haar, hij leek wel een schim naast zijn brede, stevig gebouwde echtgenote. Anne Rawlinson had het ruwe, donkere gelaat van iemand die te lang in de zon heeft gezeten.

'Dus jij bent het meisje door wie Lucas uiteindelijk is gevangen,' bulderde mevrouw Rawlinson. 'Laat me je eens bekijken. Maar je bent piepjong. Hoe oud ben je? Negentien? Twintig?'

'Vierentwintig.'

'Vierentwintig. Dat zou je niet zeggen. Je bent ontzettend bleek, kind. Je zult voorzichtig moeten zijn, de zon doet vreselijke dingen met een bleke huid. Wat vind je van Ceylon? Blackwater is een goede bungalow. Ik neem aan dat Lucas betrouwbare hulp voor je heeft gevonden?'

'Ze lijken me heel competent.'

'Houd je ayah goed in de gaten, dat is mijn advies. Die van mij zou er als ik haar de kans gaf zo met al mijn sieraden vandoor gaan.' Mevrouw Rawlinson pakte een drankje van het dienblad. 'Die mensen hebben niet veel besef van goed en kwaad, ik zeg altijd dat het net kinderen zijn.'

Marianne sloeg een drankje af. Mevrouw Rawlinsons ogen glansden. Ze leunde naar voren en fluisterde theatraal: 'Staat er een blijde gebeurtenis op stapel? Dat weet ik altijd meteen. Je ziet het aan het gezicht. Trek je maar niets van mij aan, mevrouw Melrose. Je zult snel aan me wennen, iedereen weet dat ik graag direct ben. Maar ik heb wel gelijk, hè? Wanneer gaat het gebeuren?'

'Dokter Scott zegt half maart.'

'En je bent eind juni getrouwd?' Mevrouw Rawlinsons ogen werden spleetjes terwijl ze snel zat te rekenen. 'Nou zeg, Lucas had wel haast, hè? Maar hij is nooit traag geweest met dat soort dingen.'

'Hoe bedoel je?'

'Niets, liefje.' Mevrouw Rawlinson had haar gin-tonic bijna op. 'Helemaal niets.' Ze klopte Marianne op haar hand. 'Als je iets wilt weten, wat dan ook, vraag je het maar aan mij. Ik ken het klappen van de zweep, ik woon al eeuwen in de bergen.'

Er kwam een blonde vrouw bij hen zitten. Mevrouw Rawlinson stelde Marianne voor aan mevrouw Barlow. 'Zal ik de tennisvelden even laten zien?' vroeg mevrouw Barlow. 'Daar zijn we heel trots op.' Toen ze naar buiten liepen, zei mevrouw Barlow zacht: 'Ik dacht dat ik je maar even moest komen redden.'

Marianne zei razend: 'Wat is ze nieuwsgierig... en zo neerbuigend...'

'De eerste keer dat Anne Rawlinson bij mij op bezoek kwam, liep ze zo de hele bungalow door en stak overal haar neus in. Ik was bang dat ze in mijn garderobekast zou gaan kijken om te controleren of het kant aan mijn petticoats wel van goede kwaliteit was.'

Marianne schoot in de lach. 'Dank je dat je me kwam helpen, mevrouw Barlow.'

'Clare. Ik heet Clare.'

'En ik ben Marianne.'

'Ik hoorde je toevallig zeggen dat je in verwachting bent. Het hangt vast in de lucht. Ik heb mijn eerste kind negen maanden nadat ik hier aankwam, gekregen. En de tweede een jaar later. Daar zijn ze.' Clare Barlow wees naar twee meisjes met staartjes, die op de schommel speelden.

'Ze zijn prachtig. Hoe oud zijn ze?'

'Hilda is zeven en Joan zes. Ze gaan binnenkort in Engeland naar kostschool. Ik weet niet hoe ik dat moet verdragen. Ik heb het zo lang mogelijk uitgesteld. Ik word vast vreselijk eenzaam zonder hen. Ik kan natuurlijk nog een kind nemen. Johnnie wil natuurlijk een jongen voor de plantage, maar ik weet het niet... ik ben zo gelukkig met mijn meiden.' Clare trok een gezicht. 'En het lukt ons de laatste tijd nauwelijks beleefd tegen elkaar te zijn, laat staan dat we een bed kunnen delen, dus een zoon is niet erg waarschijnlijk.' Ze keek in het glas in haar hand en trok haar wenkbrauwen op. 'Sorry. Ik heb gedronken... normaal gesproken drink ik overdag niet, volgens mij is het naar mijn hoofd gestegen. En Johnnie en ik hebben het gewoon even moeilijk. We hebben vreselijke ruzie gehad voordat we hierheen kwamen; daarom drink ik nu natuurlijk.' Haar gezicht was betrokken. 'Getrouwd zijn is hier niet altijd gemakkelijk,' zei ze ineens. 'Volgens mij zitten we te dicht op elkaar. Te veel lange avonden in de bungalow, alleen op de kinderen en bedienden na en met niets anders te doen dan brieven schrijven, lezen, kaarten en te veel drinken. En de mannen zijn er zo aan gewend alles op hun manier te doen, ze gaan er helemaal vanuit dat we, net als de koelies opspringen als ze met hun vingers knippen. Ik zeg altijd tegen Johnnie dat hij een soort god is op de plantage. Zijn woord is wet. De mannen kunnen doen wat ze willen en niemand houdt hen tegen. Ik vrees dat het hun allemaal naar het hoofd stijgt.'

Toen riep ze: 'Hilda! Nu is Joan aan de beurt!' Ze glimlachte naar Marianne. 'Als je dat leuk vindt, kom ik binnenkort een keer bij je op bezoek. Ik heb het gevoel dat we goede vriendinnen kunnen worden. Ik weet zeker dat we veel gemeen hebben... niet in de geringste mate een afkeer van mevrouw Rawlinson.'

Lucas was Glencoe aan het vrijmaken, hij hakte dichte ondergroei weg, velde bomen en sleepte rotsen en afval weg. Als hij op het middaguur terugkwam naar de bungalow, waren zijn kleren roodbruin van de aarde en zat zijn gezicht vol stof en zweet.

Op een avond toen ze van de badkamer terugliep naar haar slaapkamer, hoorde Marianne iets ritselen in de duisternis. Ze stak een kaars op om er de hoeken van de gang mee te verlichten, bang dat er een slang was binnengekomen. Toen hoorde ze iemand lachen, snel en gedempt, daarna voetstappen en een deur die dichtging.

Ze liep snel naar de zitkamer en schoof een gordijn opzij. Ze keek naar buiten en zag in eerste instantie alleen de zwarte, tropische nacht en de diepe duisternis van de bomen en klimplanten die in de tuin van de bungalow stonden. Toen werd haar blik getrokken door een flikkerende, felle kleur. Na een keer knipperen met haar ogen was wat ze zag verdwenen, opgeslokt door de ondergroei.

Een paar avonden later gebeurde hetzelfde. Het drong tot Marianne door dat zij (en ze was ervan overtuigd dat de nachtelijke bezoeker een zij was vanwege de lichte tred en het felle katoen van haar sari, die lang, zwart haar bedekte) op weg was naar de koeliehut.

Ze besprak het probleem met Clare, die op een middag op bezoek was. 'Als ik in Engeland zou zijn,' legde ze uit, 'zou ik natuurlijk een bediende die bezoek mee naar huis nam meteen ontslaan. Maar hier... weet ik niet zo goed wat ik moet doen. Ik weet niet eens of zulk gedrag hier als normaal wordt gezien. En of ik niet enorme problemen veroorzaak door te proberen erachter te komen wat er aan de hand is. Ik wil het niet aan Lucas vragen. Hij heeft me heel duidelijk gemaakt dat hij niet belast wil worden met huishoudelijke zaken. En ik vind ook dat ik het alleen moet kunnen.'

Ze zaten in het zomerhuisje op de heuvel. Clare stak een sigaret op. 'Weet je voor wie dat meisje komt?'

Marianne zuchtte. 'Ik heb geprobeerd er met Rani over te praten, maar die klapte helemaal dicht. En ik durf er niet tegen de andere bedienden over te beginnen. Maar dat zal wel moeten, vrees ik.'

Clare fronste haar wenkbrauwen. 'Lieverd, weet je zeker dat ze bij een van de bedienden op bezoek gaat?'

'Bij wie anders?' Marianne staarde haar aan. 'Lucas? Je bedoelt Lucas toch niet?'

'Heel veel mannen hebben een of twee tamilminnaressen. Johnnie ook. Hij kent een van die meisjes al veel langer dan hij mij kent. En er lopen een stuk of zes koffiekleurige kinderen van hem rond.'

'Vind je dat dan niet erg?'

Clare nam een trekje van haar sigaret. 'In eerste instantie vond ik het afschuwelijk. Maar nu... je moet niet vergeten dat Lucas hier een eeuwigheid alleen heeft gewoond. Je kunt hem niet kwalijk nemen dat hij behoefte had aan gezelschap. Nee, als ze bij Lucas op bezoek gaat, kun je het beste maar een oogje toeknijpen, lijkt mij.' Clares blik ging ontevreden van de heuvels naar de tuin en de bungalow. 'Ik heb weleens gehoord dat sommige plantagebezitters uiteindelijk intiem worden met hun hond. Daar zou ik de grens trekken.'

De difterie-epidemie brak in begin van het nieuwe jaar uit. De symptomen van de ziekte waren koorts en keelpijn. In het ergste geval kleefde er een grijs vlies aan de keel dat de larynx bedekte en de patiënt verstikte. Vanwege hun smalle luchtpijp liepen kinderen jonger dan vijf het grootste risico. De enige behandeling was een tracheotomie: het insnijden van de luchtpijp in de hals om een omleiding te maken voor de geblokkeerde luchtweg.

Binnen twee weken raasde er een grootschalige epidemie door East End. Verzwakt door ondervoeding waren kinderen die de ene dag nog op straat speelden de volgende dag ineens overleden. Sommigen stierven op weg naar het ziekenhuis, anderen in de wachtruimte. Iris werd overgeplaatst naar een kinderafdeling, waar zij en Rose Dennison van bed naar bed renden terwijl leerling-verpleegsters luiers en beddengoed verschoonden. Af en toe stierf er een kind. De huid werd blauw, er klonk gerochel en dan was het stil. Omdat ze altijd handig met naald en draad was geweest, naaide Iris de doodskleden terwijl Rose de kinderen aflegde. Veel kinderen overleden net voor zonsopgang, alsof ze de strijd in het koudste, donkerste deel van de nacht gewoon hadden opgegeven. Sommige baby's stierven de verstikkingsdood, maar van anderen gaf het hart het op, uitgeput door de strijd. Er was een moment dat ze leken te beseffen dat ze waren verslagen, met een zwaarte in de ledematen en een steeds oppervlakkigere ademhaling. Iris wiegde sommigen in haar armen terwijl ze stierven, streelde over hun ingevallen wangen en mompelde tegen hen. Ze kon nadien nooit meer naar haar naald en draad kijken zonder de witte stof te zien en het schorre gereutel van de ademhaling van de baby'tjes te horen.

Als ze ook maar even een halfuurtje had, ontsnapte ze uit het ziekenhuis. Ze werd heel handig in het uit het verpleegstershuis glippen zonder dat de huiszuster het zag. Dan ging ze etalages bekijken of in boeken bladeren in de bibliotheek, alles om maar even te ontsnappen aan de donkere, claustrofobische sfeer van de afdeling.

Na de zwaarste nacht moest ze een groot deel van de volgende dag doorwerken. Toen ze eindelijk vrij had, was ze eigenlijk van plan geweest terug te gaan naar het verpleegsterhuis om thee te drinken, wat te eten en dan te gaan slapen, maar in plaats daarvan kleedde ze zich om en ging naar Ash.

In zijn keuken lag in een hoek een hond met een bruin-witte vacht vol klitten te snurken en in een rotankooi zat een kanarie te zingen. Iris fronste haar wenkbrauwen. 'Die hond...'

'Iemand heeft hem hier achtergelaten.'

'En die kanarie?'

'De familie Turner is ervandoor gegaan. Ze liepen achter met de huur. Dus ik heb gezegd dat ik voor de kanarie zou zorgen totdat ze een nieuwe woning hebben gevonden.'

'En de gootsteen.' Ze staarde naar de potten en pannen, die vol water stonden. 'O hemel, ik lijk wel een hoofdverpleegster uit het Mandeville. Ik ga zo de hoekjes inspecteren. Maar serieus, Ash, je moet een schoonmaakster nemen.'

'Ik heb een schoonmaakster.'

'Laat me raden... je hebt de armlastigste, kreupelste, oudste schoonmaakster gekozen die je kon vinden omdat je zo met haar had te doen.'

'Ik vrees dat ze de laatste tijd niet echt heeft kunnen schoonmaken. Ze heeft slechte voeten.' Hij keek Iris aan. 'Wil je erover praten, of liever niet?'

Ze schudde haar hoofd en knipperde snel met haar ogen terwijl ze naar de vloer staarde. Hij sloeg zijn armen om haar heen en gaf haar een knuffel. Iris sloot haar ogen; ze genoot van de warmte van zijn lichaam en het gevoel dat ze eindelijk iemand had om op te steunen, iemand die de gruwelijkheden van de afgelopen weken een beetje kon verzachten. Ze voelde de drang haar hoofd tegen zijn schouder te laten vallen en te slapen in zijn armen.

En een andere drang, een die ze niet had verwacht. De behoefte dat hij haar bleef aanraken, dat zijn hand, die nu op haar rug klopte, bijvoorbeeld haar hals of gezicht zou strelen. Dat zijn mond, die af en toe terloops haar haar raakte, haar lippen zou zoeken...

Ze maakte zich van hem los en zei plotseling: 'Er zijn gisteravond vijfentwintig kinderen opgenomen. Er zijn er twaalf gestorven. Als het zo gaat, vraag ik me weleens af wat ik er doe. Als het zo gaat, haat ik verplegen.' Ze greep haar jurk vast. 'Volgens mij ruik ik ernaar. Naar die gruwelijke ziekenhuislucht.'

'Onzin,' zei hij. 'Je ruikt heerlijk, net als altijd.'

Het lukte haar te glimlachen. 'Ik zou het heerlijk vinden als je voor een beetje afleiding kunt zorgen, Ash.'

'Waar heb je zin in? Zullen we ergens gaan eten?'

'Ik wil dansen,' zei ze. 'Als je met me wilt dansen, Ash. We hebben natuurlijk al eens gedanst. Op Summerleigh, weet je nog?'

'Ik weet nog dat ik nogal dronken en heel kwaad was, en dat ik me afschuwelijk gedroeg,' zei hij. 'Ik beloof je dat ik me deze keer beter zal gedragen.'

Ze zocht in zijn kast wat acceptabele kleren voor hem. 'Ik moet toch eens met je gaan winkelen. Je manchetten rafelen.' Haar stem leek in de lucht te zweven, licht, glinsterend en glasachtig.

Ze gingen naar een matineedansfeest in een hotelletje in Shoreditch. Er waren thee, sandwiches, taart en een driemansorkestje, het geluid van kinderschoenen op glanzend gewreven vloeren en de geur van sigaretten en goedkope parfum. Op de kleine dansvloer dansten klerken in gesteven kraagjes met hun typiste of een winkelmeisje. De hoekige, wilde klanken van ragtime vulden de ruimte, hypnotiseerden de dansers, daagden hen uit te dansen, brachten opwinding, voorspelden verandering.

Tegen het einde van de middag ging Iris naar het toilet. Meisjes met een bleke teint stonden hun gezicht te poederen; een van hen speldde een losgeraakte zoom vast. Een meisje in een roze tafzijden rok stond tegen de wastafel te huilen. 'Hij zegt dat hij van me houdt, maar ik weet dat dat niet waar is,' bleef ze maar tegen haar vriendin herhalen.

Iris bestudeerde haar eigen spiegelbeeld. Haar gezicht was lijkbleek en ze had donkere schaduwen onder haar ogen. Er gingen beelden van de afgelopen dag en nacht door haar vermoeide geest.

Ze zag zichzelf een jasje uit Ash' kast kiezen. Een drie maanden oude baby van wie het haar als dat van een wc-borstel uit zijn hoofdje stak, die in haar armen stierf. Haar naald die door het witte calicot ging.

Ze zag wanhoop in haar schimmige ogen. Ze wist niet of ze wanhoopte om de baby's of om zichzelf, om wat ze die dag had ontdekt. Wat dom, dacht ze, om verliefd te worden op een man die haar jaren geleden al duidelijk had gemaakt dat hij haar niet wilde. Wat dom om verliefd te worden op een man die haar hart al een keer had gebroken. Wat dom om verliefd te worden op Ash.

11

Marianne werd 's nachts vaak wakker. Terwijl ze zacht van kamer naar kamer liep, spitste ze haar oren of ze voetstappen hoorde, blote voeten die over de betonvloer van de bungalow liepen. Soms bleef ze bij de slaapkamerdeur van Lucas staan. Er werd gelachen; een schreeuw in de duisternis. Ze liep weg. Ze keek uit het zitkamerraam en zag een glimp paars en een glinstering van gouden armbanden, iemand die naar de koeliehut rende.

Ze draaide zich een keer om toen ze geluid achter zich hoorde. Rani, haar ayah, stond in de deuropening. Marianne liet het gordijn vallen. 'Hoe heet ze?' vroeg ze. Rani gaf geen antwoord.

'Rani, hoe heet ze?'

Een flikkering van angst stond in de donkere ogen. Er klonk gefluister dat de nacht verstoorde. 'Ze heet Parvati, Dorasanie.'

'Komt ze hier voor de Peria Dorai?'

Rani's vingertoppen raakten haar voorhoofd. 'Mevrouw moet teruggaan naar bed. Mevrouw draagt haar shawl niet. Zo vat u kou.'

Terwijl ze over de plantage reed, zag Marianne de baby's slapen in stoffen hangmatjes die aan boomtakken langs de weg hingen, terwijl hun moeder in de velden werkte. Toen de kinderen naar haar staarden terwijl ze passeerde, staarde ze terug, zoekend naar een lichtere huid, naar ogen die niet zwart waren, maar groen, goud of grijs. Haar starende blik zocht en concentreerde zich op de groepjes jonge vrouwen, op zoek naar een paarse sari en het gerinkel van gouden armbanden. Ze was op zoek naar een meisje dat Parvati heette en dat het bed met haar man deelde terwijl zij dat niet deed.

Het ritme van de plantage ging verder, het plukken en verwerken van thee, het dagelijkse leefpatroon in de bungalow. Op de grote banen van de theevelden, die als een deken over de heuvels waren gedrapeerd, stonden duizenden en duizenden struiken: *camelia siniensis*, de plant waarvan de cultivering de loop van het hele leven van de bewoners dicteerde.

Bij elke volle maan hoorde Marianne getrommel uit de koeliehutten komen en 's nachts zag ze oranje vuren tegen de inktzwarte hemel branden. Aan de tinnen daken van de hutten hingen vlaggen en vaantjes, en bloesem werd bij de altaartjes langs de weg als offer achtergelaten. Nadat het had geregend, vonden ze een keer een slang op de veranda, een opgekruld, bruin wezen dat in de zon lag te slapen. Lucas pakte zijn geweer en schoot het dier door zijn kop. Het geluid weergalmde tussen de bomen.

Ze verbleven twee nachten bij de familie Barlow in hun bungalow zestig kilometer verderop. Lucas en Johnnie Barlow dronken 's avonds en wisselden anekdotes uit terwijl Marianne en Clare bij het vuur in de zitkamer zaten. Een paar weken later kwam Ralph Armitage naar Blackwater. Tijdens het eten vulde Armitages stem de kamer en met zijn grote lichaam zat hij breeduit in zijn stoel terwijl hij overvloedig at en dronk. Hij zei zelden iets tegen Marianne; ze voelde aan dat hij haar onbelangrijk vond, zijn aandacht onwaardig. Ze trok zich meteen na het eten terug. De rest van de avond weergalmden de mannenstemmen door de bungalow. Af en toe hoorde Marianne het geluid van Nadeshans snelle, lichte tred, zich haastend om nog een fles arak voor de mannen te halen. Marianne was net in slaap gevallen toen ze wakker werd van geweerschoten. Ze klonken in de tuin; de volgende ochtend vond ze een brahmaanse wouw in de tuin, de geelbruine veren dof en bebloed, bij de wortels van de banyanboom.

Op de club bestudeerden de nieuwsgierige ogen van Anne Rawlinson Mariannes buik. 'Je bent nu meer dan zes maanden, schat. Gaat het goed?'

Ze zaten op de veranda bij de club. Er was een tennistoernooi gaande; het getik van racket en bal en het schreeuwen van 'uit!' doorbraken de middag.

'Heel goed, Anne.'

'Dokter Scott houdt je toch in de gaten, hè? Dat is een goede man, een van de besten. We vertrouwen allemaal op dokter Scott.'

Dokter Scott had hete, klamme handen en hij rook naar pijptabak. Als hij naar Blackwater kwam, bleef hij altijd de hele avond en dronk dan met Lucas. Marianne veranderde van onderwerp en zei: 'Ik ben de rozen in mijn tuin aan het snoeien. Ze zijn vreselijk verwaarloosd en hebben enorme uitlopers.'

'Ik weet nog wel dat de rozen op Blackwater de beste in de hele provincie waren. Die heeft Lucas' moeder natuurlijk geplant. Sarah was een geweldige tuinierster. Ze had echt groene vingers. Als je haar zo zag, zou je dat niet hebben gedacht.'

Er waren geen foto's of schilderijen van Sarah Melrose in de bungalow van Blackwater. Marianne wilde meer weten over de vrouw die de tuin had aangelegd. 'Wat was ze voor iemand?'

Mevrouw Rawlinson pakte een sigaret. 'Blond haar en blauwe ogen. Het soort vrouw dat mannen het hoofd op hol jaagt. Ze wond hen om haar vinger en ze hadden het niet eens in de gaten, de arme stumpers.'

'Het moet vreselijk voor Lucas' vader zijn geweest toen ze stierf.'

'Stierf?' Mevrouw Rawlinsons lucifer schraapte langs het doosje. 'Sarah is niet gestorven. Ze is ervandoor gegaan met een houthandelaar uit Colombo.'

'Maar Lucas zei...' Marianne hield op met praten. Wat had Lucas gezegd? Ze deed haar best zich de exacte woorden te herinneren. 'Ik ben mijn moeder langgeleden verloren.'

De gezichtsuitdrukking van mevrouw Rawlinson liet afkeuring

zien. 'Niet bepaald van de beste stand, die beau van Sarah Melrose. En tussen jou en mij gesproken: hij was ook niet helemaal blank. Het heeft natuurlijk geen standgehouden, na zes maanden is ze weer vertrokken. Ik voelde wel met het kind mee. Lucas was pas vier. En George Melrose is nooit een gemakkelijke man geweest. Hij hield te veel van de fles. Er doen verhalen de ronde...'

Er was een schaduw over hen gevallen. De zin bleef onafgemaakt in de lucht hangen. 'Lucas, schat,' zei Anne Rawlinson terwijl ze lachend opkeek, 'tennis je niet? Ik dacht dat je tenniste.'

'Je weet best dat ik dat niet doe, Anne.'

Ze vertrokken kort daarna uit het clubhuis. Lucas te paard en de stalknecht reed Marianne in de ossenwagen. Ze waren de stad uitgereden en waren net het bergpad opgegaan toen Lucas zei: 'Wat zei dat mens tegen je? Mevrouw Rawlinson... wat zei ze tegen je?'

Iets in zijn stem maakte dat ze zei: 'We hadden het over de baby. En over de tuin op Blackwater.'

Hij kwam met zijn paard naast de wagen rijden. Marianne had het gevoel dat hij millimeters van de afgrond reed. 'Wat ik wil weten, Marianne, is wat ze over mijn moeder zei.'

'Niets belangrijks, Lucas.'

'Vertel.'

'Ik besefte gewoon ineens dat ik een domme fout heb gemaakt. Ik dacht dat je moeder was overleden toen je heel jong was.'

'En die bemoeizieke heks heeft je iets anders verteld?'

Ze snakte naar adem. Ze keek tersluiks naar de stalknecht; zijn blik was onverstoorbaar op het pad gericht.

'Wat heeft ze nog meer verteld?'

'Niets. Wat ze zei... geloofde ik niet.'

Hij was even stil. Toen zei hij: 'Ze zal wel hebben gezegd dat mijn moeder ervandoor is gegaan en me met hém op Blackwater heeft achtergelaten. Waarom moeten vrouwen toch altijd roddelen? Bla, bla, bla, als hondjes die hun neus in andermans zaken steken.' Hij gaf zijn paard de sporen en galoppeerde vooruit. Hij verdween achter een rotsachtige kaap in een wolk rood stof.

Die avond merkte Marianne alleen aan een lichte souplesse in Lucas' bewegingen en enigszins slepende toon dat hij had gedronken. De stilte hield aan en werd alleen onderbroken door het gerinkel van glas en borden. Ze aten allebei weinig.

Nadeshan was de tafel aan het afruimen toen Lucas zei: 'Als je het zo nodig wilt weten, mijn moeder is negen maanden geleden overleden. Daarom was ik in Engeland. Ik had gehoord dat ze ziek was en ik dacht dat die domme koe me misschien iets zou nalaten. Maar dat was niet zo. Geen penny.' Zijn grijze, onvaste blik gleed naar Marianne. 'Ik had het geld namelijk nodig om dat land te kopen. Maar die stomme hoer heeft me weer laten vallen. Zelfs in de dood.'

Hij stond op. Hij keek naar haar om terwijl hij de kamer verliet. 'Ik wil niet dat je nog naar de club gaat,' zei hij kil. 'Niet in jouw conditie. Er liggen te veel stenen op het pad en het is te oneffen. De kar kan zomaar een wiel verliezen. Ik wil niet dat er iets met de baby gebeurt.'

Marianne ging naar haar kamer. Ze ging op het bed zitten en merkte dat ze beefde. Er had haar hele leven nog nooit een man zo tegen haar gesproken zoals Lucas net had gedaan. Noch haar vader, noch haar broers, noch Arthur zou dat soort woorden in aanwezigheid van een vrouw hebben gebezigd. Of die toon.

Ze werd zich ineens bewust hoe donker het was en hoe vreemd dit land was. En hoe ver ze van de mensen van wie ze hield, was verwijderd. Als ze aan haar zussen dacht, voelde ze een bijna fysieke pijn. Haar starende blik rustte op haar secretaire. Op zaterdagavond schreef ze gewoonlijk naar Iris, Eva en Clemency. Wat moest ze zeggen? Ik vrees dat ik een gruwelijke fout heb gemaakt. Ik ben bang dat ik mijn echtgenoot helemaal niet ken. Het papier en de enveloppen bleven onaangeroerd.

Maar de volgende ochtend leek haar angst overdreven, zelfs een beetje hysterisch. Wat vreselijk om je moeder zo jong te verliezen. En wat onvergeeflijk je eigen kind in de steek te laten. Geen wonder dat Lucas het haatte als er over zijn moeder werd geroddeld. En het vaderschap zou het beste in hem naar boven halen, dat wist ze zeker. En wat betreft het drinken: heel veel mannen dronken te veel en velen werden onaangenaam als ze dat deden. Ze moest geduld hebben: Lucas werkte lange dagen en was uitgeput. Ze hadden nog niet de kans gehad de vriendschap te ontdekken die ze hoopte uit dit huwelijk te halen. Als Glencoe was opgeknapt, zouden ze tijd hebben elkaar beter te leren kennen.

De weken gingen voorbij. Bedenkingen over haar huwelijk werden ruimschoots gecompenseerd door de schoonheid van het landschap en natuurlijk door haar op komst zijnde kind. Ze vond het niet erg dat ze niet meer naar de club ging. Ze had zich altijd ongemakkelijk gevoeld tussen vreemden en meer genoten van het gezelschap van een paar goede vrienden. De kunstmatigheid van sociale omgang binnen de hogere klassen was zelfs hier aanwezig, in Ceylon, tussen de plantagebezitters en hun echtgenoten; ze was liever in de tuin op Blackwater, in haar heiligdom, haar paradijs.

De bevrediging die de verpleging Iris ooit had gegeven, leek de afgelopen maanden minder te zijn geworden. Ze weet het aan zuster Dickens, bij wie ze sinds eind februari op de afdeling werkte. Iris kon niet opschieten met zuster Dickens, die overdreven netjes, schoon en gedisciplineerd was. Alle hoofdverpleegsters in het Mandeville waren overdreven netjes, schoon en gedisciplineerd, maar zuster Dickens had een kilte die Iris naar vond, en ze voelde niet mee met de patiënten. Er waren verscheidene zusters zoals zuster Dickens in het ziekenhuis, verpleegsters die al jaren in het Mandeville werkten en die, hoewel opgeruimd en efficiënt, weinig voor hun patiënten leken te voelen. Niets raakte hen. Dood, verlies en verdriet leken allemaal van hen af te glijden als regen van een laurierblad.

Iris was soms bang dat ze ook zo zou worden. Ze droomde nog steeds over de difterie-epidemie, droomde dat ze van bedje naar bedje rende en dat de baby's hun tracheotomiebuisjes eruit hoestten en dat ze die er niet snel genoeg weer in kreeg. Ze had sinds de epidemie het gevoel dat er iets in haar was verhard, alsof ze slechts in staat was geweest tot een bepaalde hoeveelheid gevoel, en dat die nu op was. Een deel van haar wist dat ze gewoon moe was, dat haar werk in het Mandeville veel van haar eiste en dat niemand het in dat tempo oneindig volhield. Een deel van haar wist dat de oplossing was naar een nieuwe plek te gaan, eens iets anders te proberen. Van haar lichting werkten slechts een paar verpleegsters nog steeds in het Mandeville. De anderen waren naar andere ziekenhuizen vertrokken of werkten als privé-verpleegster. Aan het mededelingenbord in het verpleegsterhuis hingen briefjes waarin naar privé-verpleegsters werd gevraagd; soms betrapte ze zichzelf erop dat ze ze las.

Maar ze solliciteerde nooit. Ze wist waarom, ze wist dat het door Ash kwam. Bij Ash had ze geen gebrek aan gevoelens; haar emoties sprongen in plaats daarvan heen en weer tussen hoop en wanhoop. Toch verborg ze ze goed... hoewel zij nog nooit eerder verliefd was geweest, waren er zoveel mannen op haar verliefd geweest dat ze de symptomen herkende en wist hoe ze die moest omzeilen. Ze overwoog te proberen hem over te halen van haar te gaan houden, ze wist nog hoe het spel werkte: een bepaalde glimlach, een streling met de vingertoppen. Iets in haar weerhield haar daarvan.

Ze had zich nog nooit zo onzeker over een man gevoeld. Ze wist nooit of hij zich tot haar voelde aangetrokken of dat ze gewoon een vriendin was, een van zijn vele, vele vrienden. En of ze, als dat zo was, daarmee tevreden kon zijn. Soms dacht ze dat ze dat zou kunnen zijn. Vriendschap was tot nu toe genoeg voor haar geweest, dus waarom zou dat nu niet zo zijn?

Hoewel ze ernaar verlangde alleen met hem te zijn, waren ze dat vrijwel nooit. Er was nergens gelegenheid om alleen te zijn. Mannelijke bezoekers, behalve vaders en broers, werden in het verpleegstershuis natuurlijk niet toegelaten en Ash' huis werd constant overspoeld door vrienden; ze aten aan zijn tafel, sliepen op zijn bank en klopten constant op zijn deur. Iris zag Thelma's felle donkere blik soms op haar rusten en zag er iets uitdagends in.

Ze koesterde de momenten die ze samen met Ash doorbracht: een uurtje in de bioscoop op Piccadilly, een wandeling door Whitechapel terwijl de felle voorjaarswind haar gezicht geselde. Een snelle lunch in een café, of het fijnste van alles, 's middags dansen in dat armoedige hotel, zijn armen om haar heen en haar gezicht van hem afgewend zodat hij niet kon raden hoe gelukkig ze zich voelde. Maar toch vroeg ze zich af hoelang ze zo kon doorgaan. Het constante bedrog knaagde aan haar. Zorg dat hij er niet achter komt, zorg dat hij het niet raadt. Ze had zichzelf al een keer voor hem vernederd; ze zou niet riskeren dat dat nogmaals zou gebeuren. Maar ze wilde hem aanraken, met haar vingers door zijn haar gaan, zijn lippen tegen de hare voelen. Ze wilde dat hij haar in zijn armen nam en haar kuste. Ze werd overrompeld door de intensiteit van haar verlangen.

Soms haatte ze het dat ze verliefd op hem was geworden. Ze was liever de andere Iris gebleven, de Iris die altijd de troeven in handen had, die altijd het spel bepaalde. Het was oneerlijk dat dit onwaardige haar overkwam. Als dit de liefde was, dacht ze vaak, vond ze er niet veel aan.

Naarmate haar zwangerschap vorderde, werd Mariannes buik rijp als een stuk fruit en haar ledematen werden rond en zwaar. Haar baby bewoog en draaide onder haar huid. De hitte putte haar uit en ze liep van veranda naar banyanboom naar zomerhuisje op zoek naar schaduw. De bungalow en tuin waren haar hele wereld geworden; ze waagde zich niet meer op de plantage of in de stad. Vier weken voordat de baby was uitgerekend, zwollen haar handen en voeten op en haar ringen pasten niet meer om haar vingers. Zelfs de wandeling naar het zomerhuisje vermoeide haar; op tweeduizend meter hoogte was de lucht ijl en bevatte weinig zuurstof. De baby duwde tegen haar ribben en maag, waardoor het moeilijk was te ademen en te eten. 's Nachts in bed kon ze geen goede slaaphouding vinden en haar lichaam voelde opgeblazen en onbekend, verzwaard door het kind. Als ze tot diep in de nacht wakker lag, vervaagde de klamboe het beeld van een langs schietende groene gekko over haar slaapkamerplafond en buiten hoorde ze beweging in het oerwoud, het klapperen van vleugels en voetstappen in de duisternis.

Het had al weken niet geregend. Op een ochtend werd Marianne wakker van een donderslag. Grote, gekartelde bliksemschichten versplinterden de hemel, maar hoewel de wolken donkerder en groter werden, viel er geen regen. Ze ontbeten op de veranda toen meneer Salter naar de bungalow kwam om Lucas te vertellen dat de bliksem op Glencoe was ingeslagen en dat de ondergroei in brand stond. Lucas greep zijn hoed en zweep en schreeuwde dat zijn paard moest worden opgezadeld.

Marianne voelde zich de hele dag rusteloos, niet in staat rustig iets te doen. Bliksem bleef door de harde, droge hemel schieten. De hete, verstilde lucht vibreerde alsof er iets groots stond te gebeuren. Toen Lucas vroeg in de avond thuiskwam, waren zijn kleren en gezicht zwart. Zijn bleke ogen glinsterden van het vuil en zweet.

Marianne kwam hem op de veranda tegemoet. 'Is het vuur geblust?'

Hij knikte en riep Nadeshan, die naar de veranda kwam rennen. Lucas gaf de jongen zijn tropenhelm en ging zitten om Nadeshan hem zijn laarzen te laten uittrekken. 'Haal wat te drinken voor me,' snauwde hij. 'Nu meteen.'

Nadeshan rende het huis in. 'We zijn de helft van de nieuwe struiken verloren,' zei Lucas.

'Van het land dat jullie net hadden vrijgemaakt? Wat vreselijk, Lucas.'

'Al dat werk. Allemaal in rook opgegaan.' Hij liep over de veranda; hij sloeg met zijn vuist op het hek. 'De grond is helemaal gebarsten. Het moet gaan regenen.'

Nadeshan verscheen weer met een dienblad in zijn handen. Terwijl hij zich naar Lucas haastte, struikelde hij over een uitstekend randje in de vloerdelen en terwijl de fles en het glas van het blad vlogen en op de houten veranda kapot vielen beet Lucas hem een vloek toe en sloeg hem hard tegen de zijkant van zijn hoofd, waardoor hij languit viel.

Een andere bediende kwam aanrennen met een nieuwe fles gin en een glas. Er zat een donkerrode vlek op Nadeshans gezicht en zijn vingers bloedden terwijl hij snel de scherven opruimde. Toen de bedienden zich in het huis terugtrokken, keek Lucas naar Marianne.

'Wat is er?'

'Lucas...' Ze was zo geschokt dat ze nauwelijks een woord kon uitbrengen.

Hij kneep zijn ogen half dicht. 'Geef antwoord, Marianne.'

'Je hebt hem geslagen. Je hebt Nadeshan geslagen.'

Er klonk een bulderende lach. 'Lieve god. Daarover ga je me toch geen preek geven, hè?'

'Lucas, het is nog maar een kind!'

'Hij is een bediende,' zei Lucas geërgerd. 'Een onhandige, slordige bediende.'

'Je mag bedienden niet slaan. Het is verkeerd om bedienden te slaan.'

'Jezus. Iedereen slaat af en toe een bediende.'

'Arthur zou nooit, nooit een bediende hebben geslagen!'

Zijn ogen werden donker. 'Je geliefde Arthur. Ik word doodziek van die heilige Arthur.' Hij pakte de fles nogmaals. Zijn lippen krulden. 'In Engeland werd ik al doodmoe van die verhalen over je perfecte echtgenoot.' Hij sloeg in één teug de inhoud van het glas achterover. 'Gelukkig is hij doodgegaan voordat jullie gelegenheid hadden elkaar zat te worden.'

'Dat mag je niet zeggen!' riep ze. 'Dat is slecht, slecht! Je bent uitgeput. Of dronken. Hier luister ik niet naar.'

Maar hij greep haar bij haar pols, waardoor ze de veranda niet kon aflopen. 'Blijf hier. Ik wil niet dat je weggaat. Ik genoot net zo van ons gesprek.'

Ze probeerde zich los te rukken; hij stond in één snelle, vloeiende beweging op. 'Ik zei dat ik niet wil dat je weggaat, Marianne. Het is onbeleefd tijdens een gesprek weg te lopen, wist je dat niet? Waarover hadden we het ook alweer? O ja, Arthur. Je heilige echtgenoot.'

Ze voelde de warmte van zijn ademhaling. 'Laat me los.' Haar stem beefde. 'Laat me los, Lucas.'

'Waarom kunnen we het niet over Arthur hebben? We hebben het zo eindeloos lang over hem gehad toen we in Engeland waren. Vertel het maar, Marianne.'

Zijn vingers knepen hard in haar pols. Er stonden tranen van pijn in haar ogen, maar ze liet ze niet stromen. 'Nee.'

'Waarom niet?' Zijn greep werd nog steviger.

'Omdat ik...' Ze aarzelde.

'Omdat je van hem hield?'

'Ja.' Ze dwong zichzelf in die harde, lichte ogen te kijken. 'Omdat ik van hem hield.'

Hij liet haar los. Ze beefde en moest het hek van de veranda grijpen om niet te vallen. Lucas pakte zijn glas op, ging weer zitten en staarde de schemerende tuin in. 'Het probleem met jou, Marianne,' zei hij zacht, 'is dat je nog in sprookjes gelooft. Liefde. Weet je dan niet dat die helemaal niet bestaat?'

Ze zei kwaad: 'Natuurlijk wel.'

Hij schudde zijn hoofd. 'Wat jij voor je heilige echtgenoot voelde, was lust, geen liefde.'

'Dat is niet waar...'

'O jawel. Er bestaat alleen lust en eigenbelang. Niets anders. Die zijn alles wat ons drijft.'

'Nee...'

'Nee?' Het woord werd gesnauwd. 'Geef dan eens antwoord op deze vraag, Marianne: Ben je uit liefde met mij getrouwd?'

Ze werd gevangen door die grijze, glinsterende ogen, gehypnotiseerd als een konijn door een slang. Hij begon weer te lachen. 'Natuurlijk niet,' zei hij luchtig. 'Je gaf helemaal niet om me. Je bent met me getrouwd omdat je het soort vrouw bent dat te zwak is om het alleen te redden, dat een man moet hebben om haar te onderhouden. Nou, ik heb nieuws voor jou, Marianne. Ik hield ook niet van jou. Ik heb nooit van je gehouden. Al die lieve woorden die ik moest oreren voordat je op mijn aanzoek inging...' Zijn gelaatstrekken verwrongen tot een masker vol walging. 'God, ik kreeg ze nauwelijks uit mijn strot. Soms moest ik mezelf eerst dronken voeren voordat ik ze kon uitbrengen.'

Ze voelde zich alsof er iets in haar verschrompelde, alsof er iets scheurde. Maar het lukte haar te zeggen: 'Waarom ben je dan met mij getrouwd?'

'Waarom denk je?'

'Vanwege mijn geld?'

'Natuurlijk. Wat anders?'

Ze zei: 'Dan passen we goed bij elkaar, hè?'

'Jij, bij mij?' Hij begon weer te lachen. 'Kijk de volgende keer maar eens goed naar jezelf als je in de spiegel kijkt. Zie jezelf zoals je echt bent.' Hij bukte om zijn glas bij te vullen. En toen zei hij: 'En ga nu weg. Je verveelt me.'

Ze ging naar haar kamer. Ze wist dat ze een vreselijke fout had gemaakt; ze was met een wrede, liefdeloze man getrouwd. Ze zou morgen Blackwater verlaten. Ze greep een tas en begon er kleren in te gooien.

Maar ze werd bevangen door een golf van flauwte en uitputting en ze ging bevend op haar bed zitten. Ze fluisterde tegen zichzelf dat ze morgen wel zou inpakken. Ja, ze zou morgen inpakken.

Haar pols bonkte op de plaats waar Lucas die had vastgegrepen. Ze werd zich bewust van een andere pijn, een doffe, afgebroken pijn onder in haar rug, die ze de hele dag al voelde en die nu plotseling erger werd. Ze duwde haar hand tegen haar rug. *Er bestaat alleen lust en eigenbelang*. Dat was niet waar. Lucas was misschien niet in staat lief te hebben, maar Arthur had van haar gehouden en zij van hem. Niets kon dat veranderen.

Ze ging op bed liggen. Ze viel plotseling, uitgeput door schok en ellende, in slaap. Het geluid van de gong voor het avondeten wekte haar. De pijn was tijdens het slapen erger geworden en had zichzelf nu als een bankschroef om haar buik geklemd. Ze bleef op bed liggen, tegen de kussens aan. Er werd op de deur geklopt; Rani kwam binnen.

'Het is etenstijd, Dorasanie.'

'Ik heb geen honger.' Weer die pijn. Ze snakte naar adem en zei bang: 'Volgens mij is er iets mis met me, Rani!'

Rani liep naar het bed. Ze legde haar smalle, bruine hand op Mariannes buik. 'Er is niets mis, Dorasanie. De baby komt, dat is alles.'

'De baby?'

'Ja, Dorasanie.' Ze pakte Mariannes hand en legde die op haar buik. Naarmate de pijn erger werd, voelde ze haar buik harder worden. 'De baby wordt snel geboren. Misschien vanavond.'

Ze wilde de kamer uitlopen. Marianne greep haar hand. 'Laat me niet alleen, Rani!'

'Ik vertel het aan de meester. Dan haalt die de dokter.' Rani glimlachte naar haar. 'En daarna kom ik terug.'

Ze werd alleen gelaten. Haar herinnering aan de ruzie vervaagde en werd overgenomen door het meedogenloze ritme van de weeën. Snel daarna hoorde ze hoefgetrappel in de avond. Rani kwam terug. Rani masseerde haar rug en gaf haar iets te drinken, iets wat bitter smaakte, en de pijn leek even iets minder te worden. De regen, die begon te vallen toen het donker werd, sloeg harder en harder op het tinnen dak van de veranda naarmate de avond vorderde. Uiteindelijk hoorde ze weer hoefgetrappel en daarna voetstappen en stemmen, die van Lucas en de dokter, die op weg waren naar het huis.

En toen was dokter Scott er; hij prikte en voelde en deed onuitsprekelijke dingen met haar, hij deed haar zo'n pijn dat ze hem probeerde weg te duwen. 'Rustig maar, rustig maar, mevrouw Melrose,' zei hij met die zalvende stem van hem, 'word eens rustig.' Ze verloor haar tijdsbesef en was zich alleen bewust van het meedogenloze ritme van de pijn en de regen die keihard op het verandadak sloeg. Ze hadden Rani weggestuurd, hoewel Marianne had gevraagd of ze zou blijven, en toen de regen even minder werd, hoorde ze dokter Scott zeggen, kennelijk tegen Lucas: 'Ze wordt moe. Als het niet snel komt, moet ik haar chloroform toedienen.' En te midden van alle pijn en uitputting voelde ze het koude, harde staal weer dat haar had beheerst sinds de dood van Arthur. Ze beloofde zichzelf stil en plechtig dat ze haar kind geboren zou zien worden, dat ze er zou zijn om het te helpen, op ieder moment van zijn reis de wereld in.

Haar zoon werd de volgende ochtend bij zonsopgang geboren. Een hevige wee maakte dat ze het uitschreeuwde en toen maakte zijn lichaam zich van dat van haar los. En toen begon hij te huilen.

Ze stond erop dat ze hem in haar armen kreeg, hoewel ze bijna te zwak was om hem vast te houden. Liefde op het eerste gezicht: de tweede keer dat ze die voelde. Donkerblauwe ogen keken even in die van haar en ze was levenslang met hem verbonden.

Het regende nog steeds. Toen ze vlak voordat ze in slaap viel even door het raam naar de veranda keek, zag ze Lucas met zijn zoon in zijn armen. Ze zag hoe hij een hand in de regen stak en met zijn vingertoppen het voorhoofd van de baby aanraakte, als- of hij hem zalfde met een beetje Ceylon.

In een kille, winderige maand mei werd Ash ziek. Zijn uiterlijk, bleek en mager, met donkere kringen onder zijn ogen, alarmeer- de Iris. 'Ik hoest een beetje,' legde hij uit toen ze bij hem op be- zoek kwam. 'Heel vervelend.'

'Ben je naar de dokter geweest?'

'Het is gewoon bronchitis. Dat heb ik al vaker gehad.'

'Je moet beter voor jezelf zorgen. Bronchitis is een serieuze ziekte. Er sterven mensen aan, hoor.'

'Ik was niet van plan dat te doen.'

'Gelukkig maar. Maar serieus.' Ze keek hem onderzoekend aan. 'Eet je wel goed?' Ze maakte de keukenkastjes open en vond een stuk brood en een stukje hard geworden kaas.

'Ik heb niet zo'n honger.'

'Als je niet eet, word je niet beter.'

'Word alsjeblieft niet boos, lieve Iris. Je weet niet hoe angst- aanjagend je bent als je boos bent.'

'Ik ben niet boos.' Ze deed haar best. 'Ik maak me gewoon zor- gen om je.'

'Thelma is geweldig. Ze laat iedere dag de hond voor me uit.'

Iris stookte het vuur op, roze kooltjes smeulden in een berg as. 'Het is hier ijskoud.'

'De kolen zijn op.'

Ze zuchtte. 'Die heb je zeker weggegeven.'

'De vrouw van Mark Collins is net van een tweeling bevallen. Mark is al een tijdje ziek, dus hij werkt niet, vandaar...' Hij begon weer te hoesten.

Ze pakte een glas water voor hem. 'Ga eens zitten. Drink dit maar op. En houd je mond.'

'Bullebak,' zei hij hees.

Iris maakte de haard schoon en liep naar de kolenboer, waar ze een arbeider overhaalde een zak kolen voor haar naar het huis te dragen. Toen het vuur brandde, ging ze stoofvlees, kip en groenten kopen.

Ash kwam de keuken in. 'Wat maak je?'

'Groentesoep. En bouillon. Waarom lach je?'

'Iris Maclise die staat te koken.'

'Ik weet het,' zei ze. 'Nog niet zo heel lang geleden wist ik nauwelijks waar een fornuis goed voor was. Maar koken is heel rustgevend.' En dat was het ook: Ash woonde in een fijn huis, ondanks de bende. Er stonden boeken en een piano, wat mooie oude meubels en er lagen kleden. Wat gek dat zoiets gewoons zo perfect kon zijn. En wat heerlijk om even samen te zijn... Voor de afwisseling waren er eens geen hordes vrienden van Ash.

Je begeeft je op gevaarlijk terrein, Iris, berispte ze zichzelf, je begeeft je op gevaarlijk terrein. 'Toen ik net in het Mandeville werkte,' zei ze luchtig, 'moest ik van de zuster bouillon maken. Ik had geen idee hoe dat moest, dus heb ik het vlees in het water gegooid en het uren laten koken. Het was natuurlijk niet te eten. Zuster was razend.'

'Waarom heb je het gedaan?'

'De bouillon verzieken?'

'Waarom ben je verpleegster geworden?'

'Omdat ik niet wist wat ik anders moest.' Ze voelde zich opgelucht de waarheid te spreken. 'En ik kon het niet uitstaan dat Marianne eerder trouwde dan ik. Ik was de oudste, ik was de mooiste, dus ik had als eerste moeten trouwen. En toen mocht Eva van vader naar de kunstacademie en ik kon wel voorspellen hoe het verder zou gaan.'

'Je moeder...'

'Precies. Ik zou de dochter worden die thuisbleef om voor moeder te zorgen. Dus het had niets met nobele ambities te maken. Zo, Ash, ben je nu teleurgesteld?'

'Moet dat?' Hij tuurde in de pan. 'Volgens mij brandt er iets aan. Moet ik iets doen?'

'Hier. Roer maar even.' Ze gaf hem een houten lepel. Toen zei ze: 'Vroeger vond je me nogal... nou ja, nogal oppervlakkig.'

'Is dat zo? Wat walgelijk van me.'

'Je zei dat ik alleen een decoratieve functie had.'

'Dat heb je ook. Maar niet alleen maar.'

'Je had,' zei ze zuchtend, 'natuurlijk helemaal gelijk. Het enige wat ik toen wilde, was een geweldig huwelijk met mijn rijke, knappe prins, die op zijn witte paard zou komen aanrijden om me mee te nemen.'

Hij leunde tegen het fornuis en keek haar aan. 'En die heb je nooit ontmoet? Je knappe prins?'

Ik heb hem vier jaar geleden ontmoet. Ik viel boven op zijn voeten en hij raapte me op en verbond mijn hand met zijn zakdoek. De woorden lagen op het puntje van haar tong: ze had ze bijna gezegd, ongeacht de consequenties.

Maar toen dacht ze terug aan hoe hij haar eerder had verwond, in de tuin van Summerleigh, na het feest, en ze wist dat ze dat niet nog een keer zou kunnen verdragen, dus zei ze in plaats daarvan: 'Je kent me, Ash. Ik ben heel kieskeurig.'

'Hemel, ja. En zo koppig als een ezel...'

'Wat een lef. Alsof jij zo gemakkelijk in de omgang bent.'

'Ik? Ik ben helemaal niet moeilijk.'

'Je bent net zo kieskeurig als ik.'

'Je beschuldigt me er altijd van dat ik juist niet kieskeurig genoeg ben. Zelfs mijn kleren...'

'Je hebt absoluut geen gevoel voor stijl.'

'En mijn eten...'

'Je hoeft niet op brood met kaas te leven.'

Hij begon weer te hoesten. Toen hij weer kon praten, zei hij: 'Ik waardeer dit allemaal enorm, Iris. Ik weet hoe weinig vrije tijd je hebt. Dit is heel aardig van je.'

Ze zei streng: 'Ik help je alleen maar omdat alleenstaande mannen niet voor zichzelf kunnen zorgen.'

'En ik hoopte nog wel dat je het deed omdat je me aardig vindt.'

Er hing een soort elektriciteit in de stilte tussen hen. Hij begon weer te praten; er werd op de deur geklopt. Niet goed wetend of ze opgelucht of kwaad was over de onderbreking, ging Iris opendoen.

Thelma Voss stond op de stoep. Toen ze Iris zag, verdween haar glimlach, en ze zei: 'O, ben jij het.' Haar starende blik ging over Iris, inschattend, haar vijand beoordelend. Ze zei: 'Ik kwam de hond uitlaten, maar misschien dat jij...'

'O nee.' Ga je gang met dat vreselijke, stinkende beest, dacht Iris hatelijk. 'Ga vooral je gang.' Ze liet Thelma binnen.

Eva werkte sinds een halfjaar bij een kleine uitgeverij aan Red Lion Square. Uitgeverij Calliope was van een vrouw die Paula Muller heette. Paula was slank, donker en elegant; allebei haar ouders waren overleden en ze zorgde alleen voor haar twaalf jaar oude zusje, Ida. Uitgeverij Calliope was gespecialiseerd in memoires, reisverhalen en gedichten die door vrouwen waren geschreven. De boeken werden prachtig uitgevoerd, met de hand gedrukt, elegant gebonden en versierd met kleine litho's. Paula hield toezicht op het drukken en illustreren en Eva was verantwoordelijk voor vrijwel al het andere zoals de boekhouding, het corrigeren van de drukproeven, de voorraden bijhouden, de telefoon beantwoorden en de correspondentie met auteurs, leveranciers en boekwinkels onderhouden.

Paula bood Eva af en toe illustratiewerk aan, maar dat weigerde ze consequent. Ze had niet meer geschilderd sinds ze bij Gabriel was weggegaan. De bron die haar in eerste instantie had aangespoord te gaan schilderen, leek uitgedroogd. Ze begon bang te worden dat ze nooit meer zou schilderen.

Ze was vertrokken bij mevrouw Wilde en huurde nu een appartementje op de bovenverdieping in een rijtjeshuis van rode bakstenen een paar straten bij Calliope vandaan. Ze had drie kamertjes en een piepkleine daktuin. Ze knapte de etage op, haalde het behang met rookvlekken eraf en sauste de muren terracotta, zacht jadegroen en delicaat roze-violet. Ze maakte kussenslopen, gordijnen en spreien en stroopte de markten af op zoek naar schatten: een Marokkaanse koperen lamp, ingelegd met stukjes gekleurd glas, en kastjes en tafeltjes die ze schuurde en opnieuw schilderde. Ze kocht een kookboek en nodigde haar vrienden te eten uit, experimenteerde met gerechten die soms heerlijk en soms oneetbaar waren. Ze was eindelijk echt onafhankelijk en genoot er in stilte van.

Af en toe werd ze door een boekverkoper of vertegenwoordiger met wie ze werkte, uitgenodigd voor een etentje of een show. Ze weigerde altijd beleefd. Ze waren best aardig, en ze dacht vaak dat het hun schuld niet was dat ze vergeleken bij Gabriel oppervlakkig en eendimensionaal leken.

De WSPU had sinds het begin van het jaar, volgend op de afwijzing van alweer een wet die beperkt stemrecht aan vrouwen zou hebben gegeven, haar campagne voor geweld tegen staatseigendommen geïntensiveerd. Brievenbussen werden in brand gestoken en er werden per post pakjes met fosfor erin verstuurd, die af en toe spontaan ontvlamden in postsorteerkantoren. Er was een aanhoudende serie aanvallen op gebouwen, golfbanen en treinstations.

En toen, op 19 februari, explodeerde er een bom bij het nieuwe huis dat werd gebouwd voor Lloyd George, de minister van Financiën. Niemand raakte gewond, maar de directe aanval op het bezit van een prominent parlementslid maakte de regering razend. Als antwoord werd de *Prisoners' (Temporary Discharge for Ill-Health) Act* erdoor geduwd. De wet, die al snel bekend werd als de Kat-en-Muiswet, stond het vrijlaten van hongerstakende vrouwen uit de gevangenis toe. Zodra de vrouw dan weer genoeg op krachten was gekomen, moest ze terug naar de gevangenis. In de zomer van 1913 werd het leven van de suffragettes een vicieuze cirkel van hongeren, dwangvoeding, vrijheid en dan weer gevangenschap.

Op een avond nodigde Eva Lydia, May Jackson en nog een suffragette, Catherine Sutherland, te eten uit. Catherine was, kort nadat ze uit de gevangenis was vrijgelaten, bij Sylvia Pankhurst geweest, de tweede van de zusjes Pankhurst en een vriendin van George Lansbury en Keir Hardie. 'Ik herkende haar nauwelijks!' riep ze. 'Haar tandvlees bloedde van dat gruwelijke stalen ding dat ze in haar mond hebben gedaan en haar slokdarm zat vol zweren van de slang die ze erin hebben geduwd. En haar ogen waren helemaal bloeddoorlopen en ze was zo mager! Zo vreselijk mager!'

Eva wist dat Catharine en May soms stenen gooiden en ruiten vernielden; Catharine had een keer benzine in een brievenbus gedaan en die in brand gestoken. Lydia was een paar keer met hen mee geweest, maar niet vaak, omdat Eva wist dat Lydia doodsbang was om te worden opgesloten. Eva was nog nooit mee geweest. Soms om praktische redenen; zowel Catherine als May was vermogend en ze hoefden niet, zoals Eva en Lydia, te werken en zij konden dus op een doordeweekse middag ruiten ingooien of parlementsleden met eieren bekogelen. Maar Eva was zich er van bewust dat haar terughoudendheid een diepere oorzaak had. Het was niet dat ze bang was voor gevangenschap, zoals Lydia; hoewel ze het vreselijk zou vinden, dacht ze dat ze dat wel zou kunnen verduren. Iets anders weerhield haar ervan actief deel te nemen aan de protesten. Catherine begon de laatste tijd opmerkingen te maken over haar afwezigheid. 'Als vreedzaam protest niet helpt,' zei ze kil tegen Eva, 'hoe wil je je verzetten tegen tirannie behalve door in opstand te komen en te vechten?' Toen citeerde ze Christabel Pankhurst: '"Vrouwen zullen nooit stemrecht krijgen tenzij ze een ondraaglijke situatie creëren voor al die zelfzuchtige en apathische mensen die in de weg staan."'

Eva vroeg zich af of zij zelfzuchtig en apathisch was. Misschien erger: was ze laf? Ze was best bang dat dat zo was. Ze was altijd al misselijk geworden van lichamelijk geweld. Ze had de vreselijke gewoonte flauw te vallen als ze bloed zag. Maar kon ze aan de zijlijn blijven staan en zich stijfjes blijven verbergen voor de gruwelen terwijl andere vrouwen gevangenschap en marteling ondergingen voor een zaak waarin Eva net zo vurig geloofde als zij? Het werd steeds minder verdedigbaar dat ze dat deed.

Catharine schreef Eva een briefje waarin ze voorstelde dat ze elkaar op een zaterdagmiddag in haar flat in West End zouden ontmoeten. De woorden van het briefje waren venijnig: Als je echt zoveel om de zaak geeft als je zegt, wordt het misschien tijd dat je je woorden omzet in daden.

Zaterdagochtend wist ze nog steeds niet wat ze moest doen. En toen zag ze, terwijl ze in Oxford Street aan het winkelen was, Gabriel, een lange, onmiskenbare gestalte in zijn zwarte overjas, shawl en gleufhoed, aan de andere kant van de weg. Ze had sinds de avond dat ze uit elkaar waren gegaan zorgvuldig de plaatsen gemeden waar hij vaak kwam en nu voelde ze hoe haar hart samentrok, en ze fixeerde haar blik hongerig op hem. Ze was zich pijnlijk bewust van de kille leegte in haar leven zonder Gabriel. Daar kon ze iets aan doen: ze hoefde alleen maar de straat naar hem over te steken. Hij zou haar niet afwijzen, hij was niet het type dat haar weg zou sturen, dat wrok voelde. En als ze geen minnaars konden zijn, waarom dan geen vrienden? Ze stond op de stoeprand te wachten tot ze kon oversteken.

Maar terwijl ze stond te wachten rende een andere figuur op hem af, een flikkering van smaragdgroen en zwart in de zaterdagdrukte. Gabriel zwaaide en riep naar Ruby Bailey, strekte zijn armen naar haar uit, ving haar op en draaide haar in de rondte. Toen ze elkaar kusten, wendde Eva haar blik af, overweldigd door een mengeling van schaamte, woede en haat. De woede was het dominantst: ze wilde Ruby Bailey vol in haar gladde, lachende gezicht slaan.

In plaats daarvan liep ze snel naar het metrostation. Lydia en May waren al in de flat van Catherine aan Charles Street toen Eva er aankwam. Catherine begroette haar aankomst met een fris: 'Mooi. Ik wist niet of je zou komen opdagen,' en ze gaf Eva een handvol kiezelstenen om in haar jaszakken te doen. Eva's hart sloeg onrustig terwijl ze naar Regent Street liepen. Ze was ervan overtuigd dat iedereen het gerammel van de steentjes in haar zakken hoorde. En ze hadden zo'n lintje aan haar jas gemaakt... dat zou iedereen toch zien? En als ze de anderen nu teleurstelde? Wat als geen van de steentjes hun doel raakten? Ze had er geen enkel vertrouwen in dat dat zou lukken. En wat als ze werd gearresteerd? Wat zou vader in hemelsnaam zeggen?

En toen waren ze in Regent Street en Catherine zei met dezelfde heldere, kille stem tegen haar: 'Als ik het teken geef, Eva, moet jij de ruit van Liberty's ingooien. En als je klaar bent, moet je zo hard als je kunt wegrennen en je niet om ons bekommeren. Vergeet niet: zo hard als je kunt!' Catharine riep: 'Nu!' en Eva greep met koude, nerveuze vingers in haar zak naar de kiezelstenen, haalde uit naar achteren en gooide de stenen naar het raam. De meeste misten hun doel en kletterden op de stoep; voorbijgangers sprongen geschrokken opzij. Er werd protest geschreeuwd; sommige vrouwen gilden. Eva dacht aan Gabriel: het genot op zijn gezicht toen hij Ruby Bailey had gezien; ze pakte nog een hand kiezelstenen en gooide die zo hard ze kon. Deze keer klonk er een hard gekletter en toen verschenen er scheuren in het glas, dat zich stervormig uitspreidde vanaf het punt waar de kiezels het glas hadden geraakt, tot de etalage, borden, klokken en een Japanse vaas als een mozaïek in stukjes uiteenvielen.

Ze stond even aan de grond genageld naar het kapotte raam te staren. Toen haalde het geluid van een politiefluitje haar uit haar trance, en ze begon te rennen, zich een weg banend door de menigte. Iemand greep haar arm; ze rukte zich los. Iemand anders schreeuwde naar haar. Toen ze snel over haar schouder keek, zag ze de helm van een agent die door de menigte op een neer bewoog en steeds dichterbij kwam. Ze rende een zijstraat in, waar ze een rij winkeltjes zag. Ze begon snel moe te worden en de woede en moed die haar hadden aangespoord, verdwenen snel nu ze de reactie voelde. Toen ze weer omkeek, was de agent nog maar vijftig meter van haar verwijderd.

Ze zag een kledingwinkel; ze rende naar binnen. De winkelbediende keek op vanachter de toonbank. Haar blik ging over Eva, nam haar slordige verschijning in zich op en het groen, paars en witte lintje aan haar revers. Het fluitje van de agent klonk vreselijk hard. Eva dacht een heel lang, vreselijk moment dat de bediende haar uit de winkel zou gaan gooien, maar toen gebaarde ze Eva naar de toonbank te komen. 'Trek je jas uit,' fluisterde het meisje. 'Snel.' Eva trok haar jas uit, die onder de toonbank werd gepropt. 'Hij komt binnen,' mompelde de bediende. 'Kom.' Ze trok aan Eva's arm en sleurde haar achter de toonbank. Toen de deur openging en de agent de winkel binnenkwam, zei het meisje hard tegen Eva: 'En je moet het kant beter opruimen, juffrouw Smith! De laatste keer dat ik keek, was die lade een bende!' De agent keek om zich heen en tikte toen in een begroeting snel tegen zijn helm voordat hij de winkel verliet. De deur sloeg achter hem dicht.

Eva beefde zo dat ze op de hoge, houten kruk achter de toonbank moest gaan zitten. Ze mompelde: 'Ik weet niet hoe ik je kan bedanken, juffrouw...'

'Price. Florence Price. En ik vond het leuk hem om de tuin te leiden. Alsjeblieft, leen deze maar,' juffrouw Price pakte een jas en hoed, 'dan herkennen ze je niet. Breng ze over een paar dagen maar terug.'

Eva ging naar huis. Hoewel de haard aan was, kon ze het maar niet warm krijgen. Ze was niet trots op wat ze had gedaan, ze voelde alleen het begin van een diepe aversie. Ze dacht terug aan hoe een vaas in de etalage van Liberty's, een prachtig blauw, groen

met goud exemplaar, was omgevallen en gebroken. Ze herinnerde zich de angst op de gezichten van de vrouwen op straat en hoe
die geschrokken waren gaan gillen en hun kinderen tegen zich
aan hadden getrokken. Ze zag weer voor zich hoe een meisje van
een jaar of zes van angst was gaan huilen en haar gezicht in haar
moeders rokken begroef. Ze stond aan de gootsteen haar handen
te schrobben alsof ze de viezigheid van de gebeurtenissen van die
middag van zich af wilde wassen.

Haar voordeurbel ging. Ze liep naar beneden om open te doen;
May Jackson stond buiten.

'Ik wilde even kijken hoe het met je gaat. Of het je was gelukt
weg te komen.'

'Het gaat prima. Waar zijn Catherine en Lydia?'

'Die zijn allebei gearresteerd.'

'O god...'

'Lydia probeerde weg te rennen, maar een voorbijganger heeft
haar laten struikelen en ze is gevallen.'

'Wat gaat er met hen gebeuren?'

'Catherine gaat in ieder geval naar de gevangenis. Dit was niet
haar eerste overtreding. En dan gaat ze natuurlijk in hongersta-
king.'

'En Lydia?'

'Als ze ermee instemt onder toezicht geplaatst te worden, kan
ze misschien aan de gevangenis ontsnappen. Het hangt van de
rechter af.'

'Daar stemt ze toch wel mee in?'

'Ik hoop het.'

'De galerie...'

'Ik houd wel een oogje op de galerie,' zei May opgewekt. 'Ik heb
totaal geen verstand van kunst, maar ik kan het altijd proberen.'

Toen ze terugliep naar boven dacht Eva aan Lydia, de opgewekte, elegante Lydia met haar afkeer van benauwde ruimtes. Haar
etage leek heel stil, heel leeg. Haar gedachten dwaalden naar Ga-

briel, niet dat ze ooit niet aan Gabriel dacht; hij was altijd ergens in haar gedachten. Als ze nu terugkeek op hun verhouding voelde ze zich beschaamd, en ze raakte er steeds meer van overtuigd dat ze zichzelf tekort had gedaan. Ze kon er niet precies haar vinger op leggen waarin ze zichzelf zo had teleurgesteld, maar ze wist dat het wel zo was. Ze had op de een of andere manier vrijheid verward met toegeeflijkheid en had daarmee zichzelf verlaagd.

Ze had te veel op het spel gezet voor Gabriel. Het was puur geluk dat ze geen onwettig kind ter wereld had gebracht, een kind dat ze niet goed had kunnen verzorgen, een kind dat haar en haar familie te schande zou hebben gemaakt. Van Gabriel houden had eindeloos bedrog betekend, het had betekend dat ze had moeten liegen tegen haar familie, het had betekend dat ze Sadie had verraden en haar talent had verwaarloosd. Kon je bedrog ooit goedpraten? En kon je geweld ooit goedpraten? Ze wist het niet meer.

Ze was verdwaald, en ze wist op dat moment niet zeker of ze ooit de weg weer zou vinden. Het enige wat ze kon doen, was proberen trouw te blijven aan haar eigen overtuigingen, wat een ander daarvan ook zou denken. Het was een trieste conclusie en toen ze daar zo alleen in haar appartementje zat, leken haar overtuigingen weinig voor te stellen, een armzalige troost voor wat ze was verloren. Er was alleen de pijn in haar hart die ze al maanden voelde en waarvan ze dacht dat die nooit meer helemaal zou weggaan.

Het was augustus, een tijd van het jaar waaraan Iris altijd een hekel had. Laat in de zomer maakten de krappe straatjes en kleine binnenplaatsen met hoge muren in East End de hitte nog drukkender. Zelfs de lucht leek verrot, het warme weer versterkte de dikke, zware stank die altijd al rond de kades hing. In de modder naast de pieren lag het stroperige, grijsbruine water vol afval en puin.

De hitte maakte iedereen moe en geprikkeld. Toen ze tijdens

haar ochtendpauze ging winkelen op de markt, zag Iris twee vrouwen op straat ruziemaken, hun gezichten verwrongen van woede terwijl ze vochten om een goedkoop bloesje dat ze tegelijk hadden gezien. De menigte keek joelend toe terwijl ze vloekten, elkaar krabden en aan elkaars haar trokken.

De sfeer in het verpleegstershuis voelde bijna net zo giftig als die in de omliggende straten, een slangennest van jaloezie en onzinnige ruzies, het toppunt van alles wat Iris altijd had gehaat aan het wonen in een grote groep vrouwen. Twee goede vriendinnen, leerling-verpleegsters, hadden ruzie en hun kennissen hadden zich opgesplitst in fluisterende, gekwetste groepjes. Iris hield zich op de achtergrond. Toen ze probeerde te ontsnappen naar de verpleegsterstuin, was het gras daar geel en uitgedroogd en er lag een laagje stof op de rozenbladeren. Ze bleef maar van plekje naar plekje lopen om uit de zon te zijn.

Toen brak er een rodehondepidemie onder de verpleegsters uit. De zieke verpleegsters werden naar een speciaal ziekenhuis in Zuid-Londen gestuurd om te herstellen. Omdat ze te weinig verpleegsters hadden, moest Iris vaak een halve dienst extra draaien om in te vallen voor een zieke collega. Naarmate de weken verstreken, werd ze overvallen door een verpletterende uitputting. Ze leek altijd hoofdpijn te hebben en sliep vanwege de hitte vreselijk slecht. Ze werd heen en weer geslingerd tussen huilbuien, geprikkeldheid waarvoor ze zich schaamde en een gevoel van afstandelijkheid tot haar werk, en ze voerde mechanisch de taken uit die ze nu zo gemakkelijk in een gedachteloze lethargie kon uitvoeren. Ze verlangde naar... ze wist niet waarnaar. Naar verandering. Naar ander weer. Naar koele bossen, groene velden en een uitweg uit de apathie die haar gevangen hield. Dat Ash tegen haar zou zeggen dat ze niet gewoon een van zijn vriendinnen was. Dat Ash tegen haar zou zeggen dat hij meer om haar gaf dan om Thelma Voss.

Ash was op weg naar huis toen hij iemand hem hoorde roepen: 'Meneer! Meneer!' Een kleine gestalte rende door het verkeer en een vieze hand trok aan zijn mouw. 'Meneer!'

'Wat is er, Eddie?'

'Janie! Ze is ziek of zo. Ze wil niet uit bed. U moet komen, meneer!'

Ash liep achter Eddie aan een zijstraatje in. Eddie Lowman, een jaar of zeven, acht oud, dacht Ash, altijd ondervoed en met de verweerde, onvolgroeide uitstraling die zoveel kinderen in East End hadden, was een van negen broers en zussen. De familie Lowman leefde onder aan de maatschappelijke ladder in de grootst voorstelbare armoede. Bert Lowman, Eddies vader, was los werkman; je zag Eddies moeder af en toe de straat afstropen op zoek naar stukjes hout, die ze in bundels verkocht. Het gezin woonde in een rijtjeshuis van twee verdiepingen in een van de ergste sloppen van Whitechapel.

Het huis van de familie Lowman schokte zelfs Ash, die toch dacht dat hij wel gewend was aan de armoede in East End. De kleine hoeveelheid meubels was zo te zien zelfs te slecht voor een pandjeshuis. Er lagen geen kleden op de vloer en er hingen geen gordijnen voor de ramen. Er hing een verschaalde, bedompte lucht in het huis die Ash was gaan associëren met ongedierte en kakkerlakken. Vliegen vlogen zoemend tegen de ruiten aan.

Een meisje in een kapot jurkje stond in de voorkamer met haar duim in haar mond met grote ogen naar Ash te staren. In een hoek van de kamer lag een baby op een vies dekentje op de vloer. Urine sijpelde uit de doorweekte vodden rond het middel van het kindje; Ash' maag draaide zich om van de stank in de niet-geventileerde, hete kamer.

'Waar is Janie?' vroeg hij aan Eddie.

'Boven.'

In de slaapkamer lag op een gevlekt matras een meisje van een jaar of vijftien, zestien. Eddie fluisterde: 'Is ze dood, meneer?'

Ash legde zijn vingers in Janies hals: een snelle en onregelmatige hartslag. 'Nee, ze is niet dood.'

Er stond een fles goedkope gin bij het meisje en er lag een doosje pillen. Hij raadde al wat erin zat voordat hij las wat er op het pakje stond: dokter Pattersons beroemde pillen. De remedie tegen kwalen van elke aard. Een abortivum, een brouwsel van moederkoren of lood, werd veel gebruikt door vrouwen in East End om een ongewilde zwangerschap te onderbreken. Hij rolde Janie op haar zij voor het geval ze zou gaan braken en zou stikken, en ze maakte een snurkend geluid.

Beneden sloeg een deur dicht, een stem bulderde en toen klonken er bonkende voetstappen op de trap. 'Ik ben het, pa,' fluisterde Eddie, en hij dook onder een stapel vuile dekens.

Ash kende Bert Lowman van reputatie. Een enorme vent, een dronkaard, een vechter, een man die je niet kwaad wilde maken. De deur vloog open; Bert Lowman stond op de drempel. Hij stond licht op zijn benen te zwaaien en staarde naar Ash.

'Wat doe jij hier in vredesnaam?'

'Eddie dacht dat er iets mis was met uw dochter.'

'Met Janie?' Lowman liep slingerend de kamer door; Ash rook de alcohol in zijn adem. 'Sta je te rotzooien met mijn dochter?'

'Nee, meneer Lowman, ik...'

'Ik ken jouw soort.' Lowman had zijn vuisten gebald. 'Blijf met je poten van mijn Janie af of ik sla ze eraf...'

Lowman sloeg Ash tegen zijn kaak. Ash zag sterren, tolde op zijn voeten en viel. Terwijl Lowman stond te zwaaien, uit balans door de kracht van zijn eigen slag, kon Ash opstaan en de kamer uit, de trap af en het huis uit rennen.

Hij proefde bloed; hij duwde zijn zakdoek tegen zijn gezicht en rende zo snel hij kon naar huis. De mensen op straat staarden hem aan; zijn benen waren wankel. In de veiligheid van zijn keuken stak hij zijn hoofd onder de koude kraan. Hij hoorde de voordeur opengaan en Thelma die riep: 'Ash? Ben je thuis?'

'In de keuken.' Hij had moeite de woorden duidelijk uit te spreken.

Thelma kwam binnen. 'Mevrouw Clark zit bij pa, dus ik dacht dat ik wel even met Sam kon gaan wandelen...' Ze staarde hem aan.

'Het is niet zo erg als het eruitziet.'

'Gelukkig maar,' zei ze sarcastisch. 'Wat is er gebeurd?'

'Bert Lowman, dat is er gebeurd.'

'Heb je gevochten?'

'Als je het zo wilt noemen.' Hij trok uit een lade een lap om het bloeden te stelpen. 'Hij heeft me geslagen omdat hij dacht dat ik iets van zijn dochter wilde, en hij viel vervolgens om omdat hij te dronken was om op zijn benen te staan, dus ben ik gevlucht.'

'Zijn dochter?'

'Janie. Touwachtig haar en een raar gebit.'

'Je moet bij Lowman uit de buurt blijven. Iedereen weet dat hij ellende betekent.'

'Ik was niet van plan...' Hij hield op met praten en keek op zijn horloge. 'Iris,' zei hij. 'Ik heb met Iris afgesproken.'

'Je gezicht, Ash. Ga zitten.'

'Dat kan niet... ik ben al laat...'

'Juffrouw Maclise zal je niet willen zien als je er zo bijloopt.' Zijn scheerspiegel stond op de schoorsteenmantel; hij keek er met samengeknepen ogen in en kreunde. 'Dat zal wel niet.'

'Ik lap je wel even op.' Ze duwde hem op een stoel.

Onder het aanrecht stonden verband en desinfecterend middel. Thelma depte zijn gezicht; hij huiverde. Ze zei: 'Je bent erg gesteld op juffrouw Maclise, hè, Ash?'

'Ja. Ja, inderdaad.'

Ze fronste haar wenkbrauwen. 'Het is niet zo erg. Gewoon een snee. Maar je krijgt wel een blauw oog. Zijn juffrouw Maclise en jij gewoon vrienden, of hebben jullie iets met elkaar?'

Hij was ineens blij dat Thelma er was, blij dat hij eindelijk iemand had die hem advies kon geven. Hij vroeg zich al vreselijk lang af wat hij met Iris moest, en hij probeerde de moed te verzamelen met haar te praten. 'Jaren geleden,' zei hij, 'had ik een kans bij Iris, maar die heb ik verpest.'

'En heb je daar nu spijt van?'

'Ja. Lieve god. Ja.'

'Heb je haar dat verteld?'

Hij schudde zijn hoofd en had er meteen spijt van. 'Ik weet niet wat ze nu van me vindt. Ze is zo moeilijk te peilen. Soms denk ik dat ze me leuk vindt. Soms denk ik dat ze van gedachten is veranderd, en dan...'

'Van gedachten is veranderd?'

'Iris heeft een tijdje geleden tegen me gezegd dat ze blij is dat we nooit meer dan vrienden zullen zijn.'

Thelma zei: 'Een meisje als zij zal altijd wel mannen achter zich aan hebben. Mijn schoolvriendin Lily Watson was een vreselijk mooi meisje en ze zei dat ze gek werd van al die mannen die haar lastig vielen. Dat ze met rust gelaten wilde worden.'

Hij dacht terug aan Iris op het feest op Summerleigh, mannen om haar heen als bijen om een honingpot. Het is gewoon een spelletje, Ash, had ze tegen hem gezegd. Liefde was altijd een spelletje voor Iris Maclise geweest. Misschien was het nog steeds niet meer dan een spelletje. Hij zei aarzelend: 'Het leek me een goed idee met haar te gaan praten. Haar te vertellen hoe ik me voel. Kijken wat ze zegt.'

'Dat zou ik niet doen als ik jou was, Ash. Misschien stoot je haar dan wel af. Dan zou je haar nooit meer zien. Is dat wat je wilt?'

Hij voelde de moed in zijn schoenen zinken. 'Nee, natuurlijk niet.'

'Je kunt beter wachten tot je het zeker weet.' Thelma deed een stap naar achteren. 'Zo. Klaar. Zo erg zie je er helemaal niet uit.'

Iris stond op de ziekenhuistrap op Ash te wachten. Toen hij er na een kwartier nog niet was, liep ze naar zijn huis. Zijn voordeur stond op een kier; ze liep naar binnen. Ze hoorde Thelma Voss in de keuken lachen.

'Iris,' zei Ash toen hij haar zag.

Ze zei geschokt: 'Je gezicht.'

'Het stelt niets voor, juffrouw Maclise.' Thelma Voss ruimde het verband en het desinfecterende middel op.

'Laat eens kijken.' Iris ging met haar vingertoppen over Ash' gezicht en voelde of hij iets had gebroken.

'Zie je wel? Ik heb hem al opgelapt. Die vreselijke Bert Lowman. Ik had toch gezegd dat je bij hem uit de buurt moest blijven?' Thelma's hand rustte bezitterig op Ash' schouder.

Kort daarna kwamen Ash' vrienden, Harry, Fred, Nathaniel, Tom, en de roodharige Charlie met zijn dopneus. Thelma Voss zat in een hoekje van de kamer de hond te aaien. Ze hadden het over politiek. Af en toe viel Iris een zin op. 'Groot-Brittannië is bang dat Duitsland de handelsroutes bedreigt.' 'We moeten het rijk toch verdedigen...' 'Oostenrijk-Hongarije en Servië laten gewoon zien hoe sterk ze zijn, verder niet. Weet je wel, dat spel dat schoolkinderen spelen, kijken wie er het eerst met zijn ogen knippert?' 'Duitsland bouwt een enorme hoeveelheid grote slagschepen. We hebben de slagschepen liever zelf.'

'Een korte, hevige oorlog is misschien wel leuk.' Charlie wreef zijn handen samen.

'Wat vreselijk dat je dat zegt,' zei Thelma.

Charlie stak zijn glas omhoog om te toasten. 'Op koning en vaderland,' zei hij. 'Drinken jullie daarop?'

'Houd toch op, Charlie!'

'Tut, tut...'

Thelma greep de hondenriem en liep toen met de bastaardhond vlak achter zich het huis uit. De deur sloeg achter haar dicht.

'Die Thelma is nogal snel op haar teentjes getrapt,' zei Charlie, en hij knipoogde naar Iris. 'Ben jij ook zo snel op je teentjes getrapt, juffrouw Maclise?'

'Vreselijk.' Ze keek hem kil aan. 'Vooral in de buurt van arrogante jongemannen.'

Er kwamen een stuk of zes Poolse arbeiders op bezoek met flessen wodka in hun hand. Toen kwam een metselaar zonder werk, op zoek naar een slaapplaats. Zijn gespannen, bange gezicht klaarde op toen Ash hem de bank aanbood. Iris keek een tijdje naar Ash, terwijl de Poolse arbeiders hun onverstaanbare, prachtige liederen zongen. Toen verzamelde ze de lege glazen en liep ermee naar de keuken.

Thelma Voss was teruggekomen en stond af te wassen. 'Ik dacht dat ik het maar even zou doen,' zei ze kwaad, 'anders laten ze alles voor hem staan! Ze plukken hem helemaal kaal! Dat doen ze altijd! Ik probeer eten uit de winkel voor hem mee te nemen, maar als ik te veel meeneem, ziet pa het.' Ze draaide zich naar Iris om. 'Sommigen geven niet eens om Ash! Ze gebruiken hem alleen maar!'

Thelma's blik stond uitdagend. Iris zei: 'Maar jij geeft wel om hem, hè, juffrouw Voss?'

'Ja, inderdaad. Ash is geweldig. Ik wil niets van hem. Ik verwacht niets van hem. In tegenstelling tot sommige anderen. Ze zuigen hem leeg. Als ze hier klaar zijn, gaan ze ergens anders heen waar ze een gratis maaltijd en een bed voor de nacht kunnen krijgen.'

Iris droogde een bord af. 'Misschien vindt Ash het fijn als mensen hem nodig hebben.'

'Misschien.' Thelma's minachtende blik rustte op Iris. 'En jij, juffrouw Maclise? Wat heb jij van hem nodig?'

'Ash en ik zijn gewoon oude vrienden.' Ze voelde dat ze rood werd.

Er droop sop van Thelma's natte handen; ze bleef Iris aanstaren. 'Het probleem met Ash is dat hij niemand kan teleurstellen.

Ik zeg tegen hem dat hij niet zo dom moet doen, maar hij luistert niet naar mij. Je kunt niet iedereen geven wat hij wil. Soms willen mensen dingen die je niet kunt geven.'

Er viel een stilte. Toen zei Iris: 'Wat probeer je me te vertellen, juffrouw Voss?'

'Dat hij niet van je houdt. Dat hij nooit van je zal houden.'

Iris' adem stokte in haar keel. Ze fluisterde: 'Dat kun jij niet weten.'

'Ik ken hem. En ik weet dat hij met je te doen heeft. Dat is de enige reden dat hij met je blijft omgaan.'

'Nee...'

'Jawel. Dat heeft hij verteld. Hij heeft met je te doen, net als hij met al die anderen te doen heeft die iets van hem willen.'

Thelma's woorden staken haar. 'Dat geloof ik niet.'

'Hij wil je gewoon niet kwetsen.' Thelma's stem klonk laag en hypnotiserend. 'Hij heeft me verteld dat er ooit iets was tussen jullie. En dat hij je toen heeft afgewezen. Ik heb toch gelijk, juffrouw Maclise?'

Dat Ash haar vernedering zou hebben gedeeld met Thelma Voss schokte Iris zo dat ze er misselijk van werd. Het kostte haar al haar moed en zelfbeheersing om tegen Thelma te zeggen: 'Wat zeg je nu echt tegen me? Dat Ash van jou houdt?'

Thelma lachte verbitterd. 'Je kent hem helemaal niet, hè? Natuurlijk houdt hij niet van me. Nog niet in ieder geval. Hij houdt van hen.' Ze gebaarde naar de belendende kamer. 'Hij houdt van de zwervers die zijn eten opeten en van de klaplopers die zijn kolen in hun zakken steken. Zie je niet dat hij hen altijd boven ons zal stellen... Boven mij, die alles voor hem over heeft, en boven jou met je mooie gezichtje? Zie je dat niet?'

En ja, dat zag ze, ze zag het heel duidelijk, en ze vroeg zich af waarom ze het nog niet eerder had gezien.

Thelma wendde zich weer tot het aanrecht. 'Je hebt een keuze, juffrouw Maclise. Het is aan jou. Je kunt hier blijven en een stukje van hem krijgen, net als alle anderen, als je dat wilt. Of je kunt je verlies nemen en opnieuw beginnen. Ik zou er niet te lang mee wachten als ik jou was. Dat zou ik doen als ik jouw gezicht en figuur had, als ik me kon veroorloven me zo te kleden als jij. Ik zou hem vergeten en een ander zoeken.'

Thelma droogde haar handen af, gooide de theedoek op het afdruiprek en ging terug naar de zitkamer. De Poolse arbeiders zaten weer te zingen; een laag, melancholisch lied over liefde en verlies, en de muziek dreef de belendende ruimte in.

Hij zal nooit van je houden. Hij heeft met je te doen. Wat gruwelijk om het onderwerp van iemands medelijden te zijn. Iris wilde het huis uitglippen zonder dat Ash haar zou zien, maar hij zag haar bij de deur, en hij stond erop met haar naar huis te lopen. Ze praatte de hele weg terug naar het verpleegstershuis, haar woorden snel en kribbig, zijn pogingen een gesprek te beginnen afwerend. Bij de ingang van het ziekenhuis gaf ze hem een kusje op zijn wang en liep snel weg. De pijn in zijn ogen volgde haar terwijl ze snel de verpleegsterstuin in liep.

Ze deed die nacht geen oog dicht. Ze was de volgende dag op de afdeling prikkelbaar en verstrooid. Ze kwam de keuken uit toen ze zuster Dickens een van de patiënten een standje hoorde geven omdat hij thee had geknoeid in zijn schone bed. 'O, in hemelsnaam,' hoorde ze zichzelf snauwen. 'Het zijn maar een paar druppels thee!'

De hele zaal werd stil. Iedereen staarde haar aan. Iris schoot bijna in de lach van de gezichtsuitdrukking van zuster Dickens, een mengeling van woede en verbijstering. Bijna. Verpleegsters hadden nooit een grote mond en ze trokken de woorden van een hoofdverpleegster nooit in twijfel. Verpleegsters zeiden ja, zuster, of nee, zuster, wat op dat moment maar gepast was.

Ze werd aan het einde van de middag naar de kamer van de hoofdzuster geroepen. Toen ze door de gangen van het ziekenhuis liep, werden Iris' gevoelens heen en weer geslingerd tussen rebellie en wanhoop. Ze had gelijk dat ze haar mond had opengedaan, want zuster Dickens was een monster. Het kon haar niet schelen als ze zou worden ontslagen; ze had toch allang genoeg van het ziekenhuis. Maar de schande, het gevoel tekort te schieten, en dat bij Thelma's onthullingen van de vorige avond, zou ondraaglijk zijn.

Toen ze aanklopte, riep juffrouw Stanley haar binnen. Toen Iris in haar kamer stond, wachtte ze en keek naar de snelle beweging van de pen op het papier. Toen zei juffrouw Stanley: 'Ik hoorde van zuster Dickens dat je je onbetamelijk hebt gedragen, zuster.'

Iris mompelde: 'Het spijt me, hoofdzuster.'

Juffrouw Stanley legde haar pen neer. Haar kille, blauwe ogen rustten op Iris. 'Over het algemeen ontsla ik verpleegsters als ze zich onbetamelijk gedragen.'

'Het zal niet meer gebeuren, hoofdzuster.'

'Is zulk gedrag een voorbeeld voor de leerling-verpleegsters?'

'Maar zuster Dickens is zo onaardig tegen de patiënten! Die arme meneer Knowles... Hij kan er toch niets aan doen dat zijn handen beven?'

Juffrouw Stanleys mond trok strak. 'En is het jouw plicht een verpleegster een standje te geven, zuster?'

Haar tijdelijke opstandigheid ebde weg. Iris staarde naar de vloer. 'Nee, natuurlijk niet, hoofdzuster.'

'Ik ben erg in je teleurgesteld, zuster Maclise.'

Al die jaren werk, dacht ze somber, alles wat ze had ondergaan, alle vernedering en uitputting, alleen om op staande voet te worden ontslagen omdat ze als een domme leerling-verpleegster voor haar beurt had gepraat.

Juffrouw Stanley zat nog te praten. 'Ik weet dat mijn verpleegsters de laatste tijd onder erg veel spanning staan. Vanwege die ellendige epidemie.' Ze keek Iris scherp aan. 'Je bent zelf toch niet ziek, zuster? Je ziet er bleek en moe uit.'

'Nee, hoofdverpleegster. Ik heb al rodehond gehad.'

De koele, blauwe ogen bestudeerden haar weer. 'Vertel eens: ben je hier echt gelukkig, zuster?'

Iris voelde ineens tranen achter haar oogleden prikken. Ze fluisterde: 'Dat weet ik niet. Vroeger wel.'

'Als dat is veranderd, moet je je werk bij ons misschien eens onder de loep nemen.'

'Ontslaat u me?' haar stem beefde.

'Ik zal je een goede referentie meegeven. Ik twijfel er niet aan dat het incident van vandaag werd ingegeven door uitputting en spanning. We zullen het er niet meer over hebben.'

Iris hoorde de laatste woorden van juffrouw Stanley nauwelijks. Ze flapte eruit: 'Maar dit is mijn thuis!'

'Een ziekenhuis is een werkplek,' zei juffrouw Stanley scherp. 'Als een zuster ongeschikt wordt, hoort ze hier niet langer thuis.' Haar toon werd iets milder. 'Toen je voor het eerst naar het ziekenhuis kwam, Maclise, twijfelden sommigen aan je geschiktheid. Maar ik heb altijd vertrouwen in je gehad. Ik wist dat je de flinkheid had die een verpleegster nodig heeft. Maar ik denk dat het tijd is dat je verder gaat. Misschien ben je ons ontgroeid. Het is niet zozeer een kwestie van geschiktheid, maar meer een van type, van persoonlijkheid. De ziekenhuisverpleging past bij sommigen beter dan bij anderen. Onze minder conventionele verpleegsters zijn soms gelukkiger in een andere omgeving.' Juffrouw Stanley pakte haar vulpen op. 'Je kunt gaan.'

Ze kon niet terug naar het verpleegstershuis; ze moest aan het ziekenhuis ontsnappen. Maar toen ze de trap afrende, zag ze dat Ash op haar stond te wachten. Ze voelde zich ineens bitter kwaad op hem: dat hij Thelma Voss over hen had verteld; dat hij niet van haar hield. Ze zei fel: 'Jij staat altijd te pas en onpas op de stoep.'

Hij knipperde met zijn ogen. 'Gisterenavond...'

Ze rende de straat over; remmen piepten. Hij rende achter haar aan. Hij zei: 'Iris, luister naar me. Ik wilde mijn excuses aanbieden voor gisteren. Al die mensen... Ik wist niet dat ze zouden komen.'

De markt was opgebroken. Vuilnis en verrot fruit lagen in de goten en de stalletjes zagen er armoedig uit. Ze vroeg zich af wat ze hier deed, op deze ellendige plek, zij, die altijd zo dol was geweest op mooie dingen. Ze zei kil: 'Je had hen kunnen wegsturen, Ash.'

'Ja. Dat had gekund.'

Ze zag dat hij naar woorden zocht. Hij zocht naar de woorden, dacht ze, die zouden zorgen dat de arme, zielige Iris Maclise zich beter zou voelen. 'Het maakt niet uit,' zei ze. 'Het was alleen zonde van mijn avond.' Ze lachte kil. 'Je weet dat ik politiek saai vind, Ash. Als ik had geweten dat ik dat had moeten verduren, was ik ergens anders heen gegaan.'

'Ergens anders?'

'Het theater... dansen...' Thelma Voss' stem weerklonk in haar hoofd: Hij houdt niet van je; hij zal nooit van je houden. En toen wist ze ineens wat ze moest doen. Ze moest de oorzaak van haar ongeluk wegsnijden, ze moest hem wegsnijden en zonder mededogen weggooien.

Ze draaide zich naar hem om. 'Hoe denk je dat ik mijn tijd zonder jou doorbreng, Ash? Denk je dat ik in mijn kamer naar je zit te smachten?'

Hij werd rood. 'Natuurlijk niet.'

'Want dat is namelijk niet zo.'

'Iris, ik wil niet de indruk wekken...'

'Ik heb heel veel vrienden.'

'Daaraan heb ik nooit getwijfeld.'

'En het is nooit moeilijk voor me geweest iemand te vinden die met me wil gaan dansen.'

Zijn ogen werden kil. 'Nee. Dat dacht ik ook niet.'

Er viel een stilte. 'Die plek...' Ze keek over haar schouder naar het ziekenhuis en een mengeling van affectie, verlies en woede ging door haar heen, 'ik wil er nooit meer heen.' Ze stak haar kin omhoog. 'Ik heb besloten weg te gaan uit het Mandeville.'

Zijn gezichtsuitdrukking verhardde. 'Heb je dat plotseling besloten?'

'Helemaal niet. Ik denk er al heel lang over.'

'Dat heb je helemaal niet verteld.'

'Nee?' Ze liepen langs de stalletjes; ze deed alsof ze een baal gebloemde katoen bestudeerde. 'Dat moet me dan zijn ontschoten.'

'Wat ga je dan doen?'

'Misschien ga ik een tijdje naar huis.' Ze haalde haar schouders op. 'Of ik ga als privé-verpleegster werken. Dat is veel gemakkelijker dan dat geploeter op een ziekenhuisafdeling.' Ze ging bijna twijfelen door de blik in zijn ogen, maar ze vervolgde meedogenloos: 'Ik kan hier niet altijd blijven, Ash. Dezelfde plek... dezelfde mensen... je kent me. Ik verveel me niet graag.'

'En ik verveel je niet graag,' zei hij kortaf. 'Je bent heel duidelijk, Iris. Ik hoop dat je gelukkig wordt. Wat je ook gaat doen, ik hoop dat je gelukkig wordt.'

Toen liep hij weg. Ze wilde achter hem aanrennen, maar dat stond ze zichzelf niet toe. In plaats daarvan ging ze terug naar het verpleegstershuis, waar ze op bed ging liggen, met haar ogen dicht, en luisterde naar haar hartslag.

12

George had witblond haar, donkerblauwe ogen en zijn lach was vreselijk aanstekelijk. Alles maakte hem aan het lachen... een kameleon die over een takje rende, het gouden boordsel op Rani's sari, de blauwe trompet van een haagwinde. Als hij huilde, wat zelden gebeurde, nam Marianne hem in haar armen en zong zijn favoriete liedje voor hem (Naar de markt, naar de markt, om een vet varken te kopen, weer naar huis, weer naar huis, hup-hup-hup) en dan begon hij te lachen en biggelden de tranen in glanzende lintjes over zijn wangen.

Hij kon met zes maanden zelfstandig zitten en toen hij zeven maanden oud was, bewoog hij zich op zijn armen door de kamer. Als hij iets zag – de groene glinstering van een gekko tegen een plint of een koperen lamp die in het zonlicht glinsterde – was hij al op weg, met opwinding in zijn ogen en een brede grijns op zijn gezicht. Toen hij een maand later echt begon te kruipen was niets in de kamer veilig. Marianne en Rani waren volledig aan hem verslingerd sinds de dag dat hij was geboren, en nu renden ze achter hem aan door het huis en de tuin, uit angst voor een gebroken vaas of een ramp, als een giftig blad in dat gretige mondje zou verdwijnen. Marianne zag overal gevaar: de steile daling van de terrassen in de tuin, de hete kolen van het vuur of een slang die zich door de tuin haastte, zijn gevorkte tong uitgestoken naar een zacht, mollig armpje of beentje.

Hij was natuurlijk de mooiste en slimste baby die ooit was geboren. Marianne vond het een bijna onmogelijke oefening van tact de andere dames die in de bungalow op bezoek kwamen daar niet constant op te wijzen, maar ze dacht dat ze toch niet anders zouden kunnen dan dat zelf te beseffen. Hoewel ze de bezoeksters beleefd complimenteerde met hun kroost, wist ze dat geen van hen zich met George kon meten. Toen George zes maanden was, gingen ze naar Nuwara Eliya en lieten een foto van hem maken. Marianne trok hem een wit kanten gewaad aan, maar liet zijn hoofdje ontbloot, zodat zijn wit-gouden lokken als een wolk rond zijn hoofdje stonden. Ze stuurde foto's naar haar zussen in Engeland, die haar terugschreven en alleen maar bevestigden wat ze al wist: dat George perfect was.

Ze nam hem elke dag mee de tuin in, haar paradijs, zijn domein. Ze liet hem de banyanboom zien en liet hem met zijn dikke vingertjes de bladeren aanraken die groter waren dan zijn eigen hoofd. Hij reikte naar de bananen die aan de palmbomen groeiden, naar de bloemen in de border, en hij rolde over het groene gras terwijl Marianne alert was op mieren en andere stekende insecten. Ze liep met hem in haar armen over de smalle kronkelpaden die tussen de bomen door liepen. Als er een vogel floot, werden Georges ogen groter, draaide hij zijn hoofd om en staarde naar de vogel. Ver boven hen glinsterde het zonlicht zwart en wit door de massa hoge takken. Marianne bleef ver uit de buurt van de wilde bijen die rond de hoge, ronde korven zoemden, en ze greep George stevig vast als ze iets in de ondergroei hoorde ritselen. 'Ik zal altijd zorgen dat je veilig bent,' fluisterde ze tegen hem. 'Mijn lieve jongen, ik zal altijd zorgen dat je veilig bent.'

Haar besluit Lucas te verlaten was na de geboorte van George vervaagd. Waar zou ze heen moeten? Misschien naar Clare, maar die zou ze niet meer dan een paar weken kunnen lastigvallen. En daarna? Ze kon alleen terug naar Engeland. De gedachte aan de lange, moeilijke reis van Blackwater naar Colombo en de nog veel langere reis van Colombo naar Southampton, alleen met zo'n jong kind, was onmogelijk en afschrikwekkend. De gedachte aan de schande en het stigma van een scheiding was nog erger. Een vrouw ontleende haar functie aan een man: ze was een dochter, een verloofde, een echtgenote. Als ze Lucas zou verlaten, was ze niets. En nog erger: de schande zou zijn weerslag hebben op George. Zij zou het misschien wel aankunnen uit de maatschappij te worden verstoten, maar hoe zou ze zich voelen als George ook niet werd geaccepteerd? Ze besloot dat het beter was er maar het beste van te maken.

Ze hielp zichzelf herinneren dat haar huwelijk met Lucas haar George had gegeven. Voor George kon ze Lucas' incidentele woedeaanvallen en grove taalgebruik wel aan. In haar brieven aan haar zussen vertelde ze amusante anekdotes over het leven in de bungalow en beschreef ze hoe mooi en slim George was. Ze was er altijd goed in geweest te verbergen wat ze in haar hart voelde. Ze zei tegen niemand dat Lucas tegen haar had gezegd dat hij nooit van haar had gehouden.

Ze dacht dat ze het wel aankon. Ze hadden hun eigen leefwereld, Lucas en zij. Zij had de tuin en de kinderkamer; hij de fabriek en de plantage. Ze deelden in een ongemakkelijke wapenstilstand de bungalow. Zes weken na de geboorte van George kwam Lucas naar haar slaapkamer. Zijn aanraking wekte nu afkeer bij haar op; toen hij op een keer haar bed verliet, zag ze hoe hij naar haar keek met een geringschattende blik in zijn ogen. Kort daarna hoorde ze de nachtelijke voetstappen weer, zag ze weer een glimp scharlakenrood en iemand die naar de koeliehut rende. Ze voelde een mengeling van opluchting en schuld; ze wist dat ze haar plichten als echtgenote ontweek, maar de bleke, grijze ogen, die ze ooit opmerkelijk had gevonden, zelfs engelachtig, joegen haar nu angst aan.

Ze wist dat ze een snerthuwelijk had, maar ze wist ook dat ze er het beste van moest maken, voor George. Lucas was Georges vader. Ze zei tegen zichzelf dat ze nu iets hadden wat hen verbond. En Lucas hield van zijn zoon; ze zag de gretigheid in zijn ogen als hij zich over Georges wiegje boog. Ze leerde voorzichtig met hem te zijn, de vonken te herkennen die de duivel in hem losmaakten en hem te ontwijken als hij dronk. Het was beter haar woorden zorgvuldig af te wegen voordat ze tegen hem sprak, beter uit zijn buurt te blijven als ze die donkere glinstering in zijn ogen zag.

Maar de nieuwsgierigheid knaagde aan haar. Ze herinnerde zich wat mevrouw Rawlinson had gezegd: ik had met het kind te doen, George Melrose was geen gemakkelijke man. Wat had ze bedoeld? Marianne stelde zich Lucas voor, pas vier jaar oud, alleen met zijn vader en de bedienden in de bungalow nadat zijn moeder was weggelopen. Ze stelde zich voor wat een wond het moest hebben veroorzaakt dat hij zo was verlaten. Wat was de vader van Lucas voor man geweest? Humeurig en aan de drank, dat in ieder geval, en hij was een groot deel van de tijd afwezig om op de plantage te werken. Een kille man, een man die, gekwetst door de ontrouw van zijn vrouw, niet in staat was geweest affectie te tonen.

Op een zondagmiddag kwam de familie Rawlinson op bezoek op Blackwater. Terwijl de mannen na de lunch zaten te drinken en te praten en George een dutje deed, liet Marianne mevrouw Rawlinson de tuin zien. De cosmea's bloeiden en de roze en witte kopjes werden omringd door een wolk kantachtige blaadjes. 'Ik heb vorig jaar zaadjes van Clare Barlow gekregen,' vertelde Marianne. 'Ik ben er heel trots op.'

'En die rozen.' Mevrouw Rawlinson boog vooorover om aan een bloem te ruiken. 'Wat beeldig.'

Marianne keek onrustig over haar schouder naar de veranda. Lucas en meneer Rawlinson konden hen niet horen. Ze zei: 'Ik weet nog dat je me vertelde dat die door de moeder van Lucas zijn geplant, Anne.'

'Allemaal.'

'En de rest van de tuin?'

'Voordat Sarah hier kwam, was het een woestenij. Dat moet ik haar nageven. Ze heeft het hier echt omgetoverd.'

'Heb je haar goed gekend?'

Anne Rawlinson perste haar lippen op elkaar. 'Nee, ik kan niet zeggen dat ik haar goed kende. Ze heeft hier per slot van rekening maar een paar jaar gewoond. En ze heeft hier nooit thuisgehoord. Ze was een frivole vrouw... een onverbeterlijke flirt.'

'En haar echtgenoot, de vader van Lucas. Kun je je die nog herinneren?'

'George?' Ze liepen verder, verder weg van de veranda. 'Nadat Sarah was vertrokken, trok George zich terug. Hij kwam bijna nooit naar de club... niet dat het in die tijd veel voorstelde, het was toen een hut met een zandvloer. Het leven was toen zwaarder... je zag vaak weken achtereen geen ander blank gezicht.'

'Wat was hij voor man?'

Mevrouw Rawlinson tuurde kritisch, plukte een blad en wreef het tussen haar vingers fijn. 'Ik vrees dat je meeldauw op je Gloire de Dijon hebt, Marianne.'

'Was hij opvliegend?'

Het verfrommelde blad viel op het pad. Mevrouw Rawlinson zei: 'George Melrose was er een van de oude stempel. Zijn vader en hij hebben Blackwater van de grond af opgebouwd. Ze werkten dag en nacht. Ze deden alles. Dat bewonder ik. George had doorzettingsvermogen. Dat zie je tegenwoordig nog maar zelden. Van de jongens die de theebedrijven hierheen sturen, rent de helft binnen een halfjaar terug naar Engeland. Ze kunnen niet tegen het klimaat of de eenzaamheid... of het harde werk.'

'Maar Lucas' vader was anders?'

'George hield het vol.' Anne bleef even staan om nog een roos te inspecteren. Haar stem klonk zachter en vertrouwelijk. 'Maar hij is, nadat Sarah was vertrokken, nooit meer de oude geworden.

Hij adoreerde Sarah. Vereerde de grond waarop ze liep. Hij heeft zijn huis voor haar gebouwd en liet haar de tuin ontwerpen. Hij heeft rozen uit Engeland laten komen. En allerlei andere onzin... linnen, kristal en japonnen uit Parijs. George gaf haar alles wat ze wilde. Volgens mij heeft hij nooit kunnen geloven dat hij haar had kunnen krijgen. Ik denk dat hij altijd bang is geweest dat ze ervandoor zou gaan. Hij verwende haar, weet je, hij verwende haar vreselijk.'

Marianne keek snel over haar schouder naar de veranda. 'Het moet vreselijk voor Lucas' vader zijn geweest toen Sarah wegging.'

'Hij heeft zich hier opgesloten. Mensen probeerden contact met hem te onderhouden, maar dat was moeilijk. De plantages liggen zo ver van elkaar en George was niet gastvrij. Hij maakte zeer duidelijk dat hij geen gezelschap wilde.' Ze waren achter in de tuin aangekomen, waar de heuvels bijna verticaal naar beneden de vallei inliepen. Ondanks hun afstand tot de veranda begon mevrouw Rawlinson te fluisteren. 'George Melrose heeft Davey Scotts oor een keer geschampt toen Davey naar Blackwater kwam en George geen zin had in bezoek. Hij heeft met zijn geweer op hem geschoten.'

'Heeft hij op iemand geschoten?'

'George Melrose was een goede schutter. Die kogel ging waar George wilde dat hij naartoe ging. Davey heeft de boodschap begrepen en is niet meer teruggegaan. Net als de rest.'

'En Lucas?'

'Zoals ik al zei, bleven we uit de buurt. Maar er deden geruchten de ronde.'

'Wat voor geruchten?'

Mevrouw Rawlinson keek onrustig naar het huis. 'Dat George Melrose zijn kind sloeg.'

'Heeft hij hem geslagen?'

'Ja.' Marianne dacht dat ze een flikkering van medeleven in de lichtblauwe ogen van mevrouw Rawlinson zag.

'Jongens hebben natuurlijk straf nodig. Toen ze klein waren, zijn die drie van mij mijn hand regelmatig tegengekomen. Maar George Melrose ging te ver. Hij schuwde de roe niet. Zo was hij. Hij verafschuwde zwakte. Zelfs in zijn eigen kind.' Mevrouw Rawlinson trok aan een klimplant die zichzelf rond een tak had gewonden. 'Je moet die ficus snoeien, Marianne, anders loopt het uit de hand. Voor je het weet, neemt onkruid je hele tuin over.' Ze fronste haar wenkbrauwen. 'Ik denk dat George, nadat ze was vertrokken, zichzelf haatte dat hij voor Sarah was gevallen. Hij was een sterke man en hij zag het als zijn enige zwakte, de zwakke schakel in zijn harnas.'

'Liefhebben is geen zwakte!'

'Nee? Onthoud goed dat George zijn hele leven wijdde aan het leiden – het regeren – van zijn plantage. Hij kon het zich niet veroorloven niet op zijn hoede te zijn. Als je die fout maakt, gaan je koelies en bedienden misbruik van je maken en dan steelt het oerwoud je velden terug. Het moet een hele schok voor George zijn geweest dat hij niet in staat was te regeren over zijn eigen hart.' Mevrouw Rawlinson gooide de klimplant de afgrond in, wreef haar handen en zei langzaam: 'Er zit een patroon in de familie Melrose. Lucas' vader, George, was net als Lucas enig kind. Zijn moeder is jong overleden, aan een ziekte, volgens mij... er heerste in die tijd heel vaak malaria. Dus George is net als Lucas door zijn vader grootgebracht.'

Marianne dacht: wat als dat mijn George zou overkomen. Als ik er niet zou zijn om hem te beschermen. Mijn George, die door mijn echtgenoot is vernoemd naar de vader die hem sloeg. Haar hart leek stil te staan. Ze zei: 'Heeft niemand geprobeerd hem ervan te weerhouden Lucas pijn te doen?'

'Je kunt je beter maar niet bemoeien met dat soort zaken,' zei mevrouw Rawlinson opgewekt. 'Kom nooit tussen een man en zijn vrouw of een ouder en een kind.'

'Maar iemand moet toch...'

'We komen hier voor elkaar op. Zo overleven we. George was een van ons. En zoals ik al zei, was het alleen een gerucht. Wie weet of er ook maar enige waarheid in zit?'

De mannen waren opgestaan en liepen het grasveld over naar hen toe. Mevrouw Rawlinson zei zacht tegen Marianne: 'Ik ben een paar weken na Sarahs vertrek naar George gegaan. Hij had een vuur in de tuin gemaakt. Toen ik naar hem toeliep om met hem te praten, zag ik wat hij in het vuur gooide. Al Sarahs spullen. Haar kleren, haar kant, haar zeep en parfum. Elke foto en elk schilderij van haar. Haar brieven en boeken... zelfs haar tuingereedschap. Het was alsof hij ieder spoor van haar wilde verbranden zodat er niets over zou blijven. Misschien heeft hij zich daarom op het kind afgereageerd, omdat hij haar in hem zag.'

Toen ging ze harder praten. 'Ik hoop dat je genoeg paardenmest voor je rozen gebruikt, mevrouw Melrose. Paardenmest is het beste wat er is voor rozen. Als je te weinig hebt, kan ik wel meer voor je regelen.'

Op een zondagavond kwam James niet thuis. Vader was afwisselend woedend en bang; Clemency sliep slecht en droomde over treinongelukken en acute ziektes. Het ontbijt maandag was een gespannen, bedrukte gebeurtenis, met vader die geëmotioneerd de krant zat te lezen en Aidan die zelfgenoegzaam opmerkte dat James te laat zou zijn voor zijn werk.

James verscheen uiteindelijk rond het middaguur. Clemency vond dat hij er uitgeput uitzag. Gewoonlijk perfect gekleed, liep hij nu in een gekreukeld overhemd en jasje. Toen Edith de soep serveerde, gleed hij op zijn stoel. Er was een korte stilte, waarin Clemency hoopte dat James met een goed excuus zou komen en toen zei vader: 'En welke tijd van de dag noem jij dit, James?'

'Sorry vader. Ik werd opgehouden.'

Joshua herhaalde het woord langzaam: 'Opgehouden.' Iedereen keek naar zijn soep en ontweek oogcontact met vader. Toen zei

Joshua met zwaarwichtige beleefdheid: 'En mag ik vragen waardoor je bent opgehouden?'

James mompelde: 'Niets belangrijks. De trein...'

'Dus je laat je door niets belangrijks weghouden van je familie en werk?'

James werd rood. 'Ik bedoelde niet...'

'Wat was er dan zo onbelangrijk? Een avondje uit in een restaurant, neem ik aan, of een kaartspel?'

James trok nu een strak gezicht. 'Ik was niet aan het gokken, als u dat bedoelt.'

'Je moeder werd gek van bezorgdheid.'

'Het spijt me. Het was niet mijn bedoeling moeder bezorgd te maken. Als we telefoon hadden...'

'Stel je nu voor dat we het huis aanpassen aan je onregelmatige leefpatroon?'

'Nee, vader.' James staarde naar zijn soep. 'Het zal nooit meer gebeuren.'

Aidan zei: 'Louisa Palmer vroeg gisteren naar je in de kerk, James.'

Joshua strooide zout in zijn soep. 'Als je te lang wacht, kaapt iemand anders haar weg en ik kan niet zeggen dat ik haar dat kwalijk zou nemen.'

James keek Joshua strak aan. 'Vader, ik ben niet van plan om met Louisa Palmer te trouwen. Dat heb ik al eerder gezegd.'

De mannen keken elkaar razend aan, Joshua's blik minachtend en die van James opstandig. 'Je wordt volgend jaar dertig,' zei Joshua. 'Waar wacht je op?'

James keek weg. 'Nergens op. Ik wil alleen graag zelf kiezen met wie ik trouw.'

Niemand wilde een tweede bord soep, dus stuurde Clemency Edith naar de keuken voor de tweede gang. Joshua sneed het schapenvlees en ze schepten hun groente op toen Aidan zei: 'Ricketts rekent twee shilling meer voor een centenaar kolen, vader.'

Joshua stak zijn mes in een stuk vlees. 'Dat had je moeten vertellen, James. Ik heb je gevraagd de kolenprijs in de gaten te houden.'

'Dat was ik van plan. Ik ben het vergeten.'

'Vergeten?' Joshua zag er razend uit. 'Je weet hoe krap we dit jaar zitten. We hebben geluk als we quitte spelen, laat staan dat we een paar penny winst maken!'

'Ik heb met wat andere kolenhandelaren gepraat, vader,' zei Aidan. 'Earles biedt ons een betere prijs als we genoeg bestellen.'

'Ik blijf vanavond wel overwerken,' zei James gespannen, 'om de uren in te halen die ik heb gemist.'

Joshua's starende blik gleed over zijn oudste zoon, hij nam zijn bleke gezicht en de donkere kringen onder zijn ogen in zich op. 'Overwerken op kantoor?' zei hij minachtend. 'Je ziet eruit of je ter plekke in slaap gaat vallen. Dat werkt niet hoor, als je te veel hooi op je vork neemt.'

'Nee, vader.'

'Je bent de oudste. Als ik er niet meer ben, gaat alles naar jou! Vergeet niet dat dat verantwoordelijkheden met zich meebrengt, James!'

James ontplofte. 'Dat vergeet ik ook niet! Ik denk er constant aan! En verwijt me niet dat ik mijn verantwoordelijkheden verwaarloos!'

Joshua sloeg met zijn vuist op tafel en de borden kletterden. 'Sla niet zo'n toon tegen me aan, jongeman! Te lui om op tijd op je werk te verschijnen! Wat is dat voor voorbeeld voor de mannen?'

'Ik zei toch al dat het me speet?' James' plotselinge woede was weer getemperd en zijn stem klonk laag en gespannen. 'En het was geen luiheid.'

'Wat was het dan, James?'

'Dat zijn mijn zaken.'

'Zolang je onder mijn dak woont, zijn het de mijne!'

James stond op. Alle kleur was uit zijn gezicht verdwenen. 'Ja,' zei hij. 'Dus dan is het misschien tijd dat ik niet meer onder uw dak woon. Ik begrijp niet waarom ik het al zo lang uitstel.'

Hij liep de kamer uit. Clemency rende achter hem aan. 'James, ga niet weg! Vader bedoelt het niet zo! James!'

Hij leunde tegen de muur en sloot zijn ogen. Toen schudde hij zijn hoofd. 'Ik heb er genoeg van, Clem.'

Ze was bijna in tranen. 'James, alsjeblieft...'

Een korte, stralende glimlach. 'Het is beter zo. Beter voor jou, Clemency. Je bent het vast helemaal zat dat we altijd ruziemaken.'

'Maar waar ga je dan naartoe?'

'Ik vind wel ergens iets.'

'James, vader wil niet dat je weggaat.' Ze huilde nu openlijk. 'Hij is gewoon boos omdat hij zich zorgen om je maakt.'

'Hij vindt me waardeloos, dat is nu eenmaal zo. Ik stel hem teleur.' James' stem klonk verbitterd.

'Nee. Hij vindt je geweldig! Daarom doet hij zo... daarom zegt hij die dingen...'

'Misschien is het zijn goed recht dat hij teleurgesteld in me is,' mompelde James terwijl hij zich omdraaide. 'Sommige dingen die ik heb gedaan... nou, daar ben ik ook niet trots op.'

Tegen de tijd dat Clemency terug was in de eetkamer, zat alleen Aidan er nog. Drie borden met eten stonden onaangeroerd koud te worden.

'Vader is naar zijn studeerkamer,' zei Aidan. 'Hij wil geen toetje.'

Clemency zei ineens giftig: 'En jij helpt ook niet! Je stookt alleen maar dingen op terwijl het allemaal al zo moeilijk is!'

Ze zag hem schrikken. Toen zei hij zacht: 'Ik ben beter dan James. Ik doe het werk beter.' Er straalde een zeldzame passie in zijn ogen. 'James geeft er niet om zoals ik, maar dat ziet vader niet.'

Zonder James leek het huis stiller en saaier. Tijdens het concert van Ivor op woensdagmiddag wachtte Clemency tot de muziek het gebruikelijke rustgevende effect op haar zou hebben. Maar ze voelde zich niet opgewekter worden en voor het eerst voelden de tinkelende arpeggio's van het clavecimbel niet als een balsem, maar ergerden ze haar. Toen het concert was afgelopen, ging ze niet meteen naar Ivor, maar keek toe hoe hij daar zat, omringd door zijn bewonderaarsters, stralend hun aanbod van een stuk taart aannemend.

Later op de dag liepen ze naar het café. Natte sneeuw dwarrelde op de stoep. Ivor rilde. 'Gruwelijk. En dan te bedenken dat we nog maanden winter tegemoet gaan. Ik haat het noorden.'

Ze pakte zijn hand; hij had koude vingers. 'Als je hier niet was komen wonen, hadden we elkaar niet ontmoet.'

'Inderdaad.' Hij glimlachte naar haar. 'Zelfs de afschuwelijkste situatie heeft pluspunten.'

Ivor bestelde thee en taart in het café. Het was Clemency opgevallen dat Ivor een beetje bol begon te worden rond zijn middel; dat kwam vast door al die taart, nam ze aan.

Hij staarde mistroostig uit het raam. 'Maar kijk nou eens.' De huizen en bomen hadden alle tinten grijs en bruin. 'Eerlijk, als je bedenkt waar ik allemaal zou kunnen wonen. Ik verlang zo naar Londen.' Hij zuchtte. 'Als Rosalie er niet was...'

'Je hebt tenminste ergens anders gewoond.'

'Maar er zo vandaan te worden gesleurd...' zei hij oprecht. 'Iets hebben en het dan verliezen, maakt dat je verlangt naar wat je mist.'

Clemency zette de theepot hard op tafel. 'Ik zal de rest van mijn leven wel in Sheffield wonen. Dat vind ik niet erg, het is mijn thuis, maar wat ik wel erg vind, is dat ik iedereen zie weggaan. Al mijn zussen zijn weg, Philip zit op kostschool en nu is James ook het huis uit. En Aidan zal binnenkort wel met een rijk meisje trouwen, ik weet zeker dat hij dat van plan is, hij praat alleen met rijke erfgenames, en dan is hij ook weg. En dan ben ik helemaal alleen.'

'Clemency,' zei Ivor. Hij staarde haar geschokt aan. 'Arm, arm kind.' Hij viste in zijn zak en gaf haar zijn zakdoek.

'En ik zal nooit kinderen krijgen en dat terwijl ik zo gek ben op baby's! Dat is nog het ergste, Ivor! Dat ik nooit kinderen zal krijgen!'

'Nou, dat zou ik nog maar niet opgeven,' zei hij vriendelijk. 'Hoe oud ben je, Clemmie?'

Ze haalde haar neus op. 'Bijna eenentwintig.'

'Nou. Dan heb je toch nog genoeg tijd?'

Zijn bruine ogen stonden meelevend. Ze snoot haar neus. 'Vind je het erg dat je geen kinderen hebt, Ivor?'

'O nee.' Hij stak twee van de zwarte sigaretjes op die hij zo lekker vond en gaf haar er een. 'Ik kan kinderen niet uitstaan. Ik vind het al erg genoeg dat ik hun lesgeef. Ze maken zo'n bende van je huis.'

'O,' zei ze. Clemency had altijd aangenomen dat het door de ziekte van Rosalie kwam dat Ivor en zij geen kinderen hadden. Haar favoriete droom, de droom van Ivor en haar in een cottage met hun kinderen, begon ineens te wankelen.

'En trouwens,' ging hij verder, 'kinderen zijn vreselijk duur. School en doktersrekeningen.' Hij zuchtte. 'Het is nu al moeilijk genoeg. Rosalies ellendige oom gaat maar niet dood, niet dat ik wil dat hij sterft natuurlijk, maar als je zo ziek bent, heeft het toch geen zin...' Hij kneep in haar hand. 'Kop op, lieve Clemency. Ik kan er niet tegen als je zo verdrietig bent. Je bent juist altijd zo vrolijk.'

'O ja, heel meegaand,' zei ze met plotselinge, onstuimige verbittering. 'Het grootste deel van de tijd merkt niemand op of ik er ben of niet! Iedereen denkt dat het huishouden vanzelf draait! Kon ik nu maar iets doen wat nut had, Ivor, zoals jij!'

'O, dat denk ik niet,' mompelde hij. 'Talent is een kwelling.'

Een paar dagen later kwam James terug naar Summerleigh. Toen Clemency het eenmaal had besloten, was het heel gemakkelijk: ze ging gewoon apart met vader en James praten en zei tegen allebei dat de ander hem vreselijk miste. Er was een kortstondige wapenstilstand, waarin vader vreselijk zijn best deed zich tactvol te gedragen naar James en James zijn uiterste best deed vader niet boos te maken.

Tijdens het concert de maand daarop trof Clemency alle dames op een kluitje in de zitkamer aan. Er was geen teken van Ivor of zijn clavecimbel.

Ze hoorde fragmenten van het zachte, geschokte gesprek.

'Zomaar 's nachts, zonder waarschuwing...'

'Niet eens tijd om de dokter te halen...'

'Arme man, hoe moet hij het redden?'

Mevrouw Braybrooke kwam op haar aflopen. 'Clemency,' zei ze. 'Heb je het al gehoord? Zo vreselijk. Die arme Rosalie Godwin is dood. Ze is afgelopen nacht overleden.'

Zes weken na de dood van Rosalie Godwin leende Clemency vaders auto en reed naar de Peaks. Ze had nog nooit zo ver gereden: de wegenkaart lag opengevouwen naast haar op de bijrijdersstoel en ze werd een overweldigend gevoel van vrijheid gewaar toen ze de stad achter zich liet. Rond de hoogste heuvels hing mist en ze tuurde diep geconcentreerd door het grijze tapijt.

Nadat ze in Hathersage was gestopt om de weg te vragen nam ze een smal, kronkelend weggetje de heuvels in. Ivors huis was groot en van steen; een donkere cipres overschaduwde de voordeur.

'Clemency!' riep hij toen hij de deur opendeed. Hij liep in zijn overhemd, met opgestroopte mouwen; ze vond hem er nogal onverzorgd uitzien. 'Wat een verrassing! Wat geweldig dat je helemaal hiernaartoe komt! Het is hier een vreselijke bende,' voegde hij toe terwijl ze hem de donkere gang door volgde.

De zitkamer lag vol papieren. 'Ik zoek de kolenrekening,' legde hij uit. 'Ik heb vanochtend een brief van de kolenhandelaar gekregen, een tamelijk vinnige brief, vrees ik, en ze zeggen dat de rekening van het vorige kwartaal nog openstaat. Maar ik weet zeker dat Rosalie die heeft betaald. Ze was altijd heel nauwgezet met dat soort zaken.'

'Ik vond het naar over Rosalie te horen, Ivor.'

'Dat is vriendelijk van je.' Hij bladerde door een stapeltje papieren. 'Maar die arme Ro, het was afschuwelijk aan het einde, volgens mij was het voor haar ook een opluchting.'

'Wat vreselijk voor je. Heb je mijn briefje ontvangen?'

'Dat waardeerde ik enorm, Clem.'

Haar blik werd getrokken door een papiertje dat op de leuning van een stoel lag; ze gaf het aan Ivor. 'Zoek je dit?'

'O ja.' Hij straalde. 'Wat slim van je.'

Ze zei: 'Ik dacht dat je misschien zou schrijven.'

Hij keek een beetje belaagd. 'Ik heb het zo druk gehad. Al die gruwelijke dingen die je moet doen. Al die verplichte brieven en bezoekjes.'

'Ja natuurlijk. Ik maakte me gewoon zorgen om je.'

'Het was allemaal heel afschuwelijk. De begrafenis...'

'Ging het goed?'

'O ja. Maar het was zo koud in de kerk. Ik was bang dat ik zou kouvatten.'

'Arme Ivor.' Ze kneep in zijn hand en hij keek haar dankbaar aan.

'En Rosalie regelde altijd de rekeningen en het huishouden.' Hij keek kribbig. 'Een vrouw uit het dorp kookt en maakt schoon, maar ze weigert 's middags te komen. Ze schijnt een oude moeder te hebben. Dat begrijp ik natuurlijk, maar af en toe heb ik zo'n zin in een kop thee...'

'Zal ik een kop thee voor je zetten, Ivor?'

'Wil je dat? Of...' hij viste een fles uit een kast, 'misschien heb je zin in sherry. Ik ben een beetje aan de sherry sinds Rosalie dood is. Dan hoef je je niet druk te maken om fluitketels en fornuizen.'

Hij schonk twee glazen sherry in. Toen Clemency haar glas leeg had, schonk hij het nogmaals vol. Ze voelde zich licht in haar hoofd en gelukkig; ze wist niet zeker of het door de sherry kwam of doordat ze hier was, in Ivors huis, alleen met hem.

Ze zaten op de bank, de enige plek die niet vol papieren lag. Hij hield haar hand vast; toen ze tegen hem aan ging zitten, legde hij zijn arm om haar heen en ze liet haar hoofd tegen zijn schouder rusten. 'We zijn nog nooit zolang alleen geweest, wist je dat, Ivor? We hebben nog nooit langer dan een uur samen gehad.'

'Nee? Dat had ik me niet gerealiseerd. Wat heerlijk, dan.'

Ze voelde zich verdoofd en opgetogen. Ze draaide zich om in zijn armen en kuste zijn wang. Hij zei: 'Kom eens op mijn knie zitten. Rosalie zat altijd op mijn knie.'

Hoewel ze probeerde voorzichtig te zijn (hij was heel tenger en zij was breed gebouwd), maakte de sherry haar onhandig en hij slaakte een kreet toen ze op zijn schoot sprong. Hij kuste haar weer, de vluchtige aanraking van mond tegen mond waar ze altijd zo van genoot, en toen begon hij haar blouse los te knopen. 'Vind je het niet erg?' zei hij, en hij zag er ineens angstig uit. Ze schudde haar hoofd. Hij streelde en kuste haar borsten heel zacht. Terwijl hij haar kuste, ging zijn andere hand over haar been, onder haar rok. Zijn vingers kropen onder de zoom van haar donkerblauwe onderbroek; hij zag er weer bezorgd uit – 'Weet je het heel zeker?'- en woordeloos, onzeker wat ze wilde, schudde ze haar hoofd. Hij ademde zwaar terwijl zijn kin over haar wang schuurde toen hij haar kuste; ze betrapte zich op de gedachte dat het een beetje voelde alsof er een nootmuskaatrasp over haar gezicht ging. Toen gleed hij plotseling onder haar uit en kwam naast haar zitten. Hij ging met zijn vingers door haar haar en zag er wild uit.

'Als je het niet wilt, moet je het zeggen, Clem,' zei hij. 'Maar het is al zo lang geleden, Rosalie kon geen vrouw voor me zijn, door haar ziekte, je weet wel...'

Ze wist niet waarover hij het had, maar ze strekte haar armen naar hem uit. 'Ik wil alleen dat je gelukkig bent, Ivor. Je weet hoeveel ik van je houd.'

'Lieve Clemency.' Toen sprong hij op de een of andere manier boven op haar, begroef zijn gezicht tussen haar borsten, trok haar broek naar beneden en duwde zichzelf bij haar naar binnen. Ze gilde een beetje, wat hij niet leek te horen. Toen schreeuwde hij harder en toen ze naar beneden keek, zag ze dat zijn gezicht was verwrongen... ze wist niet of het van extase of pijn was.

Hij rolde al heel snel van haar af en zij trok heimelijk haar kleren weer goed terwijl hij twee van zijn zwarte sigaretjes aanstak en haar er een gaf. 'Dank je,' zei hij. 'Dat was zo lief van je, lieve Clem. Je hebt me enorm opgevrolijkt.'

Ze zaten een tijdje in stilte op de bank te roken. Ze zei: 'Ga je verhuizen, Ivor?'

Hij keek geschrokken. 'Verhuizen?'

'Ik dacht dat je misschien terug zou willen naar Londen.'

'Nou, misschien.' Hij perste zijn lippen op elkaar. 'Maar er is wel iets heel vervelends. Weet je nog dat ik je over Rosalies oom vertelde?'

'Die rijke oom uit Hertfordshire?'

'Ja. Ik heb vanochtend een brief van zijn advocaat gekregen, waarin staat dat hij net is overleden.'

Nog een overlijden in de familie, dacht ze; arme Ivor. 'Wat vreselijk!'

'Ja, hè?' Hij tipte de as van zijn sigaret op een schoteltje. 'Om razend van te worden. Als Rosalie het nu maar zes weken langer had volgehouden.'

Ze staarde hem uitdrukkingsloos aan. 'Hoe bedoel je?'

'Al zijn geld is naar Rosalies ellendige nichtje gegaan, niet naar mij. Ik ben geen bloedverwant, en dat is het enige wat telt. Al die jaren wachten en dan sterft ze net een paar weken te vroeg!'

Ze keek naar hem, bestudeerde zijn vertrouwde, knappe gezicht, en ze vroeg zich af hoe ze de emotie in die donkere ogen moest benoemen. Woede, misschien. Of zelfs verontwaardiging. Nee, geen van beide. Het was gewoon chagrijn.

Ze zag ineens dat de knoopjes van haar blouse nog openstonden; ze maakte ze snel dicht. Ze had hoofdpijn en er kleefde iets warms en onaangenaams aan de binnenkant van haar dijen. Ze waste zich in Ivors badkamer, trok haar kleren goed en haalde een kam door haar haar. Na een tijdje vroeg ze zich af of wat ze net hadden gedaan, was wat stellen op hun huwelijksnacht deden, en als dat zo was, waarom zoveel meisjes dan zo nodig wilden trouwen.

Ze liep naar beneden. Ivor zei: 'En ik heb je helemaal niets te eten aangeboden! Wil je een stuk taart, Clemency?'

Ze schudde haar hoofd. 'Ik moet naar huis.'

'Na de kerst ga ik weer concerten geven. Ik weet dat het snel is, maar die lieve mevrouw Braybrooke dacht dat ik er misschien van zou opknappen. Lief hè, dat ze zo met me meeleeft?'

'Ik dacht dat je je concert zou gaan schrijven, Ivor, nu je daarvoor de tijd hebt.'

Hij zuchtte. 'Ik vrees dat mijn concentratie niet meer is wat die was. Ik heb zulke duistere gedachten... en de tijd van het jaar... ik kan nooit werken in de winter. Dan is het zo koud. Zo guur.'

Ze kuste hem op zijn wang. 'Dag lieve Ivor.'

'Lieve Clemency.' Hij keek haar toegenegen aan. 'En rijd voorzichtig. De heuvels... zo steil.'

Op weg terug naar Sheffield stopte ze op de grote weg door de heide, waar enorme keien als een reuzenknikkerspel in het landschap lagen. Ze bedacht dat zelfs als ze dat had gewild, ze natuurlijk nooit met Ivor kon trouwen. Vanwege moeder natuurlijk, en om allerlei andere redenen. Wie zou voor vader zorgen als zij er niet was? Wie zou zorgen dat er een kop thee op hem stond te wachten als hij thuiskwam uit zijn werk en wie zou tegen de meid zeggen dat ze het vuur in zijn werkkamer moest aanmaken, zodat hij na het avondeten rustig kon roken? En wie zou er zorgen dat er weer vrede kwam als er familieruzies waren? Wie zou de boodschappenlijstjes voor de kruidenier, de slager en de visboer maken en wie zou ervoor zorgen dat de kraagjes van vader goed werden gesteven? Ze was onderdeel van het huishouden van de familie Maclise, ze was er onlosmakelijk mee verbonden als een draad in een lap stof. Als je die draad eruit zou trekken, zou de hele lap gaan rafelen en scheuren. Ze was dan misschien de minst belangrijke Maclise, maar hoewel ze nooit mooi, slim, getalenteerd of heroïsch zou zijn, ze was tenminste nodig.

En wat betreft Ivor zag ze nu in dat iets wat voor haar heel belangrijk was geweest minder betekenis voor hem had. Dat ze een deel van zijn leven was geweest, een heel klein deel, in plaats van het belangrijkste vuurbaken erin. Maar ondanks zijn tekortkomingen kon ze geen hekel aan hem hebben, kon ze zelfs geen spijt hebben van wat ze die middag hadden gedaan. Ze was dankzij Ivor haar eigen omstandigheden beter gaan begrijpen. Affectie, schuldgevoel en plichtsbesef hadden Ivor aan Rosalie gebonden zoals die haar nog steeds aan haar moeder bonden. Maar dat Ivor haar aardig had gevonden, zelfs als hij nooit echt van haar had gehouden, had haar in staat gesteld haar zelfvertrouwen te herwinnen en dat zij van hem had gehouden, zelfs als die liefde, zag ze nu in, passieloos was geweest, had haar eraan helpen herinneren dat ze in staat was diepe gevoelens voor iemand te koesteren en dat ze behoefte had aan liefde.

Lucas begon aan het vrijmaken van de hoogstgelegen en onbereikbaarste delen van het nieuwe land, waar de heuvels een bijna loodrechte punt vormden die de wolken doorboorden. Toen hij rond het middaguur terugkwam naar de bungalow was zijn bleke haar donker van het zweet, en de roodbruine aarde die zijn huid had besmeurd was niet te onderscheiden van zijn gebruinde kleur.

Hij wilde graag dat Marianne George naar hem toe bracht als

hij op de veranda zat te drinken en roken. 'Hoe is het vandaag met hem?'

'Hij is een beetje mopperig. Er zal wel een tandje doorkomen.'

'Kom eens hier, George.' Lucas wenkte zijn zoon.

George was net gaan lopen; hij hobbelde over de veranda naar zijn vader. Lucas' pistool, dat hij bij zich droeg voor slangen of tijgers, lag naast hem op tafel. George reikte om het glanzende, parelmoeren handvat aan te raken.

'Nee,' zei Lucas. 'Dat mag niet.'

George trok een pruillip en deed twee stappen achteruit. Nadeshan kwam naar de veranda met een verhaal over een ramp in de keuken. Marianne liep naar binnen om met de keukenjongen te gaan praten: fruit was een prima dessert als de blanc-manger niet stijf wilde worden, zei ze, er lagen nog rijpe mango's in de bijkeuken. Toen ze terugkwam naar de veranda hoorde ze Lucas fel zeggen: 'Ik had gezegd dat dat niet mag!' en ze zag hoe hij George hard op de achterkant van zijn benen sloeg. Georges ogen werden eerst groot van verrassing en toen ging hij plotseling op zijn billen zitten. Toen begon hij hard te huilen. Marianne nam hem in haar armen; de bedienden trokken zich geruisloos terug in de donkere bungalow.

Ze draaide zich naar Lucas om. 'Je hebt George geslagen!'

'Hij moet leren luisteren.'

'Goede god, Lucas, hij is elf maanden!'

'Hij moet nu leren dat hij wordt gestraft.' Lucas haalde het topje van zijn sigaar. 'Als je te lang wacht, wordt het alleen maar moeilijker voor hem om te leren luisteren.'

Ze staarde hem aan en ze was zo kwaad dat ze niets kon uitbrengen. Lucas leek onaangedaan. 'Hij moet naar bed,' zei hij rustig. 'Die driftbuien van hem... hij moet leren dat hij daarmee zijn zin niet krijgt.'

In de kinderkamer zat ze met George op schoot, wiegde hem zacht en mompelde tegen hem tot zijn overstrekte ledematen ontspanden en zijn gejammer afnam. Toen ze zeker wist dat hij sliep, legde ze hem in zijn wiegje. Hij had rode strepen op zijn benen op de plek waar Lucas hem had geslagen.

Marianne streek mechanisch haar jurk en haar goed en liep naar de eetkamer. Na de lunch, nadat ze de bedienden had weggestuurd zei ze, met een stem die beefde van woede: 'Als je George ooit nog een keer slaat, Lucas, ga ik bij je weg. Dat beloof ik. Ik sta niet toe dat je hem pijn doet. Als je hem nog één keer aanraakt, ga ik terug naar Engeland en dan neem ik hem mee. En met God als mijn getuige, dan zal ik zorgen dat je hem nooit meer ziet.'

Een paar dagen later kwam Ralph Armitage op bezoek. 's Avonds tijdens het eten bespraken Lucas en hij plantagezaken. Tegen de tijd dat ze klaar waren met de soep en het hoofdgerecht was het gesprek over de theeprijs naar de problemen met het nieuwe land verschoven.

'Er moeten nog steeds meer dan honderd acres worden vrijgemaakt. Het kost meer tijd dan ik had gedacht.' Lucas schonk de glazen bij.

Armitage liet een boer. 'Je laat je er niet onder krijgen, Melrose.'

'Natuurlijk laat ik me er niet onder krijgen. Ik laat niets, of niemand toe, me eronder te krijgen. Maar het is moeilijk land.' Een glimlachje. 'Je zou kunnen zeggen dat het de bruidsschat van mijn vrouw was. 350 acres moeilijk land. Ik heb er maanden verveling in het lieve, oude Engeland voor moeten verdragen. Heb ik je weleens verteld over mijn bezoekje aan het moederland, Armitage? De oneindige theepartijtjes waar ik ben geweest, waar ik moest luisteren naar verwende, dikke vrouwen die het hadden over de nadelen van het land... de oersaaie dineetjes waar ik gedwongen bij moest zitten met twintig nietsnutten...'

Er knapte iets in Marianne. 'Wat kun je toch een zuurpruim zijn, Lucas! Kritisch op iedereen behalve jezelf!'

Hij glimlachte slinks. 'Maar dat is iets wat we gemeen hebben, Marianne. Ons kille, kritische oog. Dat huis waar we elkaar voor het eerst hebben ontmoet, het landgoed van de familie Meredith, Redlands. Geef maar toe dat je het er haatte. Dat zag ik aan je gezicht. Dat was wat me het eerst aan je opviel. Ik wist dat je de enige in de ruimte was die er net zo over dacht als ik.' Hij wendde zich glimlachend tot Ralph Armitage en zei: 'Aandoenlijk, hè? Verhalen van minnaars die elkaar voor het eerst zien.'

'Nou,' mompelde Armitage terwijl hij met zijn vingers naar de hulp knipte voor meer rijst en gestoofd fruit.

'Ik kan niet in woorden uitdrukken hoe opgelucht ik was weer thuis te zijn.' Lucas keek vanonder zijn wenkbrauwen schuin omhoog naar Marianne. 'Hoewel jij misschien vreselijk naar Engeland verlangt, lieve?'

Ze zei gespannen: 'Soms mis ik het wel, ja.'

'Waarom?'

'Omdat ik ervan hou. Ik hou van mijn land.'

'Wat fascinerend.' Lucas' ogen glinsterden. 'Vertel eens, Marianne, welk aspect van het nationale karakter waardeer je het meest? Het gevoel van superioriteit van de Engelsman over de onderworpen rassen, misschien?'

'Natuurlijk niet! Geen zinnig denkend mens...'

'Of zijn hebzucht? Zijn neiging alles te pakken wat er leuk uitziet? Of dacht je dat de Britten de heuvels van Ceylon van de Kandische boeren die het ooit verbouwden, hebben gekocht? Als dat zo is, lieve, vergis je je, want we hebben het hun met geweld afgenomen en hebben het toen aan de hoogste bieder verkocht.'

Ze dacht: je probeert me te ondermijnen, je probeert me zo ver te krijgen dat ik mijn geloof verlies in de dingen waarom ik geef. Vecht terug. Geef hem geen kans. Ze zei: 'Zelfs als dat zo is, hebben we Ceylon heel veel teruggegeven. De wegen... de spoorwegen...'

'Dat is waar, Melrose,' zei Ralph Armitage. Hij schoof de laatste hap van zijn dessert naar binnen. Als zij er niet was geweest, dacht Marianne vol walging, zou hij zijn schaaltje hebben uitgelikt. Toen hij klaar was, ging hij wijdbeens achterover zitten in zijn stoel. Zijn jasje hing open en toonde een buik die over zijn broekriem zakte. Hij stak een vinger naar Lucas op. 'Vergeet niet dat de Britten de boel hier hebben geciviliseerd.'

'De Singalezen waren al geciviliseerd toen jouw voorouders nog ruzieden met heidense stammen. In het noorden van dit land liggen overblijfselen van steden met tuinen, fonteinen en irrigatiesystemen, steden die zijn gebouwd toen jouw voorouders, Marianne, nog probeerden te overleven in de tot ruïne geworden villa's van de Romeinen en die van mij zichzelf blauw schilderden en in dierenhuiden rondliepen.' Lucas leunde met een grijns op zijn gezicht achterover. 'Je vertrouwen in de onnavolgbare adel van je land is roerend, maar ik vrees misplaatst. Niet dat ik het natuurlijk anders zou willen. Er moet altijd een winnende en een verliezende partij zijn en ik ben van plan aan de winnende kant te staan. En het rijk heeft me natuurlijk toegestaan winst te maken. Als mijn grootvader in Schotland was gebleven, zou ik nu een armoedige schaapherder zijn geweest.' Hij riep Nadeshan om hun glazen bij te schenken. 'Maar dat is natuurlijk iets wat ik gemeen heb met je voormalige echtgenoot, toch, Marianne? De familie Leighton heeft zijn rijkdom ook aan de koloniën te danken.' Een vragende frons. 'Behalve dan... en zeg het alsjeblieft als ik ernaast zit, dat de rijkdom van de familie Leighton een veel verachtelijkere achtergrond heeft, toch?'

Ze staarde hem aan. 'Ik begrijp niet wat je bedoelt.'

'Zou je zeggen dat je geliefde Arthur een goede man was, Marianne?'

'Natuurlijk!'

'En het bedrijf van de familie Leighton... help me even...'

'Scheepvaart,' zei ze kortaf.

'En daarvoor?'

'Daarvoor deden ze in suiker. Maar ik zie niet...'

'Suiker,' zei hij langzaam. 'Met andere woorden: de familie Leighton is rijk geworden van de slavernij.'

'Nee...'

Zijn ogen werden groot. 'Wist je dat niet?'

Dat was waar. Eerlijk gezegd had ze daar nog nooit over nagedacht. 'Ik dacht niet...'

'Nee,' mompelde hij. 'Dat doe je wel vaker niet. Maar wie denk je dat er op die suikerplantages hebben gewerkt? Zwarte slaven natuurlijk, die met geweld uit hun huizen in Afrika zijn gehaald en over de Atlantische Oceaan zijn getransporteerd in een hels schip. Vond Arthur het niet gepast je dat te vertellen?'

'Nee,' fluisterde ze.

'Zal ik je vertellen wat de suikerplanters met hun slaven deden? Hoe ze de vrouwen verkrachtten? Hoe ze hen vastbonden en sloegen?'

'Zeg, Melrose,' mompelde Ralph Armitage. Zijn waterige blauwe ogen flikkerden. 'Rustig aan, zeg.'

Er viel een korte stilte. Toen begon Lucas te lachen. 'Neem me niet kwalijk. Ik wilde een filosofische opmerking maken, verder niets. Kan een man profiteren van het lijden van anderen en toch als een goed mens worden beschouwd?'

Ze snauwde: 'Geen van ons heeft zelf onze voorouders uitgezocht, toch, Lucas?' Ze zag zijn ogen donker worden. Ze voelde een golf van triomf door zich heen gaan, ze wist dat haar woorden hem hadden geraakt.

Ralph Armitage zei vaag: 'Zo is de wereld, hè? Wij en de zwarten, bedoel ik. Er moet altijd een groep winnen en dan kunnen wij het net zo goed zijn, ha, ha, ha!'

'Ik zie niet in waarom er iemand moet winnen. Waarom een ras een ander moet domineren...'

'Goede god, Marianne, wat een zondagsschoolgebazel. Dat had ik zelfs van jou niet verwacht!' Lucas mond verwrong tot een grimas. 'Ralph heeft natuurlijk gelijk. Als we niet de sterksten waren, zouden we hier niet zitten. Zo eenvoudig is het. Of wil je liever in een koeliehut wonen? Wil je dat, Marianne?'

Ze dacht aan de houten hutten met tinnen daken en hoe de tamilvrouwen zichzelf, hun kleren en kinderen in de rivier moesten wassen. Het eindeloze, vreselijke gebrek aan privacy en comfort. 'Nee,' mompelde ze.

'Dat dacht ik al.' Hij glimlachte. 'Als we niet wreed zijn, zijn we zwak. Wij allemaal – ik, Ralph, zelfs je heilige Arthur – hebben iets wreeds in ons.'

'Nee.' Maar toch dacht ze aan die ansichtkaarten die ze in Arthurs lade had gevonden, die dikke, naakte meisjes met hun lege, domme gezichten.

Lucas hief zijn glas. 'Laten we toasten. Op mijn vrouw. Om haar te bedanken dat ze Glencoe heeft gekocht.'

Glazen klonken. 'Drinkt u niet, mevrouw Melrose?' vroeg Ralph Armitage. Marianne schudde haar hoofd.

Lucas zei: 'Mijn vrouw gelooft niet in gulzigheid. Ze is heel keurig, hè, Marianne? Zelfs hier in de rimboe. Maar toch heb ik het beste deel van de overeenkomst gekregen, vind je niet, Ralph?'

'Hoe bedoel je?' Armitage keek niet-begrijpend.

'Het huwelijk voor het land,' zei Lucas gladjes.

'O. Ja. Ongetwijfeld.' Ralph Armitages licht verwarde blik rustte op Marianne. 'Je hebt geluk, Melrose.'

'Vind je mijn vrouw aantrekkelijk?'

'Dat zou iedere warmbloedige man vinden. Verdomd veel geluk.' Armitage leunde naar Marianne, zijn brede gezicht werd donkerrood en zijn glimlach was er een van wellustige, dronken bewondering; ze voelde zichzelf terugdeinzen.

'Ze heeft maar één minpunt.' Marianne maakte aanstalten op te staan; Lucas keek haar aan. 'Blijf hier, Marianne. Ga zitten. Onze gast is nog niet klaar met eten.'

Er klonk een waarschuwing in zijn stem; ze ging weer zitten.

Toen hij zich tot haar wendde, zag ze de duisternis in zijn ogen.

Hij zei: 'Mijn vrouw is frigide. Had ik dat al verteld, Armitage?'

'Hè? Wat?' Ralph Armitages vertroebelde blik werd plotseling alert. Hij lachte gegeneerd. 'Dat zijn mijn zaken niet, beste kerel.'

'Het kind is al bijna een jaar. Dat zou toch lang genoeg moeten zijn, denk je niet?'

Marianne keek met bonkend hart wild om zich heen. 'Lucas, de bedienden...'

Hij stuurde hen met een handgebaar weg. Dat had ze beter niet kunnen zeggen, drong het tot haar door. Nu ze weg waren, voelde ze zich nog eenzamer. Haar huid was ijskoud en ze trilde van top tot teen.

Lucas mompelde: 'Je vindt het toch niet erg als ik onze probleempjes met een goede vriend bespreek, Marianne? Misschien kan Ralph iets voorstellen. Of zelfs, wat een geweldig idee, zijn praktische hulp aanbieden. Je schijnt mij per slot van rekening niet aantrekkelijk te vinden. Misschien gaat je voorkeur uit naar Armitage.'

Mariannes ziel leek te bevriezen. Ralph Armitage zette grote ogen op; hij likte zijn lippen. Er kwam een glimlach rond Lucas' mondhoeken. 'Je zei dat je haar aantrekkelijk vindt, Ralph.'

'Goede god.' De gezichtsuitdrukking van Armitage was van geschoktheid overgegaan in hebzucht.

Dát zou hij toch niet doen... ze durfde de gedachte nauwelijks tot zich door te laten dringen. Ze fluisterde: 'Alsjeblieft, Lucas, houd alsjeblieft op. Alsjeblieft.'

Ze hoorde in de stilte het gezoem van een mug en buiten riep een vogel. Toen begon Lucas te lachen en doorbrak daarmee de spanning. 'God, wat denken jullie wel niet? Ik ben zorgvuldig met mijn bezit, dat weten jullie. Ik zou wel heel, heel kwaad op je moeten zijn om je met iemand anders te willen delen, Marianne. En laat ons nu maar met rust.'

Haar handen beefden bijna te erg om de deurknop van haar

slaapkamer open te draaien. Eenmaal binnen zakte ze op de vloer. Toen reikte ze plotseling omhoog en deed de deur op slot.

Die nacht schrok ze met een bonkend hart van elk krakend vloerdeel en elk rammelend raam wakker. Ze was voor het eerst bang voor de Ceylonese nacht. Het slaan van vogelvleugels was bedreigend, het gegil van een dier, de chaos van het oerwoud die haar kamer binnen kroop. Wat had meneer Salter gezegd? Deze plek drukt op je, laat je niet met rust.

Ten slotte viel ze rond zonsopgang in een onrustige slaap. Toen ze uiteindelijk opstond, was Lucas op de veranda. Ze keek om zich heen op zoek naar Ralph Armitage, maar die was er niet.

'Hij is vertrokken. Ik heb hem weggestuurd,' zei Lucas. 'Het is een sufferd. Een vermoeiende sufferd.' Zijn stem klonk droog en vlak. Ze vond dat hij er net zo moe uitzag als zij. Toen zei hij langzaam: 'Je hebt me bedreigd, Marianne. Daar houd ik niet van.'

Ze liet haar hoofd zakken en durfde niets te zeggen.

'Zolang we bij elkaar uit de buurt blijven, kunnen we prima met elkaar opschieten. Dat weet je toch wel, hè?'

Het lukte haar te fluisteren: 'Ja, Lucas.'

'Dus ik wil niet meer horen dat je me verlaat. En ik wil niet meer horen, nooit, dat je George van me afneemt.'

Ze knikte stil. Hij glimlachte. 'Waar is mijn zoon?'

13

Ash had tijdens die winter van 1913-1914 vaak het gevoel dat de gebeurtenissen te snel gingen, zo snel dat hij er geen controle meer over had, dat ze voor zijn ogen uit elkaar dreigden te vallen. In Ierland dreigde burgeroorlog terwijl de privé-legers van sir Edward Carsons unionisten en de Ierse Vrijwilligers onder leiding van Eoin MacNeill zich al klaarmaakten om te gaan vechten. Een militaire confrontatie leek onontkoombaar. Wapens en munitie vonden hun weg naar beide kampen; in maart weigerde een brigade van het Britse leger op te treden tegen zijn landgenoten.

De protesten van de suffragettes werden nog verbitterder. Emmeline Pankhurst werd gearresteerd toen er rellen uitbraken nadat ze een speech had gehouden in Glasgow. Kort daarna sneed suffragette Mary Richardson als vergelding de Rokeby Venus in de National Gallery kapot. Ash vond dat er wel een bepaalde gerechtigheid in die actie zat: het bleke, gladde lichaam van de odalisk, vrouwelijke perfectie zoals een man zich die voorstelde, ontheiligd door een vrouw die iets anders wilde, iets nieuws.

Als donder in de verte klonk door dat alles heen het gerommel van iets anders, van nog zorgelijkere onvrede. Serviës honger naar autonomie, de strijd van het oud wordende Oostenrijks-Hongaarse rijk om zichzelf overeind te houden, de toenemende macht van Duitsland, de oude haat van Frankrijk jegens zijn machtige buurland en Groot-Brittanniës angst om zijn rijk, het rijk dat nodig was om de productie van de katoen in Lancashire en het staal uit Yorkshire te absorberen, zijn lichtgeraaktheid jegens alles wat de handelsroutes naar India kon bedreigen, het juweel in de kroon te verliezen. Een slechte combinatie, dacht Ash: een hoeveelheid vluchtige chemicaliën die maar een vonkje nodig had, een achteloos weggegooide lucifer, kon iets vreselijks ontketenen.

Hij had nog andere, directere zorgen. Iris, natuurlijk. Ze had niet duidelijker kunnen zeggen dat hij niets voor haar betekende. Gedurende het eerste deel van de winter was hij zich bewust van een donkere, allesoverheersende woede als hij aan haar dacht. Een deel van zijn woede was op zichzelf gericht, dat hij zo stom was geweest te denken dat ze iets voor hem voelde. Een ander deel was vermengd met jaloezie, jaloezie op de domme, verliefde man die ze nu vast had betoverd.

In november werd zijn voogd ziek. Ash nam iedere vrijdag de trein naar Cambridge om het weekend bij Emlyn te kunnen zijn. Naarmate de maanden verstreken, begon hij het gevoel te krijgen dat hij was verwikkeld in een gecompliceerde jongleeract, het soort dat je in het Hippodroom kunt zien, met draaiende borden, gekleurde hoepels die de lucht in worden gegooid. Zijn werk, Emlyn, zijn politieke en educatieve verenigingen – hij dacht vaak dat hij het zonder Thelma allemaal niet zou redden. Thelma liet de hond uit als hij in het weekend niet in Londen was, Thelma hielp hem pamfletten ronddelen op koude, regenachtige avonden en stond af en toe met dozen groente en fruit op de stoep als hij had vergeten boodschappen te doen.

Emlyn stierf in april 1914. Na de begrafenis was er een lunch voor de gasten in Emlyns huis in Grantchester, die daarna een voor een weggingen. Ash gaf de meid en de huishoudster de rest van de dag vrij. Toen iedereen weg was, liep hij de tuin in. De lucht voelde scherp, de narcissen schudden hun gele kopjes en de bladeren van de groene heesters ritselden in de wind.

Hij liep naar de rivieroever, waar de wind de golfjes voortjoeg en de treurwilgen hun lange, dunne vingers door het water haalden. Hij dacht terug aan de eerste keer dat hij hier was geweest. Hij was een jongetje van acht, een wees na de dood van zijn ouders. Hij had niet gerouwd om zijn vader en moeder omdat hij hen nauwelijks had gekend; ze waren reizigers en hij had zijn jonge jaren bij kindermeisjes doorgebracht. Hij was totaal niet bang geweest voor de enorme verandering in zijn leven en hij had de reis naar Cambridge, de koetsrit naar Grantchester en zijn aankomst in het grote, vervallen huis een enorm avontuur gevonden. Ondanks zijn eenzaamheid was hij gelukkig geweest. Emlyns tolerantie en geduld waren grenzeloos geweest. Het was zo'n prachtige daad geweest van een vrijgezel van in de veertig om een kind in huis te nemen uit genegenheid voor een oude vriend. Ash veegde met zijn vingers over zijn oogleden en ze werden nat van de tranen.

Nu hij erop terugkeek, had hij het gevoel dat hij als jongetje maar voor heel weinig bang was geweest. Hij was meer dan eens bijna verdronken in de Granta; hij had een arm gebroken toen hij van het dak van het zomerhuisje, en een enkel toen hij van een bakstenen muurtje was gevallen. Zelfs de spoken waarvan hij als kind zeker wist dat ze het huis bezochten, hadden hem niet bang gemaakt. Maar in de weken dat hij had geweten dat Emlyn op sterven lag, was hij bang geworden. In het huis, waar hij van kamer naar kamer dwaalde, was hij niet in staat een diep gevoel van eenzaamheid van zich af te schudden. In het schemerlicht zag hij donkere schaduwen in hoeken, een vlek schimmel op het behang, de tot op de draad versleten armleuning van een stoel. Nu waren er wel spoken: in een verre gang sloeg een deur dicht, waarvan hij schrok. Er miste iets: de leegte benauwde hem.

Hij ging terug naar Londen en pakte zijn leven weer op. Zijn werk, zijn bijeenkomsten en zijn vrienden vulden de dagen en avonden, waardoor hij geen tijd had om na te denken. Maar hij bemerkte dat hij drank nodig had om 's avonds te kunnen slapen, en als hij soms 's ochtends vroeg wakker werd, als alleen het hoef-getrappel van het paard van de melkboer op straat te horen was, was hij er weer, die angst waar hij zijn vinger niet op kon leggen.

Op een avond kwam Thelma op bezoek. 'Ben je alleen, Ash?'

'Fred en Charlie waren er, maar die heb ik weggestuurd.'

Ze keek ineens bedenkelijk. 'Wil je dat ik ook ga?'

Hij schudde zijn hoofd. 'Natuurlijk niet.'

Ze liep achter hem aan de keuken in. 'De buurvrouw zit bij pa. Ze maken een puzzel. Ik haat puzzels. Wat heeft het voor zin iets in elkaar te zetten om het vervolgens weer uit elkaar te halen?'

Hij bood haar thee aan; ze zei: 'Ik heb liever daar een glas van.' Er stond een fles whisky op tafel.

Hij schonk haar een glas in. Hij zag dat ze haar gezicht had ge-poederd, dat ze lippenstift had opgedaan en dat ze onder haar jas een groene jurk droeg die de kleur van haar ogen accentueerde.

Ze zei: 'Moet je terug naar Cambridge?'

'Binnenkort. Er moet veel worden geregeld.'

'Het is een nare klus om iemands spullen uit te moeten zoeken als hij is overleden. Ik weet nog dat ik de dingen van mijn moe-der moest uitzoeken... Ik had het gevoel dat ik stukjes van haar weggooide.'

'Zoiets ja. Ik had meer willen doen na de begrafenis, maar ik voelde me zo eenzaam in dat huis. Ik zou er dit weekend weer naartoe moeten gaan.'

'Woont er niemand meer?'

'Alleen de huishoudster.'

'Wat gaat er met het huis gebeuren?'

'O, het is nu van mij. Emlyn heeft het me nagelaten. Ik moet maar eens nadenken over wat ik ermee wil.'

Ze keek hem geconcentreerd aan. 'Ga je er wonen? In Cam-bridge?'

'Dat heb ik nog niet besloten. Misschien.'

'Is het een leuk huis?'

411

'Het is prachtig. Heel vredig. Het staat aan de rivier.'

'Is het groot?'

Hij knikte. 'Behoorlijk.'

Ze barstte uit: 'Ik begrijp niet hoe je daarover kunt twijfelen, als je de mogelijkheid hebt in zo'n huis te wonen!'

'Sorry.' Hij voelde zich ineens beschaamd, zag het lapje op de elleboog van Thelma's jas en de manier waarop haar schoenen, hoewel ze glanzend waren gepoetst, versleten waren bij de neuzen. 'Ik wilde niet... verwend klinken.'

Ze stond aan het aanrecht, met haar rug naar hem toe, uit het raam te kijken naar de muren met rookvlekken van de huizen verderop. Na een korte stilte zei ze: 'Nee, ik ben degene die spijt moet hebben. Ik moet me niet op jou afreageren omdat ik een rotdag heb gehad.' Ze keek over haar schouder naar hem en glimlachte. 'Ik wil gewoon niet dat je weggaat, Ash.'

'Als ik zou gaan, zou ik het hier missen.'

'Ik zou jou missen.' En toen kuste ze hem. Haar lippen raakten zijn wang en toen zijn mond. Ze zei zacht: 'Zou je mij niet een heel klein beetje missen?'

Zijn mond was droog geworden. Het was zo vreselijk lang geleden dat hij een vrouw had gekust, had vastgehouden. De winter was gekenmerkt door ziekte en dood; hij had er behoefte aan bij iemand te zijn die jong en vitaal was, iemand die kon zorgen dat hij weer het gevoel had te leven. Achter in zijn hoofd fluisterde een waarschuwing, maar ze was tegen hem aan komen staan en er was die zachte volheid van haar borsten, die tegen hem aanduwden, en de geur van haar huid en haar. Ze streelde met haar vingertoppen langs zijn ruggengraat en hij huiverde. Hij fluisterde: 'Natuurlijk zou ik je missen.'

'Laat het me zien. Laat me zien hoeveel je me zou missen, Ash. Kus me echt. Eén keer.' Ze glimlachte. 'Dat ben je me verschuldigd, Ash. Al die verrekte pamfletten.'

Haar lippen waren zacht en meegevend, haar tong bewoog heen

en weer in zijn mond. Ze stond even te friemelen en toen viel haar jas op de vloer. Toen begon ze de knoopjes aan de voorkant van haar jurk los te maken. 'Je gezicht!' zei ze, en ze schoot in de lach. 'Het is goed, ik heb het al eerder gedaan. Charlie en ik zouden gaan trouwen, weet je nog.'

De groene jurk viel naast de jas op de vloer. Hij zag de rijpe zwelling van haar borsten en heupen, haar smalle taille, het stukje wit vlees tussen broekje en zwarte kousen. 'Ik vind je namelijk erg leuk, Ash,' zei ze, en daar was hij weer, haar welbekende opstandige, starende blik. 'Dat moet ik misschien niet zeggen. Een meisje hoort een jongen niet te vertellen hoe leuk ze hem vindt. Maar dat kan me niet schelen. En maak je geen zorgen. Ik ben niet verliefd op je of zo. Ik wil gewoon wat lol maken.' Haar gezichtsuitdrukking verzachtte en ze strekte haar armen naar hem uit. 'Kom maar. Doe jij de rest maar. Je weet dat je het wilt.'

En dat was waar. Zijn verlangen naar haar verdrong elke andere gedachte. In eerste instantie gingen zijn vingers onhandig te werk bij het losmaken van petticoats, kamizooltje en korset. Maar toen namen instinct en verlangen het over en wist hij precies wat hij wilde. Toen hij haar dijen spreidde en bij haar naar binnen ging, dacht hij alleen maar aan het stillen van zijn honger.

Hij sliep die nacht diep; toen hij 's ochtends wakker werd en eraan terugdacht, had hij een gevoel van ongeloof. Hij herinnerde zich de groene jurk die op de vloer viel, dat stukje wit vlees tussen broekje en kousen. Nadat ze zich weer had aangekleed en gefatsoeneerd, had Thelma gezegd: 'Ik moet naar huis, anders wordt mijn vader ongerust.' Toen had ze het huis verlaten.

Een paar dagen later was hij 's avonds thuis toen er op de deur werd geklopt. Er stond een man in een armoedige overjas op de stoep. Hij tikte tegen zijn pet om Ash te begroeten. 'Sorry dat ik u lastig val, meneer, maar iemand zei tegen me dat u misschien een hapje te eten voor me hebt.'

'Als je genoegen neemt met brood met kaas, meneer...?'

'Hargrave. Frank Hargrave. Ik ben u dankbaar voor alles wat u kunt missen.' Hij rilde. 'Mag ik misschien een minuutje binnenkomen, meneer? Ik heb de afgelopen nachten slecht geslapen en ik ben tot op het bot verkleumd.'

Ash ging Hargrave voor naar de voorkamer en liet hem voor het vuur staan terwijl hij in de keuken brood met kaas in papier wikkelde. 'Alsjeblieft.' Hij gaf Hargrave het pakketje.

'Dank u vriendelijk, meneer.' Hargrave tikte weer tegen zijn pet en liep naar de voordeur.

'Ik zal je het adres van wat pensions geven.' Ash ging op zoek naar pen en papier. 'Niet bepaald het Ritz, maar...'

De voordeur sloeg dicht; Hargrave was weg. Ash knipperde met zijn ogen en keek naar zijn bureau. Zijn pen had er moeten liggen; hij had aan zijn bureau zitten werken toen er werd aangeklopt. Misschien was hij op de grond gerold; hij bukte en zocht. Toen hij opstond, zag hij dat zijn pen niet het enige was wat miste. Het blik dat altijd op de schoorsteenmantel stond met wisselgeld erin was leeg. De foto van Emlyn, op de boekenplank, was waarschijnlijk meegenomen vanwege het zilveren lijstje. Zijn jasje hing over de rugleuning van een stoel; hij stak snel zijn hand in de zak en ontdekte dat zijn portemonnee ook weg was.

En zijn fototoestel stond niet zoals gebruikelijk in de hoek van de kamer. De ellendeling had zijn fototoestel meegenomen. Hij voelde een golf van woede over zich komen en rende de straat op. Hij zag Hargrave in de verte lopen, met het fototoestel over zijn schouder, op Aldgate High Street. Hij begon te rennen.

Hargrave hoorde Ash' voetstappen en draaide zich om. 'Geef mijn spullen terug,' zei Ash.

Een glimlach. 'Sorry. Daar kan ik niet aan beginnen.' De smekende, nasale toon was weg, net als de onderdanige houding.

'Ik zei: geef mijn spullen terug.'

Hargrave leek er even over na te denken. 'Je mag deze hebben.

Veel te zwaar. Ik heb geen zin hem mee te zeulen naar de pandjesbaas. Hier. Vangen.'

Hij gooide het fototoestel opzettelijk opzij; toen het op de stoep viel, hoorde Ash het glas breken, en hij zag het metaal verbuigen.

'Ellendeling.'

Hargrave spuwde op de grond. 'Wil je de rest ook terug? Kom maar halen.' Er glinsterde een mes. Hargrave deed een stap naar hem toe. 'Ze zeiden al dat je leuke spullen had.' Het mes danste door de lucht. 'Ze zeiden al dat je een doetje was.'

Hij twijfelde er geen moment aan dat Hargrave zijn mes zou gebruiken, dat hij het graag zou gebruiken. Hij zag dat hij alleen was, dat om hem heen de deuren waren gesloten en dat de voorbijgangers waren verdwenen. Een rilling van angst vermengde zich met zijn woede en maakte dat hij zei: 'Houd die rotspullen maar.' Hargraves minachtende lach weergalmde terwijl Ash bukte en voorzichtig de kapotte onderdelen van zijn fototoestel opraapte.

Voor het eerst sinds hij hiernaartoe was verhuisd, deed hij de voordeur aan de binnenkant op slot. Toen schonk hij een groot glas whisky in. *Ze zeiden al dat je een doetje was*; Hargraves woorden bespotten hem terwijl hij zijn fototoestel inspecteerde.

Hij dacht ineens terug aan de dag dat hij Iris had laten zien hoe het fototoestel werkte. Hij herinnerde zich de bloesem die uit de bomen in de gaard op Summerleigh dwarrelde, de witte jurken van de meisjes en hun gekleurde sjerp. Hij had een foto van de vier meisjes gemaakt. Hij herinnerde zich de uitdagende blik in Iris' ogen.

En hij herinnerde zich die keer dat hij haar voor het eerst had gezien, hard op hem af rijdend de heuvel af. Haar rok was in een roze wolk om haar heen opgebold en haar goudkleurige haar omlijstte haar gezicht als een halo. Toen hij haar die eerste keer had gezien, had hij gevonden dat ze het mooiste meisje was dat hij ooit had gezien. Niets wat sindsdien was gebeurd, had zijn mening veranderd.

Hij ging kreunend zitten en legde zijn hoofd in zijn handen. Hij vroeg zich af of Iris afstandelijkheid in hem had gevoeld, de afstandelijkheid van een wees en enig kind, de afstandelijkheid van iemand die heeft moeten leren het alleen te redden. Waren het echt vrienden, die mensen met wie hij zijn huis vulde? Of gebruikte hij hen alleen om de stilte tegen te gaan? Had hij, ongeoefend in intimiteit als hij was, die omzeild en de voorkeur gegeven aan veiligere, minder riskante relaties? Hij werd dit jaar dertig en hij had vrouw noch kind, ouder noch broers of zussen. Hij wist dat de melancholie die hij sinds de dood van Emlyn voelde, voortkwam uit een angst dat hij over tien of twintig jaar ineens alleen zou zijn.

Wat betreft Thelma voelde hij bittere spijt en zelfhaat dat hij het zo ver had laten komen. Hij had haar ook gebruikt. Het was één ding om haar de hond te laten uitlaten, bedacht hij grimmig, maar iets heel anders om met haar naar bed te gaan. Hij hield van Iris, hij miste Iris, hij verlangde ernaar Iris te zien. Hij moest een risico nemen, haar de waarheid vertellen, dat hij van haar hield, dat hij naar haar verlangde. Hij moest voor haar vechten. Hij moest erachter komen of hij te lang had gewacht.

Marianne deed 's nachts haar slaapkamer op slot. Voor het geval dat.

Maar hij kwam niet naar haar toe. Soms dacht ze dat ze het zich moest hebben ingebeeld, die weinig verhulde bedreiging. Soms dacht ze dat ze zich vergiste of verkeerd had begrepen wat Lucas had gezegd. Ze was heel vaak in de war. Er waren dingen waarin ze zonder aarzelen had geloofd: haar land, Arthurs goedheid, haar eigen integriteit, maar waarvan ze zich nu afvroeg of die wel waar waren.

Clare Barlow kwam op bezoek. Ze zaten in de tuin onder de banyanboom naar de spelende kinderen te kijken. Het was een heldere, perfecte dag, met een strakblauwe hemel; de bomen en bloemen schitterden in het licht. 'Ik ga terug naar Engeland,' zei Clare. 'Ik blijf het maar uitstellen de kinderen naar kostschool te sturen, maar dat kan niet langer. En ik heb besloten bij hen in Engeland te blijven. Dat wilde ik je vertellen, Marianne. Dat ik niet terugkom.'

Het zonlicht scheen door de takken van de banyanboom en maakte patronen op Clares gezicht. 'Ik heb het aan niemand anders verteld,' voegde ze toe. 'Zelfs niet aan de meisjes... die zouden hun mond niet kunnen houden. Maar ik weet zeker dat jij discreet zult zijn.' Ze zag er ineens verdrietig uit. 'Ik zeg niet dat ik niet om mijn huwelijk geef, want dat is niet waar. Maar ik hoop dat het op deze manier, als ik gewoon niet terugkeer naar Ceylon én Johnnie niet te moeilijk gaat doen, niet al te vervelend zal zijn. Johnnie kan natuurlijk een scheiding eisen. Ik hoop voor de meisjes dat ik hem kan overhalen dat niet te doen. Maar als hij het wel doet, kan ik het hem niet kwalijk nemen. Hij is nooit onvriendelijk tegen me geweest en hij verdient dit niet. Maar ik houd niet meer van hem, Marianne, en dat is de waarheid. De gedachte duizenden kilometers van mijn meisjes te zijn verwijderd, is ondraaglijk, maar de gedachte duizenden kilometers van Johnnie vandaan te zijn is... nou, ik ben bang dat ik dat helemaal niet zo erg vind.' Ze stak een sigaret op en zat even in stilte te roken. Ze keek om zich heen. 'Ik zal het allemaal wel missen,' zei ze zacht. 'Op dagen als deze kun je je niet indenken waarom je ooit overweegt te vertrekken, hè?'

Toen ze later wegging, omhelsde Clare Marianne, deed toen een stap naar achteren en keek haar aan. 'Met jou komt het toch wel goed, hè?'

Zinnen vormden zich in haar hoofd. Ze dacht een fractie van een seconde dat ze ze kon uitspreken. Ik ben bang voor Lucas, had ze kunnen zeggen. Hij heeft een kant die wreed en onvoorspelbaar is en waarvan ik bang word.

Maar toen riep een van de meisjes, Clare glimlachte snel en zei: 'Ik weet dat jij het wel redt. Je bent een overlever, hè, Marianne?'

De ossenwagen reed weg en verdween achter de bocht in de weg. Toen Marianne terug de bungalow inliep, beloofde ze zichzelf iets: als haar huwelijk niet beter was als George op zijn zevende of achtste naar kostschool moest, zou ze in Engeland bij hem blijven. Ze voelde zich een beetje opgelucht; ze had een ontsnappingsweg gevonden, een grens aan wat ze moest verduren.

Iris had de hele winter als privé-verpleegster gewerkt bij een gezin dat op het platteland van Hampshire woonde. Haar patiënte, Mary Wynyard, was in het laatste stadium van tuberculose. Vanwege de besmettelijke aard van de ziekte en omdat frisse lucht gezien werd als heilzaam voor tuberculoselijders, bracht Mary de laatste maanden van haar leven door in een houten huisje op veilige afstand van haar man en kinderen. Het brak altijd Iris' hart Mary in dekens gewikkeld op de veranda te zien zitten terwijl ze met verlangen in haar ogen toekeek hoe haar kinderen buiten speelden.

Mary overleed in het voorjaar. Iris stemde ermee in het huishouden te blijven doen totdat Charles Wynyard, Mary's weduwnaar, een huishoudster had gevonden die kon helpen met het verzorgen van de kinderen.

Op een ochtend waren ze in de keuken en Iris was taaipopjes aan het bakken met de kinderen toen iets haar blik trok. Ze keek uit het raam en zag Ash, die het kiezelpad van de familie Wynyard op kwam lopen.

De vijfjarige dochter van Charles Wynyard, Mary-Jane, zei: 'Er komt een man aanlopen.'

Charles tuurde uit het raam. 'Die ziet er niet uit als een huishoudster.'

'Dat is hij ook niet. Het is Ash.' Iris' hart bonkte tegen haar ribben. 'Hij is een vriend van me.'

'Je hebt de knoopjes op de taaipopjes vergeten!' riep Mary-Jane hard lachend.

'Lieverd,' zei Charles vriendelijk. Toen zei hij tegen Iris: 'Ga maar naar je vriend. Mary-Jane en ik ruimen wel op. En voel je niet verplicht hem aan ons voor te stellen, die arme man zal wel wat respijt willen voordat hij aan de met bloem bedekte familie Wynyard wil worden voorgesteld.'

Ze liep naar de voordeur. Ze dacht pas aan haar schort toen ze al onderweg naar buiten was, klopte het snel af en legde het in een bundeltje op het haltafeltje.

'Iris,' zei hij.

'Ash. Wat een verrassing.' Ze kuste hem op zijn wang.

'Schikt het? Ben je druk?'

'Ik was koekjes aan het bakken.' Hij keek haar geconcentreerd aan. 'Heb ik bloem op mijn neus?'

Hij schudde zijn hoofd. Ze verbrak de stilte door opgewekt te zeggen: 'We dachten dat je de nieuwe huishoudster was!'

'De huishoudster?'

'Mijn werkgever, meneer Wynyard, heeft een advertentie geplaatst op zoek naar iemand die hem met de kinderen kan helpen. We houden sollicitatiegesprekken. Ze dragen allemaal zwarte kleren, hoewel sommigen het zwart opvrolijken met een trosje nepkersen op hun hoed.'

Hij legde zijn hand op zijn hoofd. 'Ik heb helaas geen kersen.'

'En geen hoed.' Ze glimlachte. 'Die oververhitten het hoofd en maken dat je hersens slechter werken.'

'Je weet het nog. Mijn voogd, Emlyn, heeft me dat verteld.'

'Hoe is het met hem?'

'Emlyn is drie weken geleden overleden.'

Ze vond hem er afgetobd en moe uitzien. 'O, Ash. Wat naar voor je. Is hij plotseling overleden?'

Hij vertelde haar over Emlyns ziekte en overlijden. Ze raakte zijn arm aan. 'Hoe heb je me gevonden?'

'Ik heb Eva gevraagd waar je was. Ze vertelde me dat je patiënt onlangs is overleden.'

'Ja. Heel verdrietig. Arme Mary. En het is zo vreselijk voor Charles en de kinderen.'

Ze vroeg zich af waarom hij er was. Ze dacht terug aan de vorige zomer: de hitte en Thelma Voss die zei: hij houdt niet van je; hij zal nooit van je houden. Hoewel ze zich al een tijdje afvroeg of dat Thelma's eigen versie van de waarheid was, was ze nog steeds bang dat er een basis van waarheid in haar woorden zat.

Ze zei: 'Zullen we in het bos gaan wandelen? Het is daar geweldig in deze tijd van het jaar.'

Het pad dat door het berkenbos leidde, werd omzoomd door grasklokjes, grote, verfrommelde veldjes vol. Er was het kobaltblauw van de bloemen, het zilver van de berkenstammen en het bleke, zijdeachtige groen van de bladeren.

Hij zei: 'Je bent zo plotseling uit Londen vertrokken...'

'Ja, inderdaad. Voor mij was het ook plotseling.'

Hij fronste zijn wenkbrauwen. 'Je zei dat je er al een hele tijd mee rondliep.'

'Een leugentje. Om mijn trots te redden.'

Zijn fronsende blik werd nog ernstiger. 'Ik begrijp het niet.'

'Ik ben ontslagen, Ash. Uit het Mandeville. Wegens onbetamelijk gedrag.'

Zijn ogen werden groot en toen schoot hij in de lach. 'Hemel. Wat heb je in vredesnaam uitgespookt?'

Ze vertelde hem over zuster Dickens. 'Ik vond het daar toch al niet meer leuk,' legde ze uit. 'En nu ik tijd heb om erover na te denken weet ik dat de hoofdzuster gelijk had. Ik wilde er sowieso niet de rest van mijn leven blijven.' Ze dwong zichzelf hem aan te kijken. 'Maar die dag... dat was deels waarom ik me zo naar gedroeg.'

'Deels?' zei hij.

Maar toch bemerkte ze dat ze nog steeds huiverig was zichzelf open te stellen voor nog meer pijn. Ze veranderde van onderwerp en zei: 'Ik moet hier binnenkort weg. Ik heb Charles beloofd dat ik blijf totdat hij iemand vindt die geschikt is voor de kinderen, maar dan vertrek ik.'

Er zong een merel, hoog in de takken, en ze verlangde er hevig naar dat hij zou zeggen – tja, wat? Ze had de afgelopen maanden volop de tijd gehad om te bedenken wat ze had gewild dat hij tegen haar zou zeggen. En het kwam er allemaal op neer dat hij zou zeggen dat hij van haar hield.

Maar hij vroeg alleen: 'Wat ga je doen als je hier weggaat?' en toen verschrompelde er iets in haar.

'Dat weet ik nog niet,' zei ze luchtig. 'Misschien ga ik een tijdje naar huis. Of ik ga op zoek naar een andere baan als privé-verpleegster. Of misschien ga ik wel naar Frankrijk om bij Charlotte op bezoek te gaan.'

'Ik begrijp het.' Hij staarde de verte in, naar waar het mauve van de grasklokjes versmolt met het bruin van de bosgrond.

Ze vroeg: 'Ash, wat kom je hier doen?'

'Ik wilde weten hoe het met je was.'

'En dat is alles?' Haar stem klonk iel. Daar was hij weer, die breuk in haar hart, en ze wilde met haar vuisten tegen zijn borst timmeren, razend omdat hij hier kwam en haar fragiele gemoedsrust kwam verstoren.

Maar toen zei hij: 'Nee, dat is niet alles. Ik wil wat dingen weten. En er zijn dingen die jij moet weten. Al die idioten die je altijd achter je aan hebt lopen, die kunnen allemaal onmogelijk zoveel om je geven als ik. Hoe rijk en knap ze allemaal ook zijn, je zou je binnen een week bij hen vervelen, dat weet ik zeker. En hoewel ik waarschijnlijk niet het type ben dat je in je hoofd had als minnaar, Iris, houd ik echt van je. Ik zal je niet tegenhouden naar Frankrijk te gaan als je dat echt wilt, maar ik wil je ook niet zomaar opgeven. Eerlijk gezegd...'

Ze zei zwakjes: 'Wat zei je?'

'Dat ik je natuurlijk niet zal tegenhouden als je echt naar Frankrijk wilt.'

'Niet dat. Dat andere. Over dat je van me houdt.'

'O ja.' Hij fronste zijn wenkbrauwen. 'Nou, dat is waar. Al een eeuwigheid. En daarom ben ik hier. Om je te vragen of er een mogelijkheid is, hoe klein ook, dat je mij ook een beetje leuk vindt.'

'Nee,' zei ze serieus. 'Ik vind je niet een beetje leuk.'

'O.' Er klonk zoveel ellende in die ene zucht dat ze hem niet meer kon plagen. 'Eerlijk gezegd,' zei ze, 'vind ik je heel erg leuk, Ash. Wat nogal verontrustend is, aangezien je alles behalve het soort man bent op wie ik van plan was verliefd te worden. Je kleedt je vreselijk en we zijn het nooit ergens over eens en...'

'Stil,' zei hij en stopte haar woordenvloed met een kus.

Marianne stond in de keuken toen ze hoefgetrappel hoorde. Meneer Salter kwam in een rode stofwolk het terrein oprijden, gooide de teugels naar de stalknecht en gleed van het zadel. 'Mevrouw Melrose!' riep hij. 'Er is een ongeluk gebeurd op Glencoe! Meneer Melrose is gewond. Ze brengen hem hierheen in de kar!'

Hij legde haar schok, drong het tot haar door, uit als ongerustheid. De jonge echtgenote, ongerust om haar man. Hij raakte haar arm aan. 'Het komt helemaal goed. Maakt u zich geen zorgen. Hij is taai. Hij ziet er alleen een beetje verfomfaaid uit, dus het leek me verstandig u even te komen waarschuwen.'

'Wat is er gebeurd?'

'Er zat een slang in de ondergroei en zijn paard steigerde. Ze waren het hooggelegen stuk aan het vrijmaken. Hij moet tijdens zijn val, zijn hoofd tegen een rots hebben gestoten.'

Er schoot een verraderlijke gedachte door haar hoofd: als hij sterft, ben ik vrij, maar die duwde ze weg. Meneer Salter reed weg om dokter Scott te gaan halen. Marianne liet de bedienden water koken terwijl ze een linnen laken in repen scheurde om als verband te gebruiken. Het gerammel van een wagen klonk op het pad; ze liep naar buiten.

Een bebloede lap zat om Lucas' hoofd gewikkeld en een gebroken bot vervormde de stand van zijn pols. De mannen droegen hem zijn slaapkamer in, waar Marianne hem met hulp van Radu uitkleedde en het bloeden van de hoofdwond probeerde te stelpen. Tegen de tijd dat dokter Scott arriveerde, bewoog Lucas weer, hij kreunde, en zijn oogleden gingen trillend open.

De korte, dikke vingers van dokter Scott betastten de botten van Lucas' schedel. 'Ik denk niet dat hij een fractuur heeft. Maar hij zal wel een hersenschudding hebben.'

Hij hechtte de gapende wond en verbond de gebroken arm. Nadien, tijdens een maaltijd van rijst met curry in de eetkamer, zei dokter Scott: 'Die arm is met een week of zes wel genezen, en volgens mij is zijn knie ook beschadigd. Maar om die hoofdwond maak ik me de meeste zorgen. Hoofdwonden zijn verraderlijk, mevrouw Melrose. Het kan wel even gaan duren voordat hij daarvan is hersteld. Hij zal in ieder geval koorts krijgen. Koude kompressen helpen, en ik zal een rustgevend middel voorschrijven. Maar over een tijdje is hij weer helemaal de oude, wacht maar af.'

Lucas verkeerde een groot deel van de daaropvolgende weken in een ijltoestand. Marianne zat aan zijn bed en depte zijn hete huid terwijl hij onrustig bewoog en van alles mompelde. Toen de koorts het hevigst was, beefde hij schokkend; op een nacht opende hij zijn ogen, groot en donker van angst, gefixeerd op een hoek van de kamer, alsof hij iets gruwelijks zag wat Marianne niet kon zien. De verpleging van Lucas deed haar denken aan die andere wake. Ze bemerkte dat ze wachtte op de tekenen van die blauwe plekken onder de huid, op de stank van gangreen, op hetzelfde verlies van de man voor wie ze bang was geworden als van de man van wie ze had gehouden.

Maar hij stierf niet. Later dacht ze dat dezelfde koppigheid en vasthoudendheid die maakte dat hij bleef vechten voor het onherbergzame land hem de kracht had gegeven tegen de koorts en pijn te strijden. Tien dagen na het ongeluk ging Marianne naar zijn kamer en vond hem half aangekleed, in een poging zijn overhemd over zijn hoofd te trekken.

'Lucas! Wat doe je?'

'Wat denk je? Ik probeer dat vervloekte overhemd aan te trekken.'

'Dokter Scott zei...'

'Dokter Scott kan me niet schelen.' Hij keek haar razend aan. 'Waarom sta je daar zo? Waarom help je me niet, Marianne?'

'Je arm... ik zal de mouw kapot moeten knippen...'

'Doe dat dan in vredesnaam.' Hij stond wankelend op.

Ze zei scherp: 'Als je domme dingen doet, komt de koorts terug. Wil je dat?'

'Goede god, mens...' Ze hoorde de woede in zijn stem en deed een stap naar achteren. Maar hij lachte hees en ging op de rand van het bed zitten. 'Je hoeft niet bang voor me te zijn,' mompelde hij. 'Ik kan nog geen vlieg kwaad doen.' Hij kneep zijn ogen stijf dicht; zijn gebruinde huid leek grijs. 'De plantage...'

'Meneer Cooper en meneer Salter zorgen voor de plantage.'

'Cooper is lui en Salter is een incompetente dromer. Als ik die twee te lang de leiding geef, worden de planten ziek en wordt het snoeien verwaarloosd.' Hij keek razend naar de mitella om zijn arm. 'Verdomme, wat een pech! Sommige koelies denken dat Glencoe is vervloekt, wist je dat, Marianne? Die oude Macready heeft zichzelf doodgedronken en sinds ik het heb gekocht, heb ik er alleen maar ellende van. Die brand... en nu dit.' Zijn lippen krulden. 'Een vloek... onzin natuurlijk, maar ik moet tot mijn schande toegeven dat ik me af en toe afvraag of ze gelijk hebben.' Hij friemelde linkshandig aan zijn sigarettendoosje; Marianne stak een lucifer voor hem aan. 'Ik moet de grootboeken zien... ze liggen in mijn kantoor.'

'Ik ga ze wel voor je halen.'

'Die verrekte kamer,' zei hij ineens. Zijn blik dwaalde rond. 'Het lijkt wel een gevangenis.'

'Zal ik Velu en Radu vragen je naar de veranda te helpen? Misschien is het daar koeler.'

'En het kind.' Zijn ogen stonden verlangend. 'Ik wil het kind zien.'

Een paar dagen later dwong hij zichzelf met een wandelstok door de tuin te lopen. Zijn onbekwaamheid frustreerde hem. Op een dag sloeg hij de kom soep die Nadeshan hem was komen brengen, tegen de vloer. 'Invalidenpap!' zei hij razend. 'Breng me in vredesnaam een normale maaltijd!' Hoewel er zweetdruppels op zijn voorhoofd glinsterden en de pijn zichtbaar was aan zijn vertrokken gezicht, wilde hij per se tijdens de maaltijden aan de eetkamertafel zitten in plaats van op de veranda. Hij liet zijn assistent-managers drie keer per dag verslag uitbrengen. Hij zat uren op de veranda net zo geconcentreerd te kijken hoe George speelde als hij naar meneer Cooper en Salter luisterde die hem vertelden hoe het met de oogst en de snoeischema's liep.

Op een nacht werd ze wakker van een harde schreeuw. Bijna even onmenselijk als het janken van een wolf doorsneed hij de nacht. Ze stak een kaars aan en liep haar kamer uit. Nog een schreeuw en haar nekharen gingen overeind staan.

Ze bleef staan bij de deur van Lucas. Het kostte haar al haar moed op de deur te kloppen, te zeggen: 'Lucas, ik ben het, Marianne,' en de deurknop om te draaien.

Ze zag eerst niets in het donker; de hele kamer was in duisternis gehuld. Toen zag ze dat hij op het bed zat. Toen hij naar haar keek, zag ze de doodsangst in zijn ogen. 'Hij is hier,' zei hij zacht.

'Wie? Wie is hier?'

'Hij.' Een angstige fluistertoon. 'Mijn vader.'

Hij staarde weer de duisternis in. Ze voelde een rilling van angst en merkte dat ze zich bijna omdraaide om te kijken of het waar was, op zoek te gaan naar een geest in de schaduw. Maar ze zei rustig: 'Nee Lucas, hij is er niet.'

'Ik hoorde hem.'

'Misschien heb je een dier in de tuin gehoord. Of een van de bedienden.' Ze stak de olielamp op het nachtkastje aan.

Hij knipperde met zijn ogen en ze zag hoe hij zichzelf wakker schudde. Toen keek hij op de klok. 'Vier uur 's nachts,' mompelde hij. 'Het duivelsuur. Dat is wanneer hij naar me toe komt.'

'Je moet gaan slapen, Lucas. Het was gewoon een nachtmerrie.'

Hij duwde zijn vingertoppen tegen zijn voorhoofd. 'Mijn hoofd... waarom doet het zo'n pijn?'

'Zal ik je pillen halen?'

'Nee,' zei hij scherp. 'Daarvan ga ik dromen. Haal iets te drinken.'

Er stond een fles arak in de eetkamer. Toen hij het glas naar zijn mond bracht, zag ze zijn hand beven. Toen staarde hij haar aan. 'Jij. Je bent er nog steeds. Waarom?'

'Omdat ik dacht...' Ze aarzelde.

'Dacht je dat ik gezelschap nodig had?'

'Ja,' fluisterde ze.

'Nou, dat is niet waar. Niet jouw gezelschap en ook niet dat van een ander.' Zijn diepliggende ogen keken naar haar. 'Heb je het nu nog niet geleerd, Marianne?'

'Wat geleerd?'

'Dat het zwak is om andere mensen nodig te hebben. Dat behoefte aan anderen je zwak maakt.' Hij dronk in één teug zijn glas leeg.

Thelma kwam bij hem op bezoek. Toen Ash de deur opendeed, voelde hij een golf van schuldgevoel omdat hij haar sinds die avond had ontlopen.

'Hallo Ash.' Ze liep naar de voorkamer, haar blik gericht op een stapel boeken en een schilderij aan de muur. Hij vond dat ze er zenuwachtig uitzag en dat haar huid ongezond bleek was. Ze zei: 'Ik heb je al een tijdje niet gezien.'

'Ik ben veel weg geweest.'

'Naar het huis van je voogd?'

Hij wist dat hij niet tegen haar moest liegen. Hij zei: 'Dat ook, ja. Maar ik heb het weekend met Iris doorgebracht.'

'Juffrouw Maclise?' Er was een fronsende blik en er klonk spanning in haar stem.

'We waren elkaar uit het oog verloren.' Ze bestudeerde hem geconcentreerd. Hij zei zo vriendelijk als hij kon: 'Thelma, je hebt me gevraagd of Iris en ik iets hadden samen. Nou, dat was toen niet zo, maar nu wel.'

Tot zijn verbazing begon ze hard te lachen. 'Dat kan dan heel gênant worden.'

'Hoe bedoel je?' Hij haatte zichzelf dat hij het deed, maar voegde toe: 'Ik hoop niet dat je dacht... ik hoop niet dat ik de verkeerde indruk heb gewekt...'

Toen ze zich naar hem omdraaide, zag hij de woede in haar ogen. En toen was die ineens weg; hij vroeg zich af of hij het zich had ingebeeld. 'Het spijt me,' zei hij zwakjes.

'Is dat zo, Ash?' Haar stem klonk hard. 'Daar is het jammer genoeg een beetje laat voor.'

'Hoe bedoel je?'

Ze was even stil en fronste haar wenkbrauwen, alsof ze ergens over nadacht. Toen zei ze: 'Omdat we een probleempje hebben.'

Wat gek hoe alles uiteindelijk op zijn plaats kon vallen. Wat gek hoe liefde ineens in je handen kon vallen en alles anders maakte. Toen Ash haar een maand geleden had verteld dat hij van haar hield, was het geweest alsof er een toverlamp was aangegaan en sindsdien had alles er mooier en kleurrijker uitgezien.

Iris was weggegaan bij de familie Wynyard en naar Summerleigh vertrokken. Ash kwam in de weekenden op bezoek; doordeweeks hielp Iris Clemency met moeder. Soms zat Iris gewoon in de tuin met een roman en een berg naaiwerk naast zich op de grond. Het leek zo lang geleden dat ze niets had gedaan. Nu ze erop terugkeek, zag ze in dat ze nadat Ash haar huwelijksaanzoek had afgewezen (in deze tuin: de geur van regen en pas gemaaid gras) op de vlucht was geslagen, dat ze haar dagen had gevuld om niet te veel na te hoeven denken. Niet dat ze spijt had van iets wat was gebeurd. Ze wist dat haar jaren in het Mandeville haar hadden wakker geschud, haar hadden veranderd. Maar het was heerlijk even in een tuinstoel te zitten, de zon op haar gezicht te voelen en niets te doen.

Ash kwam op een vrijdagavond naar Summerleigh. Iris zag een blauw gestreept kostuum toen Clemency wees waar hij liep. Ze stond op, rende op hem af en kuste hem. 'Ash. Wat heerlijk dat je zo vroeg bent. Ik heb je zoveel te vertellen. Heb je mijn brief gekregen? Het leek me leuk om vanavond naar het theater te gaan... We moeten Clem misschien meenemen, anders begint vader weer te grommen over ongepastheid, maar dat vind je toch niet erg?'

Hij zei: 'Iris, ik moet met je praten.'

Ze zag zijn grimmige gezichtsuitdrukking, iets doods in zijn ogen. Ze werd ineens bang. 'Ash, wat is er?'

Hij keek om zich heen. Edith was de was aan het afhalen; Clemency stond tegen een muur te tennissen. 'Kunnen we elkaar onder vier ogen spreken?'

Ze liepen de boomgaard in. De bloesem was een paar dagen geleden door een storm van de bomen geblazen en lag op het gras; de roze blaadjes werden bruin. 'Ash,' zei ze, 'ik word bang van je.'

Zijn gezicht verwrong. 'Was dit... was dit allemaal maar niet gebeurd.'

'Wat?'

'Ik wilde je ten huwelijk vragen. Ik wilde je vandaag ten huwelijk vragen.'

En ondanks de warmte van de dag voelde ze zich vanbinnen koud. 'Dat wilde je doen?'

'Ja.'

'En nu niet meer.'

'En nu kan dat niet meer.' Zijn stem klonk vlak, zwaar.

En toen vertelde hij haar waarom hij niet met haar kon trouwen, maar in plaats daarvan met Thelma Voss moest trouwen. Omdat Thelma zwanger van hem was. Het was alsof ze naast zichzelf stond, alsof ze in stukjes uit elkaar was gevallen, ze bekeek zichzelf op een afstand en merkte op dat ze hem in eerste instantie gewoon niet geloofde, zag toen de schaamte in zijn ogen (er ging een knopje om) en toen de onvermijdelijke conclusie: hij was met Thelma Voss naar bed geweest. Thelma had gewonnen.

Uiteindelijk hoorde ze hem weglopen. Toen hij weg was, ging ze op een omgevallen boomstam zitten. Even later kwam Clemency naast haar zitten. Clemency pakte haar hand en hoewel Iris haar ogen stijf dichtkneep, kon ze de tranen niet bedwingen.

Hoewel de wond heelde, een vurig litteken achterlatend dat als een slang over de zijkant van zijn gezicht kronkelde, hield de hoofdpijn aan, zo intens dat Lucas zich in zijn kamer opsloot met een fles arak om de pijn weg te drinken. Maar hij ging weer aan het werk en kwam rond het middaguur terug naar de bungalow, uitgeput en met bleke lippen van het hobbelen op het paard over het pad met stenen.

Als Marianne ooit had gehoopt dat Lucas' ziekte hem zachter zou maken, dat hij meer begrip zou hebben voor de tekortkomingen van anderen, dan had ze zich vreselijk vergist. Alsof hij aan zichzelf wilde bewijzen dat hij nog net zo sterk was als voorheen, zweepte hij zichzelf en zijn werknemers nog harder op dan tevoren. Ze maakten het laatste stuk van Glencoe vrij, trokken bomen uit de hellingen en gebruikten olifanten om de stammen naar lagergelegen grond te slepen. Marianne zag vlammen uit de roodbruine littekens in de aarde opstijgen als ze de ondergroei wegbrandden.

Zijn humeur, altijd al wisselvallig, werd nog slechter, misschien door de aanhoudende nasleep van de hoofdwond. Er kwamen haar verhalen ter ore, als pluimen rook, dat een van de koelies brandwonden had opgelopen terwijl ze het land vrijmaakten en dat Lucas had geweigerd hem terug naar de hutten te laten gaan, hem had gedwongen verder te werken. Dat Lucas in een woedeaanval meneer Cooper met een stok had geslagen. Marianne hoorde de bedienden een keer praten en ontdekte dat die hem nu een andere naam hadden gegeven: *Paitham dorai*. Toen ze Rani vroeg wat dat betekende, sloeg Rani haar ogen neer en fluisterde: 'Krankzinnige meester, Dorasanie. Het betekent krankzinnige meester.'

Door de hoofdpijn ging hij meer drinken om de pijn te verlichten en drank had altijd al de duivel in hem naar boven gehaald. In de bungalow leek het of ze wachtten tot de storm zou losbarsten. Het geluid van Lucas' wandelstok, tikkend op de vloer, maakte iedereen angstig en onhandig. De bedienden serveerden hakkelend het eten, knoeiden op het tafelkleed; na het eten, als ze in de zitkamer waren en in gedimd licht zaten omdat dat Lucas' ogen geen pijn deed, zat Marianne te naaien, maakten haar naalden te grote en onregelmatige steken, terwijl ze een droge mond had en haar hart te snel sloeg.

Ze begon, bijna zonder aan zichzelf toe te geven wat ze deed, een paar roepies achter te houden van het huishoudgeld, en ze verstopte die achter in een lade. In haar kamer spreidde ze, met de deur veilig op slot, haar sieraden uit op het bed. De diamanten verlovingsring die Arthur voor haar had gekocht... die zou ze nooit verkopen; ze legde hem weg. Ze pakte de ring met parels en amethist die ooit van tante Hannah was geweest en die haar zussen haar hadden opgestuurd. Als ze nu aan haar zussen dacht, deed er binnenin haar iets zo'n pijn dat ze bang was dat haar hart zou breken.

Op een ochtend werd ze wakker met een stekende hoofdpijn achter haar ogen. Ze had slecht geslapen, haar dromen waren hels en verontrustend geweest. Ze had bij het ontbijt geen honger en hoewel ze probeerde die ochtend wat te tuinieren terwijl George naast haar speelde, merkte ze dat ze zich na een tijdje al uitgeput voelde en terug het huis in moest gaan.

Lucas kwam op het middaguur thuis. Bij de lunch werd Marianne misselijk van het aanzicht van het gekruide vlees en de groenten. Ze voelde dat hij naar haar keek. Hij dronk tijdens de maaltijd stevig door. Haar bestek gleed uit haar klamme handen; ze pakte haar glas en zette het weer neer, bang dat ze het zou laten vallen.

Hij zei ineens: 'Moet je dat doen? Moet je zo in je eten prikken?'

'Het spijt me.'

'Het spijt me,' teemde hij met een hoge stem. 'Goede god, Marianne, wat zit je toch te bazelen.'

Ze slikte. Ze had keelpijn. 'Ik heb niet zo'n honger.'

'Hoor je dat, Nadeshan? Ik zal eens met de kok moeten praten. De Dorasanie is niet blij met het eten dat hij maakt. Misschien moet ik eens naar een andere kok op zoek gaan.'

'Ik bedoelde niet... er is niets mis met het eten...'

'Eet het dan op.' Hij was opgestaan. Hij kwam naast haar staan, een hand op de rugleuning van haar stoel, zijn lichaam over haar heen gebogen. Hij zei langzaam: 'Eet het op, Marianne.'

'Alsjeblieft Lucas...' Ze voelde tranen achter haar oogleden prikken.

'Ik zei: eet het op.'

Op de een of andere manier lukte het haar een hap rijst te eten. 'Ga door,' zei hij zacht.

Ze zag vanuit haar ooghoek Nadeshan staan, zijn ogen groot en donker van angst. Ze wist dat ze op de rand van een afgrond stonden en dat als ze zich bewoog of iets verkeerds zei, er iets vreselijks zou gebeuren. Ze begon te eten. Ze kokhalsde een paar keer en kon het eten alleen met hele kleine beetjes tegelijk naar binnen krijgen.

Toen haar bord leeg was, rechtte Lucas zijn rug en liep bij haar weg. 'Mooi,' zei hij temend. 'Wat een gedoe, Marianne, en dat om een paar happen eten.'

Hij liep de kamer uit. Ze bleef aan tafel zitten tot ze het geluid van de hoeven van zijn paard hoorde, wegdravend van de bungalow. Toen stond ze heel langzaam op. Ze moest de tafel vasthouden om niet te vallen.

Ze pakte een reistas uit de opslagruimte. Ze liep ermee naar haar eigen kamer, legde hem op het bed en deed hem open. Ze deed Arthurs ring om en legde de rest van haar sieraden in haar tas. Toen kousen, ondergoed, rokken en blouses. Een warm vest en een jas: in Engeland kon het koud zijn. Het rolletje geld achter uit de lade; ze ging op bed zitten en probeerde het te tellen. Haar vingers beefden en de getallen werden een brij in haar hoofd. Was een roepie meer of minder waard dan een shilling? Hoe duur was een treinkaartje naar Colombo? Hoe lang hadden ze over de reis van Colombo naar Blackwater gedaan toen ze naar Ceylon waren gekomen? Ze dacht drie dagen... te lang, veel te lang. Ze moest sneller zijn. Hij zou haar volgen... en wat zou ze doen als hij haar inhaalde? Ze huiverde.

Ze liep naar de kinderkamer. George deed zijn middagdutje. Hij sliep nog; ze keek even naar hem, zag de schaduw van zijn wimpers op zijn ronde, roze wangen en de manier waarop zijn armpjes achteloos boven zijn hoofd lagen. Toen maakte ze laden open en pakte rompertjes, jasjes, vestjes. Ze had luiers nodig. Hoeveel moest ze er meenemen? Twaalf... vierentwintig? Ze wist het niet. Rani verschoonde altijd Georges luier.

Ze hoorde een geluid achter zich en draaide zich met een bonkend hart van angst om. Rani stond in de deuropening. Haar donkere ogen namen het bundeltje kleren onder Mariannes arm in zich op.

'Dorasanie...' aarzelde ze.

'Doe de deur dicht.'

Dat deed Rani. 'Ik ga weg,' fluisterde Marianne. 'Ik ga terug naar

Engeland.' Rani zette grote ogen op. 'Ik moet weg. Ik heb kleertjes voor George, maar ik heb luiers nodig. Waar liggen de luiers?'

Rani maakte een commode open en pakte een stapeltje witte doeken. 'U hebt eten nodig, Dorasanie.'

'Ja. Natuurlijk.'

'Ik zal wat voor u halen.' Rani verliet de kamer. Marianne liep met de babykleertjes naar haar kamer en deed ze in de tas. Ze voelde zich vreemd zweverig en wankel, alsof de vloer onder haar wegzakte.

Rani kwam terug met een in een doek gewikkeld pakketje. Marianne zei: 'Zeg tegen Nadeshan dat hij de stalknecht vraagt de ossenwagen voor te rijden. En maak George alsjeblieft wakker en kleed hem aan, Rani.'

Haar hoed en haar parasol. De zon scheen vandaag fel. Ze riep Nadeshan en liet hem de tas naar de veranda dragen. Rani verscheen met George. Marianne liep de veranda op. Het zou gemakkelijker zijn geweest, dacht ze, als ze niet zo vreselijk moe zou zijn. Ze had geen idee waarom ze zo moe was.

De ossenwagen werd voorgereden. De stalknecht stapte af en boog naar haar. Toen zag hij het kind en de tas. Er flikkerde iets in zijn ogen; hij deed een stap naar achteren en sprak Marianne aan. Hoewel ze wat Tamil had geleerd tijdens haar verblijf op Blackwater, kon ze de woordenvloed niet volgen. Marianne keek verwilderd om zich heen. 'Nadeshan... Rani... wat zegt hij?'

'Hij zegt dat er een wiel kapot is... hij zegt dat de kar vandaag niet kan worden gebruikt. Het spijt hem.'

Ze staarde naar de kar. 'Zo te zien is er niets mis met die wielen...'

Maar tot haar ontzetting klom de stalknecht weer in de kar en reed van de bungalow weg. 'Nee!' schreeuwde ze. 'Kom terug!' De kar reed de bocht in het pad om. Ze bleef even staan wachten, wanhopig, toen pakte ze George uit de armen van Rani en greep ze de tas. Ze rende achter de kar aan, belemmerd door het gewicht van George en de tas. Tegen de tijd dat ze de stallen had bereikt, stond de stalknecht het juk van de ossen te halen. Toen verdween hij de donkere stallen in.

Ze begon te lopen. Ze wist de weg, ze had heel vaak over het pad gereden op weg naar de bazaar of de club. Het was niet meer dan drie kilometer naar de weg; als ze zich haastte, zou ze genoeg tijd moeten hebben om naar het station te gaan voordat Lucas thuiskwam voor het avondeten.

Het pad van Blackwater lag dicht tegen de helling van de heuvel en liep in een aantal haarspeldbochten naar de stad. Thee-planten, acres vol, bedekten de hellingen zo ver ze kon zien. In de velden liepen vrouwen; ze staarden Marianne aan terwijl ze passeerde. Ze bleef aan de binnenkant van het pad lopen, bang voor de afgrond, bang dat Lucas er zou zijn, in de velden, dat hij haar zou zien vluchten.

Ze liet haar parasol achter, niet in staat George, de tas en de parasol te dragen. Ze hield George dicht tegen zich aan, hem met haar lichaam overschaduwend, bang dat hij een zonnesteek zou oplopen. Had ze nu maar leren paardrijden, dacht ze. Arthur had haar vaak genoeg aangeboden het haar te leren. Maar dat had ze altijd afgeslagen, bang voor de hoogte en de kracht van de dieren. Ze vervloekte zichzelf nu om haar lafheid.

Stenen boorden zich in haar schoenzolen. Ze stak een houten brug over; eronder gaapte een afgrond en toen ze erin keek, werd ze duizelig en begon ze te wankelen. Ze was zich bewuster dan ooit van de onbekendheid van dit land. Ze was zich bewust van de gevaren die op de loer lagen, de slangen, teken, bloedzuigers, de hitte. Van de angst te verdwalen en nooit meer het goede pad te vinden.

George begon in haar armen te jammeren. Ze ging met hem op een rots langs de weg zitten en gaf hem wat suikerwater en een paar koekjes die Rani had meegegeven. Toen ze weer verder liep, woog de tas zwaarder dan ooit. Af en toe voelde ze een vreemde verschuiving in de realiteit en dan vroeg ze zich af of ze droomde, of dit een nachtmerrie was en of ze zichzelf weer in de bungalow zou aantreffen als ze haar ogen opende. Ze wilde die bungalow nooit meer zien. Ze wist dat ze heel lang geleden al had moeten vertrekken, toen Lucas ziek was en hij haar niet had kunnen volgen. Ze liep verder. Er cirkelde een arend boven haar hoofd. Op een stukje gras bij een bocht in de weg stond een magere koe te grazen, vastgebonden aan een boom. Ze passeerde een altaartje langs het pad, naast een stroompje. Er hingen witte linten rond het altaar. Rani had haar verteld dat witte linten betekenden dat er een sterfgeval onder de koelies was. Ze huiverde, wendde haar blik af en liep verder. Het pad ontvouwde zich verder onder haar voeten; ze had het gevoel dat ze al een eeuwigheid liep. Het gewicht van de tas trok aan haar arm, de handvatten sneden in haar handen. Ze knielde langs de rand van de weg en maakte haar gezicht nat met koud water uit de stroom. Ze wilde liggen, haar ogen sluiten en slapen. Maar als ze dat deed, kon George weglopen en van de helling vallen. In plaats daarvan maakte ze de tas open, haalde het geld, haar sieraden en wat kleertjes van George eruit en propte die in de stoffen bundel die Rani voor haar had gemaakt. Ze liet de tas aan de rand van de weg achter en liep verder. Aan de ene kant steeg de helling op en overschaduwde haar, terwijl aan de andere het klif duizelingwekkend steil naar beneden liep. Ze dwaalde een keer naar de rand, er bijna door aangetrokken. Maar toen bewoog George in haar armen en liep ze met een gil van schrik terug naar de binnenkant van het pad.

Ze zag dat ze bijna op de plaats was waar het pad naar Blackwater op de weg uitkwam. Ze bleef even staan en probeerde te bedenken welke kant ze op moest. Er schitterden lichtjes in de plooien van de theevelden die golfden als de zee.

Ze hoorde een ossenwagen naderen. Lucas, dacht ze met een steek van doodsangst. Maar Lucas was altijd te paard; Lucas minachtte mensen die in een kar reisden.

De kar minderde vaart. Mevrouw Rawlinson keek haar aan. 'Mevrouw Melrose? Wat doe jij hier in hemelsnaam?' Ze klom uit de kar. 'Lieverd toch, je bent helemaal uitgeput. Ik help wel even met je zoontje.'

George gleed in de armen van mevrouw Rawlinson. Marianne fluisterde: 'Wil je me naar het station brengen?'

'Het station.'

'Ik moet een trein halen. Alsjeblieft.'

'Wat je maar wilt, meid.'

Mevrouw Rawlinson hielp haar in de wagen. Die kwam in beweging; Mariannes hoofd zakte tegen de huif en haar ogen vielen dicht. Af en toe gingen haar ogen open en dan zag ze het hemelsblauw van de lucht, het groen van de theevelden. 'Zijn we al op het station?' vroeg ze, en dan zei mevrouw Rawlinson: 'Bijna, lieverd. We zijn er bijna.'

Uiteindelijk stopte de ossenkar. Marianne deed haar ogen open. Ze zag de banyanboom, de rozentuin en de bungalow. 'Nee... nee... je had het beloofd...' Haar stem ging hees omhoog.

Mevrouw Rawlinson riep: 'Lucas, ben je thuis? Maak je niet druk, lieverd. Lucas! Jij daar, jongen! Ga meteen je meester halen. Snel. Zeg dat hij naar huis moet komen, dat zijn vrouw koorts heeft en vreselijk ziek is.'

Ze probeerde weg te rennen en struikelde over het grasveld. Maar haar benen konden haar niet meer dragen, haar vingers klauwden in het gras en de laatste heldere gedachte die ze had voordat ze buiten bewustzijn raakte, was dat ze te lang had gewacht en dat ze nu nooit meer aan hem zou kunnen ontsnappen.

Ash regelde de bruiloft met koppige vastberadenheid: aangezien hij zo'n onvoorstelbare bende van de rest had gemaakt, zou hij in ieder geval Thelma en zijn kind recht doen. Ze zouden gaan trouwen zodra het huwelijk was afgekondigd.

Toen stuurde Thelma een briefje naar zijn kantoor waarin ze

vroeg of hij rond lunchtijd naar de winkel kwam. Toen hij aankwam, stond ze op een krukje op de stoep strengen uien aan de overkapping te hangen. 'Daar ben je,' zei ze.

'Je wilde me spreken, Thelma?'

'Ja.' Ze stapte van de kruk. 'Ik heb besloten dat ik toch niet met je wil trouwen, Ash.'

Hij staarde haar aan. 'Maar de baby...'

'Die is van Charlie.'

Hij knipperde met zijn ogen. 'Ik begrijp het niet.'

'Het is heel eenvoudig.' Ze wierp een snelle blik in de winkel om te controleren of niemand hen kon horen. 'Ik wist al dat ik zwanger was voordat ik met jou naar bed ging.'

Een stilte waarin haar woorden tot hem doordrongen. Hij zei langzaam: 'Bedoel je dat je opzettelijk...'

'Ja. Op een bepaalde manier. Het was een soort verzekeringspolis, denk ik. En ik wilde dat je van me zou houden. Maar achteraf kon ik het niet meer doorzetten. En toen vertelde je me dat je bij haar was geweest...'

Hij keek haar uitdrukkingsloos aan. 'Bij juffrouw Maclise,' zei ze ongeduldig. 'Ik was zo kwaad. Het had iedereen mogen zijn, maar zij niet. Ze heeft alles, hè? Ze is knap... ze heeft geld... ze komt uit een goede familie. Waarom zou ze jou ook nog krijgen? En waarom zou ik niet eens een keer iets leuks mogen? Een goeie vent met een mooi huis waar pa zou kunnen wonen, en geld genoeg zodat ik niet in een winkel als deze zou hoeven te werken.' Thelma duwde vinnig op een knop en opende de kassa. 'Als we getrouwd zouden zijn, zou ik bij de geboorte van de baby hebben gezegd dat die met zeven maanden was geboren.' Ze lachte kort. 'Maar als hij rood haar heeft, zoals Charlie, zou ik natuurlijk in de problemen zitten.' Ze keek hem recht in zijn ogen. 'Dat was ik van plan, Ash. Niet erg aardig, hè?'

'Maar je hebt je bedacht.'

Ze leek te aarzelen. 'Ik kon het niet. Ik dacht van wel, maar ik kon het niet. Ik weet dat je niet van me houdt. Dat zie ik in je ogen.'

Hij vroeg zich af of ze zijn medeleven verwachtte; op dit moment minachtte hij haar. 'Dus het was om het huis, het geld...'

'O, doe toch niet zo stom! Het was om jou.'

'Maar je zei... je zei dat je niet van me hield...'

'Ja? Nou, ik heb altijd goed kunnen liegen.' Ze glimlachte verbitterd. 'Net zoals ik mezelf altijd heb voorgehouden dat ik er niet mee zit dat ik niet knap ben. Maar ik was graag knap genoeg voor jou geweest, Ash.' Ze telde de kas; ze deed zes pennystukken in een stoffen zakje. 'Dus ik heb besloten dat ik met Charlie ga trouwen. Hij kan er net mee door.' Ze zag er ineens verslagen uit, en ze mompelde: 'De ellende is dat ik te veel van jou houd. Ik wil dat je gelukkig bent. Zelfs als dat betekent dat ik je aan haar afsta. Je mag me haten als je dat wilt, Ash, ik weet dat ik het verdien.'

Toen hij een paar weken later door Whitechapel liep, bleef Ash even staan om bij een kiosk in de krantenkoppen te lezen. Aartshertog Ferdinand, erfgenaam van de Oostenrijks-Hongaarse troon, was vermoord door een negentienjarige, Bosnisch-Servische nationalist, Gavril Princip. Ash werd zich gewaar van een gevoel van angst, een plotselinge overtuiging dat zijn optimisme, zijn geloof in verbetering en vooruitgang misplaatst was geweest. Hij herinnerde zich wat Iris tegen hem had gezegd: *ik denk altijd dat het onmogelijk is het leven van anderen te veranderen*. Hij was het toen niet met haar eens geweest. Zou hij het nu met haar oneens zijn? Wat had hij bereikt met zijn jaren in East End? Niets, dacht hij, bijna niets. Hij had ooit iets willen veranderen, maar hij had zelfs nauwelijks iets veranderd aan het kleine armoedige wijkje waarin hij woonde. De armoede en het onrecht waarvan hij dagelijks getuige was, waren zo groot dat het een gebeurtenis van enorme omvang zou behoeven – misschien een revolutie; of een enorme brand die de smerige huizen vol ongedierte met de grond gelijk zou maken – om ook maar iets te veranderen.

Maar op dat moment leek dat allemaal ondergeschikt aan het feit dat hij door zijn eigen stommiteit de vrouw had verloren van wie hij hield. 'Kop op kerel, zo erg kan het toch niet zijn,' zei de krantenverkoper, irritant opgewekt terwijl hij Ash' gedachtestroom onderbrak. Hij greep in zijn zak naar muntgeld, kocht een krant en ging naar huis.

Marianne was zes weken ziek. Toen de koorts uiteindelijk weg was, waren haar armen en benen broodmager. Ze hield haar hand in het licht en zag de vorm van haar botten, die bijna door haar vel heen staken.

De volgende dag lukte het haar op te staan. Ze raakte uitgeput door de paar passen naar haar toilettafel. Toen ze in de spiegel keek, zag ze dat ze haar haar hadden afgeknipt. Haar knokige vingers staken zwak in de korte, donkere plukken. Ze vond dat ze eruitzag als een geest, de geest van de oude Marianne.

Toen Rani haar kamer binnen kwam, zei Marianne: 'George. Ik moet George zien. Wil je hem bij me brengen, Rani?'

Rani kwam een paar minuten later alleen terug. 'Waar is George?' Marianne voelde de eerste steken van een vreselijke angst. 'Is hij ook ziek?'

'Nee, nee,' zei Rani. 'Het gaat prima met hem.' Maar haar blik ontweek die van Marianne.

'Wat is er, Rani? Vertel het me!'

'Hij is bij zijn ayah.'

'Zijn ayah? Jij bent zijn ayah!'

Ze schudde weer met haar hoofd. 'Er is een nieuwe ayah. Ze is gekomen toen u ziek was, Dorasanie.'

Lucas kwam die avond naar haar kamer. 'George,' fluisterde ze.

Hij fronste zijn wenkbrauwen. 'Ik had niet gedacht dat je ongehoorzaam zou zijn. Ik dacht niet dat je het in je had.'

'Ik wil George zien.'

'Ama komt hem wel brengen.'

'Ama?'

'Het nieuwe kindermeisje van George. Ik heb haar aangenomen toen jij ziek was. Rani was onbetrouwbaar.' Hij schudde zijn hoofd. 'Weglopen... dat was ontzettend stom van je, Marianne. Je begrijpt toch wel dat dat alles verandert, hè? Ik kan je niet meer vertrouwen. Dus Ama zorgt nu voor George.'

Haar vingers klauwden in het laken. Ze probeerde te gaan zitten, maar viel terug tegen het kussen. 'Neem hem me niet af, Lucas! Alsjeblieft... Ik doe alles wat je wilt... alles...'

'Als je je gedraagt, mag je hem zien.' Hij liep naar de deur. 'Of je mag weg, als je daarvoor kiest. Of je gaat of blijft, maakt me nu niets meer uit.'

Ze fluisterde: 'En George?'

'Ik laat je mijn zoon niet van me afnemen.' Hij liep weer naar het bed. Zijn bleke ogen stonden uitdrukkingsloos toen hij zei: 'Als je hem me toen had afgenomen, zou ik je zijn gevolgd tot het einde van de wereld. Waar je ook naartoe zou zijn gegaan, ik zou je hebben gevonden. Als je naar Engeland was teruggegaan, was ik je gevolgd. Ik had je familie en je vrienden in de gaten gehouden. En de eerste keer dat je even niet zou opletten, zou ik hem meenemen. En dan zou je hem nooit meer zien.'

Hij liep de kamer uit en deed de deur achter zich dicht. Het schemerde; ze voelde de nacht naar binnen stromen, tropisch snel, schaduwen werpend in de kamer, en de nissen en hoeken in duisternis hullend. Ze duwde haar gezicht in haar kussen en huilde in de wetenschap dat ze George kwijt was.

14

Eva herinnerde zich een spel dat ze vroeger met haar zusjes had gespeeld. Op een winteravond waren de zussen samengekomen op de zolder van Summerleigh. Ze hadden alle dominospellen die ze hadden, verzameld – dominostenen in kapotte doosjes, waarvan stukjes misten, dominospelletjes die zo oud waren dat de kleur van de stippen van de stenen was gesleten – en hadden die in rijen achter elkaar gezet. Marianne, de geduldigste van de zussen, had de stenen neergezet. Eva herinnerde zich de donkere zolder, en dat Mariannes vingers wit van de kou waren terwijl ze ieder steentje precies op de juiste afstand van het volgende had gezet, zodat als er een viel, die de volgende zou omgooien. Iris, de oudste, had erop gestaan dat ze het eerste steentje mocht omgooien. Eva had toegekeken hoe de steentjes in een zwarte golf zo groot als de hele zoldervloer tegen elkaar stootten totdat alle stukjes waren omgevallen.

Tijdens de zomer en herfst van 1914 had ze het gevoel dat ze een echo hoorde van die avond langgeleden. Eind juli verklaarde Oostenrijk-Hongarije de oorlog aan Servië, onder voorwendsel van de aanslag op Franz Ferdinand. Kort daarna werd het Russische leger gemobiliseerd. Toen stelde Duitsland het neutrale België een ultimatum en eiste dat zijn leger over Belgisch territorium mocht oprukken. Groot-Brittannië, bondgenoot van Frankrijk, stelde toen een eigen ultimatum: dat Duitsland de Belgische neutraliteit zou respecteren. Dat ultimatum werd in de wind geslagen en Groot-Brittannië verklaarde op 4 augustus Duitsland de oorlog, en Oostenrijk-Hongarije, bondgenoot van Duitsland, volgde ruim een week later. Het Britse expeditieleger stak het Kanaal over in een poging het Duitse leger een halt toe te roepen, maar dat raasde door België en Frankrijk tot bijna aan de buitenwijken van Parijs. Binnen een mum van tijd stonden de twee legers tegenover elkaar bij Mons en daarna bij Marne. Aan het einde van het jaar, zonder snelle oplossing van het conflict in zicht, hadden beide legers van de Zwitserse grens, door Noord-Frankrijk heen tot aan de kust loopgraven gegraven. Naarmate de golf zich verspreidde, braken er op het Duitse oostelijke front gevechten uit met Russische troepen.

Eva keek met ongeloof en toenemende angst toe hoe de oorlog zich over de wereldkaart verspreidde en de donkere vlek verder en verder van het oorspronkelijke ontstekingspunt sijpelde. Ze voelde in eerste instantie, naast een gevoel van afschuw dat haar land zich in een oorlog had laten meeslepen, een diepe weerzin zich daardoor zelf te laten beïnvloeden. Het aanzicht van de grote mensenmassa's die samenkwamen op Trafalgar Square en Pall Mall, zwaaiend met de Britse *Union Jack* en de Franse driekleur, de posters die de vrouwen van Engeland aanspoorden hun echtgenoot, broers en zonen de oorlog in te sturen, vervulden haar met afschuw. Ze achtte het beneden haar stand om deel te nemen aan de openlijke uitdrukkingen van patriottisme die door het land golfden, en ze kocht resoluut alleen voedsel dat ze die dag nodig had terwijl anderen de winkels leegkochten in een vlaag van hamsterdrang.

Haar overtuiging dat ze buiten de oorlog kon blijven, duurde nog korter dan de overtuiging van de natie dat het met Kerstmis allemaal voorbij zou zijn. Bij het uitbreken van de oorlog had de regering de *Aliens Registrations Act* ingevoerd, die eiste dat iedereen die uit een vijandig land kwam zich liet inschrijven op het politiebureau. Op een avond werd het kantoor van uitgeverij Calliope, aangespoord door krantenartikelen over Duitse gruweldaden, geplunderd door een mensenmenigte. Paula Muller, de eigenaresse van de uitgeverij, was van Duitse afkomst, hoewel ze als klein meisje met haar ouders naar Engeland was gekomen. Eva veegde de volgende ochtend het gebroken glas bijeen en hielp Paula zoveel mogelijk beschadigde boeken en manuscripten te redden. Een paar dagen later ontving Paula een anonieme brief van iemand die haar en haar jongere zus Ida bedreigde als ze in Engeland zouden blijven. Lydia bood Eva een parttime baan aan in de galerie. Eva nam het aanbod aan, hoewel ze vermoedde dat de galerie ook snel zou sluiten, aangezien er weinig ruimte leek te zijn voor kunst en schoonheid in de nieuwe wereld die de oorlog aan het maken was.

De oorlog begon ook op vreemde, onvoorspelbare manieren zijn duistere alchemie op haar familie uit te oefenen. Nadat ze terugkwam van haar vakantie bij Charlotte Catherwood in Frankrijk was Iris teruggegaan naar Londen om te verplegen in een legerziekenhuis. En toen zoiets vreemds: Clemency schreef Eva een brief waarin ze vertelde dat moeder op een ochtend was opgestaan, zich had aangekleed, met het gezin had ontbeten en had aangekondigd dat ze cursussen eerstehulp en thuisverpleging ging organiseren. Moeder had toegevoegd dat mevrouw Catherwood haar had verteld dat mevrouw Hutchinson van plan was daarin les te gaan geven, wat belachelijk was, aangezien mevrouw Hutchinson van beide onderwerpen totaal geen verstand had, terwijl zij, Lilian Maclise, gedurende de jaren dat ze ziek was geweest heel wat over verpleging had geleerd. Het leek wel, dacht Eva, alsof deze bezigheid moeder eindelijk de gelegenheid had gegeven te herstellen. Alsof ziekte moeder ooit had geïnteresseerd, maar nu niet meer. En toen, schreef Clemency, vroeg ik moeder hoe ze zich voelde en toen zei ze dat ze zich haar hele leven nog niet zo goed had gevoeld! Denk je dat ze echt weer beter is, Eva? Is dat mogelijk?

Ama zal nu voor George zorgen. Ama was half Schots en half Singalees. Haar vader was soldaat geweest, fluisterde Rani tegen Marianne, en haar moeder was de dochter van een winkelier uit Kandy. De een had haar verlaten en de ander was overleden. Rani vertelde niet hoe Lucas Ama had gevonden. Marianne nam aan dat hij haar in een achterafstraatje in Kandy had opgemerkt en dat hij haar nadat hij haar uitzonderlijke schoonheid had gezien op dezelfde manier als waarop hij precies het juiste moment kon bepalen waarop een bepaald theeveld moest worden geplukt, had gekocht. Ama's huid was lichtgoud en haar kleine, soepele lichaam bewoog met gespierde elegantie. Haar groen-gouden, amandelvormige ogen bekeken alles met een zekere minachting: de bungalow, de bedienden en Marianne.

Ama liet Marianne nooit alleen met George. Ama deed George in bad, gaf hem eten en sliep 's nachts in zijn kamer. Als Marianne George op schoot had, zat Ama met haar felgekleurde sari over haar hoofd tegen de zon in kleermakerszit toe te kijken. Ama volgde Marianne overal waar ze naartoe ging met George. Dan hoorde ze haar niet, maar als ze over haar schouder keek, liep Ama daar, haar blote voeten stil op het pad. Marianne voelde dat Ama haar minachtte. Ama, die haar intelligentie en schoonheid had ingezet om zichzelf uit de goot te werken, minachtte een vrouw die was geboren met alles, maar die te dom was geweest om het te behouden. Ama's kleine, smalle vingers streelden op de veranda het met gouddraad geborduurde boordsel van haar sari. Alleen dan zag Marianne Ama glimlachen, als ze haar slanke armen optilde en keek hoe haar gouden armbanden van haar polsen vielen.

Ama zal nu voor George zorgen: Marianne leerde al snel wat dat betekende. Ze mocht haar zoon 's ochtends niet uit bed halen en hem 's avonds niet naar bed brengen. Ze mocht 's ochtends en 's middags twee uur met George doorbrengen en hem, als hij naar bed ging, een verhaaltje voorlezen. 'Dat moet lang genoeg zijn om hem te leren schrijven en rekenen,' zei Lucas tegen haar. 'En breng hem manieren bij, Marianne... ik sta niet toe dat hij onbeschoft wordt.' Ze protesteerde niet, ze wist dat Lucas haar zou kunnen verbieden George te zien. Het sneed door haar ziel Ama bij George in de kinderkamer te zien zitten, Ama... zelf nog een kind, die helemaal niet van hem hield. Die kleine, smalle vingers konden ruw en achteloos zijn als ze Georges jasje dichtknoopte of zijn haar borstelde. De zachte stem kon scherp klinken als hij treuzelde en de hand met ringen sloeg hem snel als hij huilde. Na een tijdje stopte George met huilen, misschien omdat hij aanvoelde dat het Ama niet raakte. Als hij nu naar Marianne kwam, duwde hij zijn gezicht tegen haar boezem en grepen zijn handjes de vouwen van haar jurk. Hij was nooit een overdreven aanhankelijk kind geweest. Hij lachte steeds minder.

Ze bleef zwak nadat de koorts geweken was. Weken nadat ze weer op was, was het wandelingetje van de bungalow naar het zomerhuisje met het dak van palmbladeren nog steeds een uitputtende onderneming. 'Buiktyfus,' legde dokter Scott uit terwijl hij haar pols en temperatuur opnam. 'U hebt pech gehad, mevrouw Melrose... we zien tegenwoordig zelden zulke ernstige gevallen in de heuvels.' Hij raadde Marianne rust aan en schreef haar druppels voor die haar moesten helpen te slapen.

Soms had ze het gevoel dat ze in slaap was gevallen en in een andere wereld was wakker geworden. Er was zoveel veranderd. Tijdens de maanden dat ze ziek was, was de tuin weer helemaal overwoekerd geraakt. Kruipers wonden zich rond de rozen en de bloembedden stonden vol onkruid. Ze liet ze groeien; ze had niet de wil of de kracht ze weg te halen. Ze stelde zich camelia's en bougainvillea voor die over het gazon woekerden en over het metalen dak van de bungalow kropen. Een jaar... vijf... tien... en het bos zou Blackwater weer hebben opgeslokt.

Terwijl ze sliep, was er aan de andere kant van de wereld een oorlog uitgebroken. Mijn familie, dacht ze, mijn broers en zussen! Toen ze op een middag in haar kamer lag te rusten, dreven de stemmen van meneer en mevrouw Rawlinson door het open raam op de veranda naar binnen; ze hadden het over veldslagen en blokkades.

En zij was ook veranderd. Ze was graatmager, haar haar een korte, donkere borstelkop en haar ogen violetblauwe poelen in een ziekelijk bleek gezicht. En wat nog erger was: binnen in haar was iets veranderd, ze wist dat ze was verslagen, haar vechtlust was verdwenen. Haar herinnering aan de vlucht uit de bungalow was fragmentarisch, als een nachtmerrie, over een eindeloos pad en heuvels die aan één kant onder haar vandaan vielen. Ze dacht pas later aan haar sieraden. Toen doorzocht ze haar kamer, opende iedere lade, haar wanhopige vingers tastten achter in alle kasten. Er was niets, geen collier, geen armband. Niet lang daarna, toen ze George van Ama overnam, zag ze de ring met parels en amethist die haar zussen haar hadden gestuurd, de ring die ooit van tante Hannah was geweest, aan de smalle vinger van het kindermeisje glinsteren.

Daarna was haar laatste hoop uitgeblust. Wat kon ze doen zonder geld en sieraden? Ze leek in de schaduw te verdwijnen, beschaamd vanwege haar vernedering. Ze wist dat ze er zelf verantwoordelijk voor was. Nu ze erop terugkeek, zag ze glashelder dat Lucas haar had uitgezocht toen de hoop op zijn moeders erfenis was vervlogen. Hij had haar uitgekozen vanwege haar rijkdom en omdat ze jong genoeg was geweest om hem de zoon te geven die hij nodig had om het Blackwaterlandgoed aan na te laten. Hun ontmoeting in Londen was geen toeval geweest; hij moest haar adres in Londen van de familie Meredith of hun vrienden hebben gekregen. Hij had op haar zwakheden ingespeeld en op haar behoefte de leegte te vullen die Arthurs dood had achtergelaten. Het begrijpende, meelevende gezicht dat hij haar in Londen had laten zien, was helemaal vals, bedoeld om haar te misleiden. Iris had haar gewaarschuwd, maar ze had niet geluisterd.

Eenmaal in Ceylon had hij haar geld gebruikt om Glencoe te kopen en toen ze eenmaal van zijn zoon was bevallen, vermoedde ze, had Lucas besloten dat hij haar grotendeels kon negeren. Ze was bedrogen, bespeeld als een stommeling. Ze had hem alles gegeven wat hij wilde en hij had haar alles afgenomen wat belangrijk voor haar was.

Ze at weinig, ze had geen honger. Ze leek in een donkere droom te leven, haar vingers te onhandig om te naaien, haar hoofd te verdoofd om te lezen. Als er bezoekers naar Blackwater kwamen, wat steeds minder vaak gebeurde, afgeschrikt door Lucas' steeds onberekenbaardere gedrag, verstopte ze zich vaak binnen, zei dat ze ziek was, dat ze er zo slecht uitzag. Toen ze in de spiegel keek, dacht ze: je zou nu niet van me houden, Arthur. De nacht was haar enige uitvlucht, de smaak van dokter Scotts druppels op haar tong, de gelukzaligheid in de duisternis weg te glijden.

Ze schreef in het heiligdom van haar kamer, met de gordijnen dicht, aan haar vader. De woorden stonden slordig op het papier, ongelijk, wanhopig. Ik maak me zorgen om mijn zoon... ik heb geen geld... u moet me komen halen, u moet me meenemen naar huis. Toen ze zeker wist dat Ama of Lucas het niet zag, gaf ze de brief aan de brievenkoelie en stopte hem wat anna toe. Een week later schreef ze nog een brief, voor het geval dat. En nog een, voor geluk. Ze vermoedde dat de brieven er een week over zouden doen naar Colombo en dan nog vier op het schip naar Engeland. Misschien langer vanwege de oorlog. Ze telde de dagen.

Weken vervlogen en toen maanden. Als de brievenkoelie terugkwam van de bazaar, betrapte ze zich erop dat ze met bonkend hart naar hem staarde, duizelig van hoop.

Op een dag zag ze dat Lucas naar haar keek.

'Wat is er Marianne? Waar wacht je op?'

'Niets.' Een huivering van angst. 'Helemaal niets.'

'Je liegt.' Hij verliet de kamer en kwam even later terug met iets in zijn hand. Hij zei: 'Je wacht op antwoord op deze, hè?' Hij bewoog snel, greep haar bij haar haar en duwde de brieven in haar gezicht. Ze zag tot haar ontsteltenis dat het de brieven waren die ze aan haar vader had geschreven.

Hij zei: 'Je beledigt me, Marianne, door te denken dat ik zo stom ben. Mijn bedienden gehoorzamen me, ook al doet mijn vrouw dat niet.' Hij gooide de brieven op de vloer. Toen sleepte hij haar naar de secretaire, pakte een vel papier en duwde een pen in haar hand. 'En nu schrijven.'

'Nee,' fluisterde ze.

'Nee? Denk even goed na voordat je dat zegt, Marianne. Denk je misschien dat je vader en broers je komen halen als je niet schrijft? Mijn arme, stomme vrouw. Engeland is in oorlog, weet je nog? Ik denk niet dat je familie vaak aan je denkt. Iedereen heeft andere, dringendere zaken aan het hoofd. Weet je niet hoeveel Engelsen er al zijn omgekomen? Het is heel goed mogelijk dat je broers al dood zijn. Je vader rouwt om hen en denkt niet aan jou.'

Er stroomden tranen over haar wangen. Hij zei: 'En denk maar niet dat je blèrend over hoe slecht ik je behandel naar je kennissen kan rennen. Die zullen niet naar je luisteren. Ze denken allang dat je... labiel bent, om het zo maar te noemen. Daar heb ik wel voor gezorgd.' Hij legde zijn hand op haar schouder; ze huiverde. Toen zijn duim haar nek streelde, zei hij zacht: 'Dan gaan we nu een brief aan je vader schrijven, Marianne, waarin je schrijft dat je ziek bent geweest en dat het nu weer goed gaat. En dat je gelukkig bent en dat je kind het geweldig doet. Zoiets.' Zijn hand gleed langzaam van haar schouder, haar blouse in, totdat hij op haar borst rustte. Ze zat versteend van angst op haar stoel. 'Als je hem geen brief schrijft, Marianne, kies ik er misschien voor je te herinneren aan de plichten die je verzaakt. Je plichten als echtgenote.'

Ze schreef de brief. De volgende dag kwam Ama George niet brengen. Marianne keek naar hem vanuit de tuin terwijl hij op de veranda zat te spelen. Ze hoorde hem huilen en zag dat Ama hem hard sloeg. Ze wilde de tuin in rennen en George wegtrekken, Ama hard slaan, haar gewelddadig op de grond gooien. Ze moest zichzelf dwingen langs de randen van de tuin te blijven lopen, haar knokkels tegen haar tanden geduwd tot die gingen bloeden.

Ze ging in de schaduw van de bomen zitten, uitgeput van woede. Er klonk geritsel in de ondergroei achter haar en toen ze over haar schouder keek, zag ze Rani. Rani bukte achter haar en pakte haar hand.

'Neem deze nu maar terug, Dorasanie.' Mariannes gebalde vuist werd opengemaakt; er gleed iets in. 'Ik heb hem gepakt toen u ziek was. Ik heb hem voor u bewaard.' En Rani verdween weer over het kronkelpad naar de bediendenverblijven.

Marianne opende haar hand. Haar diamanten ring lag in haar handpalm, de ring die Arthur haar had gegeven in de plantenkas op Summerleigh.

Ze hoorde zijn stem. Ik zal voor eeuwig en altijd van je houden, Marianne. Tot in de dood, als dat nodig is. Zijn stem klonk zo helder, alsof hij bij haar was, naast haar in deze nachtmerrie. Ze keek om zich heen, half verwachtend dat ze hem zou zien onder de Australische boom met rode pluimen en de eucalyptus. De bladeren ritselden alsof er iemand voorbij liep.

Ze zat daar heel lang met de ring in haar hand in gedachten verzonken. Ze maakte het zilveren kettinkje dat ze om haar hals droeg, los en deed de ring eraan, die ze zorgvuldig onder haar blouse schoof. Toen liep ze terug de tuin in. Ze voelde zich stijf en stokoud toen ze bij een bloembed knielde. Maar ze begon, in eerste instantie langzaam, het onkruid uit te trekken, de nieuwe zaailingen uit te dunnen en met onvaste handen de kruipers van de rozenstelen te halen.

Op een middag in oktober had Eva na haar werk in de galerie met James afgesproken. Ze lunchten in de Cottage Tea Rooms in de

Strand. James liep met Eva terug naar haar etage toen hij zei: 'Ik moet iets met je bespreken.'

Ze passeerden een parkje met een ijzeren hek eromheen; ze liepen naar binnen en gingen op een bankje zitten. James stak twee sigaretten op en gaf er een aan Eva. Hij zei: 'Ik ben al een eeuwigheid moed aan het verzamelen om iemand er iets over te vertellen, maar het lukt me steeds niet. Maar nu moet ik wel. Ik heb namelijk besloten in dienst te gaan.'

Haar hart stond stil. 'James. Nee. Alsjeblieft.'

'Natuurlijk moet ik het doen. Al mijn vrienden zijn al weg. En bovendien wil ik het. Ik had weken geleden al willen gaan, maar...' Hij stopte met praten. 'Eva, ik kan gewoon niet aan de zijlijn blijven staan en toekijken hoe iedereen naar Frankrijk gaat terwijl ik op kantoor zit. Dus ik heb getekend. Ik ga eind volgende week naar een opleidingskamp.'

Eerst Paula en nu James, dacht ze met een steek van verdriet. En wie dan? Maar ze vroeg: 'Heb je het al aan vader verteld?'

Hij schudde zijn hoofd. 'Nog niet.'

Ze dacht aan Joshua's simpele, ongecompliceerde patriottisme en zei langzaam: 'Ik denk niet dat hij kwaad zal zijn. Hij is vast trots op je.'

'Dat ik me vrijwillig aanmeld? O, daar zal hij niet moeilijk over doen. Het was niet moeilijk dat te beslissen. Het is dat andere.'

'Welk andere?'

James haalde iets uit zijn zak. 'Dit. Hier kan ik hem niet over vertellen. En ik moet het nu aan iemand kwijt.'

Hij liet haar een foto zien. Eva keek naar het portret van een jonge vrouw met een kindje. 'Wie zijn dat?'

'Dat is mijn vrouw, Emily. En dat is Violet, mijn dochter.'

Ze wierp nog een blik op de mooie, blonde vrouw en het meisje in een wit kanten jurkje. Ze fluisterde: 'Ik snap het niet, James.'

'Ik ben in maart 1911 met Emily getrouwd. Violet is in oktober van dat jaar geboren.'

Ze staarde hem ongelovig aan. 'Ben je sinds 1911 getrouwd?'

'Ja.' Zijn mond vormde een strakke lijn.

'Al drieëneenhalf jaar? Zonder het aan ons te vertellen?' James knikte.

Eva herinnerde zich ineens iets. Ze keek nog een keer met half samengeknepen oogleden naar de foto. 'Ik heb je met haar gezien,' zei ze. 'Heel lang geleden. Je kwam uit een muziekzaal in Whitechapel.'

'Ik heb Emmie in een muziekzaal ontmoet. Ze is dol op theater.'

'Maar...' Ze moest moeite doen het tot zich door te laten dringen. 'James. Waarom heb je het ons in hemelsnaam niet verteld?'

Hij kreunde en duwde zijn handen tegen zijn gezicht. 'Ik wilde het wel, maar ik kon het niet. Ik heb geprobeerd het eerlijk te bekennen, maar het lukte me niet. Ik kon het niet aan. Ik kon het niet aan vader vertellen.'

Ze kneep in zijn hand. 'Natuurlijk niet. Waarom zou ik je dat kwalijk nemen?'

'Omdat ik jullie heb bedrogen. Al die jaren.' Hij keek haar angstig aan. 'Haat je me echt niet?' Hij leunde achterover op het bankje en zuchtte. 'Je hebt geen idee hoe opgelucht ik ben dat ik het eindelijk aan iemand heb verteld.'

'Hou je van haar? Hou je van Emily?'

'Ik adoreer haar.' Hij glimlachte. 'Toen ik haar voor het eerst zag, vond ik haar zo lief. Ze is zo oprecht... ze heeft niets van de geaffecteerdheid die zoveel meisjes hebben. Ze probeert je niet te verleiden tot een misstap, dwingt je geen dingen te zeggen die je niet wilde zeggen.'

Ze dacht: drieëneenhalf jaar. En het kind is in oktober 1911 geboren... Ze zei: 'Ben je met Emily getrouwd omdat ze in verwachting was?'

'Ja.' Hij bloosde. 'Maar niet alleen daarom... ik wist meteen dat ze de vrouw van mijn dromen was.'

'Maar ik begrijp het nog steeds niet, James. Vader zou natuurlijk in eerste instantie kwaad zijn geweest, maar...'

'Emily was hoedenverkoopster voordat we trouwden. Ze is in Stepney geboren. Niet precies wat vader in zijn hoofd had voor zijn oudste zoon, de erfgenaam van het familiebedrijf, of wel, Eva?'

'Nee. Dat denk ik niet.' Ze keek naar haar broer en probeerde te verwerken wat hij allemaal tegen haar had gezegd. 'Wat vreselijk voor je,' zei ze. 'Om zo'n geheim te moeten bewaren. Hoe heb je het allemaal voor elkaar gekregen?'

'Soms lukte het bijna niet. Ik huur in Twickenham een huis voor Emily en Violet. Het is heel klein, maar ik vind het er leuk. Toen we net waren getrouwd, was ik zo gelukkig. Het was leuk... spannend. Ik vond het wel leuk een geheim voor de familie te hebben. Je weet hoe het thuis is, met iedereen die zich met de zaken van iedereen bemoeit. Maar nadat de baby was geboren, werd het allemaal zo verrekte ingewikkeld. En hoewel ik wist dat ik het moest vertellen, bleef ik het maar uitstellen en hoe langer ik het uitstelde, hoe moeilijker het werd. Kun je je dat voorstellen? O, trouwens, ik heb het vergeten te vertellen, vader, maar ik heb een vrouw en kind.' James schudde zijn hoofd. 'En toen hij me op mijn kop begon te zitten dat ik met Louisa Palmer moest trouwen...'

'Dus daarom ben je in de weekends in Londen?'

'Om bij hen te zijn, ja. Violet is nu drie. Ze zal binnenkort wel vragen gaan stellen, hè? Waarom haar vader niet zoals andere pappies thuis woont, dat soort vragen. En wat Emily betreft... de buren praten niet tegen haar, Eva. Omdat we hun natuurlijk niet de waarheid kunnen vertellen. Ik weet dat ze denken dat ze mijn minnares is. Ze wordt er zo ongelukkig van.' Zijn ogen waren donker geworden. 'En ik ben altijd bang dat er iets misgaat. Vorig jaar heeft Violet roodvonk gehad. Ik was bang dat er iets vreselijks zou gebeuren, dus kwam ik te laat terug naar Summerleigh en toen ontstond er een afschuwelijke scène. Ik heb het toen bijna gedaan, ik heb het toen bijna aan vader verteld, de consequenties konden me bijna niets meer schelen.' Hij zag er wanhopig uit. 'Maar hoe had ik het moeten redden? Als vader me zonder geld de laan uit stuurt, wat gebeurt er dan met Emily en Violet?'

'Je moet het hem vertellen.'

'Nee. Dat kan niet. Ik heb het jou alleen verteld omdat iemand het moet weten. Als er iets met me gebeurt... als ze me naar Frankrijk sturen...'

'James,' zei ze fel. 'Zo moet je niet praten.'

'Beloof het me, Eva.' Zijn starende blik was intens, smekend. 'Beloof me dat het goed komt met Emmie en Violet als ik niet terugkom,.'

Ze zei aarzelend: 'Natuurlijk doe ik dat. Als je dat wilt.'

'Dit is hun adres.' Hij gaf haar een papiertje.

'James.' Ze probeerde het nog één keer. 'Je moet het echt aan vader vertellen.'

'Dat kan ik niet.' Hij keek weg. 'Ik weet dat het niet eerlijk is tegenover jou, Eva. Nu heb ik jou met mijn geheim opgezadeld.'

Ze dacht aan haar vader en Katharine Carver. Ze leek haar adem in te houden terwijl ze een beslissing nam. 'Vader vindt het misschien niet zo erg als je denkt.'

'Hoe kun je dat zeggen?'

'Niemand is perfect, James. Misschien begrijpt vader het wel.'

'Vader is wel perfect,' zei hij verbitterd. 'Vader zou zoiets nooit doen. Hij zou zichzelf nooit in zo'n moeilijk parket brengen.'

'Nee, dat is niet waar. James, ik ga je een van mijn geheimen vertellen...'

Nadien, toen ze erop terugkeek, vond ze het moeilijk dat hij er niet zo op reageerde zoals ze had gedacht. Ze had gedacht dat ze door James over haar vader en Katharine te vertellen hem zou doen inzien dat vader niet de heilige was waar James hem voor hield. Maar in plaats van opgelucht was James geschokt. Nee, dacht ze achteraf, het was nog erger, hij was ontzet, alsof de ontdekking dat vader ook had gezondigd de bodem onder hem had weggeslagen.

Twee dagen later stond Eva op het punt om naar de galerie te vertrekken toen er werd aangebeld. Er was een telegram van Clemency. Er stond op: VADER ZIEK. KOM ALSJEBLIEFT NAAR HUIS.

Vader was de vorige dag ingestort op de fabriek, vertelde Clemency aan Eva toen ze op Summerleigh arriveerde. Meneer Foley had het gezin verteld dat James bij vader op kantoor was geweest en dat meneer Foley kort na het vertrek van James een raar geluid had gehoord, vaders kantoor was binnengelopen en hem half buiten bewustzijn op de vloer had aangetroffen. Dokter Hazeldene had overbelasting van het hart geconstateerd. Geen van hen had James sindsdien gezien, voegde Clemency bezorgd toe. Hij was niet thuisgekomen en Aidan had haar verteld dat hij ook niet op zijn werk was verschenen.

's Avonds ging Eva aan Joshua's bed zitten. Het sneed door haar hart dat haar vader, die ze altijd zo sterk en vitaal had gevonden, er zo hulpeloos en verzwakt uitzag.

'Ik ben het, vader,' zei ze zacht. 'Eva.'

'Eva, liefje.' Zijn hand bewoog over de deken; ze nam hem in de hare. Toen zei hij kribbig: 'Het bedrijf... alles loopt in de soep... ik ben nog nooit een dag niet geweest...'

'Daarover moet u zich geen zorgen maken, vader. Aidan houdt alles wel in de gaten.'

'Nee. Aidan mag niet...'

Hij probeerde te gaan zitten; zijn lippen waren blauw. Eva zei bang: 'Ik ga morgen wel met meneer Foley praten, vader. Die zorgt wel dat het allemaal goed gaat, dat beloof ik.' Joshua zakte terug in het kussen, zijn ogen gesloten.

Eva fietste de volgende ochtend naar J. Maclise en Zonen. Het had die nacht geregend en plassen glinsterden op de binnenplaats tussen de bergen kolen en gebruikte smeltkroezen. Zoals altijd was het er een herrie: het gebeuk van hamers, het gejank van malende raderen en de stemmen van mannen die naar elkaar riepen.

Toen ze het kantoor kwam binnenlopen, stond meneer Foley op.

'Juffrouw Eva. Hoe is het met uw vader?'

'Dokter Hazeldene leek vanochtend tevreden over hem. Maar het is zo vreselijk hem zo te zien!' Hij bood haar een stoel aan; ze ging zitten. 'Vader maakt zich zorgen om de zaak, meneer Foley. Daarom ben ik hier.'

'Ik kan vandaag na het werk de cijfers wel even komen laten zien, als dat helpt. Niet te veel, zodat het hem niet vermoeit, maar genoeg om hem gerust te stellen.'

'Dank u,' zei ze opgelucht. Eva fronste haar wenkbrauwen. 'Er is nog iets waarover ik het met u moet hebben, meneer Foley. Maar niet hier...'

Hij keek naar de klok. 'Ik ga rond deze tijd vaak even wat eten. Ik wandel graag naar het kanaal om naar de binnenschepen te kijken. Wilt u met me meelopen?'

Ze liepen weg van de fabriek toen ze zei: 'Vader lijkt bezorgd over Aidan. Hij is bang om alles aan Aidan over te laten zolang hij er niet is.'

'Uw vader en Aidan zijn het niet overal over eens.'

'Over zakelijke dingen?' vroeg ze, en meneer Foley knikte.

'Meneer Aidan heeft andere ideeën over hoe Maclise moet worden geleid. Je zou kunnen zeggen dat hij... zakelijker is dan uw vader.'

'Bedoelt u hardvochtig, meneer Foley?'

Hij gaf geen antwoord, maar hij sprak haar ook niet tegen. Niet in staat om het langer uit te stellen, vroeg ze: 'Hebben ze ruzie gehad? Hebben James en mijn vader ruzie gehad?'

'Dat weet ik niet, juffrouw Maclise...'

'U moet me de waarheid vertellen, meneer Foley!'

En korte stilte en toen zei hij: 'Ja. Ik ben bang dat ze ruzie hadden.'

Haar hart zonk in haar schoenen. 'Een hevige ruzie?'

'Nogal.'

Ze bleef ineens staan, naast de tramrails, en schreeuwde: 'Dan is het allemaal mijn schuld!'

'Nee, dat is onzin. Hoe zou het uw schuld kunnen zijn?'

'Dat is zo, meneer Foley, echt!'

'Uw vader en James hebben inderdaad ruzie gehad. Ik heb er een paar woorden van opgevangen... ik kon er niets aan doen. Ik ben bang dat de halve werkplaats het kon horen.'

'Wat hebt u gehoord?'

'Daar wil ik het liever niet...'

'Alstublieft.'

'Goed dan.' Ze waren bij het waterbekken aangekomen. Ze gingen op een stapel pallets zitten die tussen de ijzeren staven en het hout op de werf lagen. Hij zei: 'Uw vader beschuldigt James ervan dat hij de familie te schande maakt.'

Ze schreeuwde: 'Maar ik dacht dat hij het zou begrijpen!'

'Dat hij wat zou begrijpen?'

Ze schudde langzaam haar hoofd. 'Dat kan ik u niet vertellen. Maar mijn vader heeft vele geheimen, meneer Foley.'

Binnenschepen manoeuvreerden door de wirwar aan boten op het kanaal. Ze vroeg zich af hoe het ze lukte hun koers aan te houden met al die obstakels, waarom ze niet botsten en in het gladde, donkere water zonken.

Hij zei: 'Als het een troost is: uw familie is niet de enige met geheimen. En ik kan me niet voorstellen dat uw familiegeheimen net zo duister zijn als die van mij.'

'Denkt u dat?' zei ze verbitterd. 'Dat betwijfel ik.'

Hij pakte een pakketje in waspapier uit zijn zak en maakte het open. 'Alstublieft. Neem een boterham.'

'Ik heb geen honger.'

'U moet wat eten. U ziet er verkleumd uit.'

Ze nam er een. Hij zei: 'Ik heb u verteld dat mijn vader gokte.

Hij heeft iedere penny die hij bezat, vergokt, en nog heel wat meer. Toen hij besefte dat hij op het punt stond failliet te gaan, heeft hij zichzelf opgehangen.'

Haar hoofd schoot omhoog om hem aan te kijken. Zijn blik bleef strak terwijl hij zei: 'Dat vertel ik u niet om u te choqueren of te doen walgen, maar zodat u uw eigen familie misschien in een beter licht gaat zien. Wat uw familie ook heeft gedaan, zo diep kan ze toch niet zijn gezonken.'

Ze fluisterde: 'James en vader hadden ruzie over iets wat ik aan James had verteld. Daarom is vader ziek!'

'Ik ben ervan overtuigd dat u het niet zomaar aan James hebt verteld.'

'Ik dacht dat het zou helpen!'

'Sommige geheimen kunnen blijven bewaard en andere niet. U zou uzelf moeten afvragen in welke categorie uw geheimen vallen.'

Ze dacht erover na. Toen zei ze: 'James en ik hebben elkaar een paar dagen geleden gesproken. Hij vertelde me dat hij in dienst gaat.'

'Heel wat mannen doen dat. We zijn veel van onze bekwaamste arbeiders kwijt.'

'Toen heeft hij me iets anders verteld. Dat moest omdat hij dienst neemt. Dat begrijp ik wel. En ik zie echt niet in hoe dat geheim kan worden gehouden... het is te groot, te belangrijk. En ik begrijp echt niet, meneer Foley, waarom het geheim moet worden gehouden! James heeft niets verkeerd gedaan! Niet echt.' Ze was even stil en haar stem werd zachter. 'Maar toen heb ik James iets over vader verteld. En achteraf denk ik dat ik dat misschien niet had moeten doen.' Ze gooide een paar kruimels op de grond; een zwerm mussen pikte ze op. 'Kunt u zich die dag nog herinneren... heel lang geleden... toen ik mijn fiets kwijt was en u die voor me bent gaan halen?'

'Natuurlijk weet ik dat nog.'

'U moet me zo dom hebben gevonden. Dat ik in mijn eentje door die buurt dwaalde.'

Hij zei: 'Nee, dat vond ik helemaal niet,' en de andere uitdrukking in zijn ogen verraste haar, omdat die haar iets vertelde wat ze zich nooit had kunnen voorstellen, en ze moest de schok van haar kennis verbergen door snel te zeggen: 'Ik had toen namelijk net iets ontdekt. Ik was totaal overstuur. Ik was toen zo naïef... ik wist helemaal niets.' Ze was even stil, durfde hem niet aan te kijken en wrong haar handen ineen. Toen zei ze langzaam: 'Ik heb heel lang gedacht dat het heel belangrijk was. Ik ben jaren kwaad op vader geweest.'

'En nu?'

'En nu...' ze zuchtte, 'lijkt het helemaal niet meer belangrijk. Mensen maken toch fouten? Ik heb ook fouten gemaakt.' Ze begon weer tot zichzelf te komen, en ze was in staat zich naar hem om te draaien en te zeggen: 'Wat afschuwelijk dat u uw vader zo bent verloren.'

'Mijn familiegeheimen konden niet worden bewaard,' zei hij grimmig. 'Binnen een paar dagen na de dood van mijn vader wist heel Buxton het. Mijn moeder heeft vrienden die sindsdien niet meer tegen haar praten. Mijn oudste zus was verloofd en haar verloofde heeft de verloving verbroken. Mijn zussen zijn allebei niet getrouwd. Het enige wat ik kan doen, is de schade beperken... ervoor zorgen dat mijn familie het zo goed mogelijk heeft. Het enige wat u kunt doen, juffrouw Eva, is uw vader helpen beter te worden. En proberen hem met uw broer te verzoenen.'

Ze wist natuurlijk waar James naartoe was. De volgende dag nam ze de trein naar Londen en ging naar Twickenham.

James woonde in een rijtjeshuis van rode bakstenen niet ver van de Theems. Er stonden winterviooltjes langs het pad dat door het voortuintje naar de deur liep; een rozenstruik met nog een paar bloemen groeide tegen een traliewerk.

James deed in zijn overhemd en een corduroy broek de deur voor haar open. 'Eva.' Hij gaf haar een kus. Toen zei hij: 'Ik ga niet meer terug. Als je hier bent om me over te halen terug te gaan naar Summerleigh, ben ik bang dat je je tijd verspilt.'

'Vader is ziek, James.'

'O god.' Hij sloot zijn ogen en leunde tegen de deurpost. Achter in de gang bewoog iemand. Eva zag in de schaduw een vrouw in een violetkleurige jurk; ze hield een kind in haar armen.

James vroeg: 'Wat is er gebeurd?'

'Dokter Hazeldene zegt dat het zijn hart is.'

'Hoe ernstig is het?'

'Met rust en goede verzorging zou hij weer helemaal moeten herstellen.'

De vrouw liep op hen af. Ze was slank en blond, en had een scherpe, delicate schoonheid. Het meisje leek sprekend op haar moeder. Ze raakte James' arm aan. 'James?'

'Emily.' Hij glimlachte naar haar. 'Dit is mijn zusje Eva.'

'Komt u binnen, juffrouw Maclise. U moet niet in de kou op de stoep blijven staan,' zei ze met een zacht Londens accent.

Ze liepen naar de zitkamer. Emily bood haar thee aan; Eva nam het aanbod aan. James liep achter zijn vrouw aan naar de keuken. Eva hoorde hen op zachte toon praten. Toen kwam James terug naar de kamer. Eva zei snel: 'James, ga alsjeblieft met me mee terug naar Summerleigh. Eventjes maar. Lang genoeg om het goed te maken met vader.'

'Dat kan ik niet. Het spijt me, Eva.'

'Maar James...'

'Niet als vader zijn excuses niet aanbiedt.'

'Je weet dat hij dat niet zal doen. Dat doet hij nooit.'

'Dan ga ik niet met je mee.' Zijn gezicht stond vastberaden. 'Het spijt me dat vader ziek is. En het spijt me echt enorm als dat door mij komt..' James keek snel over zijn schouder om te zien of zijn vrouw hen niet kon horen. 'Maar ik kan hem niet vergeven

wat hij heeft gezegd. De termen waarmee hij Emily beschreef...
Ik kan ze niet eens herhalen. Zelfs Violet. Dat kan ik hem niet
vergeven. Zoiets kun je niet zomaar goedmaken. En ik vind de
hypocrisie onverteerbaar. Dat hij kritiek op mij heeft, terwijl hij
met dat mens...' Zijn gezicht was wit van woede. 'Wist je dat vader heeft gedreigd me te onterven? Dat zal Aidan ongetwijfeld
geweldig vinden,' voegde hij er verbitterd aan toe. 'Die heeft altijd gevonden dat ik hem in de weg sta.' Emily kwam met de thee
de kamer binnenlopen. Hij hield op met praten.

Na de thee liep James met Eva naar het station terwijl Emily
Violet in bed legde. Op het perron probeerde ze: 'James, je zou
hem kunnen schrijven. Gewoon een brief.'

Hij schudde zijn hoofd. 'Nee, Eva.'

Ze zuchtte. Toen zei ze: 'Maar ik wil wel de anderen over Emily
en Violet vertellen. Emily is onze schoonzus en Violet ons nichtje.'

'Ja. Ja, natuurlijk.'

Ze voelde dat ze tranen in haar ogen had. 'Ik kan het niet uitstaan dat je weggaat, James! Die gruwelijke oorlog...'

'O, het duurt nog een eeuwigheid voordat ik ga vechten.' Hij
keek haar grijnzend aan. 'Ik zit voorlopig in een opleidingskamp
om te leren hoe ik een geweer in elkaar moet zetten. Het is vast
allemaal allang voorbij voordat ik dat heb geleerd.'

Een gillend gefluit en een pluim witte rook kondigde de komst
van een trein aan. Toen ze in de wagon zat, dacht ze: wat maken
we er toch een puinhoop van. We houden van de verkeerde mensen, we ruziën en beledigen elkaar en dan zijn we te trots om onze
woorden terug te nemen.

En toch vinden we op de vreemdste plaatsen liefde. In een volle
muziekzaal, of als we aan de werf langs een kanaal zitten. Eva bedacht hoe haar hele familie meneer Foley de afgelopen jaren verkeerd had ingeschat, hoe ze hadden geloofd dat hij zuur en saai
was. Er klopte een hart onder dat stille, donkere uiterlijk, een hart
dat nog niet was hersteld van de verwondingen uit het verleden.

Ze vroeg zich af of ze het erg vond dat meneer Foley van haar hield, en ze merkte dat dat niet zo was. Ze vermoedde dat hij er nooit met haar over zou spreken en bovendien kon ze nu wel een vriend gebruiken. Haar geliefkoosde onafhankelijkheid wankelde een beetje, maar het zou een opluchting zijn te weten dat ze met iemand kon praten.

Marianne dwong zichzelf elke dag een stukje verder te lopen. Een rondje om de tuin van Blackwater, toen twee keer, toen drie keer, met George in haar armen en Ama's voetjes achter haar aan trippelend op het pad. Hoewel ze Arthurs stem nooit meer zo duidelijk hoorde als die ochtend in de tuin, voelde ze soms zijn aanwezigheid.

Ze dwong zichzelf te eten. Rijst met vlees en groente, doorslikken en je er niets van aantrekken dat je maag protesteert. Haar blouses en rokken hingen nu iets minder los om haar heen en haar haar was weer iets langer aan het worden. Ze nam het slaapdrankje dat dokter Scott haar had voorgeschreven niet langer in. Haar hoofd voelde helderder en ze had minder vaak nachtmerries. Ze hield de druppels wel, verstopt in een lade. Voor het geval dat.

Ze wist nu dat ze Blackwater moest verlaten, hoe dan ook en ongeacht de consequenties. Ze moest George bij Lucas weghalen, want als ze dat niet deed, zou Lucas George corrumperen zoals Lucas' vader dat met Lucas had gedaan. Als hij 's avonds terugkwam naar de bungalow, gaf Lucas George graag wat wijn. Hij keek geamuseerd toe hoe het jongetje zwalkte en het amuseerde hem te zien hoe George een beetje aangeschoten met zijn vuisten hamerde op Ama. 'Doe toch niet zo moeilijk,' teemde Lucas toen Ama boos op het kind vloekte. 'Laat hem een beetje kracht tonen. Ik wil niet dat het net zo'n slappeling wordt als zijn moeder.'

Het brak haar hart te zien hoe het zaad van verdorvenheid al in haar kind was geplant. George gedroeg zich soms gebiedend en aanmatigend en Lucas lachte om zijn onbeschaamde gedrag tegen Ama, hitste hem op en spoorde hem aan zich steeds schandaliger te gedragen. Op andere dagen was Lucas opvliegend en ongeduldig, en dan sloeg hij George of sloot hem in zijn kamer op. Door enerzijds te veel vrijheid en anderzijds te harde straf werd George stil en teruggetrokken, en soms kreeg hij welddadige woedeaanvallen. Ze wist dat er dingen zouden zijn waaraan George zou wennen als ze op Blackwater bleven. Aan Lucas die op de veranda zat met Ama's slanke armen om hem heen, haar rode lippen hem liefkozend. Aan Lucas die Ama ruw van zich afduwde als ze hem verveelde. Marianne wist dat Lucas op een dag genoeg zou hebben van Ama, net zoals hij genoeg had gekregen van Parvati, net zoals hij genoeg moest hebben gekregen van Parvati's voorgangsters. Marianne vermoedde dat Ama dat ook wist en dat dat de reden was waarom ze haar gouden armbanden zo nauwlettend telde.

Ze besefte wat ze van hem zouden maken, van haar enige en zo geliefde kind. Nog vijf of tien jaar en dan zouden ze hem volledig hebben verpest. Nog een paar jaar en dan zou het lieve, liefhebbende jongetje zijn vervangen door een verdorven, cynische jongeman. Hij zou niet meer te redden zijn. Ze moest vaak vechten om haar woede te kunnen beheersen, en om het onderdrukte, slaafse uiterlijk te behouden dat maakte dat Lucas haar minachtte en als verslagen beschouwde. Dat was haar enige wapen, dat hij haar niet als bedreiging zag. Als ze 's nachts alleen in haar kamer was, balde ze haar vuisten en stelde zich voor dat ze met haar nagels over Lucas' gezicht schraapte. Of dat ze het glas wijn dat hij aan haar kind voerde van hem weggriste en het op de vloer kapotsmeet. Of erger, veel erger.

Ze voelde dat ze weer veranderde; ze werd kouder, harder, minder gevoelig, met nog maar één verlangen: haar kind te beschermen. Ze dwong zichzelf terug te kijken en te analyseren waarom haar ontsnappingspoging was mislukt. De stalknecht had natuurlijk geweigerd haar naar het station te brengen... alle bedienden op Blackwater waren bang voor Lucas. We komen hier voor elkaar op, had mevrouw Rawlinson tegen haar gezegd. Zo overleven we. 'Wij' betekende de familie Rawlinson, Lucas, en de rest van de in Ceylon geboren Britse gemeenschap. Zij was hier de buitenstaander.

Ze begreep dat ze nooit zou kunnen wegkomen als ze afhankelijk was van anderen. Ze moest in staat zijn zelf te overleven. Ze had niet eens geweten hoe ze voor haar eigen kind moest zorgen; ze had Rani moeten vragen welke kleertjes en wat voor eten ze voor George moest meenemen. Ze besefte dat ze misschien wel de rest van haar leven voor zichzelf zou moeten zorgen.

Ze begon weer lijstjes te maken. Dingen die ze nodig zou hebben voor George: eten en drinken voor tijdens de reis, schone kleertjes, zijn zonnehoedje, zijn favoriete speeltje. Toen niemand keek, pakte ze een jasje dat buiten hing te drogen en een hoedje dat op de veranda was achtergelaten en verstopte die onder haar matras. Ze hield Ama net zo zorgvuldig in de gaten als Ama haar, om Georges dagelijkse routine te leren. Hij was nu twee en droeg overdag geen luiers meer; Ama's hand zorgde voor een snelle correctie als hij een ongelukje had. Marianne bedacht dat George snel groot genoeg zou zijn om een stuk van het heuvelpad zelf te lopen. Ze moedigde hem aan zo actief mogelijk te zijn, zijn kracht op te bouwen. De gedachte aan haarzelf en George, een blanke vrouw met een kind, die over het lange kronkelpad van Blackwater naar de bazaarstad liepen, waar ze aandacht en opmerkingen uitlokten van iedereen die hen zag, baarde haar zorgen, maar ze zag geen alternatief. Ze zou het landgoed het liefst 's nachts verlaten, maar dan sliep Ama in de kinderkamer, en zelfs als het Marianne zou lukken George mee te nemen als Ama bij Lucas was, zou Ama alarm slaan zodra ze weer in de kinderkamer was. Er zou niet genoeg tijd zijn het station te bereiken voordat Lucas haar had ingehaald.

Wat had ze nodig? Geld natuurlijk. De verlovingsring die Arthur haar had gegeven was het enige voorwerp van waarde dat ze nog in haar bezit had; haar besluit die te verkopen was snel en niet geëmotioneerd. Wie kon ze vertrouwen de ring voor haar te verkopen? Ze ging in gedachten haar kennissen af. Dokter Scott en Ralph Armitage speelden met Lucas onder een hoedje. Anne Rawlinson had haar al een keer verraden. Dan waren er de assistent-managers, de heren Cooper en Salter. Meneer Cooper was lui en langzaam van begrip, hij nam altijd de weg van de minste weerstand. Meneer Salter... ze had ooit gedacht dat die een zwak voor haar had.

Ze begon meneer Salter ook in de gaten te houden. Het viel haar op dat hij tegenwoordig de avonden vaak alleen in zijn bungalow doorbracht, en niet zoals vroeger samen drinkend met Lucas op Blackwater. Ze vermoedde dat Lucas, die zich steeds tirannieker begon te gedragen op zowel de plantage als op Blackwater, meneer Salter te vaak had beledigd en hem tegen zich in het harnas had gejaagd, zoals dat met zoveel mensen gebeurde.

Dan waren er de handelaren die naar de bungalow kwamen. De dhoby en de marskramers met hun zijde en kant. En meneer Da Silva, die elke maand naar de fabriek kwam om de thee op te halen en die met ossenwagens naar het station te brengen. Toen hij naar de bungalow kwam, nam meneer Da Silva een bosje bloemen voor Marianne mee en iets lekkers voor George. Ze zag hem op de veranda naar Ama knikken. Zijn amberkleurige ogen bestudeerden Marianne vriendelijk. 'U ziet er dun uit, mevrouw Melrose,' zei hij. 'De volgende keer neem ik taart voor u mee, een grote taart, en dan moet u me beloven die helemaal op te eten.'

Het zou haar minstens twee uur kosten, vermoedde ze, het station te bereiken en op een trein te stappen. Ze wist dat het grootste probleem was een moment te vinden dat Lucas en Ama haar afwezigheid niet zouden opmerken. Lucas was natuurlijk het grootste deel van de dag op de plantage, maar dan was Ama altijd bij George.

Ze dacht aan de Tamilfestivals die bij elke vollemaan werden gevierd. Hoe het werk op de plantage dan werd neergelegd en de koelies dansten, feestten en hun goden offers aanboden. Hoe Lucas zichzelf op die dagen steeds vaker bijna bewusteloos dronk.

Ze begon haar zondagmiddagwandeling langs de bungalow van meneer Salter te maken, met George aan haar hand en Ama mokkend achter hen aan, geïrriteerd dat ze op het heetst van de dag van haar favoriete plekje op de veranda werd gesleept. Meneer Salter zwaaide naar haar vanuit zijn tuin; Marianne zag hoe zijn ogen van haar naar Ama gleden en hoe zijn starende blik haar slanke gestalte in sari de heuvel op volgde.

Marianne ging tijdens haar zondagwandeling een paar keer bij meneer Salter op bezoek. Ama stond op een paar meter afstand met haar parasol om zichzelf tegen de zon te beschermen. 'We zien u bijna nooit meer op de bungalow, meneer Salter,' zei Marianne. Ze zag weer hoe hij regelmatig naar Ama staarde, niet in staat zichzelf tegen te houden, gehypnotiseerd door haar schoonheid. En Marianne hoorde de wanhoop in zijn stem toen hij zijn voorhoofd afveegde en zei: 'Ik ga aan het eind van het jaar misschien naar huis, mevrouw Melrose. Deze plek... ik kan maar niet aan het klimaat wennen. Ik dacht dat dat wel zou komen, maar dat is niet het geval. Ik zit liever in de kou. Je zou niet denken dat je zou kunnen verlangen naar een winterdag in Edinburgh, hè?'

Hij plukte een keer bloemen voor hen uit zijn tuin. Een bosje bougainvillea voor Marianne en lelies voor Ama, de witte trompetten met een laagje goud bedekt. Ze zag het zweet op zijn bovenlip toen zijn hand licht die van Ama aanraakte. En de zelfvoldane grijns om Ama's volle, rode mond. 'We zullen u missen als u teruggaat naar Engeland, meneer Salter,' zei Marianne toen ze hem bedankte. 'Het zal hier saai zijn zonder u. Ik ben bang dat die arme Ama de dagen op de bungalow erg lang vindt. Volgens mij mist ze de stad en de winkels. Ze is gek op mooie dingen.'

Ze telde de dagen tot meneer Da Silva zou terugkomen. Hij

hield zich aan zijn belofte en nam een taart met glazuur voor haar mee. Een snelle blik in de bungalow om zich ervan te verzekeren dat ze alleen waren, toen duwde ze terwijl ze hem voor de taart bedankte de diamanten ring in zijn hand. 'Ik wil dat u deze voor me verkoopt,' fluisterde ze. 'Alstublieft, meneer Da Silva. En als...' Ama kwam met George in haar armen de vestibule inlopen; Marianne had het gevoel dat haar hart in haar keel bleef steken. Maar meneer Da Silva zei opgewekt: 'De volgende keer neem ik iets voor het kind mee, mevrouw Melrose. Iets moois. Ik vertel het aan niemand. Het is ons geheimpje.' Hij ging weg. Marianne knielde bij een bloembed en begon zonder iets te zien onkruid uit de grond te trekken. Ik kon niet anders, Arthur, fluisterde ze. Dat begrijp je toch? Ik kon niet anders.

Nadat Ash en zij uit elkaar waren gegaan, had Iris drie maanden met Charlotte door Frankrijk gereisd voordat ze terugging naar Summerleigh. Toen de oorlog was uitgebroken, was ze uit Sheffield vertrokken om te werken in een militair hospitaal in Londen. Ze was zich die hele periode bewust van een diep gevoel van ongeluk dat zich bijna had gemanifesteerd als een afwezigheid van gevoel. Hoewel ze intellectueel in staat was geweest te genieten van de schoonheid van de Franse steden en kastelen die ze met Charlotte had bezocht, had ze een vermoeidheid in zichzelf gevoeld toen ze naar al die overdaad en schoonheid keek. Haar gevoelloosheid had haar in staat gesteld, noodgedwongen door de oorlog, terug te keren naar de ziekenhuisroutine en -discipline.

Op een avond had ze met Eva afgesproken in het Lyons Corner House in Piccadilly. Sneeuwvlokken kleefden aan de ramen en gleden over het glas naar beneden. Iris, die de hele dag op de afdeling had gewerkt, bestelde thee, toast en muffins. Terwijl ze op het eten zaten te wachten, vertelde Iris Eva over het ziekenhuis waar ze nu werkte: 'Ik hoop dat ik nooit hoofdzuster word. Hoofdzusters zijn altijd zo zonderling... zuster Leach staat erop dat de bedden drie keer per dag worden afgestoft. Ik weet dat reinheid belangrijk is, maar drie keer per dag?' Toen keek ze Eva aan en zei: 'Toe maar. Vertel het maar.'

'Wat moet ik vertellen?'

'Vertel me maar wat je dwarszit.' Eva was altijd gemakkelijk te doorzien geweest. 'Gaat het over vader?'

'Het gaat beter met vader. Hij is weer aan het werk. Maar hij is veranderd, Iris.'

'Vader is altijd heel sterk geweest, dus ziekte moet een enorme schok voor hem zijn. Maak je je dan zorgen om James? Of om zijn gezin?' De woorden klonken vreemd: Iris vond het nog steeds gek James als echtgenoot en vader te zien.

'Het gaat uitstekend met Emily en Violet. Ik heb een paar dagen geleden nog met hen gegeten. En ik heb een ansichtkaart van James gekregen. Het lijkt goed met hem te gaan.' De thee werd geserveerd; Iris schonk in. Eva zei: 'Ik maak me zorgen om Marianne.'

'Heb je iets van haar gehoord?'

'Ik heb een paar dagen geleden een brief gekregen. Er klopt iets niet, Iris. Dat weet ik zeker. Ze klinkt raar.'

'Raar?'

'Vreemd. Niet als Marianne. Niet als de Marianne die we kennen. Anders. Alsof ze niet echt is geïnteresseerd in wat ze vertelt... en of het haar niet uitmaakt wie ze schrijft. Marianne was nooit zo. Marianne gaf altijd om dingen. Ze voelde misschien zelfs wel te veel.'

'Ze is niet meer dezelfde geweest sinds het overlijden van Arthur,' zei Iris. 'Je kunt ook niet verwachten dat je niet verandert na zo'n gebeurtenis.'

'Nee. Natuurlijk niet. Maar toen las ik deze.' Eva pakte een stapeltje brieven uit haar tas. 'En Clemency heeft me de brieven laten zien die Marianne haar heeft geschreven. Er staat niets in, Iris. Alleen praatjes over George, de tuin en het weer. Niets belangrijks. Niets over Marianne. Niets over hoe ze zich voelt. Niets over of ze gelukkig is.'

'Waar ben je bang voor?'

'Dat weet ik niet. Ik weet het gewoon niet.'

Terugdenkend aan Mariannes gehaaste huwelijk was Iris ook bezorgd. Ze zei langzaam: 'Misschien is het geen gelukkig huwelijk. Marianne is altijd eigenwijs geweest... misschien wil ze niet toegeven dat haar huwelijk is mislukt.'

'We kunnen nu natuurlijk niets doen. Die ellendige oorlog...' Eva keek terneergeslagen in haar thee. 'Ik haat het. Alles voelt zo verkeerd. Hoewel ik mezelf voorhoud dat schoonheid nu nog belangrijker is, vanwege de oorlog, voelt mijn werk in de galerie triviaal en genotzuchtig. Ik word er zo kwaad van dat ik me zo voel over iets wat ooit het belangrijkste op de wereld voor me was. Dus heb ik overwogen verpleegster te worden, net als jij, Iris, waag het niet te lachen, en ik heb een van die eerstehulpcursussen van moeder gevolgd. Maar ik word al misselijk als ik nepbloed zie, dus hoe moet ik het ooit redden als ik met echt bloed in aanraking zou komen?' Ze pakte een sigaret en streek geïrriteerd een lucifer aan; toen zei ze: 'Dus ik heb besloten terug naar huis te gaan.'

'Eva.'

'Ik weet het.' De sigaret zwaaide door de lucht. 'Het wordt ondraaglijk. Ik ga het haten... na een week wil ik alleen nog maar terug naar Londen. Ik ben altijd trots op mezelf geweest dat ik geld wilde verdienen, dat ik onafhankelijk wilde zijn. Vroeger keek ik op je neer, Iris, omdat je alleen over hoeden en jurken leek na te denken, en ik keek op Marianne neer omdat ze trouwde, en op Clem omdat ze thuisbleef. Maar nu ben ik degene die nutteloos is. Die gruwelijke oorlog lijkt alles op zijn kop te zetten.'

'Wat ga je dan doen?'

Eva zuchtte. 'Ik wil vader graag met de zaak helpen. Ik kan typen, rekeningen schrijven en telefoneren. Dat heeft Lydia me geleerd en ik heb het allemaal gedaan toen ik voor Paula werkte. En nu James weg is en vader nog niet echt is hersteld, hebben ze me nodig, Iris, dat weet ik zeker.' Ze probeerde te glimlachen. 'Maar ik vind het moeilijk mijn trots in te slikken en terug naar huis te gaan nadat ik het zoveel jaar alleen heb gerooid.'

'We vinden het allemaal moeilijk onze trots in te slikken.'

'Nee.' Eva's ogen knepen zich tot spleetjes samen; ze blies een dun stroompje rook uit. Toen zei ze: 'Er is nog iets anders; ik heb Ash gezien.'

Iris' hart sloeg een slag over, maar ze zei koel: 'O ja? Ik hoop dat het goed met hem ging.'

'Prima. Hij wil je graag zien.'

Iris keek weg. 'Dat lijkt me geen goed idee.'

'Hij is niet getrouwd.'

Een stilte, waarin ze haar geschoktheid leek te verwerken en toen zei Iris: 'Ik zie niet in waarom dat de zaak voor mij verandert.'

'Ash heeft me niet verteld wat er is gebeurd en ik heb er niet naar gevraagd. Maar ik denk dat je ervan uit moet gaan dat het allemaal anders ligt dan je dacht.'

Een warboel van gevoelens, boosheid, wraakzucht en gekwetstheid. En tot Iris' ontzetting een beetje hoop. Ontzetting omdat ze zich weer blootstelde aan teleurstelling en pijn.

'Ash wil je zien, Iris. Hij heeft me gevraagd dat je dat te zeggen.'

'Dat kan ik niet.'

'Natuurlijk wel.'

'Je begrijpt het niet.'

'O, jawel hoor. Ik begrijp dat Ash en jij elkaar vreselijk veel pijn hebben gedaan. Maar ik begrijp ook dat je gelukkig zou kunnen zijn, als je daarvoor zou kiezen, als je hem zou kunnen vergeven.'

'Ik weet niet zeker of ik dat kan.'

'Als ik aan vader en James denk... als ik bedenk hoe ongelukkig die zichzelf maken omdat ze niet in staat zijn te vergeven.' Eva leunde over de tafel naar Iris. 'Je houdt van Ash en hij houdt van jou. Zo eenvoudig ligt het.'

'Was dat maar waar...'

'Dat is het. Hij houdt van je. Dat zie ik. Ik weet wel het een en ander over liefde, hoor. Ik weet hoe het voelt. En ik kan aan de manier waarop Ash over je praat, zien dat hij van je houdt.' Er stonden tranen in Eva's ogen.

Er viel een stilte en toen vroeg Iris: 'Wie was hij? De man van wie je hield? Ik heb me altijd afgevraagd of je het me zou gaan vertellen, maar dat deed je nooit.'

Eva glimlachte door haar tranen heen. 'Hij was kunstenaar... een heel bekende. En hij was getrouwd en had kinderen. Ik heb geprobeerd niet van hem te houden, maar ik had mezelf niet in de hand. Alles waarvoor we altijd zijn gewaarschuwd... ik heb het allemaal gedaan. En sinds we uit elkaar zijn, heb ik het gevoel dat ik in tweeën ben gesneden.' Ze keek naar de tafel en voegde zacht toe: 'Maar ik heb er geen spijt van. Ik kan er geen spijt van hebben, ondanks het feit dat ik weet dat het verkeerd was, ondanks het feit dat hij me zo heeft gekwetst. Ik schrijf zijn vrouw nog steeds. Hij zit in Frankrijk. Hij wilde niet vechten, maar hij is ziekenbroeder.' Ze keek Iris aan. 'Soms weet je dat hoeveel je ook van iemand houdt, je niet gelukkig kan zijn. Maar jullie kunnen gelukkig zijn, Iris, en het zou stom van je zijn als je die kans laat schieten. Heel stom.'

Op een koude avond toen er natte sneeuw viel, stond Ash bij het ziekenhuis op haar te wachten. Iris bleef even staan, ze zag hem voordat hij haar zag en ze stelde zichzelf op de proef. Hij was veranderd: het kortgeknipte haar, het kaki uniform. Daarover had Eva niets verteld.

Hij draaide zich om en zag haar. Er volgde een ongemakkelijk moment waarop ze allebei niet wisten of ze elkaar moesten kussen en dat ze oploste door te zeggen: 'O hemel, de huiszuster staat te kijken. Geef me even een broederlijke kus, Ash, dan zeg ik dat je James bent. Ze is zo blind als een mol en jullie zijn allebei blond. En dan kun je met me naar huis lopen.'

Zijn lippen raakten haar wang en ze bedacht – opgelucht, of was het wanhopig? – dat ze niets voelde. Ze liepen van het ziekenhuis weg. Ze raakte zijn mouw aan. 'Ik had nooit gedacht dat je soldaat zou worden, Ash.'

Een trieste glimlach. 'Ik ook niet.' Hij haalde zijn schouders op. 'Maar het leek me het juiste. Zo veel mannen die ik in East End kende, zijn het leger in gegaan. Je krijgt in het leger kleren en eten. En het zijn mijn mensen die het voor het zeggen hebben... ik had het gevoel dat ik ook moest gaan.'

Ze wist wie hij bedoelde met 'mijn mensen'. De mannen die op hun kostschool de officiersopleiding hadden gedaan, de mannen die eraan waren gewend, en van wie werd verwacht dat ze leiding gaven.

'En jij, Iris,' zei hij. 'Weer terug in het ziekenhuis... je zei nooit meer.'

'Het is afschuwelijk.' Ze zuchtte. 'Terug bij de bazige zusters, belachelijke regels en voorschriften. Hoewel de mannen op mijn afdeling heel erg lief zijn. En sommigen zijn nog zo jong. Ik heb soms het gevoel dat ik hun moeder ben.'

'Sommige mannen in mijn bataljon zijn pas zestien of zeventien. Ze hebben over hun leeftijd gelogen om in dienst te mogen.'

'Waar ben jij gestationeerd, Ash?'

'Ik zit nog in een opleidingskamp.'

'James ook.' Ze dacht aan de gewonden op haar afdeling. 'Godzijdank.'

Er schoot een zwarte kat over het pad; een stuk of zes soldaten kwam een pub uit. Hij zei: 'Dank je wel dat je me wilde zien.'

Ze zei ronduit: 'Eva zei dat je niet bent getrouwd.'

'Nee.'

'Waarom niet?'

'Het bleek allemaal een vergissing te zijn.'

'En het kind?'

'Er was een kind.' Hij keek grimmig. 'Maar het was niet van mij.'

Ze bedacht hoe graag Thelma Voss hem moest hebben gewild om die oude truc uit te halen. 'Hield je van haar?'

'Ik vond haar leuk. Ik bewonderde haar. Maar ik hield niet van haar.'

'Maar je bent wel met haar naar bed geweest?'

'Ja.'

'En... hield je van mij?'

'Ja.'

'Dan begrijp ik niet waarom je met Thelma naar bed bent geweest.'

Hij zei na een korte stilte: 'Ik weet niet waar ik moet beginnen. Mijn excuses aanbieden lijkt schokkend ontoereikend. Zelfs het uitleggen... ik vind het nogal arrogant te denken dat je het zou willen horen.'

'Bevredig mijn nieuwsgierigheid maar.'

Hij stopte onder een gaslantaarn. De straten waren donker vanwege de verduistering en zoeklichten maakten tunnels van licht in de indigokleurige hemel. Hij zei: 'Ik ben met Thelma naar bed geweest omdat ik me eenzaam voelde. En omdat ik op dat moment dacht dat jij niet van me hield. En omdat ik kwaad op je was. En omdat Thelma er was en jij niet.'

Zie je wel, dacht ze, dat doet helemaal geen pijn. Ze liep nog steeds, ze praatte nog steeds... ze kon zelfs glimlachen. Ze zei: 'We maken er steeds wel een potje van, hè Ash? Het lijkt wel of we nooit op hetzelfde moment hetzelfde voor elkaar voelen.'

'Of misschien geven we niet toe dat we op hetzelfde moment hetzelfde voelen.'

Ze voelde zijn starende blik en keek weg. 'Waarom wilde je me zien, Ash?' Ze raakte zijn kakikleurige mouw weer aan. 'Hierom?'

'Op een bepaalde manier wel, denk ik. Niet... niet om je medeleven te winnen. "Dag Dolly, ik moet je verlaten en zo." Maar ik heb er wel behoefte aan dingen af te maken. Niets ongezegd te laten.'

Ze liepen langs een café. Hij vroeg: 'Heb je honger?'

'Niet echt. Maar ik heb wel zin in koffie...'

Ze liepen naar binnen. De warme lucht rook naar natte handdoeken en pastei; aan een tafel zaten fabrieksmeisjes met schorten en hoofddoeken naar een stel soldaten aan de andere kant van het pad te gluren.

Iris zei: 'Ik heb je altijd zo'n goed mens gevonden. Zo behulpzaam... zo vrijgevig... en ik heb je altijd aardig gevonden. En slim. Al die boeken die je hebt gelezen. Ik dacht dat je zoveel beter was dan ik. Ik ben nooit goed geweest. Misschien ben ik daarom wel verpleegster geworden, om te bewijzen dat ik je gelijke ben.'

'Misschien was het geen goedheid. Misschien was het gewoon een manier om de tijd te vullen. Of om te voorkomen intiem met iemand in het bijzonder te hoeven zijn.'

'Misschien. Maar je hebt mijn leven een andere richting gegeven, Ash, of je dat nu wilde of niet. En ik denk... ik denk dat je hier bent gekomen om me te vragen of ik nog van je kan houden. En het eerlijke antwoord is dat ik het niet weet. Echt niet. Het enige wat ik weet, is dat als ik het zou kunnen, het anders zou zijn dan vroeger.'

Ze zag dat hij zijn hoofd boog en haar woorden accepteerde. Toen zei hij: 'Zelfs nu, als ik erop terugkijk, kan ik niet zeggen wanneer ik van je ben gaan houden. Of dat in Londen of Sheffield was. Misschien is het de eerste keer dat ik je zag, gebeurd, toen je van die heuvel af kwam fietsen. Ik weet het gewoon niet. Dus misschien ben ik wel niet zo slim. Maar het enige wat ik echt tegen je wilde zeggen, is dat, wat ik ook heb gedaan, hoe het ook mag lijken, ik echt van je hou, Iris, en ik weet dat dat altijd zo zal blijven.'

Zo, dacht ze: ik heb niet gehuild van vreugde of verdriet. Zie je nu wel, het doet helemaal geen pijn. Maar het drong ineens tot haar door dat ze haar vuisten had gebald en toen ze ze opende, zag ze ze: vier verraderlijke halvemaantjes in haar huid.

'En er was nog een reden waarom ik je wilde zien,' zei hij. 'Ik heb niet veel mensen om te schrijven... of die mij schrijven. Geen ouders, broers, zussen, neven of nichten. De meesten van mijn vrienden zitten in dienst. En ik stel me zo voor dat als ik naar Frankrijk word gestuurd, dat een beetje... triest zou kunnen voelen. Dus wilde ik je vragen of ik je, als mijn beste vriendin... zou mogen schrijven, Iris?'

Een moment van besluiteloosheid en toen wist ze wat ze zou zeggen. Omdat hij misschien niet zou terugkomen. Omdat haar mooie, sterke, vrijgevige Ash misschien zou eindigen als een van de gebroken mannen die ze op de afdeling verpleegde. En dat zou ze erg vinden.

'Natuurlijk mag dat,' zei ze.

474

15

Marianne verstopte het geld dat ze van meneer Da Silva voor haar verlovingsring had gekregen achter een losse plank op haar slaapkamer, in een tabakstrommeltje zodat insecten of muizen er niet bij konden. Toen ze op een zondag naar de bungalow van meneer Salter liep, vertelde ze hem hoe Ama zich verveelde, hoe eenzaam Ama was, hoe Ama van mooie dingen hield. Toen ze nieuwe sieraden om Ama's polsen en enkels zag, sieraden die ze afdeed voordat Lucas thuiskwam, voelde ze een gloed van triomf door zich heen gaan.

Ze liep elke dag kilometers, door de tuin of over de stoffige rode paden van de plantage. Ze zei tegen zichzelf dat ze sterk moest worden, zodat de wandeling naar de bazaarstad haar niet zou vermoeien en ze een lange reis zou aankunnen. Ze stal alles waarvan ze dacht dat ze het zou kunnen gebruiken: een mandje van palmbladeren, een veldfles, een mes, een doosje lucifers. Ze nam ze zonder schuldgevoel, verstopte ze en zei niets als een bediende van diefstal werd beticht. Ze bestudeerde landkaarten en spoorboekjes en haalde oude boeken uit de kleine bibliotheek van Blackwater. Een boek over thuisverpleging, zodat ze zou weten hoe ze George zou moeten verzorgen als ze de enige was die verantwoordelijk was voor zijn overleving, en een boekje dat een van Lucas' voorouders, vermoedde ze, had meegenomen naar Blackwater, waarin stond hoe je een vuur moest maken en hoe je giftige van ongevaarlijke slangen kon onderscheiden. Ze las ze geconcentreerd en leerde alle informatie uit haar hoofd.

Ze vertelde Lucas er natuurlijk niets over, maar af en toe zag ze dat hij haar achterdochtig aankeek. Toen ze op een keer op de veranda langs hem heen liep, greep hij haar hand en zei: 'Je ziet er zelfingenomen uit, mijn lieftallige echtgenote. Als een kat met een schoteltje melk.' Zijn duim stak in haar handpalm, maar ze dwong zichzelf niet te schreeuwen. 'Wat ben je van plan, wat ben je aan het bekokstoven?' mompelde hij. 'Wat het ook is, het zal je niet lukken, weet je... het zal je niet lukken me te verslaan.'

Ze gingen met de familie Rawlinson picknicken in de heuvels. Een pad met diepe voren leidde naar een mahoniebosje. Niet ver boven hen zoemden wilde bijen en boven een open plek fladderden boven het gras duizend witte vlinders als blaadjes die door de wind werden meegevoerd. De weide liep uit in een wendakker die boven de vallei uitstak. Marianne keek naar beneden waar de groene en zilveren lapjes van de rijstvelden en het meer in de vallei lagen. 'Ze zeggen toch dat een jong meisje hier jaren geleden zelfmoord heeft gepleegd?' zei mevrouw Rawlinson, die met grote passen over het gras naar de afgrond liep. 'Ze heeft zichzelf van de rotsen geworpen. Omdat ze van iemand hield of zoiets idioots.' De heuvels in de verte weerklonken in een spookachtig antwoord.

Die avond was Marianne bij het tuinhuisje achter in de tuin op Blackwater. Ze stond op de veranda naar de zonsondergang te kijken toen ze voetstappen hoorde. Ze draaide zich om en zag Lucas. 'Wat een uitzicht,' zei hij zacht terwijl hij naast haar kwam staan. 'Mijn vader heeft deze plek voor zijn huis uitgezocht vanwege het uitzicht. Op heldere dagen kun je de zee zien.'

Ze voelde zijn uitgestrekte vingers tegen haar rug duwen. 'Maar het is wel een eind naar beneden.'

Zonnestralen, vermiljoen en goud, schitterden op de heuvels. Zijn vingertoppen voelden als speldenprikken, alsof ze elektrisch geladen waren. Een kleine toename in de druk; ze zwaaide een beetje heen en weer en de valleibodem leek onder haar te trillen.

'Wat een aandoenlijk verhaal vertelde mevrouw Rawlinson ons vanmiddag,' mompelde hij. 'Sterven uit liefde. Vond je ook niet?'

Ze draaide zich om. 'Wat ga je doen?' snauwde ze. 'Ga je me vermoorden, Lucas?'

'Wat ben je toch theatraal. Dat hoeft helemaal niet. Ik wilde je alleen maar waarschuwen.'

'Me waarschuwen?'

'Dat je voorzichtig bent. Dat je erg, erg voorzichtig bent. En gehoorzaam.'

'En zo niet?'

'Ik ben ervan overtuigd dat je dat zult zijn. Je hebt per slot van rekening een hoop te verliezen. En je bent van nature gehoorzaam, toch, Marianne? Daarom heb ik je uitgekozen. Omdat ik wist dat je niet al te veel problemen zou veroorzaken.'

Zijn hand gleed van haar af; hij liep weg. Hij liep van haar vandaan toen ze scherp zei: 'Wat zijn jullie mannen toch dom. Wat zijn jullie toch simpel.'

Hij bleef even staan en keek naar haar om. 'Hoe bedoel je?'

'Dat jullie zo op uiterlijk afgaan. Dat jullie een gebrek aan fysieke kracht aanzien voor een gebrek aan kracht in het algemeen.' Ze liep op hem af. 'Denk je dat ik zwak ben, Lucas? Ik ben de enige man van wie ik ooit zal houden, verloren. Ik heb mijn familie in de steek gelaten en ben de halve wereld over gereisd. En ik ben bevallen van een kind. Dat heb ik allemaal overleefd en dan denk je dat ik zwak ben?' Ze schudde langzaam haar hoofd. 'Nee, je hebt het mis. Jij bent degene die zwak is.'

Hij lachte kort. 'Ik?'

'Je denkt dat liefde een zwakte is...'

'Dat is het ook...'

'Maar je houdt wel van George. Dat zie ik in je ogen, Lucas. Op je eigen, zieke manier houd je van George. Je doet hem pijn, maar toch houd je van hem. Je houdt van hem, maar je kunt het niet toegeven. Je kent jezelf niet. Dat is zwakte.'

'Wat praat je toch een onzin, Marianne.' Maar ze zag onzekerheid in zijn ogen glinsteren. 'Liefde heeft er niets mee te maken.'

'Ik heb je al eerder gezegd dat we bij elkaar passen. Jij bent om mijn geld met me getrouwd en ik ben met jou getrouwd omdat ik een kind wilde. Dus ik heb gekregen wat ik wilde.'

Zijn mond krulde in een valse grijns. 'O, ik twijfel er niet aan dat je een hard, leugenachtig kreng bent. Dat zijn alle vrouwen. Dat heb ik lang geleden al geleerd.'

'Als ik hard en leugenachtig ben, is dat zo omdat jij me zo hebt gemaakt.' Ze had haar handen tot vuisten gebald terwijl ze zei: 'Begrijp goed dat ik er alles voor over heb om George te beschermen, Lucas. Ik zal voor hem liegen en stelen. En ik zal voor hem moorden.'

Hij liep het tuinpad op. Hij draaide zich ineens om en zei: 'Ik ook, Marianne.' Toen begon hij hard te lachen. 'Ik ook.'

Toen liep hij weg en liet haar met een droge mond in het tuinhuisje achter. Zijn bedreiging was ondubbelzinnig geweest. Ze herinnerde zich wat mevrouw Rawlinson in de tuin van Blackwater tegen haar had gezegd: er zit een patroon in de familie Melrose. Lucas' vader, George, was net als Lucas enig kind. Dus George is net als Lucas door zijn vader grootgebracht. Als zij zou sterven, dacht ze met een steek van angst. Als zij zou sterven, zou George alleen zijn met Lucas...

De eerste bekende van Eva die tijdens de oorlog sneuvelde, was de kleinzoon van mevrouw Bradwell. Mevrouw Bradwell was de kokkin op Summerleigh; Eva kon zich Norman nog herinneren, hij was maar een paar jaar jonger dan zij, en ze was een keer in de keuken geweest toen hij nog een kleine jongen was. Hij had sproeten en een dopneus, wist ze nog, en mevrouw Bradwell had hem een standje gegeven omdat hij met zijn vingers de pasteischaal uitschraapte. En nu was Norman Bradwell dood, gesneuveld tijdens de tweede slag om Ieper in april 1915, twee dagen voor zijn negentiende verjaardag. Nadien had Eva het gevoel alsof er een stukje van mevrouw Bradwell was weggevaagd, waardoor ze warrig en gedwee was geworden.

De impasse op het westelijke front had het zelfgenoegzame idee van Britse militaire superioriteit een zware slag toegebracht. De verliezen op het slagveld werden in mei 1915 gevolgd door een serie andere schokken: de formatie van een coalitieregering, waarin Lloyd George de nieuwe minister van Munitie was, het tot zinken brengen van lijnschip Lusitania door de Duitse marine, dat 1200 levens opeiste, en de bombardementen van Londen door zeppelins. Een neefje van mevrouw Catherwood verdronk toen de Lusitania zonk; een oude schoolvriend van Lydia, een beroepsmilitair met wie Eva een paar keer had gedanst op feestjes bij Lydia, stierf in Gallipoli aan dysenterie. Ze zag er elke dag tegenop om de krant te lezen. Ze betrapte zichzelf erop dat ze vluchtig de koppen las en bad dat er een dag zou voorbijgaan zonder nieuwe gruwelijkheden. Ze voelde dat de oorlog dichterbij kwam. Ze leefde met de onophoudelijke angst dat de oorlog haar de volgende keer kon raken, dat hij de mensen om wie ze het meest gaf, kon raken.

Ze was dat voorjaar naar Summerleigh teruggegaan. Op de ochtend dat ze haar etage in Londen had verlaten, had ze een laatste keer om zich heen gekeken in haar kamers. Haar bezittingen waren al ingepakt en naar Summerleigh gestuurd, maar ze zag het zonlicht op de muren die ze had geschilderd, de stralen die op de vloeren schitterden die ze zo zorgvuldig had gepoetst, en voelde een diepe steek van verlies.

In eerste instantie was het thuis net zo vreselijk als ze zich had voorgesteld. Ze betrapte zichzelf er ontelbare keren op dat ze spijt had dat ze uit Londen was weggegaan en was teruggekeerd naar Sheffield. Ze werd nog steeds razend op haar moeder... moeders liefdadigheidswerk, de eerstehulp- en thuisverpleegcursussen domineerden Summerleigh nu in dezelfde mate als moeders ziekte dat voorheen had gedaan. De etenstijden werden opnieuw ingedeeld en kamers werden leeggemaakt zodat dokter Hazeldene de dames uit moeders kring lezingen kon geven, of moeder hen kon instrueren hoe ze gebroken ledematen moesten verbinden of een patiënt met hoge koorts moesten verzorgen. Eva en Clemency breiden 's avonds bivakmutsen en wanten voor de troepen. Het viel Eva op dat moeder niet breide, maar haar tijd doorbracht met het schrijven van brieven en het samenstellen van schema's.

Maar naarmate de oorlog vorderde, was er een geleidelijke maar opvallende verslapping van de regels die Eva altijd zo irritant had gevonden. Er deden zoveel vrouwen vrijwilligerswerk om aan de oorlogsinspanningen bij te dragen dat chaperonneren praktisch onmogelijk werd. Er werd geaccepteerd dat een jonge ongetrouwde vrouw uit de hogere kringen alleen reisde. En er werd niet meer van jonge vrouwen verwacht dat ze tevreden waren met tennispartijtjes en bridgemiddagjes. In plaats daarvan werden ze aangespoord om vrijwilligerswerk in de ziekenhuizen te gaan doen of bij de vrouwenreservisten of het vrouwenlegioen te gaan.

Clemency was lid geworden van de *Women's Volunteer Reserve*. Moeder had op een ochtend vaag naar Clemency gekeken, alsof ze zich ineens herinnerde dat Clemency bestond en toen had ze gezegd: 'Clemency, vind je niet dat je iets zou moeten doen?' Eva bedacht dat Clemency vanaf dat moment vrij was geweest. Ze zagen haar tegenwoordig steeds minder. Clemency had haar twee pond betaald voor haar kakikleurige uniform, had een eerstehulpopleiding gevolgd en had leren exerceren en marcheren. Omdat ze kon autorijden, was ze als chauffeur van ene mevrouw Coles gevraagd, die leiding gaf aan de plaatselijke tak van de W.V.R. en die voor de oorlog een militante suffragette was geweest. Clemency reed mevrouw Coles naar bijeenkomsten en fondsenwervingen in Sheffield en verder weg. Behalve dat mevrouw Coles officier in de W.V.R. was, was ze ook lid van de commissie van het *National Relief Fund*, dat probeerde de druk op armen als gevolg van de snel stijgende voedselprijzen te verminderen door eten en hulp te bieden. Dus bakte Clemency taart en koekjes voor theepartijtjes waar fondsen werden geworven en stroopte ze de zolder van Summerleigh af op zoek naar spullen die ze op rommelmarkten kon verkopen.

De oorlog had ook verandering gebracht in de traditionele industrie in Sheffield. Veel geschoolde arbeiders waren het leger in gegaan en hadden enorme gaten in de bezetting geslagen. In mei vertrok een stadsbataljon vrijwilligers van de universiteit en uit de beroepsopleidingen uit Sheffield naar een opleidingskamp. Er waren zoveel werkpaarden opgeëist voor het front dat een van de handelaren een circusolifant gebruikte om zijn ladingen gietstukken door de straten te laten slepen.

Omdat de vraag naar zagen, vijlen en landbouwmachineonderdelen die de firma J. Maclise en Zonen produceerde tijdens de oorlog nog groter was, moest de fabriek de productie verhogen. Toen ze naar huis was gegaan, had Eva haar argumenten op een rijtje gezet voordat ze had aangekondigd dat ze voor het familiebedrijf zou gaan werken: het verlies van geschoolde arbeiders aan het front, de afwezigheid van James, vaders eigen slechte gezondheid. Maar de verwachte strijd was een holle echo van wat die ooit zou zijn geweest. Joshua stemde met verrassend gemak in. In eerste instantie stond hij erop dat Eva thuis zou werken en zijn gekrabbelde aantekeningen zou uitwerken om er brieven van te typen, maar hij erkende al snel mokkend haar nut en liet haar op kantoor werken. Er werd in het begin heel wat gefluisterd en gestaard, maar naarmate de tijd verstreek, trok Eva steeds minder aandacht. Ze was toch, hoewel een vrouw, ook een Maclise.

Meneer Foley had tijdens de afwezigheid van James het werk van Aidan overgenomen, waardoor Aidan de nieuwe locatie in

Corporation Street kon leiden terwijl Eva assistente van vader was bij afwezigheid van meneer Foley. Rob Foley leidde haar rond in de smelterijen, de smederijen, de slijperijen, inpakplaatsen en de pakhuizen. Hij legde haar de archiveringsmethodes van haar vader uit, die onveranderd waren sinds de tijd van haar grootvader. Eva archiveerde, typte brieven, schreef rekeningen en betalingen in de grootboeken, regelde afspraken met groothandelaren en exporteurs en jaagde op wanbetalers en op afleveringen kolen en staal die waren verdwenen. Ze ontving verkopers en kopers, beantwoordde de telefoon en zorgde dat haar vader thee en koffie kreeg.

Soms tolde haar hoofd ervan. Het was allemaal zo anders dan het werk bij een uitgeverij of galerie. De herrie, modder, rook en kolenstof deden een aanslag op haar zintuigen. Maar toch kreeg ze al snel plezier in haar werk. Ze vond het heerlijk de dozen met vijlen en zagen in de inpakkamers te zien, ingepakt in waspapier, en ze vond het heerlijk alleen door de industriële stad te lopen met berichten of papieren voor Aidan. Het viel haar op dat de werknemers haar vader mochten en hem respecteerden, maar dat ze bang waren voor Aidan, die de werkplaats in Corporation Street leidde als zijn eigen koninkrijkje. Het viel haar, tot haar ontzetting, ook op dat Joshua er de moed niet meer toe had zich tegen zijn jonge zoon te verzetten. Als Aidan zes mannen ontsloeg omdat ze, volgens hem, niet hard genoeg werkten – mannen die oud waren of chronisch ziek na jarenlange blootstelling aan loodbaden of giftige dampen – klonken Joshua's protesten niet overtuigd, alsof hij ervan uitging dat hij zou worden verslagen. Als Aidan de werkroutine veranderde om geld te besparen of langgeleden vastgestelde loonsverhogingen introk, zei Joshua alleen knorrig: 'Het komt allemaal door James. Dat hij me zo heeft laten vallen. Hoe kan er van me worden verwacht dat ik het zonder James red?'

De twinkeling was uit Joshua's ogen verdwenen en Eva kreeg

het er koud van te zien dat hij niet langer gemotiveerd was om te vechten voor het bedrijf waarvan hij zo hield. Zijn ziekte en de onopgeloste ruzie met James hadden de veerkracht uit zijn tred gehaald. Hij had geen energie of geestdrift meer; hij zag er voor het eerst uit als een oude man. Als Eva zijn kantoor binnen liep, zag ze hem soms wanhopig de verte in staren.

Ze probeerde hem over te halen vrede te sluiten met James. 'James mist u, vader,' zei ze op een dag. 'Dat weet ik zeker.'

Joshua maakte een minachtend geluid. 'Als hij me zou missen, zou hij me wel schrijven, toch? En ik heb nog geen woord van hem gehoord. Hij schrijft jullie allemaal, maar mij niet.'

'Als u uw excuses zou aanbieden...'

'Waarom zou ik dat doen? Hij is degene die ons heeft bedrogen. Hij heeft ons drieënhalf jaar lang voor de gek gehouden! Drieënhalf jaar! Ik had niet gedacht dat hij in staat zou zijn zoiets te doen! Wat is hij voor zoon dat hij zoiets verborgen houdt voor zijn vader?'

'De enige reden dat James het u niet heeft verteld, is omdat hij bang was dat u kwaad zou worden.'

Hij mompelde: 'En of ik kwaad ben.'

'Als u Emily en Violet zou ontmoeten, vader, weet ik zeker dat u dol op hen zou zijn.'

'Nooit! En ik wil niet dat hun namen hier worden uitgesproken, begrepen?'

Eva schreeuwde, uitgedaagd door zijn onverzettelijkheid: 'Ik begrijp niet waarom u zo onredelijk doet! James is alleen maar met iemand getrouwd! Wat is daar mis mee?'

Joshua schreeuwde terug: 'Hij is met zijn minnares getrouwd, dat is er mis mee! Het is dwaas, uitgesproken dwaas!'

'Maar vader...'

'Ik heb gezegd wat ik erover te zeggen heb, meisje, en ik wil er verder geen woord over horen! Zo is het genoeg, hoor je me?' Hij was paars aangelopen; Eva hield erover op.

Het bataljon van James werd halverwege dat jaar naar Frankrijk uitgezonden; Eva ging hem bezoeken tijdens zijn laatste verlof. Ze wandelden over het pad langs de rivier. Violet rende vooruit en Emily haastte zich haar bij te houden. James keek glimlachend naar hen. Eva zei: 'Als je nou een briefje aan vader zou schrijven. Een paar woorden voordat je vertrekt.'

'Nee.' De glimlach verdween van zijn gezicht. 'Dat kan ik niet.'

'Maar om Engeland te verlaten terwijl die ruzie niet is bijgelegd...'

'Omdat ik dan misschien nooit meer de kans krijg die bij te leggen? Wilde je dat gaan zeggen, Eva?' Hij zag er grimmig uit. 'Denk maar niet dat ik dat zelf niet heb bedacht. Dat heb ik wel. Maar wat kan ik doen? Ik wil misschien dat het anders was gelopen, maar ik heb nergens spijt van. Emily is het beste wat me ooit is overkomen.' Zijn gezicht lichtte op. Hij zei zacht: 'De eerste keer dat ik haar zag, zat ze in het theater op de rij voor me, een paar stoelen van me vandaan. Ik kon mijn ogen niet van haar afhouden. Ik had geen idee wat er op het podium gebeurde.' Hij draaide zich naar haar om. 'Kun je je voorstellen hoe dat voelt? Dat niets in de wereld ertoe doet, behalve die ene persoon?'

Eva kon geen antwoord geven. Ze probeerde niet aan Gabriel te denken. Als ze druk bezig was op haar werk, lukte dat prima. Maar juist nu, op momenten van stilte, sijpelde hij haar gedachten binnen.

Er dobberden heldergekleurde boten voorbij; op de voorsteven van een van de scheepjes stond een zwart-witte hond te blaffen. Ze vroeg James: 'Ben je bang?'

'Om naar Frankrijk te gaan? Nee.' Violet had haar bal in het struikgewas langs het sleeppad gegooid; James brak een tak van een vlierboom af en maakte daarmee een opening in de brandnetels om hem voor haar te pakken. Toen hij terugkwam bij Eva, zei hij zacht: 'Ik maak me alleen zorgen om hen. Emily denkt dat ze weer in verwachting is. Ze heeft het moeilijk gehad tijdens de zwangerschap van Violet. Ik maak me zorgen om haar. Je houdt toch wel een oogje op hen, hè, Eva?'

'Natuurlijk.' Ze kneep in zijn hand.

'Misschien is de oorlog wel voorbij voordat de baby is geboren.' Hij zag er melancholiek uit. 'Misschien is het deze keer een jongen. Ik wil vreselijk graag een jongen.'

'Wat was het heerlijk, hè,' zei Clemency tegen Iris, 'om te horen dat we een schoonzus en een nichtje hebben. 'En Violet is zo'n schatje.'

Iris knikte afwezig. Ze zaten in Gorringes; Clemency had mevrouw Coles die ochtend naar een vergadering in Londen gereden. Iris had die dag vrij, dus ze hadden afgesproken samen thee te gaan drinken.

Clemency zei: 'Als je bedenkt dat we met zeven zijn... en dat er tot we het van James wisten maar een van ons was getrouwd, en we hadden maar één neefje, dat geen van ons nog heeft gezien. Soms denk ik dat we een nogal onproductief stel zijn, vind je niet? Waarom zou dat zijn?'

'Misschien omdat we allemaal gruwelen bij de gedachte aan zeven kinderen?' opperde Iris spottend. Ze keek naar haar bord. 'Wil jij mijn ham, Clem? Ik heb niet zo'n honger als ik dacht.'

'Graag.' Ze ruilden borden. Clemency maakte een doosje met zwarte sigaretten open. 'Wil jij er een?'

'Ik wist niet dat je rookte.'

'Een slechte gewoonte die ik van een vriend heb overgenomen. Maar serieus...' Ze fronste haar wenkbrauwen, 'Ellen Hutchinson heeft net haar derde dochter gekregen. En Louise Palmer is getrouwd, ze kende haar echtgenoot pas zes weken, Iris. En als je naar ons kijkt...'

'Drie oude vrijsters?' Toen het tot haar doordrong dat Clemency het serieus meende, zei ze: 'Jij gaat wel trouwen hoor, dat weet ik zeker. En je krijgt massa's kinderen.'

Clemency schudde haar hoofd. 'Ik ga nooit trouwen.'

'Het gaat beter met moeder. Je hoeft de rest van je leven niet aan haar op te offeren.'

'Het gaat niet om moeder. Het gaat om mij. Ik weet dat een huwelijk niets voor me is.'

Iris bedacht dat ze altijd de neiging hadden gehad te zien wat Clemency niet was: ze was niet mooi, ze was niet slim, ze had geen talent, terwijl ze toch hadden moeten zien wat ze wel was. Clemency was degene die het gezin bij elkaar had gehouden. Zonder de praktische inslag en warmte van Clemency zou er thuis niet veel zijn geweest om naar terug te komen. Clemency had een kracht en integriteit die de rest misschien allemaal miste.

Ze zei: 'Dat kun je niet weten.'

'Jawel. Ik had niet eens met Ivor kunnen trouwen en dat was een geweldige man.'

Iris staarde haar aan. 'Ivor?'

'Dat was een vriend van me. Je kunt denk ik wel zeggen dat hij mijn minnaar was.'

'Je minnaar?'

Clemency keek Iris koel aan. 'Mannen kunnen van meisjes houden die niet mooi zijn, Iris. En meisjes die niet mooi zijn, kunnen liefhebben.'

'Het spijt me... ik bedoelde niet...'

'Jawel. Dat zie ik. Maar het was geen kalverliefde.'

Het lukte Iris haar gedachten op een rijtje te zetten. 'Hoe was hij?'

'O... heel knap, getalenteerd en lief. Ik adoreerde hem.'

'Zie je hem nog steeds?'

Clemency schudde haar hoofd.

'Wat is er gebeurd?'

'Het drong tot me door dat hij niet zoveel om mij gaf als ik om hem. En toen hij me kuste, voelde hij ruw en stekelig. En het voelde gewoon... nou ja, alsof het niet paste. Alsof je een te kleine jurk aantrekt. Hij paste niet. Ik vond het niet leuk.' Ze trok een vies gezicht. 'En je moet het toch leuk vinden, neem ik aan, als je kinderen wilt?'

'Ik geloof niet dat alle vrouwen van die kant van het huwelijk genieten.'

'Ik vind dat dat wel zou moeten. Denk eens aan Marianne en Arthur, hoe die elkaar steeds aanraakten. Zo hoort een huwelijk te zijn. Ik vind niet dat je met iemand moet trouwen als je hem liever niet aanraakt. Dus...' zei ze verdrietig, 'geen baby's voor mij. En ik ben nog wel zo gek op baby's.'

Kort daarna namen ze afscheid, Clemency om mevrouw Coles terug te rijden naar Sheffield en Iris om nog wat bij Selfridges te gaan neuzen voordat ze met Ash op Victoria Station had afgesproken.

Maar de balen zijde en satijn en zelfs de verlokkingen op de hoedenafdeling gaven haar niet het gebruikelijke plezier. Er knaagden gedachten achter in haar hoofd die ze niet terzijde kon schuiven, hoe zeer ze ook haar best deed afleiding te zoeken in kant en parelmoeren knoopjes, linten en zijden bloemen. Clemency's woorden weerklonken: *soms denk ik dat we een nogal onproductief stel zijn, vind je niet*? En zij zelf, dacht Iris, was het minst productief van hen allemaal. Marianne was twee keer getrouwd en had een kind. Eva had een minnaar gehad... een minnaar die ongetwijfeld haar hart had gebroken, maar het was toch een minnaar. Zelfs Clemency had liefgehad. Zij was de enige die aan de zijlijn was blijven staan, niet aangeraakt, de complexiteit omzeilend die erbij hoorde als je je hart aan iemand verloor. Ze kon Ash niet als enige de schuld geven voor wat er was gebeurd. Nu ze erop terugkeek, zag ze in dat ze hem jaren op afstand had gehouden; ze vermoedde dat ze hem daardoor in Thelma's armen had gejaagd. Het was haar niet gelukt de sprong te wagen en hem te vertellen dat ze van hem hield totdat het te laat was. Ze was negenentwintig en als ze de harde, wantrouwige kant van zichzelf, die haar constant waarschuwde voor de risico's van de liefde, niet kon overwinnen, zag ze wel hoe ze zou eindigen. Terwijl ze tussen de hoeden van vilt van tafzijde rondliep, zag ze ineens een gruwelijk beeld van zichzelf, over tien of twintig jaar, een ouder wordende schoonheid die nog steeds verwachtte dat mannen haar adoreerden en zich nog steeds flirtend en luchthartig gedroeg omdat dat haar enige afweermechanisme was.

Ze keek op haar horloge en zag dat het tijd was om naar Ash te gaan. Toen ze in de metro zat, drong het tot haar door hoe bang ze was. De oorzaak was duidelijk: zij, die zichzelf altijd stil op haar borst had geslagen om haar onverschrokkenheid, haar gebrek aan teergevoeligheid, werd tegengehouden door de angst voor liefde en verlies.

Die angst drukte op haar toen ze bij het kaartjespoortje stond te wachten. Verloren in de menigte, omringd door de wolken rook en de sissende stoom, wist ze nog steeds niet zeker wat ze tegen Ash moest zeggen. Ze pakte een muntje uit haar zak en gooide het in de lucht – kop en ik hou van hem, munt en ik wacht tot ik het zeker weet – maar op dat moment spuwde de metro zijn passagiers uit; ze probeerde het muntje op te vangen, maar het verdween tussen de haastige voeten.

Toen zag ze hem op het perron op haar af komen lopen. Een warme glimlach, een kus op haar wang en hij zei: 'Wat fijn dat je er bent, Iris,' en ze hoorde zichzelf een luchtig, onbeduidend antwoord geven.

Ze renden de trappen naar het station af. Het perron stond vol duwende kantoorbeambten en soldaten in kaki. In de verte klonk het gedaver van een metro en ze merkte ineens dat ze doodsbang was dat als ze nu de woorden niet vond, ze ze misschien nooit zou vinden en dat ze dan misschien voor altijd afstand van elkaar zouden blijven houden.

Toen besefte ze dat ze de woorden niet hoefde te vinden. Soms scheidden woorden, hielden ze je op afstand van een ander. Toen de metro het station binnen reed, ging er een luchtgolf over het perron; ze voelde dat Ash naar voren liep. Ze legde haar hand op zijn arm en hij bleef staan. 'Iris?' vroeg hij. Ze ging op haar tenen staan en kuste hem. Eerst aarzelend, maar toen, toen ze het licht in zijn ogen zag en zichzelf in zijn omhelzing voelde verdwijnen, hem haar naam een beetje kreunend hoorde zeggen, gooide ze haar argwaan eindelijk in de wind, sloot haar ogen en kuste hem opnieuw en opnieuw, terwijl de menigte om hen heen stroomde.

Het was een kwestie van tanden op elkaar zetten en afwachten. Wachten op het juiste moment. Wachten tot bepaalde dingen zouden samenvallen.

Lucas leerde George paardrijden. Hij zette het jongetje op een pony en liep het pad met hem op en neer. George greep met grote, angstige ogen de teugels. Toen de pony geïrriteerd door een insect, steigerde, begon George te huilen. Toen George tijdens zijn volgende les hysterisch werd, sloot Lucas hem in zijn kamer op voor zijn lafheid. Toen ze Georges angstige gejammer in snikkende wanhoop hoorde overgaan, wist Marianne dat ze niet langer kon wachten.

Een paar dagen later was er een vollemaansfestival. Het werk op de plantage werd neergelegd. Een beeld van Saami, de tamilgod, werd uit de tempel gehaald en op een beschilderde houten draagbaar door de bazaarstad geparadeerd. Trommels weerklonken van de koeliehutten, een monotoon gedreun waaronder de aarde leek te trillen. De tuin van Blackwater was die dag uitzonderlijk mooi, de lucht kristalhelder, ieder blad en bloemblaadje scherp gedefinieerd. Naast het altaartje in de bosjes wapperden witte lintjes. Rouwden ze om een dode, dacht Marianne, of voorspelden ze er een?

Ze speelde 's ochtends met George in de tuin en toen Ama hem meenam om te lunchen, ging ze onder de banyanboom zitten. Hoewel haar boek open lag en ze af en toe een bladzijde omsloeg, las ze niet, maar keek en luisterde ze. Ze zag, zo te zien in tegenstelling tot Ama, dat Lucas vandaag een slechte dag had, dat zag ze aan de manier waarop hij knipperde tegen het zonlicht en zich voorzichtig bewoog, alsof hij de pijn in zijn hoofd niet wilde verergeren. Ze zag dat Ama boos en ontstemd was, dat ze kortaf was tegen Lucas en gebiedend tegen de bedienden. Haar afwisselende geflikflooi en gemok maakten Lucas al snel kwaad en hij schudde haar ruw door elkaar terwijl hij zei: 'In hemelsnaam mens, houd toch eens op met zaniken! En die herrie! Hielden ze nu maar op met die afgrijselijke herrie!'

Ama rende de bungalow in, haar voetjes trippelden over de vloer. Lucas zat tijdens de hele lunch stevig te drinken en at weinig. Na de tiffin liep hij terug naar de veranda. Rook van zijn sigaar krulde in de stille lucht. De houten vloer van de veranda leek te beven in het ritme van het getrommel. Ama liep in de tuin somber van de ene plek schaduw naar de andere en bleef af en toe even staan om de ringen aan haar vingers en haar sluike, lange, zwarte haar te bewonderen.

Tien minuten later verliet Marianne de veranda; ze zei dat ze een streng borduurzijde ging halen. Ze pakte in haar slaapkamer het slaapmiddel dat dokter Scott haar had voorgeschreven achter uit de lade. Ze verstopte het flesje in de mouw van haar blouse. In de vestibule hield ze Nadeshan staande, die uit de keuken kwam met een dienblad met een fles arak en een glas. Ze nam het dienblad van hem over. 'Ik geef de meester zijn drankje wel. Je mag naar het festival gaan, Nadeshan. En vertel de rest van de bediening maar dat ze vanmiddag vrij hebben.'

Alleen in de vestibule schonk ze een glas arak vol, haalde het flesje uit haar mouw, trok het stopje eruit en schonk het flesje met bevende handen leeg in het glas. Als hij me betrapt, vermoordt hij me, dacht ze. Toen verstopte ze het lege flesje en droeg het dienblad naar de veranda.

Ze zette het blad naast Lucas en ging op kleine afstand van hem vandaan zitten. Ze pakte haar borduurwerk en dwong zichzelf te borduren. Ze mocht niet naar hem kijken, ze mocht niets ongebruikelijks doen. Ze mocht hem niet aankijken, want dan zou hij de woede en rebellie in haar ogen zien. De naald ging in en uit het linnen. Een Franse knoop hier en een bloemblaadje daar. Hoeveel had hij gedronken? Genoeg, dat moest wel. Hoelang zou hij slapen? Uren, misschien.

De rotan schommelstoel kraakte en ze rook zijn sigaar. En het was al een tijdje geleden dat ze het getinkel van zijn glas had gehoord. Ze keek op.

Lucas' ogen waren dicht. Het lege glas stond naast zijn stoel. Het eindje van zijn sigaar lag in de asbak te smeulen. Ze zei zijn naam, maar hij werd niet wakker.

Ze glipte via een zijdeur de bungalow uit en rende naar het huis van meneer Salter. Die zat met een drankje op zijn veranda. 'Arme Ama,' zei Marianne. 'Ze wil zo graag naar de bazaar, maar niemand kan haar brengen.'

Hij zei: 'Meneer Melrose...'

'Meneer Melrose heeft hoofdpijn. Hij slaapt. Hij zal de hele middag wel slapen.'

Ze rende terug naar de bungalow. In haar slaapkamer deed ze de jaloezieën en gordijnen dicht en spreidde een grote zijden shawl over het bed uit. Ze legde er de kleertjes van George, haar geld en de dingen die ze had gestolen op. Toen haar borstel, kam, ondergoed en haar foto van Arthur.

Ze liep naar de keuken. Toen ze de deur open duwde, had ze haar excuses al klaar: ik heb een fles slappe thee voor George nodig... de Peria wil wat koekjes en fruit... maar de keuken was leeg, de bedienden waren naar het festival, en ze kon ongestoord pakken wat ze nodig had.

Terug in haar kamer stopte ze de thee en het eten met de rest van haar spullen in de shawl en knoopte die dicht. Er klonk een geluid achter haar; ze draaide zich om en zag Lucas.

'Jij kreng,' zei hij. 'Jij klein kreng.' Hij deed een paar passen de kamer in. Als aan de grond genageld van angst zag Marianne hoe hij wankelde en hoe zijn grote lichaam heen en weer zwaaide terwijl hij naar haar toe liep. Zijn blik, die van haar naar de bundel op het bed ging, was troebel en zijn pupillen waren kleine speldenknopjes in zijn lichte irissen.

Ze kon weer bewegen; ze probeerde naar de deur te rennen. Maar hij greep haar en zijn vingers klauwden in haar vlees. 'Wil je me verlaten? Alweer? Ik wist dat je wat van plan was, kreng.' Hij gooide de bundel met een snelle, harde armbeweging op de vloer. 'Ik heb je toch gezegd dat ik je niet toesta hem van me af te pakken. Nooit. Ik zie je nog liever dood.'

Toen grepen zijn handen haar rond haar hals en zijn duimen duwden tegen haar luchtpijp. Ze hoorde het geluid van haar eigen ademhaling, hortend. Er klonk gebulder in haar oren, de lucht was donker. Ze sloeg met haar vuisten blind naar zijn hoofd. De slagen op zijn schedel moeten hem hebben geschokt, want hij kreunde en zijn greep werd zwakker. Ze wrikte zich van hem los en hij struikelde, verloor zijn evenwicht. Terwijl ze met een hand tegen haar hals naar adem snakte en met de andere het bed vastgreep, sloeg hij met zijn hoofd tegen het koperen haardscherm. Ze sloot kokhalzend haar ogen en leunde tegen het bed, vechtend om bij bewustzijn te blijven. Toen ze weer opkeek, zag ze dat Lucas probeerde op te staan. Zijn ogen waren op haar gefixeerd en slokten haar op in hun getergde, razende blik. Ze greep het eerste wat ze te pakken kreeg, haar naaischaar, en hakte op hem in.

Na een tijdje besefte ze dat hij niet meer bewoog. Hij lag languit naast de haard, met zijn gezicht naar beneden, zijn armen uitgestrekt over de tegels van de haard. Een donkere vlek spreidde zich langzaam over zijn bleke haar uit.

Ze fluisterde: 'Lucas?' maar hij bewoog niet, hij sprak niet. Haar eigen ledematen trilden.

Ze begon mechanisch haar spullen van de vloer te rapen. Ze

bleef naar Lucas kijken, verwachtte half dat hij zou opstaan, haar aanklager, haar vernietiger. Maar hij bewoog niet.

Toen ze opkeek, zag ze Rani in de deuropening staan. Rani's grote, donkere ogen waren op Lucas geconcentreerd. 'Is de meester dood?' fluisterde Rani.

'Ik weet het niet, Rani.' Haar stem klonk schor.

'Mevrouw moet weggaan. Mevrouw moet nu weggaan.'

En ze zag dat dat moest. Maar haar handen beefden zo dat ze haar shawl niet kon dichtknopen. Rani pakte hem van haar aan en knoopte hem dicht.

Mevrouw moet weggaan. Mevrouw moet nu weggaan. Toen ze de slaapkamerdeur dichtdeed, leek ze zichzelf af te sluiten van angst en gekte. Ze liep naar de kinderkamer, maakte George wakker en kleedde hem aan. Rani kwam naar haar toe met een lap blauwe stof.

'Mevrouw moet dit aantrekken.'

Een sari. 'Ja,' fluisterde ze. 'Natuurlijk.'

Rani hielp haar zich aan te kleden. Kralen van de bazaar om haar armen, haar donkere haar in het midden gescheiden en achter haar oren geschoven. Een doek over haar hoofd en blote voeten.

'Kijk, Dorasanie,' zei Rani.

Marianne keek in de spiegel. Ze zag haar donkerblauwe ogen in een spierwit gezicht. De rode vlekken van zijn vingers om haar hals.

Een rukje aan de doek om haar gelaat te overschaduwen en toen was de oude Marianne weg, voor altijd veranderd. Nu stond er een andere vrouw, uit een ander land, voor de spiegel.

Ze pakte de bundel en nam George in haar armen. Toen ze zich van Blackwater weg haastte, leek ze het geluid van zijn voetstappen te horen, zijn fluisterende stem achtervolgde haar, maar ze keek niet om.

James was in Noord-Frankrijk op weg naar het front toen de bombardementen begonnen. In eerste instantie voelde hij opwinding dat er nu, eindelijk, iets op het punt stond te gebeuren na dagen marcheren over stoffige, witte wegen door slaperige Franse dorpjes, maar toen het geluid aanhield, uren, dagen, harder en harder naarmate ze het front naderden, gierde het door hem heen, kreeg hij er hoofdpijn van en ging het hem door merg en been.

In de beschutting van een hooischuur schreef hij Emily een brief. *Dank je wel voor de gecondenseerde melk en de kaarsen die je hebt opgestuurd. Ik was bijna door mijn voorraad heen. En die taart die Violet en jij hebben gebakken, is heerlijk. Zeg maar tegen Violet dat ze bijna net zo'n goede kokkin is als haar moeder. Als het je lukt, zouden nog wat sigaretten erg worden gewaardeerd, lieverd, en misschien wat snoep. De nachten zijn hier nu koud, mijn liefste. Is het in Londen koud? Kleed je maar warm aan als je naar buiten gaat. Gebruik het geld dat ik in de lade heb achtergelaten maar om een nieuwe jas of handschoenen voor jezelf of Violet te kopen. Je hoeft je geen zorgen om geld te maken of zuinig te leven. Ik koester de amulet die je me hebt gegeven. Ik draag hem bij mijn hart...* In een gebaar dat een gewoonte was geworden, klopte hij op het borstzakje waarin het klavertje vier zat dat Emily hem als afscheidscadeau had gegeven.

Hij vond het vaak ironisch dat hij, die ooit zo naar avontuur en een kans een heldendaad te verrichten had verlangd, hier nu was. Ooit had hij zich verzet tegen burgerlijkheid, maar nu was het enige waarnaar hij verlangde een gewoon huiselijk leven. Hij zou met liefde de ontberingen en het avontuur hebben opgegeven voor een middagje in het park met Violet, of voor een nacht met Emily slapend in zijn armen. Het enige wat hij wilde, was overleven. Hij moest leven, voor Emily, Violet en hun ongeboren kind.

Toen hij klaar was met zijn brief, rookte hij in de deuropening van de schuur een sigaret. Hij zag licht aan de horizon, oranje tegen het zwart van de nacht.

Toen hij de volgende ochtend wakker werd en de schuur uit liep, zag hij hoog tegen een schitterend blauwe hemel een vliegtuig. Wolkjes witte rook omringden het en werden toen uit elkaar geblazen. Maar ze raakten het vliegtuig niet en James bleef even staan kijken voordat hij zijn mannen wakker maakte.

Het bewijs dat er werd gevochten, vermeerderde naarmate ze die dag verder marcheerden. Ze passeerden de wrakken van karren en motoren, achtergelaten langs de kant van de weg, en een paard, met een opengesneden buik, dood in een greppel. Al snel zagen ze de lopende gewonden, met een gewonde arm tegen zich aangedrukt of een noodverband tegen hun hoofd terwijl ze op weg waren naar een veldhospitaal. In eerste instantie kwamen ze druppelsgewijs wat gewonden tegen, maar het druppelen werd al snel een stromende rivier. Toen het donker werd, zag James de gekleurde flitsen die het vlakke land verderop verlichtten duidelijker. De mannen praatten of zongen niet meer; je hoorde alleen het geklots van laarzen in de modder, het getinkel van gespen en singelbanden en het gebulder van de kanonnen, dat nu oorverdovend was.

Naarmate ze het dorp Loos naderden, zaten er steeds meer granaattrechters in de weg, waardoor hun tempo lager werd. Af en toe vlogen er granaten over hun hoofd en gooiden ze zichzelf op de grond om zichzelf het leven te redden. Na een tijdje waren hun overjassen zwaar van de modder en sloegen de panden tegen hun benen, waardoor het lopen werd bemoeilijkt. Aan de andere kant van de heuvel, even verderop, hing een dikke wolk grijze rook als een mistbank vlak boven de grond.

Ze zagen de contouren van het vernietigde dorp, verlicht door granaatvuur, de gehavende muren van de dakloze huizen als een gebit vol kapotte tanden, de kapotte kerktoren die uit de puinhopen omhoogstak. Dakbalken en telegraafpalen waren geknakt als lucifers en James zag dingen waaruit hij afleidde dat er ooit mensen in deze hel hadden gewoond: een kapotte pan, een gehavend kippenhok, een fles wijn in de modder.

Een van de mannen stak een sigaret op en er klonk een wesp-
achtig gezoem toen een kogel in een muur in de buurt insloeg.
Terwijl ze dekking zochten, klonk het gezoem weer en iemand
begon te schreeuwen. Ze stuurden de gewonden het dorp uit op
zoek naar een veldhospitaal en toen schakelden James en zijn
sergeant de sluipschutter uit, die op de bovenste verdieping van
de ruïne van een *estaminet* zat. James wist niet of het zijn schot
of dat van zijn sergeant was dat de sluipschutter neerhaalde, maar
zijn maag draaide zich om toen hij de man zag vallen. Het was
heel raar, dacht hij later, om niet te weten of je voor het eerst in
je leven een man had gedood.

Ze brachten de nacht door in een modderige loopgraaf onder
aan de heuvel. Ze hadden orders gekregen de volgende ochtend
over de top van de heuvel te gaan. Toen hij wakker werd uit zijn
onrustige en verstoorde slaap, voelde James een knoop in zijn
maag van de spanning en hij mompelde een gebed. Tijdens de
stormloop van tweehonderd meter naar de Duitse linies waren de
eerste vijftig meter gemaskeerd door de rookbommen die ze hadden gegooid. Het ra-ta-ta van machinegeweren klonk en James
dacht in eerste instantie dat zijn mannen zich, bang voor de kogels, in de modder hadden gegooid om dekking te zoeken. Toen
hij de Duitse linies bereikte, ontdekte hij dat de versperringen van
prikkeldraad niet, zoals hij had verwacht, door de Britse artillerie
waren neergehaald. Hij rende langs het prikkeldraad, op zoek
naar een gat, toen er iets in zijn schouder stak en hij op de grond
viel.

Hij lag in een granaattrechter met zijn korporaal, een kleine,
brede man die Browning heette. Toen hij omkeek naar de Britse
linies, zag hij dat zijn mannen geen dekking hadden gezocht, zoals hij had gedacht, maar dat ze waren neergemaaid door machinegeweren. Hij zag ook andere dingen. Wat vodden en beenderen
aan een kant van de granaattrechter, waarvan hij na een tijdje besefte dat het de overblijfselen van een man waren. Een jongen die

aan het prikkeldraad gespietst hing, zijn uitgestrekte armen alsof hij was gekruisigd, zijn blonde haar over zijn gezicht gevallen. Een knielende man die leek te bidden, ware het niet dat hij zijn hoofd miste.

Browning en hij pasten eigenlijk niet in de granaattrechter. Hoewel ze in elkaar gedoken tegen elkaar zaten zodat hun hoofd en armen onder grondniveau waren, staken hun benen uit het gat. Het regende kogels in de modder. James hoorde Browning kreunen toen een kogel hem in zijn dijbeen raakte. Toen nog een linie Britse soldaten met uitgestoken bajonetten oprukte, velden de machinegeweren iedereen zodra ze uit de loopgraven waren.

Na een tijdje, toen de Britten zich gewonnen gaven en zich terugtrokken, vielen de geweren stil. In de pijnlijke stilte die volgde, zag James mannen uit de gaten in het gehavende landschap kruipen, grijsbruine mannen die wel van modder leken. De gewonden kropen langzaam terug naar de Britse linies. James sleepte korporaal Browning met stekende schouderbladen de tweehonderd meter niemandsland over, terug naar de Britse loopgraven, maar de Duitse soldaten vuurden niet een keer.

De krantenartikelen over de slag om Loos verschoven van bevestigingen van een glorieuze overwinning naar een somberder opsomming van gebeurtenissen. De kolommen met namen van gesneuvelden stonden als een zwart litteken voor op de *Times*.

Eva was bijgelovig geworden. Ze omzeilde zwarte katten, liep niet onder ladders door en droeg geen parels of opaal. Als er op de deur werd geklopt, schrok ze op, haar zenuwen gespannen. Ze haatte het thuis te zijn, waar de angst van de hele familie steeds erger leek te worden. Ze was liever op haar werk, waar ze met haar hoofd over haar bureau gebogen brieven typte en kolommen cijfers optelde. Thuis betrapte ze zichzelf erop dat ze steeds naar het raam liep. Als ze de telegramjongen de straat in zag lopen, kneep haar maag zich samen en keek ze met ingehouden adem weg tot ze dacht dat het weer veilig was om te kijken. Alsof ze er door dat te doen voor kon zorgen dat James in orde zou zijn.

Tegen het einde van een donderdagmiddag gebeurde er een ongeluk in de slijpruimte. Een meisje dat snel haar werk wilde afmaken zodat ze naar huis kon, bleef met haar hand in de riem van een slijpsteen hangen. Joshua was in Londen, dus regelde Eva een koets om het gewonde meisje naar het ziekenhuis te brengen. Ze begeleidde het meisje het terrein af.

Het lukte haar terug te lopen naar kantoor voordat ze flauwviel. Een verstikkende hitte overviel haar, ze greep naar het kraagje van haar blouse en zag een groenige mist. Het volgende wat ze besefte, was dat iemand aan haar stond te schudden en haar naam noemde. Toen ze haar ogen opendeed, zag ze Rob Foley. Er werd op de deur geklopt en een van de meisjes uit de inpakkamer kwam binnen met een glas in haar hand, dat ze aan Rob gaf.

'Alstublieft,' zei hij, 'drink dat maar.' Hij hield het glas tegen Eva's lippen. Het was cognac. Scherp en goedkoop, uit de dichtstbijzijnde pub, vermoedde ze, maar de duizelingen werden minder en ze was in staat overeind te komen en te zeggen: 'Het spijt me. Wat dwaas van me om flauw te vallen.'

'Ik zal een koets bestellen om u thuis te brengen.'

'Nee.' Ze had tranen in haar ogen; ze duwde haar knokkels ertegenaan in een poging de tranen tegen te houden. Ze vroeg: 'Hoe is het met haar? Met het gewonde meisje?'

'Ze overleeft het wel.'

'Haar hand...'

'Ze zal waarschijnlijk een paar vingers moeten missen.'

'O...'

'Ze lappen haar wel op. Maakt u zich maar geen zorgen. Ze wordt goed verzorgd. En u moet me een koets laten halen.'

'Alstublieft, meneer Foley,' fluisterde ze. 'Ik wil niet naar huis. Nog niet.'

'Rob,' zei hij onhandig. 'Wilt u me alstublieft Rob noemen?'

Ze haalde haar neus op. 'Als jij ophoudt me juffrouw Eva te noemen. Dat is zo Victoriaans.'

Hij hielp haar in een stoel. Ze vond haar zakdoek en snoot haar neus. Ze zei: 'Je hebt er een handje van me te redden als ik hulp nodig heb.'

Hij zag er gegeneerd uit. 'Drink dit maar op.' Hij bood haar het glas weer aan.

'Ik haat cognac. Neem jij het maar.'

'Ik drink niet.'

'Helemaal niet?'

Hij schudde zijn hoofd. 'Mijn vader,' legde hij uit. 'Ik weet wat drank kan aanrichten.'

'Je rookt zeker ook niet?'

Hij haalde zijn sigarettendoosje uit zijn zak, stak twee sigaretten op en gaf haar er een. Ze nam een trek en zei toen: 'Ik wil echt niet naar huis. Ik ben liever hier. Dan maak ik me niet zo'n zorgen.'

'Over je broer?'

Ze beet op haar onderlip. 'Ik maak me constant zorgen om James.'

'Als je nog niets hebt gehoord...'

Ze snauwde: 'Daaraan durf ik niet te denken! Ik ben bang dat als ik mezelf toesta te geloven dat hij ongedeerd is, er iets vreselijks gebeurt!' Toen verdween de passie uit haar stem en ze voelde zich zwak van uitputting. 'Idioot hè, al dat bijgeloof. Alsof iets wat ik denk of doe invloed op James kan hebben.'

'Mijn zus Susan houdt séances. Ze gelooft dat ze met de doden spreekt. Moeders die hun zoon aan het front zijn verloren, komen haar om raad vragen. Jij hebt je toevlucht tenminste niet genomen tot het geratel van een ouijabord.'

'Maar ik begrijp wel dat mensen dat doen, jij niet? Ondanks het feit dat het onzin is. Als ik thuis ben, kan ik aan niets anders denken. Niets werkt.'

'Schilder je niet?'

'Ik heb al jaren niet geschilderd.'

'Waarom niet?'

Ze haalde haar schouders op. 'Omdat ik erachter kwam dat ik niet goed genoeg was.'

'Dat is niet waar,' zei hij. 'Weet je nog dat je die tekening van mij hebt gemaakt?'

'Toen je boos op me was omdat ik de ovenruimte was in gegaan?'

'Die heb ik nog steeds.'

'Het was maar een schetsje.'

'Ik vond het mooi. En mijn zus Theresa ook. Ze zei dat je me precies had getroffen.'

'O, gelijkenis,' zei ze minachtend. 'Dat kan iedereen.'

'Ik verzeker je, Eva, dat als ik had geprobeerd jouw gelijkenis te tekenen, je eruit had gezien als een knol, of een kever.'

Ze glimlachte. 'Heb jij geen artistieke talenten?'

'Ik ben dol op muziek, maar ik kan niet spelen. Ik kan mezelf in een schilderij verliezen, maar ik kan niet tekenen. En soms kan ik geen woorden vinden als ik iets wil zeggen.' Een korte stilte: ze hoorden de arbeiders afscheid nemen terwijl ze de fabriek verlieten. 'Maar jij kunt wel tekenen. En zo'n talent moet je niet verloren laten gaan. Wie heeft er in hemelsnaam tegen je gezegd dat je niet goed genoeg was?'

'Iemand,' zei ze zacht. 'Iemand die ik goed kende.'

'Misschien had hij het mis.'

'Dat denk ik niet. Nee, ik weet zeker dat hij gelijk had. Ik wist het zelf ook. Als ik het in mijn hart niet had geweten, zou ik hem toch niet hebben geloofd? Nee, dat weet ik zeker. Hoewel ik tegenwoordig niet veel meer zeker weet.'

Hij keek haar vragend aan. 'Nee?'

'Vroeger dacht ik dat ik alles wist. Ik wist dat ik naar de kunstacademie moest en ik wist dat ik een fantastische kunstenares zou worden. En ik wist dat ik alleen wilde wonen en nooit, nooit aan iemand gebonden wilde zijn. En toch...' ze keek om zich heen in het kantoor, '... ben ik nu hier. Ik had nooit gedacht dat ik hier zou eindigen. Was ik maar als jij, Rob. Zo standvastig.'

'Standvastig? Of saai?'

'Nee. Je bent helemaal niet saai,' zei ze, en ze zag zijn ogen oplichten voordat hij wegkeek.

'Vroeger vond je me saai.'

'Dat was toen ik een naïef klein meisje was. Nu ik een volwassen vrouw ben, weet ik beter.'

Hij grijnsde en zei ineens: 'Zou het je helpen aan iets anders te denken als je mijn familie zou ontmoeten?'

'Dat lijkt me enig, maar...'

'Ik ga op vrijdagavond altijd naar huis. Je kunt morgen op de thee komen. En dan breng ik je natuurlijk terug naar Sheffield.' Een plotseling gefronste blik. 'Wat stom van me. Je hebt natuurlijk al andere afspraken.'

Ze schudde haar hoofd. 'Nee. Nee, die heb ik niet. Ik heb helemaal geen afspraken. Het lijkt me heel leuk, Rob.'

Als hij bang was, voelde het anders dan iedere angst die hij tot nu toe had gekend, dacht James, het was niet zoals dat weke gevoel dat je had als je examen moest doen en niet zoals de angst die hij had gevoeld toen hij moed moest verzamelen om vader over Emily te vertellen. Het grootste deel van de tijd had hij gewoon honger en voelde hij zich moe. Als hij even niets hoefde te doen, krulde hij zich op en sliep een paar minuten. Er was altijd te weinig eten; hij had al het eten dat Emily hem had gestuurd met zijn mannen gedeeld, die net als hij honger hadden. Nadat alles op was, betrapte hij zichzelf erop dat hij fantaseerde over kerstdiners, picknicks en diners in het Savoy.

Als hij er even de kans toe had, schreef hij Emily. Hij was nooit een vlotte schrijver geweest, maar Emily schrijven was alsof hij met haar praatte en dat was gemakkelijk. Hij overdacht vaak de jaren dat hij haar al kende. De dag dat ze elkaar hadden ontmoet, hun verloving, de eerste keer dat hij met haar had gevreeën. Toen ze hem vertelde dat ze een kind van hem verwachtte, had ze gehuild omdat ze dacht dat hij haar zou verlaten. In plaats daarvan had hij haar ten huwelijk gevraagd. Op hun trouwdag had hij van een zigeunerin op straat een bosje witte heide voor Emily gekocht. Na de bruiloft had hij haar meegenomen naar het huis in Twickenham en haar over de drempel getild. Ze was zo licht als een veertje. Toen hij later met haar vree, had hij met zijn hand over haar buikje gestreeld en had aan het kind gedacht, aan zijn kind.

Maar hij wist dat hij niet meer de man was met wie Emily was getrouwd. Soms dacht hij dat zijn brieven gewoon een andere vorm van bedrog waren, net zoals het bedrog dat hij jaren had volgehouden toen hij Emily en Violet voor zijn familie verborgen had gehouden. Het was twee dagen daarvoor gaan regenen en het geweervuur was eindelijk verstomd. Hij hoorde het nog steeds in zijn hoofd, als een lange echo, niet helemaal verdrongen door het geluid van de regen. Als hij zijn ogen sloot, zag hij een serie beelden als foto's uit de strijd. Lichamen en stukken van lichamen. Lichamen van mensen en lichamen van paarden. Mannen die hij had gekend, mannen met wie hij grappen had gemaakt en had gelachen, van wie het hoofd eraf was geschoten of van wie de ledematen nu in de modder lagen te rotten. Kon hij ooit weer de man worden die hij was geweest? In zijn hart wist hij dat dat onmogelijk was. In zijn dromen, op stille momenten, werd hij achtervolgd door wat hij had gezien. Het leek wel of er een vlies aan hem kleefde, veel sterker dan de modder van de loopgraven.

Nadat hij klaar was met zijn brief, moest hij met een stel soldaten het prikkeldraad rond de loopgraven controleren. Het was een donkere, mistige nacht, de maan werd verborgen door regenwolken en hij zag de Duitse patrouille net een seconde te laat. Er was een fel licht en hij dacht heel even dat de bombardementen weer waren begonnen, omdat hij heel hard kanonnen hoorde schieten. Hij probeerde zijn foto van Emily en het zilveren klavertje vier uit zijn borstzak te pakken, maar zijn arm gehoorzaamde hem niet. Zijn ledematen voelden ineens koud aan en hij kon niets zien. Hij voelde een golf van woede en verlangen naar het leven dat hij niet kon hebben door zich heen gaan, en een afschuwelijke eenzaamheid, wetend dat hij zijn vrouw en kind nooit meer zou zien. Toen leek er iets te exploderen in zijn hoofd en hij voelde dat hij viel, een lange val die eindeloos leek te duren.

Joshua had, sinds Katharine hem had verteld dat ze hem niet meer wilde zien, het gevoel dat hij elke dag een stukje doodging.

Het was in oktober 1914 geweest. Een gemeenschappelijke kennis, een ijzergieter, had haar ten huwelijk gevraagd en ze had Joshua verteld dat ze zijn aanzoek had aangenomen. 'Houd je van hem?' had hij geschreeuwd en ze had zacht geantwoord: 'Hij is rijk, Joshua. Hij is weduwnaar en beschikbaar. En ik heb twee dochters voor wie ik in deze afschuwelijke tijden een echtgenoot moet vinden.'

Twee dagen later had James hem over zijn vrouw en kind verteld. Nu hij erop terugkeek, zag Joshua dat zijn woede was voortgekomen uit andere bronnen: zijn pijn dat hij Katharine was verloren en jaloezie dat James vrij was geweest te trouwen met de vrouw van wie hij hield en hij niet. Uit de wetenschap dat James' bedrog een echo was van dat van hem, groeide zijn schuldgevoel, een schuldgevoel dat, zoals dat bij hem altijd gebeurde, in de vorm van woede naar buiten kwam. En uit een diepe pijn dat James hem, zijn vader, niet had vertrouwd, dat hij niet genoeg van hem had gehouden om zijn geheim met hem te delen.

Maar woede was een ontvlambare, gevaarlijke emotie die zich snel verspreidde en gemakkelijk vlam vatte. Door de schok had hij harde, domme dingen gezegd en James, woedend, had dat ook gedaan. Er was een nog ergere schok gevolgd toen hij de implicaties had beseft van de beschuldigingen die James hem had toegeworpen. *Hoe durft u te denken dat u het recht hebt mij te bekritiseren... u bent hypocriet, u die mijn moeder jarenlang hebt bedrogen.* Toen hij in de vijandige ogen van zijn oudste zoon had gekeken, was het tot Joshua doorgedrongen dat James het wist. De ontdekking had hem verbijsterd, had gemaakt dat hij was gaan razen en schreeuwen. Joshua had geprobeerd zijn eigen gedrag goed te praten: *het was één ding een minnares te hebben*, had hij arrogant geschreeuwd, *maar iets heel anders om met haar te trouwen.* Maar de minachting in James' ogen was alleen maar groter geworden.

Nadat James was weggegaan, had Joshua's woede nog weken gesmeuld. Hoe durfde die jongen hem van hypocrisie te beschuldigen terwijl James zelf zich zo achteloos en achterbaks had gedragen? Waarom zag hij niet in dat hij door met zijn liefje te trouwen – een hoedenmaakster, in vredesnaam, die gegarandeerd op zijn geld uit was en niet beter was dan een hoer – de hele familie te schande maakte? Waarom zag hij niet in dat hij door een fatale stap te zetten al het werk van Joshua en diens vader had tenietgedaan en de hele familie Maclise terug de goot in had gesleept?

De familie Maclise had zich uit het niets opgewerkt, dacht Joshua verbitterd, en als hij er niet meer zou zijn, was de kans groot dat ze weer helemaal zouden terugglijden. Zijn kinderen waren een teleurstellende last voor hem. Niemand kon zeggen dat Clemency een schoonheid was, hoewel Joshua zelf haar altijd aantrekkelijk had gevonden, maar zijn andere dochters waren op hun eigen manier allemaal wel mooi. Maar wat was er met hen gebeurd? Die arme Marianne was haar echtgenoot verloren en was toen, zonder zich iets aan te trekken van de protesten van haar familie, in het huwelijk getreden met die vent met zijn slangenogen die Joshua voor geen cent vertrouwde. Hij dacht altijd aan haar en voelde constant een knagende bezorgdheid om haar. Geen van zijn andere drie dochters was getrouwd of ook maar verloofd. Als hij aan Iris en Eva dacht, zulke mooie meisjes, en hoe die hun jeugd vergooiden, vermengde ergernis zich met zijn woede.

En dan zijn zoons. James was een leugenaar en een stommeling en Philip een zwakkeling. Voor Aidan voelde Joshua een mengeling van medelijden en walging. Hij zag Aidans ijzeren wilskracht, zijn intelligentie, zijn snobisme, zijn onbuigzaamheid en zijn liefde voor geld. Hij wist wat Aidan, als hij daar de kans toe had, met de zaak zou doen die Joshua en zijn vader met een heel leven lang werken hadden opgebouwd. Na de ruzie met James had Joshua gemerkt dat hij niet meer de wilskracht had om tegen Aidan in te gaan nu hij merkte dat zijn macht hem ontglipte. Aidan was jong en krachtig en Joshua was dat beide niet meer.

Als hij naar Lilian keek, voelde hij een soort vermoeidheid, een berustende herkenning van haar beperkingen. Hoewel hij wist dat het niet goed was Lilian met Katharine te vergelijken, kon hij zichzelf er niet van weerhouden zich te herinneren dat Katharine altijd vrijgevig, vriendelijk en zorgzaam was geweest. Het was haar opgevallen als hij bezorgd of moe was, ze had het aangevoeld als hij een moeilijke dag op het werk had gehad. Zulke zaken drongen nooit tot Lilians wereld door, een wereld waarin alleen zij telde.

En o, Katharine, Katharine... hij dacht altijd aan haar. Hij had niet verwacht zo laat in zijn leven nog liefde te vinden. Zijn verlangen naar haar verwoestte hem. Hij miste haar nabijheid, haar warmte, haar te zien.

De sterkste emoties die hij de laatste tijd voelde, waren spijt en ontgoocheling. Terwijl de slag om Loos oplaaide en de feiten over de oorlog begonnen uit te lekken, ontdekte hij dat het land waarvan hij hield mannen met bajonetten stuurde om te vechten tegen mannen met machinegeweren, en chloorgas gebruikte dat in de gezichten van het eigen volk waaide. Hij wist – net zoals iedere ijzersmeder – dat de troepen niet goed waren bewapend, dat ze wapens en kogels tekort kwamen. Ze hadden zelfs te weinig eten. Ze hadden zich in een oorlog gestort waarop ze niet waren voorbereid, een oorlog waarvan de politici en generaals het effect zelfgenoegzaam en met een gebrek aan gevoel voor dringende noodzaak hadden bekeken.

Maar hij was nog het meest in zichzelf teleurgesteld: in zijn trots en zijn gebrek aan vergevensgezindheid. Toen hij de kolommen in de *Times* bestudeerde en had beseft dat het regiment van James in de slag om Loos vocht, was al zijn woede en verbolgenheid acuut omgeslagen in angst. Hij schreef James die avond een brief, een haperende, onhandige brief omdat hij er nooit goed in was geweest zichzelf op papier uit te drukken. Hij stond net als iedereen op de uitkijk voor de telegramjongen. Hij bad dat, als God zo goed was James thuis te laten komen, hij dat zelf nog mee zou mogen maken. Hij wist dat zijn hart niet in orde was. Hij voelde steeds vaker de verraderlijke overslag en de diepe, donkere pijn door zijn borst en arm vloeien.

Op een ochtend stond hij op het punt naar zijn werk te gaan toen er op de deur werd geklopt. Hij wist het al voordat Edith opendeed. De anderen waren naar de gang gekomen naar aanleiding van het geluid van de deurklopper: Eva, Clemency, Aidan, Lilian. Joshua zag de angst op hun gezichten, hun aarzeling en doodsangst. Hij beende de gang door en nam zelf het telegram aan.

Joshua strompelde buiten adem en met een grauw gelaat door het huis, Aidan vond hem net een grote, gewonde stier. Joshua kondigde aan dat er een herdenkingsdienst voor James zou komen, waarvoor James' vrouw en kind zouden worden uitgenodigd. Het tweetal zou natuurlijk op Summerleigh logeren. Moeder protesteerde; Joshua, lijkbleek, snauwde: 'Ik zeg je dat ze hier komen logeren! En jij geeft hun het gevoel dat ze welkom zijn! Ze zijn alles wat er van hem over is!'

Vader stond erop dat Aidan naar Londen reisde om Emily en Violet naar Sheffield te begeleiden. Voorzover Aidan dat kon zien door haar zwarte voile heen was Emily heel aantrekkelijk, op een goedkope manier. Als ze wat zei, wat maar heel af en toe was, deed ze dat met een zachte, bevende stem en huiverde hij als hij haar lichte arbeidersaccent hoorde. Het viel hem op dat ze zichzelf elke keer als ze een foutje maakte, snel corrigeerde.

Toen hij met Emily en het kind in de eersteklaswagon in de trein zat, leidde Aidan zichzelf af door zijn plannen voor de zaak door te nemen. James was weg. Vader was niet in orde en zou vast snel met pensioen gaan. En dan zou hij eindelijk de vrije hand hebben. Om te beginnen zou hij korte metten maken met het kreupelhout: de zieke, oude en luie werknemers. Vaders zwakte was altijd zijn medeleven geweest. Toen Aidan de boeken doornam, had hij ontdekt dat vader een stel oude arbeiders pensioen betaalde om te voorkomen dat ze naar een werkhuis moesten. En dan was er de jaarlijkse viering van de verjaardag van grootvader Maclise, wanneer de gieterijen en werkplaatsen doordrenkt waren van bier en er nauwelijks werk werd verzet. En Eva had laatst iets onzinnigs opgemerkt over het installeren van wastafels en een kraan voor de vrouwen... nu er zoveel mannen in de oorlog vochten, hadden ze meer vrouwen aangenomen. Een idiote geldverspilling; ze konden het prima redden met de buitenkraan, zoals ze dat altijd hadden gedaan. Het waren allemaal kleine zaken, maar bij elkaar genomen vraten ze aan de winst. En na verloop van tijd zou hij met het bedrijf de aandelenmarkt opgaan. Dat had vader jaren geleden al moeten doen; zo zouden ze kunnen uitbreiden en hun aanbod kunnen verbreden. De oorlog had onbegrensde mogelijkheden gegeven aan technische bedrijven als J. Maclise en Zonen; de oorlog zou het hun mogelijk maken fortuin te maken.

Uiteindelijk dwaalden zijn gedachten af en merkte hij dat hij aan Dorothy Hutchinson zat te denken. Dorothy was de jongste van vijf dochters. Ze was een mooi meisje, met donker haar en donkere ogen en ze was levendig maar niet brutaal. Aidan had tijdens bals en diners met haar gedanst en hij had met haar getennist. Hij besloot dat hij haar misschien binnenkort maar ten huwelijk moest vragen. De familie Hutchinson was een van de meest vooraanstaande van Sheffield; het was Aidan vaak opgevallen dat de familie Hutchinson alles net even een beetje beter deed dan de familie Maclise: hun huis was luxueuzer ingericht, de familie was ordelijker en zich bewuster van het belang een goede indruk te maken. Zelfs nu lukte het de familie Hutchinson tijdens sociale evenementen nog voor een paar bedienden met witte handschoenen te zorgen, terwijl de familie Maclise het moest stellen met de slonzige Ruby, of Edith, die altijd maar over haar pijnlijke benen klaagde. Als hij met Dorothy Hutchinson trouwde, zou dat een stap op de sociale ladder zijn die Aidan van plan was te beklimmen. Vader zou volledig achter een verbintenis met de familie Hutchinson staan; Aidan zou vader eindelijk tevreden stellen door het prestigieuze huwelijk te sluiten dat James zo overduidelijk niet had gesloten.

Uiteindelijk overleefde Joshua zijn oudste zoon maar met zes weken. Twee dagen na de herdenkingsdienst hield zijn overbelaste hart ermee op. Hij stierf op de fabriek en stortte neer tussen het kolenstof en de plassen op de binnenplaats, omringd door het gekletter van hamers en de rook uit de ovens. Toen ze hem vertelden dat zijn vader dood was, voelde Aidan een afschuwelijk gat vanbinnen. Een leegte waarvan hij vermoedde dat die nooit meer zou worden gevuld. Het voelde alsof een enorme, onverwoestbare god was geveld.

Hij liet hen het lichaam van zijn vader terugbrengen naar Summerleigh op een lijkbaar die bekleed was met zwart fluweel, de paarden met pluimen op hun hoofd en met zwarte dekkleden. De arbeiders gingen in stilte in een rij bij de hekken staan om de lijkbaar hun eer te betonen toen die het terrein verliet. De mannen tikten hun pet aan en de vrouwen huilden.

Nog een begrafenis. Toen meneer Hancock, de advocaat van het gezin, kort daarna het testament voorlas, ontdekte Aidan dat vader James niet, zoals Aidan had gedacht, had onterfd. Vader had in plaats daarvan na de dood van James zijn testament laten wijzigen, de helft aan Aidan nagelaten en de andere helft in een trust geplaatst voor de zoon van James (als Emily's kind een jongen zou blijken te zijn); het aandeel van het kind tot hij meerderjarig zou worden werd beheerd door Eva – nota bene.

Aidan troostte zichzelf met de gedachte dat het volgende kind net zo goed nog een meisje kon zijn. Maar de pijn bleef, een diepe, stekende zweer waarvan hij geen soelaas kon vinden. Vader had hem niet vertrouwd. Zelfs na zijn dood hield vaders afkeuring nog aan.

En toen er de maand daarop een telegram arriveerde waarin stond dat James' zoon was geboren, moest Aidan zichzelf in zijn kamer terugtrekken waar hij zich op zijn bed wierp, in zijn sprei klauwend in een aanval van woede en teleurstelling. Toen het tot hem doordrong hoe belachelijk hij zich gedroeg, stond hij op, waste zijn gezicht, schoor zich en trok zijn beste kleren aan. Zwarte jas, zwarte hoed, zwarte das en shawl voor vader en James. Hij besloot naar de stad te gaan en in een van de betere hotelbars wat te drinken en roken.

In het centrum zag hij Dorothy Hutchinson bij glasfabriek John Walsh staan. Hij stak de weg naar haar over. Hij had een groet, een condoléance, medeleven verwacht. Maar ze zei alleen: 'Draag je nog geen kaki, Aidan?' en duwde iets in zijn hand. Toen hij, nadat ze was weggelopen, zijn hand opende om te kijken wat het was, bleek het een witte veer te zijn.

16

Nadat James en vader waren overleden, had Clemency het gevoel dat de geestdrift uit het gezin was verdwenen. De familie Maclise was gekrompen, saaier geworden, stiller, tamelijk kleurloos. Als ze 's avonds in bed lag en terugdacht aan hoe James haar had leren autorijden of hoe vader haar naar Ivors concerten had gereden, huilde ze stil, terwijl haar hart leek samen te trekken en de tranen over haar gezicht stroomden.

In het voorjaar van 1916 stelde de regering dienstplicht in. Er werden op straat posters opgehangen die alle volwassen, ongetrouwde mannen eraan herinnerden dat ze nu verplicht waren in dienst te gaan. Tijdens de paasvakantie vertelde Philip Clemency dat hij had besloten meteen in dienst te gaan en niet te wachten totdat hij zijn schooljaar had afgerond. Toen Clemency protesteerde, zei hij met een wrange glimlach: 'Dacht je dat ik zou weglopen? Dat deed ik vroeger wel altijd, maar deze keer niet.'

Ze barstte uit: 'Maar Phil, je zult het haten!'

'O, het zal wel gruwelijk zijn, Clemency. En ik weet dat ik constant het gevoel zal hebben dat het verkeerd is. Maar Clem, er zijn al zoveel schoolgenoten gedood of gewond. De hoofdmeester leest 's ochtends bij het gebed hun namen voor. Waarom zou ik anders zijn? Waarom zou ik moeten worden gespaard? Ik weet dat ik als soldaat niets voorstel. Ik heb het altijd hopeloos gedaan tijdens de militaire training op school: ik kan niet marcheren en ik vergeet steeds hoe ik mijn geweer moet gebruiken. Maar ik zal mijn best doen. Dat begrijp je toch wel?'

Maar Philip werd om medische redenen afgekeurd. Hij had nog steeds astma en zijn bijziendheid was door de jaren heen erger geworden. Clemency was enorm opgelucht, maar ze zag dat Philip, hoe opgelucht hij ook was, weer een afwijzing moest verwerken. 'Ik wilde me nuttig maken,' zei hij tegen haar. Hij klonk verbijsterd. 'Heb ik zo op mezelf moeten inpraten om me eerbaar te gedragen en dan willen ze me niet.'

Toen had Eva een idee. Ze schreef een vriendin van haar, Sadie Bellamy, die op een boerderij in Wiltshire woonde. Sadie schreef meteen terug en zei dat ze het heerlijk zou vinden als Philip kwam om op de boerderij te helpen. Philip was altijd gek op dieren geweest en de frisse lucht zou goed zijn voor zijn astma. Clemency en Eva brachten hem naar de trein. Clemency bleef zwaaien totdat de witte stip van Philips zakdoek, die uit het open raam wapperde, verdween in de bocht in het spoor. Nu waren ze nog met zijn drieën. Nog niet zo lang geleden waren ze met zijn tienen geweest. En daar was het weer, dat samentrekkende gevoel rond haar hart.

Eva en zij leefden voor de post en gristen die uit de handen van de postbode zodra hij op de deur klopte. Brieven van Philip, vanaf Greenstones, vol verhalen over de kinderen Bellamy en de boerderij. Brieven van Aidan in een opleidingskamp in het noorden van Engeland. Brieven van Iris die nu verpleegde in een militair hospitaal in Etaples, Noord-Frankrijk.

Maar geen brieven van Marianne. Ze bladerden elke dag snel door de stapel brieven die de postbode had bezorgd, op zoek naar een envelop die in Mariannes handschrift was geadresseerd. Ze waren elke dag teleurgesteld. Ze hoorden helemaal niets, zelfs niet toen ze schreven om Marianne over de dood van James en vader te vertellen. Dat nam hun laatste hoop weg dat Mariannes gebrek aan communicatie te maken had met iets anders dan een dramatische verandering in haar omstandigheden. Hoewel ze het er zelden met elkaar over hadden, wist Clemency dat iedereen nu bezorgd was om Mariannes veiligheid. Eva schreef op een avond een brief aan de gouverneur van Ceylon, waarin ze hem vroeg uit te zoeken wat er met Marianne was gebeurd. Clemency keek over Eva's schouder toe hoe ze de brief schreef. Het verlies van vader en James had hen grijs, koud en leeg achtergelaten. Maar als ze een zus zou verliezen, dacht ze, zou ze een deel van zichzelf kwijtraken.

Ze waren allemaal vergeten wat het was om goed nieuws te krijgen. Er kwam geen goed nieuws van het front, waar gruwelen op gruwelen werden gestapeld. In januari werden tienduizenden geallieerde troepen, grotendeels uit Australië en Nieuw-Zeeland, van het schiereiland Gallipoli geëvacueerd, waar ze sinds de lente van het jaar daarvoor enorme verliezen hadden geleden. Die nederlaag werd in mei gevolgd door de zeeslag bij Jutland. Clemency was, zo lang ze zich kon herinneren, opgevoed met het geloof dat de Britse marine onoverwinnelijk was: 'Brittannië regeerde de golven', dat was een onbetwistbaar feit. Maar toch waren de verliezen van de *Royal Navy* veel groter dan die van de Duitse *Hochseeflotte*.

Toen verdronk in juni Lord Kitchener, die het nieuwe leger van vrijwilligers in het leven had geroepen dat zelfs nu naar Frankrijk werd gezonden om te vechten, toen zijn schip tot zinken werd gebracht door een mijn. Clemency was in Sheffield aan het winkelen toen ze de koppen bij de krantenkiosk las. Het was stil op straat; ze zag haar eigen geschoktheid en ongeloof terug in de ogen van de voorbijgangers op straat.

Eind juni openden de Britten een artilleriebombardement op de Somme. Het bombardement, dat de Duitse verdediging moest vernietigen, was zo enorm overweldigend, dat de bevingen van de grote kanonnen tot in Londen voelbaar waren. Op 1 juli werden honderdduizend mannen naar het front gestuurd. In eerste instantie waren de krantenkoppen in een jubelstemming. Toen begon het nieuws over de slachtoffers door te sijpelen. Hele bataljons vrijwilligers van Kitchener waren weggevaagd. Bij het uitbreken van de oorlog hadden Britse steden trots hun eigen bataljons van inwoners samengesteld; nu, na de slachting op de Somme, waren diezelfde steden in diepe rouw.

Het stadsbataljon van Sheffield was kort na het uitbreken van de oorlog in het leven geroepen. Toen het was opgedragen het dorpje Serre in te nemen, was het bataljon een regen van machinegeweren in gemarcheerd. De doden waren mannen uit Sheffield die in de gieterijen, fabrieken en aan de universiteiten hadden gewerkt. Sommigen kwamen uit gezinnen die Clemency al haar hele leven kende. Oswald Hutchinson was dood; Alfred Palmer werd vermist. Ronnie Catherwood was ernstig gewond geraakt toen een granaat naast hem was ontploft; de dokter had zijn moeder verteld dat de kans minimaal was dat hij ooit nog zou zien.

Clemency ging in Londen bij Ronnie op bezoek in het ziekenhuis waarheen hij was vervoerd zodra hij goed genoeg was om uit Frankrijk te worden verscheept. Een wit verband bedekte zijn halve hoofd; zijn rechterarm was net onder de elleboog geamputeerd. Toen ze bij de bleke, stille figuur naast het bed zat, herinnerde Clemency zich hoe er jaren geleden, toen ze nog klein was, een feest op Summerleigh was geweest en hoe ze naar beneden was geglipt, de balzaal in had gekeken en Ronnie met een extatische blik in zijn ogen met Iris had zien walsen.

Ze ging daarna iedere twee weken bij Ronnie op bezoek. Op een dag zat Clemency helemaal alleen in een treincoupé tot Northampton, toen een jonge vrouw de deur opende.

'Zijn deze stoelen vrij?' Clemency zei dat dat het geval was en de jonge vrouw kwam de coupé binnen. Ze droeg een zwarte jurk, hoed en voile. Nadat ze was gaan zitten, zei ze tegen Clemency: 'Vind je het erg als ik mijn hoed afzet?'

'Helemaal niet.'

Ze begon spelden uit haar hoed te trekken. 'Ik voel me altijd zo gevangen met een hoed op, jij niet? Vooral als het zo heet is en je een voile moet dragen.'

Ze deed haar hoed af. Haar dikke, glanzende haar was onder in haar nek in een knot gedraaid. Haar amandelvormige ogen waren lichtbruin en haar teint was roomkleurig. Clemency vond haar een van de mooiste meisjes die ze ooit had gezien.

Het meisje bood Clemency een hand aan. 'Ik ben Ottilie Maitland.'

Clemency stelde zichzelf voor. Toen zei ze: 'Ottilie. Wat een mooie naam.'

'Dat vind ik ook. Clemency is ook een mooie naam.' Ottilie hield haar hoofd een beetje scheef en nam Clemency op. 'Ja. Die naam past bij je. Wil je een kop thee?' Ze pakte een thermosfles uit haar tas. 'Michael nam als hij met de trein reisde altijd een thermosfles thee en een pakje gemberkoekjes mee en ik heb die gewoonte van hem overgenomen. Hij zei altijd dat het een hoop tijd bespaarde als hij niet in de rij bij de restauratiewagon hoefde te staan.'

'Michael?'

'Hij was mijn man. Hij is vier maanden geleden in Frankrijk aan een longontsteking gestorven. Hij was kapitein bij de gardetroepen.'

Clemency bood haar condoléances aan. 'Hoelang waren jullie getrouwd?'

'Twee jaar. Ik heb een zoontje van acht maanden. Voor wie ben jij in de rouw, Clemency?'

'Mijn vader en mijn broer James.' Ze zei ineens: 'Ik maak me constant zorgen om mijn familie. Ik kan niet anders,' en toen geneerde ze zich ineens. 'Het spijt me...'

Maar Ottilie zei: 'Neem een gemberkoekje,' en bood het pakje aan. 'Ik leef tegenwoordig van koekjes en blikvoer. Het lijkt zo'n verspilde moeite om alleen voor jezelf te koken. Als de baby ouder is, kan ik wel weer gezellige dineetjes voor twee maken, maar momenteel drinkt hij alleen melk en eet brood en gestoofd fruit.' Toen keek ze bedachtzaam naar Clemency en zei: 'Als je er even tussenuit wilt, kun je altijd bij mij op bezoek komen.'

Clemency kon niet anders dan haar aanstaren. Ottilie schoot in de lach en zei: 'Mijn kinderjuf zegt altijd dat ik te rechtdoorzee ben. Maar ik weet altijd meteen of ik iemand aardig vind en ik weet dat ik jou aardig vind, Clemency. Dus waarom zou ik eromheen draaien? En ik weet zeker dat je mijn huis geweldig zult vinden, dat vindt iedereen. Het staat een beetje op instorten, maar dat geeft toch niet? En ik zou het heel leuk vinden als je mijn zoontje zou zien. Je hebt toch vriendinnen nodig in deze afschuwelijke tijden en Archie en ik bazelen alleen maar.'

Ottilie woonde in een klein herenhuis in Leicestershire in een afgelegen gebied tussen golvende bossen en weiden. Het huis was een nest van scheve muren, wenteltrappen en bochtige gangen die de neiging hadden je uit te spuwen op een onverwachte plek. De meubels waren van oud, bewerkt eikenhout, al eeuwen met bijenwas gepoetst, en bekleed met versleten fluweel en muf damast. Er woonden natuurlijk spoken in Hadfield, zei Ottilie achteloos over haar schouder tegen Clemency terwijl ze een donkere, smalle trap kwam afrennen. 'Maar spoken zijn net spinnen... als je ze niet stoort, zitten ze jou ook niet in de weg. En op de een of andere manier zorgen ze net als spinnen dat het huis netjes blijft.'

Buiten waren struiken en parterres overwoekerd. 'De enige delen van de tuin die goed worden onderhouden,' zei Ottilie, 'zijn de moestuin en de fruitkas. Ik wil deze herfst een heleboel aardappels planten. Dan verhongeren Archie en ik tenminste niet als de Duitsers al onze schepen tot zinken brengen.' Archie was Ottilies mollige, energieke zoontje. Ottilie gaf hem een kus en keek strijdlustig. 'En als die ellendige oorlog niet voorbij is als Archie een man is, verstop ik hem op een zolder. Dat heb ik besloten. Het leger krijgt hem niet.'

Zoals Ottilie Clemency al had verteld, was het huis vervallen. Stormen hadden dakpannen van hun plaats geblazen en deuren en ramen zaten zo vast in hun kozijnen gewrikt dat ze niet meer open konden. Ottilies enige bediende was mevrouw Forbes, een heel oude vrouw die ooit Ottilies kindermeisje was geweest en nu hielp met de verzorging van Archie. Ottilie en mevrouw Forbes leefden in een staat van liefhebbende oorlogvoering, aangezien mevrouw Forbes erop stond dat Archie volgens een strikte routine leefde, terwijl Ottilie zich niets aantrok van een vaste bedtijd en hem tussen de maaltijden door liet eten. Ottilie legde uit dat de bedienden die voor Ottilie en Michael hadden gewerkt toen ze net waren getrouwd allemaal oud waren en ondertussen waren gestorven of waren gepensioneerd en bij hun kinderen waren gaan wonen. Om de een of andere reden was Ottilie er nooit aan toe gekomen vervanging te zoeken. Ze was extreem praktisch van aard en knapte de ergst vervallen delen van het huis zelf op, ze tuinierde met een obsessieve toewijding en kookte en maakte schoon als ze daar zin in had. Als er ratten in de composthoop nestelden, schoot Ottilie ze vanuit een open raam op de bovenverdieping dood. Ze kon uitstekend schieten en het erf lag al snel vol bruine lijkjes.

Hun vriendschap verdiepte zich terwijl de zomer overging in herfst. Clemency overnachtte heel vaak op Hadfield en sliep dan in een hoog hemelbed met een doek met vervaagde jachtscènes in crewelgaren eromheen gedrapeerd. Overdag hielp ze Ottilie met Archie en de tuin en deed wat er maar gedaan moest worden in huis; ze klom op het dak om dakpannen goed te leggen of haalde bladeren uit de goten. Hoewel Hadfield zelf een eenzame, vervallen, sprookjesachtige schoonheid had, wist Clemency dat ze ook steeds naar Ottilie was blijven teruggaan als die in een twee-onder-een-kapwoning had gewoond of zelfs in een sloppenwijk.

Het was Ottilie zelf die haar naar Hadfield trok. Ze vond Ottilie net een ui; dat was geen flatterende of poëtische typering, maar ze kon geen betere manier bedenken om de lagen fascinatie en magie die ze steeds in Ottilie leek te ontdekken, te beschrijven. Als ze thuis was op Summerleigh of mevrouw Coles rondreed, zag Clemency Ottilie voor zich in de oude rijbroek en tweedjasje van haar echtgenoot terwijl ze in de tuin stond te spitten, of als ze in de keuken zat nadat ze in bad was geweest, met haar vochtige haar als een donkere sluier over haar schouders. En dan voelde ze een steek van verlangen en genot die haar soms herinnerde aan wat ze voor Ivor had gevoeld, hoewel ze niet de onzekerheid en eerbiediging voelde waarvan ze nu wist dat die onderdeel van haar liefde voor Ivor waren geweest.

Het viel haar op dat Ottilie het zelden over haar echtgenoot, Michael, had. De wond die Michaels dood had achtergelaten, moest nog te pijnlijk zijn, concludeerde ze. Er hing een foto van Michael Maitland boven de schoorsteenmantel in de zitkamer. Ondanks zijn legeruniform had hij een jongensachtig uiterlijk, met zijn ronde, donkere ogen als ebbenhouten knopen, zijn glimlach aarzelend, verlangend te behagen.

Toen ze op een middag naar Hadfield kwam, vond Clemency Ottilie in de keuken voor het fornuis geknield. 'Ik krijg dat vervelende ding niet aan,' zei ze geïrriteerd. 'Ik heb al een heel doosje lucifers opgemaakt.'

Clemency bood aan het even te proberen, zodat Ottilie naar Archie kon, die verkouden was. Het fornuis zat vol roet, dus Clemency bracht een paar aangename uurtjes door met het schoonmaken van asladen en het bijstellen van de afvoer. Tegen de tijd dat het haar was gelukt het fornuis aan de praat te krijgen, zat Clemency onder het roet en moest ze water koken om in bad te kunnen.

Na haar bad zat ze in Ottilies badjas in de keuken terwijl Ottilie toast met kaas maakte. 'Michael zou vandaag eenendertig zijn geworden, de arme schat. Op zijn verjaardag klommen we altijd in de grote eikenboom in de voortuin. Dan dronken we tussen de takken een glas rode wijn. Gekkenwerk natuurlijk en gevaarlijk om je weg naar beneden te vinden als je dronken was, maar wel heel leuk. Toen we klein waren, dronken we er natuurlijk limonade, maar dat was net zo leuk.'

'Kenden jullie elkaar al toen je klein was?'

'We waren neef en nicht. Achterneef en -nicht. We hadden dezelfde grootmoeder. Toen we ons verloofden, kende ik Michael al jaren. Hij was zes jaar ouder dan ik en ik had hem altijd vreselijk bewonderd. Hij was zo lang, slim en knap.'

'Je mist hem vast verschrikkelijk.'

'In sommige opzichten. Niet in andere.' Ze maakte chocolademelk en schonk gekookte melk in twee mokken. 'We hadden nooit moeten trouwen. Zo, jij bent de eerste aan wie ik dat toegeef. Er is niemand anders aan wie ik dat kan vertellen. En ik wil je niet choqueren, Clemency, maar het is de waarheid.'

'Hield je niet van hem?'

'Ik hield vreselijk veel van hem. Maar als vriend, als een soort broer, niet als echtgenoot.' Ze schonk cognac in de mokken en zette er een voor Clemency neer. 'Michael was enorm lief en vriendelijk en we waren heel goede vrienden. Toen we verloofd waren, kuste hij me soms bij het afscheid en dat vond ik vreselijk. Ik dacht dat het wel zou veranderen als we eenmaal waren getrouwd, dat ik me door het huwelijk anders zou gaan voelen, maar dat was niet zo. Als hij me kuste, sloot ik mijn ogen en deed of ik er niet was. Ik probeerde het niet te laten merken, maar ik weet dat hij het wist. En volgens mij voelde hij hetzelfde. Ik denk vaak dat het voor hem erger moet zijn geweest. Van mannen wordt verwacht dat ze de verantwoordelijkheid nemen voor dat onderdeel van het huwelijk, toch?' Ze fronste haar wenkbrauwen. 'Zeg het maar als je het niet wilt horen, hoor. Dat kan ik me heel goed voorstellen.'

Clemency zei: 'Ik vind het helemaal niet vervelend.'

'Wil je dan nog een kop chocolademelk?'

'Lekker.'

'En een sigaret. Ik moet een sigaret.' Ottilie bood Clemency een sigaret aan. 'Op onze huwelijksnacht hadden we allebei geen idee wat we moesten doen, dus uiteindelijk hebben we even geknuffeld en toen zijn we gaan slapen. Maar Michael had het idee dat dat niet de bedoeling was, dus toen is hij naar een vriend in Harley Street gegaan, die hem heeft verteld wat hij moest doen. En daarna lukte het ons net om echt getrouwd te zijn. En toen we wisten dat Archie eraan kwam, zijn we apart gaan slapen. En toen was het beter. Hoewel we niet gelukkig waren. We wisten namelijk dat we anders dan andere stellen waren, en ik denk dat we ons daar... ongemakkelijk door voelden. Bijna beschaamd.' Ze zuchtte. 'Volgens mij was Michael liever in het gezelschap van mannen. Hij had geen zussen, is naar een jongensschool geweest en na de universiteit is hij het leger in gegaan. Volgens mij heeft hij nooit de kans gehad aan vrouwen te wennen. Als ik erop terugkijk, vraag ik me af of hij me leuk vond omdat ik zo jongensachtig was. We hadden heel veel gemeenschappelijk: we hielden allebei van auto's, jagen en zeilen. En hij moest natuurlijk trouwen vanwege Hadfield. Mijn Archie is de laatste telg van de familie Maitland.'

'Waarom ben je met hem getrouwd, Ottilie?'

Ottilie glimlachte verdrietig. 'Ik ben bang dat ik dat niet om de juiste redenen heb gedaan. Mijn vriendinnen gingen allemaal trouwen en ik wilde niet achterblijven. En ik maakte me zorgen dat ik nooit iemand zou ontmoeten met wie ik wilde trouwen. Ik heb vaak het gevoel dat Michael en ik met elkaar zijn getrouwd omdat we dachten dat de ander het beste was wat we konden krijgen. En omdat we, als we waren getrouwd, niet hoefden te blijven doen alsof we in staat zouden zijn iemand anders te vinden.'

Clemency zei: 'Denk je dat je ooit zal hertrouwen?'

'O nee. Ik heb mijn lesje wel geleerd.' Ottilie zette de melkpan en vieze borden in de gootsteen. 'Ik wist al heel snel nadat we waren getrouwd dat ik een gruwelijke fout had gemaakt. Ik vond het vreselijk dat ik geen eigen kamer had. Ik haatte het dat Michael in mijn bed lag. Het voelde... walgelijk.'

Clemency dacht aan haar worsteling met Ivor op de bank in de zitkamer. Haar verbijstering: als dit was wat het betekende om getrouwd te zijn, waarom begonnen mensen er dan aan?

Ze hoorde Ottilie zeggen: 'Ik zal je haar even borstelen,' en ze sloot haar ogen, warm en verrukt, terwijl Ottilie achter haar stond en haar haar borstelde.

Ottilie zei: 'Het enige waar ik spijt van heb, is dat ik diep vanbinnen altijd heb geweten dat het niet goed zat. Weet je nog dat ik de eerste keer dat ik je zag, vertelde dat ik altijd meteen weet wat ik van iemand vind?

'Natuurlijk.'

'Ik wist dat ik niet echt van Michael hield, maar ik heb niet naar mezelf geluisterd. Na zijn dood heb ik mezelf beloofd die fout nooit meer te maken. Het was niet eerlijk tegenover mezelf en al helemaal niet tegenover Michael.'

De borstel stopte met bewegen. Clemency voelde zich ineens bang, reikte omhoog en greep Ottilies hand. 'Verander je weleens van mening? Over of je iemand aardig vindt?'

'Nooit. En ik zal nooit van mening veranderen over jou, mijn lieve Clemency. Ik houd van jou. Dat weet ik al heel lang.' Ze boog voorover en kuste Clemency op haar hoofd.

Iris werkte sinds het begin van dat jaar in een Brits militair hospitaal in Etaples, aan de kust van Noord-Frankrijk. Eind juni kregen ze de opdracht de mobiele patiënten uit hun bed te halen en de afdeling voor te bereiden op een nieuwe patiëntenstroom. De daaropvolgende dagen hing er een angstige sfeer in het ziekenhuis. Toen begonnen de eerste gewonden van de Somme aan te komen, per trein. De gewonden vulden de opnamehal met een massa modderig kaki. Ze waren in bruine dekens gewikkeld, hun gebroken ledematen gespalkt of hun hoofd omwikkeld met bebloed verband. Na een snelle blik door de ruimte om zich ervan te vergewissen hij er niet bij was volgde Iris keer op keer dezelfde procedure. De modderige, bebloede kleding uittrekken, het verband dat in het veldhospitaal was aangebracht erafhalen, de wond wassen en die bedekken met steriel gaas en verband en ondertussen troostende woorden mompelen. Temperatuur en hartslag opnemen en een vrijwilligster ondersteken en water laten halen. De patiënten werden snel in groepen ingedeeld: degenen die naar de röntgenafdeling moesten, mensen die direct moesten worden geopereerd en mannen die gevaar liepen op inwendige bloedingen. Als alle bedden bezet waren, moest Iris de verpleeghulpen opdragen de minst ernstig gewonden op de vloer te leggen zodat er ruimte was voor het volgende konvooi zwaargewonden.

In de herfst, toen de gevechten even iets minder fel waren, ontving ze een briefje van Ash waarin stond dat hij voor militaire zaken vlak in de buurt van Le Touquet was en de volgende dag vrij had. De hoofdzuster gaf haar een achterstallige vrije dag. Toen ze Ash de volgende ochtend zag, merkte Iris dat ze de aanvechting had om met haar handen over zijn ledematen te gaan om te controleren of hij nog ongedeerd was. Hij las haar gedachten, grijnsde en zei: 'Ik ben nog helemaal heel. Ik heb altijd al geluk gehad.'

'Houd dat maar zo, Ash.'

Hij kuste haar. 'Wat zullen we gaan doen? Een strandwandeling?'

Ze volgden de kustlijn naar Paris-Plage. Een briesje woelde tussen het gras in de duinen en liet de zeilen van de vissersboten op zee bollen. Het water rook zout en Ash had zijn arm om haar heen geslagen toen hij zei: 'Ik denk vaak dat ik sneller had moeten zijn. Als we waren getrouwd toen je me vroeg, jaren geleden, na dat feest...'

'Ik heb je niet echt ten huwelijk gevraagd.'

'Bijna is hetzelfde.' Hij keek haar aan. 'Je bloost.'

'Onzin. Dat komt door de zeelucht.'

'Maar goed, als we toen waren getrouwd, hadden we nu misschien ondertussen zes kinderen gehad.'

'Geen zes...'

'Dat had heel goed gekund. Drie tweelingen.'

'Hemel... dan zouden we een gigantisch huis nodig hebben.'

'Ik heb een gigantisch huis.'

Ze herinnerde zich dat Ash het huis van zijn voogd in Cambridgeshire had geërfd. 'Dat is waar.'

Hij zei: 'Als we dit overleven...'

'Ash. We moeten geen plannen maken. Je weet dat dat ongeluk brengt.'

'Ik ben bang dat ik al plannen heb gemaakt. Ik heb deze voor je gekocht.' Hij haalde iets uit zijn zak. Toen ze het doosje opende, zag ze dat er een ring in zat, een ouderwets ontwerp van parels en piepkleine robijntjes. 'Ik heb hem in Le Touquet gekocht,' zei hij. 'Als je hem niet mooi vindt, koop ik iets beters als we weer in Londen zijn.'

Ze had een brok in haar keel, maar het lukte haar te zeggen: 'Ik vind hem geweldig. Hij is prachtig.'

'Deze keer verpest ik het niet,' zei hij terwijl hij in het zand knielde. De branding likte aan zijn enkels en ze moest haar hand over haar mond slaan om niet te gaan giechelen. 'Wil je met me trouwen, Iris?' en toen had ze ineens helemaal geen behoefte meer om te gaan lachen.

Ze fluisterde: 'Natuurlijk wil ik dat.'

Hij ging met haar lunchen in Le Touquet. Ze bespraken tijdens de maaltijd van champagne en op ijs geserveerde schaaldieren alles behalve de oorlog. Hun bruiloft, waar ze zouden gaan wonen, wat ze zouden gaan doen. Hij zei: 'Ik overweeg een school te beginnen. Dat zou heel goed kunnen in Emlyns huis. De ellende met de wet is dat je uiteindelijk altijd probeert de rotzooi op te ruimen die mensen van hun leven hebben gemaakt. Dan kun je het beter bij de wortel aanpakken, als je nog invloed kunt uitoefenen.' Hij strengelde zijn vingers door die van Iris. 'Als je het tenminste niet erg vindt om in een huis vol kinderen te wonen. Misschien heb je hierna wel behoefte aan rust en stilte.'

'Misschien wel.' Ze bracht zijn hand naar haar lippen en kuste die. 'Lieve Ash. Je probeert nog steeds de wereld te verbeteren. Hoe lukt het je toch te blijven hopen?'

'Dat lukt niet altijd,' zei hij.

Ze zag zijn gezichtsuitdrukking. 'Je voelt je vreselijk, hè?'

'Behoorlijk ellendig.' Hij schonk hun glazen bij. 'Maar ik neem aan dat jij ook niet hebt zitten duimendraaien. Dus laten we het daar maar niet over hebben. Laten we een dagje vrij nemen van de oorlog.' Hij glimlachte. 'Vertel eens over je familie. Ik trouw natuurlijk met je vanwege je familie, Iris. Ik heb altijd al een grote familie willen hebben.'

'Je zult het aantal leden een beetje aanvullen. We zijn nog maar met zijn zessen.' Ze was even stil. 'Of misschien met zijn vijven.'

Hij peuterde iets uit een schelp. 'Vijf?'

Ze vertelde hem over Marianne. 'Ik denk echt dat er iets afschuwelijks met haar is gebeurd, Ash.' Ze voegde er plompverloren aan toe: 'Eerlijk gezegd denk ik dat ze dood is. Dat heb ik niet aan Eva verteld, want dan zou ze alleen maar boos worden, maar dat denk ik al een tijdje. Ze zou ons niet zomaar vergeten, dat weet ik zeker. Er is iets vreselijks gebeurd, dat moet wel.'

'Maar haar echtgenoot... en het kind...'

'Ik heb Lucas Melrose nooit vertrouwd. Het was onmogelijk hem aardig te vinden, Ash. Hij zal wel knap, slim en rijk zijn geweest, maar het lukte me niet hem aardig te vinden. En Eva had hetzelfde.' Iris zuchtte. 'Eva heeft de gouverneur van Ceylon een brief geschreven. Maar daar hebben we nog niets op gehoord en er zinken zoveel schepen in de Middellandse Zee dat ik geen idee heb of onze brieven aankomen.'

Hij kneep in haar hand. 'Je moet niet opgeven. Tot je het zeker weet, is er altijd hoop.'

Het lukte haar te glimlachen. Hij zei: 'Hier, neem deze,' en ze zei aarzelend:

'Het ziet eruit als een slak.'

'Volgens mij is het dat ook.'

'Neem jij hem maar.'

'Alles is beter dan wat ze je in het leger voorschotelen. Hoe is het met Eva?'

'Ze schrijft me oersaaie brieven over opdrachten van het ministerie en de tarieven voor stukwerk. En over de verschillende staalsoorten en wat er misgaat met de machines. Ik heb meestal geen idee waarover ze het heeft. Het is zo'n gek idee dat Eva de leiding heeft over vaders fabriek.' Ze zei verdrietig: 'Arme Eva. Ze mist vader vreselijk. Dat doen we natuurlijk allemaal, maar volgens mij mist zij hem het meest.'

Hij schonk de laatste champagne in haar glas. 'Drink maar op,' zei hij. 'We gaan dansen.'

Ash had een vriend, David Richardson, die een platenspeler had. Ze dansten op het strand, tussen de duinen en de zee, waar het vol lag met roze en gele schelpen. Luitenant Richardson had twee grammofoonplaten meegenomen, een liedje uit *Hullo Ragtime!* en de wals uit *Gaiety Girl*. Iris danste afwisselend met de twee mannen. Ze dansten in het geluid van de zeemeeuwen, het geklots van de golven en de zachte warmte van de herfstzon. Ze vergat de oorlog, bande die uit haar geest terwijl ze danste.

Ze was met luitenant Richardson aan het dansen toen ze Ash in elkaar gedoken in de luwte van de duinen naar de zee zag zitten staren. Toen ze naast hem ging zitten, pakte hij haar hand. Hij zei: 'Ik vraag me af of we dit wel hadden moeten doen. Ik vraag me af of het dan gemakkelijker zou zijn geweest.' Ze moest haar best doen hem te horen praten in het geluid van de golven en het gefluister van de wind. 'Als ik daar ben, in de loopgraven, zeg ik tegen mezelf dat dat alles is wat er is. Dat er niets anders is. Dan verpest je tenminste geen tijd met verlangen naar wat er niet is. Het is zo onvoorstelbaar lelijk. Zo ver je kunt kijken alleen maar modder en kraters. Hier en daar een telegraafpaal of boomstam die uit de modder steekt. Of een kruis dat de plek markeert waar iemand is gesneuveld. En daar zit ik dan in de puinhoop die de oorlog veroorzaakt... tussen de granaatscherven, scheppen, plunjezakken, roestige blikken en papiertjes van chocolade en sigaretten. Maar de enige levenden zijn wij, de ratten en de luizen. Verder leeft er niets, helemaal niets.'

Hij danste een laatste keer met haar. De muziek ging bijna verloren toen de wind aanwakkerde en de hemel donker werd. Ze dacht: wat er ook gebeurt, dit zal ik nooit vergeten. Ik zal altijd onthouden hoe het voelt om mijn hoofd tegen zijn schouder te leggen, zijn armen om me heen of zijn wang tegen de mijne te hebben. En hoe het water over mijn voeten stroomt terwijl het vloed wordt en hij me kust.

Ze fluisterde: 'Zorg dat je geluk blijft houden, Ash. Beloof me dat je goed op jezelf past. Beloof het me.'

Er was een zin die ze nogal vaak bezigden: ik zal het er gewoon mee moeten doen.

Het er gewoon mee moeten doen sloeg op alles: van stoofschotel van kattenvlees maken tot de dag nadat je de brief had ontvangen waarin stond dat je zoon was gestorven weer aan het werk gaan. Er was toch geen lichaam om te begraven, geen begrafenis om te regelen.

Voor Eva betekende 'het er gewoon mee moeten doen' zeven dagen per week zichzelf vroeg uit bed sleuren, wanneer ieder vermoeid bot in haar lichaam haar smeekte nog een uurtje te mogen slapen, zodat ze in haar kantoor bij de firma Maclise was voordat de arbeiders kwamen, net zoals vader dat altijd had gedaan. Het betekende dat ze tot 's avonds laat op de fabriek bleef om een order van het ministerie van Defensie af te maken terwijl ze hoofdpijn had en de rijen cijfers voor haar ogen dansten. Het betekende haar tanden op elkaar zetten als moeder, toen Ruby, de huishoudster, van Summerleigh was vertrokken om in een munitiefabriek te gaan werken en alleen de steeds zwakker en ouder wordende Edith en mevrouw Bradwell over waren om het huishouden draaiend te houden, klaagde over het eten en de kou.

Toen de Duitse onderzeebootblokkade vroeg in 1917 toesloeg en enorme hoeveelheden handelswaar tot zinken werden gebracht, ontstond het reële gevaar dat het land zou uithongeren. Ze werden opgeroepen minder brood te eten vanwege het ernstige graantekort. Parken en speelveldjes werden omgespit om er groenten te planten; koning George V kondigde aan dat hij de rozen en geraniums in de koninklijke parken liet vervangen door aardappels en kool. Clemency had de borders van Summerleigh omgespit en als Eva even vrij had, wiedde ze de zaailingen die ze had geplant. Toen sloot Clemency zich begin februari aan bij het net gevormde *Women's Land Army*, en ze werd uitgezonden om op een boerderij in de buurt van Market Harborough te gaan werken.

Hoewel het eten op Summerleigh saai, gewoontjes en niet overvloedig was, wist Eva dat ze geluk hadden. Er deden verhalen de ronde over arme landelijke gebieden en de ergste sloppenwijken waar kinderen stierven aan ondervoeding. Sloppenkinderen, met holle gezichten en gekleed in lompen, verzamelden zich bij de fabrieken in de stad en smeekten om de restjes van de lunch die de arbeiders bij zich hadden.

Eva wist dat ze op andere gebieden ook geluk had. Hoewel ze James en vader waren verloren, ging het goed met James' vrouw en kinderen, die leefden van een toelage die vader hun in zijn testament had nagelaten. Aidan had het bloedbad bij de Somme overleefd en was nu relatief veilig op een militair hoofdkwartier redelijk uit de buurt van het front gestationeerd. En Philip was gelukkig op Greenstones. Ik zou het zonder hem niet redden, schreef Sadie. Hij is geweldig... hij werkt keihard, is onvoorstelbaar geduldig met de kinderen en hij klaagt nooit.

Zovelen van hun vrienden en bekenden hadden het enorm veel zwaarder. Vader, echtgenoot en zoon waren aan het front of aan longontsteking of dysenterie gestorven. Of ze hadden het overleefd, levenslang verminkt, zoals Ronnie Catherwood, of hun zenuwen waren zo beschadigd dat ieder geluidje – het omslaan van een bladzijde, de wind in de bomen – hen deed beven van angst. Op Maclise werkten mannen die twee, drie of vier zoons waren verloren. Er werkten jonge vrouwen die hun vader, echtgenoot en broers waren verloren. Er waren vrouwen die nadat ze de brief hadden ontvangen waarin stond dat hun man of zoon werd vermist, bleven hopen, hoop die wegebde naarmate de maanden en jaren zonder bericht verstreken, tot ze uiteindelijk waren gedwongen de dood van hun geliefde te accepteren, zijn lichaam niet opgeëist, zijn laatste rustplaats nooit bekend.

Eva maakte zich constant zorgen om Marianne. Het was zo vreselijk om niets te horen. Als ze van haar werk naar huis liep, of in de tuin zat gehurkt, op zoek naar slakken in de kool, dacht ze na over Marianne. Misschien was het huwelijk, zoals Iris had gezegd, mislukt en had Marianne Lucas verlaten. Maar waarom schreef ze dan niet? Ze zou toch zeker niet denken dat haar zussen haar zouden veroordelen, haar zussen, die over het algemeen zelf zo'n rotzooi van hun liefdesleven hadden gemaakt? Of misschien was Marianne weggelopen. Misschien had ze nadat ze had ontdekt dat ze het verkeerde leven had gekozen, haar zoon meegenomen en was ze ergens anders opnieuw begonnen.

Wat Eva niet kon geloven, wat ze weigerde te geloven, was dat Marianne dood was en dat ze haar nooit meer zouden zien. Ze wist dat Iris dat dacht. Het maakte haar kwaad dat Iris Marianne zomaar opgaf. Eva had het gevoel – bijgeloof dat ze nooit uitsprak omdat het niet rationeel was – dat Marianne hun vertrouwen nodig had.

Ze deed op haar werk en thuis gewoon wat ze moest doen. De oorlog had de firma Maclise ook veranderd. Die maakte nu bajonetten, helmen en snijgereedschap. Soms moest ze glimlachen als ze dacht aan wat vader zou hebben gevonden van al die vrouwen in overall in de werkplaatsen, vrouwen die nu succesvol ingewikkelde technische handelingen uitvoerden waarvan vroeger werd gedacht dat alleen mannen dat zouden kunnen. Ze glimlachte ook als ze haar tramkaartje bij een conductrice kocht of wanneer ze als ze bij een vriend in het ziekenhuis op bezoek ging vrouwelijke artsen op de afdeling zag werken. Vrouwen veranderden, net zoals de zusjes Maclise waren veranderd. Naarmate oude beperkingen en frustraties werden afgeworpen, toonden vrouwen talenten en kwaliteiten die nog nooit naar voren waren gekomen. Daarvoor had Eva allemaal gevochten, daar had ze op gehoopt. Ze voelde een stil genot, maar geen triomf, omdat ze wist welke prijs ze ervoor hadden betaald en nog steeds betaalden.

Iemand streelde zacht haar haar; Eva werd wakker. Ze was boven een stapel rekeningen in slaap gevallen; ze voelde ze tegen haar wang.

Rob Foley zei: 'Je moet naar huis. Dat is waarschijnlijk comfortabeler dan op kantoor slapen.'

'Zo'n beetje.' Eva wreef in haar ogen. 'Hoewel moeder me een standje geeft als ik in de zitkamer in slaap val. Ze zegt dat ze al zo weinig gezelschap heeft om haar de avond door te helpen, en als ik dan ook nog eens in slaap val... en het is thuis zo koud, we hebben niet genoeg kolen voor dat grote huis. Ik overweeg op kantoor te blijven slapen, Rob. Als je aan al die tijd denkt die ik verspil met heen en weer reizen. Maar dat kan niet, hè?'

'Dat lijkt me niet. Hier, ik heb koffie voor je meegenomen.' Hij zette een kop en schotel voor haar neer. Toen zei hij: 'Eva, ik moet je vertellen dat ik heb besloten ontslag te nemen.'

'O, doe niet zo idioot, Rob...' Ze staarde hem aan, haar geest nog doezelig van het slapen. Een hele reeks mogelijkheden – hij had ergens anders een betere baan aangeboden gekregen; hij wilde niet voor een vrouw werken – ging door haar hoofd en werd subiet afgewezen. Toen keek ze hem aan en ineens begreep ze hem. Ze zei kwaad: 'Rob, nee. Nee. Jij niet.'

'Ik moet, Eva.'

'Nee.' Ze was razend op hem. 'Je werk hier is zo belangrijk. En er zijn drie mensen afhankelijk van je... je hoeft niet in dienst, dat weet je...'

'Strikt genomen niet, nee. Maar Eva, deze oorlog is voorlopig nog niet afgelopen. Moet ik wachten tot ze het met de kneusjes moeten doen? Moet ik wachten tot ze de vijftigjarigen gaan oproepen, de weduwnaars met kinderen? Denk je niet dat het waardiger is op eigen wilskracht te gaan?'

Ze riep: 'Maar ik heb je nodig!'

'Voor de zaak, bedoel je?'

'Ja,' zei ze hard. 'Voor de zaak.'

Er viel een lange stilte; ze dronk haar koffie op. Hij was te heet, ze brandde haar mond. Ze was totaal overstuur; ze wilde huilen, tegen hem schreeuwen, hem tot rede brengen.

Ze hoorde hem zeggen: 'Ik weet dat je het wel redt. Je werkt hier al twee jaar.'

'Maar niet alleen, Rob! Niet alleen!'

'Je bent niet alleen. Je hebt uitstekende voormannen en werklieden die het werk door en door kennen. En we hoeven tegenwoordig helemaal geen acquisitie te plegen. Er is te veel werk, niet te weinig.'

Ze zei hatelijk: 'Als je weet dat er te veel werk is, waarom verlaat je ons dan terwijl we je nodig hebben?'

'Dat is niet eerlijk. Je weet dat dat niet eerlijk is.' Hij liep naar de deur. 'Ik moet gaan. Anders kom ik te laat voor het eten. Ga je mee?'

Hij hield de deur open. Ze trok mokkend haar jas aan en volgde hem. Toen ze de poort uitliepen, zei hij: 'Je bent goed in je werk, Eva. Je redt het wel. Je bent een dochter van je vader.' Maar ze gaf geen antwoord.

Het was bitterkoud. IJzige sneeuwvlokken sloegen tegen hun gezicht terwijl ze richting Robs kamer liepen. Toen ze een kerk passeerden, hoorden ze gezang.

Rob bleef staan. 'Zullen we naar binnen gaan?'

'Je hospita... je eten...'

Hij zei fel: 'Dat kan me niet verrekken,' wat haar schokte, aangezien Rob nooit krachttermen gebruikte.

Het was ijskoud in de kerk die verlicht was met kaarsen. Toen ze achterin naar het gezang stonden te luisteren, ebde Eva's woede een beetje weg. Het viel haar op dat het koor grotendeels uit meisjes en vrouwen bestond, de tenor- en baspartijen werden gezongen door een handjevol oude mannen en door het orgel aangevuld. Ze voelde tranen achter haar oogleden prikken. Ze wist dat ze niet kwaad op Rob was, maar op de verspilling, en op de eenzaamheid die ze zou voelen als hij weg was. Maar ik heb je nodig, had ze gezegd. Voor de zaak. Dat is niet waar, Eva Maclise, dacht ze, dat is niet waar. Niet alleen voor de zaak.

Maar o, de risico's van de liefde... de pijn degene te zijn van wie het minst werd gehouden, de pijn liefde te verliezen. De zusjes Maclise, dacht ze grimmig, zouden er een boek over kunnen schrijven. Maar na een tijdje pakte ze zijn hand. Hij zei niets, keek haar niet eens aan, maar ze voelde een antwoord in de druk van zijn vingers.

Het gezang stopte; ze liepen de kerk uit. Toen ze de trap afliepen, zei hij: 'Ik hou van je. Ik weet dat dat niet zou mogen, maar ik houd van je, Eva.'

'Waarom zou dat niet mogen?' Ze voelde zich weer kwaad. 'Je gaat toch niet weer helemaal Victoriaans doen, hè, over posities, afkomst en al die onzin?'

'Nou, dat is de ene kant. En dan is er mijn vader nog.'

Ze liepen de straat uit. De sneeuw dwarrelde nu zacht naar beneden en werd kort in het licht van de lantaarnpalen gevangen voordat hij verdween. Ze zei: 'Je vader heeft zelfmoord gepleegd. Ik ben de minnares van een getrouwde man geweest. Dus dan zijn we elkaars gelijke, denk je niet?'

Ze wachtte op de geschokte blik in zijn ogen, de walging in zijn stem. Maar hij glimlachte een beetje en zei: 'Allebei even geperverteerd, bedoel je?'

'Dat zal wel.'

Ze liepen verder. Toen ze de hoek van zijn straat bereikten, zei hij: 'Wat er met jou is gebeurd, is dat voorbij?'

'O ja. Al heel lang geleden.'

'Maar wat er met mij is gebeurd, zal nooit voorbijgaan. Zelfmoord is een teken van gekte. Veel artsen geloven dat gekte erfelijk is.'

Ze zei verhit: 'Ik heb altijd al gevonden dat artsen een hoop onzin uitkramen. Kijk maar eens naar al die artsen die mijn moeder hebben geprobeerd te genezen terwijl ze gewoon een interessante bezigheid nodig had.'

'Maar je kunt het nooit zeker weten, Eva. Er is altijd die mogelijkheid, die schaduw.'

Ze rilde en stak haar kraag omhoog. 'Ik weet niet eens zeker of ik ooit nog van iemand wil houden. Ik weet niet zeker of ik het wil riskeren. En ik weet niet eens of ik wel kinderen kan krijgen... ik ben nooit zwanger geraakt toen ik met Gabriel samen was, en dat had heel gemakkelijk kunnen gebeuren.' Ze draaide zich naar hem om en zei fel: 'Niets is zeker, Rob. Als ik iets heb geleerd, is dat het wel.' Toen kuste ze hem op zijn wang en liep naar de tram.

Ze was niet van plan geweest hem uit te zwaaien op het station. Ze had altijd al een hekel gehad aan afscheid nemen op het station, die hele gruwelijke toestand te zien hoe iemand van wie je houdt van je wordt afgenomen. Maar ze moest die ochtend naar de familieadvocaat in Fargate en toen ze zijn kantoor verliet, keek ze op haar horloge en zag dat, als ze zich haastte, ze hem nog net kon uitzwaaien.

De trein stond al bij het perron. Eva zag in de menigte eerst Robs moeder en toen Susan Foley, in de zwarte kleding die ze alleen nog maar droeg sinds ze in het begin van de oorlog haar carrière als medium was begonnen. Ze zag Robs gezicht oplichten toen hij haar zag, en ze zag de verandering die ze zo lang geleden voor het eerst had gezien, van een alledaags gezicht dat mooi wordt door een glimlach.

Ze zei: 'Ik was van plan deze te posten omdat ik dacht dat ik hem niet op tijd zou afkrijgen. Maar gisteravond is het toch gelukt.' Ze gaf hem een velletje papier. 'Ik heb er geen lijstje om gedaan omdat ik dacht dat je hem zo gemakkelijker in je plunjezak kon bewaren.'

Hij rolde haar schets van haar moeder en zussen open. Ze zei snel: 'Ik moest hem natuurlijk uit mijn geheugen tekenen. En ik ben bang dat ik het een beetje ben verleerd.'

'Hij is perfect. Dank je wel.' De trein gilde en hij pakte zijn bagage op. 'Je tekende toch niet meer?'

'Dat doe ik ook niet. Dit is een hele eer, Rob.'

De conducteur blies op zijn fluitje, zwaaide met zijn vlag en Winifred Foley barstte in tranen uit.

'Moeder...'

'Ik zal voor je bidden, Rob...'

'En als er iets gebeurt, onthoud dan dat er maar een schaduwachtige sluier tussen het Hier en het Hiernamaals ligt...'

'Susan!' Winifred Foley begon nog harder te huilen.

Beide vrouwen klampten zich huilend aan hem vast. Eva deed een stap achteruit. Rob maakte zich van hen los en stapte in de trein.

De trein reed een paar meter van het perron vandaan en stond toen stil. Ze zag hem uit de deur van de coupé hangen en hoorde hem haar naam roepen. En toen rende ze over het perron naar hem toe.

Hij nam haar in zijn armen en bleef haar maar kussen. Ze hadden elkaar nog vast toen de locomotief weer startte en nadat hij haar had losgelaten, stond ze op het perron toe te kijken hoe de trein het station uit reed, te ademloos om te zwaaien.

Ottilie was vanwege de kou en het kolengebrek binnenshuis een bontjas gaan dragen. De jas was ongeveer dezelfde donkere kleur als haar haar, dacht Clemency: ze hadden dezelfde, dierlijke glans.

Toen ze op een vrije dag naar Hadfield ging, zat Clemency met Ottilie en Archie in de tuin toen de enorme, zwarte wolk van een zeppelin aan de horizon steeds groter werd. Ze keken er vol ontzag naar, tot de schaduw over hen heen viel en ze naar binnen renden en zich onder de keukentafel verstopten totdat hij voorbij was.

Die nacht deelden ze voor de warmte een bed. Ottilies lichaam lag tegen dat van Clemency aan gekruld, die Ottilies zachte haar tegen haar gezicht voelde. Buiten loeide de wind. Clemency streelde Ottilies haar terwijl ze lag te slapen, en ze dacht hoe vreemd het was, hoe ontzettend vreemd, dat ze zich ondanks alles – James, vader, Marianne – gelukkiger voelde dan ze zich ooit had gevoeld.

In februari 1917, toen het Duitse leger zich had teruggetrokken tot de Hindenberglinie, werkte Iris al meer dan een jaar in Etaples. Ze was kort na haar aankomst gepromoveerd tot afdelingszuster en ze was nu verantwoordelijk voor een hele afdeling. De kou leek die hele winter het gras dat in de duinen stond te verstillen en de druppels die door de kieren in het hout en het canvas van de barak waarin ze sliep, sijpelden, tot ijspegels te maken.

Ze verpleegde op de afdeling mannen met longontsteking, mannen met bloedvergiftiging en loopgravenkoorts. Veel van de patiënten leden ook aan oorlogsneurose; als ze nachtdienst had, doorboorden het gegil van de mannen die aan de neurose leden en het gekreun van de gewonden de duisternis. Naarmate de maanden verstreken, besefte ze dat er iets in haar was uitgeschakeld, net zoals dat het geval was geweest tijdens de difterie-epidemie in het Mandeville. Er zat een grens aan wat je kon verdragen en die van haar was lang geleden bereikt. Hoewel ze haar taken professioneel en efficiënt uitvoerde, zag ze soms in de ogen van de vrijwilligster die haar op de afdeling hielp een blik die haar ongerust maakte. Toen er een keer een grote groep patiënten tegelijk arriveerde, betrapte ze zich erop dat ze tegen de hulp snauwde en haar opdroeg een dode soldaat zo snel mogelijk af te leggen. Ze hoorde heel vaak de holle echo van haar eigen stem, die troostende woorden mompelde tegen een stervende man, woorden die al heel lang geen betekenis meer voor haar hadden.

Ze voelde zich altijd vies en moe. Ze voelde zich vies omdat er tijdens die lange, koude winter nooit genoeg warm water was om in bad te gaan. Zoals zoveel collega's had ze buikgriep, een onderbroken, grommende misselijkheid die haar om de zo veel tijd naar het toilet deed rennen om vermoeid over te geven. Toen ze het heel druk hadden, schrok ze een paar keer wakker als ze staand in slaap was gevallen; het beangstigde haar dat dat gebeurde, ze vreesde dat ze fouten zou maken, dat ze haar taken zou verwaarlozen. Als ze naar bed kon, sliep ze heel diep, een oningevulde, donkere leegte waarnaar ze overdag vaak verlangde. Als ze elkaar schreven, hadden Ash en zij het niet meer over het einde van de oorlog. Ze had in haar hart geaccepteerd dat hij nooit zou eindigen. Ze vermoedde dat Ash hetzelfde gevoel had, dat hij net als zij wist dat er alleen nog maar vuil en ellende waren, niets om op te hopen, niets smerigs dat niet kon gebeuren. Als ze nu naar de ring keek die hij haar had gegeven en probeerde zich het zand, het dansen en zijn kus voor de geest te halen, merkte ze dat ze zich niet echt meer herinnerde hoe dat had gevoeld. Dit was echter.

Na de gebeden op eerste paasdag kreeg Iris de opdracht haar afdeling leeg te maken en zich voor te bereiden op een stroom operatiepatiënten. De patiënten werden naar andere ziekenhuizen en naar herstellingsoorden in Frankrijk en Engeland verscheept en de bedden werden opgemaakt met schoon beddengoed. De volgende dag begonnen de konvooien met gewonden te arriveren. Iris gleed terug in de haar bekende routine, de routine die ze nu zonder erbij na te denken kon uitvoeren: de patiënt uitkleden, het verband verwijderen, de wond wassen, de toestand van de patiënt bepalen, een schoon verband omdoen. Ondersteken uitdelen, water koken, polsslag en temperatuur opnemen. En ondertussen luisteren hoe de treinen heen en weer reden terwijl ze gewonden van het front aanvoerden en nieuwe troepen naar het front brachten.

Laat op een dinsdagavond werd een nieuw konvooi gewonden naar Iris' afdeling gebracht. Ze was op weg van de ene naar een andere patiënt toen ze de vrijwilligster zag, die in haar ene hand een schaar had en met haar andere hand voor haar mond geslagen naar een patiënt stond te staren. Iris zag dat het hele hoofd van de man was verbonden; alleen zijn mond en neusgaten waren vrij zodat hij kon ademen. Ze nam de schaar van de vrijwilligster over. Terwijl ze het verband begon los te knippen, betrapte ze zichzelf op de onbeheerste gedachte: dit zou iemand kunnen zijn die ik ken. Het uniform van de man zat vol modder; ze kon het insigne van zijn regiment niet zien. Het kon Ash zijn, het kon Aidan zijn. Het kon een van haar oude vrienden van Summerleigh zijn: misschien had ze als meisje wel met deze man gedanst. De hand met de schaar begon onbeheerst te beven. Toen fluisterde de patiënt: 'Ik zie er niet zo netjes uit, hè, zuster?' en ze riep zichzelf tot de orde en begon het verband te verwijderen. Toen ze de lagen afpelde, hoorde ze hem bang mompelen: 'Het is toch niet zo heel erg, hè, zuster?'

'Helemaal niet.' Maar ze moest zich concentreren om de be-ving uit haar stem te houden. 'Ik geef u iets tegen de pijn. We knappen u wel weer op, maakt u zich maar geen zorgen.'

Al de gebruikelijke clichés, en toch zag ze toen ze het laatste verband had verwijderd dat de man zijn halve gezicht miste. Ze deed wat ze kon, stuurde hem naar de operatiekamer en zodra ze er even de mogelijkheid toe zag, glipte ze naar buiten om een sigaret te roken, haar vingers bevend terwijl ze hem probeerde op te steken.

Daarna leek de gevoelloosheid die haar maanden had beschermd op te lossen. Ze verloor het beetje eetlust dat ze nog had en haar onrustige slaap werd onderbroken door nachtmerries waarin ze bebloede verbanden verwijderde die gruwelen ontblootten. Een schedel vol wriemelende maden. James, blind en stom. En een keer, de ergste van alle, een leegheid, een leemte waar een hoofd had moeten zitten.

Een paar dagen later begeleidde ze een patiënt van de afdeling naar de operatiezaal toen er een vrijwilligster naar haar toe kwam rennen.

'Zuster Maclise, ik heb een patiënt op mijn afdeling die zegt dat hij u kent.'

Ash, dacht ze en haar hart ging ineens sneller kloppen. Ze wist dat het regiment van Ash, het York en Lancaster, was betrokken bij de gevechten bij Arras. Ze rende snel, streek met bevende handen haar haar glad, trok haar vieze schort uit, propte het in de dichtstbijzijnde wasmand en volgde de vrijwilligster naar de afdeling.

Maar het was Ash niet, het was luitenant Richardson, Ash' vriend met de platenspeler. Er stond een rek onder de dekens over zijn gewonde been en zijn gezicht was bijna zo wit als het kussen.

'David.' Ze stond naast zijn bed. 'Hoe is het met je?'

'Het gaat wel.' Een vage glimlach. 'Maar niet meer dansen voor mij. Ze hebben me net verteld dat ze mijn been gaan amputeren.'

'David, wat vreselijk voor je.' Ze nam zijn hand in de hare.

Hij zei: 'Ik moet je iets vertellen... ik wil het niet... maar het moet. Ik moet het nu zeggen, voor als ik niet uit de operatie kom.'

Ze voelde zich ineens koud worden vanbinnen. 'Ash?' fluisterde ze. 'Weet je iets over Ash?'

'Hij heeft het niet gehaald. Iemand zei dat hij als vermist is opgegeven. Ik heb rondgevraagd... een kerel uit een ander peloton vertelde me dat luitenant Wentworth is gesneuveld bij Moncy-le-Preux. Het spijt me, Iris. Het spijt me vreselijk.'

Behalve in brieven aan haar zussen, vertelde ze niemand over Ash. Ze had haar collega's in het ziekenhuis niet over haar verloving verteld en ze vertelde niemand over zijn dood. Ze stopte haar ring in het doosje waar ze haar schatten bewaarde, bond een lint om zijn brieven en stopte die onder in haar tas. Ze huilde niet eens. Ze had om vader en James gehuild, maar ze huilde niet om Ash, van wie ze had gehouden en met wie ze zou gaan trouwen. In plaats daarvan bleef ze werken, bracht drukverbanden en spalken aan, verschoonde en verbond wonden.

De konvooien begonnen minder te worden naarmate de strijd afnam. Op een avond had ze dienst en stond ze gereedschap te wassen in de gootsteen, toen het tot haar doordrong dat haar haar gedeeltelijk loshing. Ze maakte haar kapje los en begon de lange haarlok op te rollen. Toen zag ze iets bewegen, gevangen tussen de gouden strengen. Ze pakte het met haar vingertoppen en besefte dat het een luis was.

Ze lachte zwakjes. Ze dacht terug aan zichzelf, tweeëntwintig jaar oud, terwijl ze zich aankleedde voor het feest op Summerleigh. Ze trok haar baljurk aan en stak struisvogelveren en gardenia's in haar haar. Diamanten in haar oren, parfum. Wat naïef dat ze had gedacht dat er altijd zijde en diamanten zouden zijn. Dit was het echte leven: vuil dat in haar handen zat gebrand en luizen in haar haar.

Er lag een chirurgische schaar op het afdruiprek. Ze trok de overgebleven spelden uit haar haar, pakte de schaar en begon te knippen. Er klonk een geluid; ze keek op en zag de vrijwilligster met open mond naar haar staren.

Iris knipte verder. Ze hoorde de vrijwilligster de barak uitrennen. Gouden lokken haar vielen op de grond. Knip, knip, knip, een verleden wegknippend dat nooit meer zou terugkomen.

Meer voetstappen. Een stem vroeg: 'Zuster? Wat doet u?'

Iris keek op. 'Ik ben mijn haar aan het knippen, hoofdzuster,' zei ze kalm. 'Ik ben mijn haar aan het knippen.'

Ze begon na het vertrek van Rob mozaïeken te maken. Ze vond het fijn dingen te maken van kapotte onderdelen, van piepkleine stukjes metaal uit de werkplaatsen, van scherven oude kopjes en borden, scherven die ze verstopt op zolders en bijgebouwtjes had gevonden omdat de familie Maclise zuinig was opgevoed en had geleerd niets te verspillen.

Ze tekende meisjes in de werkplaats en kinderen die op straat speelden. Ze had altijd de schoonheid in het alledaagse gezien. Ze maakte 's avonds na haar werk de mozaïeken, in het beetje tijd tussen het avondeten en het moment dat ze in slaap viel. Ze had een van de bediendenkamers op de bovenverdieping van het huis leeg gemaakt; het was er koud en klam, maar ze trok haar jas aan en legde een kruik onder haar voeten. Op de dag dat ze de brief van Iris ontving waarin stond dat Ash dood was, zat ze tussen de splinters porselein en aardewerk en dacht aan Ash tijdens de picknick, hoe hij op die rots aardbeien zat te eten, Ash met Iris aan zijn arm, hoe ze door de regenachtige straten van Whitechapel liepen, en Ash, met glanzende ogen als hij hun over zijn toekomstplannen vertelde.

Niet lang daarna werd ze vreselijk verkouden. 'Als je ook steeds op de tocht gaat zitten,' zei moeder. 'Je weet hoe voorzichtig ik moet zijn... het is zo onnadenkend van je om infectie in huis te brengen. En je moet nog kolen bestellen, Eva. Ik was gistermiddag toen ik in de zitkamer was tot op het bot verkleumd.' Hoe vaak Eva moeder ook uitlegde dat ze geen kolen hadden omdat die niet voorhanden waren, net zoals ze eten tekort kwamen omdat je tegenwoordig in de rij moest staan voor eten en het vaak op was tegen de tijd dat je aan de beurt was, weet moeder hun problemen nog steeds aan Eva's inefficiënte gedrag.

Toen ze de volgende ochtend wakker werd, bonkte haar hoofd en ze had vreselijke keelpijn. Ze wilde zich omdraaien in bed en de dekens over haar hoofd trekken, maar ze dwong zichzelf op te staan, zich te wassen en aan te kleden. Op haar werk trok ze afwisselend haar vest en jasje uit vanwege de hitte om alles vervolgens weer aan te trekken omdat ze het zo koud had. Het drong vermoeid tot haar door dat ze koorts had; ze moest tijdens haar lunchpauze even aspirine kopen. Haar bijholten voelden of ze met cement waren gevuld en op een dag met veel moeilijkheden, lukte het haar niet de eenvoudigste problemen op te lossen. Een deel van de werknemers was ziek thuis, wat betekende dat een deel van de vrouwen van de ene naar de andere werkplaats moest om de opengevallen werkplekken op te vullen. Ze mopperden dat ze van hun vriendinnen waren gescheiden. Er kwam een nieuwe order van het ministerie van Defensie, wat, vanwege de prioriteit, betekende dat andere opdrachten, waarvan sommige al laat waren, moesten worden uitgesteld. Een lading staal was in de haven zoekgeraakt; Eva liep uiteindelijk zelf naar de werf om erachteraan te gaan. Terwijl ze tussen de bergen kolen en timmerhout liep, besefte ze hoe vreselijk ze Rob miste en hoe fijn het zou zijn als hij er nu zou zijn om iets van de last van haar schouders te nemen.

Ze bracht haar lunchpauze in het centrum in de rij voor boodschappen door. Ze was de enige die in de gelegenheid was dat te doen: Clemency was weg, Ediths benen waren te slecht en mevrouw Bradwell was tegenwoordig te oud en verdrietig om van haar te verwachten dat ze in de koude wind zou gaan staan. En het idee moeder, in haar ondertussen excentriek ouderwetse kleding van walvisbeen, crêpe de Chine en kant, in de rij te laten staan, was ronduit belachelijk.

Toen ze die avond haar werk verliet, regende het en de tram was overvol. Ze besloot dan maar naar huis te lopen met haar paraplu in de ene en haar tas met boodschappen in de andere hand. Toen ze eindelijk op Summerleigh aankwam, deed ze de voordeur open, zette haar zware tas neer, deed haar shawl af en trok haar natte jas uit.

Ze hoorde moeder vragend roepen: 'Eva? Ben jij dat, Eva?'

'Ja, moeder.'

Lilian zat in de eetkamer aan een lege tafel. Eva staarde haar aan. 'Moeder? Wat doet u?'

'Ik wacht op mijn eten.' Lilian zag er verbijsterd uit.

'Hebt u nog niet gegeten?' Eva keek naar de haard. 'En het vuur... u hebt geen vuur aangestoken!'

'Ik heb het zo koud... en ik ben flauw van de honger... je moet echt vervanging voor Edith regelen, Eva, ze wordt steeds onbetrouwbaarder...'

'Moeder,' zei Eva geagiteerd, 'Edith heeft vandaag vrij en mevrouw Bradwell moest naar het ziekenhuis. Dat heb ik verteld.'

'Wees alsjeblieft niet boos op me, Eva.'

'Ik heb gezegd dat mevrouw Bradwell een bord voor u in de kast zou zetten. U hoefde het alleen maar te pakken... u hoefde alleen een lucifer te pakken...'

Lilians stem beefde van tranen en haar gezicht verschrompelde. Eva schaamde zich ineens vreselijk. Ze wilde ook huilen, maar het lukte haar haar moeder op de wang te kussen en vriendelijker te zeggen: 'Waarom gaat u niet lekker vroeg naar bed? Ik breng wel een dienblad naar boven.'

Ze vond in de voorraadkast het brood met ham en augurk dat mevrouw Bradwell eerder had klaargemaakt, sneed een plak cake af, zette een pot thee en bracht het dienblad naar haar moeder.

Toen hielp ze haar moeder uit haar petticoats en in haar nachtpon, bracht haar een warme kruik en gaf haar een nachtkus.

Terug in de keuken was ze te moe om te eten, dus dronk ze het restje van de ondertussen koud geworden thee en ruimde op. Toen trok ze haar regenjas aan en liep de tuin in. Er zat een maaswerk aan piepkleine gaatjes in de kool die Clemency zo zorgvuldig had geplant. Ze kon de slakken niet eens de baas, dacht ze wanhopig. Terug in huis maakte ze haar lunch voor de volgende dag, streek een blouse, waste een paar kousen en dekte de ontbijttafel. Toen ze klaar was, was het elf uur. Toen ze zichzelf in de spiegel in de gang zag, voelde ze een golf van wanhoop. Haar haar sprong door de regen alle kanten op, haar neus was rood en er zaten velletjes aan. Ze had meerdere truien aan en shawls om vanwege de kou. Lang geleden was ik mooi, dacht ze. Lang geleden wilde ik kunstenares worden, mijn eigen huis hebben en op mijn eigen manier leven.

In de zitkamer pakte ze pen en papier om haar zussen te schrijven. Ze zat in de stoel van tante Hannah: ze miste tante Hannah, ze miste Winnie. Het zou zo heerlijk zijn geweest om Winnie op schoot te hebben, het zou zo heerlijk zijn geweest haar te aaien. Dan had ze zich niet zo eenzaam gevoeld. Het huis echode; ze was zich bewust van de vele lege kamers, de schaduwen op de trappen en in de gangen, hoe stil de gordijnen en wandtapijten hingen. Ze snoot haar neus en bedacht dat het misschien altijd zo zou blijven, dat ze zich altijd zo eenzaam zou voelen. Dat Rob misschien nooit zou terugkomen. Dat Aidan en haar zussen misschien nooit zouden terugkomen. Ze legde het papier en de pen opzij. De idiotie aan Marianne te schrijven terwijl ze zo lang niets meer van haar hadden gehoord!

Tante Hannahs plaid met Schotse ruit lag over de armleuning van de stoel gevouwen; ze sloeg hem om zich heen. Het was een naar, prikkend ding, maar hij rook nog steeds geruststellend naar kamfer en viooltjes. Ze wist dat ze eigenlijk naar bed moest, maar ze voelde zich voor het eerst die dag op haar gemak. Haar oogleden waren zwaar; ze krulde zich op in de stoel, met haar hoofd tegen de leuning. Ze dacht: ik moet eraan denken meneer Garnett naar de voorraden bruin papier en zakken te vragen... ik moet uit zien te vinden of die ellendige meid in de inpakkamer... hoe heette ze ook alweer... Sally-nogwat, van plan is om ooit nog op het werk te komen... Ik moet onthouden...

Eva sliep. Ze droomde dat ze weer kinderen waren en op het strand speelden. Marianne was met haar rok in haar broekje gepropt schelpen aan het zoeken. Iris en Clemency stonden vangbal te spelen. Eva was een zandkasteel aan het bouwen. Ze stak een papieren vlag in de hoogste toren toen ze Iris haar naam hoorde zeggen. Ze wilde niet gestoord worden en negeerde haar, maar Iris zei haar naam weer, deze keer harder.

Eva deed haar ogen open. Iris stond in een donkerblauwe jas en hoed voor haar. Eva knipperde met haar ogen en verwachtte dat de droom zou oplossen. Toen dat niet gebeurde, fluisterde ze: 'Iris? Ben jij dat echt?'

Iris knikte. 'Ik ben thuis, Eva.'

Eva omhelsde haar zus. 'O Iris,' zei ze, en ze barstte in tranen uit.

17

Ned Fraser nam de opalen voor haar mee uit White Cliffs. Toen ze ze tegen het licht hield, zag ze de kleurschakeringen die in de steen waren gevangen. 'De opaalmijnwerkers wonen in witte grotten onder de grond,' vertelde hij haar. 'Als je dat leuk vindt, neem ik je er wel een keer mee naartoe, Annie.'

'Op een dag, Ned,' zei ze. 'Op een dag.'

Ze werkte nu een jaar in hotel Redburn's. Toen George en zij in Broken Hill waren aangekomen, was ze van winkel naar hotel, van pub naar wasserette gelopen op zoek naar werk. Ze was keer op keer afgewezen, ze vermoedde vanwege haar tengerheid, haar zachte stem die hier zo niet op zijn plaats was. En het kind natuurlijk. Maar Jean Redburn, de kleine, dikke, praktisch ingestelde weduwe van wie het hotel was, had medelijden met haar gehad. 'Ik heb achter in het huis een kamer die jij en je zoon kunnen gebruiken,' zei ze tegen haar. 'Ik houd de huur in van je loon. En mijn drietal kan op George letten.' Ze pakte George onder zijn kin. 'Mijn Jenny zal je geweldig vinden, kereltje. Ze zal je helemaal het einde vinden.'

In eerste instantie maakte Marianne schoon en waste ze borden, maar na een paar weken bood Jean haar een baan in de saloonbar aan. 'Je hebt een mooi gezicht, Annie,' zei ze op een avond tegen Marianne. 'Maar je moet wel wat vaker glimlachen. Mijn jongens kijken graag naar een mooi gezicht.'

Jeans jongens waren de mijnwerkers die zilver en lood uit de aarde haalden. Ze stroomden elke vrijdagavond de hotelbar binnen, sommigen nog in hun smerige werkkleding, anderen schoon en gekleed in hun beste kleren. Hun geschreeuw, gezang en lachen weerklonken in Redburn's bar. Als er werd gevochten, gooide Jean een emmer koud water over de vechtersbazen. Als dat niet werkte, stuurde ze hen de straat op. En als ze niet rustig vertrokken, waren er altijd wel een paar collega's die ze eruit wilden gooien.

Marianne was niet van plan geweest lang in Broken Hill te blijven. Ze had na een paar maanden door willen reizen, zoals ze dat altijd had gedaan. Dat was beter, leek het haar, veiliger. Maar uiteindelijk was ze gebleven. Na een tijdje besefte ze dat ze waarschijnlijk nergens veiliger was dan in Broken Hill. Hoewel ze nog steeds slechte dagen had, dagen dat ze als ze over de drukke hoofdweg liep een man met blond haar zag, een man met een bepaalde houding, werden die steeds minder. Broken Hill, temidden van duizenden hectaren wildernis, was niet gemakkelijk te vinden.

Maar ze had nog steeds nachtmerries. Ze herleefde in haar dromen vaak die laatste reis van Blackwater, struikelend over het bergpad met George in haar armen, over haar schouder kijkend of hij haar niet volgde. Ze herleefde de drukte op de bazaar terwijl ze zich door de festivalgangers heen een weg baanden naar het station. In de derdeklaswagon was niemand voor haar opzij gegaan, niemand had respectvol een groet gemompeld. Ze had op de enige vrije plaats gezeten, op het hoekje van een houten bank. Een bedelaar die op de vloer tussen de banken zat, had zijn geklauwde hand naar haar uitgestrekt; marskramers hadden zich een weg gebaand door de drukke gangen; ze verkochten noten en snoep. Haar anonimiteit had haar beschermd, had haar veilig gehouden.

In Colombo had ze op een Nederlandse postboot kunnen meereizen naar Singapore. Vanuit Singapore was ze op een serie stoomboten van de ene naar de andere haven gevaren. Ergens tussen Singapore en Surabaya had ze haar westerse kleren weer aangetrokken en was ze Annie Leighton geworden, een oorlogsweduwe met een zoontje. Ze wende aan de derdeklas hutten in het naar benzine ruikende scheepsruim en ze wende eraan met George tijdens een hete, tropische nacht op het dek te slapen. Ze deed zo zuinig als ze kon met haar geld, en ze zorgde dat ze niet opviel.

Twee maanden nadat ze Blackwater had verlaten, bereikte ze Sydney. Tegen die tijd was haar geld vrijwel op, dus werkte ze als schoonmaakster en naaister, terwijl ze zich ondertussen steeds dieper in het onpeilbare, rode hart van Australië begaf. Ze zag hoe George tijdens de reis de angsten en woedeaanvallen van zijn eerste jaren van zich afschudde en weer de lieve jongen werd die hij was. Ze dwong zichzelf hem niet te verwennen en hem niet elk moment van de dag in de gaten te houden.

Ze ontdekte dat ze vaardigheden en talenten bezat waarvan ze geen weet had gehad. Als George ziek was, verpleegde ze hem, ze maakte zijn kleren, gaf hem eten en zorgde voor hem. Ze leerde zichzelf koken, een vuur aanmaken en de vloer zo te poetsen dat ze haar gezicht in de weerspiegeling van de tegels kon zien. Ze leerde hoe ze ratelslangen, hondsdolle honden en verliefde mijnwerkers moest ontwijken.

Ze had andere, duistere talenten. Ze had leren stelen en leren liegen. Ze had leren doden.

Er was een prijs die je moest betalen voor vrijheid, en die prijs, was ze bang, was dat ze de rest van haar leven alleen moest leven. Ze was niet vrij om van een andere man te houden en ze was niet vrij om naar huis te gaan. Als Lucas nog leefde en ze naar Engeland zou terugkeren, zou hij haar vinden en George van haar afnemen. Als hij dood was, had zij hem gedood. Hoewel ze een rechter er misschien van zou kunnen overtuigen dat zijn dood een ongeluk was (zijn hoofd dat tegen het haardscherm was geklapt en het feit dat zij zichzelf moest beschermen), kende ze zelf de waarheid. Ze had gewild dat hij stierf. Ze dacht vaak hoe vreemd het toch was niet te weten of ze weduwe of echtgenote was; alleen zeker te weten dat ze een moordenares was.

Maar hoewel het een lange reis was geweest van Summerleigh naar Broken Hill, had ze nergens spijt van. Ze wist dat ze met Arthur een jaar perfect gelukkig was geweest, langer dan veel mensen hun hele leven waren. En haar huwelijk met Lucas had haar George gegeven. Uit haat kon liefde worden geboren.

Ze wandelde op haar vrije avond weleens met Ned Fraser naar de Menindee Lakes. Bomen met zwarte takken groeiden uit het bleke water en arenden met een wigvormige staart cirkelden boven haar hoofd. Ned vertelde haar over zijn familie in Schotland.

'Schrijf je hun?' vroeg ze.

'Ik ben niet zo'n schrijver,' zei hij, 'maar ik stuur af en toe iets naar huis.'

'Wat stuur je dan?'

'Soms een foto. En ik heb een keer opalen uit White Cliffs gestuurd.' Hij gooide een kiezelsteen in het meer. 'Je moet toch contact blijven houden. Het zou geen beste wereld zijn als mensen hun familieleden niet lieten weten dat ze aan hen dachten.'

Het nieuws over de oorlog bereikte zelfs Broken Hill. Ze merkte dat ze steeds vaker aan haar familieleden dacht, zich afvroeg of ze allemaal nog leefden en of ze hen door haar stilte nog verdrietiger maakte.

Soms, had Arthur tegen haar gezegd toen ze elkaar voor het eerst hadden gezien, moet je een gokje wagen. Ze vroeg Ned op een dag opalen voor haar te kopen. Drie, een voor elke zus. Ze stopte ze in een pluk watten en deed ze in een doosje.

Ze liet een foto van zichzelf met George maken, in hun mooiste kleren. Ze droogde bloemen uit de tuin die ze achter het hotel aan het creëren was en pakte een tekening van George. Ze gaf het pakje mee aan een van de handelslieden die in het hotel logeerde, die beloofde het ergens voor haar te posten, ergens ver weg, ver weg van Broken Hill. Ze zou hun nog niet laten weten waar ze was. Nog niet. Misschien op een dag. Als ze veilig was.

Iris vertelde Eva dat de hoofdzuster haar naar huis had gestuurd. 'Ze zei dat ik rust nodig had,' zei Iris tegen Eva terwijl ze haar hoed afzette. 'Volgens mij komt het hierdoor. Ik denk dat ze dacht dat ik gek was geworden.'

Eva staarde haar geschokt aan. 'Je haar. Je prachtige haar.'

'Ik had luizen,' zei Iris. 'Die moet ik van een van de soldaten hebben gekregen. Volgens mij ben ik ze kwijt... ze hebben me een of ander goedje gegeven om mijn haar mee te wassen. Maar als ik eraan denk, krijg ik jeuk.'

Iris zei dat ze niet terug zou gaan naar Frankrijk. Ze had er genoeg van; ze had genoeg van de verpleging. Ze was voorgoed thuis. Eva vond dat ze er moe en dun uitzag.

Ze zorgden voor elkaar, brachten elkaar ontbijt op bed zodat ze om de beurt konden uitslapen. Iris stond in de rij voor eten en hielp in huis. Iris vond ook het adres van een duur verpleeghuis in Scarborough, waar ze moeder naartoe stuurde voor rust en herstel.

Ze zaten 's avonds uren te praten. Eva hoorde dat Ash als vermist was opgegeven. Eva zei: 'Dan weet je het niet zeker.'

'Dat zei Ash ook, de laatste keer dat ik hem zag.'

'Je moet de hoop niet opgeven, Iris.'

'Ik weet wat vermist betekent. Het betekent dat hij in stukjes is geblazen, dat er niet eens een lichaam was om te begraven.' Er stond wanhoop in Iris' ogen.

Eva veranderde van onderwerp, maar ze schreef in het geheim brieven. Brieven aan het ministerie van Oorlog, brieven aan Ash' commandant en aan de militaire en rodekruisziekenhuizen.

Uiteindelijk kwam er beter nieuws van het front. De slag bij Arras was, hoewel geen verpletterende overwinning, in elk geval een gedeeltelijke, iets om te vieren in een oorlog waarin er weinig overwinningen waren geweest die bovendien ver uit elkaar lagen. Die maand mengden de Amerikanen zich aan geallieerde zijde in de oorlog. Hoewel het Amerikaanse vrijwilligersleger nog lang niet gereed was om te vechten, had Eva het gevoel dat met Amerikaanse energie en kracht het conflict misschien op een dag zou worden opgelost.

Iris was drie weken thuis toen Eva haar, toen ze thuiskwam uit haar werk, op een avond huilend aan de keukentafel vond.

Ze hield de brief in haar gebalde vuist. De moed zonk Eva in de schoenen. Ze ging naast Iris zitten. 'Iris...'

'Het is Ash.'

'Wat vreselijk.'

Iris schudde haar hoofd. 'Hij leeft nog.' Er lag vreugde onder de tranen. 'Hij leeft nog, Eva!'

Er waren twee luitenanten Wentworth in Ash' bataljon; de andere, Alan Wentworth, was omgekomen bij de slag bij Monchy-le-Preux. Ash was zwaargewond. Hij was voor dood achtergelaten en uiteindelijk door een ziekendrager meegenomen naar een veldhospitaal. Daarvandaan was hij naar een militair hospitaal vervoerd, waar hij meerdere dagen bewusteloos had gelegen. Nadat hij was bijgekomen, had hij Iris in Etaples geschreven. Tegen de tijd dat hij zijn brief had teruggekregen met de mededeling dat Iris niet meer in Etaples was, had hij in een ander ziekenhuis gelegen. Hij had niet geweten dat Iris dacht dat hij dood was totdat hij in het militaire hospitaal in Londen waarin hij lag, brieven van Eva en David Richardson had gekregen.

Iris ging bij hem op bezoek. Ze bleef bij de ingang van de afdeling staan en haar blik ging langs de bedden. Ze probeerde zich voor te bereiden, haar zenuwen onder controle te houden. Ze wist dat hij niet dezelfde zou zijn. Dat waren ze nooit. Ze moest hem niet laten merken dat ze overstuur was, zei ze streng tegen zichzelf. Ze moest vriendelijk en niet veeleisend zijn; het laatste waaraan een gewonde soldaat behoefte had, was zijn verloofde die aan zijn bed zat te huilen.

Haar besluit hield stand zolang de eerste kus en begroeting duurden. Toen keek ze naar hem, naar de wonden en het verband, naar de puinhoop die de oorlog van hem had gemaakt en zei ze met plotselinge passie in haar stem: 'O Ash. Ik heb nog zo tegen je gezegd dat je voor jezelf moest zorgen! Dat heb ik nog zo tegen je gezegd!'

Hij nam haar in zijn armen. 'Niet huilen. Ik ben er nu toch? Niet huilen, mijn lieve Iris, alsjeblieft niet huilen.'

Iris en Ash trouwden in juli 1917. Eva wist dat het niet de grootse bruiloft was waarop Iris ooit had gehoopt. Maar Iris zag er beeld-schoon uit in de wit kanten bruidsjurk van haar moeder, die voor haar op maat was versteld, en Ash was knap in zijn legeruniform, hoewel hij nog met een stok liep. En het was prachtig weer en Clemency, moeder en Philip waren er, en het was Aidan zelfs ge-lukt verlof te krijgen.

De receptie was op Summerleigh. Ze hadden eten voor het buf-fet gehamsterd en Aidan had champagne uit Frankrijk meegeno-men. Ze versierden de tafel met witte en roze rozen uit de tuin van Summerleigh en mevrouw Bradwell bakte een taart.

Na de toespraken, na de taart, liepen ze naar buiten. Ze hadden het over dansen, waar het niet echt van kwam en toen begonnen ze in twee- en drietallen de tuin in te dwalen.

'Mijn pillen,' zei moeder plotseling en legde haar hand tegen haar voorhoofd. 'Ik heb mijn pillen vergeten. Mijn arme hoofd. Eva, lieverd...'

Eva liep de tuin door. Ze zag dat Ash en Iris in de boomgaard in de schaduw zaten. Aidan zat met Clemency te praten. Philip leek Clemency's vriendin, Ottilie, te proberen over te halen var-kens te nemen. 'Heel veel mensen hebben een verkeerd beeld van varkens. Het zijn geweldige dieren... zo intelligent en schoon...'

Eva pakte moeders pillen uit haar slaapkamer. Ze rende naar beneden toen er op de deur werd geklopt.

De postbode gaf haar een pakje. Ze dacht in eerste instantie dat het een huwelijkscadeau was, maar toen ze las wat erop stond, begon haar hart te bonken.

Ze liep met het pakje naar buiten en riep Iris en Clemency.

'Een pakje,' zei Iris.

'Het is voor ons,' zei Eva. 'Het is voor ons allemaal. Het is van Marianne.'

Eva sneed het touwtje en de waszegel door. Toen ze het tissuepapier had afgewikkeld, zag ze de glanzende opalen, een kindertekening en een foto; Clemency streek het bruine inpakpapier glad. Ze las wat Marianne erop had geschreven.

'Voor mijn zussen.'

Dankwoord

Mijn dank gaat uit naar mijn zoon, Ewan, voor zijn hulp met de medische kwesties in dit boek.

Ook dank en waardering voor de vele vriendelijke mensen die ik in Sri Lanka heb ontmoet, die tijd voor me vrijmaakten en hun herinneringen en expertise zo gul met me deelden. Speciale dank aan Susantha omdat ze mijn verblijf in Sri Lanka zo gedenkwaardig en informatief heeft gemaakt.

En zoals altijd dank aan mijn agente, Maggie Hanbury, en mijn echtgenoot, Iain, voor hun onvermoeibare steun.

Judith Lennox
MOEDERZIEL

India 1914: de jonge Bess Ravenhart verliest door een dramatisch ongeval haar man. Overmand door verdriet laat ze zich door haar schoonmoeder Cora overhalen om terug te keren naar Engeland, en de zorg voor haar zoon over te laten aan haar schoonouders. Wanneer Bess weer in staat is voor haar zoon te zorgen, wil Cora haar kleinkind niet meer afstaan. Wanhopige pogingen om hem terug te halen lopen op niets uit. Als ze alle hoop op een hereniging heeft opgegeven, staat haar zoon ineens voor de deur. Zijn komst stuurt het leven van Bess en haar nieuwe gezin volledig in de war want hij is gekomen om zijn geboorterecht op te eisen: het ongenaakbare en imposante landgoed Ravenhart House.

'Om heerlijk bij weg te dromen' *Flair*

Judith Lennox studeerde Engelse taal- en letterkunde. In 1996 brak ze door met haar roman *Het winterhuis*. Daarnaast verschenen van haar hand *Bloedzusters*, *Het zomerverblijf*, *Voor mijn zussen* en *Wilde aardbeien*.

ZILVER POCKET 404
ISBN 978 90 417 6221 4

Maeve Binchy
HET HUIS OP TARA ROAD

De Ierse Ria en de Amerikaanse Marilyn lijken niets gemeen te hebben, behalve een tragische gebeurtenis in hun leven. Als ze door toeval met elkaar in contact komen, grijpen beiden de kans om voor een zomer van huis te ruilen. Ria vertrekt naar Amerika en ontdekt dat er een wereld voor haar open ligt, terwijl de gesloten Marilyn in het huis op Tara Road trekt en opgenomen wordt in Ria's Ierse vriendenkring. Hoewel de vrouwen elkaar nooit hebben ontmoet, leren zij elkaars leven kennen met alle opmerkelijke gevolgen van dien, waarbij ieder een schokkend geheim over de ander ontdekt, dat nooit naar buiten zal mogen komen…

De Ierse bestsellerauteur Maeve Binchy is wereldwijd geliefd vanwege haar boeiende schrijfstijl en haar overtuigende personages. Haar boeken verschijnen in meer dan twintig landen en er zijn ruim twintig miljoen exemplaren van verkocht.

ZILVER POCKET 415
ISBN 978 90 417 6232 0

Jackie Collins
LOVERS & PLAYERS

De tirannieke zakenman Red doet er alles aan om de mensen in zijn omgeving het leven zuur te maken. Vooral dat van zijn drie zoons. Max is een steenrijke zakentycoon die aan de vooravond van zijn tweede huwelijk staat, Chris is advocaat in Los Angeles en kampt met hoge gokschulden en Jett heeft een bestaan als model opgebouwd in Italië. Wanneer ze alledrie door hun vader worden uitgenodigd om naar New York te komen breekt een wilde week aan vol familiegeheimen, onweerstaanbare macht, amoureuze complicaties en dodelijke keuzes... In *Lovers & Players* is bestsellerauteur Jackie Collins op haar best.

Jackie Collins staat al meer dan twintig jaar aan de top en verkocht van haar romans wereldwijd meer dan 400 miljoen exemplaren. Haar internationale doorbraak kwam in 1983 met het boek *Hollywood Wives* (*Vrouwen van Hollywood*), dat werd verfilmd tot een succesvolle miniserie, net als veel van haar volgende boeken. Jackie Collins woont in Beverly Hills.

ZILVER POCKET 418
ISBN 978 90 417 6235 1

Katie Fforde
STOUTE SCHOENEN

Weduwe Nell heeft een druk leventje; haar huishouden bijhouden, haar honden vertroetelen, haar prachtige puberdochter Fleur in de gaten houden, de dorpsmarkt organiseren, bijkletsen met vriendinnen en taarten bakken voor het verpleeghuis. Het laatste wat ze nodig heeft, is nog meer toestanden in haar leven. Maar wanneer haar oude vriend Sir Gerald sterft en zijn zoon bouwplannen heeft die het voortbestaan van de markt en het verpleeghuis bedreigen, staat haar leven op z'n kop. Nell neemt meteen actie, vastbesloten om te vechten voor de dorpsbelangen, en ze mobiliseert vrienden en dorpelingen. Haar vriendinnen staan achter haar, maar haar verstandige vriend Simon reageert afwijzend. En dan is er nog Jake, de aantrekkelijke vreemdeling die haar zomaar kuste. Wie kan ze nu eigenlijk vertrouwen? *Stoute schoenen* is een heerlijk romantische, grappige en herkenbare roman.

'Om bij weg te dromen' *Flair*

Katie Fforde woont in Gloucestershire met haar man en haar kinderen. Haar oude hobby's, strijken en het huishouden doen, zijn inmiddels vervangen door zingen en flamencodansen.

ZILVER POCKET 414
ISBN 978 90 417 6231 3

Katie Fforde
KUNST EN VLIEGWERK

Onweerstaanbaar lekker leesvoer en zeer verslavend!

Ellie en Grace komen allebei in een moeilijke situatie te zitten en besluiten elkaar te helpen. Ellie heeft een plek nodig om te wonen, Grace een huurder en beiden kunnen ze wel een vriendin gebruiken. Dan wordt hun huis overspoeld met bemoeizuchtige types, die al helemaal niet meer weg zijn te slaan wanneer Grace twee kostbare antieke panelen ontdekt. Zal Grace met het nodige kunst en vliegwerk alle bemoeials op afstand kunnen houden?

Katie Fforde woont in Gloucestershire. Al haar boeken hebben een heerlijke mengeling van herkenning en verrassing en staan dan ook in Engeland wekenlang in de bestsellerlijsten.

ZILVER POCKET 431
ISBN 978 90 417 6250 4

www.zilverpockets.nl